야
자
나
무
도
적

SISTERS OF THE REVOLUTION

Copyright © 2015 by VanderMeer Creative
All rights reserved.
Korean translation copyright © 2020 by Arzak Livres
Korean translation rights arranged with PM PRESS through EYA(Eric Yang Agency).

이 책의 한국어판 저작권은 EYA(Eric Yang Agency)를 통한
PM PRESS 사와의 독점 계약으로 (주)아작에 있습니다.
저작권법에 의해 한국 내에서 보호를 받는 저작물이므로 무단전재와 복제를 금합니다.

야자나무 도적

세계 여성 작가 페미니즘 SF 걸작선 은네디 오코라포르 외 지음 신해경 옮김

Sisters of the Revolution: A Feminist Speculative Fiction Anthology

아작

머리말

어떤 선집은 규칙을 정의한다. 어떤 선집은 느슨하고 방대한 보물창고 또는 개론서가 된다. 그러나 이 책과 같은 선집은 진행 중인 어떤 담론에 기여하는 역할을 한다. 수십 년 동안 편집자들은 페미니즘 SF의 맥동을 포착하는 선집들을 내왔다. 출간 당시에 과소평가됐던 작품들이 새로 조명을 받고 번역 작업을 통해 더 많은 비영어권 작품이 영어권으로 진입하면서, 이 과업을 할 때마다 더 힘들어진다. 그리고 그때마다 변화를 끌어온 추동력이나 희미했던 과거의 지형이 갑자기 뚜렷해지는 일종의 시간여행이 일어난다.

우리가 내놓는 이 선집은 오늘날 페미니즘 SF가 보여주는 놀라운 풍부함과 다양성의 토대를 만든 1960년대 후반부터 1970년대에 이르는 페미니즘 SF의 황금기를 포함한다. 그

때 엄청나게 많은 뛰어난 작가들이 일시에 문단에 진입하면서 SF와 판타지 소설은 완전히 바뀌었다. 제임스 팁트리 주니어와 조안나 러스를 비롯한 많은 여성 작가들이 SF계의 논의 구조 안으로 진입한 방식도 독자들의 인식을 바꿔놓았다.

그들은 더 많은 여성이 SF 창작을 고민하고 그 길로 나아가는 데 도움을 주었다. 이 황금기는 뉴웨이브 문학운동이 번성했던 시기와 거의 일치하는데, 뉴웨이브 운동이 문학적 실험과 문학의 고유한 가치를 옹호함으로써 자신만의 독자적인 공간을 창출했으니, 그 일치가 우연은 아니라 하겠다. 페미니즘 SF와 뉴웨이브 문학은 종종 유사한 관심과 호기심을 공유했고, 둘이 겹치는 부분집합 안에서 정말로 새롭고 독특한 어떤 것을 표현해냈다.

이후의 20여 년은 SF의 가능태들을 놓고 여러 동력들이 다양한 관점을 구축하려 각축을 벌이는 기간이었다. 1970년대가 이룬 승리를 발판으로 삼으려는 시도에 반발하는, 일종의 위축과 보수화의 기간이라고 할 수 있다. 주로 미국을 중심으로 부상한 휴머니즘은 딱히 진보적이거나 보수적이라고 판단하기도 어려울 만큼 너무 온건했던 반면, 사이버펑크가 도입되면서 일부 여성 작가들이 사이버펑크를 보다 폭넓은 창작의 자유를 실험하는 공간으로 삼았다. 그러지 않았더라면 적어도 초기 사이버펑크는 페미니즘 소설 창작의 공간으로 고려되지 못했을 것이다. 이런 것들이 SF계에 이는 제3의 페미니즘 물결과 우리가 페미니즘 SF의 르네상스라 여기는 지금 시기 이전에 존재했던 흥미로운 모순들이다.

선집 편집자로서 우리는 보통 재출판할 작품을 고를 때 적어도 10년 정도의 시간적 거리를 유지한다. 이번 경우에도 밀도 높은 팁트리상 수상집 세 권과 여러 웹 기반 잡지, 그리고 그외 여러 자료의 도움을 받아 지금까지의 현상을 바라보는 잘 정리된 감각을 익힐 수 있었다. 선정 과정에서 전혀 몰랐던 흥미로운 작품 몇 편을 포함시키긴 했지만, 이미 축적된 분석과 검토 성과가 있었기에, 우리는 저 시기에 대해 별도의 공식적이고 엄격한 검토 작업을 수행하지 않았다. 솔직하게 말하자면, 이런 소규모 선집으로는 그런 방대한 재검토의 결과를 수용할 수도 없었다. SF가 세상에 드러내놓고 말하는 것과 별개로 SF계 내부에서 벌어지는 논쟁과 논의가 많다는 사실도 우리가 더욱 조심스럽게 접근하게 된 하나의 원인으로 작용했다. SF계는 활발한 내부 논쟁과 논의를 통해 예전에 통용되던 인식들을 재평가하고 재조정하면서 때로는 부각하고 때로는 기각한다.

사실 그 담론은 SF의 한계를 넘어선다. 완벽한 페미니즘 소설 선집이란 장르문학과 주류문학 양쪽에서 끌어낸 백만 단어가 넘는 분량으로 구성되어야 마땅하리라. 그런 선집조차 서로 영향을 주고받은 작품 간의 그야말로 복잡다단한 혈족 관계를 완전히 포착해 담아내지는 못할뿐더러 오히려 더 많은 교차성을 드러낼 뿐이며, 분리됐을 때는 보이지 않던 그 교차성은 그냥 드러나는 정도가 아니라 갑자기 우리 초점에 딱 맞춰 튀어나올 것이다. (우리가 담아내고자 하는 내용의 일부는 장르문학과 주류문학이 교차하는 영역에 존재하며, 그 내용은 직접적인 정치 운동을 호소하는 급진적 초현실주의 작품들을 모은 《초현실적인 여자들》에서 찾아볼 수 있다.)

이런 이유들로 인해, 우리는 이 선집을 페미니즘 담론에 '장르문학' 작가들과 '주류문학' 작가들의 부분적 화해라는 독특한 요소를 추가하고, 또 앞서 나온 이런 종류의 선집들에 자주 등장하지 않던 작가들을 추가하는 일종의 밑칠용 접착제로 내놓는다. 우리는 또 이 책에 실린 작품들을 연대기적 순서보다는 작품들이 서로에게 어떤 이야기를 하는가에 맞춰 배열했다.

선집 기획의 밑바탕이 된 사고들과 조사 작업과 실제적인 출판 과정까지 모두 합해서, 우리는 이 선집을 그 자체로 완결되지 않는 한 편의 탐사 여행이라고 생각한다. 우리는 모든 독자가 이 선집에서 낯선 작가와 낯선 작품을 발견하는 동시에, 앞으로 다른 선집들로 보강해야 할 부족한 부분들을 절감하게 되기를 희망한다. 우리는 과거와 현재에 출간되는 수많은 페미니즘 소설을 계속해서 목록화하는 수단으로 선집이라는 형태를 이용하고 있으며, 보이지 않는 것들을 보이게 만드는 더 많은 작업을 위해 이 책에 관련한 모든 논의와 비판을 환영한다.

그렇다면 이 선집은 정말로 새로운 탐험 시리즈의 첫 권, 보다 방대하고 훨씬 더 다양하고 풍부한 어떤 전집의 시작이라 하겠다. 완벽한 세상이라면, 이 선집에 이어 여러 권의 책이 더 출간될 것이고, 각각은 전혀 다른 관점을 가진 다른 누군가에 의해 편집되어 문학성과 접근법과 시각의 문제를 매번 다른 각도에서 조명하게 될 것이다.

그러나 지금 우리가 내놓을 수 있는 것은 이 한 권의 선집이며, 이 책이 페미니즘 담론의 확장에 기여하는 동시에 읽는 이 모두에게 기쁨과 도전정신과 자극을 주기를 바란다. 이 선집은 이미 편집자인 우리에게 새로운 지평을 열어주었다.

— 앤 밴더미어와 제프 밴더미어

차
례

L' 티멜 듀챔프

The Forbidden Words of Margaret A.

마거릿 A.의
금지된 말

주의사항. 다음 보고서는 지난 2년 이내에 마거릿 A.를 취재한 한 언론인이 '언론 자유 회복을 위한 전국 언론인 연합(약칭 전언련)' 내부용으로 작성한 자료다. 이에 전언련은 어떤 형태로든 이 보고서가 복제되거나 외부로 반출되지 않도록 유의할 것과 보고서에 담긴 정보를 활용할 시 각별한 주의와 관심을 기울일 것을 당부하는 바이다.

서론

교도국이 한 달에 한 번 촬영을 허용하니 상당히 많은 언론인이 마거릿 A.와 직접 접촉하는 셈인데도 검열받지 않은 기록은 보기 드물다. 다음 글은 마거릿 A.의 말을 그대로 옮긴 녹취록만큼은 아니지만, 지금껏 공개된 그 어떤 글보다 충실하게 마거릿 A.와의 대면 접촉 사례를 기록하고 있다. 나는 이런 기록이 언론인 동료들에게 얼마나 중요한지, 또 자칫 외부로 유출되었을 때 관련자들에게 얼마나 큰 위험이 닥칠지 잘 알기 때문에 문서의 보안 권한을 전언련에 위임했다.

마거릿 A.와의 만남을 자세히 설명하기 전에, 마거릿 A.와의 만남에 어떤 제약 요인들이 있었는지 분명하게 밝히고 싶다. 대중의 정보 인식을 조작하기 위해 정부가 어떤 기술을 사용하는지 잘 아는 전언련 회원이라면 익숙할 수밖에 없는 제약 요인들이다. 나는 촬영을 준비할 때만 해도 맥락화를 통해 불편한 의제들을 통제하는 정부의 수법을 잘 안다고 생각했다. 그러나 취재 중에 잠시나마 명백한 사실관계마저 잊어버리는 순간이 있었다. 나는 그 경험이 절대 방심해서는 안 될 위험을 경고하는 맥락화의 직접적인 증거라고 확신한다. 마거릿 A.에 관한 한, 많은 것들이 우리 주의를 끌지 못하고 간과된 채 사라지고, 우리는 눈앞에 존재하는 확고한 사실들조차 분명하고 객관적으로 사고하지 못하게 된다. 우리는 그런 일이 일어난다는 사실만 알 뿐, 어떻게 일어나는지는 정확하게 모른다. 우리가 가진 마거릿 A.의 정보는 아무래도 앞뒤가 맞지 않는다. 그렇다면 나는 이 보고서가 잘 알려져 있으면서도 놀랄 만큼 불투명하게 취급되는 이 사안을 다시금 생각하게 하는 하나의 경고이자 조언, 도움말이 되어야 한다고 생각한다. 부디 이미 아는 내용이라고 해서 건너뛰지 않기를 바란다. 정치적인 해석과 추측 같은 사족도 좀 있는데, 이

것 역시 양해를 구한다. 마거릿 A.와 관련된 사실이라면 아무리 객관적으로 기록해도 이해하기 어려워지는 저 암흑과 진창 속에서, 나로서는 정치적 해석과 추측을 거듭하는 것 말고는 마거릿 A.와의 만남이라는 경험을 규정하는 구조의 틀을 분리해낼 방법이 없었다.

제일 분명한 사실부터 시작하자면, 마거릿 A.는 월 1회만 촬영을 허락한다. (당연하겠지만 '뉴스'를 원하는 대중의 욕구를 가로막은 책임이 정부에 있지 않다고 강조하기를 즐기는) 교도국은 마거릿 A.가 신청자 중에서 촬영자를 선택하도록 허용하지 않으며, 그럼으로써 마거릿 A.에 대한 언론의 접근을 효과적으로 통제한다. 법무부로서는 언론 접촉 기회 자체를 없애고 싶겠지만, 언론 접근을 전면 불허함으로써 마거릿 A.의 존재를 망각에 묻으려 했던 수감 초기의 시도를 떠올려보면, 그러기는 어려울 것이다. 그때 언론 접촉이 전면 불허되자 되레 끊임없는 억측과 저항이 사회적으로 확산되어 '마거릿 A. 수정헌법'*을 폐기하라는 요구가 거세졌고, 더 나아가 애초에 그녀를 투옥하고 강제로 침묵하게 만드는 빌미가 되었던 심각한 사회적 무질서가 다시 초래되었다. 정부의 최우선 과제는

---

* 이 수정헌법의 공식 명칭은 '국가안보 수호를 위한 제한적 검열 법안'이지만 이 수정헌법으로 얻을 수 있는 유일한 목표가 마거릿 A.의 말을 완전히 삭제하는 것임을 고려한다면 대상을 적절하게 지시해주는 '마거릿 A. 수정헌법'이라 부르는 것이 마땅하다. 표현의 자유에 반대하는 활동가들이 사용하는 '미국을 지키는 수정헌법'이라는 명칭보다 낫긴 하지만, 표현의 자유를 위해 싸우는 활동가들이 사용하는 '반(反) 표현의 자유 수정헌법'이라는 명칭도 나는 딱히 마음에 들지 않는다. 이 수정헌법은 마거릿 A.가 없었다면 존재하지도 않았을 것이다. '반 표현의 자유' 활동가나 '표현의 자유' 활동가나 할 것 없이 다들 이 점을 잊은 듯하다.

마거릿 A.의 말을 삭제하는 것이다. 나는 정부의 다음 우선 과제가 대중에게 마거릿 A.가 순교자로 비치지 않도록 막는 것이라고 강력하게 주장한다. 이 점만 알아도 그녀가 왜 특이하게 밴던버그 공군기지 내 간이건물에 구금되었는지, 왜 어떠한 개인이나 조직도, 심지어 그녀의 감금 사실에 개탄하는 미국시민자유연맹이나 국제사면위원회 같은 조직들조차 합리적으로 정부를 비판하지 못하는지 이해할 수 있다. 마거릿 A. 사안을 책임감 있게 다루려는 언론인이라면 이런 점들을 가슴에 새겨야 할 것이다.

촬영자 선정과 제약들

나는 성인이 된 이래로 내내 마거릿 A.에 매료돼 있었다. 그녀를 직접 만날 수 있을지 모른다는 희망 하나로 언론학과에 들어갔고, 지금까지의 모든 경력을 쌓으며 체계적으로 그 꿈을 추구했다. (전언련 회원들에게 중요한 건 마거릿 A. 자체가 아니라 '마거릿 A. 수정헌법'이라는 걸 나도 안다. 그러나 아주 짧은 기간이었지만 마거릿 A.의 말은 내가 세계를 보는 방식을 근본적으로 바꾸어 놓았다. 그녀의 말이 사라진 세상에서 나는 그 그림자라도 다시 접할 기회를 동경해 마지않았다. 그런 목표가 직업윤리와 모순되지 않음을 전언련 회원들이야말로 누구보다 잘 이해하지 않는가?) 그래서 나는 촬영자를 선정하는 교도국의 취향을 연구했고, 적절한 경력을 쌓아 그 취향에 맞을 만한 직장에 들어간 다음, 조용하고 침착하게 기회가 오기를 기다렸다. 나는 주의하며 살았다. 현직 언론인으로서 할 수 있는 최대한, 나는 수상쩍은 사람들과의 접촉을 피했다. 마침내 마거릿 A. 촬영자로 선정됐을 때, 나의 용의주도함이 보상을 받았을 때, 나는 나 자신을 축하했다. 천국 비자를 막 받아든 기분으로 공문을 읽고 또 읽었다.

그러나 비자에는 사이먼 바트키를 만나러 오라는 초대장이 첨부돼 있었다. 당연히 나는 당황했다. 법무부 관리의 면접 심사는 개인 이력을 뒤지는 뒷조사와는 또 다른 문제다. 그러나 그동안 '잘' 해왔으니 지금껏 쌓은 전문성을 토대로 이 마지막 난관도 잘 넘길 것이라고 나는 자신을 다독였다. 그래서 마거릿 A.를 만나기 한 달 전에 나는 프로듀서와 함께 워싱턴으로 날아가 '마거릿 A. 전담'이라 불리는 직무를 맡은, 자신은 마거릿 A.의 말을 한 번도 듣거나 읽은 적 없다고 쾌활하게 답변하는 법무부의 '전문가' 관리를 만났다. 나는 그들이 펼치는 쇼에 감명을 받을 수밖에 없었다. 교도국은 정밀한 절차에 따라 쇼를 이어갔다. 마치 모든 일이 고도로 정밀한 로봇 조립라인처럼 매끄럽고 정확하게 처리된다는 확신을 주기 위해 고안한 듯한 정밀함이었다. 사이먼 바트키를 만나는 절차는 자기들이 선택한 언론인을 철저하게 검증할 마지막 기회임과 동시에, 그들이 생각하는 방식으로 보자면 그 언론인이 취재 시 채택하게 될 맥락과 기본 규칙들을 지정하는 일이었다.

여기서 우리는 사이먼 바트키가 '마거릿 A. 상황'을 다루는 '전문가'라는 바로 그 이유로 정권이 두 번 바뀌는 동안에도 자리를 보전했다는 점을 기억할 필요가 있다. 마거릿 A. 현상 초창기부터 정부는 국민이 계속해서 그녀에게 열광하는 현상을 두고 초조해했다. 사이먼 바트키는 이런 말로 표현했다. "국민이 그 여자에게 계속 관심을 둔다는 것 자체가 말이 안 돼요. 그 여자의 말은 완전히 제거됐어요. 이런저런 발언을 모은 테이프 몇 개와 옛날 신문 쪼가리, 해적출판물이 몇 있긴 하지만, 일반 대중은 그런 걸 접할 일도 없고 그런 게 있다는 것도 몰라요. 일반적인 미국인들이 특정한 대상에게, 특히 끊임없이 언론의 아가리에 늘 새롭고 흥미진진한 먹잇감을 던져주지도 않는 대상에게 이처럼 오래 관심을 둔 역사가 없습니다. 그러면 사람들은 왜 아직도 그 여자를 보고 싶어 할까요? 왜 사람들은 그 여자를 잊어버리지 않을까요?" (지난 15년 동안 미국 대통령들보다 마거릿 A.가 더 큰 사회적 지명도를 누려 왔으니, 정치인들은 얼마나 화가 났을까.)

마거릿 A.를 알게 된 건 내 평생 가장 중요한 사건이지만 (그때 난 열아홉 살이었다), 나는 그녀의 말을 한마디도 기억하지 못한다. 그때 나는 신문과 마거릿 A. 같은 하루살이 유명인사들에 매달리기에는 너무 어리고 순진했고, 그녀의 말이 인터넷에서 삭제될 수 있다는 생각은 당연히 못 했다. 그리고 다른 사람들과 마찬가지로, 어떤 사람의 말이 불법이 될 수 있다는 건 꿈조차 꾸지 못했다. 마거릿 A.의 옛 연설을 녹음한 테이프들과 몰래 신문 기사들을 모아놓은 게 있다는 소문이 꾸준히 돌았고, 그때마다 나는 성실하게 소문의 진원을 파고들었지만 성공한 적은 없었다.

사이먼 바트키는 55분 면담 중 거의 20분 동안 마거릿 A.의 지명도 시간이 지나면 결국 떨어지게 되어 있다고 신나게 떠들어댔다. 그는 붉은 가죽을 씌운 푹신한 의자에 편안하게 앉은 채 '기를 쓰고 그 여자에 관한 기억을 숭배'하려는 사람들은 결국 세대 차이 때문에 고립되고 말 거라고 단언했다. 그는 오톨도톨하게 만다라 문양이 찍힌 술병 같은 녹색 실크 넥타이를 톡톡 치면서 마거릿 A. 현상이 휩쓸던 무렵에 유아였던 지금 대학생들에게는 그녀가 아무 의미도 없는 존재라고 주장했다. 그 말이 맞을 수도 있지만, 나는 그렇게 생각하지 않는다. 내가 취재했던 대학생들은 마거릿 A. 수정헌법 조항이 '미국 수정헌법 제1조'가 표방하는 표현의 자유 정신을 너무나 비이성적으로, 또 악랄하게 공격한다고 보았다. 그래서 대학생들은 마거릿 A. 조항에 관련된 얘기라면 무엇이든 의심부터 하고 들었다. 사회 교과서들은 마거릿 A.의 말 때문에 대대적인 사회적 혼란이 발생했다고 기술하며 수정헌법 통과를 정당화했다. 하지만 마거릿 A.의 말을 기록한 자료가 전혀 없다는 건 소위 그 사회적 혼란을 다룬 보고서도 전혀 없다는 뜻이었다. 때문에 그들은 '마거릿 A. 수정헌법'이 존재한다는 '사실'에서 무언가가 은폐된 것이 틀림없다는 결론을 도출했다. 생각해보라. 그들이 지금 마거릿 A.라고 알고 있는 사람은 자기 나라 안에서 유배 생활을 하는 미국 시민이며, 사진과 영상으로 보이는 모습이라곤 무시무시하게 늘어선 미사일과 레이더와 무장 경비원에 둘러싸인 자그마한 중년 여인일 뿐이다. 나는 특정인의 특정한 언어 사용이 그 자체로 한 나라의 정부를 와해시키는 위협이 될 수 있다는 사실을(더군다나 그 발화를 막기 위해 헌법 수정이라는 전례 없는 끔찍한 수단이 필요할 정도라는 사실을) 젊은 사람들이 이해할 수 있을지 의심스럽다. 나는 나이 든 사람들도 의심스럽다는 듯이 냉소적인 표정으로 그 시절 얘기를 하는 걸 자주 보았다. 어떻게 종이에 배열된 단어들이, 테이프에 녹음된 소리가 정부가 말하는 것처럼 위험할 수 있단 말인가? 그리고 왜 다른 사람들의 말은, 제일 열성적인 마거릿 A. 추종자의 말조차도 금지되지 않는가? (물론 마거릿 A.의 말을 인용하지는 못한다.) 젊은 사람들은 그처럼 단순한 목적을 위해 헌법이 수정되었다는 사실을 믿지 않는다. 젊은 사람들이 던지는 질문을 들을 때마다 나는 그들이 과거에 있었던 강력한 무장 혁명세력의 존재를 정부가 은폐하고 있다고 믿는다는 걸 쉽게 유추할 수 있었다. 그들은 그 수정조항이 일종의 은폐 공작일 뿐만 아니라, 국민이 누려야 할 표현의 자유를 축소하는 동시에 앞으로 있을 추가적인 억압의 선례를 구축하기 위해 계획된 불필요한 조치라고 생각했다.

말할 필요도 없이 나는 이런 소견을 사이먼 바트키에게 털어놓지 않았다. 신세대들이 정부가 뭔가를 은폐했다고 의심할 뿐만 아니라 '마거릿 A.의 말'이라는 금단의 열매를 맛보고 싶어 안달이라는 내 의견도 제시하지 않았다. 대수롭지 않을지도 모른다고 (또는 보는 사람에 따라서는 유해할지도 모른다고) 의심하면서도 젊은이들은 자신에게 금지된 것이 무엇인지 알고 싶어 한다. 모순처럼 들리리라는 걸 알지만, 나는 그들이 뱉어내는 의심 속에서 분노의 냄새를 맡곤 했다. 그들은 마거릿 A.의 말이 얼마나 위험한지 정확하게 알 수 없다. 하지만 그들은 '윗세대들'이 맛보았던 그 열매에 금지 딱지를 붙인 수정조항에 분노한다. 그들은 애초에 수정조항 자체를 하나의 은폐 작전이라 여겼다. 새로운 세대는 마거릿 A.를 망각하기는커녕 강박적으로 매달릴 가능성이 컸다. 나는 마거릿 A. 현상과 관련하여 기괴한 논리로 무장한 새로운 광신집단들이 생겨난다고 해도 전혀 놀라지 않을 것이다.

내가 기괴한 광신집단이나 금단의 열매를 향한 집착에 동의한다는 뜻은 아니다. 젊은 사람들은 아마 마거릿 A.의 말에 대한 정부의 두려움만큼이나 나를 포함한 일부 사람들이 마거릿 A.에게 느끼는 매혹도 이해할 수 없을 것이다(마거릿 A.에 대한 태도가 사람들을 크게 두 부류로 가르는 '거대한 분리선'으로 보이는 듯하다). 하지만 사람들이 '그녀의 생각'을 기억하느냐는 문제와는 별개로 '그녀가 있다는 생각', 말 때문에 경비가 삼엄한 군사기지 한복판에 갇힌 여성이 있다는 '생각' 자체가 너무 강력해서… 음, 그 생각이 마거릿 A. 현상을 두려워하는 사람들까지 포함한(물론, 표현의 자유에 반대하는 활동가들은 제외하고) 이 나라 사람 거의 모두에게 모종의 영향을 미치는 듯하다. 내가 사이먼 바트키라면 걱정스러울 것이다. 마거릿 A. 수정조항이 폐기되는 건 시간문제일 뿐이니까. 그리고 그때에도 여전히 마거릿 A.가 살아 있다면, 사태는 '폭발'할 수 있다.

마거릿 A.의 '감금 상황'

밴던버그 기지에서 보이는 건 부지를 둘러친 담장과 출입 구뿐이었다. 관련 서류를 제시하기도 전에 군복 아닌 제복을 입은 교도관 세 명이 다가와 차에서 내리라고 우리에게 명령 했다. 우리가 내리자 그중 한 명이 우리 승합차에 올라타 차 를 돌리고는 기지가 아닌 어딘가로 몰고 갔다. 남은 두 명이 우리에게 오른쪽에 있는 작은 간이 막사로 들어가라고 지시 했다. 나는 당황했다. 무슨 혼선이 있었던 걸까, 아니면 법무 부가 뒷조사하다가 우리 중 누군가에게서 마음에 들지 않는 뭔가를 발견한 걸까? (나는 잠깐이나마 사뭇 복잡한 논리적 사고 의 결과로 그녀가 기지 담장 바깥에 있는 '그 간이 막사'에 구금돼 있는 게 아닌가 하는 생각마저 했다.)

막사에서 우릴 기다리는 걸 보니, 다 터무니없는 추측이었 다. 당연하게도 바트키는 합의서에 우리 서명을 요구했었다. 촬영자는 철저한 몸수색을 받고, '그들의' 장비를 쓰고, 모든 촬영분의 편집을 그들에게 맡길 것이며, 촬영 이후에는 엄격 한 비밀유지 지시에 따른다는 합의서였다. 당연하게도 나는 아무 저항 없이 옷을 벗고 구석구석 내 몸의 빈 공간을 살피 는 몸수색을 견뎠다. 수감자를 취재하러 교도소에 들어갈 때 그런 시련을 겪는 일은 다반사였다. (이 글을 읽는 동료들은 그 런 어색하고 불편한 상황에 부닥쳤을 때 표정을 어떻게 관리해야 하는지도 잘 알 것이다.) 나는 편집권이 전적으로 교도국에 있 다는 조건에도 저항하지 않았다. 버젓이 마거릿 A. 수정조항이 있는데, 그런 조건이 없을 리가. 하지만 자기들 장비로 촬영하라는 강요는… 딱히 이유를 대기는 어렵지만, '그 조건'이 뭔가 애매하게 마음에 걸렸다. 바트키에 따르면 교도국 장비는 오디오 트랙 없이 영상만 녹화하고, 마거릿 A. 수정조항에 따르면 누구도 합법적으로 그녀의 연설을 녹음할 수 없으니… 나는 이성적으로 그 명백한 의도를 짚어냈다. 하지만 철저하게 뒤짐을 당한 옷가지들을 주워 입던 도중에 개인 가방도 들고 들어가지 못한다는 사실을 알게 되었다. 필기구와 종이도, 노트북 컴퓨터도 없이, 오디오 테이프는 고사하고 문자 기록도 없이, 훈련 따위 받아본 적 없는 기억력으로 머릿속에 욱여넣은 것 말고는 아무 '말'도 없을 터였다. 당연히 나는 저항했다. (무엇보다 나는 컴퓨터를 봐야 언제 머리를 자를지, 언제 점심을 먹을지, 언제 엄마한테 편지를 써야 할지 아는 여자다.) 물론, 아무 소용이 없었다. 규정을 따르지 않겠다면 나를 빼고 프로듀서와 촬영팀만 데리고 들어가겠다는 대답이 돌아왔다.

그들은 그런 상황에서도 우리에게 기본 규정을 처음부터 다시 복습하는 고통을 안겨준 다음에야 창문도 없는 교도국 승합차 뒤 칸에 우리를 몰아넣고는 꼬불꼬불하고 이따금 울퉁불퉁한 어딘가 알지 못할 길을 달려갔다. 승합차는 세 차례에 걸쳐 신호를 기다리거나 문이 열리기를 기다리듯이(나는 후자일 거라고 유추했다) 1분 남짓 정차했고, 마지막으로 정차한 뒤에는 고작 2, 3초 정도 움직인 다음 최종적으로 멈춰 섰다. 시동이 꺼지자 그제야 반평생을 기다려왔던 순간을 목전에 둔 감격에 숨이 멎어왔다. 마거릿 A.의 말은 금지되었다.

그러나 나는 몇 분 동안 그녀의 말을 듣는 특권을 누릴 예정이다. 당연히 '하찮은 말'뿐일 것이다. 하찮은 말 외에는 그들이 절대 허용하지 않을 테니까. 그 점을 확실히 하기 위해 현장에는 무선수신기를 귀에 꽂은 교도관들이 있을 것이다. 그래도 그 말은 마거릿 A.의 말이고, 그녀의 말이라면 아무리 '사소한' 말이라도 강력할 거라고, 짜릿할 거라고, 나는 확신했다. 그리고 나는 마거릿 A.의 말을 들으며 잊어버린 옛 시절의 모든 것을 기억해내고, 성인이 된 이래로 내내 이해되지 않았던 세상의 모든 것을 이해하게 되리라.

마거릿 A.를 만나기 전에 했던 이런 추측은 사춘기 때 품었던 낭만적인 꿈이 아니라 그녀의 유형 생활에 관해 (조심스럽게) 주워 모은 정보에서 나왔다. 예를 들자면, 나는 전 법무부 직원인 어느 믿을 만한 소식통으로부터 교도국이 마거릿 A.에게 배정한 교도관이 연인원으로 따지면 500명이 넘으며, 하나같이 밴덤버그에서 전출되자마자 교도관 일을 그만뒀다는 얘기를 들었다.* 그 얘기가 계속해서 특이하게 느껴지는 이유는 전이나 지금이나 삼엄한 경비가 필요한 연방 시설에서 경력을 쌓은 최고의 교도관들이 선발되어 마거릿 A.에게 배

---

* 언론이 마거릿 A.가 억류돼 있는 환경에 관해 공공연하게 입수할 수 있는 정보를 보도하는 것은 마거릿 A. 수정조항에 위배되지 않음에도 불구하고 미국의 주요 언론들은 마거릿 A.를 '수감'하는 데 투입되는 인력의 교체율이 깜짝 놀랄 만큼 높다는 사실을 한 번도 언급하지 않았다. 대중들이 이런 상세한 정보에 얼마나 열광할지 고려한다면, 대체 언론들은 무엇 때문에 이런 사실들을 공개적으로 보도하지 못한 걸까? 이 업계 전체가 나처럼 마거릿 A.에 대한 관심을 숨겨야 할 이유가 있는 것도 아닐 텐데!

치된다는 점 때문이다. 교도관들은 마거릿 A.를 만나기 전에 죄수 숙소 내부에서 발설되는 모든 말이 녹음되고 검토된다는 경고를 받는다. 새로 배정되는 교도관들은 엄격한 사전교육 과정을 거친 후에 밴던버그에 배치되고, 근무하는 동안에는 마거릿 A.와 개인적 접촉이 있을 때마다 진술서를 작성한다. 그러나 지금껏 마거릿 A.와 접촉한 뒤에 새로운 근무지로 옮겨간 교도관은 한 명도 없다. 또 하나 이상한 통계가 있다. 마거릿 A.의 숙소에서 발화되는 말들을 감청하는 이들이 감시 업무 2년 차 정도 되면 결국 '탈진'해버린다는 자료다.* 생각해보라, 마거릿 A.는 눈곱만큼이라도 '정치적'인 구석이 있는 사안에 대해서는 말하지 못하도록 금지되어 있다. 그렇다면 그녀는 어떻게 그처럼 확실하게 교도관 전부를 물들이고, (비정치적인, 즉 '사소한') 대화를 감청하는 감시원 전부를 혼란에 빠뜨릴 수 있는가?** 마거릿 A.와 나누는 모든 대화가 '사소한, 비정치적 잡담'이어야 한다고 사이먼 바트키가 말했을 때, 나는 그게 무슨 뜻인지 의아해하지조차 않았다. 그를 비롯한 여러 명의 관리가 마거릿 A.에게 절대 물어서는 안 되는 질문 종류에 관한 지침을 주었다. 수감생활과 '마거릿 A. 수정조항'과 계속되는 대중적 관심 같은 주제에서부터 마거릿 A.

---

* 밴던버그 기지 감청실에서 마거릿 A.의 감청 테이프를 몰래 빼내려다 중형을 선고받은 감시 요원의 사례가 공식 기록으로 전한다.

** 식견이 있는 독자들은 교도국이 처음에는 마거릿 A.와 다른 인간 간의 언어적 소통을 전면적으로 금지했다는 사실을 알 것이다. 그런 조치가 실질적으로는 종신 독방 수감과 다를 바가 없으며, 종신 독방 수감은 마거릿 A. 수정조항을 적절하게 준수하는 데에 불필요한 과잉 조치라고 헌법재판소가 판결을 내리고 나서야 바뀌었다.

현상 초기에 그녀가 잠깐 언급했다는 소문(더는 문서가 존재하지 않기 때문에 대중은 그저 소문이나 흐린 기억의 파편을 참조할 수밖에 없다)이 있는 특정한 사안들까지, 실로 다양한 주제였다. 나는 마거릿 A.를 감시하는 교도관들이 타락하는 이유가 그녀와 나누는 '잡담'보다는 그녀의 훌륭한 인품에 감화된 덕분이리라 추측했던 듯하다(이 추측으로는 감청 요원들이 왜 그렇게 됐는지는 설명하지 못하지만 말이다). 그래서 우리를 안내한 사람이 승합차 뒷문을 열었을 때, 나는 내가 아는 한 역사상 가장 주목받는 여성은 물론이요, 어쩌면 역사상 가장 카리스마 넘치고 매력적이고 사랑스러운 인물일지도 모를 사람을 만나게 되리라 확신했다.

마거릿 A.와의 만남

프로듀서와 촬영팀이 교도국 장비를 승합차에서 내리는 동안 나는 마거릿 A.의 거처라고 짐작되는 간이건물이 들어선 비좁은 부지를 어슬렁거렸다. 나중에 생방송에 출연하면 분명 여기서 무엇을 봤는지, 마거릿 A.의 인상은 어땠는지, 그녀가 감금된 이곳의 환경은 어떤지 질문이 나올 것이다. 처음에는 위협적인 감시 장비와 경비 장치들과 교도관들밖에 보이지 않았다. 철조망으로 보강되고 위에 유리 조각을 덧붙인 높이 6미터짜리 강철울타리와 여봐란듯이 무장한 경비초소가 빙 둘러가며 시야를 막아 부지 안에서는 뜨겁고 건조한 하늘 말고는 전혀 바깥을 볼 수 없었다. (그런 환경에서는 남부 캘리포니아의 태양도 숨 막힐 듯이 답답하게 느껴졌다.) 냉정한 눈빛을 지닌 제복 입은 남자 몇 명이 자동소총을 들고 있었다. 설마 우리가 마거릿 A.를 탈옥시킬지도 모른다고 생각하는 걸까?

그렇게 중무장을 한 채 뭔가를 기대하고 기다리며 지켜보는 남자들의 시선을 의식하자 강도들에게 금고를 열어주는 보석상이라도 된 것처럼 한발만 '삐끗'해도 (예를 들어, 오해를 사면) 죽은 목숨이라는 공포가 엄습해 왔다. 마거릿 A.가 '범죄자'가 아니기 때문에, 사람들은 정부가 그녀를 얼마나 위험한 인물로 분류하는지, 그래서 얼마나 삼엄하게 경비하고 감시하는지 잊어버린다.

하지만 무장한 국가 권력의 존재가 가지는 무게감은 내게 미묘한 영향력을 미쳤다. 마거릿 A.와 얘기를 하면서 그걸 알게 되었다. 제복 입은 남자들과 경비초소와 우리의 일거수일투족을 제어하는 과잉 규정들이 서로 공모하며 마거릿 A.가 판사 앞에 선 적이 한 번도 없을뿐더러 배심원단 앞에서 재판을 받은 적도 없다는 사실을 깜박 잊게 만들었다.* 그래서 부지 한구석 거칠고 메마른 모래땅에 덥수룩하게 자라는 키 작

---

* 정확하게 말하자면, 법적으로 볼 때 마거릿 A.가 내뱉는 단어는 하나하나가 마거릿 A. 수정조항 위반에 해당하므로, 마거릿 A.는 예방적 차원에서 구금되었다고 판단된다. 헌법학자들은 이 수정조항 자체가 헌법 조항과 그 정신에 위반된다고 주장하고 있지만, 그 단호하고도 반동적인 조치 덕분에 미 헌법재판소는 행정부와 입법부가 합의하여 처리한 안보적 조치에 사법적 개입을 거부하겠다는 이전의 판단을 계속 고수할 수 있었다. 미국시민자유연맹의 소책자인 《법치가 무너질 때―마거릿 A.를 둘러싼 행정부와 사법부, 입법부의 공모》에 마거릿 A.의 감금에 관련된 법률적 특이점들이 간략하게 요약돼 있으니 참조 바람.

은 식물들이 눈에 들어왔을 때, 나는 그걸 교도국이 관대하게 허락해준 '특혜'라 여겼고, 그래서 마거릿 A.의 숙소로 들어가면서도 저 철책과 번득이는 거울 같은 감시창들과 위협적인 무기들이 장착된 초소에 둘러싸여 감금된 채 산다는 것이 얼마나 견딜 수 없는 압박인지 느끼기보다는 마거릿 A.가 숙소 바깥의 마당과 자기 '정원'을 거닐 수 있으니 얼마나 다행이냐는 생각을 했다.

내가 이런 고백을 하는 이유는 시각적 인식이 사고에 얼마나 미묘하게 영향을 미치는지 설명하기 위해서다. 겹겹이 둘러싼 감시 시스템과 교도관들의 존재를 보고 사람들이 마거릿 A.를 감금하는 것이 정당하다는 느낌을 받는다는 사실을 나로서는 선뜻 납득할 수 없지만, 법무부 전문가들이 그렇게 믿는 건 확실했다. 마거릿 A.가 어렵사리 얻어냈을 게 뻔한 몇몇 사소한 양보 조치들은 교도국의 편집에서 살아남아 공개된 적이 한 번도 없는 반면, 그들이 배치한 저 억압적인 장치들은 영상과 사진 양쪽에서 검열, 삭제된 적이 '한 번도' 없으니 말이다.*

그래서 한물간 구식 교도국 장비를 놓고 투덜대는 촬영팀원 한 명과 교도관 세 명을 대동하고 마거릿 A.의 숙소에 들

---

* 나는 법무부의 뒷조사를 통과할 만큼 깨끗한 이력을 유지하는 데 골몰한 탓에 마거릿 A.가 직접 얻어낸 양보 조치들이 무엇이 있는지 미리 살펴볼 수 있는 자료를 요청하지 않았다. 마거릿 A.가 구금 상태에서 이어온 투쟁 기록은 미국시민자유연맹 캘리포니아 지부를 통해 그녀의 주 대변인인 엘리사 먼템버에게 연락하면 전부 얻을 수 있다.

어섰을 때, 나는 보이는 모든 것을 묘하게 편향된 시각으로 바라보고 있었다. '그렇게 나쁘진 않네.' 나는 방 두 개짜리 숙소의 첫 번째 방을 보며 생각했다. 팔걸이가 달린 딱딱한 나무 의자 두 개가 쿠션들 덕분에 포근해 보였고, 치약 같은 녹색인 흉한 벽 대부분을 가린 실로 짠 태피스트리는 놀라울 정도로 아름답게 제 역할을 해내고 있었다. '일반 감방보다 나쁘지 않은 데다, 정치범들이 수감되는 지하 감옥보다는 훨씬 낫잖아.' 나는 그런 생각을 했다. 돌이켜보면 나는 아마도 마거릿 A.가 그럭저럭 지낼 만한 환경에서 살고 있다고 믿음으로써 아무리 오래 걸리더라도 석방되는 그날까지 그녀가 버텨주리라 믿고 싶었던 듯하다. 그래서 마거릿 A.가 나타날 때까지 출입문 옆 탁자에 놓인 작은 컴퓨터에 시선을 고정한 채 이 컴퓨터 덕분에 마거릿 A.의 말재주가 (그리고 어쩌면 그녀의 '말' 자체도) 살아남을 가능성이 있지 않을까 생각하며 '마거릿 A. 수정조항'에도 불구하고 교도국이 그녀를 다른 정치범들 대하듯이 엄격하고 강압적으로 대하지 않는다는 데에 기뻐했다.

그러나 그때 마거릿 A.가 등장했다. 미칠 듯한, 숨이 멎을 듯한 그 몇 초간은 시간도 멈춘 듯했다. 그녀는 교도관들과 (나는 그들의 얼굴에 갑자기 경계하는 듯 불편한 기색이 나타나는 것을 무의식적으로 감지했다) 인사를 나누고는 그냥 그 자리에 서 있었다. 회색 면직 셔츠와 바지를 입은 작고 뚱뚱한 인물이 검사라도 하러 나온 사람처럼 우리를 쳐다보았다. 나는 목에 뭔가 걸린 것처럼 끙끙대며 누가 소개를 해주지 않을까 싶어 몇 초간 교도관들을 힐끔거렸다. 그러다 다시 마거릿 A.를 쳐다보고는 내 기대가 얼마나 어리석은지 깨닫고 교도관들을 모임 주선자 정도로 착각한 나 자신을 조소했다. 당시에는 몰랐지만(그리고 어떻게 그렇게 됐는지 여전히 확실히 이해하지는 못하지만), 그 순간이 바로 언론계에서 일하는 내내 나를 지탱해주었던 전문가적 페르소나를 잃어버린 때였다.

마침내 프로듀서가 나섰다. "안녕하세요." 그녀가 입을 열며 손을 내민 채 마거릿 A.에게 다가갔다. 그러나 어렵사리 복구되려던 분위기는 이내 산산이 부서졌다. 마거릿 A.가 프로듀서가 내민 손을 무시하고, 자신은 이 사회적 관습이라는 겉치레를 하는 데 드는 비용을 감당할 수 없을 듯하다고 말했기 때문이었다. 설사 우리는 감당할 수 있다고 느끼더라도 말이다.*

마거릿 A.가 신랄한 태도로 악수를 거부한 탓에 그러지 않아도 긴장한 분위기가 더욱 팽팽해졌고, 나는 우리를 둘러싼 사람과 사물 모두를 더 날카롭고 비판적인 태도로 바라보게 되었다. 예를 들자면, 마거릿 A.에게 이 구금이 어떤 의미일지 조금이나마 깊게 이해하게 된 때가 바로 그 순간이었다.

---

* 이 기록은 불행하게도 마거릿 A.와 나눈 대화를 글자 그대로 옮긴 녹취록이 아니라 내 기억에 의지해 재조립한 것이다. 프로듀서도 나도 촬영팀원들도 직관적 기억력 같은 건 없고(그리고 우리 중 누군가가 그런 기억력을 가졌다면 법무부가 사전에 발견하여 마거릿 A.와 접촉할 자격을 주지 않는 빌미로 삼았을 것이다), 그래서 우리가 기억하는 마거릿 A.의 말이라야 서로 머리를 맞대고 기억을 되살리며 짜 맞춘 것인데, 법무부의 사후보고 규정에 따라 마거릿 A.와 접촉한 직후 48시간 동안 각자 고립돼 있었던 탓에 그조차 수월하지 않았다.

그전까지만 해도 나는 정부가 그녀의 입을 막고 구금하는 데에 추상적인 분노를 느꼈다. 하지만 마거릿 A.가 사회적 겉치레의 비용을 언급한 순간, 나는 그녀가 처한 상황의 실제를 느꼈고, 끊임없이 감각들을 짓누르는 이 공적 억압의 무게에 맞설 만큼 강인한 정신을 소유한 사람에게도 사소해 보이는 일 하나하나가 얼마나 어마어마한 영향력을 행사할 수 있는지 희미하게 감지했다.

프로듀서가 당한 낭패를 보고 배운 바가 있어서 나는 프로듀서가 마거릿 A.에게 나를 소개할 때 그냥 미소를 지으며 고개만 끄덕였다. 여전히 마거릿 A.는 나를 외면했고, 그녀의 입술이 실룩거린 것만으로도(그녀의 얼음장 같은 노회한 시선이 줄곧 차갑고 냉담했으니, 재미있다고 생각해서 그런 것은 아닐 것이다) 나는 얼굴을 붉힐 정도로 바보가 된 기분이 들었다(얼굴을 붉히고 나니 더욱 바보가 된 기분이었다). 거부하는 듯한 그녀의 태도와 그에 대한 나의 반응 탓에 외려 처음에 느꼈던 분노가 되살아났다. 순간적으로 나는 그녀의 예의 없는 태도에 분개했고, 잠시 후에는 문득 그녀가 나를 수정헌법 지지자로 여기는 것이 틀림없다는 생각이 들어 당혹스러워졌다.*

---

* 마거릿 A.와 접촉하는 내내 나는 어쩌면 그렇게 오랜 세월 간절하게 동경해온 만남이 이렇게 실망스러울 수가 있는지 의아해하면서 환멸을 느꼈다. 마거릿 A.는 아무 자극도 주지 않았고, 개인적인 호감을 느낄 빌미조차 주지 않았다. 나는 그녀의 숙소에 있는 동안 계속해서 유일한 창문을 막은 철판을 곁눈으로 살피고 경비원들이 든 소총에 끊임없이 은밀한 시선을 던지면서도 그녀가 불쌍하게 느껴지기는커녕 몇 번은 불타는 적개심을 느끼기까지 했다. 마거릿 A.의 몸에 카리스마를 풍기는 세포라곤 단 하나도 없었다.

촬영팀은 소개 따위는 개의치 않고 경멸하던 장비를 설치하고 촬영을 시작했다. 프로듀서는 촬영팀더러 우리가 무슨 대화를 나누든 상관하지 말고 무조건 찍으라고, 방 두 개짜리 오두막에 있는 건 뭐든 샅샅이 훑고, 특히 마거릿 A.의 '정원'은 놓치지 말고 꼭 찍으라고 일렀다.

그리고 나서 프로듀서가 이 일에서 내가 맡은 역할을 시작하라고 일러주기라도 하듯이 내게 고개를 끄덕였다. 나는 다시 마거릿 A.를 쳐다보고 준비한 첫 번째 질문이 무엇이었는지 필사적으로 생각했다. 아무것도 생각나지 않았다. 머릿속이 하얘졌다. 공황 상태에 빠진 나는 아무거나 생각나는 대로 첫 번째 질문을 던졌다. "머리는 누가 잘라줘요?"

마거릿 A.가 나를 보며 눈썹을 치켜들었다. 그건 요청만 하면 교도국이 기꺼이 내줄 종류의 정보라고 호되게 나무라는 듯했다. 내 몸 전체가 부끄러움으로 달아올랐다. 힐끗 주위를 둘러보자 인상을 쓰는 프로듀서와 눈을 희번덕거리는 교도관들이 보였다. 그 순간, 마거릿 A.는 흑인인데 내가 밴던버그에서 본, 적어도 마주친 교도관들은 모두 백인이라는 생각이 머리를 스쳤다. (마거릿 A.의 곱슬머리가 아주 짧게 손질된 걸 보고 여자든 남자든 지금까지 본 교도관 중에 누군가가 그녀의 머리를 잘라주는 장면은 상상이 안 된다고 생각했던 탓에 그런 질문이 튀어나오지 않았나 싶다.) 그제야 나는 지금까지 백인 교도관들밖에 없었는지, 만약 그렇다면 그 점에 대해서 어떻게 느끼는지를 물었더라면 좋았을 텐데 하고 후회했다. 하지만 교도국에서 그런 질문을 문제 삼지 않을까 하는 걱정이 든 데다,

그녀가 그 질문을 어떻게 생각할지 몰라서 불안했다. 교도관의 존재 자체가 폭력으로 느껴질 사람에게 교도관의 인종적 정체성이 의미가 있을지 알 수 없으니… 다행스럽게도 준비했던 질문 하나가 떠올랐다. 개인적인 (그래서 '사소한') 질문으로 통하리라고 생각하고 준비한 질문이었다. "지금의 구금 생활과 어쩌면 평생 구금될지도 모른다는 생각 때문에 인간으로서의 자기 자신에 대한 느낌이 변한 것이 있나요?" 나는 물었다. 마거릿 A.가 어디서 질문이 나오는지 확인이라도 하려는 듯이 내 얼굴을 주시했다. 나는 불편한 마음으로 교도관들을 힐끗거렸다. 내게 특별히 주의를 기울이고 있지는 않았지만(그건 이 질문이 용인될 만한 수준이라는 의미였다. 그렇지 않다면 인터뷰를 감시하는 관리가 교도관들이 귀에 낀 수신기로 지시를 내렸을 테니까), 그들의 존재가 전에 없이 위협적으로 느껴졌다. '이처럼 많은 사람과 장비가 들어서기에는 방이 너무 좁잖아.' 나는 생각했다.

마거릿 A.의 말을 정확하게 기억하면 좋으련만, 내가 줄 수 있는 건 의미를 간추려 옮긴 말밖에 없다. 그녀는 구금 상태가 자신에게 영향을 미친 것 중 하나는 정부 관리들이 자신을 얼마나 심각하게 생각하는지 알게 된 것이라는 말로 입을 열었다. 덕분에 자신도 스스로를 어느 때보다 심각하게 생각하게 되었다는 재치 있는 말이었다. 그녀는 찡그리긴 했어도 냉소적이지 않은 미소를 띠며 말했다. "생각해보세요. 생전 만나본 적도 없는 사람들이 제 말에 귀를 기울이기 시작하기 전까지 저는 그냥 평범한 사람이었어요. 사람들이 제 입에서 나오는 말 한 마디 한 마디를 마치 총에서 발사되는 총알처럼 심각하게 받아들인다고 상상해보세요. 저들이 절 독방에 가두고 아무와도 접촉하지 못하게 할 때까지 저는 저 자신을 특별히 심각하게 생각해본 적이 없는 거 같아요. 저들은 제 입에서 나오는 건 뭐든 듣는 사람에게 위험하다고 하더군요. 저는 몇 주 동안 정체를 알 수 없는 치명적인 전염병에 걸린 환자처럼 완전한 격리 상태로 지냈어요. 저는 제가 정신적으로 붕괴할 거라 확신했죠. 하지만 그런 자아도취를 상상할 수 있어요? 자기 말이 그처럼 강력하다고 상상이나 가능해요? 그런 대중의 반응 덕분에 저는 더없이 강력한 인물이 되었고, 제가 들어본 바로는 역사상 어느 인간도 가지지 못했던 힘을 가지게 되었죠. 처음에는 저 자신도 이런 상황을 심각하게 받아들일 수가 없었어요. 나중에는 조금 두려워졌죠. 하지만 다시 자유롭게 말할 수 있게 될 확률이 이렇게나 희박하다면, 계속 겁에 질려 살 수는 없잖아요?"

대답을 듣고 나는 깜짝 놀랐다. 나는 그녀가 정당한 절차를 부정하는 체제의 부당함에서 느끼는 씁쓸함을(나는 그녀가 적확한 단어를 쓰지 않고도 그런 주제에 대해 말할 수 있었다고 생각한다), 구금 탓에 망가진 그녀의 삶을, 가족과 친구들로부터 추방된 공포를 얘기하리라 예상했다. 하지만 그녀가 알려준 관점 덕분에 나는 그녀를 침묵하게 만든 이 장치가 얼마나 이상한지 새삼 깨달을 수 있었다. 단지 하나의 목적을 달성하기 위해 얼마나 많은 자원이 투입되고 있는지, 그리고 소속된 당이나 조직도 없는(그녀와 관련된 조직은 그녀가 구금되기 3개월 전에야 결성되었다) 평범한 어머니이자 중학교 교사였던 한 여성의 말로부터 사회를 보호해야 한다고 판단함으로써 정부가 실제로는 얼마나 큰 지명도를 그녀에게 부여하고 있는지를. 갑자기 번쩍하면서 여름 저녁 하늘을 찢는 첫 번개처럼 마거릿 A. 현상은 아주 짧은 순간 모습을 드러내며 사람들을 흥분시켰다.

나는 다음으로 딸을(마거릿 A.의 딸이 어머니가 구금된 뒤에 뉴질랜드로 이주했다는 사실은 널리 알려져 있다) 비롯한 가족들을 보고 싶지 않은지 물었다. 마거릿 A.가 몇 분에 걸쳐 이 질문에 답했지만, 안타깝게도 내 말주변으로는 정확하게 전달할 수 없는 복잡하고도 예상치 못한 답변이었다.*

"우리 세계의 언론과 여러 사회 제도는 사생활을 특권이라 여깁니다." 마거릿 A.는 그런 말로 입을 열었다. "사치품이라 생각하는 거죠. 모든 사람이 누려야 하는 중요한 기본권이 아니라요. 사생활을 특권으로 여기지 않는다면 인간 사회는 지금과 같지 않겠죠. 그 결과, 제 딸이 제 솔직함의 대가를 치렀습니다. 언론과 여러 사회 제도가 강제한 대가였죠. 사람들이 제 사생활을, 그리고 자동으로 제 딸의 사생활이 무시되는 건 제 솔직함 탓이라는 가정에 기반하여 제게 그런 대가를 강요했으리라 생각합니다. 그러나 제게 딸에 관한 문제는 저의 자기검열이 제 말이 대중의 주목을 받기 전에 딸이 누

* 다른 사람들과 머리를 맞대고 이 질문에 대한 마거릿 A.의 대답을 재구성해보려 했으나, 서로 다른 기억을 제시하며 엄청난 독설을 주고받는 상황이 돼버리는 바람에, 우리는 결국 이 건에 대해서는 다시 논의하지 않기로 합의를 보았다.

렸던 일상만큼의 가치가 있었는지의 문제가 되었습니다. 저는 침묵이 제게 강요했을 내가를 지불할 여유가 있었을까요? 사람이 무슨 일을 하거나 하지 않을 때는 늘 거기에 어떤 위험이 따르는지 결정해야 하는 문제가 있습니다. 분명 당신도 이 촬영에 참여하는 대가로 사생활을 박탈당했을 겁니다. 저는 당신이 오늘 이 자리에 서는 일의 대가가 얼마인지 재봤을지 궁금하군요."

교도관들이 이 말을 막지 않았다는 사실에 나는 놀랐다. 나는 그녀가 얘기하는 중에도 그 답변에서 뭔가 전복적인 느낌을 받았다. 그녀의 말이 내가 잠자코 받은 알몸 검사와 직장 검사만이 아니라 범죄 혐의가 조금이라도 있는 자들과의 접촉을 피하면서 나 자신을 '깨끗'하게 유지해온 지난 세월을, 사이먼 바트키마저 부러워할 정도로 꼼꼼하게 게임을 벌여온 내 지난 세월을 의미한다고 확실히 느껴졌기 때문이었다. 나는 그녀가 보여준 언론과 '여러 사회 제도'에 대한 경멸과 '인간 사회'와 '우리 세계'에 대한 언급이 감청 요원들에게는 정확히 무슨 얘기인지 파악이 안 될 만큼 모호하게 들리리라 짐작했다. 하지만 프로듀서의 표정을 보니 그녀가 마거릿 A.의 말을 이해하는 데 아무 문제가 없고, 나와 마찬가지로 그 말이 전복적이라 느끼는 게 분명했다.

우리에겐 할당된 시간이 3분밖에 남지 않았다. 촬영팀이 옆 방을 들락거리는 동안에도 우리는 그 방에만 있었다. 나는 그녀에게 옆 방을 보여주면서 마지막 한두 가지 질문에 답해줄 수 있겠냐고 물었다. 그녀는 내 동료들이 마구잡이로 아무것에나 카메라를 들이대는 상황에서 굳이 허락을 구하는 나를 비웃듯이 눈썹을 치켜들었지만 이내 옆 방으로 통하는 문 없는 입구로 먼저 들어가라는 손짓을 했다. 나는 '정원'에 관해 물어보려다가 누비이불이 덮인 매트리스 옆 장판 바닥에 쌓인 책을 보고 책을 많이 읽는지, 그렇다면 어떤 책을 읽는지 물어보았다. 그녀는 시만 읽는다고 했다. 나는 책더미 제일 위에 놓인 책을 재빨리 훑어봤지만 '오드리 로드'라는 이름만 간신히 알아볼 수 있었다. 나는 시간에 쫓기면서 방 대부분을 차지한 욕실 설비를 힐끗거렸고, 욕조에 물이 고인 것을 보고 의아해졌다. 거기에 관해 물었더니 그녀는 하루에 한 번 목욕할 수 있는데 그 목욕물이 정원에 줄 유일한 물이라고 말했다. 이제 1분 30초밖에 남지 않은 걸 알고서 나는 초조하게 무슨 일을 하면서 시간을 보내느냐고 물었다. 질문에 대답하는 대신 그녀는 답해봤자 의미가 없다고, 이전에도 두 번이나 그랬듯이, 말을 마치기도 전에 교도관이 와서 인터뷰를 중단시킬 거라고 말했다.

교도관 한 명이 시간이 다 됐다고 말했다. 내가 미처 대비하지 못한, 차마 상상도 못 한 순간이었다. 내 성인기 전부가 마거릿 A.와 보낸 이 시간을 위한 서곡이었는데, 그 시간이 갑자기 끝났다. 이런 기회가 다시 오지는 않을 테니, 나는 말이 금지된 이 여성으로부터 무언가를 들을 기회를 다시는 얻지 못할 것이다.[*] 나는 그 순간을 영원히 기억하려는 듯이 마

---

[*] 교도국은 특정 언론인이 마거릿 A.와 한 차례 이상 접촉하지 못하게 하는 것을 원칙으로 삼고 있다.

거릿 A.를 바라보며 몇 초간 얼어붙은 듯 서 있었다. 무표정한 그 초로의 얼굴을 쳐다보다가 나는 우리 만남이 그녀에게는 아무 의미가 없음을, 그녀가 보기에 우리는 그저 멍하니 입을 벌리고 선 또 다른 언론 종사자들일 뿐임을, 몇 달 후에는 어쩌면 우리를 기억조차 못 할 것임을 깨달았다. 분명 그녀에게는 모든 언론인이 아무 의미도 없는 (어쩌면 당국이 자신을 과도하게 학대하지 못하도록 막는 일종의 보험으로서의 의미 정도는 있을지 모르지만) 게임을 벌이는 똑같은 로봇들처럼 보일 게 틀림없었다.

다음 몇 시간 동안 나는 둔한 무감각 상태에 빠져 어떤 결과가 뒤따를지 거의 따지지도 않은 채 정보 청취관의 질문에 기계적으로 답을 하고 평가를 들었다. 나는 지금껏 유일하게 열망해왔던 일을 해냈다. 이제 끝났다. 인터뷰는 실망스러웠고, 미래는 급격한 추락만이 남은 듯했다. 칙칙하고, 지루하고, 무의미했다.

직업윤리의 문제

사후 정보 진술을 끝내고 승합차를 빌려준 LA 지국으로 돌아오는 길에 우리는 교도국의 '재교육' 기법들이 얼마나 속이 뻔히 보이는가를 놓고 10분인가 15분 정도 농담을 했다. 어쨌든 내게는 그 재교육이란 것이 하나의 시련이었다. (다른 사람들도 그렇게 느꼈으리라 짐작한다. 거기에다 대고 한바탕 농지거리를 주고받고 나서야 마음이 편해졌으니까.) 정보 청취관이 옳다고 여길 답을 내놓기 위해서라도 정신을 바짝 차릴 필요가 있었지만, 그 못지않게 마거릿 A.가 한 말을 (가능한 한) 온전히 기억하기 위해서라도 나는 정신을 차려야 했다. 우리가 사소한 문제 하나 없이 풀려난 건 분명했다. 우리 진술을 듣고 정보 청취 책임자가 넌지시 흡족하다는 티를 내더라고 프로듀서가 말했으니, 틀림없을 것이다.

마침내 각자의 몸에 쌓였던 불편함이 농담으로 조금 해소되자 동료들이 이 마거릿 A. 상황이란 게 얼마나 무의미한 짓인지 불평을 늘어놓기 시작했다. 마거릿 A.가 왜 그렇게 큰 문제인지 당최 알 수가 없다고, 마거릿 A.라는 인물 자체는 확실히 특별할 것이 아무것도 없으니 마거릿 A. 현상이란 건 분명 거대한 미디어 사기에 불과하다고 그들은 주장했다. 예전에 방송된 평범한 영상보다 우리 촬영분이 돋보이는 부분이라 여겼던 컴퓨터와 '정원'과 반쯤 물이 찬 욕조와 물 푸는 용도로 쓰는 냄비 영상이 교도국의 검열로 삭제한 것에 대해서도(그 결과 우리가 찍은 영상도 기존의 영상과 거의 똑같아 보일 것이다) 불만을 토했다. 그들은 그 영상들이 삭제된 것을 마거릿 A.의 입술이 움직이는 모든 장면이 삭제된 것보다 더 난처하고 당황스럽게 여겼다. 그들은 교도국이 독순술사를 무서워하나보다고 농담을 하고는 이내 자기들이 보기에는 마냥 지루하기만 한 여자 한 명을 가지고 그처럼 난리를 치는 정부의 망상증에 관해 토론을 벌이기 시작했다.

몇 분간 오가는 얘기를 잠자코 듣고 있던 프로듀서가 반대 의견을 냈다. "그 여자는 파괴자야." 그녀가 단정적으로 말했다. "그 여자는 자신과 자신의 의견을 지독하게 확신하기 때문에, 세상에서 제일 자신만만한 사람이나 되어야 그 여자의 전복적인 습격에 저항할 수 있을걸." 촬영팀 사람들이 낄낄거렸다.

"무슨 전복?" 촬영팀 사람들은 궁금해했다. "그 여자가 악수 거부한 거?"

프로듀서는 이 반칙적인 일격을 무시했다. "우리를 감시하던 저 멍청이들은 그 여자가 무슨 말을 하는지 알아차리지도 못할 정도로 머리들이 둔했어. 그 여자가 '사회 제도들'이라는 단어를 쓸 때 뭘 가리키는지 알아채지 못하는 건 머저리들뿐이야." 반격을 받은 그들은 입을 닫았고, 마거릿 A.에 관한 대화는 끝이 났다.

내가 말이 없다는 사실을 눈치챈 사람은 없었다. 그리고 사실 나는 용케 엘리사 먼템버에게 연락해서 내 정체를 드러내지 않고 방송 인터뷰를 하기로 협상도 했다.* 의심은 뒤늦게, 다른 맥락으로 왔다. 마거릿 A.가 내 입장이었다면 물었을 게 틀림없는 질문들을 스스로에게 묻기 시작했을 때였다. 나를 의심한 사람이 마거릿 A. 촬영 프로듀서인 것도 놀라운 일은 아니었다. 아무도 마거릿 A.가 내게 미친 '영향력'까지 추적해

---

* '급진적'인 내용은 뭐든 편집되거나 촬영분 자체가 폐기됐을 터이니 촬영을 하면서 뭔가 진지한 분석을 시도해봐야 의미가 없었을 것이다. 나는 마거릿 A.가 여전히 활력을 유지하고 있으며, 강요된 침묵 탓에 의기소침하기는커녕 그것을 자신이 올바른 길을 걷고 있다는 표식으로 받아들인다는 사실을 알리는 것이 중요하다고 생각해 의식적으로 보이지 않는 선을 건드는 걸 선택했다.

내지는 못했지만, 프로듀서는 알았다. "너는 마거릿 A. 개종자야." 그녀가 나를 몰아붙였다. "넌 그 여자한테 폭 빠졌어, 그렇지 않아?" 나는 그녀가 쓴 단어가 너무 혐오스러워서 앞뒤 재지도 않고 우리가 교도국의 공범은 아니지 않냐며 논쟁에 불을 붙였다. 하지만 그녀는 내가 두 번째 문장을 채 끝내기도 전에 말을 자르고 끼어들었다. "직업 언론인이라면 전복 같은 데에 마음을 쓸 여유가 없어." 그녀가 나를 힐난했다. '여유라는 단어를 쓰다니, 자신이 무슨 말을 하는지 알기나 할까?' 나는 궁금해졌다. 물론 그녀는 아무 생각이 없었을 것이다. 그녀는 내가 잘 속아 넘어가는 바보라고, 직업윤리를 저버렸다고 계속 비난을 퍼붓더니 해고하겠다고 말했다. "이 건을 인사기록에 올리진 않을게." 그녀가 말했다. 하지만 나중에 내가 주류 언론사에 새 일자리를 구하려 할 때마다 그녀가 눈에 띄게 고의적으로 방해하는 태도를 취했으므로, 나는 그런 약속이 무슨 의미가 있는지 의심스러워졌다.

직업윤리 문제는 전언련 회원들을 괴롭히는 사안이다. 그 프로듀서 같은 언론인들은 정부가 제시하는 맥락화를 객관성 측정의 변수들을 결정하는 데에도 이용하는 지경에 이르렀다. 그런 맥락화의 범주를 벗어난 사실은 고려하는 것조차 전복적인 행위가 된다. 마거릿 A.와의 만남이 내게 가르쳐준 것이 있다면 바로 언론인에게 요구되는 자기검열이 내가 지불하기에는 너무 큰 대가를 요구한다는 사실이다. 그렇다면 이 질문은 언론인의 직업적 이상을 어떻게 그 프로듀서가 주장하는 '직업윤리'와 일치시킬 수 있느냐의 문제가 된다.

요약

  첫째, 마거릿 A. 본인에 관해 말하자면, 나는 감금이나 강제된 침묵이 그녀의 사기를 꺾거나 무기력하게 만들지 못했다고 증언할 수 있다. 오히려 그녀의 말을 지우려는 정부의 노력이 마거릿 A.의 말을 특징짓는 특유의 독창적이고 명확한 표현들을 약화시키기보다는 강화해온 것으로 보인다. '마거릿 A. 수정조항'을 반대하는 대중적 저항에 정부가 더는 버틸 수 없는 날이 올 것이고(시간이 지날수록 더 많은 사람이 마거릿 A.를 두려워하는 정부의 공포를 히스테리성 망상증으로 보거나, 아니면 언론 매체들을 엄격하게 통제하기 위한 냉소적인 평계로 여길 것이기 때문이다), 그때 마거릿 A.는 만반의 준비가 되어 있을 것이다.

  둘째, 마거릿 A.를 촬영한 내 경험에 따르면 언론인인 우리는 객관성을 측정하는 변수들과 직업윤리에다 정부의 맥락화 논리를 합성하는 관행에 질문을 던질 필요가 있다. 특히 그런 맥락화가 말뿐만이 아니라 사실관계조차 삭제할 것을 요구할 때는 특히 그렇다. 지금 언론인들은 "욕조를 보여주는 장면이 무슨 문제가 있는가?"라는 지극히 간단한 질문을 하는 것조차 경천동지할 객관성 부족이라는 혐의를 받을 수 있는 환경에서 일하고 있다. 그러니 마거릿 A.의 말을 대상으로 한 '제한적 검열'이 언론인들이 가진 객관성과 직업윤리의 정의를 여봐란듯이 바꿔놓았다고 봐야 할 것이다. 전언련 회원이라면 '마거릿 A. 수정조항'이 이처럼 분명하게 야기한 자기검열 원칙에 계속해서 굴복하는 자신과 그에 따른 경력 측면에서의 대가가 무엇인지 고려해볼 것이라고 나는 확신한다.

마거릿 A.를 취재한다는 목표를 이미 성취했으므로 더는 '조심'할 필요가 없어서 하는 말이지만, 마거릿 A. 촬영 이후에 나는 내 경력의 대가였던 자기검열 과정이 마거릿 A.를 넘어 다른 영역으로까지 확장되고 있음을 알게 되었다. 내 이전 경력이 단 하나의 목표, 마거릿 A.를 직접 취재하겠다는 결심에 지배됐던 걸 생각하면, 사실상 그 목표의 성취 자체가 그것을 위해 지불한 대가에 의문을 불러왔다는 사실이 역설적으로 보일지도 모르겠다. 내가 치른 대가에는 개인으로서의 나와 직업인으로서의 나를 완전하게 통합하지 못한 상실뿐만 아니라, 내가 사는 세계를 제대로 보지 않고 외면한 것까지 포함되었다. 마거릿 A.와의 만남은 그때까지 제대로 본 적이 없는 듯한 세계, 언론인으로서 폭로하고 탐험해야 할 임무가 있는 세계에 눈뜨게 했다. 나는 마거릿 A.의 말에 위장막을 걷고 세계를 새롭게 보게 만드는 힘이 있기 때문에 금지되었다고 생각한다. 나는 마거릿 A.의 식견을 절대로 완전하게 이해하지 못할 것이다. 마거릿 A.가 한 말의 진짜 기록도 절대로 갖지 못할 것이다. 하지만 마거릿 A. 덕분에 나는 지금 눈앞을 가린 위장막을 더듬고 있고, 어쩌면 찢고 있는지도 모른다. 나는 눈앞에 드리운 이 위장막을 찢고 있는지도 몰랐던 보다 넓고 밝은 세계를 볼 수도 있으리라.

L. 티멜 듀챔프

L. Timmel Duchamp, 1950~

L. 티멜 듀챔프는 미국의 작가이자 편집자 겸 출판인이다. 〈아시모프스 SF 매
거진〉, 〈펄프하우스〉와 같은 SF 잡지와 《풀 스펙트럼》과 같은 다양한 선집에
단편소설을 발표했다. 소설과 평론 창작 외에 듀챔프는 '애퀴덕트 출판사'를 운
영하며 다른 작가들에게 목소리를 낼 수 있는 토대를 제공하고 있다. 〈마거릿
A.의 금지된 말〉은 공개적인 발언을 이유로 갇힌 한 여성에 관한 이야기이다.
정부는 마거릿 A.의 말에 한하여 표현의 자유를 제한하는 헌법 수정안을 채택
할 정도로 그녀의 말이 위험하다고 판단한다. 1980년 〈펄프하우스―하드커버
매거진〉에 처음으로 발표되었다.

레오노라 캐링턴

My Flannel Knickers

내 플란넬 속옷

내 플란넬 속옷을 아는 사람이 수천 명이다. 무슨 연애 놀음 얘기처럼 들리겠지만, 그렇지 않다. 나는 성인(聖人)이다.

실제로는 '성인'이 되도록 강요당했다고 말할 수도 있다. 누구라도 성스러워지기를 회피하고자 하는 사람이 있다면, 지금 바로 이 이야기를 끝까지 읽어야 한다.

나는 섬에 산다. 감옥에서 나올 때 정부가 내준 섬이다. 불모의 섬이 아니다. 분주한 대로(大路) 한가운데 자리한 교통섬이라 차들이 낮이고 밤이고 사방에서 굉음을 내며 질주한다.

그래서….

내 플란넬 속옷은 잘 알려져 있다. 속옷은 벌건 대낮에 빨갛고 파랗고 노란 신호등에서 뽑아 온 전선에 걸려 있다. 나는 매일 속옷을 빨고, 속옷은 햇볕에 말려야 한다.

플란넬 속옷 외에 나는 신사들이 골프를 칠 때 입는 트위드 재킷을 입는다. 누가 준 것이다. 그리고 운동화도 있다. 양말은 신지 않는다. 뭐라 분류할 수 없는 내 외양을 보고 몸을 사리는 사람들이 많지만, (주로는 여행 책자에서) 나에 대해서 들은 바가 있는 사람들은 순례를 온다. 아주 간단한 문제다.

이제 나는 나를 이런 상황에 몰아넣은 특정한 사건들을 더듬어볼 참이다. 한때 나는 엄청난 미인이었고, 사람이 다른 사람의 시간을 허비하려는 목적으로 조직하는 온갖 종류의 칵테일 파티와 시상식과 유해하기 십상인 여러 모임에 참석했다. 나는 언제나 초대되는 사람이었고, 내 아름다운 얼굴은 최신 유행에 맞춘 의상 위에 끊임없이 미소를 지으며 걸려 있곤 했다. 그러나 멋들어진 의상 안에는 열렬한 심장이 뛰고 있었는데, 이 매우 열렬한 심장은 원하는 사람 누구에게나 더운물을 펑펑 쏟아내는 열린 수도꼭지 같았다. 이 낭비가 심한 과정은 곧 미소 짓는 아름다운 얼굴에서 대가를 받아갔다. 이가 빠졌다. 본래의 얼굴 생김새가 일그러지더니 점점 늘어가는 작은 주름이 생겨 뼈에서 떨어져 나가기 시작했다. 나는 상처 입은 자만심과 깊은 우울감이 뒤섞인 기분으로 앉아 이 과정을 지켜보았다. 내가 내 '달의 차크라' 안에, 섬세한 증기 구름 속에 굳건하게 자리를 잡았다고 생각했다.

어쩌다 거울에 비친 내 얼굴에 미소라도 지었다면, 이가 세 개밖에 남지 않았고 그마저 썩기 시작했다는 사실을 객관적으로 관찰할 수 있었을 텐데.

그 결과 나는 치과에 갔다. 의사가 남은 이 세 개를 치료하고는 분홍색 플라스틱 틀에 교묘하게 가짜 이를 박아 넣은 틀니를 내밀었다. 점점 줄어가는 재산에서 상당히 큰 몫을 떼어내 값을 치르자 틀니는 내 것이 되었고, 나는 집으로 들고 와 입안에 끼워 넣었다.

여전히 주름은 있었지만 '얼굴'이 조금이나마 예전의 '저항할 수 없는 매력'을 회복한 듯 보였다. 달의 차크라에 웅크리고 있던 '나'가 굶주린 송어처럼 뛰쳐나와 '한때는 아주 아름다웠던' 모든 얼굴 안에 드리운 날카로운 미늘 낚싯바늘을 덥석 물었다.

나와 얼굴과 분명한 지각 사이에 자력을 띤 엷은 안개가 일었다. 나는 안개 속에서 뭔가를 보았다. "이런, 이런. 난 정말로 오래된 달의 차크라 안에서 돌이 되려던 참이었는데. 이건 분명 나야. 이 아름다운, 빠진 이 하나 없이 미소 짓는 생물은. 지금까지 난 사랑이라곤 찾아볼 수 없는 어두운 혈류 속에 미라화된 태아처럼 앉아 있었지. 이제 난 호화로운 세계로, 다시 가슴이 뛰는, 근사하고 따뜻한, 주체할 수 없이 흘러넘치는 감정의 풀장에서 다시 가슴을 펄떡이는 세계로 돌아왔어. 사람이 많을수록 더 재미있겠지. 나는 풍성해질 거야."

이런 온갖 비참한 생각들이 늘어나 자력을 띤 안개에 반영되었다. 나는 과거에는 늘 결과가 신통찮았던 예전의 그 수수께끼 같은 미소로 돌아간 내 얼굴을 쓰고 안개 속에 발을 들여놓았다.

나는 들어서자마자 갇혀버렸다.

무시무시하게 웃으면서 게걸스럽게 서로를 잡아먹으려 애

쓰는 얼굴들의 정글로 돌아온 것이다.

이쯤에서 이런 종류의 정글이 실제로 어떻게 돌아가는지 설명해야 할 것 같다. 각 얼굴에는 입이 제공된다. 입은 제각기 다른 종류의 이빨로 무장했는데, 때로는 진짜 이빨일 때도 있다. (마흔이 넘고 이가 없는 사람은 누구든 우주 털실을 낭비하는 대신 조용히 원래의 새 몸을 짤 정도의 감각은 있어야 한다.) 이빨이 쩍 벌어진 목구멍으로 가는 길을 가로막아서 얼굴이 삼킨 건 뭐든 악취 나는 공기 중으로 도로 게워진다.

이런 얼굴에 달린 몸뚱이는 얼굴을 붙잡아두는 무게 추 역할을 한다. 몸뚱이는 대개 당시 유행하는 '패션'에 따라 온갖 색과 형태로 조심스럽게 덮여 있다. 이 '패션'이라는 것은 지칠 줄 모르는 갈망으로 돈과 악명에 달려드는 또 다른 얼굴이 내놓는 탐욕스러운 개념이다. 계속되는 끔찍한 고통을 호소하는 몸뚱이들은 대체로 무시되고, 얼굴의 이동수단으로서만 이용될 뿐이다. 아까도 말했지만, 무게 추 말이다.

그러나 새 이를 드러내자마자 나는 뭔가 잘못됐음을 알았다. 아주 잠깐 수수께끼 같은 미소를 지은 뒤에 미소는 아주 뻣뻣하고 딱딱해졌고, 거의 생기를 잃은 몸에 걸린 부드러운 회색 가면에 필사적으로 매달린 '나'를 버려두고 얼굴이 붙어 있던 뼈대에서 미끄러져 내렸기 때문이었다.

이제 이 사건의 이상한 부분이 드러난다. 이미 측은한 구경거리를 보는 듯한 표정을 짓고 있던 정글 얼굴들이 공포에 질려 움찔거리는 대신, 내게 다가와 내가 가지고 있다고 생각지 않았던 어떤 것을 달라고 간청하기 시작했다.

혼란스러워진 나는 어느 그리스인 친구에게 의견을 물었다.

그가 말했다. "저 사람들은 네가 완벽한 얼굴과 몸을 엮었다고 여기고 있어. 그러니 네가 언제든 쓸 수 있는 여분의 우주 털실을 가지고 있다고 생각하는 거지. 설사 네가 가지고 있지 않다고 해도, 네가 털실에 대해 안다는 바로 그 사실 때문에 저 사람들은 그걸 훔쳐야겠다고 결심하게 되는 거야."

"난 말 그대로 털실 전부를 허비해버렸어." 내가 그에게 말했다. "그리고 누군가가 그걸 훔쳐가면 나는 당장 죽어서 완전히 분해되어 버릴걸."

그리스인이 말했다. "3차원 삶이란 태도로 구성되지. 저 사람들의 태도는 상당히 많은 털실을 가지고 있으리라 여겨지는 사람을 대하는 태도야. 넌 어쩔 수 없이 3차원적으로 '성인'이 되어야겠어. 그 말은, 네가 네 몸을 자아서 저 얼굴들에게 각자의 몸을 잣는 법을 가르쳐야 한다는 거야."

측은해 하는 그리스인의 말을 듣고 나는 공포에 질렸다. 나는, 나 자체가 하나의 얼굴이다. 그 순간 그 사교적인 얼굴 먹기 대회에서 가장 빨리 물러날 방법이 떠올랐다. 생각과 동시에 나는 튼튼한 강철 우산으로 어느 경찰관을 공격했다.

나는 재빨리 감옥에 보내졌고, 그곳에서 명상과 강제 운동으로 건강을 찾는 나날을 보냈다.

모범적인 수형 생활에 감동한 여자 교도소장이 과도한 선심을 썼고, 덕분에 정부는 개신교도 공동묘지 한쪽 구석에서 작지만 성대한 기념식을 치른 다음 내게 이 섬을 선물해 주었다.

그래서 나는 여기, 지각할 수 있는 모든 방향으로, 심지어 머리 위로도 갖가지 크기의 인공 기계들이 씽씽 달려가는 섬에 있다.

여기 내가 앉아 있다.

레오노라 캐링턴
Leonora Carrington, 1917~2011

레오노라 캐링턴은 생애 대부분을 멕시코에서 산 영국 태생의 초현실주의 화가이자 작가로, 1930년대 초현실주의 운동의 마지막 생존자 중 한 사람이었다. 캐링턴은 "아주 어린 시절부터 온갖 종류의 유령들과 환상을 겪는 매우 이상한 경험들을 하곤 했다"라고 말한 적이 있다. 그림이 워낙 찬사를 받는 통에 소설 작품들이 그늘에 가리는 경향이 있지만, 캐링턴의 기묘한 이야기들은 앤젤라 카터를 비롯한 많은 작가에게 큰 영향을 미쳐왔다. 《일곱 번째 말》과 《타원형 아가씨》 등의 선집들이 출간되었다. 〈내 플란넬 속옷〉은 여성, 특히 창조적인 여성이 어떻게 주류에서 밀려나 대중의 시야에서 사라지는 동시에 다른 맥락으로는 모두의 눈앞에 전시되는지를 환기시킨다. 1988년 출간된 단편집 《일곱 번째 말》에 처음으로 소개되었다.

킷 리드

The Mothers of Shark Island

상어섬의 어머니들

나는 말한다.

상어섬 죄수들은 낮에 자유로이 안마당을 거닐 수 있다. 담장이 높고 절벽이 가파르기 때문이다. 상어섬에 세워진 감옥인 '만약의 성'을 탈출한 사람은 아무도 없다. 탈출을 시도했던 몇 안 되는 어머니들은 두 번 다시 보이지 않았다. 해협을 쏜살같이 오가는 상어 떼에 잡아먹히거나 절벽 밑 바위에 부딪혀 산산조각이 났을 것이다.

밤에는 흉벽 위로 간수들이 오갔다. 우리를 가둔 자들의 얼굴은 시시때때로 바뀌었다. 우리가 저들인가? 저들이 우리인가? 때로 노란 완장을 차고 행진하는 저들은, 우리를 감금하는 데에 협조하는 저 실눈을 뜬 모범수들은, 우리였다. 우리는 다른 여자들을 엄격하게 줄 세우면서 가죽 씌운 곤봉을 들고 순찰을 돌았다. 우리는 머리 위에 달린 감방 창으로 간수들을 쳐다보았다. 우리는 이곳의 죄수들이었다.

이곳에 갇힌 자들은 누구이고, 가둔 자들은 누구지?

우리를 가둬야 한다고 결정한 자들은 누구야? 우리가 그들에게 걸리적거리는 존재가 되기 시작한 건 언제지?

우리를 이 감옥으로 보낸 자들은… 거칠고 열성적인 우리 아들들이었던가? 녀석들이 저절로 태어나 자라지 않았다는 사실을 증언해줄 목격자가 아무도 없었단 말인가? 녀석들이 말했지. "엄마, 피곤해 보여."

아니면 우리의 닮은꼴, 우리의 신형 판본인 우리 딸들이었나? 재는 듯한 상냥한 미소를 머금고 딸들은 말했지. "엄마, 내가 할게."

우리가 감옥에 갇힌 건 별자리 운이 나빠서였을까, 아니면 우리가 뭔가 잘못을 했기 때문일까? 아, 신이여, 우리가 뱉었던 어떤 말, 애들이 용서할 수 없었던 그 어떤 말 때문일까? 우리가 이 감옥에 오게 된 이유는 그 자체로 공포이자 수수께끼다. 우린 애들에게 뭐든 다 해줬는데, 애들은 왜 우리를 이곳에 처넣었을까?

방한 신발과 등교복을 챙기고 찌그러진 케이크를 수습하고 온갖 수업과 캠프에 데려다주고 학비를 대고… 그러면서도 심리적으로 아이들을 너무 압박하지 않으려고 애썼던 오랜 나날들. 우리는 안달복달하며 모든 노력을 다했는데, 지금 우리는 여기 감옥에 있고, 우리의 어린 것들은 제멋대로 설치고 돌아다니며 지구를 거덜 내고 있다.

낮에 우리는 발걸음을 옮기며 생각에 잠긴다. 밤에 우리는 배수관을 두드려 소식을 전한다. '용-기-를-실-비-아', '인-내-를-모-드', '혁-명-은-가-까-이', '새-죄-수-9-구-역'.

폐렴과 달리 모성은 불치병이다.

＊

나는 말한다.

《몬테크리스토 백작》에 나오는 에드몽 당테스처럼 나도 옆 감방에 감금된 얼굴도 모르는 여인과 가까운 사이다. 나는 몇 달, 아니 몇 년에 걸쳐 손톱으로 벽을 갈아 틈새를 만들었다. 조그만 흔적도 남기지 않으려고 돌가루는 삼켜버렸다. 침대로 가려놓은 그 틈새로 우리는 속삭인다. 옆방에 감금된 신원미상의 어머니와 나는 오래도록 속삭여 왔다. 간수들과 마찬가지로 그녀도 늘 같은 사람은 아니었다.

얼마나 많은 여자가 옆 감방을 드나들었을까? 우리는 서로 이름을 묻지 않는다. 밤이 되면 우리는 위안 삼아 이야기들을 잣고 세세한 것들을 떠올리며 열거한다. '만약의 성'에 오기 전에 아이들에게 해줬던 일 같은 것. 우리가 여기 있다는 사실은 얼마나 잔인한가.

하지만 우리의 노동 생명은 끝났다. 아이들이 달리 어떻게 할 수 있겠어? 밤은 우리가 누운 돌바닥보다 차가웠다. 이곳에 있는 우리는 외롭고 슬프다. 과거로 돌아가거나 과거를 바꾸어 아이들이 여전히 우리를 필요로 하게 만드는 방법이 있다 해도, 우리는 그러지 않을 것이다.

우리는 다른 방법을 모른다. 우리는 아이들을 키워야 해서 키웠고, 아이들은 커서 우리를 전범(戰犯)인 양 가뒀다.

친구들! 아이들이 우리에게 범죄 혐의를 뒤집어씌웠어. 우리가 절대 저지르지 않은 범죄 혐의를. 우리는 결백해, 정말로. 결백해!

*

죄수들이 말한다.

레바: 나는 모신(母神)이야, 빌어먹을. 내 사연은 이래.

난 남편과 아이 둘에게 꼼짝 못 하고 짓밟힌 채 내 집 안에 갇힌 죄수였어. 애초에 날 어머니로 만든 남편 제러드가 있고, 끊임없이 돌봐줘야 하는 어린 제리와 징징거리는 준이 있었지. 온종일 길바닥에서 살았어. 다들 무슨 얘긴지 알 거야. 운동이다, 교습이다, 카풀이다 뭐다 해서 밤늦게 설거짓거리를 세척기에 쟁여 넣고 마침내 침대로 기어들면 우리 큰 제러드가 손을 대지. 뭐 좋아, 하지만 난 새벽같이 일어나 식기세척기에서 그릇을 꺼내 정리하고 출근길에 아이들을 학교에 데려줘야 한다고. 내가 다니던 법률회사의 남자들은, 집에 그런 일을 대신 해줄 아내가 있는 남자들은 피곤에 찌든 나를 훌쩍 뛰어넘어 승진을 거듭했지.

게다가 제러드! 그는 말했지. "당신이 일만 그만두면 셔츠에 풀 먹이는 것쯤 아무 일도 아니잖아." 그는 또 말했지. "집이 돼지우리 같아!"

얼마쯤 지나니까 난 그냥 피곤해졌어. 파트너 변호사가 되기에는 너무 녹초가 되어 있었어. 그래서 일을 그만뒀어. 처음에는 근사하다는 생각이 들 정도였지. 청소하고 설거지하고 빨래를 개고 요리를 하고 깔끔하게 집을 꾸미고 아이들을 학교와 미술학원과 조별 활동에 데려다줄 시간이 넉넉했어. "이래야지. 당신한테서 너무 좋은 냄새가 나." 하고 중얼거리는 제러드와 나란히 누울 시간도 넉넉했어. 난 그가 내 목덜미에 얼굴을 묻는 걸 좋아했지.

하지만 아침에 일어나면 나는 다시 침대보를 갈고 시트를 다림질하고, 반짝거리는 머릿결과 하얗고 튼튼한 치아를 가진 아이들을 여기저기 데려다줘야 해. 그런데 아이들은? 아이들은 날 어떻게 생각했지? 아이들은 말했어. "엄마가 뭘 알아? 엄마는 그냥 엄마일 뿐이잖아."

인생은 끝없이 이어지는 난로 연통 같다 했지. 아니, 뫼비우스의 띠였나? 남편이 셔츠 몸판에는 풀을 덜 먹이고 깃에는 풀을 더 많이 먹여달라고 해. 아이들은 샌드위치를 이런 식으로 잘라달라 저런 식으로 잘라달라 요구하지. 그러면서도 그들은 같이 길을 갈 때 저희끼리 뒤에 처져서는 내가 같은 일행이 아닌 것처럼 보이려 해. 남편은 내 머리카락에 코를 묻고 말하지. "이해가 안 돼. 전에는 얘기할 거리가 그렇게 많았는데."

울어봤자 못생겨지기나 할 테니 '빅토리아의 비밀' 따위 고급 속옷 브랜드에 거금을 써보지만, 남편은 내 비밀에는 관심이 없어. 그는 내 어깨를 누르며 올라타는 대신 어딘가로 굴러가 다른 이의 냄새를 맡으며 잠을 자지.

맞아, 난 우울해졌어. 연속극을 틀어놓고 냉동고에서 아이스크림을 통째로 꺼내 퍼먹으면서 다림질을 했어. 제러드는 불평하고, 아이들은 티격태격 싸우고, 집 안팎을 종종거리며 쓸고 닦아봐야 일은 더 늘어나기만 하고 쓰레기통만 차올라. 끝도 없이 어지르는 기계들한테 제발 쓰고 나면 제자리에 두라고 부탁이라도 해 봐, 그럼 애초에 널 어머니로 만든 남자가 말하지. "당신은 대체 집에서 놀면서 뭘 하는 거야?"

그런 식으로는 대화가 이어질 수 없어. 대화로는 또 다른 하루를 견딜 수 없어. 아, 남편과 아이들이 원하는 건 다 해줬어. 이것도 고치고 저것도 사줬지. 그리고 난 계획을 짰어. 몇 가지를 사고 나니 준비가 끝났지.

어느 날 나는 몹시 비참했어. 욕을 했지.

다음 날 아침 그들이 내려올 때쯤 나는 망토를 둘렀어. "난 모신이다, 젠장. 너희들은 내가 말하는 대로 따라야 할 거야."

준이 협박하듯 말했어. "나 시리얼 안 먹을 거랬잖아. 빵과자 먹을 거라고!" 내가 아이를 가리키자 손가락 끝에서 번개가 뻗어 나갔지.

제리가 징징거렸어. "내 해골 티셔츠 어디 있어?"

'팟!' 제리가 다시는 징징거리지 않았지.

제러드가 들어와 신문에서 눈도 떼지 않은 채 자기 자리에 앉았어. "아침은 뭐야?"

나는 지팡이로 그를 때렸어. 그가 불평을 늘어놓았지. "레바, 난 당신을 사랑해. 내가 지금껏 당신한테 어떻게 해줬는데 나한테 이래?"

"그걸로 부족해!" 나는 일어나 그에게 천둥 같은 호통을 쳤어. 내가 이를 갈자 번개가 쳤지. 가족들이 나를 쳐다보며 벌벌 떨었어. "난 모신이다, 젠장. 이제 이 집은 내 왕국이야."

그들은 주저앉아 나를 찬미했어.

그들이 공물을 바치지 않았냐고? 선물이 있었지, 달달한 것들. 제러드는 내 미소를 구걸하며 징징거렸어. 나는 엄격하게 가정을 굴렸지. 제러드는 출근하기 전에 따뜻한 아침 식사를 만들고 세탁기를 돌리고 다림질을 했고, 아이들은 청소기를 돌리고 욕조를 닦았어. 저녁의 주방 규칙은 이랬지. "제러드, 해동하거나 전자레인지에 돌린 거 말고 뭔가 프랑스식 요리로." 우리는 잘 먹었어. 그가 떨떠름하게 나오면 나는 그를 지하 감옥으로 추방했지. 그가 '매 맞는 남편 쉼터'에 연락하려고 시도했어. 나는 경찰을 불렀지. 누가 나처럼 왜소한 여자가 제러드처럼 덩치 큰 남자한테 그런 짓을 할 수 있다고 믿겠어? 그는 10년형을 선고받았어.

그 일 이후로 왕국은 평화로웠어. 달콤하고, 부드러웠지. 나는 아이들이 아르바이트를 두 개씩이나 하면서 사온 비단 옷과 보석들을 걸쳤어. 제러드의 동료들이 나를 동정했지. "그 자식 때문에 지옥 같은 생활을 하셨군요."

그러나 가장 비참한 백성이 감옥에 있는데 통치하는 일이 기쁠 리가 없잖아? 나는 생각의 구름 속에 잠겨 내 침실에 틀어박혔어.

내가 방에서 나왔을 때는 내 나머지 백성들이 이미 성장한 후였지. 슈퍼마켓 출납원으로 일하는 준과 주립대에 다니는 제리. 준은 대학입학 자격시험을 치를 즈음에 내가 곁에 없었던 걸 두고 나를 비난했어. 제리는 소리를 질렀어. "엄마, 내 돼지우리에서 나가. 난 연애 중이라고."

그들이 각자의 삶을 살았다고 난 생각해. 그들도 내가 그랬다고 생각하지.

내가 자는 사이에 내 다 큰 딸 준이, '내 어린 준'이 내 소지품들을 챙겨 가방을 쌌고, '팟!' 지금 난 여기에 있어.

그런 거야.

*

아이들이 말한다.

현관으로 들어오시는 어머니를 봐. 저 녹색 누비 외투를 보니 한동안 계실 모양이야. 주저하는 듯 사랑스러운 저 다정한 미소를 봐. 정말로 어머니를 사랑하는데, 이렇게나 사랑하는데, 왜 만날 때마다 그렇게 힘이 드는 걸까? 정신적 공간 문제야. 시모/장모이기도 한 어머니는 우리의 정신적 공간을 너무 많이 요구해!

핵가족은 개인의 사생활을 존중하는 것에서 시작해. 핵이 붕괴될 수 있다면, 어머니의 핵은 이미 산산이 부서졌어. 어머니는 지금 저 별들 속에서 길을 잃었어. 우리는 우리의 핵가족을 형성하지. 지금 우리가 새로운 가족이야.

이렇게 만날 때마다 힘든 건 어머니 탓이야, 아니면 우리 탓이야?

＊

나는 말한다.

나는 계속 어머니를 생각한다. 우리는 늘 생각한다, 이번에는 다를 거라고. 하지만 아무리 노력해봐도 절대 달라지지 않는다는 걸 알게 될 뿐이다. 어머니와 딸, 어쩌다 둘은 하나로 묶여 공동의 미래를 맞게 되었을까? 언제 어떻게 이렇게 정해진 걸까? 이 애정 어린 소원함은 정말로 누구의 탓일까? 어머니, 아니면 나? 그렇게 잊으려 애를 썼건만, 어머니와 나는 만날 때마다 서로의 낡은 기억들을 다 짊어지고 왔다. 어릴 때 어머니가 했던 말들, 끝내 어머니에게 하지 못했던 말들.

그리고 이제야 우리는 어머니와 딸을 하나로 묶은 그 틀을 의심하는데, 낡은 기억들은 그 의심마저 망쳐놓는다. 하지만 바꾸기에는 너무 늦었다. 왜 늘 이렇게 힘이 드는 걸까?

일이 이런 식으로 흘러가는 건 우리 별자리 운이 나빠서일까, 아니면 우리 유전자에 문제가 있기 때문일까? 저 사랑스러운, 두려움이 가득한 눈을 하고 문으로 들어서는 어머니가 자기 자신의 미래라는 걸, 우리 딸들은 알까?

나는 이런 질문들을 옆 감방에 갇힌 여자에게 속삭이지만, 그녀는 지금 아프다. 너무 아파서 진짜 대답은 못 한다.

그녀가 말하는 건 영원에서 무한으로 이어지는 어머니와 딸의 끝없는 사슬 이야기뿐이다. 나는 벽 틈에 귀를 바싹대고는 숨까지 참으며 귀를 기울인다.

"내가 할 수 있는 건 그들을 사랑하는 것뿐이야." 그녀가 말한다.

✳

죄수들이 말한다.

마릴린: 내가 이런 걸 원했다고 생각해? 갈라져 부스러지는 돌벽에 둘러싸인 침침한 감방에다 밤이 돼도 위안거리는 커녕 유독성 배수관으로 전해지는 신호만 있는 이런 데를? 납 배수관으로 우리 감방에 물이 들어오고 하수가 나가. 납이야. 난 아이들을 안전하게 키운답시고 집에 칠해진 낡은 페인트를 모조리 긁어냈는데 말이야. (모스 부호. 지-옥-이-야.)

난 애들한테 필요한 모든 걸 해줬어. 건강을 지켜줄 비타민제들과 뭔가를 성취하게 해줄 교습들과 머리를 발달시켜줄 낱말카드와… 내가 애들의 성취도에 너무 신경을 썼는지도 몰라. 하지만 누가 안 그러겠어? 미숙한 것이 완벽하게 변해가는 그런 유전적 기적에 누가 매혹되지 않을 수 있겠어? 나와 똑 닮은 작고 유순한 인간들인데? 같은 언어를 말하는, 같은 배를 탄 동료지. 아이들이 곧 우리야, 그렇지? 아니야.

진실을 깨닫지 못한 건 내 쪽이었어.

어머니들, 절대 속지 마. 아이들이 어릴 때는 귀여울 거야. 어디든 따라다니고 엄마를 기쁘게 하는 일이라면 뭐든 하고, 엄마의 농담을 듣고 깔깔거리지. 엄마들은 아이들이 잘되도록, 옳은 일을 하는 사람이 되도록 열심히 일하지. 하지만 알아둬. 아니, 명심해.

'애들은 그렇게 생각하지 않아.'

애들이 크면 입을 열 때마다 어질어질해질 만큼 장황하게 책망과 비난을 쏟아내지.

"엄만 나한테 끔찍한 옷들을 입혔어. 그 녹색 티셔츠 생각 나? 저 괴상한 분홍색 신들은 또 어떻고."

"엄만 너무 묻는 게 많았어. 늘 나한테 얼굴을 바싹 들이 대면서 말이야."

아니면 이런 거. "엄만 내 말을 제대로 들어준 적이 없어."

"엄만 나한테 정체를 알 수 없는 음식을 먹였어."

그런 거야.

＊

나는 말한다.

세상에 있을 때 이런 얘기를 하곤 했다. 아이들의 엄마이 자, 엄마들의 딸인 우리는 어머니들에 관해 얘기했다. 우린 자주 얘기했고, 공모했고, 맹세했다. "절대 우리 엄마처럼 되 진 않겠어." 그리고 우린 우리의 딸들과 결탁했다. "우리가 우 리 엄마처럼 되기 시작하면 우리한테 알려준다고 약속해줘." 그리고 우리의 딸들은 맹세했다. "약속해, 엄마. 약속."

어느 어머니의 일흔 번째 생일에 딸이 실수로 케이크에 물 을 부어버렸다.

그 딸을 응시하면서 그 딸의 딸이 말했다. "어딘가에 섬이 하나 있어야 해, 상어들에 둘러싸인."

눈앞에 '만약의 성'이 불쑥 솟아올랐다. 우리는 그걸 쳐다보면서 놀라워했다.

기억해봐, 어머니는 여전히 우리와 함께 세상에 있었다. '만약의 성'은 우리가 아니라 어머니의 마음속에서 설계된 것이었어. 우리가 아니라.

어머니가 살아있는 한, 우리는 딸의 위치를 고수할 수 있었다.

이제 어머니는 갔다.

이제 우리가 제일 앞줄이다. '만약의 성'은 어떻게 됐지? 받아들여야 한다. 이건 애초에 시간문제였을 뿐이다.

＊

죄수들이 말한다.

앤: 애들은 엄마 것이지만, 잠깐만이야.

애들은 자라니까.

아이는 자라고, 엄마는 늙지. 어쩌면 제일 심한 죄는 우리가 주방에서 저지른 일들이 아닐 거야. 그 대참사였던 푸딩이나 아무도 먹지 않은 양배추 캐서롤 말이야.

때와 장소에 걸맞지 않은 옷차림을 하고 나타났던 일도 아니야. 아이들은 비난하는 투로 말해. "다른 엄마들은 다 청바지 입었잖아!"

우리가 저지른 사교적 실수들도 역시 아니야. 그 억울한 표정들. "엄마, 왜 사람들한테 그 얘길 해?"

아이들이 용서할 수 없는 죄악은, 우리가 늙는 거야.

이르든 늦든 우린 아웃사이더가 될 거야. 딸들에게 같이 살게 해달라고 구걸해야 하는 아웃사이더. 우리는 감사한 마음으로 살며시 딸의 집으로 들어가 자칫 주제넘은 짓이라도 할까 봐 맘을 졸이지. 집 안팎을 돌며 잡일을 하면서 계속 같이 지낼 수 있기를 바라. 싱크대를 닦고, 죽은 화분을 내다 버리지. 너무 많은 소음을 내지 않으려 애쓰면서 작은 호의를 베푸는 거야.

"어머니, 제 책 도대체 어디로 옮기셨어요? 아무래도 못 찾겠어요!"

"엄마, 내 옷장 서랍 정리해달라고 부탁한 적 없어."

변명하지 마. 언쟁하지도 마. "하지만 엉망이었잖아!" 소리치지도 마. 그리고 딸과 사위가 다툴 때는 지하실 계단에 가서 앉아.

그리고 아이들은 우리가 들어가면 하던 말을 멈춰. 어느 날 오후, 우리는 거실에서 우릴 기다리고 있는 아이들을 보게 돼. "어머니와 함께 사는 게 좋긴 한데, 이젠 계획을 좀 세워야 할 거 같아서요."

애들은 날 지워버리려 했지만, 난 흔적을 남겼어. 여기서 무슨 일이 있었는지 세상이 알 수 있는 신호들 말이야. 딸애 스타킹 서랍에 든 내 머리핀, 벽에서 떼어버리기 곤란할 내가 준 그림 선물, 그리고 애들이 날 붙잡았을 때 호두나무 문짝에다 낸 긴 손톱자국.

그런 거야.

✳

나는 말한다.

상어섬에는 수형 생활을 모범적으로 하면 주어지는 감형이란 게 없다. 여긴 무기징역수들뿐이다.

옆 감방에 수감된 여자가 죽었다. 나는 밤에 배수관을 두드리는 희미한 소리를 듣고 벽 틈을 가린 간이침대를 밀어내고 얼굴을 가져다 댔다. 나는 중얼거렸다. "무슨 일이야? 거기, 괜찮아?" 거친 숨소리로 봐서는 절대 괜찮지 않았다. 여자는 벽 틈에 얼굴을 댄 채 죽었다. 마지막 말은 비탄뿐이었다.

"난 그저 애들을 너무 사랑했을 뿐이야."

'만약의 성' 관리소 측에서 애도의 날을 선포했다. 어머니들이 슬퍼하는 사이 둘씩 짝을 지은 모범수들이 새로 마련한 못자리에 관을 내려놓았다. 죽은 자의 이름은 모르지만, 그곳에 정렬한 여자들은 알았다. 그녀의 이름은 '어머니'였다. 그녀는 우리 모두의 상징이었고, 이곳에 유배된 어머니들의 과거이자 현재이자 미래였다.

그 이름 모를 어머니는 자신의 근원을 배반하지 않고 죽었다. 그녀는 자기 신념을 굽히지 않고 죽었다. "나는 최선을 다했어!" 그녀는 후회도, 뉘우침도 없이 죽었다. 그녀는 불굴의 무지 상태에서, 밝혀지지 않은 자기 죄악의 성질도 알지 못한 채 죽었다.

죄수들이 애도했다.

아.

아, 얼마나.

아, 얼마나 우리는 그녀를 사랑하는가.

아, 얼마나 우리는 그녀가 그곳에 가지 못하게 애썼는가?

그리고 아, 우리는 어떻게 우리의 상냥한 딸들과 공모했는가.

우리는 얼마나 우아하게 선을 넘었는가!

우리 딸들이 물었다. "어머니라는 사실이 엄마를 미치게 만드는 거야?"

우린 늘 동일한 사람이었다는 걸 증명하느라 일생을 바쳤다. 그러므로 우린 사실을 숨긴다. "내가 미쳤다면, 원래 미친 채로 태어났겠지."

상처를 좀 덜 받는 분위기일 때는 보통 이렇게 말한다. "너도 언젠가 어머니가 되겠지. 그럼 알게 될 거야."

선원들이 소문을 물고 왔다. 내 딸이 딸을 낳았다. 유대교 대제일(大祭日)에만 허락되는 선물 꾸러미에 딸이 자기 아들과 갓 태어난 딸 사진을 넣었다. 딸을 안은 딸은 아름답다. 내 딸과 이 작고 새로운 여성, 내 이름을 가진 내 딸의 딸. 나는 아이들의 얼굴을, 딸과 그 딸의 얼굴을 본다. 눈물이 주룩주룩 흘러 채 삼키질 못한다. 우리는 닮았다.

상어섬은 무기징역수를 위한 곳이다. 모성도 기한이 없다.

＊

죄수들이 말한다.

멜라니: 이곳은 힘들어. 돌벽은 차갑고, 난 여기가 싫어. 밤이면 난 간이침대에 누워 내가 뭘 그리 끔찍한 짓을 했는지, 내가 저지른 범죄들을 헤아려보곤 해.

좋아, 우선 난 숙제하라고 애들한테 잔소리했어. 애들이 싫어하는 옷을 사주기도 했지. 나중에 애들이 말하더라고, 그 옷 너무 싫었다고, 아주 확실하게. 근본을 알 수 없는 음식을 너무 많이 만들었지. 아이들이 싫어하는 재료도 많이 썼어. 버섯, 양파, 윽! 난 애들한테 시침이 6을 가리킬 때까지 어떻게든 자기 접시를 비우라고 윽박질렀지.

그리고 잠시라도 애들한테서 벗어나려고 이 말을 달고 살았어. "밖에 나가서 놀지 그러니?"

난 애들을 사랑했어. 세상에, 난 아이들을 사랑했어. 여전히 사랑해.

날카로운 물건 몇 개를 숨겨 놓았어. 조만간 어느 밤에 시멘트를 파내서 창살을 뽑아내고는 여기서 나갈 거야. 속도가 느리겠지. 피 흘리는 발가락과 너덜너덜한 손끝으로 외부 절벽을 타고 내려가야 하니까. 몸을 돌려 바위를 피해 바다로 뛰어내릴 수 있는 지점에 이르면, 난 뛰어내릴 거야.

그리고 상어들만 잘 피하면….

사라: 난 빼줘. 더 나은 탈출 방법이 있어. 애가 없는 친구가 저기 암초 바깥쪽에 작은 보트를 대 놓고 기다리고 있어. 탈출에 성공하면, 난 이곳에 날 처넣은 놈들을 찾아갈 거야. 애들의 어깨를 움켜쥐고 눈을 똑바로 들여다보며….

레바: 그럼 난, 나는 죽은 척할래. 간수가 들어와서 거울을

대고 숨을 쉬나 확인할 때 그 여자를 제압해서….

앤: 그러고는 그 여자 제복을 입어?

마릴린: 아니면 세탁실에 일하러 갈 때 빨래수레 밑에 숨는 수도 있어!

✳

나는 말한다.

일출과 월출이 경주하듯 재빨리 번갈아가며 지나가고, 감방 창문 밖에서는 눈부신 시간의 행진이 이어진다. 나는 고개를 들어 새로 태어난 별을 본다. 나는 폭발하며 숨을 거두는 신성(新星)을 본다.

미래는 아이들의 얼굴에, 생일과 명절에 딸이 보내오는 사진에 적혀 있다. 딸의 딸이 자란다.

아이들은 얼마나 빨리 자라는가. 우리는 이곳에서 얼마나 오랜 형기를 살고 있는가. 바깥에 있을 때는 정말로 시간이 없었는데! 과거와 미래가, 생일과 크리스마스와 명절이 지나도록, 우리는 내내 이곳에 있었다.

✳

죄수들이 말한다.

벨: 다 모였으니까, 음. 본론을 말하자면, 이제야 말하는데, 몇 명이 지금까지 터널을 파 왔어. 오늘 밤 신호가 오면 여기서 나가는 거야.

(악역을 자처하며 내가 말했다.) "넌 모범수니까 가능하겠지

만, 나머지 우리는 그럴 수 없어. 밤에는 우리가 우리를 감방에 가두니까."

밸: 문제없어. 간수들이 잘 때 페기가 열쇠를 훔쳤어. 본을 뜰 시간이 충분했지. 페기가 복제 열쇠를 만들었어. 내 거. 사라 거. 레바 거. 너희들 거. 너희들, 같이 갈 거지?

멜라니/마릴린: 당연하지.

앤: 나도 넣어…줘.

레바: 내가 오늘 경비 담당이라는 거, 믿어지니?

밸: 그럼 네가 우릴 도울 수 있겠다!

레바: 너희들을 도울 순 없지만, 다른 델 보고 있겠다고 약속해.

밸: 좋아, 그럼. 다들, 준비됐지?

(내가 탈출 계획에 혹했다는 걸 신은 아시겠지만, 내 피 속에서는 끝없이 되풀이되는 이야기가 고동치고 있었다. 내가 어떻게 아는지는 모르지만, 뭔가가 있었다. 심장이 덜컹거리고 아랫배가 떨렸다.) "난 못 가."

밸: 이런 놀랄 만한 공짜 제안이 있는데 못 간다고?

(내가 아끼는 누군가가 오고 있어. 느껴져. 그게 뭔지 모르는 채 어떻게 이런 일을 설명할 수 있을까? 슬픔과 공포. 이런 희망적인 느낌이 드는 이유는 피할 수 없음을 알기 때문인가? 난 정중하게 둘러대야 해.) "난 지금 이곳을 떠날 형편이 아니야."

레바: 무슨 뜻이야, 떠날 형편이 아니라니? 넌 여기 머물 형편이 아니야!

(난 그들에게 말했다.) "전갈을 받았어. 배수관 두드리는 소

리로."

마릴린: 전갈을 받았다니, 무슨 소리야?

('새-죄-수-임-시-구-금-실'. 입을 닫고 있기가 두려워서 나는 그들에게 말했다. 말로 기록해 놓지 않으면 이 사실은 사라질지도 모른다.) "배수관 두드리는 소리를 들었어. 새 죄수가 왔어."

(수감자들은 딱 한 통의 전화를 걸 수 있다. 새로 온 죄수는 그 전화에 쓰라고 아이들이 준 1달러 은화를 간수에게 주며 내게 전갈을 넣어달라고 부탁했다.)

발레리: 12시간 후면 우리는 자유로운 여자가 되는 거야! 새 죄수가 한 명 늘거나 준들 무슨 상관이야?

앤: 12시간 후면 여길 나가게 되는데, 뭐가 문제야?

마릴린: 자유로운 여자라고! 너, 대체 왜 그러는 거야?

(상어섬의 어머니들이 형편이 되지 않는 내게 자유를 권하고 있었다. 나는 할 수 있는 한 최선을 다해 설명했다.) "그 여자는 신참이라 저기 아래에서 혼자 두려워하며 기다리고 있어." (간수들이 내일 밤에 새 죄수를 위층으로 옮길 것이다. 내가 몇 가지 호의를 보인다면 그 여자를 옆 감방에 넣을지도 모른다. 그 일을 생각하니 가슴이 벅차올랐다.) "내가 있으면 밤에 같이 얘기할 수 있을 거야."

레바: 만나본 적도 없는 사람을 위해서 그런 일을 한다고?

(정확하게 말해서 거짓말을 하는 건 아니지만 어쨌든 나는 얼버무린다.) "그 여자는 그냥 새로 들어온 죄수야. 절대로 오지 않겠다고 맹세했던 곳에 오게 된 죄수. 아이들이 아무리 좋은 의도였다 해도…, 아무래도 좀 그렇겠지." (나는 그들에게 말한

다.) "우리가 만난 적이 없다고는 하지 않았어." (난 굳이 이 말은 하지 않았다. '새 죄수는 날 닮았어.')

✳

나는 말한다.

이런 이야기가 있다.

사람의 심장을 가지고 오면 후하게 값을 쳐주겠다는 왕의 말을 듣고 어느 도둑이 자기 어머니의 심장을 파냈다. 도둑은 어머니의 몸을 아무렇게나 내던진 다음에 소중한 보물을 상자에 담았다. 돈을 받을 생각에 들뜬 나머지 도둑은 너무 급하게 달리다 돌부리에 걸려 철퍼덕 넘어지고 말았다. 손에 들었던 상자가 날아가며 훌쩍 열렸다. 어머니의 심장이 굴러떨어졌다. 도둑이 일어나 앉자 어머니의 심장이 외치는 소리가 들렸다. "아들아, 다치지는 않았니?"

오늘 밤, 상어섬의 어머니들이 탈옥한다. 적어도 탈옥 시도를 할 것이다. 생각보다 섬의 경계가 허술하다면 성공할지도 모른다. 탈출을 시도한 어머니들이 깊고 거친 해협에서 살아남는다면….

그리고 게걸스러운 상어들을 피해 헤엄친다면….

그러나 설사 성공한다 해도, 많은 것이 변하진 않을 것이다.

모성이란 어떤 직무를 설명하는 말이 아니다. 모성은 종신형이다.

샅샅이 훑는 서치라이트와 비처럼 퍼붓는 총알을 피해 살아남아라. 얼음장 같은 파도를 뚫고 결국은 해협을 건너 해안에 닿아라. 그리고 복수를 꿈꾸는 자들의 군대처럼 전국으로 퍼져나가라. 목표는 오직….

목표는 오직….

＊

아이들이 말한다.

어머니가 온다. 우리는 느끼고 있다. 어머니가 문 앞에 서 있다. 곧 초인종이 울릴 것이다. 아직은 뭐가 뭔지 모르면서도 우리는 민감해진다.

"자기, 무슨 소리 못 들었어?"

"아니, 아무 소리 못 들었는데?"

딸/며느리는 어쨌든 문으로 간다. 아들/사위는 목욕가운을 걸치고 문으로 간다.

우리는 실망이 드러나지 않게 애쓰면서 말한다. "아, 어머니, 오셨어요?"

현관으로 들어오시는 어머니를 봐. 저 녹색 누비 외투를 보니 한동안 계실 모양이야. 주저하는 듯 사랑스러운 저 다정한 미소를 봐. 정말로 어머니를 사랑하는데, 이렇게나 사랑하는데, 왜 만날 때마다 그렇게 힘이 드는 걸까?

＊

나는 말한다.

들어봐, 친애하는 이들이여, 과거와 미래의 동료들이여, 동지들이여. 이런 방문은 늘 힘들지만 우리가 서로에게, 너와 나에게 해줄 수 있는 건 그런 것들뿐이야. 미래에는 어떨까?

미래는 그저 우리였을 뿐.

행복한 결과를 바라며 다른 어머니들의 탈출을 방조했지만, 나는 어떻게 될까? 나는 이곳에서 내 이야기를 더 짜볼 것이다.

그러니까, 구금실에 새 죄수가 와 있고, 난 내 옆 감방이 비었다는 전갈을 내려보냈어. 그래, 벌써 딸이 하는 말이 들리는 듯해.

"엄마, 당분간은 날…, 날 모르는 척해주면 안 돼?"

"오, 사랑하는 내 딸, 나의 과거이자 나의 미래."

너를 위해서라면 뭐든지.

킷 리드

Kit Reed, 1932~2017

킷 리드는 장편과 단편을 가리지 않은 미국의 소설가로 웨슬리안 대학교의 레지던시 작가였다. 리드의 작품 중 많은 수가 페미니즘 SF로 분류되며 〈판타지&SF 매거진〉, 〈예일 평론〉, 〈케니언 평론〉 등 다양한 지면에 발표되었다. 구겐하임 펠로십을 수상했고 여러 작품이 제임스 팁트리 주니어상 후보로 올랐다. 모성을 대하는 남다른 시각을 보여주는 〈상어섬의 어머니들〉은 1998년에 《기묘한 여자들, 연결된 여자들》에 실려 발표되었으며, 이 작품 역시 논쟁을 피해가지 못했다.

은네디 오코라포르

The Palm Tree Bandit

야자나무 도적

자, 자, 머리빗은 신경 쓰지 말고 내 얘기를 들어, 알겠지?
하지만 세상에, 얘야, 머리숱이 정말 많구나. 야야 증조할머
니 얘기를 해달라니, 자꾸 움직이지 말고 가만히 있으면 얘기
해줄게. 그러니까, 나는 야야 할머니를 알지. 맞아, 당연히 그
때 나는 아주 어렸어. 일곱 살인가 여덟 살쯤이었을 거야. 할
머니는 생명력이 넘치는 미친 여자였지. 나는 늘 야야 할머니
처럼 되고 싶어서 죽을 지경이었어. 할머니 머리카락은 엄청
나게 큰 목화송이처럼 몽글몽글했는데, 꼼꼼하게 빗어서 커
다란 검은 후광을 만드시곤 했지. 머리숱이 어찌나 많았는지,
바람이 불어도 모양이 그대로였어.
　그때 여자들은 대체로 머리를 땋아 늘이거나 가닥가닥 실
로 감았어. 어떤 건지 알지? 머리카락을 한 줌씩 실로 감아서

바늘꽃이처럼 사방으로 삐죽삐죽 튀어나오게 만드는 거. 요즘은 머리 모양이 정말 다양해졌는데도 아직 그렇게 하고 다니는 사람들이 있더구나. 이번 크리스마스에 나이지리아에 가면 너도 보게 될 거야. 흠, 이제는 버둥거리지 않네. 좋아, 자 그럼 이제 잘 들어. 야야 할머니는 가끔 망토를 두르고 다녔는데, 움직일 때는 연기보다 조용했단다.

나이지리아 이보랜드 사람들은 주로 얌을 먹고 사는데, 형편이 좋을 때는 야자술을 마셨어. 여자는 무슨 일이 있어도 야자나무에 오르지 못하게 돼 있었지. 잎을 자르기 위해서든 달콤한 젖빛 술을 받기 위해서든 말이야. 그러니까 야자술은 제일 먼저 손을 대고 마신 사람에게 힘을 주거든. 여자는 그런 힘을 견딜 수 없으니 잘못했다간 흔적도 없이 증발한다고들 했어. 여자는 약한 생명체라서 그런 위험에 노출되면 안 된다는 거였지. 쉿, 그만 좀 안달하렴. 머리를 너무 꽉꽉 땋고 있는 것도 아니잖니. 넌 재미있는 이야기 듣는 걸 좋아하는 줄 알았는데. 그렇다면 착하게 있어야지.

야자나무에 올라간 여자들이 다 증발하지는 않았지만, 규칙을 어긴 여자의 부모는 경고를 받았어. 그리고 그 불경스러운 짓에 노했을 신들을 달래는 정화의식이 거행됐지. 암염소한 마리와 암탉 한 마리를 희생물로 바치고, 콜라 열매와 얌과 악어후추를 사당에 올려야 했어. 그 마을 사람들은 고기를 먹지 않았으니, 동물을 희생으로 바치려면 기꺼이 제 몸을 제물로 내놓을 염소를 찾아야 했지. 그게 얼마나 어려운 일이었을지 한번 생각해보렴.

음, 야야라는 젊은 여자가 있었어. 네 증조할머니지. 사람들은 대체로 그녀를 괴짜 취급했어. 어느 보수적인 젊은이와 결혼했는데, 그의 직업은 불화를 겪는 가족들이 정신을 차리도록 설득하는 것이었어. 상당히 평판이 좋은 사람이었지. 결혼과 우정과 집안의 평화를 지키는 데에 도움을 주니까 다들 그를 좋아했어. 하지만 그의 아내는, 흠, 그녀는 다른 문제였지. 야야는 지역 신문에 글을 썼는데, 그게 문제는 아니었어. 문제는 그녀의 입이었지.

야야는 아무나 걸리기만 하면 논쟁을 벌였어. 똑똑했으니까, 그리고 아름다웠으니까, 마을 남자들이 다들 그녀와 토론을 벌이길 좋아했지. 문제는 그녀가 논쟁의 기술을 터득한 덕분에 남자들이 벌컥 화를 내거나 짜증을 내며 자리를 뜨곤 했다는 거야. 소문으로는 그녀가 논쟁에서 진 유일한 사람이 결혼한 그 남자라더군.

야야는 자유분방한 성격이라 논쟁을 하지 않을 때는 깔깔깔 큰 소리로 웃으며 남편과 농담을 하며 지냈지. 그러던 어느 날, 야야는 마을의 수석 장로인 럼 케이크 촌장과 논쟁을 하게 됐어. 백 살이 넘은 케이크 촌장은 야야가 마을을 누비는 걸 지켜보기 좋아했지. 그녀는 눈엣가시인 동시에 흥밋거리였으니까.

야야가 마시고 있던 야자술에 관해 한마디 한 것도 그래서였어. 그가 말했지. "여자는 야자술이 달콤할 때 마시는 건 고사하고 야자나무에 올라서도 안 된다는 건 알고 있겠지."

당시에 야야는 그저 콧방귀를 뀌고는, 찌개에 곁들이기에

곡물가루가 나은지 카사바 가루가 나은지, 하던 논쟁을 계속했단다. 그래도 야야는 나중에 생각해보려고 그 말을 마음 한쪽에 새겼지. 야야가 행동을 개시하기까지는 그리 오래 걸리지 않았어.

바로 그날 밤, 남편을 열락에 빠뜨려 기진맥진하게 만든 그녀는 남편이 곯아떨어진 사이에 옷을 입고 몰래 집을 빠져나갔지. 야야는 어둠을 틈타 마을 한가운데에 자라는 야자나무 세 그루까지 기어가서는 허리에 밧줄을 두르고 춤을 추듯 나무를 타고 올랐어. 그러고는 주머니에서 칼을 꺼내 지름이 30센티미터쯤 되는 동그라미를 새겼지. 주민들 사이에서 동그란 달 모양은 여성의 상징이었어. 야야는 커다란 잎사귀 세 장을 잘라서 갖고 내려와 나무 밑동에 놓았어.

다음 날 아침은 대혼란이었지. 남자들은 어리둥절해 보였어. 어떤 여자들은 울부짖었어. 마을이 그렇게 더럽혀졌으니 장차 무슨 변고가 일어날까? 촌장이 마을 회의를 소집했지. 용의자를 확정하고 벌을 줘야 했으니까. 하지만 누가 그런 짓을 할 수 있겠어? 어떤 여자가 야자나무의 힘을 맞닥뜨리고도 살아남을 수 있겠어? 야야는 자기 코를 꼬집고 몇 번이나 기침과 재채기로 가장하면서 웃음을 참느라 죽을 뻔했지. 케이크 촌장은 그 짓을 한 여자가 증발해버렸을 게 분명하다고 주장했어. "형편없는 쓰레기에겐 형편 좋은 탈출법이지." 그가 말했지.

다음 주에 그녀는 다시 공격에 나섰고, 이번에는 야자술을 받아서 단지를 나무 밑에 놓아두었어. 달 옆에는 그 마을에서 어머니의 상징으로 통하는 에르줄리*의 심장 모양을 새겼지. 이번에는 대체로 남자들이 소란을 일으켰어. 여자들은 조용했고, 일부는 싱긋 미소를 짓기도 했지. 한 달 후, 야야는 세 번째 공격을 감행했어. 그때는 하마터면 잡힐 뻔했지. 밤마다 남자 세 명이 마을을 골목골목 순찰하고 다녔거든. 야야는 창가에서 독서를 즐기는 척하면서 한 달 내내 그들을 지켜보았어. 그래서 야간 순찰 양상을 충분히 익혔다고 생각했지.

그런데도 야야가 야자나무에 올라 있을 때 한 남자가 어슬렁거리며 다가왔어. 야야는 제자리에 얼어붙었고, 망토가 산들바람에 펄럭였지. 그녀의 두 손에서는 야자즙이 뚝뚝 떨어졌어. 심장이 널을 뛰었지. 젊은 남자가 고개를 들고 야야를 똑바로 쳐다보았어. 그러고는 시선을 거두더니 돌아서서 주머니를 뒤져 껌을 찾으며 골목으로 돌아갔어. 야야는 밧줄에 몸을 맡긴 채 그저 망연히 앉아 있었지. 남자는 그녀를 보지 못했어. 남자의 시선이 그녀의 몸을 통과해버린 거야. 그녀는 달 옆에 새긴 심장을 힐끗 보았어. 그러고는 안도와 공포가 뒤섞인 기분으로 헐떡거리다가 이내 낄낄거렸지. 나무에 새긴 심장이 펄떡거렸고, 손을 대면 기분 좋게 따스하리란 걸 야야는 알았어.

집에 가보니 침대 앞에 녹색 단지가 하나 놓여 있었어. 야야는 코를 골며 자는 남편을 힐끗 쳐다보고는 가만히 단지를 들어서 입을 가져다 댔지. 방금 나무에서 뚝뚝 떨어진 듯이,

---

* 부두교의 사랑의 여신. 심장 형태의 상징적 문양을 표식으로 삼는다.

지금껏 맛본 야자술 중에 제일 달콤한 야자술이었어. 그녀는 지금껏 살아면서 취했던 중에 제일 많이 취해서 남편 옆자리로 폴짝 뛰어들었지.

아침이 되자 그녀에게서 나는 달콤한 냄새를 맡은 남편이 출근을 마다했어. 나중에는 신문사 사람들도 그녀의 냄새를 맡았지. 직장 동료 여러 명이 그날 이유를 알 수 없는 갈망을 달래려고 초콜릿과 케이크를 샀어. 사람들은 야자나무에 오르고도 살아남은 그 정체 모를 여자를 야자나무 도적이라 부르기 시작했고, 결국에는 마을이라는 데가 늘 그렇듯이 그 여자를 둘러싼 이야기가 꾸며지기 시작했지.

야자나무 도적은 인간이 아니었어. 그 여자는 악한 영혼이고, 유일한 존재 이유는 말썽을 부리는 것이었지. 달이 뜨지 않는 밤에는 악이 흥하니까, 그 여자는 그런 밤을 틈타 습격을 하는 거야. 마을의 제사장이기도 한 촌장이 그런 악한 존재를 보내 마을에 벌을 주고 있을지도 모르는 신을 달래보려고 희생물로 나무이파리들을 태워보기도 했어.

하지만 여자들은 자기들끼리 다른 이야기를 만들어냈어. 야자나무 도적은 남자나 아이 없이 떠돌아다니는 이름 없는 여자였어. 그 여자에겐 힘이 있었어. 어느 여자든 지극정성으로 기도하면, 그녀가 부름에 응답을 해. 여자들이 겪는 어려움을 잘 아니까. 전설에 따르면, 그 야자나무 도적은 다리가 다 근육이라서 손을 쓰지 않고도 야자나무를 걸어 올라갈 수 있고, 머리카락도 야자 이파리 모양으로 자란다는 거야. 피부는 야자 기름을 발라서 반질반질하고, 옷도 야자 섬유로 만든 거야.

　오래지 않아 야야는 굳이 자기가 몸을 써가며 야자나무에 오를 필요가 없다는 걸 알게 되었어. 달이 뜨지 않는 어느 밤에 또 한 번 말썽을 부리러 나갈까 고민하다가 그냥 남편 옆에 달라붙어 있기로 했거든? 그런데 아침에 일어나 보니 속옷 바구니에 신선한 초록색 야자 이파리로 감싼 야자술 단지가 하나 들어 있지 뭐야. 옆에 있는 창문과 바구니 사이에 기름 묻은 붉은 발자국들이 찍혀 있었지. 야야는 씩 웃고는 재빨리 비누 묻힌 걸레를 들고 와서 남편이 보기 전에 그 기름을 닦아냈어. 그날, 마을이 다시 수군거렸지. 그리고 야자나무 도적의 고약한 장난은 다른 마을로, 다른 왕국으로 멀리까지 퍼져나갔어. 그런 일이 생겨도 소란이 일지 않을 만큼, 그냥 전형적인 자연발생적 사건이 되어버렸지. 그러고도 야자술은 변함없이 달콤했고, 이파리들은 크고 튼튼하게 자랐어. 이제 화를 내는 사람은 촌장과 그 일당뿐이었어. 그들만 빼면, 그 일은 그냥 이러쿵저러쿵 입방아를 찧거나 낄낄거릴 대상일 뿐이었지.

　결국, 여자들은 어떤 이유로든 야자나무에 오를 수 있게 되었어. 하지만 먼저 야자나무 도적에게 희생제물을 바쳐야 했지. 그녀를 기리는 사당들이 세워져서, 여자들이 종종 달콤하고 신선한 야자술과 코코넛 과육을 올리곤 했어. 어디에 있는 사당이든, 아침이 되면 제물은 늘 사라지고 없었지. 그러니 네 증조 할머니는 강한 여자였단다. 그래, 그랬지. 딱 너처럼 가만히 있질 못했어.

내 이야기는 끝났고, 네 머리도 끝났어. 자, 야야 4세. 이 이야기의 뒷얘기? 더는 없단다. 자, 이제 가서 놀거라.

은네디 오코라포르
Nnedi Okorafor, 1974~

은네디 오코라포르는 아프리카를 배경으로 한 성인용 및 아동용 SF와 판타지, 마술적 리얼리즘 작품을 쓰는 소설가다. 미국의 나이지리아인 이민자 가정에서 태어난 은네디는 독창적이면서도 익숙한 설정과 특징적인 인물들에 아프리카 문화를 엮어낸 소설들로 잘 알려졌다. 《암흑물질-뼈점 치기》, 〈스트레인지 호라이즌스〉, 〈미래 작가들 18호〉 등 여러 선집과 잡지에 단편이 실렸다. 2013년에 프라임북스에서 《카부카부》라는 단편집을 출간했고, 장편 《누가 죽음을 두려워하는가》가 세계판타지문학상을 수상하고 제임스 팁트리 주니어상 후보에 올랐다. 버펄로대에서 문예창작과 문학을 가르치고 있다. 〈야자나무 도적〉은 가부장적인 신화와 민담의 전복이 어떤 것인지 완벽하게 요약해 보여준다. 2000년 〈스트레인지 호라이즌스〉에 처음으로 발표되었다.

엘리노어 아너슨

The Grammarian's Five Daughters

문법학자의 다섯 딸

지금은 없어져서 굳이 이름을 밝힐 필요가 없는 어느 위대한 도시에 한 문법학자가 살았습니다. 많이 배우고 부지런한 데다 집을 가득 채울 만큼 책이 많았지만, 그녀는 부유하지 않았습니다. 설상가상, 딸이 다섯 명이나 있었지요. 사업수완이라곤 눈곱만큼도 없는 근면한 학자였던 남편이 다섯째 딸이 태어난 직후에 죽은 뒤로, 문법학자는 혼자 아이들을 길러야 했습니다. 고생이 이만저만이 아니었지만, 문법학자는 어떻게든 아이들을 충분히 가르쳤습니다. 하지만 문법학자가 속한 문화에서는 필수로 여겨지는 지참금을 마련하기는 불가능했지요. 딸들은 결혼할 방도가 없었습니다. 아이들은 노처녀가 되어 시장 바닥에서 대서(代書)나 해주며 비참하게(어머니는 그렇게 생각했습니다) 생계를 이어가겠지요. 문법학자가 초조하게 걱정하는 사이에 만딸이 열다섯 살이 되었습니다.

아이가 어머니에게 와서 말했습니다. "동생들도 있는데 저까지 부양하실 수는 없을 거예요. 뭐라도 줄 수 있는 걸 주시면, 저는 나가서 제 운을 시험해볼게요. 어떻게 되든, 먹일 입하나는 더시겠죠."

어머니가 잠시 생각하더니 자루 하나를 내밀었습니다. "여기엔 내가 언어의 견고한 핵심이자 보물이라 여기는 명사들이 들었다. 네가 맏이니 이것들을 주마. 가지고 가서 할 수 있는 일을 해보렴."

맏딸이 어머니에게 감사의 인사를 하고 동생들에게 입을 맞추고는 명사 자루를 짊어진 채 터덜터덜 걸어갔어요.

시간이 흘렀습니다. 맏딸은 최선을 다해 길을 갔고, 이윽고 안개가 자욱한 지역에 다다랐습니다. 모든 것이 흐릿하고 불확실했습니다. 맏딸은 어디로 가는지 모른 채 더듬더듬 걷다가 집이 아닐까 싶은 그림자들이 가득한 어느 곳에 이르게 되었습니다.

멀리서 가는 목소리가 외쳤습니다. "듣거라. 누구든 이 안개를 물리치는 자에게는 왕국의 주인께서 아들 또는 딸을 내주실 것이다."

맏딸이 잠시 생각하고는 자루를 열었습니다. 정확하고 분명하게 명사들이 튀어나왔습니다. '하늘'이 훌쩍 뛰어올라 머리 위의 어스레한 공간을 채웠습니다. '태양'이 훌쩍 뛰어올라 하늘을 밝혔습니다. '초원'이 펼쳐지며 칙칙한 회색 땅을 덮었습니다. '참나무'와 '느릅나무'와 '포플러나무'가 초원에서 솟아올랐습니다. '마을'과 '성'과 '왕'과 함께 '집'들이 뒤를 이었습니다.

햇빛을 받으며 선 맏딸은 그제야 사람들을 볼 수 있었습니다. 사람들이 다투어 그녀를 칭찬하며 성으로 데려갔고, 고마운 마음에 겨운 왕이 그녀에게 맏아들을 주었습니다. 당연히 둘은 결혼해서 정확하고 분명한 아이들을 여럿 낳고서 행복하게 살았습니다.

머지않아 둘이 나라를 다스리게 되었고, 그 나라는 '실재'라는 새 이름을 얻었습니다. 그 나라는 청명한 하늘과 생생한 풍광과 만지고 잡을 수 있는 것들을 제일 좋아하는 견실하고 사고가 명확한 주민들로 유명해졌습니다.

＊

이제 이야기는 둘째 딸에게로 갑니다. 언니와 마찬가지로, 그 아이도 문법학자에게 와서 말했습니다. "어머니 혼자 저희 넷을 부양할 방법이 없어요. 뭐라도 줄 수 있는 걸 주시면, 저는 나가서 제 운명을 찾아볼게요. 어떻게 되든, 먹일 입 하나는 더실 거예요."

어머니가 잠시 생각하더니 자루를 하나 내밀었습니다. "여기엔 내가 언어의 힘이라 생각하는 동사들이 들었다. 넌 둘째 아이인 데다 제일 겁이 없고 대담하니 이것들을 주마. 가져가서 할 수 있는 일을 하렴."

둘째 딸이 어머니에게 감사의 인사를 하고 동생들에게 입을 맞춘 다음 동사 자루를 짊어지고 터덜터덜 걸어갔습니다.

둘째 딸도 언니처럼 열심히 길을 가다가 마침내 타는 듯이 뜨거운 고장에 이르렀습니다. 먼지 낀 흐리멍덩한 푸른색 하늘 한가운데에 태양이 이글거렸습니다. 눈에 보이는 모든 것이 나른함에 맥을 못 추는 듯했습니다. 대개는 세상에서 제일 바쁜 생명체인 꿀벌마저도 꽃가루를 찾아 날아다니기에는 너무 힘들다는 듯이 벌집 위에 앉아 있었습니다. 쟁기꾼들이 쟁기질을 하다 말고 졸고 있었습니다. 쟁기 앞의 황소도 졸고 있었습니다. 작은 상업 마을들에서는 피곤한 나머지 상품을 사라고 외칠 엄두도 못 내는 상인들이 가게에 앉아 있었습니다.

둘째 딸은 터덜터덜 걸어갔습니다. 등에 진 자루가 그 어느 때보다 무거워졌고 햇볕이 사정없이 머리에 내리쬐어 거의 움직이지도 생각하지도 못할 지경이 됐습니다. 마침내, 도시 광장에 다다른 둘째 딸은 왕의 사자를 뜻하는 수놓인 튜닉을 입은 남자와 맞닥뜨렸습니다. 그는 한 손을 물에 담근 채 마을 분숫가에 앉아 있었습니다.

그녀가 다가가자 그가 살짝 몸을 움찔거렸지만, 고개를 들기에도 너무 피곤했습니다. "듣…." 마침내 그가 속삭이듯이 느리게 말했습니다. "이곳의 여왕 폐하께서는 누구든 이 무력한 상태를 물리치는 자를 폐하의 자식과 결혼시킬 것이다."

둘째 딸이 잠시 생각하고는 자루를 열었습니다. '걷다'가 풀쩍 뛰쳐나오고, 이어서 '질주하다'와 '구보하다'와 '달리다'와 '뛰어오르다'와 '날다'가 나왔습니다. 동사들이 벌처럼 붕붕거리며 온 나라를 돌아다녔습니다. 그 답으로 진짜 벌들이 깨어났습니다. 그 나라의 새들과 농부들과 황소들과 주부들과 상인들도 그랬습니다. 모든 마을에서 개들이 짖기 시작했습니다. 자고 깨는 데에 저만의 계획표가 있는 고양이들만이 몸을 둥글게 만 채 가만히 있었습니다.

자루에서 '불다'가 불려 나오고, 이어 '휘몰아치다'가 튀어 나왔습니다. 그 나라의 깃발들이 펄럭였습니다. 북쪽에서 부는 찬 바람이나 돌연한 폭풍우처럼, 동사들이 윙윙거리고 탁탁거렸습니다. 경탄한 둘째 딸은 마지막으로 '느려지다'가 기어 나와 사라질 때까지 자루를 열고 있었습니다.

마을 사람들이 그녀를 에워싸고 춤을 추었습니다. 그 나라의 여왕이 우유처럼 하얀 경주용 낙타를 타고 왔습니다. "내 자식 중 아무나 골라라. 너는 왕실의 배우자를 얻었다."

잘생긴 왕실 청년들과 사랑스러운 왕실 처녀들이 하나같이 동사들의 영향 때문에 움찔거리고 안절부절못하며 그녀 앞에 줄지어 섰습니다.

하지만 딱 한 사람은 그렇지 않다는 걸 둘째 딸은 깨달았습니다. 키가 큰 처녀 한 명이 애를 쓰는 게 역력하긴 해도 몸을 움직이지 않고 가만히 있었습니다. 다른 왕족 아이들은 사슴이나 낙타 같은 눈을 가진 데 반해 그 사람의 눈은 짙은 색이긴 했지만 날카로웠습니다. 문법학자의 딸은 그녀 쪽을 향해 섰습니다.

그 처녀가 말했습니다. "나는 왕위를 이을 공주다. 나와 결혼하면 넌 여왕의 배우자가 될 것이다. 아이를 원한다면, 내 형제 중 하나가 너와 동침할 것이다. 네가 운이 좋다면, 우리는 내가 죽은 후에 왕국을 이어받을 딸을 갖게 되겠지. 하지만 어떻게 되든, 나는 너를 영원히 사랑할 것이다. 네가 내 왕국을 나태로부터 구했으니까."

당연히 문법학자의 딸은 그 공주를 선택했습니다.

지루함에 질리고 온갖 동사들로 인해 안절부절못하게 된 그 왕국의 주민들은 말을 타고 먼지 덮인 평원을 건너 거대한 뿔이 돋은 소 떼를 모는 유목민이 되었습니다. 문법학자의 둘째 딸은 수레에서 아이들을 낳았고, 말 등에 앉아서 아이들이 크는 걸 지켜보았으며, 유목민 여왕인 배우자와 나란히 활동적인 노년을 누리며 행복하게 살았습니다. 그들은 뚜렷한 국경도 정해진 수도도 없는 왕국을 통치했고, 그 왕국은 '변화'라는 이름으로 알려졌습니다.

*

이제 이야기는 다시 문법학자에게로 돌아갑니다. 이번에는 셋째 딸이 열다섯 살이 되었습니다.

"언니들이 떠난 후로는 집이 거의 널찍하다 할 만해요." 아이가 어머니에게 말했습니다. "그리고 먹을 것도 거의 충분하지요. 하지만 그게 제가 집에 머물러 있어야 할 이유는 아니에요. 언니들은 각자의 운명을 쫓아갔어요. 제게 줄 수 있는 걸 주시면, 전 곧장 길을 떠나겠어요. 어떻게 되든, 먹일 입 하나는 더시겠지요."

"넌 내 딸 중에 제일 사랑스럽고 제일 우아하지." 문법학자가 말했다. "그러니 이 형용사 자루를 주마. 이걸 가져가서 할 수 있는 일을 하렴. 늘 행운과 아름다움이 함께하기를 빈다."

딸은 어머니에게 감사의 인사를 하고 동생들에게 입을 맞추고는 형용사 자루를 등에 지고 터덜터덜 길을 나섰습니다. 가지고 다니기에 힘든 짐이었습니다. 한쪽에는 거의 아무 무게 없이 팔랑거리는 '장밋빛'과 '은은한' 같은 단어들이 있었습니다. 다른 쪽에는 돌덩이처럼 무거운 '어두운'과 '엄격한'과 '무시무시한'이 있었습니다. 그런 것들 사이에서 균형을 잡을 방도가 없어 보였습니다. 그래도 여성 특유의 끈기로 최선을 다해 걷던 셋째 딸은 황량한 사막에 당도하였습니다. 하얀 태양이 구름 한 점 없는 하늘로 뿅 하고 솟아오르자 갑자기 낮이 되었습니다. 강렬한 빛이 지상의 모든 색을 표백해버렸습니다. 그곳엔 물이 거의 없었습니다. 사람들은 태양을 피해 안전한 동굴과 깊은 협곡에서 살았습니다.

"우리 삶은 벌거벗은 바위 같아요." 사람들이 문법학자의 셋째 딸에게 말했습니다. "눈부시게 밝은 낮과 칠흑 같은 밤이 갑자기 교대하지요. 우리는 너무 가난해서 왕이나 여왕도 없지만, 우리의 처지를 낫게 해주는 사람에겐 우리가 가장 존경하는 인물인 주술사를 배우자로 주겠습니다."

셋째 딸이 잠시 생각하더니 짊어지고 있던 다루기 힘든 자루를 메마른 땅바닥에 내려놓고 입구를 열었습니다. '장밋빛'과 '은은한'이 나비처럼 날아 나왔습니다. '어둑한'이 나방 같은 모양새로 뒤를 따랐습니다.

"우리 고장이 더는 황량하지 않겠어요." 사람들이 기쁨에 겨워 소리쳤습니다. "우리에게도 늘 소문으로만 듣던 여명과 황혼이 생길 거예요."

다른 형용사들이 차례차례 뒤를 이었습니다. '부유한', '미묘한', '아름다운', '무성한'. 마지막 형용사는 우거진 식물로 덮인 게를 닮았습니다. '무성한'이 딱딱한 땅 위를 기어가자 식물들이 땅에 떨어졌습니다. 아니면, 그것 주위에서 돋아났는지도 모르겠습니다만, 어쨌든 식물의 길이 생겼습니다.

마침내 자루에는 심술궂은 단어들만 남았습니다. '불쾌한'이 촉수를 뻗자 셋째 딸이 자루의 끈을 꽉 졸랐습니다. '불쾌한'이 고통의 비명을 질렀습니다. 그 밑에 있던 가장 나쁜 형용사들이 와글거렸습니다. "불공평하다! 부당하다!"

키가 크고 잘생긴 주술사가 가까이에서 여러 형용사들을 시험해보고 있었습니다. 그/그녀/그것은 특히 남성적과 여성적, 양성적에 관심을 보였습니다. "마음을 못 정하겠어요." 주술사가 말했습니다. "이것이 우리가 맞은 새로운 상황의 나쁜 측면이지요. 예전에 우리는 분명하게 선택할 수 있었어요. 지금은 새로 생긴 복잡성 탓에 모든 것이 불확실해졌습니다."

형용사들의 불평 소리가 주술사의 관심을 끌었습니다. 그/그녀/그것이 다가와 아직도 촉수 하나가 삐져나온 채 꿈틀거리는 자루를 쳐다보았습니다.

"이건 잘못됐어요. 우리는 황량함을 끝내달라고 요청했지, 예쁨을 요청한 건 아니었어요. 여기에, 자루 밑바닥에, 언젠가는 우리에게 필요할지도 모르는 단어들이 있어요. '장엄한', '멋진', '굉장한' 등등요. 자루를 열어서 그것들을 보내주세요."

"진심이에요?" 셋째 딸이 물었습니다.

"예." 주술사가 말했습니다.

셋째 딸이 자루를 열었습니다. '불쾌한'과 불쾌하기로는 그에 뒤지지 않는 단어들이 기어 나왔습니다. 불쾌한 형용사들이 꾸역꾸역 줄지어 나오자 주술사는 고개를 끄덕였습니다. '험상궂은'과 '섬뜩한'과 '무시무시한'이 나온 뒤에, 마지막으로 '장엄한'이 나왔습니다. 그 단어는 다이아몬드처럼, 또는 햇빛을 받은 먹구름처럼 빛났습니다.

"보세요." 주술사가 말했습니다. "저걸 보니 나머지들을 내보낸 보람이 있지요?"

"당신은 신성한 존재로군요." 딸이 말했습니다. "그리고 제가 모르는 것들을 아는 듯해요."

'장엄한'이 산맥 쪽으로 기어갔습니다. 셋째 딸이 자루를 말았습니다. "다 갔어요. 완전히 비었어요."

사람들이 주위를 돌아보았습니다. 그 땅은 여전히 사막이었지만, 이제 하늘에는 구름이 흘러 절벽과 평원에 비치는 햇볕을 변화시켰습니다. 그 반응으로 사막의 색이 미묘하고 다양하게 변했습니다. 비가 내려 아스라한 회색으로 보이는 산이 협곡 바닥으로 깨끗한 시냇물을 흘려보냈습니다. 땅게가 퍼뜨린 그곳의 식물들이 시냇물을 먹고 열두 가지, 스물네 가지 색조의 녹색으로 무성해졌습니다.

"우리 땅이 아름다워요!" 사람들이 소리쳤습니다. "당신은 우리 주술사와 결혼해야 해요!"

하지만 여성이고 싶은지, 남성이고 싶은지, 아니면 양성이고 싶은지 결정할 수 없었던 주술사는 여전히 형용사들을 시험하고 있었습니다.

"저는 결정을 내리지 못하는 사람과 결혼할 수 없어요." 셋째 딸이 말했습니다. "미묘한 것과 불확실한 것은 완전히 다르잖아요."

"그러시다면." 사람들이 말했습니다. "당신이 우리의 첫 여왕이 되고, 주술사가 당신의 첫 장관이 되면 되겠네요."

일이 그렇게 되었습니다. 머지않아 셋째 딸은 젊은 사냥꾼과 결혼해 여러 아이를 두었습니다. 아이들은 미묘하게 서로 달랐지요.

협곡 밑바닥을 제외하고는 전혀 비옥하지 않았지만, 그 땅은 번성했습니다. 사람들도 그럭저럭 살아갔습니다. 그들은 여명과 황혼의 색들을, 평원 위를 움직이는 빛을, 돌멩이 위로 흐르는 물의 반짝임을, 날아가는 벌레와 새의 번득임을, 구름 밑의 구름처럼 천천히 산비탈을 이동하는 양 떼를 귀히 여겼습니다. 그들의 나라 이름은 '미묘'였습니다. 그 나라는 실재의 북쪽, 변화의 서쪽에 있었습니다.

*

다시 이름을 알 수 없는 도시의 집으로 돌아와서, 문법학자의 넷째 딸이 나이가 찼습니다.

"우리는 이제 각자의 방이 있어요." 딸이 어머니에게 말했습니다. "그리고 먹을 것도 많지요. 하지만 동생과 저에게는 아직 지참금이 없어요. 저는 시장에서 일하는 노처녀가 되고 싶지 않아요. 그러니 저도 언니들이 그랬듯이 떠날 계획이에요. 줄 수 있는 걸 주시면, 제가 그걸로 최선을 다해볼게요. 그리고 돈을 벌게 되면, 어머니께 보낼게요."

어머니는 잠시 생각하더니 거의 텅 빈 서재를 뒤졌습니다. 어머니는 딸들의 교육비를 내기 위해 오래전에 책들을 팔아버렸고, 귀중한 단어들도 대부분이 없어졌지요. 마침내, 어머니는 기운차게 이리저리 뛰어 도망치는 작은 생물인 부사로 겨우 자루 하나를 채웠습니다.

하지만 훌륭한 문법학자라면 어떤 단어도 이길 수 있는 법이죠. 자루가 터질 듯이 꽉 차자 어머니는 그걸 넷째 딸에게 주었습니다.

"이건 내가 남겨뒀던 거야. 네게 잘 맞았으면 좋겠구나."

딸은 어머니에게 감사의 인사를 하고, 하나 남은 동생에게 입을 맞추고는 들썩대는 부사 자루를 등에 지고 길을 떠났습니다.

그녀는 먼 길을 걸었습니다. 다섯 딸 중에서 제일 활기차고 가장 쾌활한 넷째는 여성 특유의 끈기로 그 일을 해냈습니다. 그녀가 재빨리, 천천히, 꾸준하게, 불규칙하게 걷는 동안에도 등에 짊어진 자루는 계속해서 덜커덕거리고 끽끽거렸습니다.

"안에 뭐가 들었소?" 다른 여행자들이 물었습니다. "쥐?"

"부사요." 넷째 딸이 대답했습니다.

"그다지 시장에 잘 맞는 품목은 아니구먼." 다른 여행자들이 말했습니다. "차라리 쥐가 나았겠소."

명백하게 사실이 아니었지만, 넷째 딸은 따지고 드는 사람이 아니었습니다. 그녀는 신발이 닳아 해지고 지친 다리가 움직이지 않을 때까지 계속 걸었습니다. 그러다가 끽끽거리는 자루를 옆에 내려놓고 큰길가 바위에 앉아 발바닥을 주무르던 때였습니다.

다채로운 옷을 입은 어느 잘생긴 청년이 그녀 앞에 섰습니다. "자루 안에 뭐가 들었어요?" 그가 물었습니다.

"부사요." 딸이 짤막하게 답했습니다.

"그럼 당신도 나처럼 새로 열리는 언어 시장에 가는 길이로군요."

딸은 놀라서 고개를 들었고, 그랬더니 청년의 장밋빛 두 뺨과 구불구불한 적갈색 머리카락이 눈에 띄었습니다. "뭐라고요?" 그녀가 열렬하게 물었습니다.

"저는 '미묘'라는 나라에서 왔는데, 세상에 있는 모든 색이 서랍마다 가지런히 든 형용사 상자를 말에 싣고 왔어요. 청록색, 적갈색, 황갈색, 진홍색, 암갈색 등등요. 다 있어요. 신발이 해어졌네요. 제 말에 타요. 제가 장터까지 태워줄게요."

넷째 딸은 그러자고 했고, 이름이 러셋이라는 잘생긴 청년이 장터까지 말을 이끌었습니다. 선명한 색깔의 차일을 친 거기 노점들에는 문장가들과 상인들이 저마다의 물건들을 전시해놓고 있었습니다. 견고한 명사들, 활기찬 동사들, 미묘한 형용사들을요. 하지만 부사는 없었습니다.

"딱 맞는 물건을 가져왔네요." 러셋이 부럽다는 듯이 말했습니다. "같이 노점을 열면 어때요? 제가 기세 좋게 날뛰는 작은 녀석들일 게 뻔한 당신의 부사들을 가둘 새장을 가져오고, 당신은 제 색깔들을 제일 돋보이는 방식으로 진열하도록 도와주는 거예요."

넷째 딸은 그러자고 했고, 둘이 노점을 열었습니다. 제일 앞에는 둔한 몇몇 녀석들 말고는 온통 끽끽거리고 펄쩍거리는 부사들이 든 새장이 죽 놓였습니다. 청년의 형용사들은 차일에 걸려 부드러운 바람에 펄럭였습니다. 부사에 이끌린 손님들이 다가오면 러셋이 말했습니다. "'파란'이 없이 하늘이 있겠습니까? '빛나는'이 없이 금이 있을까요? 그리고 수식될 수 없다면 동사를 어디에다 쓰겠습니까? '천천히'나 '빨리' 없이 걷다로 충분합니까?"

"골라요! 골라! 구색을 다 갖춘 형용사에다 '점잔빼며'와 '노하여', '영악하게', '사랑스럽게'도 있습니다. 색깔 한 줌과 부사가 가득한 새장을 들고 행복하게 귀가하세요."

부사가 날개 돋친 듯 팔리고, 형용사도 잘 팔렸습니다. 장이 파할 때쯤 되자 러셋과 넷째 딸은 부자가 되었고, 그러고도 남은 부사가 아직 많았습니다.

"미처 알아채지 못했는데, 저것들이 새끼를 쳤나 봐요." 러셋이 말했습니다. "저것들을 어떻게 할 작정이에요?"

"놔줄 거예요." 딸이 말했습니다.

"왜요?" 러셋이 날카롭게 물었습니다.

"저와 어머니와 동생을 부양하기에 충분한 돈이 생겼으니까요. '탐욕스러운'은 형용사이고 제 물건이 아니에요." 그녀가 새장을 모두 열었습니다. 부사들이 풀려났습니다. '천천히', '재빨리', '깡총거리며', '행복하게'. 장마당 주변의 덤불진 땅에서 부사들이 증식했습니다. 그 지역은 '다양'으로 알려졌습니다. 그 뒤로 매년 열리는 언어 시장은 물론이요, 그곳의 상쾌하고 기분 좋은 다채로운 날씨를 즐기려는 사람들이 많이 이주했습니다.

넷째 딸로 말씀드리자면, 그녀는 장터를 굽어보는 언덕 위에 훌륭한 집을 지었습니다. 거기서는 몇 킬로미터 밖까지 훤히 보였지요. 바깥 관목들 사이에는 부사들을 위한 급식소를 두었습니다. 그리고 사람을 보내 어머니와 남은 여동생을 불러왔습니다. 셋은 함께 만족스럽게 살았습니다. 넷째 딸은 러셋의 도움을 늘 감사하게 여겼지만, 그와 결혼하지는 않았습니다. 대신에 그녀는 노처녀가 되었습니다. 돈과 신망만 있으면 노처녀의 삶도 좋은 삶이라고, 그녀는 말했습니다.

*

머지않아 다섯째 딸이 나이가 찼습니다. (다섯째 딸이 막내였죠.) 넷째 언니가 지참금을 마련해주겠다고 했지만, 막내는 말했습니다. "저도 언니들만큼은 할 거예요. 뭐든 남은 걸 주시면 전 제 운명을 쫓아가겠어요."

어머니는 이제 새 책들이 가득 찬 자기 서재로 들어가 이리저리 살펴보았습니다. "새 명사 모음집이 있구나." 어머니가 막내딸에게 말했습니다.

"아니에요. 모든 소식을 종합해 보면, 큰언니가 그걸 가져가서 잘 썼어요. 저는 다른 누군가의 모험을 되풀이하고 싶지 않아요."

동사는 너무 활동적이고 형용사는 너무 다양하고 미묘하

다고 막내딸이 말했습니다.

"저는 질서와 정리정돈을 좋아하는 평범한 사람이니까요."

"부사는 어떠니?" 어머니가 물었습니다.

"다른 건 없어요?"

"전치사가 있단다." 어머니가 말하며 딸에게 보여주었습니다. 그것들은 대장장이가 쇠뭉치를 내리쳐 만들었을 법한 무디고 작은 낱말들이었습니다. 몇몇은 각이 지게 구부러졌습니다. 다른 몇몇은 고리 모양으로 굽었습니다. 또 다른 몇몇은 둥그렇거나 나선 모양이었습니다. 그것들의 어떤 점이 막내딸의 가슴에 와닿았습니다.

"그것들로 할게요." 막내딸이 말하고는 전치사들을 자루에 넣었습니다. 그러고는 어머니에게 감사의 인사를 하고 언니에게 입을 맞춘 다음 길을 떠났습니다.

전치사들이 작긴 해도 무거운 데다 날카로운 모서리들이 있었습니다. 전치사 자루를 짊어지고 가는 일이 즐겁지는 않았지만, 막내딸은 하려고 한 일은 반드시 해내는 체계적인 사람이었습니다. 그녀는 큰길을 따라 터벅터벅 걸었습니다. 길은 구불구불 흘러 마침내 갈라진 틈과 뾰족뾰족한 산봉우리들로 가득한 울퉁불퉁한 고장에 다다랐습니다. 그곳의 지층도 마찬가지로 엉망진창이었습니다. 화성암들이 퇴적층을 뚫고 들어갔습니다. 나중에 생긴 암석층이 오래된 암석층 밑에 놓였습니다. 질서를 사랑하는 막내딸로서는 난장판도 그런 난장판을 본 적이 없었습니다. 그녀는 깔끔한 동시에 이성적이었으므로, 산맥 전체를 정리할 수는 없음을 깨달았습니

다. "저건 그대로 두자." 그녀가 말했습니다. "나의 관심사는
내 삶과 타인들이야."

길은 갈수록 험해지고 관리 상태는 갈수록 나빠졌습니다.
큰길에서 작은길들이 갈라져 나갔는데, 막내딸이 시험 삼아
작은길로 가보니 가끔은 큰길과 다시 만나기도 하고 어딘지
모를 막다른 곳에서 끝나기도 했습니다. "이 고장에는 기술자
들이 필요해." 그녀는 투정하듯이 툴툴거렸습니다. (전치사 가
운데 부사 몇 개가 숨어 있다가 이따금 튀어나오곤 했습니다. '투정
하듯이'도 그중 하나였죠.)

마침내 길은 오솔길이라 해야 할 좁은 길이 되어 허물어지
는 산비탈을 타고 구불구불 아래로 이어졌습니다. 계곡 저 아
래에 마을이라 부르기도 힘든, 오두막집이 몇 채 있는 마을이
있었습니다. 오두막집이 계곡 밑과 산허리 여기저기에 두서
없이 흩어져 있었습니다. 단정하거나 정리된 것은 아무것도
없었습니다. 해석할 수 없는 문장을 맞닥뜨렸을 때 어머니가
짓던 표정을 그대로 따라 배운 막내딸은 어금니를 꽉 깨물고
길을 따라 내려갔습니다.

계곡 밑에 닿자 사람들이 이리저리 뛰어다니는 것이 보였
습니다.

"광기로군." 딸이 말했습니다. 자루에 든 전치사들이 종소
리 같은 동의의 소리를 냈습니다.

눈앞에서 여자 둘이 다투기 시작했지만, 막내딸은 무엇 때
문인지 알 수 없었습니다.

"설명 좀 해봐요." 전치사들이 땡땡거리는 와중에 막내딸

이 소리를 질렀습니다.

"여기 혼돈의 땅에서는 어떤 것도 합의될 수 없어요." 한 여자가 말했습니다. "나이가 중요해요, 아니면 미모가 중요해요? 닭과 달걀 중에 뭐가 먼저인가요? 힘이 곧 법인가요, 그렇다면, 밥은 뭐죠?"

"이건 확실히 광기야." 딸이 말했습니다.

"우리가 어떻게 합의하지 않을 수 있어요?" 두 번째 여자가 말했습니다. "우리는 나아지리라는 아무 희망도 없이 위아래가 뒤집힌 채 뒤죽박죽 살고 있어요." 여자는 그 말을 하면서 먼젓번 여자의 머리를 살아 있는 닭으로 후려쳤습니다.

"달걀이야!" 첫 번째 여자가 소리쳤습니다.

"밥이야!" 두 번째 여자가 소리쳤습니다.

닭이 꽥꽥거렸고, 문법학자의 막내딸은 자루를 열었습니다.

전치사들이 튀어나왔습니다. '의', '에게', '에서', '와', '에', '안에', '아래에', '위에' 등등이었죠. 자루에 넣을 때는 갈고리나 낚싯바늘처럼 보였습니다만, 지금 질서 있게 줄을 맞춰 떠나는 전치사들은 개미를 연상케 했습니다. 당연히, 그것들은 저마다 여인의 손바닥만 한 커다란 개미였고, 몸체는 금속성을 띠는 회색이었으며, 눈은 잘 세공해서 광을 낸 적철석 같았습니다. 입에서는 한 쌍의 혀나 집게가 불쑥 튀어나왔습니다. 땅위를 우아하게 움직이는 그들의 가는 다리는 쇠막대나 철사로만든 것 같았습니다.

틀림없이 마술이었을 겁니다. 어쩐 일인지 그것들이 밟고 지나가거나 에둘러 간 물건들은 정돈이 되었습니다. 오두막집들이 정갈한 시골집으로 바뀌었습니다. 구불구불한 샛길이 반듯한 도로가 되었습니다. 이제 밭들은 정사각형이었습니다. 도로와 길을 따라 나무들이 줄지어 섰습니다. 산허리마다 계단식 밭들이 생겨났습니다.

산맥 자체는 지층이 옆으로 눕고 위아래가 뒤섞여 여느 때와 다름없이 엉망진창이었습니다. "질서에는 늘 한계가 있는 법이지." 딸이 말했습니다. 발치에 남은 전치사 한 줌이 종처럼 동의하는 소리를 냈습니다.

그곳 사람들이 단정하게 무리를 지어 그녀에게 다가왔습니다. "당신이 우리를 극도의 혼란에서 구해주었습니다. 이곳은 공화국이라서 당신에게 왕좌를 줄 수 없습니다. 하지만 부디 우리의 대통령이 되어주시고, 결혼하고 싶으시다면, 부디 우리 중 누구라도 받아주십시오. 무슨 일을 하셔도 좋으니, 제발 떠나지는 말아주세요. 우리를 서로 연결해준 이 재간둥이 작은 생물들을 남겨놓고 가지 않으신다면요."

"저는 머물 거예요." 막내딸이 말했습니다. "그리고 문법 학교를 열 거예요. 결혼에 관해서라면, 할 때 되면 하겠죠."

시민들이 박수로 그녀의 계획에 찬성했습니다. 그녀는 어느 단정한 시골집에 정착해 단정한 학교를 열었고, 그 나라의 아이들이 거기서 문법을 배웠습니다.

머지않아 그녀는 네 명의 학교 선생님들과 결혼했습니다. (거기 계곡과 산맥 전체에 남은 전치사들의 존재 덕분에, 그 지역 사람들은 복잡한 사회집단을 만드는 특별한 재능을 발달시켰습니다. 그들의 혈족 관계도 이웃 나라들의 외경심을 자극했고, 그들의 결혼관계는 세대를 거듭할수록 더욱 복잡해졌습니다.)

그 땅은 '관계'로 알려지게 되었습니다. 계보학자들과 중매쟁이들 외에도 외교관들과 상인들을 많이 배출했지요. 외교관과 상인 집단은 협상과 거래를 통해 점차적으로 실재와 변화, 미묘, 다양, 관계의 다섯 나라를 하나로 묶었습니다. 그들이 형성한 제국에는 '협력'이라는 이름이 붙었습니다. 그보다 더 견고하거나 더 강하거나 더 복잡하거나 더 활동적이거나 더 조직된 나라는 없었습니다.

새로운 나라의 국기에는 불타는 노란 태양 아래 선 개미 한 마리가 그려졌습니다. 개미는 가끔 전정가위나 큰 낫, 망치, 흙손, 펜 같은 도구를 들고 있었습니다. 가끔은 빈손(또는 빈발)이었죠. 그 밑에는 늘 그 나라의 좌우명인 '함께'가 적혀 있었습니다.

엘리노어 아너슨

Eleanor Arnason, 1942~

엘리노어 아너슨은 미국의 작가로, 〈뉴월드〉, 〈판타지&SF 매거진〉, 〈아시모프의 SF 매거진〉 등에 단편을 발표했고, 2013년 《빅마마 이야기》를 출간했다. 문화적, 사회적 변화를 다루는 작품을 많이 써서 종종 어슐러 르 귄과 비교된다. 아너슨은 제임스 팁트리 주니어상의 첫 수상자이며, 창작신화상, 스펙트럼상, 호메로스상 등도 수상했다. 〈문법학자의 다섯 딸〉에서는 한 어머니가 다섯 딸을 세상으로 내보내 저마다의 방식으로 세상을 정복하도록 한다. 이 독창적인 동화는 1999년 〈판타지 왕국〉에 처음으로 발표되었다.

켈리 에스크리지

And Salome Danced

그리고 살로메는
춤을 추었다

연극 연출의 백미는 그거다, 오디션. 이상적인 연극의 모습을 마음속에 담을 마지막 기회. 배역이 정해지지 않은 배우들이야말로 연출하기 가장 쉬운 대상들이다. 텅 빈 무대에는 아무 장애물도 없다. 모든 것이 분명하고, 살아 있는 사람들과 해야 할 걸 해내지 못하는 그들의 무능력 탓에 복잡해지는 일도 없다.

"내가 원하는 건." 나는 무대 감독에게 말했다. "발을 쓸 줄아는 여성이야."

"흠." 럭키가 참 도움이 되는 말을 했다. 그녀는 너무 명백한 일에 말을 낭비하는 사람이 아니었다. 우리 연극은 〈살로메〉였고 부제는 '정체성과 욕망'이었다. 살로메는 절로 목숨을 내놓고 싶어질 만한 춤을 춰야 했다.

그 달콤한 최고의 순간에 나는 연극을 구상한다기보다는 모종의 다차원적 게슈탈트를 경험한다는 느낌이 들었다. 나는 살로메의 자존심과 그 몸의 리듬을 제어하는 엄청난 통제력을 느꼈다. 난 헤로데의 움찔거리는 살과 그의 죄의식과 표현하지 못하는 요한을 향한 사랑을, 그리고 요한의 냉정한 인내와 공포를 느꼈다. 가끔은 대본의 대사들이 눈을 건너뛴 채 종이에서 바로 피부로 파고들어 혈관과 신경을 폭발 직전까지 밀어붙이며 뇌로 진격하듯 나를 사로잡았다. 최고의 극장은 내부에 살아 있었다.

나는 그 감각과 피가 솟구치는 느낌을 배우들에게 떠먹이려 애쓰며 여러 주를 보내겠지만… 내가 대신 연기해줄 수는 없는 법이다. 하지만 그들은 내 마음을 읽지 못한다. 그리고 사람들은 우리가 왜 술을 마시는지 궁금해한다.

내가 이런 얘기를 하면 럭키는 콧방귀를 뀌었다. 기술적 지시나 연기 지도가 아닌 말은 그녀의 기준으로 볼 때 실제 연극과는 아무런 상관이 없었다. 내게 연극이란 실제가 되기 전, 아직은 오직 나만의 것일 때가 최고라는 걸 그녀는 납득하지 못했다.

"정각 9시." 그녀가 말했다. "시작할 시간이야. 지금쯤 몇 명은 밖에서 기다리다가 토하겠어." 그녀가 웃었다. 그녀만의 농담이었던 것이다.

"시작하자." 나는 이 의식에서 내가 맡은 역할의 대사를 말했다. 그리고 나는 해야 했다. 시작해야 했다. 나는 내 지정석인 여덟 번째 줄 의자에 앉아 대본에 코를 박았다. 럭키는 메모판과 〈클라우드 나인〉 이래로 늘 가지고 다니는 제일 아끼는 빨간색 펜을 들고 통로 위쪽으로 올라갔다. 그녀가 로비로 통하는 문을 밀자 웅성거리는 목소리들이 밀려 들어왔다가 이내 잘려나갔다. "바깥에 있는 모두가 들어오고 싶어 해." 럭키가 첫 번째 배우의 이름을 부를 때 나는 그들의 긴장된 기다림의 침묵을 내 뱃속에서 느꼈다.

✳

오디션은 모두가 힘들다. 배우들은 목이 쉰다. 연출가들은 저 배우가 이런저런 역할을 맡아 이런저런 상대역과 무엇을 할지 아니면 할 수 있을지도 모르는지 아니면 해야만 하는지 본능적인 결단을 내린다. 변화무쌍하고 종교의식 같으며, 난폭하고 주관적이다. 그저 누가 전쟁에 나가게 되는지 보려고 싸우는 병사들 같다. 시작하는 순간부터 모두가 피투성이가 된다.

✳

늦은 점심시간을 갖기 40분 전, 내 혈당이 최저치를 찍을 때에 럭키가 다음 배우의 이력서와 증명사진을 가지고 들어오면서 그날 처음으로 눈썹을 치켜들었다. 그 눈썹, 그 콧방귀, 그 벌렁거리는 콧방울, 그 희미한 끄덕임이 럭키가 배우들에게 내리는 평가의 전부였다. 다들 미미하지만 단호했다.

그녀 뒤로 세례자 요한이 걸어왔다. 자신을 조 뭐라고 소개했지만, 그는 내 머릿속에서 곧장 튀어나온 요한이었다. 적

갈색 머리. 길고 조밀하게 근육이 붙은, 강하면서도 여윈 그런 종류의 몸매. 그는 수월하고 당당하지만 제어된 느낌으로 움직였다. 심지어 무대에 오른 그는 빌어먹을 예언자처럼 섰다. 그리고 그 눈은 요한의 눈이었다. 그는 헐렁한 카키색 바지에 품이 넉넉한 흰 셔츠를 자락을 여미지 않은 채로 걸쳤고 발목이 긴 고무창 운동화와 그리스 어부들이 쓰는 모자를 썼다. 목소리는 선명하고 일반적인 남자들보다 반음쯤 높았다. 완벽했다.

독백도 좋았다. 옆에 앉은 럭키가 자세를 고쳐 앉았다. 우리는 시선을 교환했고, 나는 그녀의 눈동자가 확대된 걸 보았다.

"그럼, 저 남자 정도면 춤출 만해?"

럭키가 움찔거렸고, 내게 실제로 필요한 답은 그게 다였다. 나는 다시 이력서를 보았다. 조 샌드. 그는 조용히 무대에서 있었다. 그러더니 아주 살짝 몸을 움직여, 살짝 무게 중심을 옮겨 럭키 쪽으로 몸을 기울였다. 그러면서 그는 그녀를 똑바로 바라보며 억제할 수 없는 그 동공 반응을 지켜보았다. 그가 미소를 지었다. 그러더니 내게도 그 미소를 시도했다. '아하!' 나는 생각했다, '놀랍군, 귀여운 배우 씨.'

"2차 오디션은 화요일과 수요일 밤에 있습니다." 나는 중립적인 어조로 말했다. "연락드릴 겁니다."

그가 무대에서 내려왔다. 그가 그늘에 반쯤 몸을 가린 채 물었다. "살로메는 정해졌나요?"

"사전에 정해진 사람은 없어요." 럭키가 말했다.

"괜찮은 사람을 알고 있어요." 그가 제대로 보이진 않지만 나는 그가 나에게 말하고 있다는 걸 알았다. 얼굴이 보이지 않자 그의 목소리는 트랜스젠더의 목소리가 되고 몸의 형태는 모호해졌다.

"조, 집에 당신 같은 사람이 더 있어요?" '내가 정말로 배가 고픈가 보군.'

"원하시는 건 뭐든지." 그가 말하고는 나와 럭키를 지나쳐 통로로 올라갔다. 갑자기 나는 미친 듯이 허기가 졌다. 점심 시간까지 네 명의 배우가 더 남았고, 나는 럭키가 그들을 내보내자마자 그중 누구도 기억나지 않을 것을 이미 알고 있었다.

✳

다음 날은 더 좋았다. 나는 썩 괜찮은 남녀 배우들을 몇몇 보았고, 늦은 오후쯤 되자 럭키가 2차 오디션 목록을 추리기 시작했다.

"얼마나 남았지?" 나는 화장실에 갔다 와서 한 손으로는 목덜미를, 다른 손으로는 허리를 문지르며 물었다. 스트레칭과 땀을 내며 근육을 쓰는 운동과 뜨거운 목욕이 필요해. 나는 살로메가 필요했다.

럭키가 얼굴을 찌푸리며 손에 든 종이쪽을 들여다보았다. "왜 조 샌드가 이 목록에 있지?"

"왜냐니, 럭키, 난 그 사람 2차 오디션 봤으면 해. 그래서 겠지."

"아니, 이건 오늘 오디션 명단이야."

난 그녀의 어깨너머로 들여다보았다. 이름에서 알파벳 철자가 하나 빠진 '조 샌드'다. "모르겠네. 다음 순서를 시작하자. 잘하면 오디션 시간표대로 맞출 수 있을지도."

럭키가 다음번 배우를 데리러 로비로 나가고 나서 그녀의 목소리를 들었을 때, 나는 뭔가가 크게 잘못됐다는 걸 알았다.

"마스, 마스."

이때쯤 나는 이미 일어나 있었고, 돌아서서 럭키가 내게 말할 수 없었던 게 무엇인지 직접 보았다.

"조 샌드." 내가 말했다.

"또 뵙네요." 그녀가 말했다. 목소리는 똑같았다. 그녀는 똑같지만, 완전히 달랐다. 이번에는 살짝 가슴이 도드라지도록 흰 셔츠 자락을 카키색 바지 안에 넣어 입었다. 부드러운 소재의 슬리퍼 같은 검은 신발은 움직일 때도 아무 소리를 내지 않았다. 오늘은 모자를 쓰지 않아 붉은 머리카락이 얼굴면을 둘러싸고 사방에서 풍성하게 빛났다. 그 눈은 살로메의 눈이었다. 깊은 욕망과도 같은 짙은 푸른색. 그녀는 내가 상상한 살로메 그대로였다. 살짝 내 쪽으로 몸을 기울일 때마다 그녀는 내 눈을 들여다보았고 이내 웃음을 지었다. 그녀의 냄새는 곧장 내 코를 거슬러 올라 두뇌 깊숙이 자리한 태고의 어느 지점을 강타했다.

우리, 우리 셋은 그렇게 꽤 오랫동안 서 있었다. 나는 할 말을 잃었다. 나는 내 머릿속에서 벌어지는 상황을 제외하면 초현실적인 상황에서 무슨 말을 해야 대화를 이을 수 있는지 몰랐다. 나는 그 초현실적인 상황이 통로를 걸어 내려와 이를 드러내며 웃을 때 어떻게 해야 할지 몰랐다.

"제가 다목적으로 쓰일 수 있다는 걸 보여드리고 싶어요." 조가 말했다.

우리 셋 사이의 공기가 후끈해지며 끈끈해졌다. 눈앞이 조금 어질해지며 마음이 제멋대로 요동쳤다. '난 보자고 하지 않을 거야, 보자고 하지 않….' 마치 3차원 안경을 쓴 채 초점을 맞추려고 애쓰는 것 같았다. 따로 노는 두 개의 이미지를 겹쳐 놓으려고 애쓰는 것 말이다. 뱃멀미가 났다. 럭키도 같은 상태인지 궁금했지만, 나는 그 순간 그녀가 모종의 내면적인 방식으로 자아를 제거해버린 걸 보았다. 그 원초적인 시선으로 나를 바라보는 조를 럭키는 보고 있지 않았다.

하지만 나는 보았다. 그리고 나는 갑자기 뇌와 직접 연결되는 것 같은 전기충격처럼 격렬한 느낌을 받았고, 그게 피부밑 신경을 바짝 곤두서게 했다. '무슨 소리를 하게 될지 조심해야 돼, 마스.'

"당신 독백을 또 들을 필요는 정말 없을 것 같군요." 내가 그녀에게 말했다. 럭키는 여전히 충격으로 입을 헤 벌린 채였다.

조가 다시 웃었다.

누군가가 내 목소리로 말했다. "럭키가 2차 오디션 일정을 잡아줄 거예요." 옆에서 자기 이름을 들은 럭키가 움찔했다. 조가 럭키 쪽으로 돌아섰다. 조의 집중력은 완벽했다. 그녀의 온몸이 말했다. 난 기다리고 있어요. 나는 무대에 선 그녀가 보고 싶었다. 나는 그렇게 접시에 올린 요한의 머리통을 기다리는 그녀를 보고 싶었다.

"마스, 무슨…." 럭키가 말을 삼켰다가 다시 입을 열었다. 럭키는 옆에 선 여성을 쳐다보지도 않고 말했다. "너 이… 아, 젠장. 그건 그렇다 치고, 빌어먹을 2차 오디션에서 이 분한테 어떤 역을 요청할 건데?" 난 수년 전 어느 추수감사절에 자기 어머니의 남자친구가 뷔페 칠면조 접시로 손을 가린 채 치근덕거린 이후로 럭키가 이처럼 당황하는 건 처음 보았다. 당황한 나머지 마음이 약해진 럭키는 눈물을 터뜨릴 것 같았다.

조가 나를 쳐다보았다. 여전히 기다리면서. 어제 나는 세례자 요한을 보았다. 나는 그가 어떻게 럭키의 눈썹을 꿈틀거리게 만들었는지 기억했고, 리허설이 어떠할지 상상할 수도 있었다. 그가 어떻게 럭키 곁에 앉을지, 어떻게 커피를 가져다주고, 어떻게 소품을 준비하는 그녀를 돕겠다고 나설지. 럭키는 일주일이면 폐인이 될 테고, 2주 후면 무용지물이 될 것이다. 그리고 오늘 이처럼 집요하게 기다리고 이처럼 목적의식적으로 움직이는 살로메를 보다니 얼마나 편한가. 나는 이 조를 보내야 하지만, 그러지 않을 것이다. 나는 살로메 역을 맡을 포식자가 필요했다. 피 맛을 아는 사람 없이 욕망에 관한 연극을 할 수는 없다.

"치마를 입고 와요." 내가 조에게 말했다. "당신이 춤추는 걸 봐야지요." 럭키가 눈을 감았다.

＊

　우리는 이럭저럭 나머지 오디션들을 진행하고 1차 합격자들을 추린 다음 2차 오디션 목록을 정리했다. 다시 보고 싶은 배우들은 몇 안 됐다. 2차 오디션 때는 모두 들어오게 해서 내가 원하는 대로 보든 말든 할 수 있게 극장 뒤쪽에 무리지어 앉혀 놓았다. 하지만 나는 계속 조를 의식했다. 나는 다른 역할들을 제일 잘해낼 것으로 생각한 배우들과 함께 그녀를 살폈다. 그녀는 저마다 다른 그들의 스타일에 스스로를 맞추고 그들이 그 장면을 완성하는 데 필요한 것들을 주면서 유연하게 대처했다. 그녀는 연출 지시에 즉각 반응했다. 그녀는 잘 들었다. 난 그녀에게서 잘못된 점이라곤 하나도 찾아내지 못했다.

　그러다 춤출 시간이 되었다. 내가 보고 싶어 한 여자는 세 명이었고, 나는 그들을 한꺼번에 무대에 올렸다. "살로메의 춤은 이 연극에서 가장 중요한 장면입니다. 모든 캐릭터가 위기를 맞는 지점이죠. 모두가 그 춤에 뭔가 핵심적인 걸 걸고 있으니까요. 이 장면은 엄청나게 중요합니다."

　"주로 무엇을 보세요?" 한 명이 물었다. 긴 검은 머리와 근사한 팔을 가진 여자였다.

　"권력." 내가 대답하자 그녀 옆에 선 조의 머리가 사냥개처럼 곤추서고 뭔가 진한 냄새라도 맡은 것처럼 콧방울이 벌렁거렸다. 나는 못 본 척했다. "살로메의 춤은 감정과 생명을 지배하는 권력을 표현하는 것입니다. 다른 것도 있지만, 권력이 기본 토대이고, 그게 제가 봐야 할 것이죠."

질문했던 여성이 고개를 끄덕거리고는 윗입술에 일어난 거스러미를 씹으며 시선을 떨구었다. 나는 그들에게 잠시 이 새로운 정보를 삭일 말미를 주기 위해 돌아섰다. 극장 안을 보니 각자 자리에 몸을 숙인 채 앉아 있는 다른 배우들이 보였고, 나는 그들이 누가 살로메가 될지, 자신이 그 살로메와 연기할 수 있을지, 자신이 저 상황에 있다면 무엇을 할지 궁금해한다는 걸 알았다.

나는 돌아섰다. "저는 여러분 모두가 여기 위에서 같이 춤을 췄으면 합니다. 공간은 각자 마음대로 쓰세요. 잠깐 몸을 푸시고 준비가 되면 언제든 시작해요."

나는 그들이 '세상에, 음악이 없어, 어떻게 이렇게 춤을⋯. 하여튼 연출가들이란 하나같이 다 빌어먹을 작자들이야'라고 깨닫는 순간을 볼 수 있었다. 하지만 나는 음악이 아니라 그들이 해석한 권력을 보고 싶었다. 그들이 낯선 사람들 앞에서 음악도 없이 춤을 출 뭔가를 자기 안에 가지고 있지 않다면, 그들이 경쟁할 수 없다면, 그들이 내 모든 주의를 빨아들일 수 없다면, 그들은 내게 필요한 것을 줄 수 없다. 살로메라면 주저하지 않을 것이다.

검은 머리 여성이 어깨를 으쓱거리더니 팔을 뻗었다가 발가락을 향해 늘어뜨렸다. 세 번째 여성이 천천히 엉덩이를 흔들기 시작했다. 그러더니 '배꼽에 에메랄드 반짝이며 추는 동양풍 벨리댄스'를 흉내 내는 진부한 표현에 맞춰 팔을 흔들며 치켜들었다. 그녀는 부끄러운 듯이 움직였고, 나는 그녀를 비난하지 않았다. 검은 머리 여성은 잠시 시간을 벌더니 이상한 당김음 박자에 맞춰 덜컥거리는 재즈 스텝을 밟기 시작했다. 나는 그녀의 숨소리 사이로 애창곡을 흥얼거리는 콧노래를 들을 수 있을 것만 같았다. 그녀는 고개를 위로 또 오른쪽으로 기울이며 자신만의 세계 속에서, 자신만의 음악 속에서 움직였다. 둘 다 옳지 않다. 나는 나 자신이 그 둘 중 한 명이 내가 원한 사람이기를, 그래서 조가 춤추는 걸 보지 않아도 되기를 바라고 있음을 깨달았다.

그나저나 조는 어디 있지? 저기, 바로 무대 위에 조는 아주 느긋하게 가만히 선 채 다른 두 여성을 지켜보고 있었다. 그러더니 그녀가 서서히 움직임 속으로 미끄러지고, 천천히 무대를 가로질러 걸음을 옮기더니 벨리댄서로부터 1미터쯤 떨어진 곳에서 멈췄다. 벨리댄서의 어색한 리듬이 느려지다가 조가 여전히 지켜보며 멈춰 서자 완전히 꺼져버렸다. 조는 그녀의 눈을 정면으로 들여다봤고, 상대방이 시선을 떨어뜨린 바로 그 순간 갑자기 빙글빙글 돌기 시작했다. 몸이 너무 빨리 도는 통에 잠깐이지만 머리와 몸이 반대 방향을 향한 것처럼 보였다.

그 아찔한 순간이 지나고 몸 전체를 으쓱거리며 떠는 동작이 이어졌는데, 남을 얕잡아보는 것 같으면서도 몹시 선정적이었다. 이제 그녀는 극장을, 다른 배우들을, 럭키를, 나를 바라보고 있었다. 이제 그녀는 자신이 무얼 할지 우리에게 보여주었다. 그녀의 춤은 말했다. '이것이 나야, 넌 절대 될 수 없는 것, 네 몸으로는 절대 불가능하게 움직이는 내 몸을 봐.' 그녀는 상상 속의 접시를 보기 위해 몸을 숙였고, 그녀의 발걸음에서 느껴지는 승리감이 내 눈앞에 그 피투성이 포획물을 그려내기 시작했다.

그녀의 굽은 팔이 엷은 막으로 덮인 눈과 빼문 혀를 보여주었다. 그녀의 가슴과 배의 움직임이 잘린 목의 잔해들을, 길게 매달린 척수를 묘사해주었고, 그녀가 원반을 던지는 선수처럼 빙글빙글 돌며 팔을 돌리고 꺾을 때 그녀의 발은 쏟아진 선혈 속에서 그림을 그렸다. 그녀는 눈에 보이지 않는 승리의 포획물을 곧장 내게로 던졌다. 내가 그걸 잡으려고 손을 들었다는 걸 깨닫는 순간, 나는 그녀가 어떤 사람이든 그녀를 손에 넣어야 한다는 걸 알았다. 그녀를 가져야 했다. 연극을 위해. 그녀를 손에 넣어야 했다.

배우들이 가고 나서 럭키와 나는 명단을 다시 검토했다. 살로메에 대해서는 논의하지 않았다. 럭키는 이미 다른 두 여성의 이력서를 옆으로 치워놓았다.

끝내고 나가기 전에 럭키가 말했다. "아아, 그녀는 놀라웠어. 그녀는 대성할 거야, 마스. 나는 상황이 이렇게 돼서 정말로 기뻐. 그러니까, 그녀가 그 복장도착 뭐시기를 그만두기로 해줘서 말이야."

"흠."

"그날 그녀를 보고 정말로 놀랐어. 정말로 남자처럼 보였거든. 내 생각엔… 음, 아무것도 아니야. 그건 바보 같은 짓이었어."

"바보 같은 짓은 아니었어."

"넌 놀란 거 같지 않더라. 넌 알았어? 처음 그가… 그녀가 왔을 때, 아니라는 걸? 왜 말을 안 했어?"

"요한을 연기할 사람이 있다면 난 그 사람이 어떻게 오줌을 누는지, 턱을 면도하는지 따위는 정말 상관없어. 성별은 중요하지 않아."

"그 사람과 침대로 가고 싶어질지도 모른다고 생각하면 중요해."

"흠." 나는 다시 말했다. 럭키에게 말할 수 없는 한 가지는 내가 처음부터 줄곧 일종의 충격 상태에 있다는 점이었다. 늪의 진흙 속을 걸어가는 것처럼, 그곳의 세상은 따스하고 부드럽고 축축하지만 짙은 어둠 속에서 자신과 같이 헤엄치고 있는 게 무언지 내려다보기는 두려운 법이다. 난 이것이 게임이 아니라는 걸 알았다. 그가 들어왔을 때 조는 남자였고, 그녀가 돌아왔을 때 조는 여자였다. 나는 우리의 배역 명단을 보고 뭔가 중요하고 위험한 일이 일어나려 한다는 걸 알았다. 하지만 내가 정말로 아는 건 갑자기 내 연극이, 내 안에 있는 연극이 가능해졌다는 것뿐이었다. 그녀는 극장 관객 모두를 파괴해버릴 것이다. 그녀는 관객들의 뇌를 날려버릴 것이다.

✳

리허설이 시작된 지 3주째, 럭키는 휴식 시간에 조와 같이 커피를 마시며 머리를 맞대고 뭔가를 논의하기 시작할 정도로 다 잊었다. 다른 배우들은 이전에 조의 이름을 들어본 적이 없다는 사실을 믿을 수 없어 하며 조를 이 예술 전쟁판의 동료로 받아들였다. 우리는 참으로 행복한 집단이었다. 대단히 조화를 잘 이뤘기 때문이었다.

헤로데를 연기하는 랜스는 조를 멋지면서도 이상한 뭔가 나무 요정 같은 거로 생각했다. 그는 조가 아나콘다로 변하면 자신을 칭칭 감은 사이에 그녀의 머리를 쓰다듬을 거라 말할 정도로 조라면 사족을 못 썼다. 랜스는 창 또는 창기병이라는 뜻을 가진 이름 때문에 특히 남자친구들한테서 놀림을 많이 당했다. 초기 리허설을 진행하는 동안 그는 헤로데에게서 강박증과 혐오가 아주 효과적으로 결합된 정신적 기제를 발견했다. 마치 살로메를 산 채로 잡아먹을 것 같다가도 이내 다시 토해내고 마는, 일종의 성적 폭식증이었다.

수전은 헤로데의 홀로 된 형수이자 두 번째 부인이며 살로메의 어머니인 헤로디아를 연기했다. 그녀는 복잡한 것을 단순하게 보이게 만들었다. 헤로데 자신의 판타지에서 튀어나와 춤을 추는 듯한 의붓딸이자 조카이자 악마의 자식인 살로메에게 단 한 번만 '예스'라고 말하면 곧장 어떤 파멸이 덮쳐올지 헤로데에게 끊임없이 상기시키는 인물인 헤로디아를 연기하며 수전은 자칫 강렬한 그 딸에 비교되어 그늘에 가릴 뻔한 역을 헤로데의 강력한 동반자로 잘 살려주었다. 수전이 하도 조를 무관심하게 바라보아서 나는 수전이 헤로디아 역을 해석하며 어떻게 조가 무대로 가져온 오만함을 모방하여 성숙시켰는지 거의 마지막에 가서야 알아차렸다. 그녀는 키가 큰 흑인이었고, 조의 탄탄한 근육에 비해 수전의 근육은 부드러웠다. 조와는 전혀 다르지만, 그녀는 살로메의 어머니가 되었다.

그리고 이름이 프랭크이고 조와 전혀 닮은 데가 없는 세례자 요한. 그가 붉은 머리를 하고 오디션에 왔더라면 그를 뽑았을지 의심스럽긴 했지만, 이번 시즌에 그는 최근에 끝낸 유진 오닐의 작품에 맞춘 검은 머리, 아이리시 블랙이었다. 럭키는 그가 '예수의 발'을 가졌다고 말했다. 프랭크는 메소드 배우인데 목이 잘리는 연기에 참조할 만한 감각 기억이 전혀 없어서 실망했다. "그 사건이 무대에서 안 보이는 건 알아." 그는 적어도 일주일에 한 번은 진지하게 말했다. "하지만 그 일은 처음부터 거기 있어야 해, 난 그녀가 나오는 모든 장면마다 사람들이 그걸 생각했으면 해." 그에게 '사람들'이란 늘 관객을 말한다. '그녀'는 늘 조다. 무대 밖에서, 그는 중추의 만월을 보는 아이처럼 조를 바라보았다.

3주라는 시간은 모두가 진행 방식에 익숙해지기엔 충분하지만 어떤 결과를 내기에는 불충분한 시간이다. 첫 2주 사이에 배우들은 각자의 인물에게서 뭔가 새로운 것들을 발견해내지만, 그것들은 좀처럼 뚜렷해지거나 재탄생하려 들지 않았다. 좌절의 시기였다. 우리는 모두 신경이 곤두섰지만 그걸 드러내지 않으려고, 다른 누군가의 노력을 좌절시키지 않으려고 애썼다. 배우들에겐 어려운 일이었다. 배우들은 진정으로 서로를 돕고자 하지만 그렇다고 남이 먼저 돌파해나가는 걸 정말로 보고 싶어 하지는 않으니까. 너무 두려운 것이다. 아무도 뒤처지고 싶어 하지 않았다.

배우와 연출가 사이에는 성적 에너지와 유사한 것이 흐른다. 신중하게 탐색하는 상처받기 쉬운 마음과 통제하고자 하는 마음과 서로의 마음에 들고자 하는 욕구가 넘쳐흐르고, 성적 결합을 구성하는 질료들이 넘쳐난다. 배우들과 함께 일하는 것은 옷감을 다루는 것과 같다. 각자는 저마다의 질감과 장력을 가진다. 랜스는 호화로운 양단이었다. 수전은 부드러운 벨벳이라 손길에 민감했다. 프랭크는 모직이라 따뜻하지만 어딘지 모르게 거칠었다. 그리고 조. 조는 가공하지 않은 비단이고 면도날이었다. 너무 날카로워서 사람들은 베이고도 몰랐다.

그래서 우리는 모두 신경이 곤두섰다. 조만 빼고. 아, 그녀도 말로는 그렇다고 하지만, 그녀는 걱정하지 않았다. 그녀는 무언가를 기다리고 있었고, 나는 기억 속에 남은 오디션 때를 반추하기 시작했다. 그 우연한 만남들이 남긴 뼈다귀들을 빨면서 나는 그 초기 시절에 나와 같이 춤추던 것이 무엇이었는지, 내가 무엇을 끌어들인 것인지 궁금해했다.

그리고 기묘한 일이 시작되었다. 내가 정신이 산란해지면 산란해질수록 조의 연기는 점점 더 나아졌다. 갑자기 내가 머리를 맹수의 입안에 집어넣은 조련사처럼 보일 때, 발을 헛디디고 목줄을 잡은 손에 땀이 흥건한 게 드러날 때, 그럴 때마다 그녀의 연기는 너무나 자극적이고 너무나 농염해서 온 세계를 뒤흔드는 조는 사라지고, 소매를 잘라낸 티셔츠를 입고 고개를 드는 사람은, 아무렇게나 찢어진 청바지를 입고 허벅지 근육을 수축시키는 사람은 살아 있는 살로메가 되었다. 리허설을 거듭할수록 살로메는 점점 더 실체가 되어갔다. 금요일 밤이면 나는 맥주를 채운 아이스박스와 라임 한 봉지를 가져와 누구든 원하는 사람들과 같이 나눠마셨다. 지난 금요일에는 모두가 남았다. 우리는 말없이 앉아 차가운 금녹색 액체의 첫 모금을 삼켰다. 랜스가 헤로데의 거대한 왕좌 깊숙이 자리를 잡았다. 나는 한 손으로 느슨하게 병을 잡고 접이식 의자에 거꾸로 걸터앉아 두 팔을 팔걸이에 걸쳤다. 럭키와 다른 배우들은 무대와 이어지는 단 위에 자리를 잡았다.

언제나 그렇듯이 배우들이 작업에 관해서 얘기하면서 일은 시작되었다. 랜스는 몇 년 전에 〈지저스 크라이스트 수퍼스타〉에서 헤로데를 연기한 적이 있는데, 그때는 지금과 얼마나 달랐는지 우리에게 얘기하고 싶어 했다.

"수퍼스타 해보고 싶어." 조가 말했다. 별 생각 없이 하는 말처럼 들렸다. 그녀는 나지막한 단에 팔꿈치를 세워 기댄 채였고, 맥주를 마시려 병을 들면 셔츠의 봉긋한 가슴께가 도드라졌다. 나는 그녀가 마시는 모습을 보고 싶지 않아서, 액체를 삼키는 그녀의 목선을 보고 싶지 않아서 시선을 돌렸다.

랜스가 잠시 뭔가를 생각했다. "자기가 하면 대단할 거라고 생각해." 그는 말했다. "하지만 살로메와 마리아 막달레나는 상당히 거리가 멀어. 염산과 사과 주스 정도의 거리지. 최소한 그 중간 정도 되는 반쯤은 정상적인 배역을 해보고 싶진 않아? 목표를 향해 조금 다가가는 거지."

조가 코웃음을 쳤다. "막달레나한테는 관심 없어. 난 유다를 연기할 거야."

랜스가 어이쿠 소리를 냈고, 프랭크가 빙긋 웃었고, 침착한 수전마저 미소를 지었다. "음, 안 될 것 없잖아?" 랜스가 말했다. "하고 싶다는데, 조가 유다를 연기 못할 이유가 뭐야?"

"성별이라는 사소한 문제가 있지." 프랭크가 말하고는 어깨를 으쓱거렸다.

수전이 몸을 똑바로 일으키며 앉았다. "그 역할을 연기할 수 있는데, 왜 조가 배역을 맡으면 안 돼?"

프랭크가 맥주를 삼키고 입을 닦았다. "어느 연출자고 그 배역을 연기할 진짜 남자가 있는데 왜 여자를 뽑아야 해?"

"네 생각은 어때, 마스?" 조의 목소리였다. 나는 깜짝 놀랐다. 오가는 대화가 너무 재미있다 보니 난 조 옆에서 마음을 놓고 있는 것이, 아니 그녀에게 흥밋거리가 될 만한 모든 것이 얼마나 위험한지 잊고 있었다. 나는 이제 황금색 액체가 조금 남은 병을 옆에 세워두고 여전히 편안하게 단에 기대 있는 그녀를 보았다. 그녀 역시도 이 시간을 즐기고 있었다. 나는 이 상황이 어디로 흘러갈지, 안전한 대답이 무엇인지 확신하지 못했다. 나는 럭키에게 말했던 걸 기억했다. '성별은 중요하지 않아.'

"성별은 중요하지 않아, 그렇지 않아, 마스?"

'럭키가 조에게 알려줬구나.' 하지만 난 아니란 걸 알고 있었다. 럭키가 그럴 이유가 없었다.

"맞아." 나는 말했다. 그리고 조의 미소를 보고 내 목소리가 기대만큼 통제되지 않았다는 걸 눈치챘다. 그렇다 하더라도, 뒤이어 일어난 일은 아무런 예고도 없이 시작되었다. 머릿속에서 뒤범벅된 그림들. 아주 어두운 곳에서 남자들인지 여자들인지 알 수 없는 사람들이 춤추는 영상들. 양성적인 사람들과 양성성을 넘어 성별 자체가 흐릿하도록 외양 자체가 공연의 영역으로 건너뛴 사람들로 가득 찬 거리거리의 이미지들. 남자처럼 옷을 입고 남자들과 사랑을 나누는 여자들. 여자처럼 옷을 입고 공중화장실 입구에서 머뭇거리는 남자들. 하이힐을 신고 진주를 두르고 값비싼 실크 셔츠를 찢을 듯이 우람한 이두박근을 가진 여자들. 그리고 그중에서도 중심이 되는 진짜 핵심 이미지는, 조였다. 발가벗고 땀에 젖어 반들반들한, 분명히 여성인 조가 내 밑에서, 내 위에서 움직이는 이미지. 내가 헐떡거릴 때까지 사랑을 나누던 조가 변하기 시작하고, 변해서 나와 함께 있는 조가 내 위에 있는 조가 되고, 그리고 나는 입을 열어 절박하게, 본능적으로 거부하고, 그리고 나는 럭키가 '그 사람과 침대로 가고 싶어질지도 모른다고 생각하면 중요해'라고 말한 것이 기억나고, 그러고는 머릿속에서 영상이 뚝 끊어지면서 나는 다른 사람들과 같이 있는 현실로 돌아왔다. 내가 불시에 습격을 당했다는 걸, 탈탈 털렸다는 걸 아무도 눈치채지 못했다. 사람들은 여전히 하던 얘기를 계속하고 있었다. "유다가 여자라면 그 관계들이 모두 얼마나 달라질지 생각 좀 해봐." 수전이 프랭크에게 진지하게 말했다. "모든 게 달라질 거야!" 조가 미소를 지으며 마지막 한 모금을 삼켰다.

*

　다음 리허설에서 나는 조마조마했다. 마치 나 자신을 망가뜨리지 않으려면 조심조심 걸어야 할 것처럼. 난 자주 쉬어야 했다.

프랭크와 랜스가 등장하는 장면을 연출하고 있는데 럭키가 무대 밖에서 조에게 뭔가를 진지하게 얘기하는 게 눈에 띄었다. 조가 한 손을 들어 럭키의 말을 막더니 웃으며 뭔가를 말하고 둘이 나를 돌아보았다. 갑자기 럭키가 얼굴을 붉혔다. 그녀는 재빨리 조한테서 떨어져 내 시선에서 비켜났다. 조의 웃음이 더 커졌다. 다음 장면에서 조의 연기는 특히 더 훌륭하고 충만했다.

"그녀가 뭐라고 했어, 럭키?" 나는 극장이 닫을 때쯤 럭키에게 물었다.

"아무것도 아냐." 럭키가 우물거렸다.

"이봐."

"좋아, 알았어. 네가 배우들이랑 잔 적 있는지 알고 싶어 하더라, 됐어?"

말로 표현할 수는 없지만 나는 그 말이 다가 아니라는 걸 알았다. '그래서 마스가 주역 여배우와 잔 적이 있어?'라고 고양이 같은 미소를 지으며 럭키에게 묻는 조의 목소리가 아주 선명하게 들리는 것 같았다. 조는 누군가의 머릿속에 그림이 떠오르게 하는 재주가 있었고, 나는 럭키가 그 재주의 혜택을 받았을 게 틀림없다고 생각했다. 정말로 날 구역질 나게 하는 점이 그것이었다. 이제 럭키가 떠올릴 내 이미지는… 아니, 이제 럭키는 조가 원하는 대로 주입해놓은 나의 모습을 떠올릴 거라는 생각. 신만이 알리라. 나는 럭키를 쳐다보고 싶지 않았다.

＊

　"내 메시지 받았어?" 다음 날 저녁, 잠시 리허설을 쉬는 사이 마침내 내가 옆 복도에 홀로 있는 틈을 타서 조가 말했다. 그녀는 저녁 내내 나를 지켜보고 있었을 것이다. 럭키가 그녀에게 말해주진 않았을 테니까.

　"난 대본에 없어."

　"모두가 대본에 있어."

　"이거 봐, 난 배우들이랑 엮이지 않아. 너무 복잡하고, 지저분해. 난 그런 짓 안 해."

　"예외 하나 만들어봐."

　조 뒤쪽에서 럭키가 나타났다. 내 얼굴에 어떤 표정이 떠올라 있는지 모르겠지만, 그걸 본 럭키가 인상을 찌푸렸다. "휴식 시간 끝." 럭키를 붙잡아둘 적당한 말을 생각해내기도 전에 럭키는 간략하게 내뱉고는 말이 끝나기도 전에 몸을 돌려 무대를 반쯤이나 건너갔다.

　"연습이나 하러 가자, 조."

　"빌어먹을 예외 하나 만들어봐."

　난 배우들로부터 압박을 받는 걸 좋아하지 않았다. 뭔가 다른 것도 있었지만 당장은 거기에 대해서 생각하고 싶지 않았고, 그저 등 뒤에 바싹 붙은 조를 떼어내고만 싶어서 나는 연출가의 목소리로 채찍질하듯 말했다. "그 열정은 무대를 위해 아껴 두시지, 공주님. 나한테 좋은 인상을 주고 싶으면 거기 있지 말고 냉큼 나와서 그 잘난 연기를 하라고."

조는 대답하지 않았다. 그녀의 침묵은 우리만 아주 높은 곳에 서 있는 듯 주위를 서늘하게 만들었다. 마침내 그녀가 똬리를 푸는 뱀처럼 몸을 움직였고, 다음 순간 그녀의 손이 내 손목을 그러쥐었다. 그녀는 강했다. 내려다보니 그녀의 손이 변하고 있었다. 살갗에 덮인 뼈가 굵어지고 근육이 미묘하게 위치를 바꾸더니 조의 팔에 붙은 손이 달라졌다. 내 손목을 잡은 것은 커다란 남자의 손이었다. "날 화나게 하지 마, 마스." 그리고 성별을 분간할 수 없는 그 목소리가 뱀처럼 쉭쉭거렸다. 거기엔 날 도와줄 사람이 아무도 없었고, 럭키도 보이지 않았다. 이제 정체를 드러내고 나와 수작을 벌이고 싶어 하는 이 후뇌 나부랭이와 나, 단 둘뿐이었다. 조의 웃음은 이제 얼굴을 다 집어삼킬 만큼 커졌다. '그저 또 다른 배우일 뿐이야.' 나는 미친 듯이 생각했다. '배우들이란 어쨌든 다 괴물이니까.'

"넌 대체 뭐야?" 나는 떨고 있었다.

"네가 원한다면 뭐든지, 마스. 네가 원하는 건 뭐든 될 수 있어. 모든 연출가의 꿈이지. 지금 당장은 난 살로메야. 뼛속까지. 난 네가 찾는 바로 그거야."

"난 이런 걸 찾지 않았어. 난 이런 걸 원하지 않아."

"넌 살로메를 원했고, 지금 그녀를 손에 넣었어. 권력, 섹스, 굶주림, 욕구, 갈망, 다 여기 있어."

"이건 연극이야. 이건 그저… 연극이야, 맙소사."

"너한테는 현실이야." 그 손이 여전히 내 손목을 꽉 움켜잡고 있었다. 다른 한 손이, 부드럽고 작은 손이 그녀의 손길로

부터 달아나고 싶어 용을 쓰는 내 심장이 있는 가슴 한가운 데에 닿았다. "난 봤어, 그 첫 번째 오디션 때. 난 세례자 요한을 연기하러 왔고, 럭키가 나를 바라보는 눈길을 봤지. 난 그녀에게 뭔가 기억할 만한 걸 주려고 했지만… 네 갈망이 너무 강했고, 너무 복잡했어. 이건 달콤해, 마스. 향신료와 와인과 땀 맛이 나. 네 머릿속에 든 연극이 너에겐 다른 어떤 것보다 더 현실적이야, 그렇지 않아? 찬란하게 태양이 빛나는 날들보다, 친구나 일보다 더 현실적이야. 난 그걸 바로 네 앞에, 너의 세계 안에, 네 삶 속에 가져올 거야. 난 네게 살로메를 줄 거야. 무대 위와 무대 밖, 둘 사이에 구별이 있을 필요가 없어. 사랑을 나눈다는 게 그런 거 아니야? 누군가가 정말로 원하는 것을 주는 거?"

조는 여전히 그 끔찍한 미소를 짓고 있고, 나는 그녀가 정말 진심으로 사랑을 얘기하는 것인지 아니면 그 말이 내 뱃속을 요동치게 할 거라는 걸 알기 때문에 하는 얘기인지 분간할 수 없었다. 어쩌면 둘 다일지도 몰랐다.

"여기서 나가. 나가, 당장." 나는 떨고 있었다.

"진심은 아닐 거야, 자기. 정말 그렇다면, 난 이미 여기 없겠지."

"공연을 취소할 거야."

조는 대답하지 않았다. 그녀는 나를 쳐다보았고, 그러고는, 어렵쇼, 나는 관객의 시선으로 무대를 보고 있었다. 헤로데와 헤로디아가 자신들의 사랑을 지키기 위해 싸우고 소리 지르고 발버둥 치는 것을 보았고, 헤로데의 결심이 무너지는 걸 지켜보는 요한의 끈기 있는 공포를 보았고, 살로메가 춤추는 걸 보았다. 춤출 때 그녀는 우리 모두를 끌고 간다. 그 순간만은 관객 전부가 그녀의 피부 안에서 숨 쉰다. 우리는 모두 빙빙 돌고 몸을 뻗고 구부리고, 우리 모두가 약속을 하고, 우리 모두가 거부한다. 우리 모두가 유혹한다. 우리 모두가 분개한다. 우리는 헤로데가 숨이 막힐 때까지 우리 몸을 던져 헤로데를 짓누른다.

그러고 우리 모두는 갑자기 자신의 몸으로 돌아오고, 우리는 목구멍이 따가울 때까지 고함을 치고, 우리 목소리들은 거칠게 울린다. 그녀는 내가 이 연극에서 느꼈던 모든 것들을 관객들도 느낄 수 있도록 만들어줄 것이다. '내'가 그들 안에 있게 될 것이다. 내가 내 안에 가진 것이 그들을 일으킬 것이고 그들을 충만하게 하고 고통스럽게 할 것이다. 아, 신이여, 그런 생각에 나는 눈물을 흘렸고, 그 순간 나는 현실로 돌아왔다. 그녀는 여전히 괴물 같은 손으로 나를 붙잡고 있고, 내가 할 일은 그녀가 내게 줄 수 있는 것들을 향한 지독한 갈망으로 울부짖는 것뿐이었다.

조의 눈은 너무 크고, 너무 동그랗고, 너무 즐거워 보였다. "오." 그녀가 여전히 부드럽게 말했다. "괜찮아. 정말로 즐거울 거야, 약속할게." 그리고 그녀는 갔다. 랜스에게 뭔가를 소리쳐 말하며 느릿느릿 무대에 올랐다. 그녀의 무대 뒤편용 손은 여전히 너무 크고 여전히 이상했다. 원래의 손으로 바꾸기 전에 그녀는 그 손으로 쓱 허벅지를 쓰다듬었다. 나는 그보다 더 외설적인 장면을 본 적이 없었다. 나는 눈물을 감추고 얼굴을 식힐 시간이 좀 필요했다.

나는 내 안 깊숙한 곳 어딘가에 작은 빈 공간을 느꼈다. 마치 조가 내 안에서 뭔가 마음에 드는 걸 찾아내 가져가버린 것처럼. 그녀는 지금 저기에, 그저 무대 위에, 춤을 출 준비를 마친 채 섰고, 나의 작은 조각이 그녀의 정맥 속에서 웡웡거렸다. 내 안에는 귀중한 것이 얼마나 더 남았을까? 저게 나를 먹어 치우는 데는, 한 입 한 입 다 먹어 치우는 데는 얼마가 더 걸릴까? 이제 그녀는 두 팔을 들고 미소를 짓는다. 벌써 맛을 보면서. 벌써 양껏 먹었으면서.

켈리 에스크리지

Kelley Eskridge, 1960~

켈리 에스크리지는 미국의 작가 겸 수필가, 극작가, 편집자이다. 〈센추리〉와 〈판타지&SF 매거진〉 등 미국과 유럽, 오스트레일리아, 일본에서 발간된 여러 잡지와 선집에 작품을 발표하였다. 단편집인 《위험한 우주》를 애퀴덕트 프레스에서 출간했다. 극장을 무대로 젠더 구분의 경계를 무너뜨리는 독특한 작품인 〈그리고 살로메는 춤을 추었다〉는 1995년에 아스트라이아상을 수상했고 제임스 팁트리 주니어상 최종 후보에 올랐다. 1994년에 출간된 선집인 《작은 죽음들》에 처음 발표되었다.

앙헬리카 고로디스체르

The Perfect Married Woman

완벽한 유부녀

길거리에서 그 여자와 마주치면 재빨리 길을 건너 반대편으로 간 다음 걸음을 재촉하라. 그 여자는 위험하다. 그 여자는 마흔이나 마흔다섯쯤 되었고, 결혼한 딸과 산니콜라스에서 일하는 아들이 있다. 남편은 판금 노동자다. 그 여자는 새벽같이 일어나 집 앞 보도를 쓸고 남편을 배웅하고 청소를 하고 설거지를 하고 장을 보고 요리를 했다. 점심을 먹은 후에는 텔레비전을 보며 바느질을 하거나 뜨개질을 하고, 일주일에 두 번은 다림질을 하며, 밤에는 늦게 잠자리에 들었다. 토요일마다 그 여자는 대청소를 하고 창문을 닦고 바닥에 왁스를 먹였다. 일요일 오전에는 이름이 네스토르 에두아르도인 아들이 집에 들고 오는 빨랫감들을 빨고 국수나 라비올리를 만들 반죽을 밀고, 오후에는 시누이의 방문을 받거나 딸네 집에 갔다. 영화를 보러 간 지는 오래됐지만, 그 여자는 〈TV 가이드〉와 신문에 나오는 사건사고 기사를 읽었다. 그 여자의 눈은 검은색이었고 손은 거칠었으며 머리카락은 이제 세기 시작하는 참이었다. 그 여자는 자주 감기에 걸렸고, 장롱 서랍에는 목둘레와 소맷부리에 레이스가 달린 검은 크레이프 드레스와 사진첩을 함께 넣어두었다.

그 여자의 어머니는 절대 아이를 때리지 않았었다. 하지만 그녀는 여섯 살 때 문에 낙서했다가 엉덩이를 맞았고, 걸레로 낙서한 걸 지워야 했다. 걸레질을 하면서 아이는 문에 대해, 모든 문에 대해 생각했고, 문이란 것이 늘 똑같은 곳으로만 이어지므로 아주 멍청하다고 결론 내렸다. 그리고 자신이 닦고 있는 부모님 침실 문은 분명 그중에서도 제일 멍청한 문이었다. 아이는 그 문을 열었다. 그랬더니 부모님 침실이 아니라 고비 사막이 나왔다. 학교에서 몽골이 어디 있는지 아직 배우지도 않았고, 그녀는 고사하고 그녀의 어머니나 할머니도 난산이나 칸가이 누루 같은 지명은 들어본 적이 없었지만, 그녀는 그곳이 고비 사막인 걸 알았고, 그래서 놀라지 않았다.

그녀는 문을 통과한 다음 몸을 숙여 누르스름한 잔모래를 긁어보았고, 그곳에는 아무도, 아무것도 없이 더운 바람만이 머리카락을 헝클어뜨린다는 걸 보았으며, 그래서 열린 문으로 돌아 나왔다. 문을 닫고 걸레질을 계속했다. 걸레질이 다 끝나자 그녀의 어머니는 조금 더 투덜대면서 걸레를 빨고 빗자루를 가져다 모래를 쓸어내고 신발을 털라고 말했다. 그날 그녀는 문에 대해 내렸던 성급한 판단을 수정했지만, 완전히는 아니었다. 적어도 무슨 일이 벌어지는 건지 자신이 완전히 이해할 때까지는.

그녀의 일생 동안, 그리고 오늘까지 벌어진 일을 종합해보자면, 문들은 보통 최상의 상황에서도 여전히 멍청하게 굴면서 식당이나 주방이나 세탁실이나 침실이나 서재로 이어지지만, 이따금 만족스럽게 구는 때가 있었다. 예를 들어, 사막 건이 있은 지 두 달 뒤에 매일 욕실로 이어지던 문이 긴 제복과 뾰족한 신발과 한쪽으로 치우친 모자를 쓴 수염 난 남자의 작업실로 이어졌을 때처럼. 춥고 매캐한 냄새가 나는 작업실 한가운데에 거대한 타륜과 프로펠러가 달린 아주 이상한 커다란 목제 기계가 서 있고, 늙은 남자는 작은 서랍이 잔뜩 달린 뒤쪽 서랍장에서 뭔가를 꺼내느라 등을 돌리고 있었다. 그가 돌아섰다가 그녀를 보자 알아들을 수 없는 언어로 소리를 지르기 시작했다.

그녀는 혀를 빼문 채 문으로 달려나가 문을 닫았다가 다시 열었고, 욕실로 들어가 손을 씻고 점심을 먹으러 갔다.

다시 여러 해가 지난 후, 그녀는 점심을 먹고 나서 자기 방문을 열고 어느 전쟁터로 들어섰다. 그녀는 부상자들과 사망자들의 피에 손을 담갔고 어느 시체의 목에서 십자가 목걸이를 빼내 목이 긴 블라우스나 목선이 깊이 파이지 않은 옷 밑에 오랫동안 걸고 다녔다. 지금은 브로치 하나와 한 쌍의 귀걸이, 시어머니 것이었던 부서진 손목시계와 같이 양철 상자에 담아 나이트가운 밑에 넣어두었다. 같은 방식으로, 자기도 모르게 우연히 그녀는 세 군데의 수도원과 일곱 군데의 도서관과 세상에서 가장 높은 산들과 셀 수도 없는 극장과 성당, 정글, 냉동 창고, 범죄 소굴, 대학, 매음굴, 숲, 가게, 잠수함, 호텔, 참호, 섬, 공장, 궁전, 오두막집, 탑, 지옥을 다녀왔다.

그녀는 숫자를 세다가 잊어버렸지만 신경 쓰지 않았다. 문은 어느 것이나 어디로든 이어질 수 있었고, 그건 라비올리 반죽의 두께와 어머니의 죽음과 그녀가 TV에서 보고 〈TV 가이드〉에서 읽은 인생의 위기들과 별다를 것이 없었다.

얼마 전에 딸을 병원에 데려갔을 때 그녀는 닫힌 화장실 문을 보고 빙긋 웃었다. 문이 어떤 일을 할지는 확신할 수 없는 일이니 아주 확신하지는 않았지만, 그녀는 일어나 화장실로 갔다. 어쨌거나 화장실과 아주 비슷한 곳이었다. 욕실이었으니까. 물이 가득 담긴 욕조에 벌거벗은 남자가 들어앉아 있었다. 높은 천장과 대리석 바닥과 장식들이 걸린 닫힌 창들이 있는, 모든 것이 아주 큰 곳이었다. 길이가 짧지만 속이 깊은 하얀 욕조 안에서 남자는 잠이 든 것 같았고, 그녀는 철제 꽃과 잎으로 장식되고 다리가 사자 앞발 모양인 단철 탁자에 놓인 면도칼을, 면도칼과 거울과 머리 마는 철제 기구와 쌓여 있는 수건과 활석 가루가 담긴 통과 물이 담긴 토기 그릇을 보았다.

그녀는 발끝으로 다가가 면도칼을 집어 들고는 욕조에서 잠자는 남자에게 살금살금 접근해 목을 베었다. 그녀는 면도칼을 바닥에 던지고 미지근한 욕조 물로 손을 씻었다. 병원 복도로 나와서 그녀는 뒤를 돌아보았고 한 여자아이가 다른 문으로 화장실에 들어가는 것을 몰래 지켜보았다. 딸이 쳐다보았다.

"금방 왔네."

"변기가 고장 났어." 그녀가 대답했다.

며칠 후에 그녀는 밤에 푸른 천막 안에서 또 다른 남자의 목을 베었다.

그 남자와 한 여자가 낮은 킹사이즈 침대에서 담요를 거의 덮지 않은 채 자고 있었고, 바람이 천막 주변을 휘몰아치며 여기저기 밝힌 기름 등불의 불꽃을 눕혀댔다. 저 밖에 다른 야영 천막들이, 병사들이, 짐승들이, 땀이, 똥이, 냄새가, 무기들이 있을 것이다. 하지만 천막 안에는 가죽과 금속으로 만든 군복들 옆에 검이 세워져 있었고, 그녀는 그것으로 수염 난 남자의 목을 잘랐다. 그녀가 밀대로 걸레질하고 있던 안뜰 테라스로 돌아가려 문을 나서는데 자고 있던 여자가 움찔하더니 눈을 떴다.

월요일과 목요일 오후, 셔츠 칼라를 다림질할 때면 그녀는 잘린 목들과 피를 생각했고, 그리고 기다렸다. 여름이면 옷가지들을 정리한 후에 집 앞에 나가서 남편이 귀가할 때까지 잠시 비질을 했다. 바람 부는 날이면 주방에 앉아 뜨개질을 했다. 하지만 그녀가 늘 잠자는 남자들이나 눈을 치뜬 시체들을 발견하는 것은 아니었다. 그녀가 스무 살이었던 어느 비 오는 아침, 그녀는 감옥에 있었고, 거기 쇠사슬에 묶인 죄수들을 놀렸다. 아이들이 어렸고 모두 한집에 살고 있던 시절의 어느 밤에는 어떤 광장에서 단정치 못한 한 여자가 열린 지갑에

든 총을 쳐다보면서도 꺼내지 못하는 걸 보았다. 그녀는 다가가 여자의 손에 총을 쥐여주었고, 차 한 대가 광장 구석에 정차할 때까지, 회색 옷을 입은 남자가 내려 주머니에서 열쇠를 찾는 걸 그 여자가 볼 때까지, 그 여자가 조준하고 총을 쏠 때까지 그곳에 머물렀다. 그리고 6학년 지리 숙제를 하던 또 다른 밤에는 크레용을 찾으러 자기 방에 갔다가 발코니에서 울고 있는 한 남자 곁에 서게 되었다. 발코니가 원체 높고 원체 거리에서 멀어서 그녀는 그를 밀어 아래 바닥에 부딪히는 소리를 듣고 싶은 충동을 느꼈지만, 남아메리카 산악지도를 떠올리고는 막 돌아갈 참이었다. 어쨌거나, 남자는 그녀를 보지 못했으니까, 그녀는 남자를 밀었고, 그가 사라지는 걸 보고 지도에 색칠하러 뛰어나갔기 때문에 고작 비명만 들었을 뿐, 쿵 소리는 듣지 못했다. 그리고 어느 빈 극장에서는 벨벳 커튼 밑에 불을 놓았고, 폭동 현장에서는 지하실 출입구로 통하는 덮개를 열었으며, 어느 집에서는 책상 위에 올라앉아 2천 쪽에 달하는 원고를 갈기갈기 찢었고, 어느 숲 속 빈터에서는 잠든 남자들의 무기들을 파묻었으며, 어느 강에서는 제방의 수문을 열었다.

딸의 이름은 라우라 이네스이고, 산니콜라스에 약혼녀를 둔 아들은 주말에 약혼녀를 데리고 와 부모님께 인사를 시키겠다고 약속했다. 그녀는 시누이에게 오렌지 케이크 만드는 법을 물어봐야 한다는 사실과 금요일에 TV에서 새 연속극 첫 회가 방영된다는 사실을 잊지 않도록 스스로를 일깨워주어야 했다. 다시, 그녀는 셔츠 앞판을 다리미로 다리며 언제나 신경 써서 닫아놓는 자기 집 문들의 반대편을, 누구나 선뜻 수궁할 수 있겠지만, 우리가 이쪽에서 겪는 일들보다는 훨씬 덜 지긋지긋한 일들이 벌어지는 반대편을 떠올린다.

앙헬리카 고로디스체르

Angelica Gorodischer, 1928~

앙헬리카 고로디스체르는 사변적 요소와 페미니즘적 견해를 드러내는 단편과 장편 소설로 알려진 아르헨티나 작가다. 작품 대다수가 영어로 번역돼 있지 않지만, 2003년에 어슐러 K. 르귄이 고로디스체르의 단편집 《칼파 제국-존재하지 않았던 가장 위대한 제국》을 스몰비어 프레스를 통해 번역 출간한 바 있다. 그녀의 소설은 '인권을 위한 상설회의'가 여성의 권리 향상에 기여한 작품과 활동에 수여하는 '존엄상'을 포함하여 많은 상을 받았다. 〈완벽한 유부녀〉는 매일 일상적인 가사노동에 전념하는 모범적인 가정주부이면서 한편으로는 엄청난 자유도를 누리는 또 하나의 비밀스러운 삶을 사는 한 여성의 이중생활을 그린다. 1991년에 출간된 선집 《시크릿 위버스》에 처음 발표되었다.

네일로 홉킨슨

The Glass Bottle Trick

유리병 마술

앙드레 지드

대기에는 폭풍의 조짐이 가득했지만, 좀체 시작되지를 않았다.

베아트리스는 앞 베란다에 놓인 고리버들 흔들의자에 앉아 얇은 널빤지 바닥에 맨발을 대고 밀며 천천히 앞뒤로 몸을 흔들었다. 별다를 것 없는 어느 더운 우기의 오후였다. 바싹 마른 대기 중의 산소가 모두 끓어올라 어렴풋이 드리운 저 비구름이 되어 기다리는 듯 건조한 열기가 느껴졌다.

아, 하지만 그녀는 이런 날을 좋아했다. 날이 더우면 더울수록 더 천천히 움직이면서 햇볕을 쬐었다. 그녀는 사방에 풍성한 열기를 더 많이 끌어들이기 위해 팔다리를 뻗었다가 뭔가 잘못을 저지른 사람처럼 퍼뜩 자세를 바로잡았다. 그러고 구부리고 있는 걸 보면 사무엘은 잔소리를 하겠지. 꽉 막힌 사무엘. 그녀는 지붕 끝자락에 덧댄 야단스러운 흰색 도림질 세공 장식을 지나 바닥에 닿은 레이스 같은 햇빛 무늬에 감탄하며 사랑스러운 미소를 지었다.

"오늘 할 일이 더 있어요, 포웰 부인? 설거지는 다 했어요." 글로리아가 집에서 나와 부르튼 손을 앞치마에 닦으며 그녀 앞에 섰다.

베아트리스는 자기보다 나이 든 여성에게 이래라저래라 지시해야 한다는 생각을 할 때마다 늘 쭈뼛쭈뼛한 기분이 들었다.

"아… 아뇨, 다 된 거 같아요, 글로리아…."

글로리아가 포크로 긁은 당밀처럼 얼굴에 주름을 잔뜩 잡으면서 한쪽 눈썹을 치켜들었다. "그럼 저는 이만 가서 좀 쉬어야겠어요. 부인과 사무엘 씨는 오늘 밤 오붓하게 둘만 계셔야 하니까…. 그분께 말씀드릴 때가 됐어요."

베아트리스가 부끄러운 얼굴로 '아' 하고 웃으려 했지만 실패했다. 글로리아는 알고 있었다. 그처럼 아이를 많이 낳아봤으니, 처음부터 그 소식을 사무엘한테 전하고 싶어서 안달복달했을 것이다. 하지만 베아트리스는 어제 이미 사무엘에게 말하기로 결심했다. 음, 거의 그랬다. 그녀는 장난을 치려다 들킨 아이처럼 살짝 짜증이 났다. 그녀는 그 감정을 삼켰다. "맞는 거 같아요, 글로리아." 그녀는 나이 많은 여성 앞에서 약간의 위엄을 세우려 애쓰며 말했다. "아마도… 아마도 특별 요리라도 준비해서 잘 먹인 다음에 말할까봐요."

"음, 지금이 기회라는 건 제 말이고, 부인이 사무엘 씨께 알려드려야 할 때는 이미 지났죠. 아이는 가족에게 축복인데."

"그렇죠." 베아트리스는 가능한 한 확고하게 들리는 목소리로 동의했다.

"그럼, 나중에 뵈어요, 포웰 부인." 허락조차 청하지 않고 스스로에게 오후 휴가를 준 글로리아가 외출복으로 갈아입기 위해 집 뒤편에 있는 가정부 방으로 향했다. 몇 분 뒤에 글로리아는 정원 문으로 빠져나갔다.

✳

"이처럼 순진한 나이의 젊은 여성이 읽기에는 너무 거친 책인 것 같군요."

"뭐라고요?" 베아트리스는 자기보다 나이가 많아 보이는 남자에게 방어적으로 예리한 시선을 던졌다.

예상치 못한 일격이었다. 서점에 들어선 이래로 내내 그의 시선이 자신을 따라다니는 걸 알고 있긴 했지만.

"저한테 하실 말씀 있으세요?" 그녀는 가격이 적힌 스티커를 몸쪽으로 숨기며 자기 것인 양 《그레이 해부학》을 옆구리에 끼었다. 두 달은 더 돈을 모아야 살 수 있는 책이었다.

그가 수줍게 그녀를 바라보았다. "무례했다면 죄송합니다, 아가씨." 그가 말했다. "저는 사무엘이라고 합니다."

잘생겼다고 볼 수도 있었다. 조금 더 침착해야지. 베아트리스의 경계심이 약간 누그러졌다. 해가 쨍쨍한 더운 대낮인데도 그는 검은 모직 재킷과 바지를 입었다. 빳빳한 흰 면 셔츠는 목 끝까지 단추가 채워졌고, 고상하지만 상상력 없는 넥

유리병 마술 155

타이가 매달려 있었다. 세상에, 참 바르기도 하셔라. 그는 그녀보다 나이가 아주 많아 보이지도 않았다.

"그냥… 당신이 너무 예뻐서요. 얘기를 나누고 싶어서 생각을 해봤지만 떠오르는 말이 이것밖에 없네요."

그 말에 베아트리스는 조금 더 마음을 놓았고, 그를 향해 미소를 지으며 블라우스 목깃을 만지작거렸다. 딱딱하고 뻣뻣한 태도만 빼면, 그는 그렇게 나빠 보이지 않았다.

*

베아트리스는 미심쩍다는 듯이 살짝 부풀어 오른 아랫배를 토닥거렸다. 4개월이다. 사무엘에게 얘기하기는 부끄럽지만, 배가 불러오는 게 점차 눈에 띄기 시작했다. '더 미루는 건 어리석어, 그렇지?' 오늘 그녀는 남편을 아주 행복하게 만들어줄 참이다. 여전히 둘 사이를 갈라놓는 엷은 비탄의 껍질을 깨뜨릴 것이다. 그가 그렇다고 한 적은 없지만, 베아트리스는 그가 여전히 앞서 여읜 첫 번째 아내와 두 번째 아내를 생각한다는 걸 알았다. 그가 다시 삶을 받아들이도록 도울 수 있기를, 그녀는 바랐다.

앞뜰 구아바나무 사이로 햇빛이 명멸했다. 베아트리스는 햇볕에 데워진 과일이 내는 달콤한 향기를 들이마셨다. 나뭇가지마다 둥근 달걀 같은 부드러운 연노랑 구슬들이 주렁주렁 달렸다. 나뭇가지에 매달아 놓은 푸른 병 두 개에 햇빛이 반사돼 짙은 푸른빛이 이파리들 사이에서 춤을 추었다.

처음 사무엘의 집에 왔을 때 베아트리스는 구아바나무 가지에 매달아놓은 병 두 개를 보고 왜 달아놨을까 궁금해했다.

"그냥 내가 미신을 믿어서 그래, 자기." 그가 말했다. "누가 죽으면 영혼이 담길 병을 나무에 걸어놓아야 한다고, 그러지 않으면 영혼이 악령이 되어 돌아와 괴롭힌다는 옛날 미신 들어본 적 없어? 푸른색 병이어야 해. 시원하게 해줘야 죽은 것에 분노한 악령이 괴롭히러 돌아오지 않으니까."

베아트리스도 뭔가 그런 비슷한 이야기를 들은 적은 있지만, 사무엘이 그런 미신을 믿는 남자라고 생각하니 이상했다. 그러기에 그는 너무 절제되고 이성적인 사람이었다. 뭐, 비탄은 사람을 이상하게 만들기도 하니까. 저렇게 병을 걸어두면 불쌍한 아내들의 어떤 실체가 가까이 있다는 느낌이 들어서 모종의 위안이 되는지도 모른다.

＊

"그 사무엘이라는 사람, 괜찮더라. 점잖고 일도 열심히 하고. 네가 늘 데이트하러 다니는 그 양아치들 같지 않아." 어머니가 푸줏간 칼을 집어 들고 카레를 만들 염소 고기를 능숙하게 깍둑썰기 시작했다.

베아트리스는 칼질당하는 붉은 살코기 덩어리들을 바라보았다. 진홍색 액체가 도마 위로 배어 나왔다. 그녀는 한숨을 쉬었다. "하지만 엄마, 사무엘은 너무 지루해! 마이클과 클립튼은 즐기는 법을 안다고. 사무엘은 교외로 드라이브 가는 것 말고는 아무것도 안 하려고 해. 내가 다른 사람들과 같이 있는 꼴을 못 본다니까."

"넌 책을 봐야지, 즐길 게 아니라." 어머니가 부루퉁하게 대답했다. 베아트리스는 변명했다. "내가 둘 다 잘할 수 있다는 거 알잖아, 엄마." 어머니는 그저 혀만 끌끌 찰 뿐이었다.

베아트리스의 말은 사실이었다. 그녀에게 구애하는 남자들은 줄을 이었고, 새 떼처럼 그녀에게 모여들어 하나같이 같이 춤을 추러 가거나 술을 마시러 가고 싶어 안달이었다. 하지만 그런 와중에도 그녀는 좋은 성적을 올렸다. 그게 숱한 밤을 침대 옆자리에서 웬 남자가 코를 고는 동안 숙취로 둥둥 울리는 머리와 울렁거리는 속을 부여안고 밤새워 공부하는 걸 의미했지만 말이다. 모든 의과 과목에서 A학점을 받지 못하면 엄마가 죽이려 들 것이다. "넌 자신을 챙겨야 해, 베아트리스. 남자가 대신해주진 않아. 그들은 알량한 단물을 빨아먹고 나면 도망쳐버리니까."

"더블버거하고 킹 콜라 주세요." 주문하는 남자의 가슴이 넓고 허리는 날씬했다. 보기 좋은 얼굴이기도 했다. 베아트리스는 그에게 상냥하게 미소 짓고는 거스름돈을 건네줄 때 은근슬쩍 손끝으로 그의 손바닥을 쓸었다.

＊

구아바나무에서 새가 날카로운 소리를 질렀다. 작은 딱새 한 마리가 미친 듯이 울어댔다. "딧, 딧, 케스 킬 딧!(말해, 말해, 그가 뭐라고 했는지!)" 작은 뱀 한 마리가 위쪽 나뭇가지 하나를 칭칭 감고는 막 새 둥지에서 대가리를 빼는 참이었다. 훔친 새알을 문 뱀의 턱이 벌어져 있었다. 뱀이 알을 통째로 삼키자 먹이를 품은 목구멍이 커다랗게 불거졌다. 새는 뱀의 대가리 주위를 맴돌며 가여운 비탄을 쏟아냈다. "말해, 말해, 그가 뭐라고 했는지!"

"저리 가!" 베아트리스는 뱀을 향해 소리를 질렀다. 뱀이 소리 나는 쪽을 돌아봤지만 물러나지는 않았다. 뱀이 알을 목구멍 아래로 더 밀어내기 위해 뭔가를 삼키듯이 입을 여닫는 걸 보고 베아트리스는 몸서리를 쳤다. 그리고 뱀은 필사적으로 주변을 맴도는 부모 새는 안중에도 없이 다시 몸을 굽혀 대가리를 둥지에 들이밀었다. 베아트리스는 벌떡 일어나 마당으로 달려갔다. "쉿! 쉿! 거기서 나와!" 하지만 뱀은 두 번째 알을 물어 올렸다.

사무엘이 구아바 열매를 딸 때 쓰는 갈고리 달린 긴 장대가 나무에 걸쳐져 있었다. 베아트리스는 그 장대를 움켜쥐고 새 둥지와 가까운 가지들을 찌르기 시작했다. "건들지 마, 이 짐승아! 저리 가!" 장대가 나뭇가지와 얽혔다. 나무에 달린 병 두 개가 떨어져 퍽 소리를 내며 깨졌다. 갑자기 더운 산들바람이 불었다. 뱀은 알 두 개로 목덜미를 부풀린 채 재빨리 미끄러져 사라졌다. 새는 새대로 어디론가 흐느끼며 날아갔다.

지금 할 수 있는 일은 없었다. 사무엘이 집에 오면 저 기분 나쁜 뱀을 찾아서 죽여줄 것이다. 그녀는 장대를 다시 나무에 기대 세웠다.

그 가벼운 산들바람 덕분에 좀 시원해져야 마땅한데 날은 더 더워질 뿐이었다. 작은 먼지 회오리 두 개가 잠시 베아트리스 주변에서 춤을 추었다. 두 회오리가 뜰을 건너가더니 공중으로 날아올랐고, 쓰지 않는 세 번째 침실의 닫힌 창에 부딪히더니 먼지로 흩어졌다.

베아트리스는 베란다에서 샌들을 가져왔다. 깨진 유리 조각을 밟기라도 하면 사무엘이 좋아하지 않을 것이다. 그녀는 한쪽 벽에 기대 세워놓았던 빗자루를 들고 병 조각들을 쓸기 시작했다. 사무엘이 지나치게 화를 내지 않기만 바랄 뿐이었다. 그는 화를 잘 내는 사람이 아니었지만, 화를 내려고 마음만 먹으면 그녀의 아버지만큼이나 험악해질 수 있었다.

그녀가 '아빠'라는 사람에 대해서 기억하는 모습 대부분이 화를 내는 모습이었다. 쉽게 벌컥 했다가 또 그만큼 빨리 가라앉았던 아빠의 화내는 모습. 아빠는 그런 사람이었고, 베아트리스가 채 다섯 살이 되기도 전에 가족을 버리고 사라졌다. 그녀가 유일하게 소중하게 생각하는 기억은 아빠가 커다란 한 손으로 자기 작은 두 손을 모아쥐고 앞뒤로 흔들던 기억이었다. 그녀는 다리를 바짝 구부린 채 공중에서 흔들렸다. 안전했다. 아이를 흔들면서 아빠는 옛날이야기에 나오는 노랫말을 읊조리곤 했다.

영-경-평아, 이리 와봐, 정말 예쁜 바구니야!
마가렛-포웰-얼론아, 이리 와봐, 정말 예쁜 바구니야!
에기-로야, 이리 와봐, 정말 예쁜 바구니야!

그러고는 폐에서 공기가 다 빠져나가도록 아이를 꼭 껴안았고, 아이는 숨도 못 쉴 정도로 깔깔거리며 웃었다. 엄마가 그 장난을 보고 아빠를 얼마나 호되게 질책했던가! "그러다 맨바닥에 애를 떨어뜨려 머리라도 깨려고 그래? 엉? 왜 좀 더 믿음직하게 행동하질 못해?"

"믿음직?" 아빠가 버럭 소리를 질렀다. "그 배에 먹을 걸 넣어주려고 새벽부터 밤까지 개처럼 일하는 사람은 누군데?" 아빠가 베아트리스를 내려놓았고, 아이는 땅을 디디면서 발을 삐었다. 아이가 울기 시작했지만, 아빠는 그저 아이를 엄마 쪽으로 밀고는 문을 박차고 나가버렸다. 계속되는 둘 간의 전투에서 벌어진 또 한 번의 총격전이었다.

아빠가 떠난 후 엄마는 생계를 위해 마을에 작은 음식점을 열었다. 베아트리스는 노동으로 갈라지고 주름진 엄마의 손에 밤마다 로션을 발라주었다.

"그 남자 때문에 우리가 어떻게 됐는지 알지?" 엄마는 자주 한탄을 했다. "내 신세가 어떻게 됐는지 봐."

베아트리스는 속으로 아빠한테 필요했던 건 약간의 인내심뿐이었을지도 모른다고 생각했다. 엄마를 사랑하지만, 엄마는 너무 가혹했다. 베아트리스는 엄마를 기쁘게 해주려고 고등학교 내내 열심히 공부했다. 읽기 힘든 그녀의 구불구불한 글씨로 실험 결과들을 빼곡히 적어넣었던 물리, 화학, 생물학 제본 책들. A학점을 받아와도 어머니는 잘해봐야 애매한 툴툴거리는 소리와 훈계 정도로 반길 뿐이었다. 베아트리스는 쾌활하게 웃으며 상처를 감추었고, 인정 따위 받아봐야 자신에겐 아무 의미도 없는 체했다. 그녀는 계속해서 열심히 공부했지만, 자신만의 놀이를 위해 약간의 시간을 떼놓을 줄 알게 되었다. 처음에는 영국식 야구와 농구, 그리고 나중에는 남자애들이었다. 하나같이 그녀처럼 피부색이 연한 혼혈 소녀와 재미 볼 기회를 원했던 그 남자애들. 베아트리스는 재빨리 자신의 매력을 알아차렸다.

＊

"레고 비스트…." 헐렁한 년. 베아트리스가 도서관 계단에 앉아 데리러 오기로 한 클립튼을 기다리는데, 구부정한 자세로 지나치던 한 무리의 여자애 중 누군가가 숨죽인 목소리로 말했다. 베아트리스는 귀를 막아 그 말에 돋친 가시를 덮어버리고 싶었다. 몇몇은 그녀가 아는 애들이었다. 마게리타와 데보라는 예전 그녀의 친구이기도 했다. 여봐란듯이 꼿꼿이 몸을 세운 채 앉아 있긴 했지만, 베아트리스의 손은 남의 시선을 의식하듯 연신 짧은 흰색 치맛자락을 당겨댔다. 그녀는 조금이라도 더 허벅지를 가려볼까 싶어 커다란 물리학 전공책을 무릎에 놓았다.

부릉부릉 방귀를 뀌는 것 같은 클립튼의 오토바이 소리가 들렸다. 그가 급회전하며 멋지게 베아트리스 앞에 오토바이를 세우고는 싱긋 웃었다. "공부시간은 이제 끝났어, 자기. 놀시간이야."

늘 그랬지만 그는 그날 저녁에도 멋있었다. 딱 달라붙는 흰셔츠와 허벅지 근육이 불거지는 청바지. 목에 걸린 가는 사슬금목걸이가 구불거리며 그의 짙은 갈색 피부를 더 돋보이게 했다. 베아트리스는 일어서서 책을 옆구리에 끼고는 엉덩이쪽 치맛자락을 매만졌다. 클립튼의 시선이 그녀의 손이 움직이는 대로 따라갔다. 봐, 사람들을 상냥하게 굴게 만드는 데는 그다지 많은 게 필요 없어. 그녀는 그를 향해 방긋 웃었다.

＊

사무엘은 여전히 이따금 나타나 교외로 드라이브를 가자고 청하곤 했다. 그는 그녀에게 구애하는 다른 이들보다 훨씬 나이가 많았다. 그리고 무미건조하다고 해야 하나? 교외 드라이브라니, 맙소사! 그녀는 몇 번 그와 데이트를 했다. 하도 끈질긴 바람에 '아니'라고 말하지 못해서였다. 그는 정말로 공부를 해야 한다는 그녀의 암시를 영 알아채지 못하는 것 같았다. 그런 사무엘이었지만, 사실대로 말하자면 그녀는 조용하고 별로 요구하는 게 없는 그의 존재를 편안하게 느끼기 시작했다. 달걀껍데기처럼 하얀 그의 BMW 세단은 돌투성이 시골길을 너무 조용하게 달려서 망고나무에 앉아 예의 그 질문을 읊조리는 딱새 소리가 들릴 지경이었다. "말해, 말해, 그가 뭐라고 했는지?"

어느 날 사무엘이 선물을 가져왔다.

"이건 너와 어머니께 드리는 거야." 그가 수줍게 말하면서 쭈글쭈글한 종이봉투를 하나 건네주었다. "어머니께서 이거 좋아하시는 거 알아." 안에는 그가 직접 텃밭에서 기른 통통한 가지 세 개가 들어 있었다. 베아트리스는 그 보잘것없는 선물을 꺼내 들었다. 가지는 팽팽했고 푸른 광택이 났다. 나중에 그녀는 자신이 사무엘을 사랑하기 시작한 때가 그때였다는 걸 깨달았다. 그는 안정적이고, 견실하고, 믿을 만했다. 엄마와 그녀를 행복하게 해줄 사람이었다.

베아트리스는 갈수록 사무엘의 남다른 구애에 굴복해갔다. 그는 교양 있는 사람이었고 말을 잘했다. 그는 외국에 나가본 적이 있었고, 아이스하키나 스키 같은 이국적인 스포츠 얘기도 했다. 그는 그녀로서는 이름만 들어본 근사한 식당에 그녀를 데리고 갔다. 젊고 아직 가진 게 없는 다른 남자친구들은 그런 데를 감당할 수도 없을뿐더러, 같이 가봤자 오히려 낯부끄러운 일이나 만들 것이 뻔했다. 사무엘은 세련됐다. 하지만 겸손하기도 했다. 채소를 직접 기른다거나, 자기 얘기를 할 때 느껴지는 자신을 낮추는 말투 같은 걸 보면 말이다.

그는 언제나 시간에 맞춰 나타났고, 그녀와 그녀의 어머니 앞에서 언제나 예의 바르게 행동했다. 베아트리스는 수업 후에 데리러 온다든지 어머니를 미용실까지 태워다 드린다든지 하는 소소한 일들을 그에게 믿고 맡길 수 있었다. 다른 남자들이었다면 어머니의 식당에서 또 공짜 식사를 하는 대신 어딘가 다른 데로 저녁을 먹으러 갈 때까지 부루퉁해 있어야 하거나, 콘돔을 쓰도록 온갖 감언이설을 늘어놓아야 하는 등 늘 방어적인 태도를 유지해야 했다. 편하게 남자들과 어울리면서도 그녀의 한구석은 늘 긴장을 늦추지 못했다. 그러나 사무엘과 함께라면, 베아트리스는 그를 믿고 느긋해질 수 있었다.

*

"베아트리스, 이리 와봐! 빨리, 오!"

베아트리스는 뒤뜰에 있다가 어머니의 고함을 듣고 집 안으로 뛰어들어갔다. 엄마한테 무슨 일이 생긴 거지?

어머니는 여전히 한 손에 칼을 든 채 가게에 가져갈 파운드케이크를 만들려고 우묵한 그릇에 달걀을 깨 넣던 자세 그대로 식탁에 앉아 있었다. 어머니는 입을 닫지 못할 정도로 기뻐하며 빨간 장미 꽃다발의 긴 줄기를 초조하게 비트는 사무엘을 빤히 바라보았다. "세상에, 베아트리스, 사무엘이 너와 결혼하고 싶대!"

베아트리스가 무슨 말인가 싶어 사무엘을 쳐다보았다. 그녀는 믿을 수 없다는 듯이 물었다. "사무엘, 무슨 말이야? 사실이야?"

그가 고개를 끄덕였다. "맞아, 베아트리스."

베아트리스의 가슴에서 뭔가가 빠져나갔다. 오래 참았던 숨처럼 천천히. 그녀의 심장은 유리병 안에 갇혀 있었고, 그가 그걸 풀어주었다.

*

둘은 두 달 뒤에 결혼했다. 엄마는 이제 은퇴했다. 사무엘이 엄마에게 교외에 있는 작은 집을 사주고 일주일에 세 번와서 일하는 가정부에게 급료도 지급했다. 결혼을 준비하느라 들뜬 베아트리스는 공부에 소홀해지는 걸 그냥 놔뒀다. 그녀는 대학 마지막 학년을 실망스럽게도 간당간당한 평균 C 학점으로 마쳤다.

"신경 쓰지 마, 자기." 사무엘이 말했다. "어찌 됐든 난 당신이 공부한다는 생각을 좋아하지 않았으니까. 공부는 어린애들이나 하는 일이지. 당신은 이제 다 큰 어른 여자야." 엄마도 사위에게 동의하며 이제 공부 같은 거 다 필요 없다고 딸에게 말했다. 베아트리스는 둘에게 반박하려고 했지만, 사무엘은 자기가 무얼 원하는지 확실하게 알고 있었고, 그녀는 벌써 부부 사이에 충돌 같은 걸 일으키고 싶지 않아서 그만뒀다. 점잖은 태도에도 불구하고 사무엘은 약간 욱하는 성질이 있었다. 남편의 뜻을 거스를 이유가 없다. 남편을 행복하게 만드는 데는 큰 힘이 들지 않으니까. 그리고 그는 그녀의 사랑이었고, 그녀가 믿을 수 있는 유일한 남자였다.

게다가 그녀는 집안의 안주인 노릇 하는 법을 배우는 중이었다. 그녀는 가정부인 글로리아와, 한 달에 두 번 잔디를 깎고 풀을 뽑으러 오는 사내애 클레이티스에게 권위와 익살을 적절하게 섞어가며 대하려 노력했다. 평생 어머니의 가게에서 일하며 주문을 받는 사람이었는데, 갑자기 사람들에게 이래라저래라 주문하는 입장이 돼서 기분이 이상했다. 베아트리스는 다른 사람에게 자기 일을 대신 하라고 말하는 게 불편했다. 어머니는 익숙해져야 한다고, 지금 그녀는 그런 위치에 있다고 말했다.

천둥이 치자 하늘이 우르르 울렸다. 여전히 비는 내리지 않았다. 뜨끈한 날은 근사하지만, 좋은 것도 너무 오래되면 질

리게 마련이다. 베아트리스는 입을 열고 약간 헐떡이며 폐에
더 많은 공기를 끌어들였다. 아기가 횡격막을 누르는 통에 요
즘 그녀는 약간 숨이 찼다. 안으로 들어가면 열기에서 벗어
날 수 있다는 걸 알고 있지만, 집 안은 사무엘이 에어컨을 세
게 틀어놔서 버터를 주방 조리대에 그냥 놔둬도 될 정도로 추
웠다. 역한 냄새 같은 것이 나는 일도 없었다. 벌레들조차 안
으로 들어오지 않았다. 가끔 베아트리스는 이 집이 정말로 열
대가 아니라 어디 다른 곳에 있는 것처럼 느껴졌다. 평생 개
미와 바퀴벌레를 상대로 끝없는 전쟁을 치르며 살았는데, 사
무엘의 집에서는 그런 일이 없었다. 베아트리스는 집 안의 냉
기 때문에 덜덜 떨었고 눈은 눈구멍 안에 든 삶은 달걀처럼
건조해졌다. 사무엘은 베아트리스가 바깥에 너무 오래 있는
걸 좋아하지 않았지만, 그녀는 가능한 한 자주 밖으로 나갔
다. 그는 자칫 암이라도 생겨 그녀의 고운 피부가 상하지 않
을까, 그래서 또 아내를 잃게 되지 않을까 두렵다고 말했다.
하지만 그는 아내가 너무 햇볕에 그을리는 걸 원치 않을 뿐이
라는 사실을 베아트리스는 알았다. 그녀의 몸에 햇빛이 닿으
면 피 속에서 암갈색과 계피색이 뿜어져 나와 우유색과 벌꿀
색을 압도했다. 그러면 그녀는 더는 백인인 체할 수 없었다.
그는 그녀의 옅은 피부색을 좋아했다. 네 귀퉁이에 기둥이 세
워진 침대에서 상냥하게, 거의 간청하듯이 그녀와 사랑을 나
누는 밤이면 그는 말하곤 했다. "달빛을 받은 자기가 얼마나
빛나는지 봐." 그의 손이 그녀의 살결을 따라 미끄러지다 고
귀한 걸 쥐듯이 가슴을 감쌌다. 그의 눈에 드러난 표정이 너

무나 숭배에 가까워서 가끔 그녀는 무서워졌다. 이처럼 사랑받다니! 그는 그녀에게 속삭였다. "아름다워. 나 같은 야수에게 이런 하얀 미인이 오다니." 그리고 그는 그녀의 예민한 귀점막에 차가운 숨결을 불어넣어 환희에 떨게 했다. 그녀 쪽에서 보자면, 그녀는 그를, 그의 당밀처럼 짙은 피부를, 그의 넓은 가슴을, 그 가슴에서 편평한 근육들이 서로를 스치며 꿈틀거리는 걸 보는 게 좋았다. 그녀는 지구의 지각판들이 움직이는 걸 상상했다. 그녀는 달빛이 그에게 선사해주는 검푸른 색조를 사랑했다. 한번은 자기 위로 우뚝 솟아오른 그를, 자기를 밀어냈다 다시 안으로 파고드는 그 몸을 올려다보다가 그의 단정한 수염이 달빛에 젖어 가장 짙고 푸른색으로 반짝이는 걸 본 적이 있었다.

"검은 미남." 그녀가 키스하려고 그의 얼굴을 가까이 끌어당기며 나직하게 농담을 던졌다. 그 말을 들은 그가 확 그녀를 밀치고 일어나더니 침대 가에 앉아 시트를 끌어당겨 나신을 가렸다. 당황한 베아트리스는 몸에 묻은 둘의 땀이 차갑게 식는 걸 느끼며 그를 지켜보았다.

"절대 날 그렇게 부르지 마, 베아트리스." 그가 나직하게 말했다. "내 살색이 어떤지 일깨워줄 필요는 없어. 난 잘생긴 사람이 아니야. 나도 알아. 내 어머니가 낳은 그대로 검고 못생겼지."

"아니, 사무엘…!"

"됐어."

침대에 누운 둘 사이에 어둠이 놓였다. 그는 그날 밤 다시는 그녀에게 손을 대지 않았다.

베아트리스는 가끔 왜 사무엘이 백인 여성과 결혼하지 않았는지 궁금했다. 이유는 알 것 같았다. 사무엘이 백인들 앞에서 어떻게 행동하는지 보았으니까. 그는 너무 활짝 웃었고, 억지웃음을 지었으며, 실없는 농담을 했다. 그런 그를 보는 건 고역이었다. 그의 눈에 담긴 필사적인 표정을 보면 그 역시도 상처받고 있는 게 틀림없었다. 크림처럼 하얀 피부를 그렇게나 좋아하면서도, 사무엘은 아마 자신에게 구애했던 것처럼 백인 여성에게 접근하지는 못했을 것이다.

깨진 병 조각들을 쓸어 구아바나무 밑에 깔끔하게 모아놓았다. 이제 사무엘을 위한 저녁거리를 만들 때다. 그녀는 베란다 계단을 통해 현관으로 가서는 잠시 문 앞에 놓인 야자섬유 매트에 샌들 바닥을 닦았다. 사무엘은 먼지라면 질색했다. 문을 열자 뒤에서 또 한 차례 따뜻한 바람이 불어와 그녀를 지나쳐 차가운 집 안으로 불어 들어가는 것이 느껴졌다. 그녀는 사무엘이 좋아하는 대로 실내가 차갑게 유지되도록 재빨리 안으로 들어가 문을 닫았다. 단열 처리된 문이 공허한 소리를 내며 등 뒤에서 닫혔다. 기밀 처리된 문이었다. 이 집의 창문은 어느 것도 열리지 않았다. 사무엘에게 물었었다. "왜 이렇게 상자같이 해놓고 살아, 자기? 신선한 공기가 건강에 좋을 텐데."

"난 더운 걸 좋아하지 않아, 베아트리스. 고기처럼 태양 빛에 구워지는 것도 좋아하지 않고. 밀폐된 창문이 냉각된 공기를 가둬주니까." 그녀는 반박하지 않았다.

그녀는 격식을 차린 우아한 거실을 지나 주방으로 걸어갔다. 육중한 수입가구들이 차갑고 답답하게 느껴졌지만, 사무엘은 그런 가구들을 좋아했다.

그녀는 끓일 물을 불에 올렸다. 그러고는, 글로리아가 냄비를 어디에다 뒀더라? 잠시 주방을 뒤져 뚜껑 달린 냄비를 찾았다. 그녀는 냄비를 불에 올려 카레에 풍미를 더해줄 향기로운 고수 씨앗을 볶고 물을 부은 다음 김을 뿜어내는 냄비들을 선 채로 지켜보았다. 오늘 밤 저녁 식사는 특별할 거야. 사무엘이 제일 좋아하는 카레에 조린 달걀 요리니까. 포장지에 찍힌 달걀 그림을 보니 물리학 시간에 배운, 달걀을 온전한 상태로 입구가 좁은 병에 넣는 마술이 떠올랐다. 달걀을 완숙으로 삶아서 껍질을 깐 다음 병 안에 불을 붙인 초를 세운다. 병 입구에 달걀의 뾰족한 쪽을 대고 세우면 달걀이 병을 밀봉하는 역할을 하고, 초가 병 안의 공기를 모두 연소시키고 나면 병 안이 진공 상태가 되어 달걀을 온전하게 안으로 빨아들이게 된다. 베아트리스는 그 수업에서 마술을 실연하는 데 성공할 만큼 인내심 있는 유일한 학생이었다. 인내심야말로 그녀의 남편이 필요로 하는 유일한 것이었다. 불쌍해. 속을 알 수 없는 사무엘은 이 고립된 시골집에서 두 명의 아내를 잃고 병 속에 든 달걀처럼 이 공기 없는 집 안을 이리저리 굴러다녔다. 그는 자신의 틀 안에 갇혀 있었다. 가장 가까운 이웃이라야 몇 킬로미터나 떨어져 있고, 사무엘은 그들의 이름조차 몰랐다.

자신이 이 모든 것을 바꿀 것이다. 어머니를 초대해 잠시 계시라고도 하고, 어쩌면 먼 이웃들을 불러 저녁 식사를 같이 할 수도 있겠지. 많은 일을 벌일 여력이 없을 만큼 배가 불러오기 전에 말이야.

아기가 둘의 가정을 완성해줄 것이다. 사무엘은 기뻐할 테지. 분명히 그럴 거야. 어떤 여자도 자신의 못생긴 까만 아기를 낳아선 안 된다고 그가 농담했던 게 기억났지만, 베아트리스는 그의 아이들이, 새로 생겨난 작은, 비 온 뒤의 땅 같은 갈색 몸뚱이들이 얼마나 아름다운지 보여줄 참이었다. 그녀는 아이들 속에서 자기 자신을 사랑하는 법을 그에게 보여줄 작정이었다.

주방이 더웠다. 스토브에서 나오는 열기 때문인가? 베아트리스는 거실로 나가 손님방과 침실과 두 욕실을 돌아보았다. 집 전체가 전에 없이 미지근했다. 그러다 그녀는 바깥에서 나는 소리가 들린다는 사실을 퍼뜩 알아챘다. 매미가 큰 소리로 비를 예고하고 있었다. 집 곳곳에 배치된 배기구에서 차가운 공기가 흘러나오는 속삭임이 들리지 않았다. 에어컨이 작동하지 않았다.

베아트리스는 걱정되기 시작했다. 사무엘은 추운 걸 좋아했다. 오늘 밤은 둘에게 특별한 밤이 되어야 하는데, 그는 모든 게 자기 마음에 들게 되어 있지 않으면 만족스러워하지 않았다. 그는 벌써 몇 차례 그녀에게 목소리를 높였다. 한 번인가 두 번은 언쟁 도중에 말을 멈추고 때리려는 것처럼 손을 들었다가 심호흡을 하면서 자제하기도 했다. 화를 가라앉히려 애쓰는 그의 검은 얼굴은 거의 검푸르게 보였다. 그럴 때마다 그녀는 그가 다시 진정될 때까지 안 보이는 곳에 가 있었다.

에어컨에 무슨 문제가 있는 거지? 그냥 플러그가 빠진 걸까? 베아트리스는 조절기가 어디에 있는지도 몰랐다. 집에 관해서는 글로리아와 사무엘이 모든 걸 돌보았다. 그녀는 주 조절장치를 찾으려고 집 안을 한 바퀴 더 돌았다. 아무것도 없었다. 어리둥절해진 그녀가 거실로 돌아왔다. 사방이 막힌 자기 집 안이 자궁마냥 답답하고 밀폐된 것처럼 느껴지기 시작했다.

찾아보지 않은 방은 오직 하나뿐이었다. 잠겨 있는 세 번째 침실. 사무엘은 첫 번째 아내에 이어 두 번째 아내도 그 방에서 죽었다고 말했다. 그는 집의 모든 열쇠를 그녀에게 주었지만, 그 방의 문만은 절대 열지 말라고 부탁했었다.

"그냥 재수 없다고 느껴져서 그래, 자기. 내가 너무 미신을 따른다는 건 알지만, 이것만큼은 당신이 내 바람을 들어줄 거라고 믿을 수 있었으면 좋겠어." 그녀는 그가 화를 낼 만한 일은 아무것도 하고 싶지 않았으므로 그 말에 따랐다. 하지만 에어컨 조절기가 거기 말고 달리 어디에 있겠어? 실내가 너무 더워지고 있어!

늘 가지고 다니는 열쇠꾸러미를 찾으려 주머니에 손을 넣다가 그녀는 자신이 여태 날달걀을 쥐고 있다는 사실을 뒤늦게 알아챘다. 달걀을 냄비에 깨 넣으려던 순간에 문득 집 안이 왜 이렇게 더울까 생각하느라 깜빡하고 계속 들고 있었던 것이다. 그녀는 쓴웃음을 지었다. 몸속을 휘젓는 호르몬 탓에 이처럼 얼빠진 짓을 하는 거겠지! 사무엘이 들으면 재미있어

할 거야. 이유를 알려주면 달라지겠지만. 다 괜찮을 것이다.

베아트리스는 달걀을 다른 손에 옮겨 쥐고 주머니에서 열쇠를 꺼내 문을 열었다.

얼음처럼 차가운 고요한 공기의 벽이 그녀를 덮쳤다. 방 안은 얼어붙을 정도로 추웠다. 그녀가 내뿜은 숨이 긴 안개처럼 구불거리며 머리 위로 떠올랐다. 그녀는 얼굴을 찌푸리며 안으로 한 발을 내디뎠고, 미처 뇌가 이해하기도 전에 그녀의 눈이 뭔가를 보는 순간 손에 들고 있던 달걀이 바닥에 떨어져 박살이 났다. 두 여성의 시체가 2인용 침대에 나란히 누워 있었다. 얼어붙은 입을 크게 벌린 채였다. 꽁꽁 언, 내장을 빼낸 배도 마찬가지로 활짝 열려 있었다. 미세한 얼음 결정들의 광휘가 뒤덮은, 그녀의 피부처럼 거의 갈색으로 보이지 않는 그들의 피부는 루비처럼 붉게 응고된 서리 앉은 피를 뒤집어썼다. 베아트리스가 우는 소리를 냈다.

"하지만 선생님." 베아트리스가 선생님께 물었다. "그럼 달걀은 어떻게 다시 병에서 나오나요?"

"어떨 것 같니, 베아트리스? 방법은 하나밖에 없어. 병을 깨야지."

이것이 사무엘이 자신의 아기를, 자신의 아름다운 검은 아기를 세상에 내놓으려 했던 이들을 처벌한 방법이었다. 여자들 배 위에 난도질당해 자줏빛 태반 덩어리가 드러난 근육 주머니 같은 자궁이 적출돼 놓여 있었다. 베아트리스는 그 녹아가는 조직들을 절개하면 안에 아주 작은 태아가 들어 있으리라는 걸 알았다. 죽은 여성들은 그녀처럼 임신한 상태였다.

*

발치께에서 뭔가가 움직이는 게 눈에 들어왔다. 그녀는 차마 떨어지지 않는 시선을 억지로 떼서 아래로 돌렸다. 급속하게 얼어가는 깨진 달걀 속에서 바늘처럼 가는 깃털을 단 배아가 몸부림치고 있었다. 허버트 씨가 기르는 암탉들 속에 수탉이 한 마리 섞여 있었던 게 틀림없다. 그녀는 그에 공명하듯이 꿈틀거리는 자신의 자궁을 진정시키기 위해 두 손으로 배를 감쌌다. 그녀의 시선이 다시 침대 위에 펼쳐진 공포로 이끌렸다. 그녀의 입에서 또다시 우는 소리가 비어져 나왔다.

한숨 같은 소리가 열어놓은 문밖에서 나직하게 들려왔다. 한줄기 뜨거운 바람이 그녀의 뺨을 스치며 방으로 들어와 깃털 같은 안개가 되었다. 안개가 두 갈래로 갈라져 두 사체의 머리 위에 멈추더니 형체를 갖추기 시작했다. 희미한 두 안개 기둥에 분노로 일그러진 얼굴들이 생겨났다. 침대에 누운 사체의 얼굴들이었다. 유령 하나가 자신의 시체 위로 몸을 숙였다. 그러고는 고양이처럼 자신의 가슴에서 녹아가는 피를 핥았다. 자기 생명의 피를 마신 유령은 좀 더 견고한 형체를 띠었다. 다른 유령이 몸을 숙이고 똑같은 짓을 했다. 두 유령 여성의 배는 자신들의 죽음의 원인이 됐던 임신으로 살짝 부풀어 있었다. 사무엘이 둘을 죽였다. 그리고 베아트리스가 유령 아내들을 가두어 두었던 병을 깨뜨렸다. 영혼이 갇혀 있었으므로 그들의 시체는 정지 상태에 붙들려 있었다. 그녀가 영혼들을 풀어주었다. 그녀가 영혼들을 집 안으로 들였다. 이제 그들의 분노를 잠재울 수 있는 건 아무것도 없다. 분노의 열기가 방을 더 빨리 데웠다.

유령 아내들이 각자의 배를 부여잡고 그녀를 노려보았다. 그들 시선에서 분노가 이글거렸다. 베아트리스는 침대에서 물러났다. "난 몰랐어." 그녀는 아내들에게 말했다. "나한테 화내지 마. 난 사무엘이 당신들에게 무슨 짓을 했는지 몰랐어."

저들의 표정에 떠오른 건 이해인가, 아니면 저들은 동정 따윈 없는 존재인가?

"나도 아이를 가졌어. 최소한, 아이는 불쌍하게 여겨줘."

현관문이 끼익 열리는 소리가 들렸다. 사무엘이 왔다. 그는 병이 깨진 걸 봤을 테고, 집 안이 더운 걸 느꼈을 것이다. 돌아서서 자신을 쫓는 맹수를 대면하는 수밖에 없음을 깨달은 사냥감처럼 베아트리스는 원초적인 평온함을 느꼈다. 그녀는 사무엘이 병 속에 든 달걀 같은, 자기 몸속에 든 진실을 읽을 수 있을지 궁금했다.

"당신들이 화낼 대상은 내가 아니야." 그녀는 유령 아내들에게 호소했다. 그녀는 숨을 크게 들이쉬고 가슴이 무너지는 말을 내뱉었다. "이런… 이런 짓을 한 건 사무엘이야."

사무엘이 집 안을 이리저리 돌아다니는 소리가 들렸다. 화를 내며 으르렁거리는 목소리가 태풍 전야에 천둥이 치는 것 같았다. 무슨 말인지 분명하게 들리진 않았지만, 그녀는 그의 어조에서 분노를 읽을 수 있었다. 그녀가 소리쳤다. "뭐라고 했어, 사무엘?"

그녀는 냉동저장고에서 나와 조용히 문을 닫았지만, 유령 아내들이 준비를 마쳤을 때 빠져나올 수 있도록 아주 약간 벌려 두었다. 그러고는 반가운 웃음을 지으며 남편을 맞으러 갔다. 그녀는 할 수 있는 최대한 오래 그가 세 번째 침실에 들어가지 못하도록 막을 것이다. 아내들의 피는 대부분 응고돼 있지만 어쩌면 조금만 더 데워지면 되는지도 모른다. 그녀는 빨리 피가 녹아서 유령들이 그걸 마시고 금방 완전한 형체를 갖출 수 있기를 빌었다.

배를 채우고 나면, 유령들은 와서 그녀를 구해줄까? 아니면 사무엘뿐만 아니라 자기들 것을 빼앗아간 그녀에게도 복수를 할까?

에기-로야, 이리 와봐, 정말 예쁜 바구니야.

네일로 홉킨스

Nalo Hopkinson, 1960~

네일로 홉킨스는 자메이카 출신의 캐나다 과학소설 작가로서 현재는 미국에 거주하고 있다. 첫 소설인 《반지 속의 갈색 소녀》는 로커스상 데뷔작상을 수상하였고, 필립 K. 딕 상 최종후보에 올랐다. 장편과 단편 소설을 쓰는 일 외에 《친밀한 사람들》과 《너무 오랜 꿈》을 포함한 다양한 선집을 편집하기도 했다. 〈유리병 마술〉은 위험한 상황에 대처하고 탈출하는 데 독창적인 자질을 보여주는 고난에 처한 한 여성의 이야기를 자세하게 그린다. 2000년에 출간된 단편선집 《판야나무 뿌리의 속삭임─캐리비언 우화 소설집》에 처음 발표되었다.

레나 크론

Their Mother's Tears: The Forth Letter

눈물: 네 번째 편지 어머니의

교외에 이상한 집들이 있다. 아주 가늘고 높아서 굽 달린 잔 같은데, 어떻게 보면 잿더미 같기도 하다. 하지만 그 불그스름한 벽은 콘크리트만큼이나 단단하다. 안에는 끊임없이 몸을 움직이는, 작지만 아주 부지런한 주민들이 셀 수 없이 많이 산다. 다들 똑같이 생겨서 나는 아무리 해도 그들을 분간할 수 없을 것이다. 그러나 한 명은 예외다.

내가 롱혼에게 언젠가 그런 집에 한번 데려가달라고 부탁한 지 벌써 오래였다. "왜 그런 데에 관심을 가져?" 그가 물었다.

"그들의 건축은 너무 특이해." 내가 말했다. "넌 아마 거기 아는 사람이 있겠지? 언젠가 나도 너를 따라서 거기 가볼 수 있을까?"

"네가 원한다면." 롱혼이 말했다. 하지만 딱히 신경을 쓰는 듯이 보이지는 않았다.

그러다 마침내 어제 롱혼이 그런 거주지 한 곳에 나를 데려갔다. 입구에 안내인이 있었는데, 롱혼이 몇 마디를 나누자 흔쾌히 나와 동행해주었다. "그럼 이따 저녁에 보자." 롱혼이 소리치고는 현란하고 부산한 테나론 속으로 사라졌다.

나는 온갖 크기의 강당과 창고와 주거 공간이 연결된 어둑하고 복잡하게 얽힌 복도로 안내되었다. 엄청나게 많은 사람이 서두르며 나를 스쳐 지나갔다. 다들 급하게 뭔가 중요한 일을 하는 중인 듯했다. 나는 경비원 여럿이 문을 지키는 그 건물의 제일 안쪽 방으로 안내되었다. 그 방은 창이 없는데도 거의 견딜 수 없을 정도로 밝았다. 하지만 그 빛이 어디서 나오는지는 알 수 없었다.

그 방에 다른 사람들이 있다는 사실은 분명히 알았지만, 눈에 보이는 건 오직 한 사람뿐이었다. 그녀는 다른 사람에 비하면 헤아릴 수 없을 정도로 커서 기념비적이라 할 만했는데, 그녀가 한 곳에서 전혀 움직이지 않으니 더욱 기념비적이라 할 만했다. 그녀의 부피는 어마어마했다. 달걀 모양의 머리는 둥근 천장을 스쳤고, 반쯤 누운 자세로도 그녀의 몸이 문간에서 방 끝까지 꽉 채웠다. 내가 안으로 들어가서 벽에 딱 붙어서자(달리 공간이 없었다), 그녀의 입에서 끽끽거리는 소리가나왔다. 나는 그게 환영의 말이라고 해석했다.

"여왕님께 경의를 표하십시오." 안내인이 날 나무라고는 무릎을 꿇고 허리를 세워 앉았다. 익숙지 않은 자세라서 당황했지만, 나는 그를 따라 했다.

한동안 아무도 나를 주목하지 않았다. 여왕 주변의 벽을 따라 여왕의 모든 욕구를 충족시키는 것이 임무임이 분명한 생물들이 분주하게 움직이고 있었다. 나는 곧 그들이 꼭 필요하다는 걸 알아챘다. 여왕의 몸이 분명한 형체가 없으니 제힘으로는 한 걸음도 제대로 걸을 수 없을 게 뻔했다. 그리고 나는 그녀가 문으로 나갈 수도 없다는 결론을 내렸다. 그녀는 그 벽에 둘러싸여, 반짝이는 태양 한번 보지 못하고 그 안에서 살다가 죽을 터였다. 그녀의 곤경을 깨닫자 나는 공포에 질려 당장에라도 그 빛나는 동굴에서 나가고 싶었다.

그 순간 끽끽거리는 목소리가 들려서 나는 깜짝 놀랐다. 여왕이 고개를 약간 돌려 이제는 나른하게 나를 응시하고 있음을, 동시에 아주 작은 턱밑에 받쳐진 잔에서 우윳빛 액체를 쪽쪽 빨아먹고 있음을 알아챘다.

여왕의 입이 빨대에서 떨어지자 또 끽끽거리는 소리가 났다. 나는 어렵사리 다음과 같은 말을 알아들었다. "네가 무슨 생각을 하는지 안다, 이 미천한 것."

"죄, 죄송합니다." 나는 말을 더듬었고, 난처해져서 얼굴을 붉혔다.

"넌 내가 모종의 개인, 개체라고 생각하지, 그렇지 않은가, 인정하라!"

여왕의 말이 길어지면서 목소리가 갈수록 굵어져, 마치 웅웅거리기 시작하는 듯했다. 천 가닥의 중얼거리는 목소리로 이루어진 듯한, 상상도 못 할 특이한 목소리였다.

"예, 사실, 제 말은⋯." 나는 한동안 완전히 당황했고, 딱딱한 바닥에 무릎을 대고 허리를 세워 앉는 것이 너무 힘들어서 무릎을 꿇은 채 풀썩 주저앉았다. "정말 그렇네요, 물론이지요." 나는 완전히 당황하여 재빨리 말했다.

"내가 모를 줄 알았느냐?" 여왕이 말하고는 웃음을 터뜨렸다. 누구라도 전염될 듯이 복도를 따라 때로는 쾅쾅 울리고 때로는 낭랑하게 굴러가는 그 소리에 결국에는 그 건물 거주민 모두가 따라 웃는 듯했고, 내 순진한 느낌에는 건물 전체가 웃는 것 같았다.

갑자기 완전한 침묵이 내리자 여왕이 긴 코로 나를 가리키며 말했다. "자, 말해보아라, 나는 누구지?"

그 질문에 대한 답을 생각해보기도 전에 나는 여왕의 거대한 하체로 꽉 찬 방 저편에서 무슨 일이 벌어지고 있는지 알아챘다. 사실 끊임없이 어떤 일이 벌어지고 있다는 사실은 내내 알았지만, 그제야 그게 어떤 행위인지에 대한 인식이 번개처럼 내 머리를 쳤다. 꾸러미를 든 사람들이 내 앞을 계속 지나갔지만, 내가 좀 더 눈여겨본 건 세 번째인가 네 번째가 되어서였다. 그 꾸러미는 갓 태어난 아기였다.

여왕은 출산을 하고 있었다! 끊임없이 출산하고 있었다. 그걸 깨닫는 순간, 사방에서 쿵쿵거리는 망치 소리와 이런저런 지시를 내리는 소리와 서걱서걱 톱질하는 소리가 들리는 듯했고, 거기 어딜 가나 공사용 모르타르의 악취가 떠돌았던 듯도 했다. 나는 그 집에 더 많은 층을 올리는 공사가 진행 중이며, 그 집이 고요한 대기의 바다에 그 어느 때보다 높이 이르렀음을 알아챘다. 땅속 깊은 곳에서 울리는 공사 소리를 들으니, 나날이 탐욕스럽게 자라나는 뿌리처럼 바다 석재 밑으로 이리저리 뻗어 나가는 복도가 눈에 선했다. 이 부족은 성장하고 있었다. 집이 확장되고 있었다. 도시가 커지고 있었다.

"폐하, 폐하께서는 이 모든 이들의 어머니이십니다." 나는 겸손하게 대답했다.

"그렇다면 어머니라는 건 무엇이냐?" 끽끽거리던 여왕의 목소리가 갑자기 귀청을 찢을 듯이 고음으로 치달았고, 더듬이 하나가 채찍처럼 내 머리 위의 공기를 갈랐다.

나는 여왕이 더 다가올 수 없다는 걸 알면서도 뒤로 물러나 벽에 딱 붙었다.

"모든 것이 흘러나오는 근원이 사람일 리 없다." 여왕이 뱀처럼 넓은 턱 사이로 쉭쉭거렸다. 나는 홀린 듯이 여왕을 응시했다. "너는 나를 보러 왔지, 인정하라!" 여왕이 내가 감히 생각했던 것보다 더 낮은 목소리로 으르렁거렸다. "하지만 너는 실망할 것이다! 너는 이미 실망했다! 인정하라!"

"아닙니다, 전혀 아니에요." 나는 걱정스럽게 반박했다.

"하지만 이곳에 나는 없다. 주위를 둘러보고 이해하라! 그리고 이곳에는, 특히 이곳에는 그 어느 곳보다 내가 적다. 넌 내가 이 방을 채우고 있다고 생각하지. 틀렸다! 형편없이 틀렸다! 나는 이 도시가 자라 나오는 위대한 구멍이기 때문이다. 나는 누구나 반드시 거쳐야 하는 길이다! 나는 짠 바다다. 모두가 거기서 나왔지, 무기력하고, 축축하고, 쭈글쭈글

하고….."

여왕이 목소리가 거대한 대양이 부풀듯이 따뜻하게 나를 타일렀다. 여왕은 말하면서 뒤쪽을, 그 깊숙한 곳에서 제일 어린 자식이 다른 이의 도움을 받으며 환한 등불 빛 속으로 나오고 있는, 형태를 알 수 없는 산더미 같은 하체를 나른하게 힐긋 쳐다보았다. 그들은 모두 죽은 듯이 고요하게 태어났다.

하지만 나는 문득 그녀의 눈에서 뭔가 분출되는 것을 보았다. 그것이 바닥과 벽에 부딪혀 튀었고, 그 바람에 내 옷도 다 젖었다.

여왕은 더는 나를 보고 있지 않았다. 나는 자리에서 일어나 그 방을 나왔다. 여왕의 눈물에 젖은 채.

레나 크론
Leena Krohn, 1947~

레나 크론은 당대에 가장 높이 평가되는 핀란드 작가 중 한 사람이다. 중편소설인 《타이나론: 다른 도시에서 온 우편》이 2005년에 세계판타지문학상과 국제호러길드상 후보로 올랐다. 성인과 아동을 대상으로 한 방대한 작품을 통해 크론은 현실과 환상의 경계, 인공지능, 도덕과 의식의 문제 등의 주제를 다루었고, 모성에 관해 흥미로운 시각을 보여주었다. 〈어머니의 눈물: 네 번째 편지〉는 《타이나론》에서 발췌한 것으로 2004년에 처음 발표되었다. 초기작 《인간의 옷》(1976)이 2004년 〈펠리칸맨〉이라는 제목의 영화로 만들어지면서, 국내에 같은 제목으로 번역 출간되기도 했다.

제임스 팁트리 주니어

The Screwfly Solution

나사파리 구제법

북위 2도, 서경 75도에 앉은 젊은 남자는 작동하지 않는 가설 선풍기를 악의적인 시선으로 힐끗 올려다보고는 계속 편지를 읽었다. 쿠야판에서는 '호텔방'으로 통하는 그 찜통 안에서 그는 팬티만 걸치고도 땀을 줄줄 흘리고 있었다.

다른 아내들은 이러고 어떻게들 살아? 나는 여기 시 인허가 재검토 프로그램과 세미나로 늘 바쁘게 지내. 그리고 해맑게 얘기하지. "아 맞아요, 앨런은 콜롬비아에서 생물학적 해충 방제 계획을 세우고 있어요, 멋지지 않아요?" 하지만 속으로는 당신이 흑단 같은 머리를 하고 달콤한 말을 속삭이는 열아홉 살 미녀들에게 둘러싸인 상상을 해. 다들 사회적 헌신이라면 사족을 못 쓰는 데다 더럽게 부유할 테고, 섬세한 란제리를 비집고 40인치 왕

가슴들이 솟아올라 있겠지. 내가 센티미터로도 계산해봤다니까. 무려 101.6센티미터짜리 가슴이야. 아, 여보, 여보, 뭘 해도 좋으니 '무사히만 돌아와.'

앨런이 다정하게 웃으며 자신이 갈망하는 유일한 육체를 잠시 떠올렸다. 그의 여자, 그의 마법 같은 앤. 그러고는 자리에서 일어나 조심스럽게 창문을 조금 더 열었다. 슬픔에 잠긴 듯한 길고 하얀 얼굴이 안을 들여다보았다. 염소였다. 창이 염소 우리로 나 있어서 악취가 지독했다. 그래도 어쨌든, 공기니까. 그는 다시 편지를 집어 들었다.

여기는 당신이 떠나던 때랑 똑같아. 피즈빌 사태가 갈수록 나빠지는 듯한 것만 빼면 말이야. 그 광신집단은 이제 '아담의 아들들'이라고 불려. 종교 문제라고는 해도, 왜 저렇게 그냥 놔두는 걸까? 적십자사가 조지아주 애쉬턴에 난민촌을 세웠어. 생각해봐, 미국에서 난민이라니. 여자애 둘이 온통 난도질당한 채 실려 나왔다는 얘기를 들었어. 아, 앨런.
　그러고 보니, 바니가 당신한테 보내고 싶다고 가져온 기사 뭉치가 있었지. 다른 봉투에 넣어서 따로 보낼게. 외국 우체국에서 아주 두툼한 편지들이 어떻게 되는지 아니까 말이야. 혹시나 못 받을지도 모르니까, 바니가 전해달래. 피즈빌, 상파울루, 피닉스, 샌디에이고, 상하이, 뉴델리, 트리폴리, 브리즈번, 요하네스버그, 텍사스주 러벅의 공통점이 무엇일까? 실마리를 주자면, 지금 적도수렴대(赤道收斂帶)가 어디에 있는지 생각해보래. 나는 무슨 말인지 모르겠어. 아마 당신의 뛰어난 생태학적 두뇌는 무슨 말인지 알아듣겠지. 나한테는 그 기사들이 상당히 끔찍한 여성살해 또는 여성학살 이야기라는 것밖에 안 보여. 최악은 뉴델리 건인데, '여성 사체를 엮어 만든 뗏목들'이 강에 떠 있다는 이야기야. 제일 웃기는(!) 건 신이 자기한테 집을 정화(淨化)하라 했다며 부인과 세 딸과 숙모를 쏴버린 텍사스의 어느 육군 장교 이야기였어.

바니는 정말 좋은 사람이야. 일요일에 들러서 빗물받이 홈통을 뭐가 막고 있는지 떼서 살펴보는 건 도와주겠대. 그는 지금 하늘을 나는 기분일 거야. 당신이 떠난 뒤에 그가 하던 가문비나무잎말이나방 대항 페로몬 실험이 마침내 성공했거든. 그가 2천 가지가 넘는 화합물을 실험한 거 알지? 그런데 예전의 그 2,097번이 '진짜로' 효과가 있다나 봐. 그게 어떤 역할을 하느냐고 물어도 그는 낄낄거리기만 해. 당신도 그가 여자들이랑 있을 때 얼마나 수줍어하는지 알지? 어쨌든, 딱 한 번만 살포하면 다른 부작용 없이 숲을 구할 수 있다고 해. 그의 말로는, 새와 인간은 종일 먹어도 괜찮대.

음, 그 외의 새로운 소식은 에이미가 학교 때문에 일요일에 시카고로 돌아간다는 것밖에 없네. 집이 무덤처럼 고요해지겠지. 난 딸이 몹시 그립겠지만, 지금 그 애는 한창 엄마를 불구대천의 원수쯤으로 여기는 시기야. 앤지 표현에 따르면 '음침하고 성적인 10대 초반'이지. 에이미가 아빠한테 사랑한다고 전해달래. 나는 어떤 말로도 다할 수 없는 내 온 마음을 보낼게.

당신의 앤.

앨런은 자칫 집과 앤 생각에 빠질세라 마음을 다잡으며 편지를 안전하게 서류철에 넣고 얄팍한 우편물 더미를 훑었다. 바니가 부탁했다는 '두툼한 편지'는 없었다. 그는 마을 발전기가 야간 가동 중지되기 직전에 전기선을 잡아당겨 불을 끄고 헝클어진 침대에 털썩 누웠다. 어둠 속에서 바니가 언급한 도시들이 머릿속에서 걱정스럽게 돌고 있던 흐릿한 지구 모형 위로 점점이 펼쳐졌다. 뭔가….

그러다 그날 진료소에서 본, 끔찍할 정도로 심하게 기생충에 감염된 아이들의 모습이 떠올라 그의 머릿속을 가득 채웠다. 앨런은 어떤 데이터를 수집해야 할지 곰곰이 생각했다.

'행동연쇄에서 약한 고리를 찾아.' 바니, 그러니까 버나드 브래스웨이트 박사가 귀에 딱지가 앉도록 앨런에게 했던 말이었다. 어디가 약한 고리일까, 어디? 아침이 되면 대형 사탕수수파리 배양기 쪽 작업을 시작해야지….

✳

그때, 8천 킬로미터 북쪽에서는 앤이 편지를 쓰고 있었다.

아, 여보, 여보, 당신이 앞서 보낸 편지 세 통이 한꺼번에 도착했어. 난 당신이 편지를 쓸 줄 알았어. 내가 말한 그 까무잡잡한 상속녀들 얘기는 잊어줘. 다 농담이었어. 내 사랑, 난 알아, 난, 음… 우리를 알지. 그 무시무시한 사탕수수파리 애벌레들, 그 불쌍한 어린 것들 말이야. 당신이 내 남편만 아니라면 난 당신을 성자나 뭐 그런 사람으로 생각할 거야(어쨌든 그렇게 생각하지만).

당신 편지를 집 안 곳곳에 붙여놨어. 덕분에 집이 훨씬 덜 쓸쓸해졌어. 여긴 세상이 어쩐지 쥐죽은 듯 으스스한 느낌이라는 점 말고는 딱히 새로운 소식이라 할 만한 게 없어. 바니와 같이 빗물받이 홈통을 떼서 봤더니 다람쥐들이 모아 놓은 나무 열매가 꽉 차서 썩고 있었어. 위에서 계속 집어넣은 게 틀림없으니, 홈통 위에 철망을 쳐야겠어(이번에는 사다리를 쓸 테니, 걱정하지 마).

바니는 이상하게 우울한 분위기야. 그 '아담의 아들들' 건을 아주 심각하게 받아들여서, 언젠가 조사위원회가 출범하면 참여하려고 할 것 같아. 이상한 점은 아무도 대책 같은 걸 세우고 있지 않다는 거야. 손을 보기엔 이미 너무 커져버렸다는 듯이 말이야. 셀리나 피터스가 신문에 뭐라고 신랄하게 한마디 하기는 했지. 이런 거야. '한 남자가 아내를 죽이면 살인이지만, 많은 남자가 아내를 죽이면 생활양식이다.' 나는 이 현상이 확산되고 있다고 생각하지만, 아무도 몰라. 이 건을 중요하게 다루지 말라는 요구가 계속 언론에 쏟아졌으니까. 바니는 이게 무슨 전염성 히스테리 같대. 그가 이 무시무시한 인터뷰 기록을 꼭 당신한테 보내라고 강조했어. 이번엔 얇은 종이에 인쇄한 거야. 당연히 공개되진 않을 자료고. 그래도, 조용한 게 더 기분 나빠, 뭔가 끔찍한 일이 바로 지척에서 일어나고 있는 듯한 기분이야. 바니가 준 기록을 읽고 샌디에이고에 있는 폴린이 걱정돼서 전화를 걸었거든. 좀 이상했어. 무슨 말 못 할 사정이라도 있는지… 친자매한테도 말이야. 별일 없이 잘 지낸다고 하더니, 갑자기 다음 달에 잠시 여기 와서 지내도 되느냐고 묻지 뭐야. 지금 당장 오라고 했는데, 먼저 집을 팔고 오고 싶대. 폴린이 서두르면 좋겠어.

우리 경유 차는 이제 괜찮아. 그냥 필터만 갈아주면 되는 거였어. 필터를 사려고 스프링필드까지 나갔다 오긴 했지만, 가는 건 에디가 2달러 50센트만 받고 해줬어. 이러다 에디네 정비소 파산하지 않을까 모르겠네.

당신이 알아채지 못했을까 싶어 하는 얘긴데, 바니가 말한 그 도시들은 모두 북위 또는 남위 30도, 아열대무풍대에 걸쳐져 있어. 내가 딱 그렇지는 않다고 하니까, 겨울에 적도수렴대가 이동하는 걸 생각하라고 하더군. 그리고 리비아, 오사카, 아, 그리고 한 곳을 까먹었네, 잠깐만, 오스트레일리아의 앨리스 스프링스도 추가하래. 내가 적도수렴대니 아열대무풍대니 하는 게 무엇과 관련이 있는 거냐고 물었지. 그랬더니 '아무것도. 아무 관련이 없길 빌어야지.'라고만 하더라고. 이 건은 당신한테 맡길게. 바니처럼 머리 좋은 사람들은 좀 이상한 구석이 있단 말이지.

아, 내 사랑, 내 모두를 당신에게 보낼게. 당신 편지 덕분에 살아갈 힘이 생겨. 하지만 부담 갖지는 마. 당신이 얼마나 피곤할지 잘 아니까. 그저 우리가 함께, 언제나 어디서나 함께 있다는 걸 알아줘.

당신의 앤.

아, 추신. 바니가 부탁한 걸 넣느라 내가 봉투를 다시 뜯었어. 비밀경찰이 그런 거 아니야. 자, 다 됐어. 다시 한 번 사랑해. 앤.

염소 냄새 찌든 방에서 앨런이 편지를 읽는 사이, 비가 지붕을 두드리고 있었다. 그는 또 한 번 편지를 코에 대고 희미한 향수 냄새를 맡고는 접어서 옆으로 치워놓았다. 그러고 는 바니가 보낸 얇고 노란 종이를 꺼내 미간을 찌푸린 채 읽기 시작했다.

피즈빌 광신집단 '아담의 아들들' 특집.

아칸소주 글로브포크에 거주하는 운전자 윌러드 뮤스 중사의 진술.

우리는 잭슨빌에서 서쪽으로 약 130킬로미터쯤 떨어진 바리케이드를 지났습니다. 애쉬턴의 존 하인즈 소령이 우리를 기다리고 있었고, 파 대위가 지휘하는 폭동 진압 차량 두 대를 호위로 붙여주었습니다. 하인즈 소령은 여성 의사가 두 명이나 포함된 보건복지부 의료팀을 보고 충격을 받은 것 같았습니다. 소령은 가장 강력한 용어를 써가며 우리에게 위험을 경고했습니다. 그래서 심리학자인 팻시 퍼트넘 박사(일리노이주 어바나)가 군 비상선에 남기로 했습니다. 하지만 일레인 페이 박사(뉴저지주 클린턴)는 자신이 전염병과 관련된 무슨 역학자(?)라고 하면서 우리와 같이 가야 한다고 주장했습니다.

우리는 시속 50킬로미터 속도로 폭동 진압 차량 한 대를 따라 1시간 남짓을 달렸고, 별다른 이상한 점은 눈에 띄지 않았습니다. '아담의 아들들-해방구'라고 적힌 커다란 간판이 두 개 있었습니다. 우리는 소규모 피칸열매 포장 공장 몇 곳과 감귤류 가공 공장 한 곳을 지났습니다. 그곳 남자들이 우리를 쳐다보았지만 별다른 행동을 취하지는 않았습니다. 당연히 아이나 여자는 보이지 않았습니다. 피즈빌에 들어서기 직전에 큰 감귤류 저장창고 앞에 석유 드럼통을 쌓아 만든 높다란 방벽이 있어 차를 세웠습니다. 그 지역은 오래된, 일종의 빈민가 겸 트레일러 주택지였습니다. 쇼 핑센터와 주택단지들이 있는 신시가지는 2킬로미터쯤 더 가야 했습니다. 산탄총을 든 창고 노동자 한 명이 다가오더니 시장이 올 테니 기다리라고 했습니다. 그때 그가 일레인 페이 박사를 봤 을 것 같지는 않습니다. 박사는 뒷좌석에 상체를 숙이듯이 하고 앉아 있었습니다.

블런트 시장이 경찰 순찰차를 몰고 왔고, 우리 대표인 프리맥 박사가 나서 공중위생국장이 우리를 보낸 목적을 설명했습니다. 프리맥 박사는 블런트 시장의 종교를 모욕하는 어떠한 발언도 하 지 않으려고 아주 조심했습니다. 블런트 시장은 우리 일행이 피 즈빌로 들어가 토양과 지표수 시료를 채취하고, 그곳에 거주하는 의사를 만나 얘기하는 데 동의했습니다. 시장은 얼추 185센티미 터쯤 되는 키에 몸무게가 110에서 120킬로그램쯤 나가 보였고, 피부는 햇볕에 그을리고 머리카락은 희끗희끗했습니다. 그는 싱 글거리고 킬킬대며 웃는 우호적인 태도를 보였습니다.

그때 블런트 시장이 차 안을 들여다보다가 일레인 페이 박사 를 발견하고 벌컥 화를 냈습니다. 그가 당장 꺼지라며 소리를 지 르기 시작했지만, 프리맥 박사가 말을 걸며 진정시켰습니다. 마 침내 시장은 페이 박사가 피즈빌로 가는 대신 거기 창고 사무실 에 문을 닫고 들어가 있는 조건으로 조사작업을 허락한다고 말 했습니다. 제가 같이 있으면서 그녀가 밖으로 나가지 않는지 감 시하게 되었고, 운전은 시장의 수하 중 하나가 하기로 했습니다.

그래서 의료진과 시장, 폭동 진압 차량 한 대가 피즈빌로 들어가고, 저는 페이 박사를 모시고 창고 사무실로 들어가 앉았습니다. 정말 덥고 답답한 곳이었습니다. 페이 박사가 창문을 열었는데, 바깥에 있는 어떤 노인에게 말을 거는 소리가 들렸습니다. 저는 그러면 안 된다고 말하고 창문을 닫았습니다. 그 노인은 어디론가 가버렸습니다. 그러자 박사가 저와 얘기를 하려고 하기에, 저는 그다지 대화를 나눌 기분이 아니라고 말했습니다. 저는 그녀가 그곳에 있는 것이 정말로 잘못된 일이라고 느꼈습니다.

그러자 박사는 사무실 서류철들을 뒤져 서류들을 읽기 시작했습니다. 나는 좋은 생각이 아닌 것 같으니 그런 짓을 하지 말라고 했습니다. 그녀는 정부가 자기를 보낸 건 조사를 하라는 뜻이라고 말했습니다. 그녀가 거기 있던 소책자인지 잡지인지를 보여주었는데, 맥킬레니 목사가 쓴 《신의 말씀을 따르는 인간》이라는 제목의 책이었습니다. 사무실에는 그 책이 상자로 하나 가득 있었습니다. 제가 그 책을 읽기 시작하는데, 페이 박사가 손을 씻고 싶다고 했습니다. 그래서 저는 컨베이어 옆으로 난 일종의 폐쇄된 복도를 되짚어 화장실이 있는 곳까지 그녀를 데려갔습니다. 문이나 창문이 없는 곳이라서 저는 사무실로 돌아왔습니다. 잠시 후에 박사가 거기에 간이침대가 있다고, 잠시 누워 있겠다고 소리쳤습니다. 저는 창문이 없으니 괜찮다고 생각했습니다. 게다가 저는 그녀와 떨어지게 되어서 기뻤습니다.

마침내 그 책을 읽어 보니, 매우 흥미로웠습니다. 그 책은 지금 인간이 어떻게 신의 심판을 받고 있는지, 그리고 우리가 의무를 다했을 때 신이 어떻게 지구에서의 진정한 새 삶으로 우리를 축복하실지에 대해 아주 깊이 사고하고 있었습니다. 여러 신호와 징조들이 그걸 보여주었습니다. 그러니까, 주일학교에서 듣던 얘기 같지는 않았습니다. 훨씬 심오했습니다.

잠시 후에 음악 소리가 들렸고, 저는 폭동 진압 차량에서 내린 군인들이 길 건너 석유 탱크들 옆 나무 그늘에 앉아서 공장 노동자들과 노닥거리는 걸 보았습니다. 노동자 한 명이 기타를 치고 있었습니다. 전자기타가 아닌 통기타였습니다. 너무도 평화로워 보였습니다.

그때 혼자 순찰차를 타고 돌아온 블런트 시장이 안으로 들어왔습니다. 제가 그 책을 읽고 있는 것을 보고 약간 아버지 같은 미소를 지었지만, 그는 긴장한 듯했습니다. 페이 박사가 어디에 있는지 묻기에 뒷방에 잠시 누워 있다고 알려주었습니다. 블런트 시장이 그건 괜찮다고 했습니다. 그러고는 한숨을 쉬는 듯하더니 복도를 건너 뒷방으로 들어가 문을 닫았습니다. 저는 그냥 앉아서 기타 소리를 들으며 무슨 노래를 부르는지 귀를 기울였습니다. 배가 몹시 고팠는데, 제 점심거리는 프리맥 박사의 차에 있었습니다.

잠시 후에 문이 열리고 블런트 시장이 돌아왔습니다. 그의 모습은 끔찍했습니다. 옷은 엉망이었고, 얼굴에는 피가 나도록 긁힌 상처들이 있었습니다. 그는 혼란에 빠진 사람처럼 아무 말 없이 그저 저를 험악하게 쳐다볼 뿐이었습니다. 저는 그의 바지 지퍼가 열려 있고 옷뿐만 아니라 그의 물건(치부)에도 피가 묻은 것을 보았습니다.

저는 두려운 마음이 들지 않았습니다. 뭔가 중요한 일이 벌어진 듯한 느낌이었습니다. 저는 그를 부축해 앉히려고 했습니다.

하지만 그는 자기를 따라 복도 저쪽, 페이 박사가 있던 곳으로 오라는 시늉을 했습니다. "자네가 봐야 해." 그가 말했습니다. 그는 화장실로 들어가고, 저는 간이침대가 있는 작은 방으로 들어갔습니다. 양철 지붕과 벽 사이 틈으로 들어오는 햇빛 때문에 상당히 밝았습니다. 평화로운 모습으로 간이침대에 누운 페이 박사가 보였습니다. 똑바로 누워 있었고, 복장 상태는 어느 정도 달라졌지만 두 다리를 모은 상태라, 저는 그걸 보고 기뻤습니다. 블라우스가 끌어 올려진 채였고, 배에 찌르거나 벤 자국이 있었습니다. 마치 입처럼, 거기서 피가 흘러나오거나, 아니면 흘러나왔던 듯했습니다. 그때 피는 이미 굳어 있었습니다. 그녀의 목도 절개돼 있었습니다.

저는 사무실로 돌아왔습니다. 블런트 시장이 몹시 피곤해 보이는 모습으로 앉아 있었습니다. 몸을 씻은 후였습니다. 그가 말했습니다. "자네를 위해 한 일이야. 이해하겠나?"

시장은 마치 제 아버지 같았습니다. 그보다 더 정확한 표현이 생각나지 않습니다. 저는 그가 엄청난 부담을 지고 있으며, 저를 대신해 많은 것을 짊어졌다는 사실을 깨달았습니다. 그는 페이 박사가 왜 그렇게 위험한지, 그녀가 왜 자기들이 '위장(僞裝)여성'이라 부르는 제일 위험한 종류의 사람인지 설명을 이어갔습니다. 그는 그녀의 정체를 폭로하고 그곳을 정화했습니다. 그는 매우 단도직입적이었습니다. 저는 전혀 혼란스럽지 않았고, 그가 옳은 일을 했다고 느꼈습니다.

우리는 책을 놓고 인간이 어떻게 스스로를 정화하여 신에게 깨끗한 세상을 보여줘야 하는지 토론했습니다. 그는 인간이 여자 없이 어떻게 재생산을 할 수 있는지 의문을 제기하는 사람들이 있지만, 그런 사람들은 핵심을 놓치고 있다고 말했습니다. 핵심은, 인간이 그 낡고 불결한 동물적 재생산 방식에 의지하는 한, 신은 인간을 돕지 않으리라는 점이었습니다. 인간이 자신의 동물적 부분인 여성을 제거하는 것이야말로, 신이 기다리고 있는 신호입니다. 신은 정말로 새롭고 정결한 재생산 방식을 드러내실 겁니다. 천사가 새 영혼을 데리고 올 수도 있고, 아니면 우리가 영원히 살 수도 있겠지만, 그건 우리가 생각할 부분이 아니라 그저 따르기만 하면 될 부분입니다. 그는 거기 있는 남자들 몇몇이 주님의 천사를 보았다고 말했습니다. 아주 심오한 대화였고, 그 말이 제 안에서 메아리치는 것처럼 느껴졌습니다. 저는 그게 어떤 계시 같은 거라고 느꼈습니다.

그때 의료팀이 탄 차가 돌아와서 저는 프리맥 박사에게 페이 박사가 잘 있다가 돌아갔다고 말했습니다. 그리고 저는 그들을 해방구 바깥으로 데려다주기 위해 차에 탔습니다. 하지만 바리케이드에 있던 여섯 병사 중 네 명이 철수를 거부했습니다. 파 대위가 설득을 해봤지만, 결국에는 그들이 남아 석유 드럼통 장벽을 지키는 데 동의했습니다.

그곳이 너무 평화로워서 저도 남고 싶었지만, 그들에게는 차를 운전해줄 제가 필요했습니다. 이런 온갖 번거로운 일이 있을 줄 알았다면, 저는 그들에게 그런 호의를 베풀지 않았을 것입니다. 저는 미치지 않았고 어떠한 잘못도 저지르지 않았으니, 제 변호사가 꺼내줄 것입니다. 제가 할 말은 이것이 다입니다.

쿠야판에 내리던 더운 오후의 비가 잠시 멈추었다. 윌러드 뮤스 중사의 비참한 진술서를 내려놓자 가장자리에 바니의 가는 필체로 끄적여놓은 연필 글씨가 눈에 들어왔다. 앨런은 눈을 가늘게 떴다.

"인간의 종교와 형이상학은 인간 분비선들의 표현이다. 1878년, 쉰바이저."

쉰바이저라는 사람이 뭐 하는 사람인지는 몰라도, 앨런은 바니가 하고자 하는 말을 이해했다. 살인을 일삼는 맥킬레니 어쩌고라는 이 흉악한 종교는 원인이 아니라 증상이었다. 바니는 무언가가 물리적으로 피즈빌 남자들에게 영향을 미쳐 정신병을 일으키고 있으며, 그 맥 뭐시기라는 현지 종교선동가는 그걸 '설명'하기 위해 등장했다고 믿고 있었다.

음, 어쩌면 그럴지도 모른다. 하지만 원인이든 결과든, 앨런의 머릿속에는 한 가지 생각밖에 없었다. 사건이 벌어지고 있는 피즈빌에서 집이 있는 앤아버까지는 1천3백 킬로미터. 앤은 안전할 것이다. 그래야 했다.

앨런은 울퉁불퉁한 접이식 침대에 훌쩍 누웠다. 반갑게도 그의 마음이 일 생각으로 돌아갔다. 수천 번 벌레에 물리고 사탕수수에 베인 끝에 그는 사탕수수파리 생활주기의 약한 고리를 발견했다고 상당히 확신했다. 수컷의 대량 짝짓기 행동, 상대적으로 희소한 배란기 암컷. 나사파리 구제법의 성별 반전 판이 될 것이다. 페로몬을 농축하고, 생식 능력을 제거한 암컷들을 푸는 것이다. 다행히 번식 개체군들은 상대적으로 고립되어 있었다. 유행기가 두어 번만 지나면, 재생산이 가능하지 않은 선까지 사탕수수파리 개체수를 떨어뜨릴 수 있을 것이다. 비강과 뇌에 기생하는 그 지독한 애벌레로 고통받는 사람도 더는 없게 되겠지…. 그는 빙그레 웃으며 낮잠에 빠져들었다.

북쪽에서는 앤이 부끄러움과 고통으로 입술을 깨물고 있었다.

여보, 인정하고 싶진 않지만, 당신의 아내는 겁이 나서 약간 신경과민 상태야. 그냥 여자의 직감 같은 거라서, 딱히 걱정할 일이 있는 건 아니야. 여긴 모든 게 정상이야. 너무 이상하게 정상적이라서, 신문을 봐도 아무 일이 없고, 바니와 릴리언을 통해 듣는 얘기만 없으면, 세상천지에 아무 일이 없어. 하지만 샌디에이고에 있는 폴린이 전화를 안 받아. 닷새째 되던 날에는 웬 이상한 남자가 전화를 받더니 소리를 지르고는 끊어버렸어. 아마 집을 판 것 같아. 하지만 폴린은 왜 연락이 없을까?

릴리언은 '여성을 구하자' 어쩌고 하는 위원회에 있어. 우리가 무슨 멸종 위기종이라도 된 듯이 말이야. 하하, 당신도 릴리언이 어떤지 알지. 적십자사가 난민촌을 세우기 시작한 것 같아. 하지만 그녀 말로는 처음에 대량으로 쏟아져 나온 이후로는 '감염 지역'이라고 부르는 곳들에서 나오는 사람들이 아주 소수래. 아이들도 많지 않아. 어린 남자애들도 말이야. 그리고 그들이 입수한 항공사진 중에 러벅 주변으로 공동묘지 같은 것들이 보이는 사진들이 좀 있어. 아, 앨런… 지금까지는 대체로 서쪽으로 확산되고 있는 것 같아. 하지만 세인트루이스에서도 무슨 일이 있어. 거기 소식이 끊겼어. 수많은 지역이 그냥 뉴스에서 사라져버린 것 같아. 거기 살아 있는 여자가 한 명도 없는 악몽을 꾸었어. 그리고 아무도 손을 쓰지 않아. 한동안 진정제를 살포하는 방안이 얘기됐는데, 그것도 이제 조용해졌어. 진정제를 살포해봐야 무슨 소용이 있겠어? 유엔에 있는 어떤 사람이 국제회의를 제안했는데, 의제가 뭔 줄 알아? 아마 못 믿을걸. '페미사이드(여성학살)'야. 무슨 탈취제 이름 같지 않아?

미안해, 여보. 내가 좀 흥분했나 봐. 조지아주에서 돌아온 조지 시얼스가 신의 뜻에 관한 얘기를 하고 있어. 평생 무신론자였던 시얼스가 말이야. 앨런, 뭔가 이상한 일이 일어나고 있어.

하지만 확실한 정보는 하나도 없어. 전혀. 공중위생국장이 라웨이 가슴절단팀(내가 이 얘기는 안 해준 거 같네)의 사체들에 대한 보고서를 냈지. 어쨌든, 병리학적 소인은 찾아내지 못했어. 밀턴 베인스가 지금의 기술 수준으로는 성자의 뇌와 사이코패스 살인자의 뇌를 구별할 수 없다는 글을 썼던데, 그러면 찾는 방법도 모르는 걸 어떻게 찾을 수 있다고 생각했던 걸까?

음, 이런 신경과민은 이제 지긋지긋해. 당신이 돌아올 때쯤이면 다 끝나서 그냥 지나간 일이 되어 있을 거야. 여긴 다 괜찮아. 내가 차 머플러를 다시 고쳤어. 그리고 에이미가 방학을 맞아서 집으로 올 거고, 그럼 나도 이런 문제들은 멀리 던져두겠지.

아, 마지막으로 재미있는 거 하나. 버니의 효소가 가문비나무 잎말이나방에게 어떤 작용을 하는지 앤지가 알려줬어. 그게 수컷이 암컷을 붙잡은 후에 몸을 돌리지 못하게 하는 것 같대. 그러면 수컷은 암컷의 머리와 교미하게 돼. 이 빠진 톱니바퀴처럼 말이야. 세상에는 몹시 어리둥절해진 암컷 가문비나무잎말이나방들이 생기겠지. 바니는 왜 나한테는 그런 얘기도 못 할까? 정말 대책 없이 다정하고 수줍은 친구라니까. 그가 여느 때처럼 편지에 동봉할 뭔가를 주었어. 난 안 읽었어.

어쨌든, 걱정하지 마, 여보, 다 괜찮아.

사랑해, 정말 사랑해.

언제나, 모든 방법으로 당신을 사랑하는 앤

2주 뒤 쿠야판에서 바니가 동봉을 요청한 자료들이 편지 봉투에서 미끄러져 나왔지만, 앨런도 읽지 않았다. 그는 떨리는 손으로 그 자료를 집어 탐사용 재킷 주머니에 쑤셔 넣고는 기우뚱거리는 책상 위에 흩어진 연구자료들을 한데 모으고 맨 위에는 도미니크 수녀에게 보내는 갈겨쓴 메모를 올려놓았다. 사탕수수파리는 내 알 바가 아니야, 이 겁이라곤 없는 앤의 굳건한 서체에서 느껴지는 두려움 말고는 아무것도 내 알 바가 아니야. 치명적인 광기가 세상을 휩쓰는데, 자신은 그의 여인, 그의 아이로부터 8천 킬로미터나 떨어진 곳에 있다니, 빌어먹을! 그는 몇 안 되는 소지품을 여행용 천 가방에 쑤셔 넣었다. 서두르면 보고타로 가는 직행버스를 탈 수 있을 테고, 잘하면 바로 마이애미행 비행기를 탈 수 있을지도 모른다.

마이애미까지 오는 데는 성공했지만, 북쪽으로 가는 비행편들이 막혀 있었다. 빠른 대기 순서를 얻지 못한 그는 6시간을 기다려야 했다. 앤에게 전화할 때였다. 어렵사리 통화가 이뤄졌을 때 전화선을 타고 밀어닥친 기쁨과 안도감은 그가 미처 대비하지 못한 것이었다.

"세상에, 믿을 수가 없어, 아, 앨런, 여보, 정말로 당신이야, 믿기지가…." 정신을 차려보니 자신도 똑같은 말을 반복하고 있었고, 그 모든 말이 사탕수수파리 데이터와 마구 섞여 있었다. 마침내 전화를 끊을 때는 둘 다 미친 듯이 웃고 있었다.

6시간. 그는 아르헨티나 항공사의 접수대 맞은편에 있는 낡은 플라스틱 의자에 자리를 잡은 다음, 남겨두고 온 진료소를 생각하며 주변에서 움직이는 군중을 건성으로 살펴보았다. '여긴 뭔가 이상하게 달라졌어.' 그는 무엇이 달라졌는지 곧바로 알아차렸다. 마이애미에서 일상적으로 보던 과시형 동물군, 가랑이에 꼭 끼이는 파스텔색 진을 입은 젊은 여자들의 행렬이 어디로 갔지? 주름 장식과 부츠, 과감한 모자와 머리 모양, 놀랄 만큼 넓은 면적을 드러내는 막 햇볕에 탄 피부, 출렁거리는 가슴과 엉덩이를 거의 가리지도 못하는 화려한 천들은? 거기엔 없었다. 하지만 잠깐만, 자세히 살펴보니 정체를 알 수 없는 두꺼운 치마로 몸을 가리고 생뚱맞은 파카를 뒤집어써서 얼굴을 가린 젊은 여성 두 명이 언뜻 보였다. 사실, 긴 공항 로비 곳곳에서 똑같은 현상들이 보였다. 두건이 달린 판초, 잔뜩 껴입은 옷과 헐렁한 바지, 칙칙한 색깔. 새로운 유행인가? 아니, 그는 아니라고 생각했다. 그의 눈에 그들의 움직임은 은밀함과 두려움을 암시하고 있었다. 그리고 그들은 떼로 움직였다. 그는 서로 모르는 사이인 게 분명한데도 앞서가는 무리를 따라잡으려고 분투하는 젊은 외톨이 여성을 지켜보았다. 앞서가던 무리는 말없이 그녀를 받아주었다.

'저들은 겁에 질렸어.' 앨런은 생각했다. 여자들은 눈에 띌까 봐 두려워했다. 결연하게 아이들 무리를 이끄는 저 바지 정장 차림의 머리가 희끗희끗한 부인도 불안하게 주위를 힐끗거리고 있었다.

그리고 맞은편에 있는 아르헨티나 항공사 접수대에서 또 이상한 걸 보았다. 커다란 표지판 밑에 두 줄이 있었다. '무헤레스.' 여성. 그 줄은 두루뭉술한 형체들로 붐볐고 매우 조용했다.

남자들은 평상시처럼 행동하는 듯했다. 서두르고, 어슬렁거리고, 여행 가방을 끌고 줄을 선 채 농담을 했다. 하지만 앨런은 공기 중에 섞인 알레르기 항원 같은, 밑바닥에 깔린 긴장을 느꼈다. 뒤쪽에 일렬로 늘어선 상점들 앞에서 남자 몇 명이 소책자를 나눠주고 있는 듯했다. 공항 안내원이 제일 가까이 서 있던 남자에게 뭔가를 말했다. 남자는 그저 어깨를 치켜올리더니 몇 가게 떨어진 곳으로 자리를 옮길 뿐이었다.

앨런은 신경을 딴 데로 돌리려고 옆자리에 있던 지역 신문을 집어 들었다. 놀랄 정도로 얇았다. 그는 한동안 국제 뉴스를 읽었다. 몇 주 동안 국제 뉴스를 전혀 접하지 못했다. 기사들은 이상하게 알맹이가 빠진 느낌이었고, 나쁜 소식은 아예 없는 듯했다. 오래 계속되던 아프리카의 전쟁은 끝났거나, 아니면 보도가 안 되는 듯했다. 무역 정상회담은 곡물과 철강 가격을 놓고 옥신각신하고 있었다. 그러다 부고란을 펼쳤는데, 빽빽하게 줄지어 선 글자들이 어느 모르는 죽은 상원의원의 사진에 짓눌려 있었다. 그러다 맨 아래쪽에 실린 안내문 두 개에 시선이 갔다. 하나는 미사여구가 너무 많아서 금방 이해가 되지 않았지만, 다른 하나는 굵고 단순한 서체로 이렇게 알리고 있었다.

**저희 포세트 장례식장은 애석하게도
앞으로 여성 시신을 받지 않기로 하였음을 알립니다.**

앨런은 망연히 안내문을 쳐다보다가 천천히 다음 장으로 넘겼다. 뒷면 무역란에 '항해 위험 경고'라는 제목의 기사가 있었다. 제목의 뜻을 제대로 이해하지 못한 채 그는 본문을 읽었다.

AP/나소: 오늘 정기 유람선 '카리브 스왈로호'가 케이프 해터러스 인근 멕시코 만류상에서 장애물과 충돌하여 항구로 견인되었다. 장애물은 여성 시신을 부표로 사용하는 상업용 저인망 어선의 예인망 일부로 드러났다. 이로써 플로리다와 멕시코만에서 해당 종류의 예인망이 사용되며, 어떤 것은 길이가 2킬로미터에 이른다는 보고가 사실로 확인되었다. 태평양 연안과 멀리는 일본에서도 비슷한 보고가 들어오고 있어, 갈수록 연안 해운업의 위험 요소가 되고 있음을 알 수 있다.

앨런은 신문을 쓰레기통에 던져넣고는 앉은 채 이마와 두 눈을 비볐다. 집에 가야겠다는 충동에 따른 것이 얼마나 다행인가. 그는 실수로 다른 행성에라도 내린 듯, 완전히 혼란에 빠진 느낌이었다. 기다릴 시간은 앞으로 5시간… 그러다 그는 바니가 보낸 자료를 주머니에 쑤셔 넣은 걸 생각해내고는 꺼내서 주름을 폈다.

맨 위는 〈앤아버 뉴스〉의 기사인 듯했다. 릴리언 대쉬 박사가 소속된 조직의 다른 회원 수백 명과 함께 백악관 앞에서 허가 없이 시위한 혐의로 체포되었다. 쓰레기통에 불을 지른 것이 특히 중대한 범죄행위로 고려되었다. 다수의 여성단체가 참여했는데, 참여 단체 수가 백 단위가 아니라 천 단위인 것이 앨런에게는 충격이었다. 당시 대통령은 다른 지역에 있었는데도 워싱턴에 특별 경계 조치들이 취해지고 있었다.

다음 기사는 바니의 신랄한 해학이 틀림없었다.

UP/바티칸 시국, 6월 19일. 교황 요한 4세는 오늘 신에게 인간을 순결함을 증명하는 수단으로서 여성을 제거할 것을 주장하는 소위 '바울의 정화' 교단에 관한 공식 논평을 낼 계획이 없음을 암시했다. 대변인은 교회가 이들 광신집단에 대해 특정한 입장을 취하지 않으며, 인간에 관한 신의 계획을 드러내기 위해 신에 도전하거나, 또는 신의 도전을 받는 모든 교리를 부정한다고 강조했다.

유럽 바울 운동의 대변인인 파촐리 추기경은 성서가 여성을 단지 일시적인 동반자이자 남성의 도구로서 정의한다는 자신의 견해를 재확인했다. 그는 여성은 단지 과도기적인 수단이나 상태로서만 정의될 뿐 성서 어디에서도 인간으로 정의되지 않는다고 명시했다. "완전한 인류로 이행할 시간이 임박했습니다." 추기경은 이렇게 말을 맺었다.

다음 기사는 〈사이언스〉 최신호 기사를 얇은 종이에 복사한 것이었다.

여성학살 비상대책위원회 요약 보고서

최근에 전 세계에서 국지적으로 발생하는 여성학살 현상은 세계 역사에서 정신적 압박이 심했던 시기에 드물지 않게 등장한 집단 또는 분파에 의한 유사한 현상의 재발을 나타내는 것으로 보인다. 이번 경우의 근본적인 원인은 의심할 여지 없이 인구 과잉으로 인해 가속된 사회적 기술적 변화의 속도이며, 그 확산 속도와 범위는 더 취약한 사람들을 가시화하는 세계적인 실시간 통신망에 의해 증폭된다. 의학적이거나 전염병적인 문제로는 보이지 않는다. 신체적 이상이 발견되지 않았기 때문이다. 그보다는 18세기에 유럽을 휩쓴, 예를 들어 무도병과 같은 여러 종류의 열광에 더 가까우며, 그런 것들과 마찬가지로 제 길을 가다 사라질 것이다. 영향을 받은 지역들에서 발생하는 천년왕국론적 광신집단들은 여성을 제거하는 '정화'의 결과로 새로운 인간 재생산 방법이 드러날 것이라는 개념을 공통으로 가지고 있는 점을 제외하면 서로 관련이 없어 보인다.

우리는 다음을 권고한다.

(1) 선동적이고 자극적인 보도를 중지할 것.

(2) 중요 지역들에서 탈출한 여성들을 위해 난민촌을 세우고 관리할 것.

(3) 영향받은 지역들의 군 비상선 봉쇄를 지속하고 강화할 것.

(4) 냉각기를 거쳐 열광이 진정된 후 자격을 갖춘 정신보건 팀들과 적절한 전문 인력들이 들어가 사회 복귀 프로그램을 수행할 것.

비상대책위원회 소수의견 요약 보고서

이 보고서에 서명한 아홉 명의 회원은 엄격한 의미에서 여성학살의 전염병적 확산의 증거가 없다는 데 동의한다. 그러나 현상이 발생한 중요 지역들의 지리적 관련성을 고려할 때, 순전한 사회심리학적 현상으로 치부되어서는 안 된다는 점을 강하게 주장하는 바이다. 초기 발생은 전 세계적으로 북위와 남위 30도 부근, 적도수렴대에서 불어온 상층 바람이 대기적으로 주요하게 하강하는 지역에 몰려 있다. 그러므로 약간의 계절적 변수는 있겠지만, 적도 상층 대기의 어떤 작인(作因)이나 조건이 위도 30도 부근에서 지상에 닿을 것을 예상할 수 있다. 주요 변수 중 하나는 겨울 후반기에 하강기류가 동아시아 대륙을 따라 북쪽으로 이동한다는 사실이며, 하강기류가 남쪽으로 이동한 최근까지 그 남쪽 지역(아라비아, 인도 서부, 북아프리카 일부)에서 해당 현상이 발생하지 않았음을 살펴볼 수 있다. 유사한 하강기류가 남반구에서도 일어나며, 해당 현상의 발생 지역이 남아프리카 공화국의 프리토리아와 오스트레일리아의 앨리스 스프링스를 통과하는 남위 30도를 따라 보고되었다(아르헨티나 정보는 현재 알 수 없음).

이런 지리적 상관성이 간과되어서는 안 되며, 물리적인 원인을 찾는 집중적인 조사가 긴급하게 요구된다. 또한 알려진 중요 발생 지점들로부터의 확산율을 바람의 상태와 상호 연계하여 분석하는 것이 긴급하게 권장된다. 두 번째 하강기류가 발생하는 구역인 남북위 60도 지역을 따라 유사한 발생 사례가 있는지도 계속 감시해야 한다.

(소수의견자들을 대표해 서명함)

버나드 브래스웨이트

앨런은 세계에 정상성과 안정성을 다시 안겨주는 듯한 오랜 친구의 이름을 보고 옛 기억을 떠올리듯이 씩 웃었다. 사방에 개똥 같은 놈들이 넘치지만, 바니도 뭔가를 눈치챈 것 같았다. 앨런은 미간을 찌푸리며 그게 무얼까 생각했다.

그러다 앤이 있는 집으로 돌아가면 어떨지 상상하자 서서히 그의 표정이 바뀌었다. 몇 시간만 기다리면 두 팔로 그녀를 안을 수 있다. 그를 사로잡은 늘씬하고 남모르게 아름다운 그 몸을. 둘은 늦게 꽃핀 사랑이었다. 지금 생각해보면 둘은 우정으로, 어떻게 보면 친구들의 압박으로 결혼했다. 다들 둘이 천생연분이라고 했다. 앨런은 크고 우람한 몸집에 금발이었고, 앤은 가냘픈 몸매에 흑갈색 머리였다. 둘 다 수줍고, 자기 제어에 뛰어나고, 이성적인 유형이었다. 처음 몇 년 동안 우정은 유지됐지만, 잠자리는 그다지 중요하지 않았다. 관습적인 필요 정도였다. 예의 바르게 서로를 안심시켰지만, 속으로는, 지금에서야 하는 말이지만, 실망했다.

그러다 에이미가 아장아장 걸을 때쯤, 무슨 일이 일어났다. 마법처럼 속에 있던 관능의 문이 천천히 그들 앞에 열리고, 생각지도 못했던 둘만의 비밀스럽고도 온전히 육체적인 환희의 천국으로… 아이고, 하지만 콜롬비아 프로젝트가 계획됐을 때는 그게 고통이었다. 서로에 대한 절대적인 확신이 있었기 때문에 그 일을 결심할 수 있었다. 그리고 지금, 떨어져 있었던 덕에 세 배는 더 간절해진 그녀를 다시 품에 안기 직전이었다. 느끼고, 보고, 듣고, 냄새 맡고, 꽉 안고 싶었다. 그는 상상에 반쯤 홀린 몸의 흥분을 감추기 위해 자세를 고쳐 앉았다.

그리고 에이미도 있을 것이다. 그는 자기 몸에 찰싹 달라붙어 있던 미성숙한 작은 몸의 기억을 떠올리며 씩 웃었다. 그 애는 틀림없이 골칫거리가 될 터였다. 그는 남자로서 에이미를 그 엄마보다도 훨씬 잘 이해했다. 에이미에겐 이성에 호소하는 단계가 없지… 하지만 앤, 아름답기 그지없는 수줍은 그의 여인, 그는 앤과 함께 거의 견디기 힘든 육체의 황홀 속으로 들어가는 길을 발견했지…. '처음에는 틀에 박힌 인사를 나누겠지.' 그는 생각했다. 그간의 소식들을 전하며, 서로의 시선 뒤에서 말없이, 맛을 더해가는, 점점 높아가는 흥분. 가벼운 접촉, 그러고는 방으로 들어가서, 떨어지는 옷가지들,

애무, 처음에는 부드럽게, 맨살, 벗은 몸, 섬세한 손놀림, 포옹, 첫 삽입….

머릿속에서 무시무시한 경고음이 울렸다. 화들짝 백일몽에서 깬 그는 주위를 돌아보다가 마침내 자기 두 손을 내려다보았다. '내가 지금 주머니칼을 펼쳐서 무얼 하고 있었지?'

어리벙벙해진 그는 환상의 마지막 조각들이 남긴 여운을 더듬었고, 그 촉각적 이미지가 애무가 아니라 그의 손아귀에서 질식하는 가냘픈 목임을, 그 삽입이 급소를 노리며 휘두르는 칼날의 움직임임을 깨달았다. 그의 팔에, 다리에, 뼈를 차고 짓밟아 부러뜨리는 환각이 느껴졌다. 그리고 에이미는….

아, 세상에. 아, 세상에….

섹스가 아니었다. 그가 갈망하는 건 피였다.

그가 꿈꾸던 건 그것이었다. 섹스도 있었지만, 그 섹스는 죽음의 엔진 같은 걸 몰고 있었다.

그는 멍하니 칼을 치웠다. 머릿속에는 한 가지 생각뿐이었다. '걸렸어. 나도 걸렸어. 이게 뭔지는 모르겠지만, 나도 걸렸어. 난 집으로 가면 안 돼.'

얼마나 시간이 흘렀을까, 그는 자리에서 일어나 항공권을 취소하러 유나이티드 항공사의 접수대로 갔다. 줄이 길었다. 기다리는 동안 머릿속이 좀 맑아졌다. 여기 마이애미에 있어봐야 무슨 일을 할 수 있을까? 앤아버로 돌아가서 바니에게 가는 게 좋지 않을까? 사람이 도울 수 있는 일이라면, 바니야말로 그를 도울 수 있을 것이다. 그래, 그게 제일 낫겠어. 하지만 먼저 앤에게 경고를 해줘야 했다.

이번에는 전화가 연결되는 데 더 오래 걸렸다. 마침내 앤이 수화기를 들었고, 정신을 차려보니 알아듣기 힘든 말을 툭툭 내뱉고 있었다. 항공편 지연에 관한 얘기가 아니라는 걸 이해시키는 데까지 시간이 좀 걸렸다.

"그러니까 내 말은, 나도 걸렸다고. 앤, 제발, 내 말 잘 들어. 내가 집에 가더라도 당신 옆에 오게 놔두지 마. 진심이야. 진심이라고. 난 연구실로 갈 거야. 하지만 내가 자제력을 잃고 당신한테 가려고 할지도 모르니까. 그런데 바니는 연구실에 있어?"

"응, 하지만 여보⋯."

"들어봐. 바니가 날 치료할 수 있을지 몰라. 이게 사라질지도 모르지. 하지만 난 안전하지 않아, 앤. 여보, 난 당신을 죽일 거야, 이해하겠어? 무, 무기를 챙겨. 집에 가지 않도록 노력할게. 하지만 만약 내가 가면, 당신 옆에 못 오게 해. 에이미 옆에도. 이건 병이야, 진짜야. 날, 날 빌어먹을 야생 동물처럼 대해. 앤, 알았다고 해, 그렇게 하겠다고."

전화를 끊을 때쯤에는 둘 다 울고 있었다.

앨런은 휘청거리며 자리로 돌아와 기다렸다. 시간이 지나니 머리가 조금 더 맑아지는 듯했다. '박사, 생각 좀 해봐.' 그가 제일 먼저 생각한 건 기분 나쁜 칼을 꺼내서 쓰레기통에 던져버리는 것이었다. 그러다가 그는 주머니에 바니가 준 자료가 한 장 남은 걸 발견했다. 그는 종이를 꺼내 잘 폈다. 〈네이처〉에 실린 기사 같았다.

맨 위에 바니가 끄적거린 메모가 있었다. "말이 되는 설명을 하는 유일한 사람. 이제 영국도 감염되었고, 오슬로, 코펜하겐은 통신이 끊겼어. 바보 멍청이들은 여전히 들을 생각도 안 해. 거기에 가만히 있어."

글래스고대 이언 매킨타이어 교수로부터의 전언

남성에게서 공격/포식의 행동적 표현과 성적 재생산 간에 밀접한 연관이 있다는 점에 인류에 대한 잠재적 위험이 늘 내재해 있었다. 이 밀접한 연관은 (가) 붙잡기, 올라타기 등과 같은 포식과 성적 추구 행위 양쪽에 동일한 신경근 경로의 많은 부분이 이용되고, (나) 양쪽에서 동일한 아드레날린 각성 상태가 활성화되는 점에서 볼 수 있다. 다른 많은 종의 수컷에서도 동일한 연관 관계가 나타난다. 일부에서는 공격과 교미의 표현이 번갈아 일어나거나 심지어 동시에 일어나기도 하며, 그중 너무나 익숙한 사례를 일반 집고양이에게서 볼 수 있다. 많은 종의 수컷이 성교 행위 중에 상대 암컷을 물거나 할퀴고, 때리고, 밟고, 공격한다. 사실 몇몇 종에서는 암컷의 배란이 일어나는 데 수컷의 공격이 요구되기도 하다.

모든 종은 아니지만 많은 종에서 먼저 공격적 행위가 나타나고, 적절한 억제 신호가 제시되면 교미 행위로 바뀐다(예를 들면, 큰가시고기와 유럽울새). 억제 신호가 결여되면 수컷의 전투 반응이 계속되고 암컷은 공격을 당하거나 내쫓긴다.

그러므로 지금의 위기는 고등한 영장류에게서 공격적 행위에서 교미 행위로 바꾸는 전환 기능이나 교미 행위를 촉발하는 유발 기능의 실패를 일으키는, 아마도 바이러스나 효소 수준 단계에 있는 모종의 물질에 의해 유발되는 것으로 보인다. (주: 동물원 고릴라와 침팬지가 최근에 짝을 공격하거나 죽이는 현상이 관찰되었다. 붉은털원숭이에서는 관찰되지 않았다.) 그런 기능 장애는 공격/포식 반응이 전환되어 일어나거나 공격/포식 반응에 이어서 일어나는 짝짓기 행위의 실패로 표현될 수 있다. 예를 들자면, 성적 흥분은 공격만을 양산하며, 흥분은 자극을 주는 객체의 파괴를 통해 방출된다.

성적 욕구의 반응으로서, 그리고 분명한 충족으로서 살인이 일어나는 경우들에서, 정확히 이런 조건이 남성이 기능적 병리 현상에 일반적임을 이 연관에서 주목해야 할 것이다.

여기서 논의된 공격/교미 연관이 수컷에 특정된다는 점이 강조되어야 한다. 암컷의 반응은(예를 들자면, 척주 반사) 다른 성질을 띤다.

앨런은 꾸깃꾸깃한 종이를 들고 오랫동안 앉아 있었다. 사방에서 느껴지는 음침한 긴장감에도 불구하고, 그 건조하고 형식적인 스코틀랜드식 문구가 머리를 맑게 하는 데 도움이 되는 듯했다. 음, 환경오염 같은 이유로 해로운 물질이 생긴 거라면, 생성을 억제하고, 거르고, 중성화할 수 있을 것이다. 그는 아주 아주 조심스럽게 앤과 함께하는 생활을, 자신의 성적 관심을 살펴보았다. 그랬다. 사랑 행위의 많은 부분이 성기화된, 성적으로 길든 야만적 행위로 볼 수 있었다. 약탈놀이… 그는 재빨리 생각을 다른 쪽으로 돌렸다. 어떤 작가가 한 말이 떠올랐다. "모든 섹스에는 공황의 요소가 있다." 누구였더라? 프리츠 라이버? 어쩌면 사회적 거리 침범 얘기인지도 몰랐다. 그건 또 다른 위협적 요소였다.

'뭐가 됐든, 이게 우리의 약한 고리야.' 그는 생각했다. 우리의 약점… 자신이 폭력을 몽상하며 손에 칼을 들고 있는 걸 알았을 때 경험한 그것이 '옳다'는 그 무서운 느낌. 마치 그것이 올바른, 유일한 방안인 듯한 그 느낌. 바니의 잎말이나방이 암컷의 대가리와 교미할 때 그런 느낌일까?

한참 시간이 지나 앨런은 생리적 욕구를 느끼고 화장실을 찾았다. 아무도 없었다. 먼 화장실 칸의 문틈이 웃더미 같아 보이는 것으로 막혀 있을 뿐. 그러고 그는 그 주변의 적갈색 웅덩이와 여위고 푸르스름한 벌거벗은 엉덩이를 보았다. 그는 숨도 못 쉬고 뒷걸음쳐 나와서는 가장 가까이 있던 사람들 속으로 도망쳤다. 그런 사람이 자신이 처음은 아니라는 걸 그는 알았다.

당연했다. 어떤 성적 욕구든 마찬가지였다. 대상이 소년이든, 남자든.

그는 다음 화장실로 가서 남자들이 정상적으로 들락거리는 걸 지켜보고서야 용기를 내어 들어갔다.

그는 자리로 돌아와 기다리며 끊임없이 되뇌고 또 되뇌었다. '연구실로 가. 집에 가지 마. 곧바로 연구실로 가.' 3시간 남았다. 그는 멍하니 북위 26도 서경 81도 지점에 앉아 있었다. 숨을 들이마시고 내뱉고 들이마시고 내뱉으며.

일기장아, 안녕. 오늘의 엄청난 일! 아빠가 집에 왔어! 근데 아빠 하는 짓이 너무 웃기는 거야. 택시를 기다리게 해놓고 문간에서 꼼짝도 안 하는 거 있지. 나를 건드리지도 않고 우리를 가까이 오지도 못하게 했어. (재미있어서 웃기다가 아니라 이상해서 웃기다는 뜻이었어.) 아빠가 말했어. "할 말이 있는데, 이게 나아지는 게 아니라 점점 심해지고 있어. 난 연구실에서 잘 거지만, 당신이 탈출했으면 좋겠어, 앤. 여보, 난 이제 나 자신을 믿을 수 없어. 내일 아침 일어나자마자 둘 다 비행기를 타고 마사네 집으로 가." 그래서 나는 설마 농담이겠지 싶었어. 다음 주에 춤추러 갈 생각이었는데, 마사 고모가 사는 화이트호스에는 정말 정말 아무것도 없거든.

그래서 내가 소리를 지르고 어머니도 소리를 지르니까 아빠가 신음하듯 말했어. "지금 당장 가!" 그러고는 아빠가 울기 시작했어. 세상에, 울다니!!! 그래서 나는 '와, 이거 진짜 심각한 일인가 보다' 하고 아빠한테 가려는데 어머니가 나를 확 잡아당겨서 보니까 어머니가 진짜 커다란 칼을 들고 있는 거야!!! 어머니가 나를 자기 뒤에 밀어 넣고는 자기도 울기 시작했어. 오 앨런, 오 앨런, 미친 것처럼 말이야. 그래서 내가 말했지. "아빠, 전 절대 아빠를 떠나지 않을 거예요." 딱 그런 말을 해야 할 것 같은 분위기였어. 그리고 짜릿했지. 엄마는 늘 내가 어린아이인 양 취급하는데, 아빠는 내가 다 큰 어른인 듯이 진짜 슬프고 그윽한 눈길로 쳐다봤어. 하지만 엄마가 다 망쳐버렸어. "앨런, 이 아이는 제정신이 아니야, 여보, 가." 그래서 아빠가 소리를 지르며 뛰쳐나갔어. "사라져. 차를 타. 내가 돌아오기 전에 가."

아, 내가 뭘 입고 있었는지 얘기하는 걸 깜박했는데, 내 차림 새는 아직 헤어롤도 빼지 않은 '미완성'이었어. 너는 운이 망한 온 갖 사례를 알겠지만, 내가 그렇게 아름다운 장면이 기다리고 있 을 줄 어떻게 알았겠어, 우리는 운명의 잔인한 변덕을 절대 알 수 없지. 어머니가 빨리 가방 싸라고 소리를 지르며 여행용 가방들 을 꺼내고 있어. 그러니 어머니는 갈 생각인가 보지만, 내가 댄스 모임이랑 여름에 하려던 것들을 다 놓치고 마사 고모네 곡물창고 에 앉아서 가을을 보내지는 않을 거라는 말을 반복할 생각은 없 어. 그리고 아빠는 우리와 얘기를 하려 했잖아, 그렇지? 내 생각 에 두 사람 관계가 한물간 거 같아. 그러니 어머니가 위층으로 올 라가면 난 떠날 거야. 아빠를 보러 연구실로 갈 거야.

아, 추신. 다이앤이 내 노란색 데님 바지를 찢어먹고는 자기 분 홍색 걸 빌려주겠다고 약속했는데, 하하, 그러면야 오죽 좋겠어.

경찰차가 오는 소리를 듣고 에이미의 일기장에서 이걸 찢 어냈어. 아이의 일기장은 한 번도 열어본 적이 없는데, 아이 가 사라진 걸 알고는… 아, 사랑하는 내 어린 딸. 아이는 그에 게 갔어. 내 어린 딸, 불쌍한 내 어린 바보 딸. 내가 잠깐이라 도 짬을 내 설명을 해줬더라면, 어쩌면….

미안해, 바니. 약효가 사라지고 있어, 그들이 주사로 놔준 그거 말이야. 나는 아무 느낌도 없었어. 내 말은, 누군가의 딸 이 아버지를 보러 갔고, 그 아버지가 딸을 죽였다는 건 알았 지. 그러고는 그 아버지가 자기 목을 그었다는 것도. 하지만 내겐 아무 감흥이 없었어.

앨런의 쪽지, 그들이 내게 줬다가 다시 가져갔어. 왜 그랬을까? 그의 마지막 손글씨, 그가 쓴 마지막 말이었는데. 그걸 쓰고 나서 그의 손은, 그는….

내용은 기억해. "그처럼 갑작스럽고 가볍게, 결속은 풀렸다. 그리고 우리는 무덤 이외의 종말을 알게 되었다. 우리 인류의 결속은 깨졌고, 우리는 끝났다. 사랑…."

나는 괜찮아, 바니, 정말이야. 누가 쓴 글이었지? 로버트 프로스트? '결속은 풀렸다….' 아, 그가 바니한테 알려주라고 했어. '그 끔찍한 당위성.' 그건 무슨 뜻이야?

바니, 너는 대답 못 하지. 난 그냥 제정신을 유지하려고 이걸 쓰는 거야. 나중에 네 은신처에다 넣어둘게. 고마워, 고마워, 바니. 그렇게 흐릿한 정신으로도 난 바니, 너라는 걸 알았어. 넌 내내 내 머리카락을 자르고 내 얼굴에 진흙을 발랐지. 그게 너였으니까, 나는 그게 옳다는 걸 알았어. 바니, 난 네가 말한 그런 끔찍한 단어들로 널 생각한 적 없어. 넌 언제나 다정한 바니였어.

그 물질의 약효가 다하기 전에 네가 말한 대로 기름과 식료품을 다 준비했어. 지금 나는 네 오두막에 있어. 네가 입으라고 한 옷들을 입으면 내가 젊은 남자처럼 보이나 봐, 주유소 남자가 날 '형씨'라고 불렀어.

나는 아직도 실감이 안 나서, 서둘러 돌아가려는 나를 잘 막아야 해. 하지만 바니, 네가 내 목숨을 구했지, 난 알아. 처음으로 몰래 나갔을 때, 신문을 구했어. 놈들이 오포슬 제도 난민촌의 어디를 폭격했는지 알게 되었지. 그리고 공군 비행기를 훔쳐서 댈러스에 폭탄을 투하한 여자 세 명에 관한 기사도 있었어. 물론 멕시코만 상공에서 격추됐지만. 우리가 아무것도 안 하는 게 이상하지 않아? 그냥 하나둘씩 살해되지. 더 심하게는, 이제 난민촌들에서는 집단으로… 최면에 걸린 토끼들처럼 말이야. 우리는 이빨 빠진 종족이야.

내가 예전에는 여성을 의미하는 뜻으로 '우리'라는 말을 쓴 적이 없다는 거 알아? 당연히 '우리'라 하면 늘 나와 앨런과 에이미였지. 선택적으로 살해되다 보면 집단 정체성이 고취되고… 내 정신이 얼마나 멀쩡한지 너도 알겠지.

하지만 나는 여전히 실감이 안 나.

소금과 등유를 구하러 처음으로 위장하고 나갔어. 그 작은 붉은사슴 가게에 가서 네가 말한 대로, 봤지, 나 기억한다니까! 뒷문으로 가서 늙은 남자한테서 물건을 샀어. 그는 날 '젊은이'라고 불렀지만, 짐작했을 거로 생각해. 그는 내가 네 오두막에 머무는 걸 알아.

어쨌든, 성인 남자 몇 명과 남자애 몇 명이 앞문으로 들어왔어. 다들 너무나 평온하게 웃고 농담을 하고 있었지. 나는 그냥 믿기지가 않았어, 바니. 사실 그들을 지나쳐 막 나갈 참이었는데, 한 명이 하는 얘기가 들렸어. "하인즈가 천사를 봤대." 천사라니. 그래서 나는 걸음을 멈추고 얘기를 들었지. 그들 말로는 천사가 크고 번쩍번쩍거린대. 인간이 신의 뜻을 제대로 수행하고 있는지 와서 보는 거라고, 한 명이 말했어. 그리고 그가 말했지. 캐나다 무스니도 이제 해방구라고, 그리고 허드슨만까지 그 위쪽도 다 그렇다고. 나는 돌아서서 재빨리 뒷문으로 나왔어. 그 늙은 남자도 그들이 하는 얘기를 들었어. 그가 나직이 말하더군. "난 아이들이 그리울게요."

허드슨만이라니. 바니, 그 말은 그게 북쪽에서도 오고 있다는 거잖아, 그렇지 않아? 거기가 대략 북위 60도 부근일 거야.

하지만 나는 낚싯바늘을 구하러 한 번 더 나갔다 와야 해. 빵만 먹고 살 수는 없으니까. 지난주에는 어느 밀렵꾼이 죽인 사슴을 발견했어. 머리와 다리뿐이었지만. 스튜를 끓였지. 암사슴이었어. 그 사슴의 눈, 지금 내 눈이 그렇게 보일까.

*

오늘 낚싯바늘을 구하러 나갔어. 안 좋았어. 다시는 못 가. 가게 정문에 또 성인 남자 몇 명이 있었는데, 그들은 달랐어. 기민하고 긴장돼 있었지. 남자애들은 없었어. 그리고 정면에 새 간판이 생겼는데, 못 봤어. 아마 그것도 '해방구'라고 적혀 있겠지.

늙은 남자가 낚싯바늘을 재빨리 내주면서 속삭였어. "젊은이, 그 숲이 다음 주에 사냥꾼들로 가득 찰 거야." 나는 거의 뛰다시피 나왔어.

길을 따라 2킬로미터쯤 오는데 푸른 픽업트럭이 뒤쫓아 오기 시작했어. 거기 인근 사람이 아니었던 것 같아. 내가 폭스바겐을 몰고 임도로 들어가고 얼마 뒤에 그 차가 핑음을 내며 지나갔어. 한참 시간이 지난 후에야 임도에서 나와 돌아왔지만, 여기서 2킬로미터쯤 떨어진 곳에 차를 버려두고 걸어왔어. 노란 폭스바겐을 숨길 만큼 솔가지들을 쌓아 올리기가 얼마나 힘든지, 놀랐어.

바니, 난 여기 머물 수 없어. 누가 연기라도 볼까 봐 계곡에서 잡은 생선을 생으로 먹고 있지만, 사냥꾼들이 올 거야. 침낭을 들고 나가서 그 커다란 바위 옆에 있는 늪지로 옮길 생각이야. 거긴 사람들이 많이 갈 것 같지 않아.

마지막 줄을 쓰고 나서 밖으로 나왔어. 밖이 더 안전한 느낌이야. 아, 바니, 어떻게 이런 일이 '발생'했을까?

빠르게 발생한 건 확실하지. 6개월 전만 해도 나는 앤 앨스타인 박사였어. 지금 나는 남편은 죽고 딸은 살해당한, 죽음의 공포에 짓눌린 채 늪지에 쭈그리고 앉은 더럽고 굶주린 외톨이야. 내가 지구상에 홀로 살아남은 마지막 여성이라고 생각하면 웃겨. 어쨌든, 이 부근에서는 내가 마지막인 것 같아. 히말라야산맥에 숨거나 폐허가 된 뉴욕시에 숨어든 몇몇이 있을지는 모르지. 우리가 어떻게 버틸 수 있을까?

못 해.

그리고 난 여기 겨울을 견딜 수 없어, 바니. 여긴 영하 40도까지 떨어져. 불을 피워야 할 테고, 연기가 보일 거야. 어떻게 해서 남쪽으로 내려간다 해도, 숲은 3백 킬로미터 정도면 끝나. 나는 오리처럼 사냥당하겠지. 아니. 소용없는 일이야. 누군가가 어디서 무언가를 시도하고 있을지 모르겠지만, 제때 이곳까지 닿진 않을 거야⋯. 그리고 난 뭘 위해 살아야 해?

아니. 난 그냥 좋게 끝낼래. 별이 보이는 저 바위 같은 데서 말이야. 돌아가서 이걸 너한테 남긴 다음에. 며칠 기다려 나무에 깃드는 아름다운 단풍을 마지막으로 본 다음에.

안녕, 친애하고 친애하는 바니.

내가 비문으로 뭘 새길지는 알아.

'여기 지구에서 두 번째로 천한 영장류 잠들다.'

내게 이걸 바니의 오두막에 가져다둘 용기와 기력이 없다면, 아무도 이걸 읽지 못하겠지. 나는 아마 가지 않을 거야. 대신에 비닐봉지가 하나 있으니, 거기 넣어두자. 아마 바니가 와서 보겠지. 나는 지금 커다란 바위에 올라 있어. 곧 달이 떠오를 테고, 그럼 난 그 일을 할 거야. 모기들아, 조금만 참아. 너희는 원하는 걸 모두 얻을 거야.

꼭 적어놔야 할 내용은, 나도 천사를 보았다는 거야. 오늘 아침이었어. 그 남자 말처럼 크고 번쩍번쩍거렸어. 나무 없는 크리스마스트리 같달까. 하지만 나는 그게 진짜라는 걸 알았어. 개구리들이 울음을 멈추고, 푸른 어치 두 마리가 경보를 울렸으니까. 그게 중요해. 그게 정말로 거기에 있었어.

나는 바위 밑에 앉아서 지켜보았어. 그건 많이 움직이지 않았어. 허리 같은 부위를 굽히고 뭔가를 집어 들었지. 잎이나 작은 가지거나, 내게는 안 보였어. 그것이 제 몸통 가운데쯤에서 그걸 보이지 않는 채집통에 넣는 듯한 시늉을 했어.

다시 말해볼게. 그건 '정말로' 있었어. 바니, 네가 이걸 읽고 있다면, 여기 그것들이 있어. 그리고 나는 그것들이 우리에게 그 짓을 저질렀다고 생각해. 우리가 우리를 전멸시키도록 만든 거 말이야.

왜냐고?

음, 여긴 좋은 곳이야. 사람들만 없으면. 사람들을 어떻게 제거하지? 폭탄, 살인 광선… 다들 너무 원시적이야. 엄청난 난장판을 남기지. 모든 게 파괴되고, 움푹 팬 구덩이들에 방사능, 이곳을 망칠 거야.

이런 방식이면 혼란도 없고 야단법석도 없어. 우리가 나사파리에게 했던 짓과 똑같아. 약한 고리를 콕 짚은 다음, 우리가 알아서 정리하는 동안 좀 기다리면 돼. 그러면 그냥 주변에 뼈가 좀 남을 뿐이야. 좋은 비료가 되겠지.

바니, 안녕. 난 그걸 봤어. 그건 정말로 있었어.

하지만 천사는 아니었어.

'내가 본 건 부동산 개발업자였을 거야.'

제임스 팁트리 주니어

James Tiptree Jr., 1915~1987

제임스 팁트리 주니어는 전례 없이 통찰력이 두드러지는 소설로 수많은 상을 받은 미국의 사변소설 작가이다. 본명은 앨리스 브래들리 셸던이지만 1977년에야 공식적으로 알려졌다. 작가는 남성적 필명으로 활동하는 것이 '좋은 위장술'이라 여겼다. 제임스 팁트리 주니어는 과학소설계에서 대단한 명성을 얻으며 휴고상과 네뷸러상, 세계판타지문학상 등을 수상했다. 작가 사후 1991년에 팻 머피와 캐런 조이 파울러가 그녀를 추모하기 위해 제임스 팁트리 주니어상을 제정해 매년 젠더 문제를 파고드는 소설 작품을 선정하고 있다. 〈나사파리 구제법〉은 젠더와 안전, 위험 등의 문제를 다루며 1977년에 〈아날로그 과학소설/과학사실〉에 처음 발표되었다.

로즈 렘버그

Seven Losses of na Re

일곱 가지 나레의 상실

1

내 삶은 벙어리 바이올린 연주로 표현할 수 있다. 부모님
이 결혼하실 때 증조할아버지께서(부디 흙의 무게가 깃털과 같
기를) 낡은 바이올린을 껴안고 연단에 올랐다. "이제 저 멋쟁
이가 결혼 축가를 연주해줄 거야." 사람들이 말했다. "특별
한 축복이지." 사람들이 '스글루'라고 말했다. '굉장한 축복'이
라는 뜻이다. 하지만 증조할아버지는 연주를 하기도 전에 활
을 놓쳤다.

2

내가 태어났을 때 부모님은 내 이름을 짓지 못했다. 부모님
은 증조할머니의 이름을 따서 'R로 시작하는'이라는 뜻을 지

닌 '나 레(na Re)'라는 이름을 주고 싶어 했다. 운이라곤 지지리도 없는 빈털터리 구두 수선공의 명민할 딸로 태어난 증조할머니의 이름은 루클이었다. 혁명이 모든 원형을 뒤죽박죽으로 만들어버리자 사람들은 증조할머니를 부를 때 루클이라는 이름을 바짝 다림질해서 청동 단추를 단 것 같은, 루클의 소비에트적 밝은 미래 같은 이름인 라킬카라고 불렀다. 나중에는 라킬카마저 너무 부르주아스럽게 들려서 증조할머니의 이름은 〈행복을 찾는 자들〉이라는 선전용 영화에 나오는 아름다운 유대인 공산주의자 같은 로자로 바뀌었다. 내가 태어나기 한참 전에 그 영화는 폐기됐다. 그리고 내가 태어날 때쯤 라킬 또는 그보다 나쁜 루클은 점잖은 자리에서는 절대 입밖에 내서는 안 되는 이름이 되었다. 로자는 윗입술에 사마귀가 난 오데사의 뚱뚱한 중년 생선장수들 이름으로 남겨졌다.

로자 외에도 내 부모님은 레지나(과시적이라서), 레나타(과시적이라서), 리마(못 배운 느낌이라서), 리타(세련되지 않아서), 라이사(리타보다 못해서), 리나(너무 유대인스러워서), 록사나(너무 우크라이나스러워서), 로스티슬라바(너무 러시아스러워서), 라야("그 이름은 그냥 싫어")를 거부했다.

'나 레'는 여러 이름을 회피한다. 나를 너무 과시적이라거나, 너무 못 배운 느낌이라거나, 너무 부르주아스럽다거나, 너무 공산주의자스럽다거나, 너무 유대인스럽다거나, 너무 이교도스럽게 만들지도 모를 이름의 나머지 부분을 회피하는 것이다. R이라는 글자에는 역사가 없다. R이라는 글자는 스탈린을 떠올리게 하지도 않는다.

3

알파벳의 모든 글자가 스탈린을 기억한다. 억압은 1937년 이전에 시작되었고, 그 뒤로 오래 지속하였다. 그들은 역사학자라는 이유로 할아버지를 끌고 갔다.

역사와 기억은 똑같은 것이 아니다. 역사는 기록되고, 만들어지고, 조직되어야 한다. 기억은 시베리아 횡단 열차에 내몰렸고, 기억은 강제수용소에서 사라지고, 기억은 굶주림으로 수척해져 시들고, 기억은 벌채된 목재 밑에서 얼어붙고, 기억은 모든 자취를 녹이고 지워버린다. 할아버지는 기억한다. 그는 머릿속으로 러시아어 동의어 사전을 짓고 있었고, 그것이 그를 살아 있게 해주었다. 그는 그곳에서 역사를 지을 수 없었다. 또는 그때 이후로는.

눈-눈보라, 서리, 영구 동토층, 만년설, 눈 위에서 발가벗고 하는 찬물 샤워('징벌' 항목을 참조하라), 눈 폭풍, 싸락눈, 흰서리, 얼음, 빙원, 강풍, 부재, 내 어린 딸은 어딘가 안전한 곳에 있다, 수정.

수정.

4

그들은 1965년에 할아버지를 놓아주었다. 스탈린이 죽었고, 베리야도 죽었다. 로자의 딸인 할머니가 몸을 팔았다고, 할아버지는 그렇게 믿었다. 둘이 낳은 어린 딸을 할아버지가 더는 기억하지 못했기 때문이었다. 그리고 그 고함 소리가 멈추고 난 뒤부터 할아버지에게 할머니는 벌목된 나무에 걸쳐진 부재(不在)처럼, 시베리아 땅 밑에 묻힌 부재처럼 녹아가며 흐릿해지고, 사라졌다. 역사는 사건과 과정이고, 역사는 활발히 움직이는 아카이브이며, 역사의 구두 인터뷰들은 미래에 보장될 안전의 틀 안에서 행해지고, 진행 지시와 번쩍거리는 녹음 장비들로 보호된다. 기억은 영구 동토층을 피부 밑에 빽빽하게 밀어 넣는다. 피부가 녹으면, 우리는 아무것도 없이 방치된다.

할아버지는 한밤중에 들이닥친 사람들에게 끌려나가 사라지고 있다. 영원히 사라지고 있다. 그들은 딱 네 단어만 말할 뿐이다. 늘 한결같다. '스 베샤미 나 뷔코드.' 대략 뜻은 이렇다. "당신 소지품을 챙겨서 나오시오." 작은 가방 하나. 그들은 언제나 밤에 찾아온다. 1937년에 그들은 나를 찾아왔고, 칠십몇 년의 시간차로 나를 놓쳤다. 나는 혹시나 싶어서 꼭 필요한 것들만 챙겨 넣은 작은 가방을 늘 침대 밑에 둔다. 가방에는 한 번도 피워본 적은 없지만, 음식이나 종이와 교환할 수 있는 강제수용소의 화폐인 담배가 들어 있다.

할아버지가 사라지고 있다. 영원히 사라지고 있다. 1965년에 그는 자기 가족이라도 되는 것처럼 너무나 익숙한 유령 복장을 한 사람들에게 끌려나갔다. 할아버지에겐 가족이 없다. 할아버지는 스스로를 눈 속에 묻었다가 침대 밑에 꾸려둔 가방과 잠들지 못하는 공포와 곁에서 내쉬는 할머니의 따뜻한 입김으로 돌아오는 길을 찾아낸 눈의 고아다.

역사는 이렇지 않다.

5

어머니는 내가 다섯 살 때 떠났다. 어머니는 영구 동토층의 건축가다. 그들은 깊이 땅을 판다. 기초를 묻기 위해서. 어머니가 말하기를, 지구상의 모든 물이 흘러들어 와도, 대해빙기가 와서 과거의 고통이 강물로 흘러 새로이 녹은 땅에 스며들더라고 버틸 수 있을 만큼 튼튼한 기초를 눈 밑에 묻기 위해서.

어머니는 자기 아버지를 묻을 땅을 파고 있다.

어머니는 우리가 아버지의 이름을 입 밖에 내는 걸 원치 않았다. 내게는 적어도 R이라는 글자 하나가 있다. 아버지에겐 아무것도 없다. 오직 영구 동토층에 때려 박힌 콘크리트 기초와 영원히 당신을 찾아올 밤의 사람들뿐.

6

독일인들이 들이닥쳤을 때 할머니는 보석들을 몽땅 흰 이불 홑청 안쪽에 꿰매놓았다. 할머니에겐 흰 천에 하얀 눈송이들과 꽃들과 작은 별들을 수놓은 흰 이불이 열두 채 있었다. 할머니는 끌려가기 전에 가방을 꾸려놓았다. 할머니는 그 가방을 가지고, 자기 보물들을, 자기 어머니의 보물들을, 자기 이모들의 보물들을, 자기 할머니의 보물들을 끌어안고, 다이

아몬드 하나를, 금시계딱지 하나를 살 돈을 모으기 위해 배를 곯았던 어머니들과 애인들과 남편들이 사준 싸구려 물건들을 꼭 끌어안고 떠났다. 그때 '사랑해'라는 말은 일주일을 버틸 작은 청어 토막을 의미했고, 추위를 견디게 해줄, 팔아서 가계에 보탬이 돼줄 여벌 바지를 꿰매느라 밤을 새우는 걸 의미했다. 할머니는 가족들의 '사랑해'를 그 이불 홑청에 꿰맸다.

할머니는 어쩌다 그 이불 홑청을 잃어버렸는지 말하려 하지 않았다.

나는 가끔 나이트가운을 입은 할머니가 밤에 유령 파수꾼들을 쫓는 상상을 한다. 보물들을 내밀며 '이거 받아! 이거 받아!' 하고 소리치면서. 그게 이야기가 돌아가는 방식이기 때문이다. 누군가의 목숨을 구하려면 대가로 보물을 줘야 한다. 유령들이 보물을 외면하면 대신 사람의 목숨을 취할 것이고, 나중에 엉망이 되어 기억이 없어진 상태로 돌려줄 것이다. 그러나 돌아온 그 목숨은 어느 날 다시, 이번에는 영원히 떠날 것이다. 이것이 삶의 모습을 한 공허가 자신을 괴롭히는 존재, 즉 절대 있어서는 안 됐던 아내와 아이라는 존재를 괴롭히며 자주하는 이야기들이 돌아가는 방식이다.

아니면 할머니는 전쟁으로부터, 울부짖는 공습경보로부터 도망치는 그 먼 길에서 이불 홑청을 빵과 바꾸었을지도 모른다. 아니 어쩌면 할머니는 그냥 다른 홑청을 가져갔을지도 모른다. 할머니가 꿰맨 '사랑해'는 높이 쌓인 사체들에 눌려 그냥 흙 속에 짓이겨졌을지도 모른다.

할머니는 돌아가실 때 그 이불 홑청 안에 들어가지 않은 유일한 보석인 결혼반지를 내게 남겼다. 할머니는 결혼반지와 함께 작은 종잇조각도 하나 남겼다.

"나의 나 레에게." 종이에는 그렇게 적혀 있었다.

그것에 대해서는 별로 말하고 싶지 않다.

7

할머니는 날 보호하려고 했다. 할머니는 내게 러시아어로 말했다. 영구 동토층보다 순수했고, 자기 남편이 품었던 구원의 사전처럼 엄격했다. 하지만 할머니의 아버지인 바이올린 연주자는 내게 몰래 이디시어를 가르쳤다. '게덴크!' 증조할아버지는 말하곤 했다. '기억해!'라는 뜻이었다. 그는 자기 심장을 바이올린 케이스 안에 꾸려 넣고 떠날 준비를 마쳤지만, 그들은 한 번도 그를 찾아오지 않았다.

어느 날 할머니가 소파 한구석에 딱 붙어 앉아 금지된 따스한 말들을 속삭이며 가는 기억의 실로 서로를 삶에 꿰매주고 있던 우리를 발견했다.

다음 날 할머니는 나를 언어치료사한테 데려갔다. 나와 같은 또 한 명의 '루클은 안 돼'인 리마라는 이름의 여성이었다. "입을 벌려봐." 그녀가 친절하게 말했다. 은빛과 서리빛으로 번득이는 이름을 알 수 없는 도구들로 그녀는 내 언어를 긁어냈다.

상실 이후

모든 것은 사라진다. 반지와 언어도. 조부모님과 이불도. 부모님과 자아도. 상실에 대한 기억조차도 마침내 사라진다. 눈조차도. 피부조차도.

우리는 부주의하고 어설프다. 우리는 역사를 회피하고, '스베샤미 나 뷔호드(당신 소지품을 챙겨 나오시오)'라고 말하며 한밤중에 찾아오는 유령들의 기습에 대비해 쟁여놓은 담배에서 나는 연기에 기억을 말아 넣으며 삶을 미끄러져 통과한다. 수비대원들이 왔을 때, 그들은 명단에서 나를 찾아낼 수 없었다. '나 레'는 이름이 아니다. 그래서 그들은 내 작은 가방을, 내 '사랑해'를 빼앗아 멀리 추방했고, 몇 년을 굶주리고 얼고 정신과 말을 잃은 채 강제 노동을 하게 만들었다. 그리고 고대의 바이올린 연주자만 뒤에 남았다. 손가락이 마비된 채 추위 속에서 흐느끼는 상실의 가장.

모든 것이 녹는다. 어머니의 지하 깊숙한 건축물마저도.

기억되지 않은 것만이 끝까지 사라지지 않을 수 있다.

로즈 렘버그

Rose Lemberg, 1976~

로즈 렘버그는 현재 미국에 거주하는 우크라이나 출신 작가이자 시인, 편집자이다. SF와 판타지, 기타 장르에서의 다양성을 옹호하는 데 열정을 쏟고 있으며, 평론과 편집 작업을 통해서도 다양성을 옹호하고 있다. 〈스트레인지 호라이즌〉, 〈끊임없는 하늘들 아래〉, 〈판타지 매거진〉, 〈에이펙스〉, 〈고블린 프룻〉 등 여러 곳에 작품을 발표했다. 그녀는 장르를 넘나드는 사변 시 잡지인 〈스톤텔링〉의 창간자이자 공동편집자이기도 하다. 〈나 레의 일곱 가지 상실〉은 한 젊은 여성과 이름이 가진 중요성과 힘에 관한 이야기이다. 2012년에 〈데일리 사이언스 픽션〉에 처음 발표되었다.

옥타비아 E. 버틀러

The Evening and the Morning and the Night

저녁과
아침과
밤

열다섯 살 때 나는 식이요법에 소홀해지는 것으로 독립성을 보여주려 했다. 부모님은 날 더리예-고드 병동으로 데려갔다. 내가 조심하지 않으면 어떤 곳에 가게 될지 보여주고 싶었다고 했다. 사실, 그곳은 내가 어떻게 하더라도 가게 될 곳이었다. 지금이냐 나중이냐, 시간문제일 뿐이었다. 부모님은 '나중'에 표를 던지고 있었다.

병동이 어땠는지는 말하지 않겠다. 집으로 돌아와 내가 손목을 그었다는 얘기만 해도 충분하리라. 나는 철저하게 고대 로마의 풍습을 따라 따뜻한 물이 담긴 욕조에서 그 일을 시행했다. 거의 성공할 뻔했다. 아버지가 욕실 문을 부수다 어깨가 탈구되었다. 아버지와 나는 그날 일에 대해서는 절대 서로를 용서하지 않았다.

약 3년 후, 내가 대학으로 탈출하기 직전에 그 병이 아버지를 삼켰다. 갑작스러웠다. 그런 일은 자주 일어나지 않는다. 대부분은 환자가 표류하기 시작하는 걸 본인이나 가까운 친지들이 알아채고 선택한 시설과 계약을 한다. 통지를 받은 사람들과 협조를 거부하는 사람들은 관찰을 위해 일주일간 감금될 수 있다. 그 관찰 기간 때문에 꽤 많은 가족이 해체되리라는 사실을 나는 의심하지 않는다. 가족 구성원을 내쫓은 이유가 알고 보니 거짓이라면… 음, 피해자가 쉬이 용서하거나 잊을 성질의 일이 아니다. 반면에, 표류하기 시작한 가족을 적시에 내쫓지 않으면, 신호를 놓치거나 신호 없이 갑자기 터지는 상황을 맞으면, 불가피하게 피해자가 위험해진다. 그래도, 내 가족의 경우처럼 그렇게까지 상황이 나빠진 경우는 들어본 적이 없다. 대개 환자가 때가 되어도 고작해야 자기 자신만 해치고 마는 정도다. 필수적인 약물이나 억제책 없이 표류하기 시작한 환자에게 손을 댈 정도로 멍청한 누군가가 있지 않고서야 말이다.

아버지는 어머니를 죽이고 자살했다. 그 일이 벌어졌을 때 나는 집에 없었다. 졸업식 연습을 하느라 평소보다 늦게까지 학교에 있다가 집에 갔는데, 사방에 경찰이 깔려 있었다. 구급차가 있었고, 구급대원 둘이 누군가를 들것에 실어 나르고 있었다. 천으로 가린 누군가였다. 가린 것 이상이었다. 거의… 자루에 넣은 누군가였다.

경찰들이 집 안으로 들여 보내주지 않았다. 나는 나중까지도 정확하게 무슨 일이 일어났는지 알지 못했다. 영영 알지 못했더라면 좋았을 뻔했다. 아빠는 엄마를 죽이고 껍질을 완전히 벗겨냈다. 적어도 그랬기를 나는 바란다. 내 말은, 아빠가 엄마를 먼저 죽였기를 바란다는 뜻이다. 아빠는 엄마의 갈비뼈 몇 대를 부러뜨렸고, 심장을 훼손했다. 파냈다.

그러고 아빠는 자기 몸을 잡아 찢기 시작했고, 살갗과 뼈를 통과하여 파냈다. 아빠는 죽기 전에 자기 심장에 도달하는 데 성공했다. 그 사건은 사람들이 우리를 두려워하게 만드는 종류의 사건 중에서도 특히 나쁜 사례였다. 그 일로 우리 중 어떤 이들은 여드름을 짜다가, 심지어 공상에 빠졌다가 곤란을 당했다. 그 일로 여러 규제 법안들이 생기면서 우리의 취업과 거주, 학업 등등에 문제가 발생했다. 더리예-고드 질병 재단은 내 아버지와 같은 사람이 존재하지 않는다고 세상에 알리는 데 수백억 달러를 썼다.

오랜 시간이 지난 후, 내가 할 수 있는 최선을 다해 자신을 추슬렀을 때, 나는 딜그 장학금을 받고 서든캘리포니아대학으로 갔다. 딜그는 사람들이 제어되지 않는 더고병자 친척들을 보내고 싶어서 애를 쓰는 수용소이다. 나 같은, 살아 계실 때의 내 부모님처럼 제어되는 더고병 환자들이 그곳을 운영한다. 제어되는 더고병 환자가 어떻게 그런 곳을 견디는지는 신만이 아시리라. 어쨌든, 그곳의 대기 명단은 몇 킬로나 늘어져 있다. 내가 자살을 시도한 후에 부모님이 내 이름을 그 목록에 올려놓았지만, 가능성으로 보자면 내 순서가 올 때쯤이면 나는 이미 죽었으리라.

내가 왜 대학에 갔는지는 나도 모른다. 그저 평생 학교에

다녔고, 그 외에는 무얼 해야 할지 몰랐다는 것 말고는 달리 이유가 없었다. 특별한 희망을 품고 간 건 아니었다. 빌어먹을, 나는 결국 내가 무얼 하고 있는지 알았다. 나는 그냥 시간을 때우고 있었다. 내가 무얼 하든 그냥 시간을 때우는 거였다. 누가 학교에 가서 시간을 때울 수 있도록 돈을 준다는데, 안 갈 이유가 있을까?

기묘한 점은, 내가 열심히 공부해서 최고 성적을 받았다는 것이다. 중요하지 않은 일을 정말로 열심히 하면 한동안 중요한 일을 잊을 수 있다.

가끔은 다시 자살을 시도할까 생각했다. 어떻게 열다섯 살 때 있었던 용기가 지금은 없을 수가 있을까? 더고병을 앓던 부모님은 두 분 다 종교가 있었고, 자살에 반대하듯이 낙태에도 반대했다. 그렇게 해서 두 분은 신과 현대 의학의 약속을 믿고 아이를 낳았다. 하지만 두 분에게 일어날 일을 본 내가 어떻게 뭐라도 믿을 수 있겠는가?

나는 생물학을 전공했다. 비더고인들은 우리 병의 어떤 특성 덕분에 우리가 유전학이나 분자생물학, 생화학 같은 과학을 잘한다고 말한다. 그 어떤 특성이란 공포다. 공포에 더해 일종의 다그치는 절망이다. 우리 중 일부는 자기 힘으로 어쩔 수 없게 되기 전에 나쁜 쪽으로 빠져 파괴적으로 변했다. 그랬다. 우리는 우리 몫보다 많은 범죄자를 양산했다. 그리고 일부는 놀라울 정도로 좋은 쪽으로 빠져서 과학과 의학의 역사를 만들었다. 그들은 유전학 분야에서 여러 발견을 이뤄냈고, 두 가지 희귀병의 치료법을 발견했으며, 몇 가지 형태의 암을 포함하여 그다지 희귀하지 않은 다른 질병들의 치료법에서도 진전을 이루었다. 하지만 정작 자신들을 도울 방안은 아무것도 찾아내지 못했다. 그나마 최근에 식이요법에서 진척이 있었던 것이 다였다. 그때가 내가 막 태어나기 직전이었다. 인슐린이 당뇨병 환자들에게 작용하듯이 그 식이요법이 더고병 환자들에게 작용해야 했다. 우리에게 정상적인, 또는 거의 정상에 가까운 기대수명을 주어야 했다. 그게 어딘가 다른 사람들에겐 먹혔을지 모르겠지만, 내가 아는 사람들에겐 전혀 작용하지 않았다.

대학은 익숙한 방식으로 고통이었다. 나는 사람들이 보는 곳에서는 아무것도 먹지 않았다. 지금껏 다닌 모든 학교에서 교묘하게 '개 비스킷'이라고 불린 내 처방식 비스킷을 사람들이 쳐다보는 것이 싫었다. 대학생들이라면 좀 더 창의적일 줄 알았는데, 아니었다. 사람들이 내 표식을 봤을 때 움찔거리며 물러나는 것도 좋아하지 않았다. 나는 표식을 사슬에 달아 목에 걸기 시작했고 블라우스 안에 넣고 다녔지만, 사람들은 어떤 식으로든 알아차렸다. 사람들 앞에서 아무것도 먹지 않는 사람들, 물보다 흥미로운 건 절대 마시지 않는 사람들, 아무것도 피우지 않는 사람들, 그런 사람들은 수상쩍었다. 아니 그보다는, 그런 사람들이 다른 이들을 의심하도록 만들었다. 조만간에 그런 사람 중 하나가 내 손가락이나 손목에 아무것도 없는 걸 보고는 짐짓 내 목걸이에 흥미가 있는 척할 것이다. 그것으로 끝이다. 표식을 지갑 안에 숨길 수는 없었다. 내게 무슨 일이 생기면 의료진이 정상적인 사람에게 쓸 약품들

을 내게 쓰기 전에 제때 그 표식을 봐야 한다. 우리가 피해야
할 것은 비단 일상적인 음식만이 아니라 의사용 편람에 기재
된 자주 쓰이는 약품의 약 4분의 1도 해당되었다. 아마도 정
상인으로 보이고 싶어서겠지만, 표식을 지참하고 다니지 않
은 사람들 이야기가 끊임없이 새로 들려왔다. 그러다 그들은
사고를 당한다. 누군가가 뭔가 잘못됐다는 걸 알아차릴 즈음
에는 이미 너무 늦는다. 그래서 나는 표식을 걸고 다닌다. 그
리고 이런저런 방식으로, 사람들은 그걸 보거나 본 사람들로
부터 얘기를 듣는다. "어머, 개가!" 그렇다.

　3학년 초에 나는 다른 더고인 네 명과 집 한 채를 빌려서
같이 살기로 했다. 우리는 하루 24시간 나병환자 취급받는 것
에 다들 질려 있었다. 영문학 전공자가 한 명 있었다. 그는 작
가가 되어 우리 이야기를 우리 시각에서 들려주고 싶어 했다.
그런 경우는 지금껏 서른 번인가 마흔 번 정도밖에 되지 않았
다. 장애인들이 비장애인들보다는 우리의 존재를 흔쾌히 받
아주지 않을까 희망을 거는 특수교육학 전공자가 있었고, 연
구소로 갈 계획인 의학부 예과생이 있었고, 무얼 하고 싶은지
정확하게 모르는 화학 전공자가 있었다.

　남자 두 명과 여자 세 명이었다. 우리에게 공통점이라곤 같
은 병을 가졌다는 것과 무슨 일을 하게 되더라도 그 일에 쏟는
고집스러운 집중력과 세상만사에 대한 손 쓸 수 없는 냉소라
는 기묘한 조합밖에 없었다. 건강한 사람들은 더고인처럼 집
중할 수 있는 사람은 없다고 말한다. 건강한 사람들은 멍청한
일반화와 짧은 집중력의 대가로 세상의 모든 시간을 가진다.

우리는 각자의 공부를 하고, 가끔 바람을 쐬러 나오고, 각자의 비스킷을 먹고, 각자 수업을 들으러 갔다. 유일한 문제는 청소였다. 우리는 누가 언제 무엇을 청소할지, 누가 뜰을 맡을 것인지 등등을 놓고 일정표를 짰다. 다들 그 일정표에 동의했다. 그리고 나를 제외하고는 모두 잊어버린 듯했다. 문득 정신을 차려보니 나는 돌아다니며 사람들에게 청소기를 돌리라고, 욕실을 청소하라고, 잔디를 깎으라고, 그 외에도 이런저런 일을 하라고 알려주고 있었다. 곧 모두가 나를 싫어하게 되리라는 걸 알았지만, 난 그들의 하녀가 되지 않을 작정이었고, 먼지 구덩이에서 살지도 않을 생각이었다. 아무도 불평하지 않았다. 짜증을 내는 사람도 없는 듯했다. 그저 각자의 학문적 미몽에서 깨어나 청소를 하고 바닥을 닦고 잔디를 깎고는 다시 있던 곳으로 돌아갔다. 나는 저녁마다 한 바퀴 돌면서 사람들에게 할 일을 일깨워주는 버릇을 들였다. 사람들이 귀찮아하든 말든 나와는 상관없는 일이었다.

"너는 어쩌다 사감이 되었어?" 놀러 온 어느 더고인이 물었다.

나는 어깨를 으쓱했다. "뭐 어때? 집안일이 잘 돌아가잖아." 그랬다. 너무 잘 돌아가서 그 남자애는 우리 집에 들어와 살고 싶어 했다. 그는 다른 입주인의 친구였고, 역시 의학부 예과생이었다. 못생긴 얼굴도 아니었다.

"그러면 난 들어오는 거야, 마는 거야?" 그가 물었다.

"내가 알기로는, 들어오는 거야." 내가 말했다. 나는 그의 친구가 해야 했을 일을 했다. 그를 두루 인사시켜주고, 그가 간 뒤에는 일일이 대화를 통해 사실은 반대 의견을 가졌던 사람이 없는지 확인했다. 그는 잘 맞는 듯했다. 그는 다른 이들과 똑같이 화장실 청소나 잔디 깎는 일을 잊었다. 그의 이름은 앨런 카이였다. 나는 카이가 중국 성씨라고 생각해서 이상하다고 생각했다. 하지만 앨런은 아버지가 나이지리아 사람이며, '카이'가 이보어로 일종의 수호천사 또는 개인적인 신을 의미한다고 했다. 그러면서 더고인 부모에게서 태어난 걸 보면 자기 수호천사가 자기를 썩 잘 돌본 것 같지는 않다고도 했다. 앨런도 더고인이었다.

우리가 처음에 서로에게 끌린 이유는 그런 비슷한 성장 환경 이상은 아니었다고 생각한다. 물론 나는 앨런의 외모를 좋아했지만, 나는 누군가의 외모를 좋아했다가 내가 어떤 사람인지 알게 된 그가 미친 듯이 도망치는 일에 익숙했다. 앨런이 어디로도 도망가지 않으리라는 사실에 익숙해지기까지 제법 시간이 걸렸다.

나는 열다섯 살 때 더고 병동에 갔던 일을 앨런에게 얘기했다. 그리고 뒤이은 자살 시도도. 아무한테도 털어놓지 않은 얘기였다. 앨런에게 얘기하면서 얼마나 마음이 놓이는지 느끼고는 놀랐다. 그리고 어쩐지 앨런의 반응도 놀랍지 않았다.

"왜 다시 시도하지 않았어?" 앨런이 물었다. 거실에는 우리 둘밖에 없었다.

"처음엔, 부모님 때문이었지." 내가 말했다. "특히 아버지. 그런 일을 또 하시게 할 수는 없잖아."

"그러면 아버지 다음으로는?"

"공포. 무력감."

앨런이 고개를 끄덕였다. "내가 한다면, 난 어중간한 수단은 쓰지 않을 거야. 구조되는 일도 없고, 나중에 병원에서 깨어나는 일도 없겠지."

"실행할 거야?"

"표류하기 시작했다고 깨닫는 날. 우리한테 경고 신호 같은 게 있어서 얼마나 다행인지."

"꼭 그렇지는 않아."

"아니, 그래. 책을 많이 찾아봤어. 의사 두 명한테 물어보기도 했어. 비더고인들이 지어낸 소문들을 믿지 마."

나는 시선을 돌려 흠집이 난 빈 벽난로를 쳐다보았다. 나는 아버지가 정확하게 어떻게 죽었는지, 누구에게도 자발적으로 한 적이 없는 얘기를 했다.

앨런이 한숨을 쉬었다. "세상에!"

우리는 서로를 쳐다보았다.

"이제 뭐 할 거야?" 앨런이 물었다.

"모르겠어."

앨런이 딱 벌어진 검은 손을 내밀었고, 나는 그 손을 잡고 그에게 더 다가가 앉았다. 그는 검고 딱 벌어진 남자였다. 키는 나만 했고 몸무게는 나의 반이었으며 몸에 지방이라곤 없었다. 때로 그는 너무 신랄해서 무서웠다.

"우리 어머니는 내가 세 살 때 표류하기 시작했어." 앨런이 말했다. "아버지도 고작 몇 달 더 버텼을 뿐이지. 병원으로 간 뒤 2년쯤 있다가 죽었다고 들었어. 둘이 지각이 있는 사람이었다면, 어머니가 임신했다는 걸 깨닫는 즉시 날 낙태했어야겠지. 하지만 어머니는 어떻게든 아이를 원했어. 게다가 가톨릭 신자였지." 그가 손을 저었다. "빌어먹을, 그들은 우리 대다수를 불임화하는 법을 통과시켜야 해."

"그들?" 내가 말했다.

"넌 아이들을 원해?"

"아니, 하지만…."

"우린 어딘가의 더고 병동에서 우리 아이들의 손가락을 물어뜯게 될 가능성이 더 크겠지."

"난 아이들을 원하지 않아. 하지만 다른 사람이 나한테 아이를 가지지 말라고 하는 걸 듣고 싶지는 않아."

앨런이 너무 빤히 쳐다보는 바람에 나는 바보가 된 것 같았고, 방어적인 느낌이 들기 시작했다. 나는 그와 떨어져 앉았다.

"넌 다른 사람이 네 몸에 대고 이래라저래라 하기를 바라?" 내가 물었다.

"그럴 필요가 없지." 앨런이 말했다. "난 나이가 차자마자 그쪽을 처리했으니까."

이번에는 내가 그를 빤히 쳐다보았다. 나도 불임 시술을 생각했었다. 더고인이 무얼 생각하지 않았겠는가? 하지만 또래 중에서 실제로 그렇게 한 사람은 내가 아는 한 아무도 없었다. 그건 자신의 한 부분을 죽이는 것과 같다. 설사 쓸 생각이 없는 부분이라 하더라도 말이다. 이미 너무 많은 자신이 죽었는데 자신의 일부를 죽이다니.

"그 빌어먹을 질병은 한 세대 안에 박멸될 수 있어." 앨런이 말했다. "하지만 번식 문제에 관한 한, 사람은 아직 동물이지. 개나 고양이처럼 여전히 지각없이 충동에 따르고 있어."

나는 앨런을 쓰라림과 우울 속에 홀로 뒹굴도록 놔두고 가버리고 싶은 충동을 느꼈다. 하지만 나는 가만히 있었다. 앨런은 나보다도 덜 살고 싶은 듯했다. 나는 그가 어떻게 지금까지 살아 있는지 의아했다.

"넌 연구를 할 생각이야?" 나는 탐색했다. "넌 믿어? 네가 어떻게든….'"

"아니."

나는 눈을 끔벅거렸다. 여태 들어본 적 없는 냉정하고 죽은 듯이 고요한 말이었다.

"나는 아무것도 믿지 않아." 앨런이 말했다.

나는 앨런을 침대로 데려갔다. 앨런은 내가 만난 유일한 이중 더고인이었고, 별다른 일이 생기지 않는다면, 그는 오래 버티지 못할 터였다. 나는 그가 그냥 스쳐 사라지도록 놔둘 수 없었다. 잠시만이라도, 우리가 서로의 살아 있을 이유가 될 수 있을지도 모른다.

앨런은 훌륭한 학생이었다. 같은 이유로 나도 그랬다. 그리고 그는 시간이 지나면서 특유의 신랄함을 어느 정도 떨어내는 듯했다. 그의 곁에 있으면서 나는 왜 더고인 둘이 모든 이성을 거역하면서 서로에게 속박되어 결혼 얘기를 시작하는지 이해하게 되었다. 달리 누가 우리를 곁에 두겠는가?

어쨌든 우리가 아주 길게 가지는 못할 것이다. 요즘은 더고인 대부분이 적어도 마흔 살까지는 산다. 그래도, 그들 대부분은 양친이 모두 더고인인 경우가 아니다. 더할 나위 없이 명석한 앨런이지만 양친의 유전적 성질 때문에 의대에 들어오지 못할 수도 있었다. 아무도 앨런의 나쁜 유전자 때문에 배제한다고는 얘기하지 않겠지만, 우리는 그에게 주어진 기회가 어땠는지 알았다. 이왕이면 배운 기술을 써먹을 수 있을 만큼 오래 살 의사들을 키우는 게 낫다.

앨런의 어머니는 딜그로 보내졌다. 앨런은 어머니를 본 적이 없고, 집에 있을 때도 외조부모로부터 어머니의 소식을 들은 적이 없었다. 집을 떠나 대학에 갈 때쯤에는 묻지도 않게 되었다. 어쩌면 우리 부모님 이야기를 듣고 다시 어머니에 관한 질문을 시작하게 됐으리라. 앨런이 딜그에 전화할 때 내가 옆에 있었다. 그때까지 앨런은 어머니가 아직 살아 있는지조차 알지 못했다. 놀랍게도, 그녀는 살아 있었다.

"딜그는 좋은 곳일 거야." 앨런이 전화를 끊자 내가 말했다. "사람들이 대체로 그러지 않잖아⋯ 내 말은⋯."

"그래, 알아." 앨런이 말했다. "일단 제어를 못 하게 되면 대체로 오래 살지 못하지. 딜그는 달라." 우리는 내 방으로 갔고, 그는 의자를 반대쪽으로 돌려 앉았다. "책으로만 보면, 그 말을 믿을 수만 있다면, 다른 곳들도 다 딜그가 되어야 해."

"딜그는 거대한 더고 병동이야." 내가 말했다. "돈은 더 많겠지. 기부금을 빨아들이는 일에 엄청 유능할 테니까. 그리고 나중에 환자가 될 게 거의 확실한 사람들이 운영하지. 그것 말고, 뭐가 달라?"

"거기에 관한 책을 읽었어." 앨런이 말했다. "너도 한번 읽어봐. 거기서는 몇 가지 새로운 치료법을 쓴대. 그리고 다른 곳들처럼 사람을 격리해놓고 죽을 때까지 기다리지만은 않아."

"그 사람들한테, 우리한테, 달리 뭐가 있을 수 있어?"

"모르겠어. 거기엔 어떤… 격리된 작업장 같은 게 있다는 것 같았어. 환자들이 무언가를 하게 만든다고."

"자기파괴 충동을 제어할 수 있는 새로운 약이라도 있대?"

"그런 건 아닐 거야. 그랬다면 우리도 소식을 들었겠지."

"그 외에 뭐가 있을 수 있어?"

"난 가서 한번 알아볼 생각이야. 나랑 같이 갈래?"

"어머니를 보러 갈 생각이구나."

앨런이 불안하게 숨을 들이쉬었다. "맞아. 나랑 같이 갈래?"

나는 창가로 가서 바깥 잡초들을 내다보았다. 뒤뜰은 잡초가 무성하도록 버려두었다. 앞뜰의 잡초는 듬성듬성한 잔디를 깎을 때 같이 깎았다.

"내가 더고 병동을 봤을 때 어땠는지 얘기했잖아."

"지금은 열다섯 살이 아니잖아. 그리고 딜그는 그런 동물원 같은 병동이 아니야."

"그 사람들이 대외적으로 뭐라고 얘기하든, 그렇게 될 수밖에 없어. 내가 그걸 견딜 수 있을지 잘 모르겠어."

앨런이 일어서서 옆에 와 섰다. "한번 시도해볼래?"

나는 아무 말도 하지 않았다. 창유리에 우리의 모습이, 둘이 함께 있는 모습이 비쳤다. 나는 그 반영을 곰곰이 살폈다. 당연해 보였고, 당연하게 느껴졌다. 앨런이 팔로 나를 감싸고,

나는 그에게 기댔다. 우리가 함께하면서 그가 좋아지는 만큼 나도 좋아졌다. 무력함과 공포 이외에 계속해서 의지할 수 있는 무언가가 생겼다. 응당 그래야 할 일처럼 느껴졌다.

"거기서 내가 어떻게 굴지는 장담 못 해." 내가 말했다.

"나도 내가 어떻게 굴지 장담 못 해." 앨런이 맞장구를 쳤다. "특히… 어머니를 보게 되면."

앨런은 다음 주 토요일 오후로 약속을 잡았다. 정부 조사관 같은 사람을 제외하면 누구든 약속을 해야 딜그에 갈 수 있다. 그게 관례고, 딜그는 그 관례의 장막 뒤에 숨어 있다.

우리는 비를 맞으며 토요일 아침 일찍 로스앤젤레스를 떠났다. 비가 그쳤다 내렸다 하면서 해안을 따라 산타바바라까지 쫓아왔다. 딜그는 산호세에서 멀지 않은 언덕들 사이에 숨어 있었다. 5번 주간 고속도로를 타면 더 빨리 닿을 수 있었겠지만, 우린 둘 다 그렇게 황량한 풍경을 보며 갈 기분이 아니었다. 그래서 우리는 오후 1시에 그곳 입구를 지키는 무장한 두 경비원을 만났다. 한 명이 본관에 전화를 걸어 방문 약속 상황을 확인했다. 그러고는 다른 경비원이 앨런이 잡고 있던 운전대를 대신 잡았다.

"죄송합니다만, 경호원을 동반하지 않고는 안으로 들어가실 수 없습니다. 차고에 두 분을 안내해드릴 분이 나와 계실 겁니다."

놀랄 일은 아무것도 없었다. 딜그에서는 환자들뿐만 아니라 많은 수의 직원들도 더고병을 앓았다. 철통 같은 보안을 자랑하는 흉악범 교도소라도 거기만큼 위험하지는 않을 것이다. 달리 보자면, 나는 딜그에서 물어뜯긴 사람이 있다는 얘기를 들어본 적이 없었다. 병원이나 요양원에서는 사고가 자주 났다. 딜그는 아니었다. 그곳은 아름다운, 오래된 농장이었다. 요즘처럼 세금이 많은 시대에는 말이 안 되는 그런 곳이었다. 소유주는 석유와 화학, 제약 산업계의 거물인 딜그 가문이었다. 얄궂게도 딜그 가문은 지금은 해체된, 아무도 그 소멸을 슬퍼하지 않는 히데온 연구소의 지분도 소유하고 있었다. 히데온 연구소는 전 세계적으로 암과 여러 심각한 바이러스성 질병 치료제로 획기적인 성과를 거둔 히데온코, 일명 '마법의 총알'을 개발했고, 딜그 가문은 잠깐 사이에 큰 수익을 남겼다. 그 히데온코가 더리예-고드병의 원인이었다. 부모 중 한 명이 히데온코 처치를 받은 후에 수정된 태아에게서 더고병이 나타났다. 그 태아가 자라 자식을 낳으면 그 병이 유전되었다. 모두가 똑같이 그 병의 영향을 받는 건 아니었다. 전부 자살을 하거나 살인을 하지는 않았지만, 환자들 모두 할 수만 있다면 어느 정도까지 자기 몸을 훼손했다. 그리고 그들 모두는 표류했다. 저만의 세계로 떠가서는 주변 자극에 반응을 보이지 않았다.

어쨌든, 그 세대에 유일한 딜그가의 아들도 히데온코 덕분에 생명을 구했다. 그리고 그는 자기 아이 네 명이 죽는 것을 지켜보았다. 케네스 더리예 박사와 얀 고드 박사가 그 문제에 대한 그럴듯한 설명과 부분적인 해결책, 즉 식이요법을 내놓기 전이었다. 두 박사는 리처드 딜그에게 뒤이어 태어난 두 아이를 살릴 방법을 주었다. 리처드 딜그는 처치가 곤란

했던 드넓은 농장을 더고병 환자들을 돌보는 데에 내놓았다.

그래서 그곳 본관은 공들여 지은 오래된 저택이었다. 나중에 지은, 시설 건물이라기보다는 손님용 별채 같은 다른 건물들도 있었다. 그리고 사방은 나무가 무성한 언덕이었다. 멋진 시골이었다. 초록이었다. 바다가 멀지 않았다. 거기에 낡은 차고와 좁은 주차장이 있었다. 주차장에 키 큰 나이 든 여자가 기다리고 있었다. 경비원이 그 여자 옆에 차를 대고 우리를 내려주고는 반쯤 빈 차고에 차를 세웠다.

"안녕하세요." 여자가 손을 내밀면서 말했다. "나는 베아트리스 알칸타라예요." 차갑고 건조하면서 깜짝 놀랄 정도로 힘이 센 손이었다. 나는 그 여자를 더고인이라 생각하면서도 그 나이 때문에 어리둥절해졌다. 그녀는 예순 살쯤 되어 보였는데, 그처럼 나이 든 더고인은 본 적이 없었다. 내가 왜 그녀를 더고인으로 생각했는지는 잘 모르겠다. 그녀가 더고인이라면, 분명 실험용 견본, 그것도 처음으로 살아남은 견본 중 하나일 터였다.

"박사님이라 불러야 할까요, 아니면 알칸타라 씨?" 앨런이 물었다.

"그냥 베아트리스라고 불러요." 그녀가 말했다. "박사이긴 하지만, 여기서는 직함을 많이 쓰지 않아요."

나는 앨런이 그녀를 향해 웃고 있는 걸 힐끗 보고 놀랐다. 앨런은 여간해서는 잘 웃지 않았다. 베아트리스를 살펴봤지만, 보고 웃을 만한 건 전혀 없었다. 서로 소개를 하는 동안 나는 내가 그녀를 좋아하지 않는다는 사실을 깨달았다. 그것 역시 이유를 모르기는 마찬가지였지만, 느낌은 느낌이니까. 나는 그녀를 좋아하지 않았다.

"두 분 다 여기가 처음이신 듯하네요." 그녀가 웃으며 우리를 내려다보고 말했다. 그녀는 얼핏 봐도 키가 180센티미터는 넘을 듯했고, 꼿꼿했다.

우리는 고개를 끄덕였다. "그러면 앞쪽으로 들어갑시다. 여기서 하는 일을 보여드리고 싶어요. 두 분이 일반 병원에 왔다고 믿게 하고 싶지 않으니까요."

나는 그것 말고 믿을 게 뭐가 있는지 의아해서 그녀를 보며 미간을 찌푸렸다. 딜그는 휴양원이라 불렸지만, 이름을 바꾼다고 무엇이 달라질까?

가까이서 본 본관은 구식 공공건물 같았다. 거대한 3층짜리 건물인 데다 바로크 양식의 건물 정면과 그 위로 또 3층 높이만큼 솟은 돔을 얹은 탑. 건물의 양쪽 날개가 탑을 중심으로 양쪽으로 어느 정도 뻗어 가다가 방향을 틀어 뒤쪽으로 두 배쯤 길게 뻗었다. 정면의 문은 거대했다. 단철과 단단한 나무를 맞춰 만든 이중문이었다. 둘 다 잠겨 있는 것 같지 않았다. 베아트리스가 철문을 당겨 연 다음 나무문을 밀어 열고는 우리에게 들어가라는 몸짓을 했다.

안으로 들어서니 저택은 미술관이었다. 넓은 공간과 높은 천장, 바닥에는 타일이 깔렸다. 대리석 기둥들이 있고 벽감마다 조각상이나 그림이 있었다. 실내 여기저기에도 조각상이 전시되어 있었다. 벽을 따라 방을 빙 두르는 2층 회랑이 있고 방 한쪽 끝에 회랑으로 올라가는 넓은 계단이 보였다. 회랭엔 더 많은 예술작품이 전시돼 있었다. "이것들은 다 여기서 만든 거예요." 베아트리스가 말했다. "일부는 판매도 해요. 대부분 샌프란시스코 일대나 로스앤젤레스 일대의 화랑들로 가지요. 작품이 너무 많이 나온다는 게 우리의 유일한 문제가 되고 있어요."

"그 말씀은, 환자들이 만든다는 뜻이에요?" 내가 물었다.

베아트리스가 고개를 끄덕였다. "이것들 말고도 많아요. 여기 사람들은 자해를 하거나 허공을 쳐다보는 대신 일을 해요. 이곳을 보호하는 PV 자물쇠를 발명한 사람도 있어요. 개인적으로 그걸 발명하지 않았더라면 좋았겠다 싶지만요. 그 때문에 우리가 원치 않게 정부의 주목을 받고 있거든요."

"어떤 자물쇠예요?" 내가 물었다.

"아, 미안해요. 손바닥지문-음성지문(Palmprint-Voiceprint)의 약자예요. 최초이고 성능도 최고죠. 우리가 특허를 가지고 있어요." 그녀가 앨런을 쳐다보았다. "어머니가 무얼 하시는지 볼래요?"

"잠깐만요." 앨런이 말했다. "지금 저희한테 제어되지 않는 더고인들이 예술작품을 만들고 발명도 한다고 말씀하시는 거예요?"

"그리고 그 자물쇠요." 내가 말했다. "그런 자물쇠 얘기는 들어본 적이 없어요. 보지도 못했고요."

"나온 지 얼마 안 돼서 그래요." 그녀가 말했다. "신문에는 제법 났어요. 일반 가정에서 살 만한 물건은 아니지요. 너무 비싸거든요. 그래서 특정한 분야들에서만 관심을 보이죠. 사람들은 딜그가 이룬 성과들을 백치천재들의 재주를 보듯 보는 경향이 있어요. 흥미롭고, 이해할 수 없을 정도로 교묘하지만, 사실은 중요하지 않다고요. 하지만 그런 자물쇠를 눈여겨보고 구매할 만한 사람들은 그 자물쇠를 알아요." 베아트리스가 숨을 깊이 들이쉬더니 다시 앨런을 쳐다보았다. "아, 그래요, 더고인들은 뭔가를 만들어요. 적어도 여기서는 그래요."

"제어가 안 되는 더고인들이 말이죠."

"예."

"저는 바구니 짜기나 뭐 그런 걸 예상했어요. 기껏해야 말이죠. 더고 병동이 어떤지는 아니까요."

"나도 그래요." 베아트리스가 말했다. "나는 병원에 있는 이들이 어떤지 알고, 여기에 있는 이들이 어떤지 알지요." 베아트리스가 어느 추상화 작품을 향해 손을 흔들었다. 언젠가 본 오리온 대성운의 이미지가 떠올랐다. 빛과 색이 혼합된 거대한 구름이 어둠을 가르고 있었다. "여기서 우리는 그들 각자가 담고 있는 에너지를 끌어내도록 도울 수 있어요. 그들은 아름답고 유용한 뭔가를 만들어요. 심지어 쓸데없는 것도 만들 수 있지요. 하지만 그들은 창조합니다. 파괴가 아니라요."

"왜죠?" 앨런이 다그쳤다. "약 같은 건 아니겠죠. 그러면 우리도 얘기를 들었을 테니까."

"그래요, 약은 아니에요."

"그러면 뭐예요? 왜 다른 병원들은…."

"앨런." 베아트리스가 말했다. "기다려요."

앨런은 미간을 찌푸린 채 그녀를 바라보았다.

"어머니를 보고 싶어요?"

"당연히 보고 싶죠!"

"좋아요. 따라오세요. 그러면 저절로 알게 될 거예요."

베아트리스는 어느 복도로 우리를 데려갔다. 지나치는 사무실마다 사람들이 서로 얘기를 하고, 베아트리스를 보고 손을 흔들고, 컴퓨터로 일을 하고… 어디서나 볼 수 있는 여느 사람들과 똑같았다. 나는 그들 중 얼마나 많은 이가 제어되는 더고인일까 궁금했다. 또 나이 든 더고인인 베아트리스가 자신의 비밀을 가지고 어떤 게임을 벌이고 있는지도 궁금했다. 우리는 너무 아름답고 완벽하게 관리되어 있어서 자주 쓰지 않는 것이 확실한 방들을 통과했다. 그러다 어느 크고 육중한 문이 나오자 그녀가 우리를 세웠다.

"지나가면서 보고 싶은 건 뭐든 보셔도 돼요." 베아트리스가 말했다. "하지만 사람이든, 물건이든 아무것도 만지지 마세요. 그리고 두 분이 보게 될 어떤 사람들은 이곳으로 오기 전에 자해를 했다는 점을 기억하시고요. 그들에겐 여전히 그 흉터들이 있어요. 일부 흉터는 보고 있기가 힘들 정도지만, 위험한 일은 없을 거예요. 그걸 기억하세요. 여기서는 누구도 당신들을 해치지 않아요." 그녀가 문을 밀어 열고 우리더러 들어가라는 몸짓을 했다.

흉터는 그다지 신경 쓰이지 않았다. 신체장애도 신경 쓰이지 않았다. 내가 무서워하는 건 자해 행위였다. 자기 팔을 야생 동물인 양 공격하는 사람들이었다. 자해한 다음에 진정하거나 약물 처방받기를 너무 오래 반복해서 알아볼 수 있는 인간의 형체가 거의 남지 않은 상태에서도, 그 남은 몸뚱어리로 여전히 자기 살을 파내야 하는 사람들이었다. 열다섯 살때 더고 병동에서 본 게 그런 거였다. 그때조차도 나의 미래를 들여다보고 있다는 느낌만 없었다면, 더 잘 버틸 수 있었을 것이다.

나는 그 문을 지나면서도 의식하지 못했다. 생각지도 못한 일이었다. 그런데 베아트리스가 무슨 말을 하기에 정신을 차려보니 내가 이미 안에 들어와 있었다. 뒤에서 문이 닫혔다. 나는 고개를 돌려 그녀를 쳐다보았다.

베아트리스가 내 팔을 다독였다. "괜찮아요." 그녀가 나직이 말했다. "저 문을 장벽으로 느끼는 사람이 아주 많아요."

나는 반사적으로 그녀의 손이 닿지 않는 곳까지 뒷걸음질했다. 세상에나, 악수만으로도 충분했다.

나를 지켜보다가 베아트리스의 속에 있던 무엇인가가 긴장하는 듯했다. 그녀의 자세가 더욱 꼿꼿해졌다. 신중하게, 하지만 별다른 이유 없이, 그녀가 앨런에게 가서 사람들이 지나가다 서로 스칠 때 하는 식으로 그와 닿았다. 일종의 촉각적 '실례합니다'였다. 그 넓고 텅 빈 복도에서는 전혀 그럴 필요가 없는 일이었다. 어떤 이유에선지 그녀는 그와 접촉하고 싶어 했고, 내게 그 장면을 보여주고 싶어 했다. 대체 무슨 짓이지? 그 나이에 꼬리를 쳐? 나는 그녀를 노려보았고, 그녀를 확 밀어서 그와 떼어놓고 싶은 비이성적인 충동을 겨우 억눌렀다. 놀라울 정도로 강렬한 충동이었다.

베아트리스가 미소를 지으며 시선을 돌렸다. "이쪽이에

요." 그녀가 말했다. 앨런이 한쪽 팔로 나를 감싸 이끌며 그녀를 따라가려 했다.

"잠깐만요." 나는 움직이지 않았다.

베아트리스가 힐끗 돌아보았다.

"방금 그거 뭐죠?" 내가 물었다. 나는 그녀의 거짓말에 대비하고 있었다. 아무 일도 없었다는, 내가 무슨 말을 하는지 모르겠다는 말에.

"의학을 공부할 계획이에요?" 베아트리스가 물었다.

"뭐요? 그게 대체 무슨⋯."

"의학을 공부해요. 당신이라면 좋은 일을 아주 많이 할 수 있을 거예요." 베아트리스는 성큼성큼 걸어갔고, 보폭이 커서 우리가 따라가려면 서둘러야 했다. 그녀는 우리를 이끌고 어느 사무실을 통과했다. 몇 사람이 컴퓨터로 일을 하고 있었고, 몇몇은 연필과 종이를 놓고 무언가를 하는 중이었다. 얼굴이 반쯤 망가지거나 팔이나 다리 한 짝이 없거나 눈에 확 띄는 흉터가 있는 사람들이 몇 명 있다는 것만 제외하면, 평범한 장면이었다. 하지만 그들은 다들 제어 상태에 있었다. 그들은 일하고 있었다. 집중하고 있었지만, 그 대상이 자기파괴가 아니었다. 살을 파내거나 잡아 찢는 사람은 아무도 없었다. 그 방을 통과해 잘 꾸민 작은 응접실로 들어서자 앨런이 베아트리스의 팔을 홱 잡아챘다.

"이건 뭐예요?" 앨런이 다그쳤다. "저들한테 무슨 짓을 했어요?"

베아트리스가 앨런의 손을 다독였고, 그게 내 신경을 긁었다. "나중에 알려줄게요." 그녀가 말했다. "당신이 알았으면 좋겠어요. 하지만 먼저 당신이 어머니를 만났으면 해요." 놀랍게도 그는 고개를 끄덕이며 그 말에 순응했다.

"잠시 앉아 계세요." 베아트리스가 우리에게 말했다.

우리는 그 방에 잘 어울리는 천을 씌운 편안한 의자에 앉았다. 앨런은 적당히 느긋해 보였다. 저 나이 든 여자한테 뭐가 있기에 그가 저렇게 느긋해지고 나는 신경이 곤두서는 걸까? 앨런은 어쩌면 베아트리스를 보고 자기 할머니가 생각나거나 그런지도 몰랐다. 나는 그녀를 봐도 아무도 떠오르지 않았다. 그리고 의학을 공부하라는, 그 말도 안 되는 얘기는 뭐였을까?

"우리가 어머니 얘기를, 그리고 두 분 얘기를 하기 전에, 나는 두 분이 작업실 한 곳 정도는 보셨으면 했어요." 그녀가 나를 돌아보았다. "병원이나 요양원에서 나쁜 경험을 한 적이 있어요?"

나는 그 생각을 하고 싶지 않아서 그녀의 시선을 피했다. 그 가짜 사무실에 있던 사람들만 해도 그 기억을 떠오르게 하는 데는 충분하지 않았어? 공포 영화 같은 사무실. 악몽 같은 사무실.

"괜찮아요." 베아트리스가 말했다. "자세하게 말할 필요는 없어요. 그냥 간략하게만 알려줘요."

그럴 생각이 없는데도 나는 천천히 그 말에 따랐다. 속으로는 내가 왜 이럴까 내내 의아해하면서.

베아트리스는 놀라지 않고 고개를 끄덕였다. "엄하지만 자애로운 분들이었군요, 당신 부모님요. 두 분은 살아 계세요?"

"아니요."

"두 분 다 더고인이셨어요?"

"예, 하지만… 맞아요."

"그래요, 더고 병동과 그곳이 당신의 미래에 던지는 함의는 분명히 끔찍했어요. 그와 별개로, 그 병동에 있던 사람들은 어떤 느낌이었어요?"

나는 무슨 답을 해야 할지 몰랐다. 뭘 원하는 거지? 뭐가 됐든 나한테 질문을 하는 이유가 뭐야? 그녀가 신경 써야 할 사람은 앨런과 그의 어머니일 텐데.

"묶이지 않은 사람을 봤어요?"

"예." 나는 속삭였다. "어떤 여자였어요. 어쩌다 풀렸는지는 모르겠어요. 우리 쪽으로 달려와서 아버지에게 부딪혔는데, 아버지는 꿈쩍도 하지 않으셨죠. 아버지는 몸집이 큰 사람이었으니까요. 그 여자는 튕겨 나가면서 쓰러졌고, 그리고… 자기 몸을 잡아 찢기 시작했어요. 자기 팔을 물어뜯고… 살점을 삼켰어요. 그 여자는 다른 손 손톱으로 긁어서 만든 상처를 찢었어요. 그 여자는… 저는 그만하라고 소리쳤죠." 우리 발치에서 제 살을 물어뜯어 먹어 치우던 그 피투성이 젊은 여자가 떠올라 나는 팔로 몸을 감쌌다. "그들은 벗어나려고 정말 열심히 시도하고, 정말 열심히 싸웠어요."

"어디서 벗어나려고?" 앨런이 물었다.

나는 그를 쳐다보았지만, 거의 아무것도 눈에 들어오지 않았다.

"린." 그가 부드럽게 말했다. "어디서 벗어나려고?"

나는 고개를 저었다. "구속 도구에서, 병에서, 병동에서, 자기 육신에서…."

앨런이 베아트리스를 힐끗 보더니 다시 내게 말했다. "그 여자가 말도 했어?"

"아니. 비명을 질렀어."

앨런이 불편한 듯이 고개를 돌렸다. "이거 중요한 일이에요?" 그가 베아트리스에게 물었다.

"아주 중요해요." 베아트리스가 말했다.

"음… 어머니를 만나고 나서 얘기하면 안 될까요?"

"지금도 하고 그때도 해요." 그러고는 베아트리스가 내게 물었다. "당신 말을 듣고 그 여자가 하던 짓을 멈추었어요?"

"잠시 후에 간호사들이 그녀를 붙잡았어요. 그건 중요하지 않아요."

"그건 중요해요. 그 여자는 멈췄어요?"

"예."

"문헌자료에 의하면, 그들은 사람한테 거의 반응하지 않아." 앨런이 말했다.

"맞아요." 베아트리스가 앨런에게 서글픈 미소를 지었다. "그래도, 당신 어머니는 아마 당신에게 반응할 거예요."

"어머니도요?" 앨런이 앞서 본 악몽의 사무실 쪽을 힐끗 돌아보았다. "어머니도 저 사람들만큼 제어되었어요?"

"예, 늘 그렇지는 않았지만요. 당신 어머니는 지금 점토 작업을 하고 있어요. 그녀는 형태와 질감을 좋아…."

"어머니는 앞을 못 볼 텐데요." 앨런이 말했다. 누구나 아는 사실인데 무슨 소리냐는, 의심이 실린 목소리였다.

베아트리스의 말을 듣고 나도 같은 쪽으로 생각했다. 베아트리스가 주저했다. "맞아요." 마침내 그녀가 말했다. "그리고… 통상적인 이유에서죠. 난 천천히 마음의 준비를 할 시간을 주려던 거예요."

"저는 책을 많이 읽었어요." 앨런이 말했다.

나는 책을 많이 읽지 않았지만, 통상적인 이유가 무엇인지는 알았다. 앨런의 어머니는 파내거나, 찢거나, 아니면 다른 방식으로 자기 눈을 훼손했을 것이다. 그리고 심한 흉터가 남았을 것이다. 나는 일어나 앨런의 의자 팔걸이에 걸터앉았다. 나는 앨런의 어깨에 손을 올렸고, 그는 손을 뻗어 내 손을 잡았다.

"지금 어머니를 볼 수 있을까요?" 앨런이 물었다.

베아트리스가 일어났다. "이쪽이에요."

우리는 여러 작업실을 통과했다. 사람들이 그림을 그리고, 기계류를 조립하고, 나무와 돌을 조각했다. 심지어 작곡을 하고 음악을 연주하기도 했다. 우리를 쳐다보는 사람은 거의 없었다. 그 점에서만큼은 그 병을 앓는 환자다웠다. 우리를 무시하는 게 아니었다. 우리가 있다는 걸 아예 모르는 게 분명했다. 몇몇 제어되는 더고인 경비원들만이 베아트리스를 보고 손을 흔들거나 말을 걸며 정체를 드러냈다. 나는 어떤 여자가 전기톱을 들고 능숙하고 재빠르게 일하는 걸 지켜보았다. 여자는 분명히 자기 몸이 움직이는 반경을 알고 있었고,

자신의 육신을 파헤쳐 갇힌 자신을 꺼내야 한다고 인식할 정도로 정신이 해리돼 있지도 않았다. 딜그는 이 사람들에게 다른 병원들 모르게 어떤 치료법을 썼을까? 그리고 딜그는 어떻게 그 치료법을 다른 병원들 모르게 지킬 수 있었을까?

"저기서 우리가 먹을 규정식을 직접 만들어요." 베아트리스가 창밖으로 부속건물 하나를 가리키며 말했다. "상업적인 조리업체들보다 다양한 종류를 만들면서도 실수는 적지요. 일반인들은 우리 사람들처럼 일에 집중할 수가 없으니까요."

나는 베아트리스를 쳐다보았다. "무슨 말이에요? 그 혐오자들 얘기가 옳다고요? 우리가 무슨 특별한 재능이라도 타고났다는 말이에요?"

"그래요." 베아트리스가 말했다. "그걸 나쁜 특질이라고 보긴 어렵잖아요, 그렇지 않아요?"

"그 말은 우리 중 누가 어떤 걸 잘할 때마다 사람들이 하는 소리죠. 우리가 하는 일에 들이는 우리의 공을 부정하는 말이에요."

"맞아요. 하지만 사람들은 가끔 그릇된 이유를 가지고도 옳은 결론에 도달하죠." 베아트리스의 말에, 나는 그녀와 입씨름하고 싶지 않아서 어깨를 으쓱거리고만 말았다.

"앨런?" 베아트리스가 불렀다. 앨런이 그녀를 쳐다보았다.

"어머니가 다음 방에 계세요."

앨런이 침을 삼키고는 고개를 끄덕였다. 우리는 베아트리스를 따라 방으로 들어갔다.

나오미 카이는 자그마한 여성이었다. 머리카락은 아직 검었고, 점토를 성형하는 길고 가는 손가락이 우아했다. 얼굴은 엉망이었다. 두 눈뿐만 아니라 코 대부분과 한쪽 귀도 없었다. 남은 부분도 심하게 흉터가 져 있었다. "나오미의 부모는 가난했어요." 베아트리스가 말했다. "얼마나 얘기를 들었는지 모르겠지만, 앨런, 나오미의 부모님은 딸을 제대로 된 곳에 맡기려다 가진 돈을 다 썼어요. 나오미의 어머니께서 죄책감을 많이 느끼셨지요. 암에 걸려 약을 먹은 사람이 본인이었으니까요…. 결국, 그분들은 딸을 정부가 인가한 보호관리 시설로 보내야 했지요. 그런 곳들 아실 거예요. 한동안 정부가 비용을 부담하는 시설은 그런 곳들뿐이었어요. 그러니까… 음, 그런 곳들은 때로 정말로 말썽을 부리는 환자가 있으면, 특히 자꾸 탈출하는 환자가 있으면, 아무것도 없는 방에 집어넣고 스스로 생을 마치도록 버려두곤 했어요. 그런 곳들이 유일하게 잘 돌본 건 구더기와 바퀴벌레와 쥐뿐이었지요."

나는 부르르 몸을 떨었다. "아직도 그런 곳들이 있다는 얘기를 들었어요."

"맞아요." 베아트리스가 말했다. "탐욕과 무관심 덕분에 아직도 운영 중이죠." 그녀가 앨런을 쳐다보았다. "당신 어머니는 그런 곳에서 석 달을 살아남았어요. 내가 직접 거기서 나오미를 데려왔어요. 나중에 그곳이 문을 닫게 되는 데에도 내가 주된 역할을 했지요."

"당신이 데려왔다고요?" 내가 물었다.

"그때는 딜그가 존재하지 않았지만, 나는 로스앤젤레스에서 어느 제어된 더고인 집단과 같이 일하고 있었어요. 나오미의 부모님이 우리 얘기를 듣고 딸을 데려가달라고 요청했어요. 그때는 우리를 믿지 않는 사람이 많았어요. 우리 중에 의학을 공부한 사람도 몇 없었고요. 우리는 다들 젊었고, 이상주의자였고, 무지했죠. 우리는 지붕에서 비가 새는 낡은 목조 주택에서 시작했어요. 나오미의 부모님은 지푸라기라도 잡는 심정이었겠죠. 우리도 그랬어요. 그리고 정말 순전히 운이 좋아서, 좋은 지푸라기를 잡았죠. 우리는 딜그 가문에 우리를 증명하고 이 시설을 인계받았어요."

"무얼 증명해요?" 내가 물었다.

베아트리스가 고개를 돌려 앨런과 그의 어머니를 쳐다보았다. 앨런이 나오미의 망가진 얼굴과 밧줄처럼 변색한 흉터 자국을 물끄러미 바라보고 있었다. 나오미는 나이 든 여성과 두 아이의 상을 빚고 있었다. 나이 든 여성의 수척하고 주름진 얼굴이 눈에 띄게 생생했고, 앞을 못 보는 조각가가 빚었다고는 믿기 힘들 정도로 세밀했다.

나오미는 우리가 있는 줄도 모르는 듯했다. 모든 주의가 작품에 집중돼 있었다. 앨런이 베아트리스가 했던 말을 잊고 손을 뻗어 그 흉터투성이 얼굴을 만졌다. 베아트리스는 가만히 놔두었다. 나오미가 알아채는 것 같지 않았다. "제가 당신을 대신해 나오미의 주의를 끌면." 베아트리스가 말했다. "우린 그녀의 일상을 깨뜨리게 돼요. 그녀가 자신을 해치는 일 없이 다시 일상으로 돌아갈 때까지 우리가 옆에 있어야 해요. 대략 30분쯤 될 거예요."

"어머니의 주의를 끌 수 있어요?" 앨런이 물었다.

"예."

"그래요…?" 앨런이 침을 삼켰다. "그런 얘기는 들어본 적이 없어요. 어머니는 말할 수 있어요?"

"예. 말하지 않는 쪽을 선택할 수도 있지만요. 그리고 말을 하기로 했을 때도 아주 천천히 말할 거예요."

"해봐요. 주의를 끌어봐요."

"당신을 만지고 싶어 할 거예요."

"그건 괜찮아요. 해봐요."

베아트리스가 나오미의 두 손을 축축한 점토에서 떼어내고는 가만히 잡고 있었다. 몇 초가 흐른 뒤 나오미는 자기 손이 왜 원하는 대로 움직이지 않는지 이해할 수 없다는 듯이 붙잡힌 손을 당겼다.

베아트리스가 더 가까이 다가가 나직이 말했다. "멈춰요, 나오미." 그러자 나오미는 버둥거리던 걸 멈추고, 주의 깊게 기다리는 태도로 앞이 보이지 않는 얼굴을 베아트리스 쪽으로 돌렸다. 완전히 집중한 기다림이었다.

"일행이 있어요, 나오미."

몇 초 후에 나오미가 말로 표현할 수 없는 어떤 소리를 냈다.

베아트리스가 앨런에게 옆으로 오라는 시늉을 하고는 나오미에게 그의 한 손을 쥐여주었다. 이번에는 베아트리스가 앨런을 만지는 데도 기분이 나쁘지 않았다. 나는 눈앞에서 벌어지고 있는 일에 집중하고 있었다. 나오미가 앨런의 손을 자세히 살피더니 팔을 따라 어깨까지, 목까지, 얼굴까지 더듬

어 올라갔다. 양손으로 그의 얼굴을 감싸고 어떤 소리를 냈
다. 단어였을 수도 있지만, 나는 알아듣지 못했다. 나는 그 손
에 잠재된 위험 말고는 아무 생각도 할 수 없었다. 나는 아버
지의 손을 생각했다.

"이 사람 이름은 앨런 카이예요, 나오미. 당신 아들이에
요." 몇 초가 지났다.

"아들?" 나오미가 말했다. 입술이 여러 군데 찢어지고 제
모양대로 아물지도 않았지만, 이번에는 상당히 명료하게 그
말을 알아들을 수 있었다. "아들?" 그녀가 애타게 다시 말했
다. "여기에?"

"앨런은 괜찮아요, 나오미. 잠시 방문한 거예요."

"어머니?" 앨런이 말했다.

나오미가 다시 앨런의 얼굴을 더듬었다. 나오미가 표류하
기 시작했을 때 앨런은 세 살이었다. 그녀가 앨런의 얼굴에서
뭐라도 기억하는 걸 찾아내기는 불가능해 보였다. 나는 그녀
가 아들이 있었다는 사실을 기억하는지 궁금했다.

"앨런?" 나오미가 말했다. 앨런의 눈물을 느낀 그녀가 잠
시 더듬던 손길을 멈추었다. 그녀는 자기 얼굴, 원래 눈이 있
어야 할 곳을 만지고는 그의 눈을 향해 다시 손을 뻗었다. 내
가 그 손을 붙들려는 찰나에 베아트리스가 먼저 붙잡았다.

"안 돼!" 베아트리스가 단호하게 말했다.

나오미의 손이 흐느적거리며 아래로 늘어졌다. 그녀의 얼
굴이 빙빙 도는 옛날 풍향계처럼 베아트리스 쪽을 향했다. 베
아트리스가 나오미의 머리카락을 쓰다듬었고, 나오미가 무

슨 말을 했다. 나는 그 말을 거의 알아들었다. 베아트리스가 앨런을 쳐다보았다. 앨런은 얼굴을 찌푸린 채 눈물을 훔치고 있었다.

"아들을 안아줘요." 베아트리스가 부드럽게 말했다.

나오미가 손으로 더듬으며 돌아섰고, 앨런이 어머니를 꽉, 오래 껴안았다. 나오미의 두 팔이 천천히 그를 감쌌다. 그녀가 망가진 입술 탓에 불분명하게 무슨 말을 했는데, 나는 바로 이해할 수 있었다.

"부모님?" 나오미가 말했다. "내 부모님… 널 돌보니?" 앨런이 이해 못 한 게 분명한 표정으로 어머니를 쳐다보았다.

"자기 부모님이 널 돌보았는지 알고 싶어 하셔." 내가 끼어들었다.

앨런이 의심스럽다는 듯이 나를 힐끗 보고는 베아트리스를 쳐다보았다.

"맞아요." 베아트리스가 말했다. "나오미가 방금 자기 부모가 당신을 돌봤는지 알고 싶다고 했어요."

"그랬어요." 앨런이 말했다. "그분들은 어머니께 한 약속을 지켰어요."

몇 초가 지났다. 나오미가 앨런조차도 흐느낌이라는 걸 알아들을 수 있는 소리를 냈다. 그가 어머니를 달래려 했다.

"여기 또 누가 있어?" 마침내 나오미가 말했다.

이번에는 앨런이 나를 쳐다보았다. 나는 나오미가 한 말을 다시 말해주었다.

"이 친구 이름은 린 모티머예요." 앨런이 말했다. "저는…." 그가 어색하게 말을 멈추었다. "저는 이 친구와 결혼할 거예요."

잠시 시간이 지난 후, 나오미가 앨런에게서 떨어지며 내 이름을 불렀다. 나는 순간적으로 그녀에게 가고 싶은 충동을 느꼈다. 이제는 그녀가 두렵거나 혐오스럽지 않았지만, 나는 곧바로 가는 대신 딱히 설명할 수 없는 이유로 베아트리스를 쳐다보았다.

"가세요." 베아트리스가 말했다. "하지만 당신은 나중에 저와 얘기를 좀 해야겠어요."

나는 나오미에게 다가가 손을 잡았다.

"베아트리스?" 나오미가 말했다.

"저는 린이에요." 내가 부드럽게 말했다.

나오미가 헉하고 숨을 들이쉬었다. "아니야." 그녀가 말했다. "아니야, 당신은⋯."

"저는 린이에요. 베아트리스와 얘기하고 싶으세요? 여기 같이 있어요."

나오미는 아무 말도 하지 않았다. 그러고는 손을 내 얼굴에 대고 천천히 살폈다. 나는 그냥 버려두었다. 그녀가 폭력적으로 변해도 내가 저지할 수 있으리라는 확신이 들었다. 하지만 그런 일 없이, 처음에는 한 손이, 다음에는 양손이 아주 다정하게 나를 살폈다.

"내 아들과 결혼할 거야?" 마침내 나오미가 말했다.

"예."

"좋아. 앨런을 안전하게 지켜줘."

가능한 한 열심히, 우리는 서로를 안전하게 지킬 것이다.

"예." 내가 말했다.

"좋아. 아무도 앨런을 그 자신에게서 떼어내 감금하지 않을 거야. 묶거나 가두지도 않을 거야." 나오미의 손이 다시 자기 얼굴을 더듬었고, 손톱이 살짝 안으로 파고들었다.

"안 돼요." 나는 나오미의 손을 붙들고 부드럽게 말했다. "저는 당신도 안전했으면 좋겠어요."

입이 움직였다. 그건 미소였다고 나는 생각한다. "아들?" 나오미가 불렀다.

앨런이 그 말을 알아듣고 어머니의 손을 잡았다.

"점토." 나오미가 말했다. 점토로 만든 린과 앨런. "베아트리스?"

"응, 그래요." 베아트리스가 말했다. "느낌은 잡았어요?"

"아니!" 지금까지 나오미가 했던 대답 중에 제일 빨랐다. 그러고는 거의 어린애같이 솔직한 태도로 속삭였다. "그래요."

베아트리스가 웃음을 터뜨렸다. "원한다면 둘을 다시 만져봐요, 나오미. 둘은 개의치 않을 거예요."

우리는 개의치 않았다. 앨런은 나로서는 불가능한 방식으로 어머니의 다정함을 믿으며 눈을 감았다. 나는 눈 바로 옆까지 그녀의 손길을 받아들이는 데 아무 문제가 없었지만, 그녀와 관련하여 나 자신을 속이지는 않았다. 그녀의 다정한 태도는 순식간에 변할 수 있었다. 나오미의 손가락들이 앨런의 눈 가까이에서 움찔거렸다. 나는 그를 대신한 공포 탓에 즉각 소리를 높였다.

"그냥 만지기만 하는 거예요, 나오미. 만지기만요."

나오미가 얼어붙으며 뭔가를 묻는 듯한 소리를 냈다.

"어머니는 괜찮아." 앨런이 말했다.

"나도 알아." 나는 속에 없는 말을 했다. 그래도 아주 세심하게 나오미를 지켜보며 위험한 충동의 기미가 보일 때마다 싹을 꺾어주는 사람이 옆에 있는 한, 그는 괜찮을 것이다.

"아들!" 나오미가 소유욕을 드러내며 행복한 듯 말했다. 그리고 앨런을 놓아주고는 점토를 달라고 했다. 만들고 있던 상에는 다시 손대지 않았다. 베아트리스가 나오미를 안심시키고 조바심을 풀어주기 위해 우리를 두고 새 점토를 가지러 갔다. 앨런도 파괴적 행위가 임박했을 때의 신호를 알아차리기 시작했다. 그는 두 번 어머니의 손을 붙잡고 "안 돼요"라고 말했다. 그래도 나오미는 내가 말을 걸 때까지 아들의 손아귀에서 벗어나려 몸부림을 쳤다. 베아트리스가 돌아온 뒤에 다시 그런 일이 일어났다.

베아트리스가 말했다. "안 돼, 나오미." 나오미가 고분고분하게 손을 내려놓았다.

"뭐예요?" 앨런과 나의 상을 만드는 새 작업에 완전히 몰두한 나오미를 두고 안전하게 그곳을 나온 뒤에 앨런이 다그쳤다. "어머니는 여자 말만 듣거나 뭐 그런 거예요?"

베아트리스는 우리를 응접실로 다시 데려가 자리를 권한 다음 창가로 가서 밖을 내다보았다. "나오미는 특정한 여성들의 말만 들어요." 그녀가 말했다. "그리고 가끔은 말을 듣는 게 늦어요. 다른 사람들보다 상태가 안 좋아요. 아마 내가 구출하기 전에 스스로에게 입힌 피해 때문이겠죠." 베아트리스가 입술을 깨물며 찡그린 채 서서 우리를 마주 보았다. "오랜만에 이 이야기를 다시 하게 되네요. 대부분의 더고인은 더고인끼리 결혼해서 아이를 낳지 않을 정도의 의식은 있지요. 나는 두 분도 그런 계획은 세우지 않았으면 해요. 우리에게 필요하다 해도 말이에요." 그녀가 숨을 깊이 들이쉬었다. "그건 페로몬이에요. 냄새죠. 유전 형질이 한쪽 성에 나타나는 반성(伴性)이에요. 아버지로부터 병을 물려받은 남성에겐 그런 냄새의 기미도 없어요. 그런 남성이 병에는 더 쉽게 대응하는 경향이 있죠. 하지만 이곳 직원으로는 쓸 수 없어요. 어머니로부터 병을 물려받은 남성은 남성으로서는 최대치의 냄새를 풍기죠. 그런 남성은 이곳에 유용할 수 있어요. 적어도 더고인들의 주의를 끌 수는 있거든요. 어머니에게서만 병을 물려받은 여성도 마찬가지예요. 여기서 정말로 유용할 수 있는 사람은 나나 린처럼 무책임한 더고인 둘이 결합하여 낳은 딸뿐이에요." 베아트리스가 나를 쳐다보았다. "당신과 나, 우리는 아주 드문 재화예요. 학교만 마치면 아주 보수가 좋은 일자리가 당신을 기다리고 있을 거예요."

"여기요?" 내가 물었다.

"훈련은 여기서 받겠죠, 아마도요. 그 이상은 나도 몰라요. 당신이 힘을 보태 어딘가 다른 곳에 휴양원을 새로 열지도 모르죠. 다른 휴양원이 정말 절실하게 필요해요." 베아트리스가 유머라곤 없는 웃음을 지었다. "우리 같은 사람들은 서로 잘 어울리지 않아요. 당신이 나를 좋아하지 않는 만큼이나 나도 당신을 좋아하지 않는다는 걸 알아차렸겠죠."

나는 침을 삼켰고, 눈앞이 흐릿해졌다. 아주 잠깐이었지만, 정신을 못 차릴 정도로 그녀가 미웠다.

"뒤로 기대요." 그녀가 말했다. "몸의 긴장을 풀어요. 그게 도움이 돼요."

나는 순순히 그 말에 따랐다. 정말로 그녀에게 복종하고 싶어서가 아니라 달리 어떻게 할 방안이 떠오르지 않아서였다. 아무 생각도 떠오르지 않았다. "우리는." 그녀가 말했다. "아주 영역에 민감한 듯해요. 나 같은 사람이 나 혼자일 때는 딜그가 내게 천국이에요. 그렇지 않을 때는, 감옥이죠."

"저는 그저 할 일이 엄청나게 많겠구나 싶은 생각만 드네요." 앨런이 말했다.

베아트리스가 고개를 끄덕였다. "너무 많죠." 그녀가 혼자씩 웃었다. "난 초기에 태어난 이중 더고인이에요. 내가 상황을 이해할 수 있을 만큼 나이가 들었을 때는 나한테 시간이 많지 않다고 생각했지요. 처음에는 자살을 시도했어요. 실패하고 나서는 내게 허용된 짧은 시간 안에 내가 살 수 있었던 모든 삶을 욱여넣으려 했죠. 이 프로젝트에 참여했을 때, 난 표류하기 시작하기 전에 이 일의 얼개를 갖추려고 최선을 다해 일했어요. 일을 하지 않는다면 지금쯤 난 나를 어떻게 해야 할지 몰랐을 거예요."

"당신은 왜… 표류하지 않았어요?" 내가 물었다.

"나도 몰라요. 우리에게 무엇이 정상인지 파악할 수 있을 정도로 우리 같은 사람들이 많지 않아요."

"이르든 늦든 모든 더고인은 표류하는 게 정상이에요."

"그럼 늦는 거겠죠."

"왜 그 냄새를 합성하지 않았어요?" 앨런이 물었다. "왜 아직도 강제수용소 같은 요양원들과 병동들이 있어요?"

"내가 그게 어떤 작용을 하는지 증명한 이래로 그걸 합성해내려는 시도가 계속 있었어요. 지금까지는 아무도 성공하지 못했지만요. 우리가 할 수 있는 건 린, 당신과 같은 사람들을 계속 눈여겨보는 게 다였어요." 베아트리스가 나를 쳐다보았다. "딜그 장학금을 받았죠, 맞아요?"

"예. 느닷없이 준다고 하더군요."

"우리는 추적하는 일을 잘해요. 졸업하거나 자퇴하기 직전에 연락이 갔을 거예요."

"혹시 그럴 수도 있을까요?" 앨런이 나를 쳐다보면서 말했다. "린이 이미 그런 일을 하고 있다면요? 벌써 그 냄새를 써서… 사람들에게 영향을 주고 있다면요?"

"당신한테요?" 베아트리스가 물었다.

"우리 모두에게요. 더고인 집단요. 다 같이 살거든요. 당연히 다 제어된 상태지만…." 베아트리스가 미소를 지었다. "누가 보면 젊은 애들로 가득 찬, 세상에서 제일 조용한 집이라 하겠군요."

내가 앨런을 쳐다보자 그가 시선을 돌렸다. "저는 아무 짓도 안 해요." 내가 말했다. "그냥 애들한테 각자 하기로 한 일을 알려줄 뿐이에요. 그게 다예요."

"당신은 그들을 안심시켜요." 베아트리스가 말했다. "당신이 거기 있는 것으로요. 당신은… 음, 당신은 자기 냄새를 집 곳곳에 남겨요. 당신은 또 그들과 개별적으로 얘기를 해요. 이유를 모르면서도 그들은 그게 큰 위안이 된다는 걸 분명히 알 거예요. 그렇지 않아요, 앨런?"

"모르겠어요." 앨런이 말했다. "그랬던 것 같아요. 그 집에 처음 갔을 때부터, 거기에서 살고 싶었거든요. 그리고 린을 처음 봤을 때, 저는…." 그가 고개를 저었다. "재밌네요. 전 다 제가 판단했다고 생각했는데."

"우리와 같이 일할래요, 앨런?"

"저요? 당신이 원하는 건 린이잖아요."

"난 두 분 다 원해요. 여기 와서 달랑 작업실 한 군데 보고 는 줄행랑을 놓은 사람이 얼마나 많은지 상상도 못 할 거예 요. 언젠가 딜그와 같은 곳을 책임져야 할 젊은이들이 바로 두 분 같은 사람일 거예요."

"우리가 원하든 말든 말이죠, 그렇죠?" 앨런이 말했다.

깜짝 놀란 내가 그의 손을 잡으려 했지만, 앨런은 손을 치워버렸다. "앨런, 이건 효과가 있어." 내가 말했다. "이게 임시 방편이란 건 나도 알아. 아마도 유전공학이 최종적인 답을 주 겠지. 하지만, 세상에, 이건 우리가 지금 할 수 있는 일이야!"

"'네'가 할 수 있는 일이겠지. 일꾼들이 가득한 휴양원에서 여왕벌 노릇 하는 거 말이야. 난 수벌이 되고 싶은 야심 같은 건 눈곱만큼도 없어."

"의사가 수벌이 되지는 않을 것 같은데요." 베아트리스가 말했다.

"당신은 자기 환자와 결혼할 거예요?" 앨런이 다그쳤다. "린이 저와 결혼하면 그런 짓을 하는 게 돼요. 제가 의사가 되든 말든 말이에요."

베아트리스가 그의 시선을 외면하고는 방 건너편을 응시했다. "제 남편은 여기 있어요." 그녀가 부드럽게 말했다. "여기 환자로 있은 지 거의 10년 됐죠. 여기보다 나은 곳이 어디 있었겠어요…. 때가 됐을 때 말이에요."

"젠장!" 앨런이 으르렁거리며 나를 힐끗 쳐다보았다. "당장 나가자!" 그가 일어서서 방을 가로질러 문으로 갔다. 문고리를 당겨보고서야 문이 잠긴 걸 알았다. 그가 베아트리스를 돌아보고는 열어달라는 몸짓을 했다. 그녀가 다가가서 앨런의 어깨를 잡고 문 쪽으로 돌려세웠다. "다시 한 번 해봐요." 그녀가 나직이 말했다. "이건 억지로 못 열어요. 다시 해봐요."

놀랍게도 앨런의 적의가 조금 가시는 듯했다. "이게 그 PV 자물쇠예요?" 그가 물었다.

"맞아요."

나는 이를 악물고 고개를 돌렸다. 베아트리스가 일을 하도록 버려두자. 그녀와 나에게 있다는 그걸 그녀는 어떻게 쓰면 되는지 알았다. 그리고 지금 당장은 그녀가 내 편이었다.

앨런이 문과 씨름하는 소리가 들렸다. 문은 덜컹거리는 소리조차 내지 않았다. 베아트리스가 그의 손을 떼더니 자기 손바닥을 커다란 청동 손잡이처럼 보이는 것에 대고는 문을 밀어서 열었다.

"저 자물쇠를 발명한 사람은 특별할 것 없는 평범한 사람이에요." 베아트리스가 말했다. "그는 지능이 비상하게 높지도 않고, 대학조차 마치지 않았어요. 하지만 언젠가 한번 손바닥지문 자물쇠가 나오는 과학소설을 읽은 적이 있지요. 그는 그 소설 속 자물쇠를 개선해서 목소리와 손바닥에 반응하는 자물쇠를 발명했어요. 여러 해가 걸렸지만, 우리는 그에게 필요한 시간을 줄 수 있었지요. 딜그 사람들은 문제 해결사들이에요, 앨런. 당신이 해결할 수 있을 문제들을 생각해봐요!"

앨런은 생각을 시작하는 듯, 무슨 말인지 이해하기 시작하는 듯 보였다. "저는 그런 식으로 생물학 연구를 할 수 있을지 모르겠어요." 그가 말했다. "모두가 자기 일만 하는, 심지어 다른 연구자들의 존재도 모르고 그들이 하는 일도 인식하지 못하는 상태에서는, 안 될 거예요."

"실제로 연구를 하고 있는걸요." 베아트리스가 말했다. "그리고 고립 상태도 아니고요. 콜로라도에 있는 우리 휴양원이 그런 연구에 특화돼 있는데, 고립적으로 일하는 연구원이 없도록 살펴요. 전문적인 교육을 받고 제어되는 더고인들이, 빠듯하긴 하지만 충분히 있어요. 우리 환자들은 여전히 읽고 쓸 수 있어요. 너무 심하게 자기를 훼손하지만 않았다면요. 보고서가 준비되면 서로의 작업을 참작할 수 있어요. 그리고 외부에서 오는 자료도 읽을 수 있어요. 그들은 일을 해요, 앨런. 이 병은 지금도 앞으로도 그들을 막지 못해요." 앨런은 그 강렬한 말에, 또는 그녀의 냄새에 사로잡힌 듯 베아트리스를 뚫어지게 쳐다보았다.

앨런이 고통스럽다는 듯이, 목구멍이 아프다는 듯이 말했다. "저는 꼭두각시가 되고 싶지 않아요. 그리고 조종받고 싶지도 않아요. 그 빌어먹을… 냄새의 조종 말이에요!"

"앨런….."

"저는 어머니처럼 되지 않을 거예요. 그러느니 그냥 죽겠어요!"

"당신이 어머니처럼 되어야 할 이유는 없어요."

앨런은 믿지 않는 티가 역력한 표정으로 주춤거렸다.

"당신 어머니는 뇌 손상을 입었어요. 그 수용시설 화장실에서 석 달을 지낸 탓이죠. 내가 그녀를 만났을 때는 말을 전혀 못 했어요. 그녀는 당신이 상상할 수 있는 것보다 훨씬 나아졌어요. 당신에겐 그런 일이 절대 일어나지 않아야 해요. 우리와 같이 일해요. 그러면 당신에게 그런 일이 절대 일어나지 않도록 우리가 보살필 거예요."

앨런은 확신을 못 하겠다는 듯이 머뭇거렸다. 그 정도의 유연성도 그로서는 놀라웠다. "당신이나 린의 조종을 받게 되겠죠." 그가 말했다.

베아트리스가 고개를 저었다. "당신의 어머니는 내 조종을 받지 않아요. 그녀는 날 '인식'해요. 그리고 나의 지시를 받을 수 있어요. 그녀는 안내인을 신뢰하는 여느 맹인과 똑같은 방식으로 날 신뢰해요."

"그것보다는 뭔가 더 있잖아요."

"여기서는 아니에요. 우리 휴양원들 어느 곳에서도 아니고요."

"못 믿겠어요."

"그러면 당신은 우리 사람들이 얼마나 많은 개성을 유지하고 있는지 이해하지 못하겠군요. 그들은 도움이 필요하다는 걸 알아요. 하지만 저마다의 정신이 있지요. 당신이 걱정하는 권력 남용을 보고 싶다면, 더고 병동으로 가세요."

"여기가 거기들보다는 낫겠죠. 그건 인정해요. 지옥이라도 거기들보다는 나을 거예요. 하지만…."

"하지만 당신은 우리를 믿지 않죠."

앨런이 어깨를 으쓱했다.

"당신은 믿어요. 그리고 당신도 그 사실을 알아요." 베아트리스가 미소를 지었다. "당신은 믿고 싶지 않지만, 믿죠. 당신은 그게 걱정스러운 거고, 그건 당신에게 해야 할 일을 던져주죠. 내가 한 말을 잘 들여다봐요. 스스로 확인도 해보고요. 우리는 더고인들에게 각자 살면서 중요하다고 생각한 것들을 할 기회를 주고 있어요. 당신에겐 뭐가 있나요, 현실적으로 그보다 더 나은 걸 바랄 수 있어요?"

침묵. "어떻게 생각해야 할지 모르겠어요." 앨런이 마침내 말했다.

"돌아가요." 베아트리스가 말했다. "돌아가서 어떻게 생각해야 할지 결정하세요. 당신이 하게 될 가장 중요한 결정이니까요."

앨런이 나를 쳐다보았다. 나는 그가 어떻게 반응할지, 어떤 결정을 내리든 계속해서 나를 원할지 확신하지 못한 채 그에게 갔다.

"넌 어떻게 할 거야?" 앨런이 물었다.

그 질문을 듣고 나는 깜짝 놀랐다. "선택은 네가 해야지."
내가 말했다. "나는 아니야. 베아트리스의 말이 맞다면… 내
가 어떻게 휴양원을 운영하지 않을 수가 있겠어?"

"그러고 싶어?"

나는 침을 꿀꺽 삼켰다. 나는 아직 그 질문과 제대로 대면
하지 않았다. 근본적으로는 정제된 더고 병동에 불과한 곳에
서 평생을 보내고 싶으냐고? "아니!"

"하지만 넌 하겠지."

"…그래." 나는 적당한 말을 찾으며 잠시 생각했다. "너도
그랬을 거야."

"뭐?"

"그 페로몬이 남성에게만 있는 거였다면, 너도 그랬을 거
라고."

다시 침묵이 찾아왔다. 잠시 후에 앨런이 내 손을 잡았고,
우리는 베아트리스를 따라 차로 갔다. 우리가 경비원과 함께
차에 타기 전에 그녀가 내 팔을 잡았다. 나는 반사적으로 팔
을 홱 잡아뺐다. 정신을 차려보니 나는 그녀를 치려는 듯이
팔을 휘두르고 있었다. 빌어먹을, 나는 정말로 그녀를 칠 작
정이었다. 제때 제어해서 다행이었다. "미안해요." 난 진심인
척하려는 시도도 하지 않고 말했다.

베아트리스가 명함을 내밀고는 내가 받을 때까지 기다렸
다. "내 개인 번호예요." 그녀가 말했다. "보통 오전 7시 전이
나 오후 9시 이후에 통화가 가능해요. 당신과 나는 전화로 얘
기하는 게 최선일 거예요."

나는 명함을 던져버리고 싶은 충동을 억눌렀다. 세상에, 그녀는 내 안에서 어린아이를 불러내었다.

차 안에서 앨런이 경비원에게 무슨 말을 했다. 무슨 얘긴지는 들리지 않았지만, 그의 목소리를 들으니 베아트리스와 논쟁하던 모습이, 그녀의 논리와 그녀의 냄새와 싸우던 그의 모습이 떠올랐다. 베아트리스는 나를 위해 앨런을 거의 설득하다시피 했는데, 난 감사의 뜻을 표하지도 못하다니. 나는 소리를 낮춰 그녀에게 말했다.

"그에겐 사실 기회가 없죠, 그렇지 않아요?"

베아트리스는 놀란 듯했다. "그건 당신한테 달려 있어요. 당신은 그를 옆에 둘 수도 있고, 쫓아버릴 수도 있어요. 내가 보증하건대, 당신은 그를 물리칠 수 있어요."

"어떻게요?"

"그에게 기회가 없다고 상상함으로써요." 베아트리스가 희미하게 웃었다. "당신 영역에 도착하면 전화 줘요. 우리는 서로에게 할 이야기가 엄청나게 많아요. 그리고 난 가능하면 우리가 얘기할 때 적이 아니었으면 좋겠어요."

그녀는 나 같은 사람들을 만나며 수십 년을 살아왔다. 그녀의 제어력은 훌륭했다. 반면에 내 제어력은 바닥나기 직전이었다. 내가 할 수 있는 건 그저 차로 기어들어가 경비원이 우리를 정문까지 데려다주는 동안 가상의 가속 페달을 밟는 것뿐이었다. 나는 돌아보고 싶지 않았다. 그 저택에서 한참 멀어지고서도, 정문에서 경비원이 내리고 우리가 그 부지를 빠져나오고 나서도, 나는 차마 돌아보지 못했다. 왠지 돌아보면 그 자리에 나 자신이, 머리가 세고 늙은 나 자신이 서서 조그맣게 멀어지고 있을 것 같은 비이성적인 확신이 내내 머릿속을 맴돌았다.

작가 후기

〈저녁과 아침과 밤〉은 내가 요즘 푹 빠져 있는 생물학과 의학, 그리고 개인적 책임에 관한 관심에서 자라난 이야기다.

특히, 우리가 하는 일의 얼마나 많은 부분이 유전적 특질에 의해 좌우되거나 편향되는지가 궁금해지면서 이 이야기는 시작되었다. 그 문제는 내가 제일 좋아하는 질문 중 하나이며, 이미 내 소설 몇 편을 낳기도 했다. 위험한 질문일 수도 있다. 사람들이 그 질문을 할 때는 대중적으로 바람직하다고 생각되는 것에 관해서는 누가 제일 큰지, 누가 제일 많이 가졌는지, 누가 제일 잘하는지를 따지고, 대중적으로 바람직하지 않다고 생각되는 것에 관해서는 누가 제일 작은지, 누가 제일 적게 가졌는지, 누가 제일 못하는지를 따지는 때일 경우가 너무나 잦다. 유전학을 보드게임처럼, 아니 더 심하게는 몇 년마다 정기적으로 선풍적 인기를 끄는 사회진화론을 위한 하나의 변명처럼 생각하는 것이다. 불쾌한 버릇이다.

하지만 질문 자체는 매혹적이다. 그리고 질병은, 잔인하긴 하지만 그 답을 탐구할 수 있는 한 가지 길이다. 유전적 질환들은 특히 우리에게 우리가 누구이고 어떤 존재인지에 관해 많은 것을 가르쳐준다.

나는 세 가지 유전적 질환의 요소들을 이용하여 더리예-고드병을 구상했다. 첫 번째는 헌팅턴병인데, 우성 유전병이라 유전자가 있는 사람은 피할 수 없다. 이 병의 원인은 단 하나의 비정상 유전자이다. 또 헌팅턴병은 대체로 환자가 중년이 되어서야 증상을 드러낸다.

헌팅턴병에 추가하여, 질환을 앓는 유아가 특별한 식이요법을 취하지 않으면 심각한 정신 장애를 일으키는 퇴행성 유전 질환인 페닐케톤뇨증(PKU)을 참조했다.

마지막으로, 정신 장애와 자해를 일으키는 레쉬-니한 증후군도 참조했다.

나는 이들 질병 요소에다 특정한 변형을 가했다. 페로몬에 대한 감수성과 덫에 빠졌다는, 자기가 자기 살에 갇힌 존재이며, 그 살은 어쩐지 진정한 자신의 일부가 아니라고 믿는 환자들의 끊임없는 망상이다. 그 망상 부분에서 나는 여러 종교와 철학에 존재하는, 우리 모두에게 익숙한 개념을 취해 끔찍한 극단적 형태로 밀고 나갔다.

우리는 수십억 개 세포의 세포핵마다 5만 개나 되는 수많은 유전인자를 품고 있다. 그 5만 개 유전인자 중 하나, 예를 들어 헌팅턴 유전자 하나가 우리가 할 수 있는 일을, 우리의 미래를, 우리의 삶을 그처럼 엄청나게 바꿀 수 있다면, 우리는 어떤 존재일까?

정말로, 무엇일까?

나처럼 이 질문이 매혹적이라고 생각하는 독자들에게 이 예외적인 짧은 독서 목록을 권하고 싶다. 제인 구달의 《곰베

의 침팬지들-행동 유형》, 주디스 래퍼포트의《계속 씻는 소
년-강박장애 사례와 치료》, 버튼 루셰이의《의학 탐정들》, 올
리버 색스의《화성의 인류학자-뇌신경과의사가 만난 일곱 명
의 기묘한 환자들》,《아내를 모자로 착각한 남자》,《다른 임
상 이야기들》.

즐겁게 읽으시길!

옥타비아 E. 버틀러
Octavia E. Butler, 1947~2006

옥타비아 E. 버틀러는 미국의 작가로 휴고상과 네뷸러상을 여러 차례 수상하
였다. 장르 소설계에서 가장 잘 알려진 여성 작가 중 한 명으로 장르를 불문하
고 다른 많은 작가에게 영감을 주었다. 과학소설 작가로서는 처음으로 1995
년에 맥아더 기금을 받았다. 당시에 버틀러는 과학소설계에서 유일한 아프리
카계 미국인 여성이기도 했다. 2010년에 SF 명예의 전당에 입성했다.《킨》
(1979)과《씨 뿌리는 사람의 우화》(1993) 등의 장편소설을 발간했다. 〈저녁과
아침과 밤〉에서 버틀러는 가상의 질병을 창조하여 사회가 질병과 낙인을 어떻
게 다루는지 탐구한다. 1987년 〈옴니〉 잡지에 처음 발표되었다.

안네 리히터

The Sleep of Plants

식물의 잠

느려짐으로써 우리는 사물의 맥박을 느낀다.

— 앙리 미쇼, 〈느린 사람들〉 중

그녀는 식물처럼 살았다. 그 삶의 리듬은 인간적이라기보다는 식물적이었다. 그녀는 정기적으로 천천히 잠 속으로 빠져드는 경향이 있었다. 손을 무릎에 놓고 머리를 한쪽으로 살짝 기울인 채 정면을 쳐다보면서 가만히 움직이지 않았다. 때로는 사소한 일 때문이었다. 커튼 틈에서 길을 잃고 잠깐씩 멈춰 서서 힘을 모았다가 끈기 있게 주름을 타고 오르는 피곤한 벌 한 마리 같은. 벌은 다시 움직일 때마다 슬쩍 몸을 구부리곤 했다. 젊은 여성은 그 생물의 고통에 공감한 나머지 손에 땀을 쥐고, 한편으로 원하면서도 한편으로는 두려워하며 곤충이 추락하는 순간을 기다렸다. 아니면 그녀는 서랍장과 바닥 깔개 사이를 비추는 빛 속에서 완벽한 소용돌이를 그리는 먼지 티끌들을 관찰하며 그 끊임없는 움직임 속에서 비밀스러운 고요함을 찾을 수도 있었다. 그녀는 회색 창틀을 따라 흘러내리는 물방울을 하염없이 바라보거나, 아니면 절대 그녀의 삶에 위협이 되지 못하는, 그저 재미로 길게 끌고 있는 것 같은 오랜 고민거리 속으로 빠져들곤 했고, 막 동굴에서 나와 눈이 부신 것처럼 눈을 크게 뜨고 피부에는 푸른 색조를 띤 채 천천히 현실로 돌아오곤 했다.

*

그녀는 스스로를 침묵의 방어벽으로 두르고 전적인 고독에 잠겼다. 그런 때에 그녀의 사고는 흐릿했지만 명확한 하나의 경로를 따랐다. 거미의 인내심으로 그녀는 반쯤 감긴 눈꺼풀 뒤에서, 무심코 사물을 의당 그럴 것이라고 느껴지는 대로 이해하도록 스스로를 종용했다. 이 작업에는 전적인 고요와 집중하려는 치열한 노력이 요구됐다. 꼼꼼하게 그녀는 일상적인 언어가 일상적인 의미를 잃을 때까지 계속해서 되뇌었다. '숟가락', '숟가락', 그녀는 부드럽고도 완고하게 읊조렸다. 그녀는 거의 무심하게 단어를 다루면서, 그러면서도 절대 그걸 쓸모로만 보거나 판단하지 않고 할 수 있는 한 정성스럽게 대하며 윤을 내곤 했다. 조금씩, 조금씩, 그 단어는 모든 밀도를 잃었다. 다음에는 세밀한 시계 제조공의 작업이 시작됐다. 그녀는 조심스럽게 그 일을 고집하며 단어의 웃물을 따르고 천천히 새로운 생명을 불어넣었다. 때로 그녀는 그 단어가 의식을 차리고 다시 자립하는 것을 보았다. 그러면 그녀는 전혀 새로운 의미를 발견하곤 했다. 그녀는 이런 작업을

'단어 벗기기'라 불렀다.

＊

어느 날, 그녀는 약혼했다. 약혼자 조지는 호감 가는 남자
였다. 일요일이면 둘은 자주 교외로 산책하러 나갔다. 조심스
럽게 손을 잡고 풀밭과 산울타리를 따라 이리저리 걸었고, 열
정도 조바심도 없이 이런저런 얘기를 나눴다. 어느 날 오전,
조지가 자기가 발견한 곳을 보여주고 싶다고 했다. 둘은 점심
도시락을 싸서 출발했다. 별스럽게 따뜻한 날이었다. 모든 나
무가 꽃을 피웠고 들판의 풀은 높이 자랐다. "저기야!" 조지
가 소리를 질렀다. "저기까지 뛰어가자!" 둘은 갑자기 전력질
주를 시작했고, 그녀는 드물게 활기를 드러내며 깔깔 웃고 팔
을 휘두르면서 풀 속을 날듯이 뛰었다. 그리고 첫 번째 나무
둥치에 다다르자 팔을 둘러 둥치를 안았다. 약혼자가 그녀를
따라잡고는 입술에 키스했다. 둘 앞에 놓인 숲은 햇빛과 그늘
로 나뉘었다. 하지만 갑자기 어지러움을 느낀 그녀가 나무껍
질을 움켜쥐었다. 젊은 남자는 놀라서 걱정했다. "아, 아무것
도 아니야." 그녀가 말했다.

그녀는 풀 속에 주저앉아 머리를 나무 둥치에 기댔다. 그
러고는 창백해져서 옷매무새를 매만지고는 걱정스럽게 힐끗
약혼자를 쳐다보았다.

"정말 멋진 곳이야!" 그녀가 말했다.

하지만 '풀밭 위의 점심'은 빛을 잃었다.

둘은 산책하러 나가는 일을 그만뒀다. 약혼자는 그녀를 끌

고 나가려고 애썼지만, 그녀는 피곤하다는 핑계를 대며 완강하게 거부했다. 이 시기쯤에 실제로 그녀는 설명할 수 없는 피로감으로 고통받았다. 그녀는 손가락 하나 꼼짝할 수 없는 상황이 되면 자신이 뿌리를 내릴 수 없다는 사실에 안타까워했다. 확고하게 땅속으로 파고 들어가서 저 소나무들 주위나 여름날 특정 관목들 위에 쏟아지는 것 같은 고요한 빛의 구름으로 자신을 감쌀 수 있다면…. 하지만 그녀는 의자에서 일어나야 했고, 이리저리 오가야 했다. 그녀는 말을 해야 했고, 움직이는 폭력을 스스로에게 가해야 했다. 나중에는 물을 주지 않은 식물처럼 갈증에 타들어 가며 입이 바싹 말라 덜덜 떨면서 쓰러졌다.

그녀는 주변의 움직임을 그 어느 때보다 이해하기 어려워하는 것 같았다. 불필요한 동요였고, 헛된 혼돈이었으니까. 그러나 일상의 반복되는 일들이 그녀를 힘들게 했다. 그녀는 자기 잎들을 말아 넣고 아무것도 먹지 않았다. 그녀는 살아가는 데 그다지 많은 물과 빛이 필요하지 않은, 부드러운 살결 위에 방어용 가시를 두른 선인장 같았다.

그녀는 알았다. 고요와 칩거의 힘으로 우리가 세계의 중심이 된다는 것을, 그리고 그 운동의 근원이 된다는 것을. 어린아이일 때 그녀는 세계의 중심되기 놀이를 했다. 아무리 해도 싫증 나지 않았던 그 놀이가 중력과 힘에 관한 놀이라는 것을 어쩌면 남몰래 알았을 것이다. 그녀는 고개를 뒤로 젖히고 어질어질해질 때까지 하늘을 바라보며 뒤로 걷곤 했다. 그것이 그녀가 원한 것이었다. 어지러움으로 사물을 다르게 보는 것, 꼼짝 않는 자신과 흔들리는 지구와 빙글빙글 도는 태양과 구름. 아니면 손바닥으로 좌석의 거친 질감을 느끼며 움직이는 기차에 앉아서 자기 몸의 각 부위가 율동적으로 움직이는 기척을, 차가운 재와 젖은 옷가지와 연기 냄새가 나는 열차 칸이 움직이는 기척을 느끼는 것. 그녀는 네모난 하얀 창문을 뚫어지게 쳐다보았고, 세계는 갑자기 변하기 시작하곤 했다. 기차가 멈추면 그녀는 창문 한구석으로 수많은 사람이 걸어가는 것을 보았고, 풀밭들이 경중경중 뒤로 뛰어가는 것을, 팽팽하게 걸린 전화선들로 길게 잘린 하늘이 달아나는 것을 지켜보았다.

신의 은총을 받은 것 같은 그런 순간은 늘 금방 끝났다. 세계는 다시 고요해지고, 그녀가 탄 열차 칸은 신만이 아실 곳으로 덜컹거리며 움직였다. 쓸쓸함이 그녀를 삼켰다. 구역질이 났다. 그녀는 자신이 소리와 분노로 흔들리는 죽은 세계에 살아남은 유일한 사람이라고 믿었다. 그러던 어느 날 그녀는 이해하게 되었다. 동(動)이 부동(不動) 속에서 근원을 찾는다는 사실을. 그녀는 침묵하기로, 침묵 속에서 세계에 생명을 불어넣기로 결심했다.

＊

그녀가 한 일은 이렇다. 그녀는 커다란 토기 화분과 커다란 부엽토 포대를 찾아냈다. 그녀는 화분 안에 들어가 다리를 흙담요로 덮었다. 엉덩이 아래쪽이 사라졌다. 얼마나 기분이 좋은지! 그녀로서는 미처 알지 못했던 황홀경이었다. 그녀는 자신의 본래 서식지로 돌아왔다. 그녀의 내부 깊숙이에서 침묵이 올라왔다. 여전히 약간의 불안이 존재했지만 손가락 끝이, 발가락 끝이 기대감에 차서 따끔거렸다. '익숙해질 거야.' 그녀는 발가락을 꼼지락거리며 생각했다.

그때 문을 두드리는 소리가 났다. 어머니한테 뭐라고 말하지? 문이 열리고 둘의 시선이 만났다. 어머니의 눈빛이 얼마나 슬퍼 보이던지!

"너한테 뭔가 최악의 일이 일어나리라는 생각은 늘 했지만, 이건 아니야, 이건 아니야!"

"엄마, 봐봐, 난 늘 순종했었어. 하지만 이번엔 울어도 소용없을 거야!"

사실 상황은 그다지 변한 것이 없었다. 처음의 충격이 가시고 나자 평소 때의 일상이 시작됐다. 그녀는 가족생활에서 큰 자리를 차지한 적이 없었다. 지금부터는 전혀 차지하지 않을 것이다. 식탁의 빈 의자는 한쪽 구석으로 치워졌다. 빈 침대는 다락으로 옮겨졌다. 옷은 가난한 사람들에게 보내졌다. 어머니는 단 한 번도 위층에 있는 무거운 화분과 눈을 맞추지 않았다. 어머니는 화분 주위를 청소기로 밀고 무표정한 얼굴로 아무 말 없이 재빨리 먼지를 털고 깔개를 청소했다. 햇빛을 차단하면서 어쩌면 그녀는 딸이 시들어 죽을 거라 기대했을 것이다. 하지만 식물은 튼튼했다. 식물에게는 이 세계의 모든 시간이 있고 내핍이라는 타고난 재능이 있었다.

그녀를 보러 온 약혼자는 할 말을 찾지 못했다. 그가 블라인드를 걷었다. 그녀는 창백해 보였고 눈에는 검은 그늘이 졌다. 팔은 죽은 가지처럼 힘없이 옆으로 늘어졌고 목은 이끼 같은 머리카락을 이고 휘어져 있었다. 그녀가 뭔가 귀찮다는 기색을 떨치지 못한 시선으로 그를 바라보았다. 그의 행동이 언제나 이렇게 무뚝뚝했었나? 그녀는 전에 그걸로 마음 아팠던 때가 있었는지 떠올리지 못했다.

"넌 늘 내가 행복했으면 좋겠다고 말했지." 그녀가 중얼거렸다. "어쩌면 넌 내가 불행하다는 걸 전혀 눈치채지 못한 거 아니야? 이 일은 어쨌든 일어났어야 할 일이야. 우리가 결혼하기 전에 일어나서 다행이지 않아? 넌 여전히 자유로워. 내게 상처를 줄까 봐 걱정하지는 마."

조지가 그녀의 손을 잡으려 했지만, 이렇게 차가울 수가! 아주 천천히 피가 다 빠져나가 버린 것 같았다.

"무슨 말을 그렇게 해? 내가 널 사랑하는 거 몰라? 난 너를 위해서라면 죽을 수도 있었어. 하지만 그게 너한테는 아무 의미도 없었다는 건 알겠어. 넌 부지런히 자신을 파괴하고 있었으니까. 이제 내가 너에게 뭘 해줄 수 있을까?"

그런 상황에서도 그녀는 감동을 받았다. 하지만 그녀는 피곤했다. 어둠은 그녀에게 끔찍한 시련이었다. 그녀는 시든 눈을 태양 쪽으로 돌리고 힘을 그러모아 말했다.

"넌 너그러워, 조지. 원한다면, 날 위해 해줄 일이 있어. 본인은 인정하지 않겠지만, 난 엄마가 가능한 한 모든 걸 빨리 끝내고 싶어 한다는 걸 알아. 하지만 난 먹을 게 필요해! 나한테 먹을 것과 마실 걸 갖다 줘."

그녀는 아직 어느 정도는 식충 식물이었다. 약혼자는 그녀에게 파리와 모기, 때로는 거미를 가져왔다. 그녀는 목을 쭉 빼고는 재빨리 턱을 움직여 그것들을 낚아챈 다음 허겁지겁 통째로 삼켰다. 기묘한 광경이었고, 약혼자는 지켜보기 힘들어했다. 그는 사려 깊게 시선을 돌렸다. 하지만 그녀는 곧 고기에 대한 식욕을 잃었다. 남은 건 깨끗한 물을 그리는 동경과 봄을 찾는 꿈뿐이었다. 그녀의 생각은 잎의 형태를 띠었다. 침묵을 향한 모호한 욕망들. 그녀는 점점 더 말이 없어졌다. 그녀의 침묵에 약간 당황한 약혼자는 혼자 둘의 몫을 말했다.

어느 날 그가 말했다. "안나, 정 네가 원한다면…."

하지만 그는 말을 끝맺지 않았다. 그는 그녀가 이제 아무것도 원하지 않는다는 걸 아주 잘 알았다. 사실 그녀는 더 이상 그의 존재를 필요로 하지도 않았다. 그녀는 감은 눈 뒤에 그의 존재를 영원히 소유했다. 하지만 그는 여전히 말하고 있었다. 사람들은 다 말을 했다. 손사래로 해충들을 떨쳐버리듯이, 참을 수 없는 이 말의 무리를 얼마나 떨쳐버리고 싶었던지!

아래층에서 사람들이 말했다. "안나는 어디 있어?"

"아, 자기 방에." "기숙사에." "여행 중이야." "그 애가 부끄러움이 많아, 아주 심해!"

그녀는 뿌리를 기다리고 있었다. 그녀는 식물들의 고통을 짊어졌다. 빛을 향해 줄기를 회전시키는 잘린 꽃의 갈증. 모래 위에 내버려진 바닷말의 축축한 꿈. 11월 서리를 맞은 장미 덤불의 한기. 창문과 벽들을 집어삼키는 실내 식물들의 덧

없는 광증. 노예들처럼 끌려와 불길한 반란의 열매를 키우며 정원 네 귀퉁이를 뒤덮고 맹렬하게 확산하는 이국의 꽃들. 헛된 행위들의 진창에 박힌 남자들의 한숨.

약혼자는 성실하게 매일 출근하기 전에 물을 가져다주었다. 그는 점차 말을 꺼낼 용기를 잃어갔지만, 그녀는 상관하지 않았다. 때로는 그가 뭔가를 걱정하는 것처럼 보였지만 그녀는 너무 자신에게 몰두하고 있어서 알아채지 못했다. 그녀는 기다렸다. 얼마나 오래 가만히 앉아 기다렸던가! 우리는 매일을 혼란스러운 일들로 채우지만 어쩌면 기다림에 충실한 것이, 그처럼 황량한 방에서 움직이지 않고, 말하지 않고, 손가락 하나 까딱하지 않고 기다리는 편이 더 나을지도 모른다.

그녀의 뿌리는 밤사이에 자랐다. 그녀는 사방에서 뿌리가 흙을 찌르는 걸 느꼈다. 아아, 이 얼마나 즐거운가, 이 얼마나 고통스러운가! 그녀는 시간의 강을 거슬러 올라가는 것처럼 느꼈다. 실체를 바꿔가며 냄새들이 그녀를 덮쳤다. 그녀의 사춘기는 떫은 보리수처럼 불안한 냄새가 났다. 항상 너무 지루하게만 느껴졌던 학교 운동장에 보리수 몇 그루가 자랐다. 그녀의 어린 시절은 마가목 같은 냄새가 났다. 그녀는 굽이진 길을 걸어가는 자신을 보았다. 찌르레기가 덤불 깊숙한 곳에서 꽥꽥 울었다. 마가목 열매가 풀밭 여기저기에 피를 흘리며 누워 있었다. 그녀는 열매들을 발로 으깼다. 굽은 부위를 부풀리면 어떤 세계가 펼쳐질까? 그녀는 조심스럽게 시도해보았다. 마지막 시도와 함께 그녀의 뿌리가 흙을 뚫었다. 이제 그녀는 심장을 두근거리면서 하나의 냄새를 향해, 그녀가 태어난 날의 냄새를 향해 내려갔다. 그녀의 탄생은 철광석 광산 위에 떠도는 냄새처럼 단조로운 냄새가 났다. 그녀의 탄생은 양치류 같은 냄새가 났다. 그녀는 반짝거리는 양치류를, 똑바로 서서 빛의 손바닥으로 하늘을 긁는 새싹을 보았다.

*

다음 날 아침, 그녀의 잎 손들이 펼쳐졌다. 초조해 보이는 약혼자가 와서 그녀를 보았다. 그는 고개를 떨군 채 그녀 옆에 앉았다.

"이봐… 나 많이 생각해봤어. 너한테 이걸 알려줘야 한다고 생각해. 나, 누군가를 만났어. 젊은 여자를, 회사 사람의 누이야. 그녀는 상냥하고, 진지한 사람이고… 약간 널 닮았어. 삶은 계속된다고 나한테 말해준 사람이 너였지. 하지만 난 그냥 널 내팽개칠 순 없어. 안나, 우리의 삶은 서로 얽혀 있어. 우리 결혼식에 올래? 우리와 같이 살래?"

가벼운 산들바람이 창문으로 불어 들어왔다. 바람이 둥치를 간질이고 가지를 희롱했다. 맨 위쪽에 난 잎들이 말 없는 허락의 의미로 조금 앞으로 굽었다. 조지는 몸을 굽혀 무거운 토기 화분을 들어 올렸다. 잠시 잎들이 버석거리고 몸서리를 쳤다. 하지만 잎들은 곧 저마다의 꿈꾸는 듯한 고요함을 회복했다. 안나가 젊은 남자의 팔에 안겨 현관 문지방을 넘을 때, 주방 저 안쪽에서는 어머니가 소스 냄비를 쥔 손에 힘을 꽉 주고는 등을 돌렸다.

조지는 그의 정원 잔디밭 한가운데에 그녀를 심었다. 뿌리가 자유롭게 숨을 쉬었다. 그녀는 잎사귀들을 즐겁게 끄덕여 그에게 감사를 표했다. 오래지 않아 어느 볕 좋은 날 오전에 그가 결혼했다. 약간 안색이 창백한 신부가 수련처럼 가볍게 하객들 사이를 떠돌았다. 사람들이 달빛에 물든 잎들 아래에서 춤을 추었다.

그해 여름, 그 나무는 숨 막히게 멋진 꽃들을 피워냈다.

안네 리히터

Anne Richter, 1939~

안네 리히터는 벨기에의 작가이자 편집자 겸 학자다. 앨리스 B. 토클라스는 리히터가 15세에 쓴 첫 단편집을 번역 출간하며 서문에서 그녀의 재능에 찬사를 보냈다. 작가로서뿐만 아니라 리히터는 세계 여성 판타지 작가 선집인 《판타지 여성작가전—우리 시대의 앤 래드클리프》를 편집하고 여성 작가들과 판타지 문학에 관한 평론을 쓰는 편집자로서도 잘 알려져 있다. 〈식물의 잠〉은 평범하고 빤히 예측되는 삶에서 도망쳐 갈망하던 고독을 추구하기 위해 식물로 변해가는 한 여성을 그린다. 1967년에 출간된 단편집 《세입자들》에 처음 발표되었다.

켈리 반힐

The Men Who Live in Trees

나무에 사는 사람들

우리 영광스러운 제국에 인접하여 제국의 보호를 받는 모든 문화와 하위문화와 씨족과 집단과 분파 중에 아칸타카이 지역민들이 '나무에 사는 사람들'이라 부르는 모랄루족보다 더 곤혹스러운 존재는 없다. 그들에겐 체계적으로 정리된 일련의 표정을 동반하는 복잡하게 이어지는 몸짓과 동작 말고는 언어라고 할 만한 것이 없다. 마찬가지로, 그들에겐 미술이나 음악이라 인지할 만한 관습이 없다. 그나마 내 생각에 음악이라 쳐줄 만한 것들이 여러 악기로 연주되는데, 그 악기들은 멜로디가 아니라 무성하게 우거진 숲을 끊임없이 지나는 바람과 거의 흡사한 소리를 내려는 뚜렷한 목적하에 조율된다. 가끔은 세상 속으로, 세상 끝으로 음울하게 뻗은 정글의 넓은 잎사귀에서 떨어지는 빗소리까지 들린다.

— 타미노 아일라레의 기록과 일기 중에서

카르미나 아일라레가 태어나던 날, 아버지는 아이를 초록색 요람에 뉘었다. 구부러진 가장자리를 따라 넝쿨과 잎과 만발한 꽃문양이 감기고, 비비 꼬인 가는 가지들이 아기가 잠자는 우묵한 곳까지 뻗어 있었다. 요람이 흔들리면 잎들이 가벼운 바람에 날리는 듯했다. 그리고 자세히 들여다보면, 가끔 녹색 눈 한 쌍이 깜박임도 흔들림도 없이 가만히 마주 보다가 사라지는 것 같기도 했다.

그 요람은 모두가 잠들어 있을 때 집 남쪽을 덮쳐 하인 두 명에게 가벼운 상처를 입힌 나무 한 그루에서 잘라낸 천 개의 나뭇조각을 서로 맞물려 만든 것이었다. 카르미나의 아버지 타미노는 전형적인 태도로, 어쨌거나 집 남쪽 면이 늘 마음에 들지 않았다고, 그렇지 않아도 문제의 하인들에게 마땅히 휴가를 줬어야 했다고, 건강 회복은 마침 딱 좋은 구실이라고 말하며 하인들에게 쉬면서 건강을 회복하라는 지시를 내렸다. 사실, 그는 나무에만 관심이 있었고, 그 나무가 하인들 거처로 온 것이 어떤 신호라고 믿었다.

"무슨 신호?" 타미노의 아내 페트라가 속을 꽉꽉 채워 넣은 의자에 기대앉으며 물었다. 그녀의 황갈색 눈에는 열기와 희망과 자기도 모를 무언가 때문에 핏발이 섰다.

타미노는 애매하게 어깨를 으쓱하고는 정원 담 바로 너머에 있는 안개 낀 숲을 내다보았다.

"무슨 신호 말이야?" 페트라가 다시 물어도 그는 입을 열지 않았고, 그녀는 포기했다.

아내가 임신한 긴 시간 동안, 그녀가 땀을 흘리고 신음하며 황제의 도시, 그 익숙하고 방탕한 혼돈 속에 있는 친정집과 친정 식구들을 그리워하는 동안, 타미노 아일라레는 나무를 잘랐다. 톱질을 하고, 나무를 켜고, 사포질을 하고, 대패질을 했다. 그는 나뭇결에서 수액이 빠져나와 나무의 단단한 살 속 깊숙이 스며들어 특유의 광택이 배어 나오도록 나무판을 하나씩 구웠다. 정말이지, 오포낙스강 숲에서 나온 그 나무는 타미노 아일라레가 지금껏 본 그 어떤 나무와도 같지 않았다. 보존 처리가 끝난 나무는 향기롭고 반질반질하고 거무스름했다. 조용한 방에 있으면 나무가 숨 쉬는 소리도 들린다고 타미노는 단언했다.

요람이 완성되던 날, 카르미나가 태어났다. 흥분으로 부들부들 떨면서, 그는 저항하는 어미의 품에서 꽁꽁 쌓인 아이를 빼내 요람에 뉘었다. 그 즉시 정원 담 바로 너머에 있는 숲에서 산들바람이 불어왔다. 요람 속의 아기가 잎이 너무 무성한 가지들을 지나는 바람 같은 소리를 냈다. 나무가 삐걱거리는 것 같은 소리였다.

카르미나의 아버지는 이산수학과 응용언어철학 교수였다. 타미노는 끝없이 넓은 제국 전역에 흩어진 거의 모든 주요 대학에서 일했는데, 말하자면 이름 있는 모든 대학에서 가르쳐 본 셈이었다. 그 말은 또한 그가 이름 있는 모든 대학에서 해고됐다는 뜻이었다.

타미노를 보낼 곳이 더는 없었으므로, 제국의 현자들은 그를 가능한 한 가장 먼 구석, 그가 더 이상 귀찮은 방해꾼이 되지 않을 곳, 이교(異敎)와 선동으로 향하는 그의 성향이 정글의 열기로 가로막힐 곳, 그래서 그가 무시할 만한 존재가 될 곳으로 보냈다. 죄수 유형지의 감시인이자 루비 채집자, 드넓고 향기로운 오포낙스강이 흐르는 아칸타카이 지역의 감독관으로. 타미노는 나무에 사는 사람들을 연구하고, 그들의 비밀을 캐내라는 지시를 받았다. 또 왜 모랄루족이 정복되지 않는지에 관하여 총독들과 장관들과 학자들을 경유하여 황제에게 정기적으로 보고서를 올리라는 지시도 받았다. 그들을 사랑하라는 지시를 받은 바는 없었으나, 타미노는 그들을 사랑했다. 그리고 그는 죽었다. 카르미나는 거기서 교훈을 얻을 수 있으리라 여겼지만, 그 교훈이 무엇인지, 그게 어떻게 적용되는지는, 음, 수수께끼였다.

*

　나무에 사는 사람들에는 여자가 없다. 누구에게든 물어보라. 총독, 읍장, 주교, 학장, 심지어 점잖은 여성 전용 공간의 여주인까지. 당연히 그들은 이전에도 지금에도 이 사실 말고는 아무것에도 동의하지 않는다. 종족이나 민족, 심지어 만찬 모임 하나조차 남자로만 구성될 수 있다고 믿는 건 분명 광신이라고들 하면서도 이것 하나만은 한목소리로 단언한다. 나무에 사는 사람들은 모두 남자이며 여자나 아이의 존재는 연구되거나 출판된 경우는 고사하고, 본 적도들은 적도 없다고.

　　　　　　　　　　　　— 타미노 아일라레의 기록과 일기 중에서

약혼하는 날에 카르미나는 나무에 사는 사람들을 찾아보러 창가로 갔다. 당연히 아무도 보이지 않을 것이다. 이는 말하자면 그녀가 정원의 담을 넘으려는 듯 압박하는 정글의 매끈매끈한 이파리들을, 한숨을 쉬고 헐떡거리고 땀을 흘리는, 꽃을 잔뜩 피운 그 거대한 덩어리를 보리라는 뜻이었다. 그녀는 부르르 몸을 떨었다.

저 정글의 살갗 너머, 아니 저 '안' 어딘가에 나무에 사는 사람들이 살았다. 지금껏 열여섯 해를 사는 동안 그녀는 딱 네 번 그들을 보았다. 평화협정 조인식 의전과 행렬에서 두 번, 멧돼지인지 곰인지를 도살하여 굽고 노래와 춤 시연을 곁들였던 우정의 축제 때 또 한 번 보았다. 그때 축제에 참여한 거의 모든 이가, 카르미나를 제외한 거의 모든 이가 그 노래와 춤에 얼굴을 잔뜩 찡그리고 이를 악물었다. 카르미나는 그들의 양식화된 활과 미끄러지듯이 걷는 걸음걸이와 감미로운 땀의 광휘가 덮고 또 덮어 늘 매끈매끈한, 온갖 몸짓을 동반한 그 사냥과 은둔의 노래와 춤을 사랑했다.

그녀가 나무에 사는 사람들을 마지막으로 본 건 2년 전, 그들이 도시의 성벽을 넘어 들어와 경비원들의 배를 가르고 칼날의 웃음을 그녀의 아버지 숨통에 부려놓았던 때였다. 그녀는 반투명한 날개처럼 몸을 감싸고 펄럭거리는 하얀 잠옷을 입고 문간에 서 있었다. 그녀는 입을 열었고, 입술이 당겨지는 걸 이로 느꼈지만, 아무 소리도 나오지 않았다. 나무에 사는 사람들이 무릎을 꿇은 아버지 주위에 모여 있었다. 한 명이 아버지의 듬성듬성한 머리카락을 움켜잡았고, 한 명이 어깨를, 그리고 한 명이 칼을 잡았다. 아버지가 컥컥거렸고, 그러고는 헐떡거렸고, 그러고는 꾸르륵거리며 "날 용서해줘, 제발, 용서해줘"처럼 들리는 말을 내뱉었다. 그 말을 듣고도 나무에 사는 사람들은 움직이지 않았다. 그들의 입은 돌덩이였고, 그들의 얼굴은 하늘이었다. 손목이 잽싸게 홱 움직이자 칼날이 깔끔하게 아버지의 목을 파고들어 이쪽에서 저쪽으로 깨끗한 호를 그리며 베어냈다.

아버지는 흐느끼지 않았고, 비명을 지르지도 않았다. 대신에 손을 쫙 펼치더니 떨리는 동작으로 새끼손가락과 약지를 굽힌 다음 두 손을 가슴에 가져다 댔다. 카르미나는 그 신호를 알았다. 아버지가 가르쳐주었다. 나무에 사는 사람들도 그 신호를 알았다. 그들은 말로 말하지 않았다. 그들은 손으로 말했다. 카르미나의 아버지는 그들에게 그들의 언어로 말했다. '고맙소.'

*

그들 각자는 3백 년을 산다고 한다. 완전히 형태와 이성을 갖춘 채로 나무 옆구리의 갈라진 틈에서 출현하고, 우리처럼 죽는 게 아니라 죽음에 가까워지면 속에서부터 바깥쪽으로 썩어서 수족을 툭툭 떨군다고도 한다. 물론, 말도 안 되는 얘기였다. 그렇지만 나는 정글의 녹색 심장부 깊숙이 들어갔다가 어떤 남자를 보았다. 왼팔과 코가 없었다. 그는 풀이 무성하게 자란 오솔길을 조금씩 걸어왔다. 그는 바람에 삐걱거리는 소리를 냈다.

— 타미노 아일라레의 기록 중에서

그날이 카르미나가 미래의 남편과 그 가족들에게 선보여지는 날이었다는 걸 생각하면(다른 말로 하자면, 그날은 관습화된 일련의 몸짓으로 동의나 무관심, 마지못한 수락, 공공연한 경멸, 적나라한 적의, 굴욕적인 거부를 드러낼 미래의 시어머니에게 선보여지는 날이었다), 카르미나는 특히 더 외로웠다. 아무 일이 없었다면 왼편에 선 어머니와 오른편에 선 아버지가 그녀를 이끌어 저택의 정원 문들을 차례로 통과해 밖으로 나갔을 것이다. 하얀 이와 다물 줄 모르는 입술을 저마다의 상스러운 손등으로 가린 친척들이 뒤따르며 내는 낄낄거리는 불협화음이 들릴 것이다. 그 뒤로는 집안 하인들이 가축들을 끌고 따를 테고, 아마도 그 뒤로는 이 일을 위해 특별히 고용된 악사와 가수가, 아니 어쩌면 합창단이 따를 터였다.

하지만 오늘은 카르미나와 이모뿐이니, 그 말은 카르미나가 완전히 혼자가 되리라는 걸 의미했다.

하인인 데보라가 화장대에서 말없이 기다렸다. 놀랄 일도 아니었다. 데보라는 말을 하는 법이 없었다. 하인들 모두가 그랬다. 데보라는 그저 '카르미나의 화장'이라는 복잡한 공연에 쓸 다양한 도구들을 가지런히 정리하고 또 정리하면서 마냥 카르미나를 기다렸다. 수퇘지의 억센 털로 만든 솔, 베르가모트와 재스민과 라임으로 향을 낸 새끼 양의 지방으로 만든 기름 단지, 열네 개의 은빗과 곧 카르미나의 검은 머리카락을 단단하게 묶으며 감겨 들어갈 자잘한 진주를 꿴 끈도 열 개나 있었다. 창백한 정도가 다른 고운 분이 여덟 단지가 있었다. 차례차례 바를수록 카르미나는 더욱 창백하고 창백해져서 돌 색이 되었다. 산뜻한 색색의 가루가 섞인 크림처럼 부드럽고 곱고 매끈한 반죽이 단지들도 있었다. 입술에 바를 (결혼하는 날 밤에는 젖꼭지에도 발랐다) 열매 색깔의 반죽이 있었고, 툭 튀어나온 광대뼈에 바를 바닷조개색 분홍 반죽도 있었고, 눈 주변에 바를 각종 푸른색과 자주색과 색이 변하는 녹색이 든 석양빛 반죽도 있었다.

당연히 할 일이 많았지만, 카르미나는 창가에 서서 높고 하얀 하늘을 향해 열기와 안개의 구름을 토해내는 첩첩이 쌓인 숲을 지켜보았다. 그때였다. 마치 자연의 힘이 그런 듯이, 방문이 엄청난 기세로 열리면서 반대쪽 벽에 부딪히는 바람에 벽을 바른 회반죽이 먼지구름을 일으키며 깨져 내렸다.

"저거 치워라." 카르미나의 이모가 거들떠보지도 않고 말 없는 하인에게 명령했다. 데보라가 일어나 절을 하고는 빗자루를 가지러 나갔다. "내가 네 미래의 시어머니한테 선보여야 할 것이 이거냐?" 이모가 독수리처럼 고개를 늘어뜨리며 말했다. "난 예비 신부를 찾으러 왔어. 네 그 야비한 입안에 든 버릇 나쁜 혀가 없었다면, 널 하인이라 착각할 뻔했구나."

카르미나는 창턱에 몸을 기대고는 고개를 갸웃하며 이모에게 부드럽게 미소 지었다.

"어느 쪽이든 상관없을 거예요. 제가 무화과 이파리만 걸치고 나가도 그들은 여전히 이 결혼에 목을 맬걸요." 이모가 코웃음을 치고는 분을 집으려 팔을 뻗었지만, 카르미나는 자기 말이 옳다는 걸 알았기 때문에 대담해져서 계속 말했다.

"생각해보니, 그렇게 해야겠어요." 그녀가 말하는 사이 꽁꽁 싸맨 가슴골에 땀에 차서 허리를 꽉 조이는 얇게 썬 고래뼈로 만든 코르셋의 가는 살들을 타고 흘러내렸다. "나뭇잎과 거친 삼베로 의상을 만드는 거예요. 머리에는 작년에 모은 수지를 바르고요. 아, 쟤도 발라야죠." 이모가 카르미나의 등허리에 손을 대고는 길게 기른 손톱 끝에 필요 이상의 강요를 담아 의자로 이끌었다. 이모가 첫 분 단지로 화장을 시작하자 카르미나가 씁쓸하게 말했다. "신부를 잘 감시하세요."

"이기적이야." 이모가 앙다문 이빨 사이로 쉿쉿거리며 말했다. "이기적이고 멍청해. 아비랑 아주 똑같아. 한 번이라도 어머니 생각을 좀 해봐. 어머니를 생각해서라도, 네 의무를 다해."

카르미나의 어머니 페트라는 열병으로 몸이 약해져서 침대에 누워 지냈다. 벌써 2년째 열병으로 고생 중이었다. 바닥에 누운 남편과 차가운 판석에 고인 피를 보고 그녀는 졸도했다. 그녀의 몸이 콰당, 돌바닥에 넘어지자 남편의 피가 그녀 쪽으로 흘러 머리를 후광처럼 감쌌다. 나중에 의사들과 약제사들과 심지어 마녀라고 감옥에 수감돼 있던, 죄수 유형지에서 온 열두 명의 여자들까지 거의 정신을 차리지 못하는 그녀를 검진했다. 진단이 만장일치로 나왔는데, 그 말은 각자가 저마다의 특정한 이론을 대는 통에 전혀 합의에 도달할 수 없다는 데에 모두가 합의했다는 뜻이었다. 의사들은 기생충 감염 탓을 하며 아침, 점심, 저녁으로 마실 키니네 물약을 처방했고, 이어 두 번째로 독한 술을 처방했고, 그 뒤로는 모르핀

주입을 이어갔다. 약제사들은 유머가 지나치게 풍부한 것을 탓하며 상태가 나아질 때까지 매일 15분간 사혈을 해야 한다고 고집했다. 매일 오후 2시 반에 그녀는 백합과 히비스커스와 비타루트 꽃잎에다, 당연하게도 불쌍한 여성의 죽어가는 심장을 위해 제국의 맥동하는 심장에서 수입한 말린 장미 꽃잎을 섞어서 만든 물약을 마셔야 했다. 마녀들은 그 병이 상심과 의도치 않게 피를 흡수한 데 따른 충격 때문이라고 선언했다. 그러고는 슬픔을 씻어내기 위해 매일 바닷물로 눈을 씻고, 기쁨을 다시 채우기 위해 혀 밑에 양귀비 기름을 두고, 머리를 맑게 하고 심장을 진정시키기 위해 적어도 매일 2시간은 침실에 가수를 들이라고 처방했다.

그 결과, 카르미나의 어머니는 눈이 멀었고, 피부는 거의 투명해 보일 정도로 하얗게 바랬고, 거의 의식을 차리지 못했다. 대단하게도, 그녀의 이모는 처방을 글자 그대로 따랐다. 이모가 보기에 여성들로 구성된 가정에 들이기에는 저속하다고 느껴지는 가수의 처방을 제외한 모든 처방을 말이다.

공교롭게도 즉시 도입하기만 했다면 어머니를 구할 수 있었을 유일한 처방이 노래였다. 노래 없이는, 카르미나의 어머니는 숨을 쉬긴 했지만 이미 죽은 목숨이었다.

✳

나무에 사는 사람들의 마음속엔 죽음이 존재하지 않는다. 탄생도 그렇다. 둘 다 흔적조차 없다. 내가 작지만 성장가도에 있는 어퍼오포낙스대학와 죄수 유형지를 처음으로 둘러보고 처음으로 모랄루족을 대하게 됐을 때, '모랄루족의 치유자'라는 한 남자를 소개받았다. 그는 총독이 총애하는 가장 아름다운 정부(情婦)의 아이를 보살피기 위해 총독 관저로 불려 와 있었다. 아이는 열병으로 고생하는 중이었는데, 갈수록 상태가 나빠져 실제로 죽은 것은 아니면서도 가장 죽음에 가까운 핏기없는 얼굴로 사각거리는 아마포 시트에 누워 지내게 되었다. 치유사가 아이가 누운 내실로 들어섰다. 부인이 아이가 죽을 것인지 물어보라고 내게 지시했다. 모랄루족의 수화에 관한 내 지식은 능숙과는 거리가 멀었지만, 나는 개의치 않고 최선을 다했다. '끝. 이것. 작은 남자.' 나는 내 손으로 물었다. 나이 든 치유사가 나를 빤히 응시했다. 그는 오른손 가운뎃손가락을 입으로 가져가더니 나비처럼 부드럽게 날아가는 시늉을 하고는 나를 의미심장하게 쳐다보았다. 나는 부인에게 말했다. "그가 '작은 남자는 자유롭다'는 얘기를 하는 것 같습니다만, 그게 무슨 뜻인지 제가 알 도리는 없겠지요." 그날 밤, 아이는 죽었다. 그날 밤, 죄수 유형지에서 모랄루족 죄수 하나가 도망쳤다. 그곳에서 도망친 첫 번째 사람이었다. 그는 매우 작은 남자였다.

— 타미노 아릴라레의 일기 중에서

　이모가 무겁고 붉은 의상으로 부산을 떠는 사이에 카르미나는 이를 갈았다. 아주 살짝 야만적인 제국의 북쪽 도시들이라면 이 의상을 합당하게 여겼으리라. 아니, 지금이 겨울이기만 해도 말은 될 것이다. 카르미나의 어머니 페트라는 원래 북부도시 출신이었고, 이 의상의 원래 어머니의 것이었다.

말할 것도 없이 이 의상을 입은 어머니는 아름다웠을 것이다. 이모가 두껍고 반짝거리는 벨벳을 그녀의 무자비한 코르셋 위로 당길 때 카르미나는 숨을 참았다. 뻣뻣한 천이 부드러운 가슴살을 잔혹하게 파고들었고, 엉덩이에서 바닥으로 떨어지는 교회 휘장만큼이나 무거운 주름진 치마 탓에 걷기도 어려웠다. 이모는 거기에다 뻣뻣한 깃을 핀으로 고정해 달았고, 그 핀들이 카르미나의 어깨와 등 위쪽을 찔렀다. 그녀는 피가 나는 걸 알았지만 얼굴만 찡그릴 뿐 아무 말도 하지 않았다. 그녀의 발은 걸을 때마다 돌바닥에 부딪혀 소리를 내는, 구슬 장식이 달린 아주 작은 신발에 갇혔다.

이모가 평가하듯이 카르미나를 살폈다. "신의 신부로는 맞지 않겠지만, 사람의 신부로는 적당하겠지. 특히 그 사람한테는." 이모가 어정쩡한 웃음과 반들거리는 눈빛으로 덧붙였다. 카르미나는 그 말을 무시하기로 마음을 정하고, 대신에 어머니를 보러 갔다.

카르미나의 이모는 결혼하지 않고 '서쪽 하늘의 자매단'에 서약을 하고는 오포낙스 강어귀로 와 두께가 1미터가 넘고 높이가 6미터나 되는 수녀원 담으로 세상과 단절된 채 살았다. 그런 담이 있는데도 수녀원은 불과 2년 후에 무정부주의자와 퇴학당한 학생, 강제이주된 원주민, 성직을 박탈당한 성직자로 구성된 오합지졸 군대가 제국군에 대항하여 유쾌하지 못한 상황을 이어가던 동안 파괴되었다. 수녀원장이 그 성스러운 담 안에 테러리스트들을 숨겨준다고 믿게 된 제국군이 서쪽 담 모서리를 폭파해 구멍을 내고는 안으로 쏟아져 들어갔다. 수녀원 구성원은 모두 살해당하고 딱 한 사람만 살아남았는데, 바로 카르미나의 이모였다. 누가 장군에게 반체제 인사들이 수녀원에 숨어 있다고 밀고했는지는 아무도 몰랐다. 그 수녀원에서 반체제 인사는 한 명도 발견되지 않았다. 그런 비극의 결과, 교회는 카르미나의 이모를 서약에서 풀어주었다. '당신의 슬픔을 위해.' 그들은 말했다.

✳

나무에 사는 사람들은 우리처럼 애도하지 않는다. 죽음이 존재하지 않기 때문에 슬픔 또한 달라진다. 최근에 모랄루족이 내게 3주간 그들 중 한 남자와 같이 지낼 기회를 주었다. 그 사람들의 공동 주거지를 방문하는 건 허락받지 못했다. 어떤 사람들은 숲에서 사는 사람들이 새처럼 둥지를 짓고 제 영역을 주장하는 노래를 부른다고 말한다. 나는 그 말을 믿지 않지만, 그들의 집을 본 적이 없으므로 뭐든 가능하다고 생각해야 하리라. 대신에, 우리는 매일 하늘을 보며 땅바닥에서 잠을 잤다. 그 남자는 내게 복잡한 모랄루 설화들과 땅에 손그림을 그리는 법을 가르쳐주었다. 열한 번째 날, 그가 나를 데리고 죄수 유형지의 장벽으로 갔다. 우리가 훤히 뚫린 곳에 서 있는데도 장벽을 순찰하는 병사들은 우리를 주목하지 않았다. 그가 내게 한 손을 장벽에 대고 다른 손을 자기 손바닥에 놓으라고 지시했다. 그렇게 하자 즉각 날카로운 슬픔이 내 불쌍한 심장을 찌르는 것이 느껴졌다. 한 손으로 나는 죄수들의 신음을, 그들의 마른 입과 빈 위장과 썩어가는 수족과 부러진 허리와 압도적인 절망을 느꼈다. 다른 손으로는 새로 사귄 모랄루족 친구가 느끼는 충격적인 공포를,

마비된 듯한 묵인과 상심을 느꼈다. 우리는 아무 말 없이 그곳을 떠났다. 우리는 발각되지 않았다.

— 타미노 아일라레의 일기 중에서

어머니의 쪼그라들고 주름진 입술에 입을 맞추고 그 작은 몸 주변의 이불을 정돈한 다음, 카르미나는 정문으로 가서 험상궂게 입을 다문 이모의 손에 자기 손을 맡기고 쨍쨍한 햇살 속으로 걸어나갔다. 하인인 데보라가 압도적인 열기를 막는 데는 거의 아무 쓸모가 없는 아주 작은 양산을 들고 뒤를 따랐다.

수행원을 거느리지 않았지만, 부산한 도로를 오가는 사람들은 땀에 전 그녀의 몸에 휘감기는 붉은 벨벳을 보고, 그녀의 숱 많은 머리를 휘감은 진주 장식과 얼굴과 목과 가슴에 겹겹이 바른 분을 보고 그녀가 예비신부임을 알았다. 그리고 사실은 언제 적절한 혼처가 나타날지, 그 애의 이모가 만족하고 미래의 시어머니도 만족할 만한 혼사가 언제 이뤄질지, 다들 궁금해지기 시작하던 참이었다. 왜냐면, 추방자 타미노 아일라레의 식솔인 카르미나와 어머니는 법에 따라 가족의 금고에 쌓인 막대한 자원에 손댈 수 없었기 때문이다. 타미노 아일라레가 오포낙스강 상류로 보내진 이래, 그와 식솔들은 매달 연금을 받았다. 전반적으로 쾌적한 생활을 누리고, 사회적으로 어느 정도의 생활 수준을 인정받는 데 필요한 사치품을 살 정도는 됐지만, 지참금을 마련할 수 있을 정도로 큰 금

316

액은 아니었다.

하지만 카르미나와 결혼하는 이는 촌수가 한 단계 먼 친족이 되므로, 남의 손을 타지 않고 거의 그대로 남아 있는 아일라레 집안의 재산에 손댈 수 있을 테고, 그래서 아주 부유해질 터였다.

광장의 맞은편 끝에 아주 부유해지고 싶은 남자가 서 있었다. 달리 말하면, 그의 어머니가 아들이 아주 부유해지기를 원한다는 뜻이었다.

머리에 찔러 넣은 무거운 장식물들이 두피를 잡아당겨 두통이 일었다. 카르미나는 다가가면서 젊은 남자를 아래위로 훑어보았다. 물론 전에도 본 적이 있지만, 그의 어머니가 어떻게 했는지, 아무도 모르는 모종의 방법으로 비용을 조달하여 그를 황제의 도시에 있는 대학에 보낸 후로는 오랜만이었다. 친애하는 황제 폐하만큼은 아니지만, 그는 거의 황제에 비견할 만큼 오래되고 영광스러운 유서 깊은 가문 출신이었다. 하지만 죄수 유형지 제도와 땅에서 루비를 뽑아내는 수지 맞는 사업의 개념을 최초로 구상한 이들 중 한 명인 그의 할아버지가 가문의 땅을 몽땅 팔아서 두 군데 루비 광산에 퍼부었다. 두 광산은 각각 5년과 15년 동안 루비를 산출했다. 이제 루비는 없고, 가문의 재산은 쪼그라들었다.

그는 레이스로 숨통을 꽉 조인 비단 셔츠와 뭔가 부드럽고 어린 것의 가죽으로 만든 승마용 바지를 입었다. 아마도 토끼, 아니면 새끼 암사슴일 것이다. 굽이 높은 부츠는 광택제를 여러 겹 발라서 한낮의 햇빛을 받아 인상적으로 반짝거렸다. 하지만 그건 그저 보여주기 위한 것이었다. 카르미나는 알았다. 광을 내긴 했지만 부츠는 낡았고, 아마도 그의 아버지 것이었을 그것은 너무 오랫동안 끝까지 닳지 않은 발이 신고 걸은 덕분에 발가락 부분이 푹 꺼진 채 굽어 있었다. 수레국화 같은 푸른색으로(희망의 색으로) 새로 염색한 암사슴 가죽 바지는 금이 가고 갈라졌으며, 여러 번의 수선 탓에 솔기가 얽혔다. 그리고 염료가 셔츠 가장자리로 번지고 있었다. 씻어도 절대 빠지지 않을 푸른색이었다. 그는 카르미나를 쳐다보지 않았다. 전혀. 대신에 자기 발에는 너무 큰 부츠를 내려다보며 깊은 한숨을 쉬고는 이름의 머리글자를 수놓은 손수건으로 이마를 닦았다.

카르미나는 그의 왼쪽에 선 여자의 얼굴을 살펴보았다. 그 열기에도 불구하고 먼지 낀 뼈다귀처럼 건조해 보였다. 여자의 얇은 입술이 벌어지더니 찌푸린 얼굴이 되었다.

"의상이 구겨졌어." 여자가 건조한 목소리로 말했다.

카르미나의 이모가 애처롭게 고개를 끄덕였다. "정말 그렇네요. 급하게 입어서 그래요. 성질이 급한 애라니까요."

그 어머니의 눈이 주름이 지면서 가늘어졌다. "그리고 하인처럼 땀을 흘리고 있네. 저 애는 이런 큰일에 앞두고 목욕할 줄도 모르나?" 카르미나는 얼굴을 붉히며 치솟는 분노를 어금니를 꽉 깨물어 힘들게 참았다. 그건 사실이었다. 그녀는 대놓고 땀을 흘렸다. 땀이 머리털이 난 선을 따라 모였다가 목을 타고 내려와 가슴과 배꼽을 지나 밑으로 흘렀다. 설상가상, 통증과 허벅지에 흐르는 따뜻한 느낌으로 봤을 때,

생리도 하고 있었다.

"그럼 절 치욕으로 내치세요." 카르미나가 낮은 목소리로 말했다. "아니면 우리 손을 묶고 일을 끝내시든가요."

그의 어머니와 그녀의 이모가 기겁했지만, 카르미나는 안도의 한숨을 내쉬었다.

"애가 어려요." 이모가 헐떡거렸다. "어려서 뭐든 가르칠 만해요. 잡아볼 만하죠."

＊

모랄루족은 '힘의 남자'가 '나이 든 남자'로 탈바꿈할 때 손과 발을 묶고 강에 기도하는 것이 전통이다. 강물이 범람하면 그는 쓸려가고, 사람들은 봄에 처음으로 물이 흐를 때 들리는 목소리가 그의 것이라고 말한다. 그렇지 않으면, 그는 사흘 뒤에 풀려난다. 희지 않았던 머리카락이 하얘지고 매끈했던 얼굴에는 주름이 진다. 그는 이제 어린나무가 아니며, 가장 강한 바람만이 굴복시킬 수 있는 가장 오래된 나무들의 비틀어진 옹이들과 기이하게 비슷해진다.

— 타미노 아일라레의 일기 중에서

위층에서 이모가 의식이 없는 카르미나의 어머니에게 딸이 그날 저지른 죄악들을 자세히 이르고 있었다. 물론 이모는 매일 그렇게 했지만, 오늘 저지른 죄악의 강도를 봤을 때, 카르미나는 아프다며 오후 늦게까지 누워 있어야 하리라는 걸 알았다.

그녀의 죄악이 어느 쪽으로든 변화를 일으켰다는 말은 아니었다. 그녀는 그 자리에서 약혼했다. 속박되었다. 그녀의 안녕은, 그리고 어머니와 이모의 안녕은 이제 결혼할 남자에 달렸으며, 그 말은 다시 말해 이제 그들의 안녕이 그 시어머니에 달려 있다는 뜻이었다. 카르미나는 뒷문으로 몰래 집을 나와 약제사의 천막을 지나, 여덟 율법학자의 집을 지나, 수녀원을 지나, 제일 먼저 내쳐진 총독의 정부와 그 아이들이 사는 슬픈 오두막을 지나, 구불구불 이어지는 오솔길을 걸어가 마침내 오포낙스 강가에 다다랐다. 그녀는 상류로 이어지는 좁은 오솔길을 따라가다가 잎이 무성한 가지들이 차양처럼 가린, 좁지만 깊은 어느 지류의 어귀에 당도했다.

붉은 벨벳과 진주 장식은 벌써 없어졌다. 붉은 벨벳은 안마당에 널려서 바람을 쐬고 있고, 진주 장식은 잘 쌓여 이모의 침실에 안전하게 보관되었다. 그녀는 하얀 모슬린 원피스와 코르셋과 겹겹이 입은 속옷을 벗었다. 긴 양말도 한 짝씩 벗고, 신발도 다 벗었다. 아버지의 반지와 어머니의 팔찌도 뺐다. 그녀는 땀과 선명한 붉은 색 피로 반들거리는 허벅지를 드러내며 발가벗고 물가에 섰다가, 떠내려가지 않도록 커다란 나무뿌리를 붙들고서 천천히 물에 몸을 담갔다.

머리 위에서 부드럽게 흔들리며 은근한 곡선을 그리는 나무의 수족을 바라보고 있는데 갑자기 나무가 휘어지는 날카로운 신음과 귀청이 떨어질 듯한 우지끈 소리가 들렸다. 수면 위에서 톡 쏘는 수액 냄새가 났다. 그처럼 진한 냄새를 맡자 난데없이 녹색 숲 사이로 내다보는 녹색 눈들이 떠올랐다. 그녀는 물에 잠긴 나무뿌리를 더 힘주어 붙잡고 유속이 빠른 물에 자유로이 뜬 다리를 끌며 풀이 무성하게 자란 둑으로 다가갔다.

개울 건너편 커다란 나무 옆에 한 남자가 있었다. 모랄루족 남자가 나무를 향해 돌아서서 다정하게 어루만졌다. 키가 컸다. 얼마나 큰지는 잘 모르겠지만, 카르미나보다는 컸다. 예전에 본 다른 모랄루인들처럼 그도 기름을 바른 루마나무 내피로 만든 머리 장식을 썼다. 솔기는 표범의 내장으로 엮었고, 앞부분에는 죽은 인간과 죽은 동물의 털로 엮은 신선한 잎들이 달려서 왕관처럼 보이기도 했다. 꽃과 가지와 잎 모양이 투각된 검은 나무 가슴받이에서는 기이한 광택이 났다. 발은 골풀로 만든 장화를 신었다.

발가벗은 카르미나는 물에 몸을 담근 채 남자가 나무를 만지는 걸 지켜보았다. 남자의 손은 작아서, 그녀 아버지의 손보다 작았고, 손가락이 가늘고 손바닥은 부드러운 갈색이었다. 그는 나무가 움직이듯이 부드럽게, 하지만 단호한 방식으로, 바람에 속삭이듯이 움직였다. 그가 머리 장식을 벗었다. 돔 모양의 팽팽한 두피가 얼룩얼룩한 빛에 번들거렸다. 그가 골풀로 만든 장화를 한 짝씩 벗자, 카르미나는 그 발의 섬세한 아치와 깔끔하게 죄어진 뒤꿈치에 감탄했다. 그가 가슴받이를 지탱하던 여덟 개의 끈을 풀고 가슴받이를 머리 위로 홀렁 벗어서 나무에 기대놓았다. 허리를 둘렀던 나뭇잎 색 천도 벗어 그 위에 걸쳤다. 카르미나는 입을 떡 벌렸다가 닫았다. 그의 젖꼭지들, 대추야자처럼 검은 젖꼭지가 부푼 두 가슴에 솟아 있었다. 그의 허벅지는 그녀와 마찬가지로 땀과 허벅지 사이 어둡고 우묵한 틈에서 흐르는 피에 젖어 있었다.

카르미나는 외마디 비명을 지르고 허둥지둥 강둑에 올라 절대 남자가 아닌 그 모랄루족 남자와 마주 섰다. 그 남자 아 닌 남자는 눈도 깜빡이지 않고 놀라지도 않고서 카르미나를 응시할 뿐이었다.

"당신." 카르미나가 입을 열었지만, 그 남자 아닌 남자는 눈 썹 하나 꿈쩍하지 않았다. "아, 당연하지." 그녀는 잠시 생각 한 다음 모랄루족의 신호를 시도해보았다. '당신.' 그녀가 신 호를 보냈다. '남자. 남자 아님.' 카르미나는 입술을 꼭 다물었 다. 분명 그보다는 잘할 수 있었는데. 아버지가 수신호의 시 학을 가르쳐주지 않았던가? 아무것도 못 배운 건가?

'나는 남자다.' 물 건너 발가벗은 여자가 신호를 보내왔다. '우리는 모두 남자다.'

카르미나는 잠시 생각했다. 그러고는 신호를 보냈다. '그러 면 나는 무엇인가?'

'너?' 남자인 여자가 어깨를 으쓱했다. '아이. 현명한 아이 의 아들.'

'내 아버지 말이군.'

'네 아버지는 둘 다 현명한 아이였다. 피가 돌 속에서 사 는 네 아버지. 사는 동시에 죽은 네 아버지. 현명한 아이들.'

'네 아버지는 누구인가?' 카르미나가 신호했다.

'나무들.' 여자가 대답했다.

＊

　나무에 사는 사람들에겐 많은 설화가 있다. 몇 가지는 기억난다.
나머지는 물처럼 쓸려가버렸다. 그들은 그중 한 설화가 제일 오래
된 설화라고 주장하지만, 누가 알겠는가? 제국의 일원이자 황제의
먼 친척으로서 나는 그들이 나와 같이 있을 때 특히 방어적으로 행
동하지 않나 걱정이다. 그래서 심혈을 기울인 내 마지막 연구가 실
패할까 싶어서. 그건 그렇고, 그들이 들려준 가장 오래된 설화는 이
렇다. 옛날에 아버지가 열네 명인 남자가 있었다. 다른 이들과 마찬
가지로 그도 고귀하고 정직하고 공정한 남자였다. 솜씨 좋은 사냥
꾼이었고, 도덕적이고 무자비한 법관이었으며, 무시무시한 전사였
다. 그가 너무 위대해서 부족의 나머지 남자들은 그를 존경한 나머
지 두려워했다. 그가 오면 사람들은 뒤로 물러나 그의 시선을 피하
고, 그가 먼저 말을 걸기 전에는 아무도 말을 하지 않았다. 그 결과,
그 남자는 친구도 없고 동료도 없는 완전한 외톨이가 되었다. 그는
제일 나이 많은 남자에게 가서 그 앞에 무릎을 꿇었다. "제 창은 이
끝없는 숲 전체에서 겨룰 자가 없습니다." 그가 말했다. "제 판단은
건전하고 굳세며, 저는 처음 남자가 된 이후로, 다른 말로 하자면 언
제나, 제 남자들을 먹이고 안전하게 지켰습니다. 하지만 저는 혼자
이고, 그러므로 실패했습니다. 제 생명을 강에 양보할 수 있도록 당
신의 허락을 구합니다. 그러면 제 영혼이 세상의 생혈에 합쳐져 제
사람들을 영원히 보호할 수 있을지도 모릅니다." 제일 나이가 많은
남자는 그 말을 곰곰이 생각했고, 생각하면서 땅바닥에 동그라미를
하나 그렸다. 그리고 그 동그라미 안에 또 다른 동그라미를 엮어 넣

었다. 그리고 그 안에 또 다른 동그라미를. 제일 나이가 많은 남자는 동그라미 열네 개가 얽혀 단단한 매듭이 될 때까지 계속해서 그렸다. 그 앞에 무릎을 꿇은 남자는 눈치채지 못했다. 마침내, 제일 나이 많은 남자가 말했다. "내게는 허락해줄 권한이 없다. 그런 결정의 권한은 네 열네 아버지의 수중에 있다. 허락은 그들에게 구하라." 하지만 어디에서 아버지들을 찾아야 할지 몰랐던 남자는 숲의 심장부로 떠나는 여행을 준비했다. 그는 창 하나를 챙겨 등 뒤에 비끄러매었다. 그는 음식도 옷도 물을 담을 가죽 부대도 가져가지 않았다. "나는 처음 올 때의 모습으로 세상 속으로 나아갈 것이다. 맨몸으로, 배를 주린 채, 하지만 강력하게." 사람들이 듣고 머리를 조아렸다. 그들은 그의 시선을 두려워했다.

그 남자는 강의 고동치는 심장을 향해, 알려진 세상의 고동치는 심장을 향해 상류로 떠났다. 그는 열나흘 낮과 열나흘 밤을 여행했다. 자지도 먹지도 않았다. 배가 고프면 무릎을 굽혀 땅에 대고 하늘을 향해 입을 벌리고는 하늘을 조금씩 물어뜯어 씹었다. 고향에 있던 그의 남자들은 높고 하얀 하늘에 난 물어뜯긴 흔적들을 알아챘다. 처음에는 작았던 흔적이 날이 갈수록 커졌다. 하늘에 이빨 자국이 가득했다. 열나흘째가 되자 비가 왔고, 하늘에 난 뜯긴 구멍에서 물이 콸콸 쏟아졌다.

— 타미노 아일라레의 일기 중에서

'건너와.' 분명 나무 위에서 또는 나무 밑에서 사는, 아니면 사실은 나무인지도 모를 여자인 남자가 왼팔을 개울 쪽으로 쭉 뻗고 오른손을 부드럽게 움직여 말했다.

'못 해.' 카르미나가 두 손바닥을 가슴 쪽으로 향하고 땅을 향해 구슬프게 팔락거리며 말했다. 그녀가 처음으로 배운 신호 중 하나였다. 그녀는 바위에 앉아 지금은 씻겨서 거의 깨끗해진 젖은 속옷들을 다리에 꿰었다.

'건너와.' 여자가 양손을 사용하여 강조하며 다시 말했다.

'못 해.' 카르미나가 신호로 답했다. '아버지한테 가야 해.' 어머니를 뜻하는 신호는 없었다.

'그의 피는 돌 속에 있어. 돌에게 물어봐.'

"아니." 카르미나가 소리 내 말했다. 그녀는 젖은 가슴 위로 하얀 원피스의 단추를 잠갔다.

물 건너편의 여자는 땀과 피와 흙이 묻은 그대로였다. 장식 띠며 레이스로 부산을 떨면서도 카르미나는 그녀의 냄새를, 싱그러운, 나무 같은, 축축한 흙 같은 냄새를 맡을 수 있었다. 카르미나는 몸을 부르르 떨었다. '그의 피는 그의 몸 안에 있어. 그는 숨을 쉬어.'

'하나는 숨을 쉬어. 죽었지만. 다른 하나는 네가 지나갈 때마다 소리치지. 나무들이 그걸 들어. 우리가 그걸 들어. 너는 듣지 못해.'

카르미나는 고개를 끄덕였다. '내 아버지는 너희 일부가 남자이고 일부는 아닌 걸 알았어?' 나는 남자인 척하는 저 여자를 좋아하지 않아, 카르미나는 결정을 내렸다. 하지만 그러고 보면 그녀가 좋아하지 않는 사람은 아주 많았다.

'네 아버지는 우리가 다 남자라는 걸 알았어. 마지막 숨을 쉬면서 알았지.' 카르미나는 망고만 한 돌멩이를 집어 물에 던졌다. 돌멩이가 만족스럽게 물보라를 튀기며 사라졌다. 당연히 누구를 겨냥한 건 아니었고, 그 여자, 또는 그 남자, 또는 뭐가 됐든 그것에게 상처를 입히려고 의도한 것도 아니었다. 그녀는 그저 뭔가를 던지고 싶었다. 자신을 남자라고 부른 여자가 한쪽 눈썹을 치켜들었지만 별다른 말을 하지는 않았다. 카르미나는 돌아서서 손을 데기라도 한 듯이 손바닥을 뒷허리에 대고 문지르며 서둘러 오솔길을 되짚었다. 그녀가 몸을 숙였을 때 어디선가 속삭이는 소리가 들렸었다. 너무나 희미해서, 아까부터 있었는데 눈치채지 못했던 걸까, 의아할 정도였다. 그녀가 몸을 숙이자 속삭이는 소리가 말했다. "잘 들어." 그녀가 화들짝 몸을 일으키는데 속삭이는 소리가 말했다. "돌 중에 있어." 그리고 그 소리가 아치를 그리며 위로 뻗었다. 습하고 얼룩덜룩한 오후의 빛을 통과하며 휘어지는 그 미세한 중량. 속삭이는 소리가 말했다. "단 하나의 진짜 돌." 그러고는 풍덩 소리와 함께 사라졌다.

*

강 위에서 보내는 열 번째 날에 그 남자는 강물에게 말을 걸기 시작했다. 열네 번째 날, 강이 대답했다.

"나는 배가 고파서 하늘을 조금 먹었다." 그가 말했다.

"그리고 네가 그랬을 때, 땅이 울었지."

남자가 삿대를 젓자 직접 나무 속을 긁어내서 만든 배가 강가로 향했다. 그는 진흙을 딛고 강가에 핀 풀꽃들 가운데 서서 배를 떠내려 보내고는 강이 배를 실어 가는 걸 지켜보았다.

남자가 말했다. "어느 사악한 남자가 내 앞에 무릎을 꿇었다. 그 남자는 자비를 구걸했다. 그 남자는 정의를 구걸했다. 나는 그 남자에게 둘을 동시에 가질 수는 없다고 말했다. 그 남자가 나더러 선택해달라고 요구했다. 그래서 나는 늘어진 그 남자의 목에 칼을 대고 깔끔하게 베어냈다."

강은 아무 말도 하지 않았다.

"그 남자의 시신은 나무들 가운데 놓아두었다. 아침이 되자 사라졌다."

"그리고 하늘은 울었다." 강이 말했다.

"맞아. 그래, 그랬다. 하늘이 왜 울었지?"

"하늘은 울기 때문에 울었다. 사악한 남자는 왜 사악한 일을 했는가? 무자비한 남자는 왜 자비가 없는가? 모든 진정한 존재는 제 본성에 따라 행한다."

"그렇다면." 남자가 말했다. "왜, 오늘, 강은 말하는가. 이런 행위는 그 본성에 반하지 않는가?"

"모든 진정한 존재는 제 본성에 따라 행한다." 강이 같은 말을 반복했다. "그렇지 않을 경우를 제외하면. 그렇다면, 그렇지 않다." 그리고 그 말과 동시에 강은 침묵에 빠졌다.

남자가 다시 강에게 말을 걸어봤지만, 강은 소용돌이와 물결과 이따금 꾸르륵거리는 소리로만 소통했다. 남자는 모르는 언어였다. 배고픔으로 약해진 남자는 하늘을 또 한 조각 먹었다. 남자는 땅이 울기를 기다렸다. 땅은 울지 않았다.

— 타미노 아일라레의 일기 중에서

＊

카르미나가 집으로 돌아와보니 측량사 네 명과 목수 여섯 명, 건축가 두 명, 도제 아홉 명, 하인 열여섯 명이 집과 정원, 그리고 벽마다 개미처럼 돌아다니고 있었다. 시어머니가 될 여자는 한때 아버지의 서재였고 지금은 죽은 사람의 조용한 학식을 기념하는 곳인 아치를 인 작은 방에서 책상을 들여다보고 있었다. 카르미나가 걸음을 멈추자 희미한 바람을 맞은 하얀 원피스가 팔락거리며 땀이 난 다리를 스쳤다. 시어머니가 될 여자가 이모와 어깨를 나란히 한 채 고개를 숙이고 있었다. 책상 반대편에는 얼굴에 흑연과 잉크를 묻힌 아주 작고 아주 신경질적인 건축가가 서 있었다. 건축가는 설계도와 도면을 한 장 한 장 펼칠 때마다 고개를 까닥이고 어깨를 움츠렸다. 그는 선웃음을 웃었고, 낑낑거렸다. 그가 이빨을 보였다. 두 여자가 굽 높은 신발로 넓은 돌바닥을 조급하게 또각거리면서, '여기', 그리고 '여기', 그리고 '여기', 손가락으로 가리켰다. 카르미나가 헛기침을 했다.

두 여자가 쉿 하는 소리를 내며 등을 꼿꼿이 세웠다. 둘은 동시에 턱을 치켜들고 눈썹을 치켜올렸다. 둘은 식사를 준비하는 곤충처럼 두 손을 가슴 앞에 모으고 손가락을 톡톡톡 마주 두드렸다.

"너." 예비 시어머니가 말했다. "네가 여기 있구나."

"당연히 있지요." 카르미나가 말했다. "저는 여기 살아요."

둘이 서로에게 뭔가를 아는 체하는 눈짓을 보냈다. 건축가는 바닥을 뚫어지게 쳐다보았다. 뭔가 짓이길 거리를 찾는 게 분명했다.

"지금은 그렇지." 이모가 말했다. 예비 시어머니가 미소를 지었다.

"무슨 말씀이신지 설명 좀 해주세요." 카르미나가 이를 갈면서 상냥하게 말했다.

"음, 결혼하고 나서도 여기서 지낼 생각은 아니겠지. 이 집은 네 불행한 아버지가 추방되면서 딸려온 거야. 법에 따라, 넌 이 집을 팔아 이익을 챙길 수 없지만, 네 남편은…."

"예비 남편이죠." 카르미나가 정정했다.

"버릇없구나." 이모가 힐난했다.

예비 시어머니가 입꼬리를 양쪽으로 늘여 어색한 미소를 지었다. "네 남편은 집과 땅과 그 애가 보기에 팔만 해 보이는 소유물은 뭐든 팔 수 있게 되겠지."

"'당신'이 보기에 팔만 해 보이는 것이겠지요."

"같은 얘기야."

카르미나는 두 주먹을 허리 뒤쪽에 대고 세게 문질렀다. 허리가 아팠다. 자궁이 아팠다. 가슴이 아팠다. 그녀는 눕고 싶었다.

"하지만 책은 안 돼요. 그리고 아버지의 기록들도요. 그것들은 제가 가지고 있을 거예요."

"책은 다음 주에 서적상이 와서 감정하기로 했다. 값이 나가는 건 뭐든 팔 거야. 나머지는 네가 가져도 되겠지."

카르미나는 소리를 지르지 않으려고 눈을 감고 나직이 말했다. "책은 어머니 것이고, 어머니는 아직 살아 계세요. 어머니 허락 없이는 책을 감정할 수 없을 거예요."

"말도 안 돼! 의식도 없는 여자가 어떻게 허락을 해." 이모가 두 손을 하늘을 향해 들고서 외쳤다.

"그러게요." 카르미나가 말했다.

"여하간에, 책이 전부 네 어머니 것은 아니겠지. 표식이 없으면, 소유권은 남성에게 있다고 가정되고, 권리가 상속인에게 넘어가니 이 경우엔…."

"표식이 있어요. 각 권마다요. 아버지가 직접 표시했어요."

카르미나는 아버지가 그 일을 하는 걸 지켜봤다. 끈적한 풀단지가 열여덟 개, 붓이 아홉 개, 책 앞표지 안쪽마다 단단하게 부착된, 일일이 손으로 눌러 만든 천 개가 넘는 똑같은 금속판이 금색 양각 무늬로 '페트라 아일라레의 장서'임을 선언하고 있었다. 아버지는 죽기 전 일주일 동안 그 일을 했다. 마치 무슨 일이 닥칠 걸 미리 알았던 듯이.

"이런 얘기는 없었잖아." 예비 시어머니가 이모에게 식식거렸다. 이모가 말을 더듬으며 애처롭게 말했다. "저는… 확실히… 음, 전 한 번도… 솔직히 저것들이 모두 그럴 리는…." 이모가 재빨리 책장에서 책을 빼서 표지 안쪽을 확인하기 시작했다. 모두 페트라의 이름이 찍혀 있었다. 한 권도 빠짐없이 모두 다.

스무여드레를 여행한 끝에 그 남자는 세상의 중심에 무릎을 꿇었다. 그는 망가진 하늘을 향해 두 손을 들어 올렸다. "난 더는 못

간다." 그가 소리쳤다. "발이 찢기고, 손이 찢기고, 심장이 찢겼다."
그는 손가락을 진흙에 찔러 넣어 한 움큼 떠서 입에 넣었다. "아버
지들이 내 생명이 끝나기를 원한다면, 난 이곳에 누울 것이다. 이곳
이 내 무덤, 세상의 중심에 있는 아무 가치 없는 진흙 속 얄팍한 나
락이 될 것이다!"

"얄팍한 남자에겐 얄팍한 무덤이 제격이지." 뒤에서 어떤 목소
리가 말했다.

"자비를 베풀 시간이 없었던 이에겐 무자비한 종말이다. 이것이
우리 아들에 대한 우리의 계획인가, 형제들이여?"

"모든 진정한 존재는 제 본성에 따라 행한다."

"맞다. 그 존재 자체가 진실하다면."

"당신들은 누구인가?" 남자가 여전히 두 손에 진흙을 든 채 말
했다.

"네 아버지다." 열네 목소리가 말했다. 남자는 나무 열네 그루가
둥그렇게 둘러싼 곳에 있었다. 나무마다 밑동에 갈라진 금이 있고,
다정해 보이는 옹이가 양쪽에 있는데, 그 안에 크고 붉은 돌멩이가
박혀 밖을 내다보고 있었다. 돌멩이들이 깜박거렸다.

"아버지들이시여." 남자가 몸을 일으키며 말했다. "제 창은 이 끝
없는 숲에서 겨룰 자가 없습니다. 제 판단은 건전하고 굳으며, 저는
처음 남자가 된 이래로, 다른 말로 하자면 언제나, 제 사람들을 먹이
고 안전하게 지켰습니다."

"그 말을 증명할 것이 있느냐?"

"아무것도." 남자가 말했다.

"아무것도." 나무들이 그 말을 반복했다. 그들은 반짝이는 눈을

깜박였다.

— 타미노 아일라레의 일기 중에서

카르미나 아일라레가 어렸을 때, 아버지가 돌을 모으러 숲으로 가는 길에 데려간 적이 있었다. 무자비한 태양이 끊임없이 이글거리는 성읍을 벗어나 기분전환을 할 수 있는 반가운 기회였다. 그녀는 저택 정문에서 바랠 듯한 뙤약볕을 맞으며 조약돌 깔린 큰길을 걸어 성읍을 감싼 높은 성벽까지 갔던, 그 땀에 젖어 끈적끈적하던 긴 산책을 기억했다. 저택에서 가장 가까운 출구는 네 성문 중에서 제일 작은 성문이었는데, 무언가를 탄원하는 열린 입처럼 내리닫이 목책이 낮게 내려져 있었다. 거기 유일한 경비원은 취해서 성문을 오가는 이들을 버려두는 일이 잦았고, 성문이 며칠씩 닫혀 있는 경우도 있었다. 카르미나는 아버지의 시원한 손을 잡고서 자기 손은 뜨겁고 땀과 먼지로 끈적끈적한데 아버지 손은 어쩌면 이렇게 보송보송할까 의아해했던 기억이 났다.

그때 카르미나와 아버지는 어깨를 움츠리고 낮은 석조 아치를 지나, 식초와 검댕과 오래된 고기 냄새를 풍기는 경비원을 옆걸음으로 가만가만 지났다. 경비원이 인사라고 짐작되는 어떤 말을 내뱉었다. 아버지는 나무가 삐걱거리는 듯한 소리로 응답했다. 숲과 성벽 사이에는 좁은 맨땅이 있었다. 성벽 너머의 녹색 세상을 두려워하는 총독이 나무들의 접근을 저지할 공터를 둘 것을 고집했다. 매일 죄수 유형지에서 짜낸 노동자들이 간수들의 감시 속에 툴툴거리며 큰 낫과 쟁기와 갈퀴를 들어 올렸다. 식물을 뿌리까지 뽑아냈지만, 어김없이 그들의 발밑에서 다시 자랐다. 저녁이 되면 나무 씨앗들이 어두워지는 하늘을 향해 얇은 잎을 펼쳤고, 아침이 되어 다음 노동자들이 도착할 때쯤이면 벌써 무릎 높이로 자라 있었다.

카르미나와 아버지는 그루터기투성이인 그 땅을 지나 숲 그늘 속으로 미끄러져 들어갔다. 시원하고 축축하고 어두웠다. 카르미나는 아버지의 시원한 손을 놓고 뿌리와 가지와 떨어진 나무줄기를 낑낑거리며 타고 넘었다. 아버지는 속이 빈 듯한 사지를 설렁설렁 흔들며 걸었고, 발을 내디딜 때마다 녹색을, 그러고는 갈색을, 그러고는 다시 녹색을 취하는 듯했다. 마침내 둘은 드넓은 숲 중앙, 유유히 흐르는 오포낙스강의 수많은 지류 중 하나인 작고 맑은 개울에 도착했다. 폭이 좁지만 유속이 빠르고 물이 맑은 개울이었다. 걸어 들어가면 물이 그녀의 허리께밖에 차지 않았지만, 떠내려가지 않으려면 아버지의 두 손을 꽉 잡고 있어야 했다. 시내 바닥은 작은 달걀 모양으로 반짝이는 돌멩이 천지였는데, 카르미나의 작은 주먹 안에 딱 맞을 정도의 크기였다. 그녀는 연거푸 물속으로 들어가 푹 젖은 치마의 천이 견디는 한도까지 돌멩이들을 모았다.

그런 뒤에는 여전히 발을 물에 담근 채 돌멩이 무더기를 가운데 놓고 아버지와 나란히 바위투성이 개울가에 앉아 돌멩이를 살폈다. 하나하나 색을 확인하여 파란색 돌멩이와 녹색 돌멩이와 검은색 돌멩이 더미를 만들었다. 하얀색 돌멩이와 색이 섞인 돌멩이는 다시 물에 던졌다. 그러면서 타미노 아일라레는 딸에게 이야기를 들려주었다.

"얘야, 옛날에 나무와 사랑에 빠진 한 남자가 살았단다."

"어떤 나무?" 카르미나가 물었다.

"어떤 나무냐고? 아무거나! 나무 종류가 무슨 상관이야?"

카르미나는 생각해보았다. "음, 좋은 나무였어? 친절한 나무? 아니면 이기적이고 사악한 나무였어?"

"좋은 나무." 카르미나의 아버지가 나직이 말했다. "정말 최고로 좋은 나무였어."

"좋아." 카르미나가 말했다. "난 이 이야기를 좋아하고 싶으니까."

"어쨌든, 어떤 남자가 어떤 나무를 너무너무 사랑했단다. 그 나무는 세상의 중심에 있는 숲 한가운데에서 자랐어. 그 남자는 사랑하는 이를 보기가 쉽지 않았어. 져야 할 책임이 있었거든. 그는 아내와 아이가 있는 명예로운 시민이었지. 해야 할 임무들도 있었어."

"그 남자는 어떻게 자기 아내와 가족이 아닌 걸 사랑할 수 있어?"

"왜냐면 그는 그랬으니까."

"그럼 그는 사악한 사람이었어."

"그래. 하지만 좋은 사람이기도 했지. 때로 사람은 둘 다일 수 있단다. 때로, 둘은 같은 거지."

카르미나는 아무 말도 하지 않았다. 그녀는 숲을 바라보는 아버지를 지켜보았다. 얼룩얼룩한 햇빛에 아버지의 머리

카락이 검은색으로, 그러고는 금색으로, 그러고는 녹색으로
빛났다.

"어느 날, 그 남자가 사랑하는 이를 떠나려는데, 도무지 발
이 떨어지지 않는 거야. 그는 그 다정한 나무의 껍질을 쓰다
듬으며 이끼 낀 뿌리 사이에 얼굴을 묻었지. 나무가 부르르
떨면서 한숨을 쉬었단다. 나무는 슬픔에 잠긴 듯이 휘몰아치
는 바람에 가지를 흔들다가, 가슴에 안긴 남자가 비통해하자
가운데가 쩍 갈라지며 남자를 감싸듯이 쓰러졌단다. 둥치 한
가운데에는 돌멩이가, 반짝거리는 진홍색 돌멩이가 하나 있
었지. 이것 같은." 아버지가 돌멩이 더미에 손을 뻗더니 눈물
모양의 돌멩이 하나를 빼냈다. 매끈하고 붉은, 카르미나의 엄
지보다 두 배쯤 큰 돌멩이였다. 아버지가 돌멩이를 그녀의 손
에 쥐여주었다. "단 하나의 진짜 돌멩이."

"그럼 그 남자는 집에 갔어?" 카르미나가 물었다.

"모르겠어." 아버지가 말했다.

"죽었어?"

"모르겠어." 아버지가 다시 말했다.

카르미나는 손에 든 돌멩이를 쳐다보았다. 돌멩이가 반짝
였다. 돌멩이가 깜박였다. "이 돌멩이는 어떻게 해?"

"가지고 있으렴." 아버지가 일어서서 장화를 찾으며 말했
다. "잃어버리지 마."

하지만 그녀는 돌멩이를 잃어버렸다. 바로 그날에. 숲에서
집으로 돌아오는 길 어디쯤에서 돌멩이가 주머니에 난 구멍
으로 미끄러져 풀이 무성한 오솔길에 떨어졌다. 카르미나는

아버지에게 말하지 않았다.

*

　모든 제국 신민들의 사랑을 받으시는, 신앙의 보호자이시자 온 민족의 치유사이시며 유랑 부족들의 우두머리이시고 지식과 이성과 진실의 담지자이신 고귀하고 인자하신 우리 황제께 인사 올립니다. 안녕, 사촌.

　우리가 마지막으로 만난 지 14년이 지났어. 마지막으로 내가 네 명예에 상처를 입히고 감히 네 최고이단심문소의 성스러운 거룩함을 훼방 놓은 지 14년이지. 내가 아직 살아서 이 편지를 쓰는 건, 그리고 내 아내와 아이가 여전히 너의 가장 미천한 종복인 나의 기쁨이자 위안으로 남아 있는 건, 오직 네 은총과 축복 덕분이야. 너는 용의주도하게 내게 '간악한 모랄루족', 이 지역에서는 '나무에 사는 사람들'이라 알려진 이들을 연구하고 기록하라는 임무를 주고, 그래서 네가 자비롭게도 모랄루족과 이곳 죄수 유형지와 영광스러운 오포낙스강 유역의 교역을 어떻게 할지 고려할 때 필요한 통찰력을 제공하라는 임무를 주고 나를 이곳으로 보냈지.

　우리가 한때 서로 사랑했기에, 아 사촌, 아 주군, 우리 모두의 후원자시여. 내가 제일 좋아하는 우리의 기억, 그 불쌍한 가정교사(부디 평화롭게 잠드시길)에게 같이 나쁜 짓을 하고 같이 벌을 받던, 둘 다 어렸던 시절의 추억이 있기에, 난 이 임무가 실패했음을 실토해야겠어. 사촌, 네가 준 과제는 불가능해. 모랄루족은 지배당하지 않아. 아니, 그들은 지배당할 수 없어. 이상한 말이지만, 그들은 너에게 위협이 될 수도 없어. 14년 동안, 나는 추적하고, 베끼고, 기

336

록하고, 만났어. 알려진 온갖 스파이 활동과 강압과 논쟁과 속임수를 수단으로 동원했지. 나는 이 제국의 그 누구보다 모랄루족의 언어와 역사와 문화와 움직임을 많이 안다고 자부해. 그리고 난 아무것도 모르지. 아무것도! 14년 동안 나는 사랑하는 이가 눈썹만 꿈쩍해도 몸을 떨고, 한번 뒤돌아봐 주기만 해도 신음하면서, 여느 연인이 애쓰듯이 애썼어. 그리고 나는 이제 약해지고 부서지고 상심한 사람이야.

친애하는 사촌, 내가 이렇게 초라한 서한을 보내는 이유는 이것이야. 아무리 사소한 내용이라도 내가 알게 된 정보가 모랄루족을 궤멸시키려는 네 계획에 혹시라도 도움이 될지 모르니, 난 아무 정보도 주지 않을 작정이야. 14년 동안 나는 자칭 대학이라는 이 텅 빈 껍데기 안에서 우둔한 정신들의 무게에 깔려 고통받으며 이 습지에서 땀을 흘렸고, 또 14년 동안 나는 모랄루족을 사랑했어. 네가 날 보낸 의도를 온전히 알았다면, 그들은 내게 아무것도 누설하지 않았겠지. 그들은 이제 알 거야, 내가 말할 테니까. 그들이 날 살려줄지 어떨지는 모르겠어. 어찌 되든, 난 두건을 쓴 폭군의 하수인들보다는 친구들의 칼날에 내 목을 내놓고 싶어. 사촌, 나는 한때 널 사랑했지만, 네 사악함으로 인해 어쩔 수 없이 경멸하게 되었어. 나는 모랄루족을 사랑하지만, 나의 배신으로 인해 그들은 날 경멸하게 되겠지. 다 그런 거야.

기록들은 태워버렸고, 일기는 숲 깊숙한 곳에 숨겨놨고, 내 책들은 아직 남아 있는 동지들의 비밀스러운 손길을 빌어 제국의 모든 도서관에서 제거했어. 모두 파괴되거나 분실되거나 숨겨졌지. 이제 내가 권리를 주장할 수 있는 건 내 목숨밖에 없어. 누구나 그래. 친애하는 사촌, 너조차도.

변함없는 존경과 감사의 마음을 바치며,

당신의 충성스러운 종복,
타미노 아일라레

✳

카르미나는 정원으로 나갔다. 하인 둘이 오렌지나무 밑
에 커다란 바구니 네 개를 놓고 오렌지를 따서 담고 있었다.

"오렌지는 아직 딸 때가 안 됐어." 카르미나가 꾸짖었다.
"아직 익지 않았잖아. 그분이 시켰어?" 하인들은 그저 땅바닥
만 쳐다보았다. 크고 슬픔에 잠긴 눈들이 퉁퉁 부어 있었다.
카르미나는 정원 가장자리를 쳐다보았다. 예비 신랑이 담장
을 마주하고 서서 돌을 던지고 있었다. 안개로 흐릿하게 보이
는 이파리들을 단 나무들이 담장 위를 떠돌며 밀려 들어왔다.

"결혼하면 하인들한테 말을 못 걸게 할 거야." 그가 그녀
를 쳐다보지도 않고 말했다. 그가 팔을 뻗어 돌을 또 하나 집
어서 담장 위로 깔끔하게 던졌다. 나무들이 부르르 떨었다.

"왜?" 카르미나가 물었다.

"어머니 말씀이, 넌 이름난 이교도이자 공포 장사꾼의 딸
이니까 집안 일꾼들을 기분 나쁘게 만드는 동시에 게으르고
우둔하고 부도덕한 네 아버지의 교리를 퍼뜨릴 거래."

"그분이 그러라고 시켰구나, 그렇지?" 카르미나는 그가 다
시 팔을 뻗어 모양도 크기도 망고만 한 돌을 집어 드는 것을

지켜보았다. 그는 한 번, 두 번 돌의 무게를 가늠하더니 곁눈으로 그녀 쪽을 힐끗 보고는 담장 위로 휙 던졌다. 얼마나 집중해서 힘차게 던지는지, 그녀는 그가 자기 머리를 겨냥하는 상상을 하며 돌을 던진 게 틀림없다고 생각했다. 그러고 싶긴 그녀도 마찬가지였다. 어쨌든 그의 머리가 조금 더 크니까 맞추기도 더 쉬울 터였다.

담장 너머에서는 나무들이 모여 거대한 녹색 덩어리를 만들었다. 이파리마다 걸린 안개가 커튼처럼 땅바닥까지 늘어졌다. 카르미나는 기침을 했다. 그녀는 그의 굽은 어깨를, 그의 해이해진 허리를, 그의 살집 좋은 목에 느슨하게 붙어 있는 듯한 창백한 피부를 지켜보았다. 그가 몸을 굽혀 돌을 두개 더 집어 들었다. 잘근잘근 씹힌 아랫입술이 생고기처럼 발갰다. 그의 앞니가 아랫입술을 주름이 지도록 깊이 파고들었다. 카르미나는 그가 결국 피를 볼까 궁금했다. 그녀는 담장위로 시선을 돌렸다. 잎이 무성하게 달린 가지들이 마치 슬금슬금 다가오기라도 하듯, 이제는 한층 가까워 보였다. 딱히 바람이라고 할 만한 것이 없는 데도 나뭇가지들이 끊임없이 흔들렸다. 그녀의 남편은 여전히 그녀에게 눈길 한번 주지 않고, 돌을 던질 준비를 하며 담장 위를 응시했다.

"하지만 내가 걱정할 일은 아니지. 네가 혼자 방치되지는 않을 거야. 어머니는 계획을 다 세워두셨어. 우리는 이 가축 우리를 팔 거야. 정말이지, 넌 어떻게 이런 데서 살 수 있는지 모르겠어."

"난 여기가 좋아." 카르미나가 말했다. 그는 알아차리지 못했다.

"우리는 상당히 큰 루비 광산 지분을 살 수 있을 거고, 우리 할아버지의 저택을 새로 손볼 돈을 남길 수….."

"미안하지만." 카르미나가 끼어들었다. "그거 내 돌이야." 그의 왼손에 돌이 하나 있었다. 눈물 모양의 붉은 돌이. 그게 빛을 받아 깜박였다. "아버지가 그거 잃어버리지 말라고 하셨어."

"네 아버지는 죽었어." 그녀의 남편이 돌을 살펴보았다. "그리고 어쨌든, 네 것이면 뭐든 내 거지. 그렇게 돌아가는 거잖아. 게다가, 이 돌은 전혀 특별하지 않아. 그냥 멍청한 돌이야." 그가 돌을 하늘 높이 던졌다. 카르미나는 돌이 깨끗한 호를 그리며 담장을 넘어 엄청난 잎사귀 더미 속으로 사라지는 걸 지켜보았다. 나무들은 이제 담장 위에 있었다. 잎과 가지들이 안마당에 떨어져 담장 밑에 쌓였다. 녹색 것들이 모여 구름처럼, 아니 파도처럼 부풀었고, 카르미나는 잠시 그 파도 밑에 잠기는 게 아닌지 의심했다.

"자." 그가 말했다. "봤어? 문제 해결. 아무것도….." 하지만 그는 말을 끝맺지 못했다. 담 너머에서 소리가 들렸다. 나무가 삐걱거리는 듯한 소리였다. 나무가 구부러지고 부풀어 오르고 터지는 소리. 공기 중에 떠도는 톡 쏘는 수액 냄새가 뒤를 따랐다.

"나무들." 그녀의 남편이 말했을 것이고, 그가 그녀의 팔을 잡아끌었지만, 그의 목소리는 아주 멀리서 들리는 듯했다. "나무들." 그가 다시 말했다. 하지만 그녀는 그의 말을 듣지 못했다. 그녀는 크고 작은 가지와 숲의 노래를 듣느라 너무 바빴다.

나무 여섯 그루가 담을 부수고 들이닥쳤다. 숨 쉬는 숲 곳곳에서 천 그루의 나무들이 한숨을 쉬고 삐걱거리고 입을 벌려 하품을 했다. 광을 낸 가슴받이와 잎으로 덮인 튜닉을 입은 사람들이 부서진 담장 틈으로 기어들고, 양옆 담장을 재빠르게 넘어 들고, 기울어진 가지들에서 뛰어내렸다.

"도망쳐." 그녀의 남편이 도망가면서 외쳤을 것이다. 그가 몸을 돌렸고, 그의 넙데데한 얼굴은 공포로 늘어지고 반들반들했다. 칼이 제일 먼저 그의 허벅지를, 그러고는 가슴을, 그러고는 목을 베었다. 그는 빨강과 초록의 얼룩 속으로 쭈그러들었다. 그러고는 빨강, 빨강, 빨강. 카르미나는 그의 옆에 무릎을 꿇었다. 단도와 창과 곤봉을 든 사람들이 옆을 스치며 달려갔다. 어딘가에서 종이 울렸다. 또 다른 종이 응답했다. 그러고는 세 번째 종이. 그 종들은 대참사가 일어났을 때만 울렸고, 카르미나는 평생 딱 두 번 그 소리를 들었다. 어떤 사람이 죄수 유형지에서 도망쳤을 때 한 번, 나무에 사는 사람들이 그녀의 집으로 몰려와 아버지를 죽였을 때 한 번.

그녀의 남편이 될 사람이 땅바닥에 반듯이 누워 있었다. 입에서는 피가 흐르고, 숨은 거칠고 얕았다. 카르미나가 그의 손을 잡았다. 그녀는 잎을 하나 집어 들어 그의 가슴에 난 상처에 올려놓았다. 그녀는 잎을 또 하나 집어 들어 그의 허벅지에 놓았다. 그녀는 잎을 또 하나 집어 들어 그의 목에 놓았다. 그가 눈을 깜박였다. 호흡이 느려지고 편안해졌다. "옛날에." 그녀가 말했다. "열네 명의 아버지를 찾으러 드넓은 세상의 중심까지 여행을 한 사람이 있었어."

그가 그녀의 얼굴을 쳐다보았다. 천천히 그가 다른 손으로 그녀의 손을 잡고는 약하게 움켜쥐었다.

"옛날에, 착한 동시에 사악한 사람이 있었어. 그는 한 나무를 사랑했지. 그 나무를 너무 사랑해서 죽고 싶을 정도였어."

나무 여덟 그루가 더 담을 넘었다. 카르미나는 주위를 돌아보았다. 안마당이 아니라 숲이었다. 나무 열아홉 그루가 집을 뚫고 자라 수관이 지붕을 꿰뚫고 호를 그리며 뻗어 나갔다. 모랄루족 한 명이 이모의 부츠를 신고 이모가 제일 좋아하는 부채를 들고 지나갔다. 카르미나는 움직이지 않았다.

"옛날에 남자가 아닌 사람이 있었어. 옛날에 나인 사람이 있었어." 그녀의 남편이 될 남자가 몸을 부르르 떨고 한숨을 쉬더니, 그녀의 손을 잡고 있던 두 손이 힘없이 바닥으로 떨어졌다. 카르미나는 일어서서 담장에 난 틈을 타고 넘었다. 둥치 중간쯤이 길게 열린 나무 마흔 그루가 서 있었다. 카르미나는 가장 가까운 나무로 다가가 드러난 목질부에 두 손을 가져다 댔다. 녹색과 갈색 결이 있는 노란색 목질부에서는 달콤하고 톡 쏘는 수액과 흙냄새가 났다. 그녀는 손잡이 두 개를 발견하고는 몸을 들어 나무 안으로 들어갔다. 그녀의 몸에 딱 맞았다. 아주 편안했다. 그리고 뒤에서 나무껍질이 닫힐 때도 그녀는 소리를 지르지 않았다. 그녀는 두렵지 않았다. 그녀는 돌아보지 않았다.

켈리 반힐

Kelly Barnhill, 1973~

켈리 반힐은 미국의 작가로 아동용 판타지 소설인 《무허가 마술사》로 2016년 세계판타지문학상을 수상했고, 《달빛 마신 소녀》로 2017년 뉴베리상을 받았다. 〈포스트스크립트〉, 〈클락스월드〉, '토르닷컴', 〈기묘한 이야기들〉, 〈광속〉 등의 잡지와 선집에 성인용 단편들을 실어 좋은 평가를 받아왔다. 〈나무에 사는 사람들〉에서 카르미나는 아버지의 죽음에 대한 답을 구한다. 이 이야기는 2008년 〈포스트스크립트〉 15호에 처음 발표되었다.

히로미 고토

Tales from the Breast

가슴 이야기

한 번도 제기되지 않은 질문이 어쩌면 가장 중요한 질문일지 모른다. 당신들은 그런 생각을 하지 않는다. 절대로. 당신들이 어릴 때 어머니들은 질문을 너무 많이 하다가는 곤란해질 수 있다고 일러주곤 했다. 당신들은 이제야 충분히 질문하지 않았던 탓에 옛날 어머니들이 겪었던 그 지랄맞은 강을 똑같이 노도 없는 배를 타고 떠내려가는 신세가 됐다는 사실을 깨닫는다. 당신들은 각자 어머니에게 장거리 전화를 걸어 이 사실을 알리고, 어머니들은 말한다. "음, 악을 악으로 갚아봐야 좋을 일이 없잖니, 애야." 그러고는 〈왕실 매거진〉 9월호에 소개된 찰스 왕세자가 제일 좋아한다는 디저트 만드는 법을 알려준다.

＊

모유 수유의 성공 여부는 젖을 먹이고자 하는 본인의 의지뿐만
아니라 주변 사람들의 격려에도 크게 영향을 받는다.

—《우리 아기의 첫 여행》, 173쪽

"뭐가 좀 나와?" 그가 호기심 어린 시선으로 아기 머리에
가린 내 가슴을 빤히 쳐다본다.

"모르겠어, 알 수 없어." 나는 얼굴을 찡그린다.

"무슨 말이야, 알 수 없다니? 네 몸이잖아. 내 말은, 넌 분
명 뭔가를 느낄 거야." 그가 머리를 긁는다.

"전혀, 아프기만 해."

"아." 두 번의 눈 깜박임. "미안해. 그게, 난 자기가 정말 자
랑스러워."

살면서 본 것 중에 가장 커다란 피굴 덩어리 같은 태반이
다리 사이로 미끄러져 나온다. 아직 축축한 아기는 젖을 먹
을 만큼 튼튼하지만, 새끼 사슴이나 망아지처럼 비틀거리며
일어서지는 못한다. 당신은 오랫동안 아기를 품에 안고 다녀
야 한다. 당신은 적어도 1년 가까이나 더 임신해야 하는 코
끼리가 아니라서 얼마나 다행이냐며 자신을 위로한다. 지금
젖을 먹이지 않으면 앞으로 12시간 동안 아기에게 젖을 먹
일 기회가 없다.

"간호사, 와서 아기 깨우는 거 좀 도와줄래요? 아기가 5시
간째 모유를 안 먹어요."

그 간호사에게는 털이 한 가닥 난 사마귀가 있다. 그녀의 얼굴을 올려다볼 때마다 조금 오래다 싶을 만큼 그걸 쳐다보지 않을 도리가 없다. 간호사가 아기의 옷을 벗기면서도 신생아용 모자는 남겨두었다. 아기는 빨갛고 꿈틀거린다. 당신은 방문자 누구도 아기가 당신을 똑 닮았다고 말하지 않기를 바란다.

"아기가 그냥 너무 편안해서 그래요." 간호사가 새된 소리로 말한다. "그리고 가끔 태어나느라 너무 피곤해하는 아기도 있어요. 그게, 아기들한테도 힘든 일이잖아요!"

"예, 맞는 말씀인 거 같아요."

"물론이죠. 아, 그리고 저라면 아기를 혼자 두고 화장실에 가지 않을 거예요. 특히 문이 열려 있을 때는요." 간호사가 잽싸게 빨간 아기를 문지르자 아기는 여전히 결연하게 눈을 감고 자면서도 꿈틀거리기 시작한다.

"무슨 뜻이에요?"

"음, 경비원이 있긴 하지만, 누구라도 그냥 쓱 들어와서 아기를 데려갈 수 있잖아요." 간호사가 마치 농담이라도 하듯이 미소를 짓는다.

"정말이에요?"

"아, 그럼요. 그리고 귀중품들도 주변에 그냥 두면 안 돼요. 절도 때문에 계속 골치가 아픈데, 여기 분들이 좋은 카메라를 가지고 있잖아요."

당신은 12시간 동안 진통을 겪었고 28시간째 자지 못했다. 당신에게는 그 말이 얼마나 부적절한 말인지 간호사에게 지적해줄 힘이 없다. 아기는 깨지 않는다.

시어머니가 아기를 보러 일본에서 오셨다. 시어머니는 큰
아이 돌보는 것도 도와줄 겸, 한 달간 머무를 예정이다. 시어
머니가 당신 가슴에 안긴 잠자는 아기를 응시한다. 당신은 시
어머니에게 아기가 제대로 먹질 않으려 한다고, 약간 걱정스
럽다고 말한다.

"네 젖꼭지가 너무 납작해서 그래. 게다가 아기가 그다지
잘 빨지를 못하네." 시어머니는 그렇게 말하고, 당신의 눈엔
분노의 눈물이 차오른다.

"그쪽 분들은 티베트에서 오셨어요?" 간호사가 묻는다.

＊

모유는 날것이고 신선하다.

—《우리 아기의 첫 여행》, 174쪽

당신은 집에 왔다. 돈을 더 내면 병원에 더 오래 있을 수
있는지 물어봤지만, 사람들은 그저 웃으며 아니라고 말했다.
시어머니는 자신과 큰 손주가 먹을 점심을 만들면서 당신이
좋아할지 어떨지 몰라서 당신이 먹을 건 아무것도 만들지 않
는다. 당신은 시리얼과 에너지바를 먹고 다시 모유 수유를 시
도한다.

고통은 날것이고 신선하다.

아기가 3시간 연속으로 모유를 먹는다. 트림을 시킬 때 보
니 아기 양쪽 입가에 딸기 밀크셰이크처럼 보이는 분홍색 거

품이 묻어 있다. 모유에서 피 맛이 났을 텐데 아기가 먹어도 괜찮은 걸까, 당신은 고민한다. 그러면서 몰래, 그게 아기한 테 안 좋은 일이라서 모유 수유를 끊어야만 하게 되기를 바란다. 당신은 친구에게 전화해서 고통과 피와 아기 건강에 대한 걱정을 털어놓았지만, 안타깝게도 아기가 피를 먹어도 전혀 해가 되지 않는다는 걸 알게 된다. 그 친구도 문제가 있었으며, 심지어 젖꼭지에 피가 맺힌 물집이 생기기도 했지만, 그 난관을 뚫고 모유 수유를 고수했다는 걸, 의사가 그래도 아무 문제 없다고 말했다는 걸 알게 된다. 피 물집이 터졌을 때, 아아 그 피, 그 고통. 하지만 당신의 친구는 아이가 네 살이 될 때까지 모유 수유를 고집했다.

전화를 끊고 당신은 더 의기소침해진다. 피는 문제가 안 되고, 당신 친구는 지금 당신보다 더한 고통을 겪었기 때문이다. 당신은 그 비극적인 젖꼭지 이야기를 이길 수 없다. 근처에도 못 간다.

"어째 잘 될 거 같지 않아." 나는 웃으려고 해봤지만 이내 포기했다.

"좀 더 기다려 봐. 좋아질 거야." 그가 침대 머리판에 붙은 독서등을 획 껐다. 내가 다시 획 불을 켰다.

"난 그렇게 생각하지 않아. 전혀 좋아질 거라는 생각이 들지 않아."

"그렇게 비관적으로 생각하지 마." 그가 나를 비난하지 않으려고 웃음을 짓는다.

"당신, 모유 먹는 아기들의 아빠를 위한 소책자 읽었어?"

"으음, 아니. 아직." 그는 어깨를 으쓱거리곤 다시 독서등에 손을 대려 한다. 나는 손을 뻗어 공중에서 그의 손목을 낚아챈다.

"음, 그 빌어먹을 걸 읽으면 당신도 내가 어떤 상황인지 좀 알게 될 거야."

"여자들은 여자들이 있었던 이래로 내내 모유 수유를 해왔어."

"뭐?"

"내 말이 무슨 말인지 알잖아. 자연스러운 거라고. 여자들은 존재한 이래로, 아이를 가진 이래로 쭉 모유를 먹여왔다고." 그가 수난을 당한 내 가슴을 힐끗 보더니 강의를 늘어놓는다.

"그게, 그들이 존재한 이래로 계속 해왔다고 해서 다 그걸 좋아했다는 의미는 아니잖아! 자연스럽다는 것과 그걸 좋아한다거나 그걸 잘한다는 건 달라." 나는 식식거린다.

"왜 당신은 그렇게 복잡해야 하는 거야?"

"그럼, 당신은 그렇지 않은 누군가와 결혼하지 그랬어?"

"너희들 배고프니?" 시어머니가 닫힌 침실 문 바깥에서 속삭인다. "배고프면 내가 뭔가 만들어줄 수 있는데."

*

충혈

—《우리 아기의 첫 여행》, 183쪽

아기는 한 번에 몇 시간씩 젖을 빤다. 소책자에서 읽은 것과 다르다. 당신은 병원에서 준 모유 수유 응급 전화번호로 전화를 건다. 모유 수유 전문가들이 아기는 자연스러운 일을 하는 것뿐이라고 말해준다. 아기가 많이 빨수록 모유가 더 많이 나올 것이며, 모유 생산이 어떻게 수요공급 법칙을 따르는지, 모유가 나오면 상황이 얼마나 나아질지를. 당신은 그저 모유가 어떤 종류의 트럭에 실려 나오는지 궁금해질 뿐이었다.

그들은 젖꼭지 통증이 느껴지는 건 아기에게 제대로 물리지 않아서라고 알려준다. 제대로 수유를 하는 데에 딱 맞는 '물림'이란 건 대체 어떠해야 하는가. 당신은 '물림'이라는 말의 어감이 마음에 들지 않는다. 뭔가 흡입력 있는 것이 달라붙어 절대 다시는 떨어지지 않을 것 같은 느낌이다. 당신은 칠성장어와 거머리를 생각한다.

모유가 나올 때는 엔진 없는 초대형 트럭에 실려 있다. 겨드랑이 피부밑에 젖이 뭉쳐 유리처럼 딱딱하고 건드리면 아픈 덩어리들이 생긴다. 당신 가슴은 콘크리트공처럼 단단해지고, 압력이 어찌나 센지 젖꼭지 주변의 핏줄들이 밀려 불거진다.

얼마나 팽창하며 솟아오르는지, 공포 영화에 나오는 소재처럼 가슴은 피를 뿌리며 폭발할 지경이다.

"이거 만져봐. 가슴이 얼마나 딱딱한지." 나는 이를 악물고 말한다.

"세상에!"

"아파." 나는 속삭인다.

"세상에나." 그는 겁에 질린다. 나에게 공감해서가 아니라 나에게.

"젖이 가득 차지 않게 조금 빨아줄래? 잠을 잘 수가 없어."

"뭐?" 그는 내가 코브라 독이 담긴 유리병을 빨아달라는 부탁이라도 한 것처럼 나를 쳐다본다.

"젖 좀 빨아내 주시겠습니까? 맛이 나쁘진 않을 거야. 일종의 설탕물 같은 거니까."

"으악, 난 그렇게 생각하지 않아. 너무… 근친상간 같아."

"세상에, 우린 친족이 아니라 결혼한 사이야. 이게 어떻게 근친상간이 될 수 있어? 그렇게 이상하게 굴지 마. 제발! 너무 아프단 말이야."

"미안해. 난 정말 못하겠어." 독서등이 딸깍 하는 소리와 돌아누워 잠드는 소리.

＊

모유 수유는 어머니에게도 좋은 점이 있다… 다이어트 없이도 몸무게를 줄이기 쉽고, 더 빨리 예전의 몸매로 돌아갈 수 있다.

—《우리 아기의 첫 여행》, 176쪽

"넌 아직도 임신한 것 같아." 그가 농담한다. "배에 아이가 하나 더 있는 거 아니야?"

"그냥 꺼져, 알았어?"

당신의 배는 느슨하게 접힌 피부와 지방에 덮여서 음모가 잘 보이지 않는다. 아랫배에는 지난 5년 동안 보지 못한 애교

점이 있다. 당신은 첫째 아이에게 모유를 먹였더라면 더 날씬해졌을까 궁금하다. 당신 배에는 불두덩에서부터 배꼽까지 그리고 거의 가슴 아래쪽까지 일직선으로 검은 자국이 세로로 그어져 있다. 말도 안 되지만, 당신은 그 자국이 자연분만에 문제가 생겼을 때 절개할 선을 의사가 표시해 놓은 것이라고 상상했다. 그 자국은 사라지지 않았고 당신은 그다지 신경 쓰지 않는다. 군살이나 뭐 그런 것들 때문에 있으나 없으나 별 차이가 없기 때문이다. 당신은 모유를 생산하느라 늘 배가 고프고, 평소보다 세 끼를 더 먹는다. 그래서 당신 몸무게는 전혀 줄지 않는다.

"먹고 싶은 만큼 실컷 먹어야 돼." 시어머니가 말한다. 시어머니가 자기 접시에서 가지나물을 한 숟가락 덜어주고 당신 배우자도 자기 걸 퍼준다. 아기가 침실에서 울기 시작하자 시어머니가 달려가 아기를 안아 든다.

"울지 마." 시어머니가 하는 말이 들린다. "금방 젖이 올 거야."

당신은 당신에게도 이름이 있고, 그 이름은 '젖'이 아니라고 복도가 떠나가라 소리를 지르고 싶다. 당신은 가지나물을 먹는다.

＊

모유 분비를 일으키는 프로락틴 호르몬은 '어머니다운' 기분을 느끼도록 돕는다.

　　　　　　　　　　　　　—《우리 아기의 첫 여행》, 176쪽

대체 이 고통이 얼마나 오래갈 건지, 당신은 스스로 묻는다. 젖꼭지 고문과 모성 지옥을 겪은 지 11일째 되는 날이다. 당신은 친구에게 전화를 걸어 고통에 대해서, 그 끝없는 고통에 대해서 불평한다. 친구는 모유 수유를 하면서 오르가슴에 이를 정도의 환희를 경험하는 사람들도 있다고 말한다. 당신은 말한다. 만약 그런 경우라면, 아이가 커서 도망갈 때까지 젖을 먹일 수도 있겠다고.

　한밤중의 수유는 모유 수유의 하루 중에서도 가장 길고 고통스러운 부분이다. 2시간에서 6시간이 걸린다. 당신은 1시간에 한쪽씩 양 가슴을 번갈아 물리다가 젖꼭지가 시들해지면 30분, 15분, 8분, 2분, 1분으로 교체 시간을 줄인다. 그러는 와중에 당신의 젖꼭지는 헐어서 아기 배냇저고리가 살짝 스치기만 해도 고통으로 발가락이 바짝 서고 볼에 눈물이 줄줄 흐를 정도가 된다. 시계가 천천히 똑딱거리며 고통을 늘여주는 동안 당신은 애써 오르가슴에 대해 생각해본다. 당신은 가학피학성애에 대해 애써 생각해본다. 고통이 너무 격렬하고 너무, 정말로 저미는 것 같아서 당신은 아무래도 유쾌하게 생각할 수가 없다. 당신은 자신이 피학성애자가 아니라는 사실을 깨닫는다.

＊

　젖을 먹이려면 앉거나 누워야 하므로 산후에 필요한 휴식을 틀림없이 취할 수 있다.

—《우리 아기의 첫 여행》, 176쪽

당신은 더는 앉아서 젖을 먹이지 못한다. 개처럼 누운 자세로 아기에게 젖을 먹여보려 하지만 가슴의 형태가 그런 자세에 적합하지 않다. 당신은 아기를 안락의자 등받이에 받쳐놓고 서서 젖을 먹인다. 아기 다리가 허공에 대롱대롱 매달려 있지만, 아기는 당신의 헐어버린 젖꼭지를 빨 수 있다. 당신은 등에 표지판이라도 달까 생각한다. '젖 가판대'라고.

항문이 아파 죽을 지경이다. 당신은 잠시 고통을 덜기 위해 따뜻한 물에 좌욕을 하고, 물속에서 가능한 한 조심스럽게 그 부분을 더듬어본다. 질과 직장 사이에 처음 보는 살덩어리가 몇 개 만져지자 당신은 두 번째, 세 번째, 네 번째 클리토리스가 자라는 것일지도 모른다고 희망적으로 생각한다. 의사를 찾아간 당신은 그것들이 그냥 치핵일 뿐이라는 사실을 알게 된다.

"나 그만둘래. 진절머리가 나."

"이제 겨우 2주째야. 지금이 제일 힘든 시기니까, 지금부터는 점점 나아질 일만 남았어." 그가 격려한다. 상냥하게 웃으며 내 코에 뽀뽀하려고 한다.

"난 그만둘 거야, 정말로. 이 짓을 계속하다간 아기를 미워하게 될 것 같아."

"넌 자기 생각만 해." 그가 손가락으로 내 가슴을 가리키며 비난한다. "아기한테는 모유 수유가 제일 좋은데, 넌 포기하겠다고, 그렇게 쉽게 말이야. 난 네가 더 강한 줄 알았어."

"나한테 죄책감을 주지 마! 이건 빌어먹을 내 몸이고, 이걸로 뭘 하고 뭘 안 할 건지는 내가 결정해!"

"넌 언제나 너한테 제일 좋은 일만 해야 하잖아! 내가 기여한 건 어쩔 건데? 우리가 우리 아이를 어떻게 키울지에 대해서 내가 한마디도 못 해?" 그가, 미스터 분별남에다 '우리 어른답게 그 문제에 관해서 얘기해 보자'주의자께서 소리를 지른다.

"너희들, 괜찮니?" 그의 어머니가 닫힌 침실 문 밖에서 속삭인다. "누구 배 고….".

"저흰 괜찮아요! 가서 주무세요!" 그가 큰 소리로 말한다.

아기가 씩씩거리더니 딸꾹질을 하다가 믿을 수 없을 정도로 큰 울음을 터뜨린다. 코맹맹이 소리에다 괴로운 듯한 소리다.

"잘 들어. 애한테 젖을 물려야 하는 사람은 나야. 당신이 코를 골며 자빠져 자는 동안 2시간마다 일어나 젖꼭지가 찢어지고 피가 날 때까지 빨리는 건 나라고. 당신은 그 빌어먹을 도와주는 시늉이랍시고 밤중에 저 썩을 기저귀 한번 갈아주러 일어난 적도 없는데, 그래, 내가 내 가슴으로 뭘 해야 하는지 어디 한번 나한테 말해보시지그래. 분유 먹여도 아무 문제없어. 나도 분유 먹고 컸어. 당신도 분유 먹고 컸어. 우리 세대 전부가 분유를 먹고 컸는데, 우리 다 멀쩡해. 그러니 그냥 입 닥치지그래. 그냥 입 닥쳐. 이 일은 너랑 상관이 없으니까 말이야. 이건 내 문제야!"

"내가 젖을 먹일 수 있다면, 난 기꺼이 먹일 거야!" 그가 비난하듯 말한다. 담요를 홱 젖히더니 쿵쿵거리며 아기 침대로 걸어간다.

그리고 나는 웃는다. 저 멍청이가 큰 소리로 저런 말을 하다니. 나는 웃는다.

*

새벽 3시 27분. 아기가 깼다. 가슴이 젖으로 묵직하지만, 당신은 아기에게 분유를 준다. 5시 15분. 당신은 아기에게 다시 분유를 먹이고, 당신 젖가슴은 너무 꽉 차고 너무 단단해서 대리석이라도 되는 것처럼 가슴에 놓여 있다. 준비가 끝났다.

당신은 기저귀를 간 다음 아기를 아기 침대에 눕힌다. 수유용 전등의 희미한 불빛 속에서 아기 입술이 상상 속의 젖꼭지를 물고 오물거리는 게 보인다. 아기는 꿈속에서마저 젖을 빤다. 당신은 잠든 배우자 옆에 앉아 수유용 브라의 걸쇠를 푼다. 패드는 젖었고, 젖꼭지가 노출되자마자 달콤한 젖이 뿜어져 나온다. 가슴 주변의 피부가 북 가죽보다 더 팽팽하게 늘어났다. 너무 팽팽해서 살짝 한 번만 베도 피부가 갈라진다. 압력을 받은 지퍼처럼 당신 손가락의 지시에 따라 흉부 표면을 가로질러 죽죽 피부가 갈라지고 가슴 전체를 두른 완벽한 원 모양으로 절개된다.

피도 안 난다.

당신이 슬쩍 몸을 숙이자 젖가슴이 오목하게 받친 두 손에 부드럽게 떨어진다. 살덩어리는 짙은 붉은색이고, 당신은 그 아름다움에, 부탁하거나 원하지도 않았는데 어떻게 살덩어리가 먹을거리가 되는지에 어리둥절해진다. 당신은 베어낸 가슴을 내려놓고 다른 쪽 가슴을 베어낸다. 맥박이 뛰는 두 개의 구가 아직도 젖을 뿜어낸다. 당신은 잠든 배우자가 가볍게 움켜쥔 담요를 살살 끌어내리고 잠옷 단추를 푼 다음 가슴이 드러나도록 잠옷 자락을 젖힌다. 당신은 그 털 없는 피부를 쓰다듬은 다음 베어낸 가슴 하나를 들어 올리고, 또 하나를 들어 올려서 거의 편평한 그의 작은 젖꼭지 위에 놓는다. 당신의 가슴 살덩어리가 그의 피부 속으로 스며들고, 세포와 세포가, 피부와 피부가, 조직과 조직이 결합하는 부드러운 속삭임이 들리고, 긴밀한 결합이 당신 눈앞에서 벌어지고, 당신의 입은 경이와 환희로 동그라미를 그린다.

비대해진 가슴의 낯선 무게 때문에 그가 몸부림을 치고 몸을 뒤채더니 벌어진 입술 사이로 낮게 신음한다. 지금은 가슴에서 젖이 뿜어져 나오지 않지만, 그의 옆구리 쪽으로 젖이 규칙적으로 뚝뚝 떨어진다. 차갑고 축축한 느낌이 불편해지자 그의 눈꺼풀이 떨린다. 눈을 뜬다. 유심히 내려다보고 있는 내 얼굴을 보고 그가 빠르게 눈을 깜박거린다.

"무슨 문제 있어?" 그가 묻는다. 졸려서 건조한 어조다.

"아니. 아무 문제 없어. 기분은 어때?

"이상해." 그가 난처하다는 듯이 답한다. "가슴이 좀 이상해. 온통 쑤시는 거 같아. 무슨 병에 걸린 건지도 모르겠어. 가슴이 축축해! 피가 나!"

"쉬이. 아기 깨겠어." 나는 주의를 준다. 집게손가락으로 그의 입술을 지그시 누르면서.

졸려서 제정신이 아니던 그가 이제 완전히 깬다. 일어나

앉는다. 가슴을, 두 개의 비대해진 가슴을 내려다본다. 그가 내 얼굴을 쳐다본다. 그러더니 다시 자기 가슴을 내려다본다.

"아, 세상에." 그가 신음한다.

"괜찮아." 내가 그를 안심시킨다. "걱정하지 마. 다 괜찮아. 그냥 자연스럽게 닥치는 일을 하면 돼."

갑작스레 충격받은 표정이 그의 얼굴을 강타하고, 그가 정신없이 손을 뻗어 자기 다리 사이를 더듬는다. 물건이 멀쩡하다는 걸 확인하고는 잠시 그의 눈에 안도의 빛이 지나가나 싶었지만, 이내 끝날 줄 모르는 당황스러운 눈빛으로 교체된다.

나는 웃음을 짓는다. 어둑한 빛 속에서 얼굴을 빛낸다. 나는 등을 돌리고 누워 달콤하고 편안하게 잠든다.

히로미 고토

Hiromi Goto, 1966~

히로미 고토는 장편과 단편소설을 쓰는 작가이자 시인이며 편집자인 일본계 캐나다인이다. 어린이와 청소년 및 성인을 위한 작품들을 모두 써왔다. 그녀의 작품은 제임스 팁트리 주니어상과 선버스트상, 칼 브랜든 소사이어티 패럴랙스상 등 여러 상을 받았다. 2012년 장편소설 《가장 어두운 빛》을 발표했다. 〈가슴 이야기〉는 막 부모가 된 두 사람이 느끼는 부담감과 양육의 역할을 신선하고 약간 음울하게 비튼 시선으로 들여다본다. 1995년 〈압생트〉 겨울호에 처음 발표되었고, 이후 〈미즈 매거진〉에 다시 실렸다.

팻 머피

Love and Sex Among the Invertebrates

무척추동물의
사랑과 성

이건 과학이 아니다. 과학과는 아무 관련이 없다. 어제 폭탄이 떨어지고 세계가 끝났을 때 나는 과학적 사고를 포기했다. 산호세를 날려버린 폭탄 투하 지점에서 이 정도 떨어진 곳이라면 나는 중간 규모의 방사능에 피폭됐을 것으로 생각한다. 즉사하기에는 부족하지만 생존하기에는 너무 많은 양이다. 겨우 며칠 정도가 남았을 테고, 나는 이 시간을 미래를 건설하는 데 쓰기로 했다. 누군가는 반드시 해야 할 일이니까.

　그게 내가 교육받은 것이기도 하다, 진짜로. 내 학부 전공은 생물학이었고, 나는 동물의 몸과 뼈의 구조를 살피는 구조해부학을 공부했다. 대학원에서는 공학을 공부했다. 지난 5년 동안 나는 산업 현장에서 쓰일 로봇들을 설계하고 제작했다. 그런 산업용 수요는 이제 끝났다. 하지만 동료들이 버리고 떠난 연구실에 남은 장비와 재료들을 그냥 썩히는 건 애석한 노릇일 듯싶다.

나는 로봇을 조립해서 움직이게 만들 것이다. 하지만 나는 로봇들을 이해하려고 애쓰지 않을 것이다. 나는 그들을 분해하지 않을 것이고, 그들의 내적인 작동 원리를 파악하거나 이리저리 들쑤시고 엿보고 분석하지 않을 것이다. 과학의 시대는 끝났다.

*

일명 '앉은뱅이'라고도 불리는 의갈류, 라시오케르네스 필로수스는 전갈처럼 생긴 잘 알려지지 않은 곤충으로 두더지굴에 서식한다. 의갈류는 짝짓기 전에 춤을 추는데, 이 비밀스러운 땅속의 미뉴에트는 두더지와 관음증적인 곤충학자들만 볼 수 있다. 구애를 받아줄 것 같은 암컷을 발견하면 수컷은 발톱으로 암컷의 발톱을 잡아 끌어당긴다. 암컷이 저항하면 수컷은 '노'라는 대답을 받아들이기를 거부하며 암컷의 발톱을 꼭 붙들고 끌면서 원을 그리며 돈다. 수컷은 다시 다가가 떨리는 발톱으로 암컷을 끌어당기려 시도한다. 암컷이 계속 저항하면 수컷은 물러나 계속 춤을 춘다. 원을 그리다가 잠깐 멈춰서 마뜩잖아하는 파트너를 끌어당겨 보다가 다시 원을 그리며 돈다.

1시간 남짓 춤을 추고 나면 암컷은 그 춤의 전개를 보고 상대의 종이 자신과 일치한다는 것을 확신하게 되고, 결국 굴복하게 된다. 수컷은 춤을 추느라 검불도 없이 깨끗해진 빈 터 바닥에 정자 주머니를 내놓는다. 수컷은 발톱을 벌벌 떨며 자신의 정자 주머니 위로 오도록 암컷을 끌어당긴다. 마침내 마음이 동한 암컷은 자신의 생식공을 대고 눌러 정자를 몸속으로 받아들인다.

생물학 전공서적들은 이 수컷 의갈류가 춤출 때 발톱을 떤다고 언급하지만 왜 그런지는 말하지 않는다. 전공서적들은 수컷의 감정과, 수컷의 동기와, 수컷의 욕망에 대해 넘겨짚지 않는다. 그런 건 과학적이지 않으니까.

나는 수컷 의갈류가 초조해한다는 가설을 세웠다. 수컷은 늘 풍기는 두더지 똥과 썩은 식물들 냄새 속에서 암컷의 냄새를 맡고, 암컷의 향기는 수컷을 갈망으로 가득 채운다. 하지만 수컷은 두렵고 혼란스럽다. 사교 활동에 익숙지 않은 개체 생활을 하는 곤충으로서 수컷은 같은 종의 다른 개체가 존재한다는 사실이 불편하다. 수컷은 상충하는 감정들에 사로잡힌다. 수컷의 포괄적인 욕구, 수컷의 공포, 그리고 사교를 해야 하는 낯선 상황.

나는 과학이라는 겉치레를 집어 던졌다. 나는 의갈류의 동기, 수컷의 춤에 구체화되는 수컷의 갈등과 욕망을 추측했다.

＊

나는 일종의 농담으로, 진화에 대한 나만의 은밀한 농담으로 내 첫 로봇에 성기를 만들어 달았다. 그게 나만의 농담이었다는 말은 정말로 할 필요가 없을 듯싶다. 이제 내 모든 농담은 나만의 것이니까. 적어도 내가 아는 한 나는 마지막으로 남은 인간이다. 동료들은 달아났다. 가족들을 찾으러, 산속 피난처를 구하러, 마지막 시간을 여기저기 다급하게 뛰어다니러. 나는 가까운 시간 안에 누군가 다른 사람을 볼 수 있으리라 기대하지 않는다. 그리고 볼 수 있다 해도 그들은 아마 내 농담에는 관심을 두지 않으리라. 난 대부분의 사람이 농담할 때는 지났다고 생각할 것이라 확신한다. 그들은 폭탄과 전쟁이 가장 우스꽝스러운 농담임을 모른다. 죽음이야말로 가장 우스꽝스러운 농담이다. 진화야말로 가장 우스꽝스러운 농담이다.

고등학교 생물 시간에 다윈의 진화론에 대해서 배웠던 게 생각난다. 그때에도 나는 사람들이 진화에 관해서 이야기하는 방식이 뭔가 이상하다고 생각했다. 선생님은 진화가 완전히 끝나버린 기정사실인 것처럼 얘기했다. 그녀는 라마피테쿠스와 오스트랄로피테쿠스, 호모 에렉투스, 호모 사피엔스, 호모 사피엔스 네안데르탈렌시스에 대해 얘기하면서 인류 진화에 관한 복잡한 추측들을 엉성하게 주워 삼켰다. 그러고는 호모 사피엔스에서 멈추었고, 그게 끝이었다. 그 교사가 세상을 보는 방식에서는 우리가 종착지였고 퇴적물의 꼭대기였으며 긴 줄의 끝이었다.

난 공룡들도 그렇게 생각했으리라고 확신한다. 그들이 생각이란 걸 했다면 말이다. 몸을 둘러싼 갑옷 같은 피부와 대못이 박힌 꼬리에서 더 나아질 게 무엇이 있겠는가? 누가 그이상을 바라겠는가? 공룡들을 생각하면서 나는 연구실과 창고를 채운 여러 산업용 시제품들에서 이것저것을 조금씩 뜯어내 첫 번째 피조물로 파충류 유형에 기초한 도마뱀 비슷하게 생긴 형체를 만들었다. 난 내 피조물에 내 키가 허락하는 한 가장 튼튼한 몸을 주었다. 네 다리는 몸통 옆에서 뻗어 나와 무릎에서 구부러지며 땅에 닿았고, 몸통만큼이나 긴 꼬리에는 장식적인 금속 대못들을 박았다. 악어 같은 입에는 구부러진 모양의 거대한 이빨을 달았다.

입은 그저 장식적 효과와 방어를 위한 것이다. 이 피조물은 먹이를 먹지 않을 테니까. 나는 녀석의 등에 붙인 돛처럼 생긴 볏에다 태양 전지판을 장착했다. 태양열을 받으면 돛이 펼쳐져 전기 에너지를 모아 배터리를 충전하게 된다. 밤이 되어 서늘해지면 돛이 접히며 등에 밀착해 날렵한 유선형 몸체가 될 것이다.

나는 연구실을 뒤져 찾아낸 재료들로 내 피조물을 장식한다. 자판기 옆 쓰레기통에서 알루미늄 캔들을 찾아낸다. 나는 그것들을 잘라서 피조물의 턱 아래쪽에 이구아나의 군턱 같은 화려한 장식을 만들어 붙인다. 다 하고 나서 보니 음료수 캔에 적혔던 글자들이 잘려서 의미 없는 음절들이 되었다. 코카콜라, 환타, 스프라이트, 닥터 페퍼가 섞여 눈부신 색깔들의 격돌장이 되었다. 피조물의 나머지가 완성되고 기능이 갖춰졌을 때, 제일 마지막으로 구리 관과 부속품들로 성기를 만들었다. 그건 피조물의 배 아래쪽에 선명한 구릿빛으로 외설적인 자태를 뽐내며 매달려 있다. 나는 한 움큼씩 빠지는 내 머리카락으로 반짝이는 구리 주변에 쥐 둥지를 엮어준다.

나는 그 모양새가 마음에 든다. 곱슬곱슬하고 뻣뻣한 무성한 검은 털 사이에서 엿보이는 반짝이는 구릿빛.

때때로 병증이 날 압도한다. 나는 하루 중 상당 시간을 연구실 여자 화장실의 차가운 타일 바닥에 누워 변기에 토할 때만 몸을 일으키며 지낸다. 예상하지 못했던 바는 아니었다. 무엇보다 나는 죽어가고 있으니까. 나는 바닥에 누워 생물학이 가진 특이성들에 대해 생각한다.

*

수컷 거미들에게 짝짓기는 위험한 과정이다. 아침 이슬을 달고 자연사진 작가들 앞에서 영롱하게 빛나는 그런 원형 거미줄을 짜는 거미 종에게는 특히나 그렇다. 그런 종들은 암컷이 수컷보다 크다. 암컷이 좀 쌍년이라는 사실을 인정할 수밖에 없다. 암컷은 자기 거미줄을 건드리는 건 뭐든지 공격한다.

짝짓기 때 수컷은 조심스럽게 접근한다. 수컷은 거미줄 가장자리에서 머뭇거리며 암컷의 주의를 끌기 위해 거미줄 하나를 살살 끌어당긴다. 수컷은 아주 특정한 리듬에 맞춰 줄을 건드려 예비 애인에게 신호를 보내고, 줄을 잡아당기며 부드럽게 속삭인다. '사랑해. 사랑해.'

어느 정도 시간이 지나면 수컷은 암컷이 자신의 메시지를 받아들였다고 믿는다. 수컷은 자기 뜻이 이해됐다고 확신한다. 여전히 조심스럽게 나아가며 수컷은 짝짓기 줄을 암컷의 거미줄에 부착한다. 수컷은 암컷이 짝짓기 줄에 올라타도록

부추기기 위해 줄을 튕긴다. '너뿐이야, 자기.' 수컷이 신호를 보낸다. '나한텐 너밖에 없어.'

암컷이 짝짓기 줄에 올라탄다. 맹렬하고 열정적으로. 하지만 수컷의 거듭되는 맹세에 잠시 진정된다. 그 틈에 수컷은 암컷에게 달려들어 정자를 전달하고는 재빨리, 암컷이 마음을 바꾸기 전에 줄행랑을 친다. 위험천만한 거래다. 사랑을 나눈다는 건.

*

세계가 사라지기 전에 나는 신중한 사람이었다. 나는 아주 신경 써서 친구를 골랐고, 오해의 조짐이 보이기 시작한다 싶으면 곧바로 도망쳤다. 그때는 그게 맞는 것 같았다.

난 영리한 여자였고 위험한 짝이었다. (이상하다. 스스로에 대해서 과거형으로 생각하고 글을 쓰고 있다니. 죽음이 너무 임박해서 나 자신이 이미 죽었다고 생각하는지도 모르겠다.) 남자들은 조심스럽게 다가와 멀찍이 떨어진 곳에서 신호를 보내곤 했다. "난 너한테 관심 있는데, 너는?" 나는 응답하지 않았다. 나는 정말로 어떻게 대처해야 하는지를 몰랐다.

외동아이로 자라면서 나는 늘 남들을 경계했다. 나는 어머니와 같이 살았다. 내가 아직 어린아이일 때 아버지는 담배를 사러 나가서는 돌아오지 않았다. 천성이 방어적이고 신중했던 어머니는 내게 남자란 믿어서는 안 되는 존재라고 경고했다. 사람들을 믿어서도 안 되었다. 어머니는 나를 믿을 수 있고, 나는 어머니를 믿을 수 있다. 그게 다였다.

내가 대학을 다닐 때 어머니가 암으로 돌아가셨다. 어머니는 돌아가시기 1년도 전에 종양의 존재를 알았지만, 수술과 화학요법을 견디는 와중에도 내게 정원에 대해 유쾌한 편지들을 써 보냈다. 어머니가 다니던 성당의 신부님은 어머니가 성인이었다고 말했다. 어머니는 내 공부를 방해하고 싶지 않아서 말하지 않은 것이었다. 나는 그때 어머니 말이 거짓이었음을 깨달았다. 결국 어머니도 진짜로 믿을 수는 없는 존재였다.

나는 내가 아주 잠깐 열려 있었던 어떤 기회를 놓친 게 아닌가 생각한다. 만약 그 과정의 어느 시점에 나를 구슬려 더 이상 숨지 않게 하려고 애를 쓴 친구나 애인이 있었더라면, 나는 다른 사람이 될 수 있었을 것이다. 하지만 그런 일은 일어나지 않았다. 고등학교 때 나는 책이 주는 안전한 느낌을 좋아했다. 대학에서는 금요일 밤에도 혼자 공부했다. 대학원에 갈 때쯤에는 의갈류처럼 개체 생활에 익숙해져 있었다.

나는 실험실에서 혼자 일하며 암컷을 만든다. 암컷은 수컷보다 크다. 이빨도 더 많고 길다. 암컷의 고관절을 용접해 붙이고 있는데 어머니가 연구실로 나를 찾아온다.

"케이티." 어머니가 말한다. "넌 왜 연애를 하지 않았니? 왜 애를 가지지 않았어?"

나는 손이 떨리는데도 계속 용접을 했다. 나는 어머니가 이곳에 없다는 걸 안다. 정신 착란은 방사능 중독 증상 중의 하나다. 하지만 어머니는 내가 일하는 걸 계속해서 지켜본다.

"엄마는 진짜로 여기 있는 게 아니야." 나는 어머니에게 말했고, 그 즉시 어머니에게 말을 한 것이 실수라는 걸 깨닫는다. 나는 어머니의 존재를 인정했고 어머니에게 더 큰 힘을 실어주었다.

"내 말에 대답해, 케이티." 어머니가 말한다. "왜 그랬니?"

나는 대답하지 않는다. 나는 바쁘고, 어머니에게 배신에 관해 말하려면, 사교를 해야 하는 상황에 맞닥뜨린 개체 생활 곤충이 느끼는 혼란에 관해 설명하려면, 공포와 사랑 간의 균형을 납득시키려면 너무 많은 시간이 걸릴 것이다. 나는 떨리는 손과 배에서 느껴지는 고통을 무시하는 것처럼 어머니를 무시하고 계속해서 일을 한다. 결국 어머니는 사라진다.

나는 남은 음료수 캔들을 써서 암컷에게 찬란한 색깔의 비늘을 입힌다. 코카콜라의 빨간색, 스프라이트의 녹색, 환타의 오렌지색. 음료수 캔을 이용해서 나는 금속으로 안을 댄 난관을 만든다. 수컷의 생식기가 맞을 정도의 크기다.

*

수컷 바우어새는 일종의 예술작품을 만들어 짝을 유인한다. 수컷은 나뭇가지와 풀로 나란한 벽 두 개를 세우고 아치를 올린다. 수컷은 이 구조물과 주변을 뼛조각과 녹색 이파리, 꽃, 반짝이는 돌멩이, 더 화려한 새들한테서 떨어진 깃털 같은 화려한 잡동사니들로 장식한다. 사람들이 버리고 간 쓰레기가 있는 지역에서는 병뚜껑과 동전, 깨진 유리 조각들을 이용한다.

수컷은 자기 둥지에 들어앉아 누가 됐든 근처에 있는 모든 암컷에게 자신의 사랑을 선언하며 노래를 부른다. 마침내 어떤 암컷이 수컷의 둥지에 감탄하며 초대를 받아들이면 둘은 짝짓기를 한다.

바우어새는 둥지를 장식할 때 안목을 발휘한다. 수컷은 공들여 잡동사니를 고른다. 반짝임을 위해 유리 조각 하나, 자연스러운 우아함을 위해 반들반들한 이파리 하나, 약간의 색감을 더하기 위해 코발트 빛 푸른색 깃털 하나, 하는 식이다. 수컷은 둥지를 짓고 장식하면서 무슨 생각을 할까? 앉아서 노래를 부르며 자신이 짝을 찾고 있다는 사실을 만방에 광고할 때는 무슨 생각이 수컷의 마음을 스치고 지나갈까?

*

수컷을 방사하고 암컷 작업을 하고 있는데 건물 바깥에서 덜거덕거리고 쨍그랑거리는 소리가 들린다. 연구소와 옆 사무실 건물 사이에 난 골목에서 뭔가 일이 벌어지고 있다. 나는 무슨 일인지 살펴보러 아래로 내려간다. 나는 골목 입구에 서서 안쪽을 엿보았고, 수컷 피조물이 날 향해 달려오는 바람에 놀라서 뒷걸음질을 친다. 수컷은 머리를 흔들고 위협적으로 이빨을 부딪치며 덜거덕거리는 소리를 낸다.

나는 길 반대쪽으로 물러나 거기서 수컷을 지켜본다. 수컷은 골목에서 벗어나 거리를 따라 바삐 걸음을 옮기더니 연석에 주차된 BMW 옆에서 멈춘다. 수컷의 발톱이 금속판을 긁는 소리가 들린다. 휠캡이 텅 소리를 내며 길바닥을 쳤다. 수컷은 그 빛나는 금속 조각을 골목 입구에 가져다 놓고 돌아와 나머지 세 개를 하나씩 떼어낸다. 내가 움직이자 수컷이 골목 쪽으로 달려와 자기 영역을 침범하려는 시도는 무엇이 됐든 막아낸다. 내가 가만히 서자 수컷은 하던 일로 돌아가 휠캡을 모은 다음 골목으로 가져와 햇빛을 받을 수 있도록 늘어놓는다.

내가 보는 사이에 수컷은 빗물 홈통을 뜯어내고, 맥주병과 알록달록한 막대사탕 비닐포장지 몇 장과 제법 긴 밝은 노란색 나일론 밧줄같이 자기 눈에 괜찮아 보이는 물건들을 모은다. 수컷은 뭔가를 찾아낼 때마다 그걸 가지고 골목 안으로 사라진다.

나는 지켜보면서 기다린다. 수컷은 골목 입구 주변의 빗물 홈통들을 다 싹쓸이하고 나자 길모퉁이 주변을 탐색하기 시작했고, 나는 몸을 움직여 골목 입구로 뛰어가 안쪽을 살펴보았다. 골목 바닥이 알록달록한 종잇조각과 플라스틱으로 덮여 있다. 막대사탕 포장지를 비롯해 버거킹과 맥도날드 종이봉투들이 눈에 띈다. 노란 나일론 밧줄이 벽 한쪽을 타고 오르는 파이프와 반대쪽 벽에 튀어나온 고리에 묶여 있다. 거기엔 빨랫줄에 걸린 깨끗한 옷가지들처럼 적갈색 수건과 페이즐리 무늬가 찍힌 침대보, 푸른색 새틴 침대 시트 같은 색색의 천 조각들이 걸려 있다.

나는 이 모든 것을 한눈에 훑어본다. 수컷의 둥지를 더 자세히 보기도 전에 길바닥을 긁는 발톱 소리가 들린다. 수컷이 침입당한 것에 격노하여 나를 향해 달려온다. 나는 몸을 돌려 연구소로 달아났고, 들어가자마자 문을 쾅 닫는다. 하지만 일단 내가 골목을 벗어나자 수컷은 더는 날 쫓지 않는다.

2층 창문에서 수컷이 골목으로 들어가는 것을 지켜보며 나는 수컷이 내가 뭔가 손을 댄 것이 없는지 살펴보고 있다고 추측한다. 어느 정도 시간이 지난 뒤에 수컷이 다시 골목 입구에 모습을 드러내고는 쭈그리고 앉는다. 햇빛이 수컷의 금속 등딱지 위에서 반짝인다.

실험실에서 나는 미래를 건설한다. 오, 어쩌면 아닐지도. 하지만 여기에 내 말을 반박할 사람이 아무도 없으니, 난 그렇다고 말할 셈이다. 나는 암컷을 완성하고 방사한다.

그때 병증이 덮친다. 아직 힘이 남아 있는 동안 나는 뒷방에서 접이식 침대를 끌어다 밖을 내다보며 내 피조물들을 지켜볼 수 있도록 창가에 놓는다.

내가 저들에게서 원하는 건 뭘까? 나도 정확하게는 모른다.

나는 내가 무언가를 남겨두었다는 걸 알고 싶다. 나는 세계가 나와 함께 끝나지 않을 거라는 걸 확신하고 싶다. 나는 세계가 계속 굴러갈 거라는 그 느낌을, 그 인식을, 그 확신을 원한다.

나는 죽어가는 공룡들이 포유류들을 보면서, 덤불 속에 숨어서 부스럭대는 쥐같이 생긴 조그만 생물들을 보고서 기뻐했을까 궁금하다.

＊

중학교 1학년 때의 어느 봄날 오후 체육 시간에 여학생들 전원이 특별한 영화를 봐야 했다. 우리는 체육복을 입고 강당에 앉아서 〈여성이 된다는 것〉이라는 영화를 봤다. 사춘기와 생리에 대해서 말하는 영화였다. 거기엔 어린 여자아이의 윤곽을 보여주는 영상들이 있었다. 영화가 진행되자 가슴이 발달하면서 여자아이는 여성으로 변했다. 그 애니메이션은 아이의 자궁이 내막을 발달시키고, 그러고는 내막을 탈락시키고, 그러고는 또 내막을 발달시키는 과정을 보여주었다. 나는 난소가 난자를 방출하고 난자가 정자와 만나서 자궁에 자리를 잡고 아기로 자라나는 과정을 보여주는 그림들을 경외감을 가지고 지켜봤던 걸 기억한다.

그 영화는 정자의 출처에 대해서는 아무 언급을 하지 않고 세심하게 회피했던 것 같다. 어머니에게 정자가 어디서 오는지, 어떻게 여성의 몸 안으로 들어가는지 물어본 기억이 있으니 말이다. 질문을 받은 어머니는 매우 불편해했다. 어머니는 남자와 여자가 서로 사랑하는 것에 관해 뭔가를 중얼거렸다. 어찌 됐든 간에 사랑이 정자가 여성의 몸속으로 자기 길을 찾아가는 데 필요한 전부인 양.

그 대화 이후로 늘 사랑과 섹스에 대해서 약간 혼란스러움을 느꼈던 것 같다고 나는 생각한다. 성의 역학과 뭐가 어떻게 되는 건지를 배우고 나서도 그랬다. 남자의 성기는 깔끔하게 질 속으로 미끄러져 들어간다. 하지만 대체 사랑은 어디쯤에서 끼어드는 거지? 어디에서 생물학이 그치고 더 고차원의 감정이 시작되는 거지?

암컷 의갈류는 춤을 출 때 수컷을 사랑할까? 수컷 거미는 자기 목숨을 구하기 위해 황급하게 도망갈 때 자기 짝을 사랑할까? 둥지 안에서 짝짓기하는 바우어새들 간에는 사랑이 있을까? 전공서적들은 답하지 못한다. 나는 추측만 해볼 뿐, 답을 얻을 방법은 없다.

✳

내 피조물들이 길고 느린 구애 과정에 돌입한다. 나는 갈수록 더 아프다. 간간이 어머니가 오셔서 내가 답할 수 없는 질문들을 건넨다. 때때로 남자들이 내 침대 곁에 앉기도 하지만 그들은 어머니보다도 덜 사실적이다. 내가 마음을 썼던, 내가 사랑하게 될지도 모른다고 생각했지만 한 번도 생각 이상으로 나가본 적이 없는 남자들이다. 그들의 반투명한 몸을 뚫고 실험실 벽이 보인다. 그들이 실제였던 적은 없었어, 나는 지금 생각한다.

때때로 정신 착란 와중에 나는 이런저런 일들을 떠올린다. 대학 때 춤췄던 일. 나는 천천히, 누군가의 몸에 밀착된 채 춤을 추었다. 실내가 덥고 답답해서 우리는 바람을 쐬러 밖으로 나갔다. 그가 키스했던 걸, 한 손이 내 가슴을 쓰다듬고 다른 한 손이 내 블라우스 단추를 푸느라 더듬거렸던 걸 기억한다. 나는 이것이 사랑인가, 어둠 속에서 이렇게 더듬거리는 것이 사랑인가, 계속 의아해했다.

정신 착란 중에는 세상이 변한다. 나는 원을 그리고 선 사람들 속에서 어떤 사람과 두 손을 맞잡고 춤춘 걸 기억한다. 발이 아팠고, 그래서 멈추려 했지만 파트너는 나를 놓아주지 않고 계속 잡아끌었다. 박자에 맞게 움직이도록 도와줄 음악이 없는데도 내 발은 본능적으로 파트너의 발에 맞춰 움직인다. 공기 중에서 축축한 습기와 곰팡내가 난다. 난 일생을 지하에서 살았고 저 냄새들에 익숙하다.

이것은 사랑인가?

난 창가에 누워서 지저분한 유리창으로 밖을 내다보며 시간을 보낸다. 골목 입구에서 수컷이 암컷을 부른다. 난 수컷에게 목소리를 주지 않았지만 수컷은 두 앞다리를 비벼 금속과 금속이 부대끼는 소리를 내는 저만의 방식으로 승용차 크기만 한 귀뚜라미처럼 끽끽거리며 암컷을 부른다.

암컷은 이빨을 덜걱거리며 자신을 향해 달려드는 수컷을 무시한 채 한가롭게 골목 입구를 지나친다. 수컷은 암컷에게 따라오라고 요청하듯이 뒷걸음질을 친다. 암컷은 지나가버린다. 그러나 한편으로 암컷은 잠시 후에 다시 천천히 그곳을 지나치며 아까 장면을 되풀이한다. 나는 암컷이 정말로 수컷의 관심에 무관심한 것이 아니란 걸 안다. 암컷은 그저 시간을 끌면서 자신의 상황을 고려해보는 중이다. 수컷은 더욱 애가 달아 고개를 끄덕거리며 뒷걸음질을 치고, 자신이 가꿔놓은 훌륭한 집으로 암컷의 주의를 끌기 위해 최선을 다한다.

나는 밤에 그들의 소리를 듣는다. 그들을 볼 수는 없다. 이틀 전에 전기가 나갔고 가로등도 다 꺼졌다. 그래서 나는 어둠 속에서 상상하면서 듣는다. 금속 다리들이 끽끽거리는 날카로운 소음을 내면서 서로를 비빈다. 수컷이 등에 달린 돛을 접었다가 펼쳤다가 다시 접는, 분명한 성적 과시를 하면서 덜걱거리는 소리를 낸다. 나는 굵은 가시가 솟은 꼬리가 삐죽삐죽 돌기가 튀어나온 등을 애무하듯이 스치는 거슬리는 소리를 듣는다. 이빨을 금속에 대고 달각거리는 소리, 아마도 애정을 표현하며 깨무는 소리이리라. (사자는 짝짓기를 할 때 암사자의 목덜미를 깨문다. 이 호전적인 행동을 암컷은 애정으로 받아들인다.) 발톱이 금속 가죽을 긁으며 금속 비늘 위에서 끽끽거린다. 이것은, 내 생각에는, 사랑이다. 내 피조물들은 사랑을 이해한다.

나는 구리 파이프와 부속품으로 만든 성기가 음료수 캔에서 나온 얇은 금속판을 덧댄 도관 속으로 미끄러져 들어가는 걸 상상한다. 나는 금속이 금속 위로 미끄러지는 소리를 듣는다. 그리고 거기서 내 상상은 끝난다. 내 설계도에는 재생산 재료인 정자와 난자를 위한 준비가 없었다. 그 지점에서 과학은 날 배신했다. 그 부분은 저 피조물들 자신에게 맡겨져 있다.

*

내 몸이 더는 나를 지탱하지 못한다. 나는 밤에 잠을 자지 않는다. 고통 때문에 잠을 잘 수가 없다. 온몸이 아프다. 배가, 가슴이, 뼈가. 난 먹는 걸 포기했다. 먹으면 한동안 고통이 심해지고, 그러다 나는 토한다. 어느 것도 소화를 시킬 수 없어서 아예 시도조차 포기하기로 했다.

새벽빛이 밝아와도 하늘을 덮은 저 연무에 걸러진 빛은 회색이다. 나는 창밖을 뚫어지게 내다봤지만, 수컷이 보이지 않는다. 수컷이 늘 붙박여 있던 골목 입구를 버려두고 보이지 않는다. 1시간 정도 지켜봤지만 어슬렁거리며 지나가는 암컷도 보이지 않는다. 둘이 서로 볼일이 끝난 건가?

나는 담요를 어깨에 두른 채 몇 시간 동안 침대에서 지켜본다. 간간이 열이 오르고 담요가 땀에 푹 젖는다. 때로는 한기가 덮쳐 나는 담요를 두른 채 벌벌 떤다. 여전히, 골목에는 아무 움직임이 없다.

계단을 내려가는 데 1시간이 넘게 걸린다. 다리가 몸을 지탱할 수 있을지 몰라서 나는 너무 어려 제대로 서지 못하는 아기처럼 네 발로 기어 실험실을 가로지른다. 나는 담요를 망토처럼 어깨에 두른 채 움직인다. 계단 꼭대기에서 잠시 쉬고는 천천히, 한 번에 한 계단씩.

골목에는 아무도 없다. 늘어놓은 휠캡들이 침침한 햇빛에 반짝인다. 여기저기 널린 알록달록한 종이들이 방치되고 버림받은 것처럼 보인다. 나는 조심스럽게 입구로 발을 들여놓는다. 수컷이 거기 있다가 지금 달려든다면 난 도망칠 수 없을 것이다. 여기까지 오는 데 남은 힘을 다 써버렸다.

골목은 조용하다. 나는 겨우 일어서서 종이쪼가리들 사이로 휘청거리며 나아간다. 눈이 침침해서 골목 중간쯤에 매달린 침대보를 겨우 알아볼 수 있다. 나는 그쪽으로 향한다. 내가 왜 여기에 왔는지 나는 알지 못한다. 나는 보고 싶었다고 생각한다. 무슨 일이 얼어났는지 알고 싶다. 그게 전부다.

나는 매달린 침대보 밑으로 몸을 숙이고 들어간다. 침침한 빛 속에서 벽돌담에 난 문이 보인다. 뭔가가 문틀 위쪽에 매달려 있다.

나는 조심스럽게 다가간다. 그 물체는 뒤쪽의 문처럼 회색이다. 기묘한 나선형 물체다. 그걸 건드리자 멀리서 장비가 웅웅거리는 것 같은 희미한 진동이 안에서 느껴진다. 나는 그것에 귀를 대고 꾸준하고 일정한 낮은 노랫소리를 듣는다.

내가 아이였을 때 식구들이 바닷가로 놀러 간 적이 있었다. 나는 몇 시간씩 바닷물이 고인 웅덩이들을 뒤지며 놀았다. 검푸른 홍합과 검정밤고동 무리 사이에서 나는 뿔상어가 웅덩이에 낳아둔 알을 발견했다. 이 알처럼 나선형이었고, 햇빛에 비춰보니 안에 조그만 배아가 보였다. 보고 있는 사이에 아직은 정말로 살아있는 것도 아닌 배아가 움찔하면서 움직였다.

＊

나는 담요를 두르고 골목 안쪽에 쭈그리고 앉는다. 움직일 이유를 찾을 수 없다. 나는 어디서도 죽을 수 있으니 여기서도 죽을 수 있다. 나는 알을 지켜보며 안전하게 지키고 있다.

때때로, 나는 내 지나간 삶을 꿈꾼다. 어쩌면 나는 그 삶을 다르게 대했어야 했을 것이다. 아마도 그렇게 심하게 경계하지 않았어야 하고, 그렇게 성급하게 짝짓기 대열에서 이탈하지 말았어야 하고, 수컷이 자기 둥지에서 부를 때 그 노래에 답을 해야 했을 것이다. 하지만 지금 그건 중요하지 않다. 우리의 모든 것들이 지금은 사라졌다.

나의 시대는 끝난다. 공룡과 인간, 우리의 시대는 끝난다. 새로운 시대가 다가온다. 새로운 유형의 사랑이. 나는 미래

의 꿈을 꾸고, 내 꿈은 금속 발톱이 달각거리는 소리들로 가
득 차 있다.

팻 머피

Pat Murphy, 1955~

팻 머피는 미국의 작가 겸 과학자다. 장편 및 단편소설뿐만 아니라《길들지 않
은 녀석들》과 같은 아동용 소설도 썼으며, 네뷸러상과 세계판타지문학상, 필립
K. 딕상을 포함한 수많은 상을 받았다. 그녀는 또 캐런 조이 파울러와 함께 제
임스 팁트리 주니어상을 제정하기도 했다. 최근작으로는 〈길들지 않은 천사〉
와 〈맥스 매리웰과 함께하는 시공간 모험〉이라는 연관된 두 소설을 엮은 옴니
버스인《배드 그를즈의 현실 안내서》가 있다. 〈무척추동물의 사랑과 성〉은 동
물 세계에서의 성욕 및 성 역할과 그것들이 인간에게 어떻게 적용되는지 탐구
한다. 1990년에 출간된 선집《에일리언 섹스》에 처음 소개되었다.

조안나 러스

When It Changed

그들이 돌아온다 해도

케이티는 미치광이처럼 운전했다. 우리가 그 꼬부랑길을 시속 120킬로미터가 넘는 속도로 달려가고 있는 게 분명했으니까. 그래도 케이티는 잘했다. 뛰어나게 잘했다. 나는 아내가 하루 만에 차를 완전히 분해했다가 다시 조립하는 걸 본 적도 있다. 나는 와일어웨이에서도 주로 농기계에 열중하는 지역에서 나서 자랐고, 터무니없는 속도로 5단 기어를 조작하느라 씨름하는 그 일을 (하라는 사람도 없었지만) 하지 않겠다고 거부한 사람이었지만, 최악이라고 생각했던 우리 지역에 버금갈 만큼 형편없는 시골길을, 그것도 한밤중에 이렇게 급회전을 거듭하며 달리는데도 난 케이티의 운전이 무섭지 않았다.

희한한 건 그런 아내가 총기에는 손도 안 댄다는 점이었다. 아내는 한 번에 며칠씩 48도 선 위쪽 산림지대로 하이킹을 가면서도 총기를 가져가지 않았다. 그거야말로 내가 무서워하는 것이었다.

케이티와 나 사이엔 아이가 셋인데, 케이티의 아이가 하나, 내 아이가 둘이었다. 뒷좌석에는 내 큰아이인 유리코가 열두 살짜리 사랑과 전쟁을 꿈꾸며 잠들어 있었다. 바다로 달아나고, 북부에서 사냥하고, 기이하게 아름다운 곳들에서 기이하게 아름다운 사람들을 만나는 꿈들. 열두 살이 되고 여러 호르몬선이 움직이기 시작할 때면 누구나 떠올리곤 하는 그 경이롭고 헛된 온갖 꿈들. 유리코는 조만간 다른 이들과 마찬가지로 몇 주 동안 사라졌다가 잔뜩 지저분해진 몰골로 나타날 것이다. 생애 처음으로 퓨마를 칼로 잡았다거나 곰을 쏘았다고 의기양양해 하며 몸서리나게 위험한 죽은 짐승을 끌고 말이다. 내 딸에게 무슨 짓을 했을지 생각하면 나로서는 절대 그 짐승을 용서할 수 없을 것이다. 유리코는 케이티가 운전하는 차를 타면 잠이 온다고 말했다.

세 번이나 결투를 한 사람치고 나는 너무, 너무 많은 것들에 겁을 낸다. 늙어가는 게다. 아내에게 그런 얘기를 한 적이 있었다.

"당신, 서른넷이야." 아내가 말했다. 아내는 거의 침묵에 가까울 정도로 말수가 적은, 그런 사람이다. 아내가 홱 전조등을 켰다. 3킬로미터가 남았고, 길은 갈수록 험해지기만 했다. 외진 시골이었다. 형광 초록빛 나무들이 우리 전조등 앞으로 몰려들었다가 주변으로 비켜났다. 나는 문짝에 달아놓은 짐받이로 손을 뻗어 소총을 꺼내 무릎에 놓았다. 뒷좌석에서 유리코가 몸을 뒤척였다. 키가 큰 건 날 닮았지만 눈과 얼굴은 영락없는 케이티다. 차의 엔진 소리가 너무 조용해서 뒷좌석에서 나는 숨소리까지 들릴 것 같다고 케이티가 말했다. 그 전갈이 들어왔을 때 차에는 유리코 혼자 있었고, 아이는 열광적으로 그 모스 부호를 해독했다(IC 엔진 가까이에 광대역 송수신기를 설치하는 건 어리석은 짓이지만, 대부분의 와일어웨이 사람들이 그런 짓을 했다). 호리호리한 몸매에 화려한 옷을 걸친 내 아이가 차를 박차고 나오며 목청이 터지라 소리를 질렀고, 그래서 당연히 우리와 동행할 권리가 있다고 주장했다. 우리는 이 정착지가 건설된 이래로, 이 정착지가 버림받은 이래로 머리로는 늘 이런 사태에 대비해왔지만, 이건 달랐다. 끔찍했다.

"남자다!" 유리코가 차 문을 뛰어넘으며 소리를 질렀다. "남자들이 돌아왔어! 진짜 지구 남자들!"

*

우리는 남자들이 착륙한 지점 인근의 어느 농가 주방에서 그들을 만났다. 창은 다 열려 있었고, 밤공기가 아주 부드러웠다. 우리는 주택 바깥에 세워진 여러 대의 증기 트랙터와 트럭, IC 평대 트럭, 심지어 자전거까지, 온갖 종류의 탈것들을 지나쳐 차를 세웠다. 북부인 특유의 과묵함을 깨고 용케 남자들의 혈액과 소변 샘플을 채취한 지역 생물학자 리디아가 그 결과에 놀라 머리를 흔들며 주방 한쪽 구석에 앉아 있었다. (아주 크고, 아주 하얗고, 아주 수줍고, 늘 안쓰러울 정도로 얼굴을 붉히는) 그녀는 심지어 스스로를 다그쳐 옛 언어 책자를 찾아놓기까지 했지만, 난 잠을 자면서도 옛 언어로 말할 수 있었다. 그래서 착륙지에 내가 간 것이다. 리디아는 우리를 불편해했다. 우리가 남부인들이고, 너무 현란하기 때문이었다. 난 주방 안에 있는 사람들의 숫자를 세었다. 스무 명전부가 북부 대륙의 인재들이었다. 보아하니 필리스 셉은 글라이더를 타고 온 것 같았다. 유리코가 거기 있는 유일한 아이였다.

그리고 나는 그 네 명을 보았다.

그들은 우리보다 컸다. 더 크고 더 건장했다. 두 명이 나보다 키가 컸는데, 난 맨발로 잰 키가 180센티미터로 매우 큰편이다. 그들은 분명히 우리와 같은 종이었지만, 달랐다, 말로 표현할 수는 없지만, 뭔가 달랐다. 그리고 내 눈은 그때나지금이나 그들의 낯선 신체 윤곽선들을 정확히 파악하지 못했다. 그래서 그들 중 러시아어를 하는 한 명이 (그 목소리들은 또 어떻고) 과거의 관습 중 하나로 생각되는 '악수'를 하자고 했을 때도 그들과 접촉할 엄두가 나지 않았다. 난 그들이인간의 얼굴을 한 유인원들이라고밖에 생각할 수 없었다. 그는 좋은 뜻이었던 것 같지만, 정신을 차려보니 나는 몸서리를치며 거의 주방 끝까지 뒷걸음질을 치고 있었다. 그제야 나는사과하듯이 웃음을 터뜨리며 마침내 훌륭한 '악수'의 사례를('성간 우호'의 사례라고 나는 생각했다) 보여주었다. 단단하고도단단한 손이었다. 그들은 짐말처럼 묵직했다. 목소리는 무딘

저음이었다. 유리코가 몰래 어른들 틈에 끼어들어 입을 떡 벌린 채 '남자들'을 뚫어지고 살펴보고 있었다.

그('그'라는 단어는 지난 6백 년간 우리 언어에 없던 단어다)가 고개를 돌리고는 형편없는 러시아어로 물었다.

"저 아이는 누구입니까?"

"제 딸입니다." 나는 대답하고 설명을 덧붙였다(우리가 가끔 광기의 순간에 보여주는, 예의 바르게 행동하려는 그 불합리한 배려 때문이었다). "제 딸, 유리코 재닛슨입니다. 우린 부계 이름에 접사를 붙여서 성으로 씁니다. 당신들은 모계라고 말하겠지만."

그가 부지불식간에 웃음을 터뜨렸다. 유리코가 소리쳤다. "난 저들이 잘생겼을 거라고 생각했는데!" 아이는 크게 실망한 눈치였다. 내가 언젠가 죽여버려야 할 필리스 헬가슨 스페트가 방 저편에서 차갑고 노골적이고 악의에 찬 시선을 보냈다. 마치 '말조심해. 까닥 잘못하면 어떻게 되는지 알 거야'라고 말하듯이. 내게 공식적인 지위가 거의 없는 건 사실이지만, 대통령 본인이 계속해서 산업스파이 짓을 그저 무해한 장난이라고 생각한다면 나를 비롯해 자기 관료들과도 심각한 마찰을 빚게 될 것이다. 전쟁과 전쟁에 관한 소문들, 우리 조상들의 책 중에 있는 얘기처럼 말이다. 내가 유리코의 말을 한때 우리 공용어이기도 했던 러시아어로 옮기자 어설프게 러시아어를 말하는 그 '남자'가 다시 웃음을 터뜨렸다.

"당신네 사람들은 다 어디에 있습니까?" 그가 스스럼없이 물었다.

나는 다시 말을 옮기며 방 안에 모인 사람들의 얼굴을 바라보았다. 리디아는 (여느 때처럼) 당황했고, 스페트는 뭔가 빌어먹을 음모라도 짜는 듯 눈을 가늘게 떴으며, 케이티는 아주 창백했다.

"여긴 와일어웨이입니다." 내가 말했다.

그는 여전히 아무 생각도 떠오르지 않는 듯이 보였다.

"와일어웨이." 내가 다시 말했다. "기억해요? 기록이 없어요? 와일어웨이에 역병이 돌았습니다."

그가 약간 흥미를 느끼는 듯 보였다. 방 뒤쪽에 있던 사람들이 고개를 돌렸다. 지역 직능의회 대표가 들어오는 모습이 힐끗 보였다. 아침이 되면 이 도시의 모든 마을회의와 모든 지역 간부회의가 전면 가동될 것이다.

"역병?" 그가 말했다. "그것참, 안 됐군요."

"그렇죠." 내가 말했다. "불행한 일이었죠. 우리는 한 세대 인구의 반을 잃었습니다."

그는 당연히 깊은 인상을 받은 듯했다.

"그래도 와일어웨이는 운이 좋았습니다." 내가 말했다. "우리에겐 규모가 큰 초기 유전자 풀과 첨단 기술이 있었고, 다들 고도의 지능 덕분에 선택된 데다 성인이라면 누구나 두세 가지 영역에 전문성을 가진 사람들로 구성된 꽤 큰 규모의 인구가 있었으니까요. 여긴 흙이 좋습니다. 다행히 기후도 쾌적하고요. 지금 우리 인구는 3천만 명입니다. 산업 쪽에서는 일이 눈덩이처럼 굴러가기 시작하고 있어요. 무슨 말인지 알겠어요? 70년만 더 있으면 우리에겐 하나 이상의 진짜 도시와 서너 곳 이상의 산업 중심지들과 전업 직군들과 전업 무선사들과 전업 기계공들이 있게 될 겁니다. 70년만 더 있으면 모두가 일생의 4분의 3을 농장에서 보내지 않아도 돼요."

그리고 나는 예술가들이 늦은 나이가 되어서야 전업으로 기예를 연마할 수 있다는 것이 얼마나 어려운 일인지, 케이티나 나처럼 자유로이 돌아다닐 수 있는 사람이 적은 것이, 그처럼 아주 적은 것이 얼마나 힘든 상황인지 설명하려 애썼다. 나는 또한 우리 정부를, 직능비례와 인구비례로 구성되는 양원의 개요를 설명하려 애썼다. 나는 그에게 개별 마을 단위에서 처리하기 곤란한 큰 문제들을 지역 간부회의에서 다룬다고 말했다. 그리고 인구 조절 건이 정치적 사안이 아니라는 사실을, 시간이 더 지나면 그렇게 되겠지만 아직은 아니라는 사실을 설명했다. 지금은 우리 역사에서 아주 민감한 시점이었다. 우리에겐 시간이 필요했다. 삶의 질을 희생하면서까지 미친 듯이 산업화로 돌진할 필요는 없었다. 우리는 우리 호흡에 맞는 속도로 나가야 했다. 우리에게 시간을 달라.

"사람들은 다 어디 있어요?" 한 가지 생각밖에 못 하는 것 같은 그 남자가 다시 말했다.

나는 그가 말하는 '사람'이 사람이 아니라 '남자'를 뜻한다는 사실을 알아챘다. 그는 그 단어를 와일어웨이에서 지난 6백 년간 쓰지 않았던 의미로 쓰고 있었다.

"그들은 죽었어요." 내가 말했다. "30세대 전에요."

우리가 그의 가슴에 칼이라도 꽂은 듯 그는 헉하고 숨을 멈추며 앉아 있던 의자에서 쓰러지기라도 할 것처럼 손을 가슴에 얹었다. 그가 경이와 감상적인 다정함이 섞인 이상야릇한 표정으로 우리를 둘러보더니 엄숙하고 진지하게 말했다.

"엄청난 비극이군요."

난 그게 무슨 뜻인지 정확하게 이해하지 못한 채 다음 말을 기다렸다.

"그래요." 그가 기묘한 미소와 함께 숨을 돌리며 말했다. '지금 내가 숨기고 있는 걸 내놓으면 넌 기쁘고 신나서 환성을 지르겠지'라고 생각하는 어른이 아이에게 보내는 미소였다. "엄청난 비극이에요. 하지만 그건 끝났어요." 그리고 그는 다시 그 이상야릇한 존경의 표정으로 우리 모두를 둘러보았다. 마치 우리가 장애인이라도 되는 듯이.

"당신들은 놀랄 만큼 잘 적응했어요." 그가 말했다.

"뭐에 말입니까?" 내가 말했다.

그는 당황하는 것 같았다. 할 말을 잃은 듯이 보였다. 마침내 그가 말했다. "제가 온 곳에서는, 여성은 이처럼 검소하게 옷을 입지 않아요."

"당신처럼 입나요?" 내가 말했다. "결혼하는 신부처럼?"

남자는 머리끝에서 발끝까지 은색 옷을 입고 있었다. 난 그처럼 화려한 걸 본 적이 없었다. 그가 뭔가 대답하려고 하더니 그러지 않기로 한 것 같았다. 그는 다시 나를 보고 웃음을 터뜨렸다. 우리가 뭔가 유치하고 이상한 사람들이라도 되는 것처럼, 자신이 우리에게 어마어마한 호의를 베푸는 것처럼, 그는 이상하게 들뜬 투로 떨리는 숨을 한 번 들이쉬고는 말했다. "자, 우리가 왔어요."

나는 스페트를 쳐다보았고, 스페트는 리디아를 쳐다보았으며, 리디아는 지역 마을회의 의장인 아말리아를 쳐다보았고, 아말리아는 내가 모르는 누군가를 쳐다보았다. 나는 목이 따가웠다. 이 지역 농부들이 위장에 이리듐을 바르기라도 한 것처럼 꿀꺽꿀꺽 마셔대는 이 지역 맥주는 도저히 참아줄 수가 없는 지경인데도 어떻게 하다 보니 아까 아말리아한테서 (우리가 바깥에서 주차하면서 본 자전거가 아말리아 것이었다) 한 잔을 받았고, 나는 그걸 모두 마셔버렸다. 보아하니 오래 걸릴 일이었다. 내가 말했다. "예, 당신들이 왔죠." 그리고 미소를 짓고는 (바보가 된 것 같이 느끼면서) 혹시 남성 지구인의 마음이 여성 지구인의 마음과 아주 다르게 작동하는 게 아닐까 심각하게 고민을 했지만, 그럴 리가, 그랬다면 종 전체가 아주 오래전에 죽어버렸을 텐데. 지금쯤이면 이 소식이 행성 전역에 돌았을 테고, 우리에겐 바르나에서 날아온 러시아어를 할 줄 아는 사람이 한 명 더 있다. 나는 그 '남자'가 뭔가 비밀스러운 종교집단의 사제처럼 보이는 자기 아내의 사진을 돌릴 때 이제 그만하자고 결심했다. 그가 유리코에게 질문을 하고 싶다고 해서 나는 격렬하게 항의하는 아이를 뒷방에 몰아넣고는 앞 베란다로 나왔다. 내가 나올 때는 리디아가 (누구나 시술할 수 있을 정도로 간단한) 단성생식과 우리가 사용하는 난자융합 방식의 차이를 설명하고 있었다. 케이티의 아이가 나를 닮은 것은 난자융합 기술 때문이다. 리디아의 설명은 앤스키 공법과 우리의 유일한 만능 천재이자 내 아내 케이티의 몇 대 위인지조차 알 수 없는 까마득한 할머니의 할머니인 케이티 앤스키로 주제를 옮겨갔다.

딴채 건물 중 어디선가 모스 부호 해독기가 혼자 떠드는 소리가 희미하게 들렸다. 무선사들이 거리낌 없이 시시덕거리며 농담을 던지고 있었다.

현관 베란다에 한 남자가 있었다. 키 큰 두 사람 중 한 명이었다. 나는 몇 분간 그를 지켜보았다. 나는 필요할 때엔 매우 조용히 움직일 수 있다. 그가 날 볼 수 있도록 기척을 내자 그는 목에 건 작은 기계에 대고 얘기하던 걸 멈췄다. 그러고는 조용히, 나무랄 데 없는 러시아어로 말했다. "지구에 성 평등이 다시 확립된 건 알고 있나요?"

"당신이 진짜로군요." 내가 말했다. "그렇지 않습니까? 저 사람은 그냥 바람잡이죠." 상황이 명료하게 정리되니 대단히 안도가 되었다. 그가 상냥하게 고개를 끄덕였다.

"인간으로서, 우리는 그다지 현명하지 못합니다." 그가 말했다. "지난 몇 세기 동안 너무나 많은 유전자 손상을 입었어요. 방사능, 약물 같은 것들 때문에요. 우리는 와일어웨이의 유전자들을 이용할 수 있습니다, 재닛." 낯선 사람은 낯선 사람을 이름으로 부르지 않는 법이다.

"당신들에겐 빠져 죽어도 될 만큼 넉넉한 세포들이 있잖아요." 내가 말했다. "자체 배양하세요."

그가 미소를 지었다. "그건 우리가 원하는 방법이 아닙니다." 그의 등 뒤 네모난 방충망 빛 속으로 케이티가 나타났다. 그는 낮고 정중한 목소리로 말을 이었다. 나를 조롱하는 건 아니라고 생각했지만, 그의 태도에는 늘 충분한 돈과 권력에 둘러싸여 2류가 되거나 변방으로 밀린다는 게 어떤 것인지 모르는 사람 특유의 자신감이 배어 있었다. 아주 이상한 느낌이었다. 왜냐하면 바로 그 전날까지만 해도 나는 그 표현이 정확하게 나를 설명하는 말이라고 여겼을 테니까.

그가 말했다. "당신이 이곳에서 누구보다 큰 대중적 영향력을 갖고 있다고 생각하기 때문에 이런 얘기를 하는 겁니다, 재닛. 단성생식 배양이 온갖 종류의 고유한 결점들을 가지고 있다는 건 당신도 저 못지않게 잘 알 테고, 어떤 식으로든 당신들을 그런 쪽으로 이용하겠다는 (그럴 수 있다 해도 말이지요) 의도는 없습니다. 죄송합니다. '이용'이라는 단어는 쓰지 말았어야 했는데. 하지만 분명 당신들도 이런 식의 사회가 부자연스럽다는 건 알고 있을 겁니다."

"인류가 부자연스럽지." 케이티가 말했다. 그녀는 왼쪽 옆구리에 내 소총을 끼고 있었다. 비단 같은 머리카락으로 덮인 머리끝이 내 쇄골 근처에도 미치지 못하지만 그녀는 강철만큼 강하다. 그가 (주방에 있는 그의 동료한테서는 봤지만 그에게서는 볼 수 없었던) 저 존경스럽다는 듯 기묘한 미소를 띠고 다시 움직이기 시작하자 케이티가 마치 평생 총을 쏴왔던 사람처럼 총을 들어 올렸다.

"저도 동의합니다." 남자가 말했다. "인류는 부자연스럽지요. 과연 그렇군요. 제 치아엔 금속이 들어 있고, 여기엔 금속 핀들이 들어 있습니다." 그가 자신의 어깨를 건드렸다. "바다표범은 하렘을 만드는 동물이죠." 그가 말을 이었다. "그리고 사람도 그렇습니다. 유인원들은 상대를 가리지 않고, 사람도 그렇습니다. 비둘기는 일부일처제를 따르고, 사람도 그렇지요. 세상에는 심지어 독신주의자들과 동성애자들도 있습니다. 동성애를 하는 암소들도 있지요. 저는 그렇게 알고 있습니다. 하지만 와일어웨이에는 여전히 뭔가 부족한 게 있습니다." 그가 메마른 웃음소리를 냈다. 내가 그 행동이 긴장과 관련된 현상이라고 믿게 된 건 순전히 그의 공일 것이다.

"나는 부족한 게 없어." 케이티가 말했다. "생이 불멸이 아니라는 것만 빼고."

"당신들은⋯?" 남자가 고갯짓으로 나와 케이티를 가리키며 말했다.

"아내들이지." 케이티가 말했다. "우린 결혼한 사이야." 또그 메마른 웃음소리.

그가 말했다. "일을 하고 아이들을 돌보는 데 좋은 경제적 계약관계로군요. 그리고 당신들의 재생산이 그 계약관계를 따르게 되어 있다면, 유전형질을 임의 추출하기에도 더없이 좋은 형태이고요. 하지만 생각해봐요, 케이티 미카엘라슨, 당신 딸들에게 더 나은 뭔가를 줄 수는 없는지 말입니다. 전 본능을 믿습니다. 심지어 인간의 본능도요. 그리고 전 당신들 둘이, 당신은 기계공이지요, 아닌가요? 그리고 당신은 어떤 형태의 경찰 간부가 아닐까 추측합니다만, 당신들조차 아쉬워할 수밖에 없는 무언가가 있다는 걸 어떤 행태로든 못 느낄 리가 없다고 생각합니다. 당신들 머리로는 알고 있어요. 물론이지요. 이곳에는 종의 반만 있어요. 와일어웨이에는 남자들이 돌아와야 합니다."

케이티는 아무 말도 하지 않았다.

남자가 부드럽게 말했다. "케이티 미카엘라슨, 저는 당신이, 다른 모든 사람 중에서도 당신이 그 변화로부터 가장 많은 혜택을 받을 거라고 생각합니다." 그리고 그는 케이티가 든 소총을 지나 문에서 나오는 사각형 빛 속으로 걸어갔다. 그가 내 흉터를 눈치챈 것이 그때였다고 생각한다. 관자놀이에서 턱까지 가늘게 이어진 내 흉터는 빛이 옆에서 비추지 않는 한 전혀 보이지 않았다. 대부분의 사람들은 내게 흉터가 있는지조차 눈치채지 못했다. "그건 어디서 그런 겁니까?" 그가 말했고, 나는 나도 모르게 씩 웃으며 대답했다.

"마지막 결투에서요." 우리는 몇 초 동안 서로에게 분노하며 그 자리에 서 있었고(이상하지만 사실이다), 마침내 그가 안으로 들어가 방충망을 닫았다.

케이티가 성마른 목소리로 말했다. "바보 같으니, 우리가 모욕을 받은 것도 몰라?" 케이티가 방충망 반대편에 있는 그를 쏴버리려고 소총을 겨눴다. 난 그녀를 붙잡으며 손으로 소총을 쳤다. 총알이 목표를 빗나가며 베란다 바닥에 구멍을 냈다. 케이티는 떨고 있었다. 그녀는 계속 같은 말을 되풀이했다. "이래서 내가 총에 손을 안 댔던 거야. 누군가를 죽이고 말 걸 알았으니까. 내가 누군가를 죽일 줄 알았어."

집 안에서는 처음에 대화를 나눴던 남자가 여전히 뭔가를 말하고 있었다. 지구가 잃어버린 모든 것을 재식민지화하고 재발견하자는 거대한 운동에 관한 얘기 같았다. 그는 와일어웨이가 얻을 이익을 강조했다. 무역, 사상의 교류, 교육. 그 역시도 지구에 성 평등이 다시 확립되었다고 말했다.

✳

　당연히 케이티 말이 맞았다. 우리는 그 자리에서 바로 그
들을 불태워버렸어야 했다. 남자들이 와일어웨이에 오고 있
다. 큰 총을 가진 문화와 아무 무기도 없는 문화가 부딪칠 때
어떤 결과가 나올지는 뻔했다. 어쩌면 어떤 식으로든, 결국은
남자들이 오게 될 운명인지도 몰랐다. 난 지금으로부터 백 년
후면 우리의 고손주들이 남자들을 무시하거나 아니면 싸워서
막아낼 수 있을 거라고 생각하고 싶었지만, 그럴 가능성조차
희박했다. 난 내가 처음으로 만난 저 황소 같은 근육을 가진
자들을, 한순간이긴 했지만 나 자신을 작다고 느끼게 만든 저
네 사람을 평생 떠올릴 터였다. 신경과민이야, 케이티는 그렇
게 말했다. 난 그날 밤 일어났던 모든 일을 기억한다. 난 차 안
에서 유리코가 얼마나 들떠 있었는지 기억하고, 우리가 집에
돌아갔을 때 가슴이 찢어질 듯 흐느끼던 케이티를 기억하고,
여느 때처럼 조금은 독단적이었지만 이상하게 위로가 되고
위안이 되었던 그녀의 애무를 기억한다. 나는 그날 밤 집 안
을 끊임없이 배회했던 걸 기억한다. 케이티가 복도에서 들어
오는 불빛에 벗은 한쪽 팔을 걸쳐놓고 잠든 뒤였다. 내내 기
계들을 운전하고 시험하느라 팔뚝의 근육들이 강철 같았다.
가끔 나는 케이티의 팔이 나오는 꿈을 꾸었다. 나는 아기방으
로 가서 아내의 아기를 안아 들고 놀라울 정도로 감동적이고
따스한 유아의 온기를 무릎에 놓은 채 잠시 졸았고, 마침내

주방으로 돌아가 야식거리를 챙기고 있던 유리코와 마주쳤던 걸 기억한다. 내 딸은 야생마처럼 먹어댔다.

"유리코." 내가 말했다. "넌 남자와 사랑에 빠질 수 있다고 생각하니?" 딸은 비웃듯이 소리를 질렀다. "3미터짜리 두꺼비랑?" 재치 만점인 내 딸이 말했다.

하지만 남자들이 와일어웨이로 오고 있다. 최근에 나는 밤에도 잠을 이루지 못하고 이 행성에 올 남자들에 대해서, 내두 딸과 아기 베타 케이티슨에 대해서 걱정하고, 케이티에게, 내게, 내 인생에 무슨 일이 생길지 걱정했다. 우리 조상들의 일기는 고통에 찬 하나의 긴 울부짖음이었다. 나는 내가 지금 기뻐해야 마땅하다고 생각하지만, 6백 년의 세월을, 심지어 (최근에 알게 된 거긴 하지만) 고작 34년의 세월조차도 그냥 내던져버릴 수는 없다. 가끔 나는 저 네 남자가 시골뜨기처럼 작업복을 입은 우리를, 거친 면직 바지와 수수한 셔츠를 입은 농부들인 우리 전부를 쳐다보면서 저녁 내내 변죽을 울리면서도 감히 물어보지 못했던 질문을 생각하며 웃음을 터뜨렸다. '당신들 중 누가 남자 역할을 하는 거요?'라는 그 질문. 마치 우리가 자신들의 실수를 고대로 답습하고 있어야만 한다는 듯이! 나는 지구에 성 평등이 다시 확립됐다는 말이 아주 미심쩍었다. 난 내가 조롱받았다는 생각을, 케이티가 약한 존재인 것처럼 배려를 받았다는 생각을, 유리코가 하찮거나 어리석은 존재라고 취급받았다는 생각을, 내 다른 아이들이 완전한 인간성을 가지지 못한 존재로 치부되거나 이방인으로 취급됐다는 생각을 하고 싶지 않았다. 그리고 나는 내가 성취한 것들이 정당한 평가, 또는 내가 생각하는 정당한 평가를 받는 대신 그다지 흥미로울 것도 없는 '인류'의 성과나 책 뒤표지에서 읽게 되는 특이한 일로 치부되거나, 너무나 이례적이고 별스럽지만 인상이 강하지 않아서, 또는 매력적이지만 실용적이지 않아서 가끔 웃음거리나 되는 것들로 전락할까 봐 두려웠다. 뜻밖에도 나는 이 생각이 더 고통스럽다는 사실을 깨달았다. 세 번이나 결투를 벌이고 세 명의 상대방을 모두 죽여버린 여성이 그런 공포에 사로잡히다니, 웃긴다고 생각할 것이다. 하지만 지금 저 앞에서 기다리고 있는 것은 너무나 중대한 결투라서 나는 내게 싸울 만한 배짱이 있는지 잘 모르겠다. 《파우스트》에 이런 말이 있다. "그대로 멈추어라, 너는 너무나 아름답구나. 변하지 말라."

이따금 밤이 되면 나는 우리 조상들의 첫 세대가 바꿔버린 이 행성의 원래 이름을 떠올렸다. 저 신비에 쌓인 여성들에게 이 행성의 원래 이름은 남자들이 죽어버린 뒤로는 떠올리기조차 고통스러운 이름이었을 거라고 나는 생각했다. 좀 우울한 쪽이긴 하지만, 나는 상황이 이처럼 완전히 뒤집힌 게 웃기기도 했다. 이것 역시도 지나가리라. 모든 좋은 것들은 끝이 있는 법이다.

내 목숨은 가져가더라도 내 삶의 의미는 앗아가지 말기를.

당분간은.

조안나 러스

Joanna Russ, 1937~2011

조안나 러스는 미국 작가이자 학자이며 비평가이다. 디스토피아적인 소설 《여자 사람》(1975)과 큰 영향력을 미친 논픽션 소책자인 《여성의 글쓰기를 억압하는 법》(1983)이 워낙 유명한 탓에 앤젤러 카터나 셜리 잭슨에 버금갈 만큼 다양하고 풍부한 그녀의 단편 작품들은 상대적으로 조명을 받지 못했다. 러스는 SF와 판타지를 모두 썼고 호러나 기담에 연원을 둔 작품들도 제법 된다. 《잔지바르 고양이》(1983)와 《보통(이 아닌) 사람들》(1985), 《달의 뒷면》(1987)과 같은 단편집들이 있다. 50여 년 전 〈그들이 돌아온다 해도〉가 처음 발표되었을 때 획기적인 작품이라는 평가를 받았으며, 성 정치와 사물을 인식하고 권력을 행사하는 방식에서 드러나는 성별 차이에 대해 이 작품이 전달하는 메시지는 오늘날에도 여전히 강력한 울림을 가진다. 이 작품은 1972년에 출간된 《다시, 위험한 상상력》에 처음 발표되었고, 1973년 네뷸러상을 받았다.

반다나 싱

The Woman Who Thought She Was a Planet

자신을 행성이라
생각한 여자

람나스 미슈라의 삶은 어느 날 아침에 영영 바뀌어버렸다. 그날, 지난 40년간 고수해온 의식대로 베란다에서 신문을 열심히 읽고 있던 그 앞에 아내가 찻잔을 탁 내려놓으며 선언했다. "마침내 내가 무엇인지 알았어. 나는 행성이야."

람나스가 은퇴한 뒤로 두 사람 다 불편해졌다. 그는 멀찍이 서서 아내를 가정의 인자한 군주이자 이제 다 큰 아이들의 어머니로 아는 데에 만족했으며, 그 이상의 상세한 건 전혀 알고 싶어 하지 않았다. 카말라 입장에서는 남편이 옆에 있는 걸 언짢고 불편하게 여기는 듯했다. 아내의 본분을 다하는 전통적인 인도의 부인이라는 그녀의 겉치레는 첫 주가 지나자마자 떨어져 나갔다. 지금 람나스는 얼굴을 찌푸리며 자신만의 평화로운 시간을 방해한 아내에게 엄하게 한소리 해야겠다고 마음먹고 신문을 내려놨다가, 그러기는커녕 놀라서 찍소리도 못한 채 입을 떡 벌리고 말았다.

아내가 일어서서 입었던 사리를 풀고 있었다.

람나스는 의자에서 굴러떨어질 뻔했다.

"뭘 하는 거야, 정신 나갔어?" 그는 펄쩍 뛰듯이 아내에게 다가가 한 손으로 푸른 면직 사리 자락을 잡고 다른 손으로는 아내의 팔을 붙들고는 혹시라도 근처에 하인들이나 정원사가 있지나 않은지, 아니면 여름 햇빛으로부터 베란다를 가려주는 부겐빌레아 가지들 사이로 엿보는 이웃이라도 없는지 연신 두리번거리며 사방을 살펴보았다. 그의 손에 붙잡힌 아내가 불길한 시선으로 그를 뚫어지게 쳐다보았다.

"행성에게는 옷이 필요 없어." 그녀가 대단히 위엄 있게 말했다.

"당신은 행성이 아니야, 미친 거지." 람나스가 말했다. 그는 아내를 침실로 몰아넣었다. 고맙게도 세탁부는 나간 뒤였고, 요리사는 주방에서 라디오 소리에 맞춰 음이 맞지 않는 노래를 부르고 있었다. "세상에, 사리 좀 제대로 입어."

아내가 순순히 그의 말에 따랐다. 람나스는 아내의 눈에 눈물이 번지는 걸 보았다. 문득 짜증과 함께 걱정이 몰려왔다.

"어디 아픈 거 같아, 카말라? 쿠마르 선생한테 전화할까?"

"아프지 않아." 그녀가 말했다. "나는 밝힐 게 있을 뿐이야. 나는 행성이야. 나는 인간이었고, 여자였고, 아내이자 어머니였지. 나는 내게 그런 거 말고 뭔가 다른 건 없을까 늘 궁금했어. 이제 알았어. 행성인 게 나한테 이롭기도 해. 간장약도 끊었으니까."

"이봐, 당신이 행성이라면…." 람나스가 격분해서 말했다. "당신은 별 주위를 도는 죽은 물체일 거야. 아마 대기와 여기저기 기어 다니는 살아 있는 것들이 있겠지. 지구나 목성처럼 아주 커야 할걸? 당신은 행성이 아니라 살아 있는 사람, 여자야. 반듯한 가정에서 나고 자란, 우리 가족의 명예를 손에 쥐고 있는 숙녀라고."

아내가 고개를 끄덕이며 미소를 짓고는 머리 매무시를 가다듬었기 때문에 그는 자신이 설명을 너무 잘했다고 생각하며 만족했다. "가서 점심상 차려야겠어." 아내가 평소의 목소리로 말했다. 람나스는 남자로서 해야 하는 이 모든 일에 고개를 절레절레 흔들며 베란다로 나가 다시 신문을 집어 들었다. 하지만 최근에 총리가 벌인 기행에 통 집중할 수가 없었다. 갑자기 40년을 같이 살아온 사람을 잘 모른다는 사실이 다소 무서운 일이 될 수 있다는 생각이 떠올랐다. 저 여자는 대체 어디서 저런 이상한 발상을 얻게 됐을까? 그는 오래전에 종조모가 미쳐서는 조상 대대로 살던 집의 바깥 화장실에 들어가 문을 걸어 잠그고 짝짓기 철을 맞은 큰두루미처럼 새된 소리를 지르기 시작했던 때를 떠올렸다. 무슨 일인가 싶은 이웃들이 안마당에 떼로 몰려들어 입에 발린 동정을 건네며 격려의 말을 외치는 가운데 그들은 겨우겨우 그녀를 끌어냈다. 사람들의 부축을 받으며 부서진 문짝으로 나온 종조모는 얼마나 고요해 보였던가. 분명 순순한 굴종의 표시로 고개를 숙이고 있던 종조모가 어떻게 아무 사전 경고도 없이 갑자기 자기 남편의 팔을 물어뜯기 시작했는지 그는 똑똑히 기억하고 있다. 종조모는 란치에 있는 정신병자 보호시설에서 생을 마감했다. 가족들이 얼마나 끔찍한 망신을 겪었던가. 그 불명예, 점잖은 상류 중산층 가문에 미친 사람이라니. 그는 갑자기 몸을 떨면서 신문을 내려놓고 쿠마르 선생에게 전화를 걸러 갔다. 쿠마르는 함부로 입을 놀리지 않을 거야. 우리 집안을 잘 아는 친구니까….

누군가 커튼을 쳐서 아침 햇빛을 가린 바람에 응접실이 온통 캄캄했다. 요리사가 노래를 그만두자 부자연스럽게 조용한 집 안이 마음에 걸린 그는 더듬더듬 더듬으며 창문보다 가까운 전등 스위치로 향했다. "카말라!" 그는 아내를 소리쳐 불렀고, 자신의 목소리가 떨리는 걸 듣고는 신경질이 났다.

갑자기 방 반대쪽 커튼이 왝 젖혀지면서 햇빛이 폭발하듯 그의 눈을 찔렀다. 거기 자신의 아내가 발가벗은 채 두 팔을 활짝 벌리고 태양을 향해 서 있었다. 그녀가 천천히 돌아서기 시작했다. 얼굴에는 축복을 받은 듯한 표정이 어려 있었다. 햇빛이 그녀의 풍만한 몸을, 넉넉한 대지와 쭈글쭈글한 아랫배와 엉덩이로 겹겹이 흘러내리며 접힌 살을 씻어주었다.

람나스는 공포에 사로잡혔다. 그는 냅다 창문으로 달려가 커튼을 왝 닫고는 아내의 두툼한 어깨를 붙잡고 격하게 흔들었다.

"당신 미쳤어? 이웃들이 뭐라 생각하겠어! 대체 내가 뭘 잘못했기에 이런 일을 당해야 해?"

그는 아내를 침실로 끌고 들어가 두리번거리며 사리를 찾왔다. 웃옷과 속치마, 그리고 사리가 침대에 아무렇게나 구겨진 채 내던져져 있었다. 이건 이것대로 불안한 징조였는데, 아내는 보통 강박적일 정도로 정리정돈에 집착했었기 때문이다. 사리를 어떻게 입히는지 전혀 아는 바가 없다는 사실이 떠올랐다. 모기장 틀에 깔끔하게 갠 나이트가운이 걸려 있는 걸 본 그는 그걸 잡아챘다. 아내가 그의 손아귀에서 벗어나려고 용을 썼다.

"당신, 부끄러운 줄도 모르는 거야? 이거 입어!"

잠시 후에 어렵사리 아내에게 나이트가운을 입히고 보니 앞뒤가 뒤집혔다. '그건 상관없어.' 그는 생각하며 아내를 침대에 앉혔다.

"여기 가만히 앉아서 움직이지 마. 난 의사한테 전화할 테니까. 요리사는 나갔지?"

아내가 그를 쳐다보지도 않고 고개만 끄덕였다. 응접실에 간 람나스는 잠시 머뭇거리다가 커튼을 젖히는 대신 불을 켰다. 그는 자기 몸의 일부분이 발가벗은 그녀와 실랑이를 벌이는 와중에 반응한 것을 알고 신경질이 났다. 그는 단호하게 모든 잡생각을 물리치고 전화기로 다가갔다.

쿠마르는 병원 응급 상황에 불려가서 집에 없었다. 람나스는 의사 친구에 대해서 잠시 나쁜 생각을 했다. "돌아오는 대로 전화 달라고 전해줘. 아주 급한 일이야." 그는 쿠마르의 하인에게 당부한 다음 수화기를 쾅 내려놓고 다시 침실로 돌아갔다. 아내는 누워 있었고, 확실히 잠들었다.

그날 온종일 람나스는 아내를 감시했다. 점심때쯤 되자 아내가 사리로 갈아입고 머리를 빗었다. 요리사가 양파와 쿠민, 생강, 고추 양념을 넣고 뭉근히 끓인 병아리콩 스튜를 내왔다. 특별한 일이 있을 때만 먹는 바스마티 쌀밥도 곁들여 나왔고, 가지를 작게 잘라서 튀긴 뒤에 토마토와 향신료를 끼얹은 요리도 나왔다. 아내가 제일 좋아하는 요리가 뭔지 짐작조차 가지 않았던 람나스가, 어쩌면 맛있는 음식을 먹으면 아내의 광증이 사라질지도 모른다는 희망을 품고 뭐든 아내가 좋아하는 요리를 해달라고 요리사에게 요청한 결과였다. 하지만 아내는 꿈꾸는 표정을 하고서는 무심하게 음식들을 뒤적거렸다. 아내의 생각이 어디 먼 콩밭에 가 있는 게 확실했다. 람나스는 분노와 자기연민의 물결이 밀려오는 걸 느꼈다. '대체 내가 뭘 잘못했기에 이런 일을 당하는 걸까?' 그는 40년, 아니 그 이상을 열심히 일했고, 중앙정부에서 선임 관료 단계까지 올랐다. 그는 두 아들의 아버지였다. 이런 일이 닥치고 보니 아들이 아니라 지금 같을 때 부탁을 할 수 있는 존재, 딸이었으면 더 나을 뻔했다는 생각이 잠시 머리를 스쳤다. 그는 마음속으로 연세 지긋한 여자 친척들을 재빨리 꼽아보았다. 하지만 그들은 다 죽었거나 아니면 다른 도시나 시골에 살았다. 왜 저 빌어먹을 의사는 전화를 안 하는 거지?

람나스의 좋은 시절은 완전히 망가졌다. 그는 저녁마다 시니어클럽에 나가 다른 은퇴자들과 체스를 두곤 했지만, 오늘은 감히 아내 곁을 떠날 엄두가 나지 않았다. 아내는 다른 사람한테는 안 그러면서 자기한테는 꼭 필요한 용무가 있을 때만 입을 열었다. 요리사에게 지시를 내리고 직접 응접실에 있는 사진과 골동품들의 먼지를 터는 아내는 겉으로 보기에는 침착했지만, 그는 그녀가 꿈꾸듯이 입술에 미소를 머금은 채 자신만의 세계를 들여다보고 있음을 알아챘다. 그는 의사에게 다시 전화를 걸었다. 그 빌어먹을 바보는 잠시 집에 들렀다가 파티 복장으로 갈아입고는 급한 전갈을 받지도 않은 채 집을 나서고 말았단다.

그날 밤은 람나스 인생에서 최악의 밤이라 할 만했다. 아내는 잠을 자면서도 부두에 묶어놓은 배가 줄을 풀고 도망가려는 것처럼 뭔가 보이지 않는 구속력에서 벗어나려는 듯 몸을 뒤척였다. 람나스 자신은 행성들과 뚱뚱한 나체 여성들이 나오는 악몽 때문에 괴로웠다. 그는 몇 번이나 잠에서 깨어, 쇠어가는 머리카락이 온통 베개를 뒤덮고, 벌린 입마저 반쯤 머리카락에 가린 채 잠을 자는 아내를 유심히 지켜보았다. 아내가 숨을 내쉴 때마다 머리카락 한 줌이 불려 나왔다. 그 머리카락에 뭔가 끔찍한 생물 같은 속성이 있는 것 같았다. 그는 손을 떨지 않으려고 애쓰면서 아내의 얼굴에 걸린 머리카락을 쓸어 넘겼다. 창에서 들어오는 달빛을 받은 아내의 얼굴은 달 표면 같았다. 나이 탓에 패고 푹 꺼지고 갈라졌다. 낯선 사람 같았다.

다음 날 아침 아내는 다소 가라앉은 듯했지만, 보통 한낮이면 차크라바티 부인이나 자인 부인을 만나러 가곤 했는데 그날은 그러지 않았다. 전화벨이 울리는데도 아내는 전화를 받지 않았다. 그 무신경함에 격노한 람나스가 수화기를 들자마자 냅다 소리를 질렀다가 자인 부인의 냉정한 목소리에 몸

둘 바를 모르고 쩔쩔매게 되었다. "아내가 몸이 좋질 않아서요." 그는 말을 뱉자마자 후회했다. 10분 뒤, 잔뜩 걱정스러운 표정의 자인 부인이 차크라바티 부인과 함께 과일과 차크라바티 부인의 시어머니가 만든 특별한 약초 액을 들고 모습을 드러냈다. 람나스는 제발 자기를 괴롭히지 말고 꺼지라고 말하고 싶은 충동을 잠시 느꼈지만, 사락거리는 풀 먹인 면직 사리를 입은 둘의 기혼 부인다운 모습에, 향수를 뿌리고 헤나로 물들여 그처럼 깔끔하게 쪽을 진 둘의 머리 모양에, 자매 같은 사이인데 응당 걱정되는 게 당연하지 않으냐는 둘의 분위기에 완전히 꼬리를 말고 말았다. 카말라가 누웠던 침실에서 나와서 기대하지도 않았는데 너무 반갑다는 듯이 그들을 맞아 방으로 데리고 들어갔다. 추방된 람나스는 집에서 만든 레몬수라도 내드릴까 하는 요리사의 제안을 거절했다가 다시 받아들이고서 뜨거운 베란다에 속을 끓이며 앉아 있었다. 침실 안에서는 여자들이 해변에 오른 고래들처럼 침대에 퍼져서 레몬수를 홀짝거리며 수다를 떨고 깔깔거렸다. 그는 여자들이 무슨 수다를 떠는지 알 수 없었다. 하지만 가면 갈수록 적어도 아내가 보통 때처럼 행동하고 있다는 사실에 마음이 놓였다. 아마도 친구들이 온 게 좋았던가 보다. 오늘 저녁에는 클럽에 갈 수 있을지도 몰랐다.

여자들이 떠나자마자 카말라는 다시 조용하게 무관심한 태도로 돌변했다. 그사이 쿠마르 선생이 전화했다. 그 바보는 고집스럽고 정확하게 아내의 어디가 문제인지 묻기만 했다. 아내가 자신을 쳐다보는 걸 느낀 람나스는 뭐라 해야 할지 할 말을 찾지 못했다. "거 여자들 문제 있잖아." 그는 마침내 궁색하게 말했다. "전화로는 설명할 수가 없네. 여기 올 수 있어?"

그날 저녁 쿠마르가 와서 저녁을 먹고 갔다. 의사는 카말라의 혈압을 재고 심장 소리를 들었다. 과묵하고 젊은 조수가 추가 검사를 위해 피를 뽑았다. 그러는 동안 카말라는 상냥한 관심을 표하며 의사 가족의 근황을 묻는 등 침착하고 공손한 태도를 유지했다. 람나스는 문득 아내가 이미 광증을 자유자재로 숨길 수 있다는 그 악명 높은 '교활하게 미친 사람'의 단계에 이른 게 아닌가 생각했다.

"자네가 잘못 본 것 같은데, 람나스." 이틀 후에 의사가 전화를 걸어왔다. "다 정상이야. 자네 부인은 사실 전보다 훨씬 건강해졌어. 이상하게 행동했다면 뭔가 정신적인 문제일 거야. 그게 꼭 병의 신호인 건 아니지만 말이야. 여자들이란 이상해. 여자들은 뭔가 원하는 게 있을 때 이상한 행동을 하곤 하잖아. 자네 부인은 바깥 활동을 해야 해. 아들네를 방문하는 것도 좋고. 손주들이 도움이 될 거야."

하지만 카말라는 도시를 벗어나려 하지 않았다. 의사의 충고에 따라 바깥바람을 쐬는 게 도움이 되기를 바라며, 람나스는 마침내 저녁마다 자기와 같이 산책하자고 아내를 설득했다. 그는 철저하게 그녀를 감시했다. 아내가 어깨에 두른 사리 끝자락에 손이라도 댈라치면 그는 경고하듯이 으르렁거리며 그녀의 손을 찰싹 때렸다.

동네의 좁은 도로를 따라 쏟아질 듯한 황금색 꽃차례들이 폭포처럼 늘어진 황금소나기 나무들이 줄지어 서 있었다. 운동장에서는 큰 아이들이 저물어가는 빛 속에서 마지막 크리켓 게임을 끝내는 참이었고, 조무래기 아이들은 먼지 속에 쭈그리고 앉아 구슬치기를 했다. 아이들은 어슬렁거리는 암소들과 바람을 쐬는 차분하고 나이 든 시민들은 아랑곳하지도 않았다. 각자의 집 앞 베란다에 앉았던 이웃들이 소리쳐 인사를 건넸다. 희망과 공포 사이에서 갈피를 잡지 못한 채 람나스는 자주, 그리고 비밀스럽게 아내의 얼굴에서 뭔가 광증이 시작되는 신호를 찾았다. 석양을 바라보며 황홀한 한숨을 내쉴 때 말고는 걷는 내내 최면상태에 빠진 것처럼 보였지만, 어쨌든 아내는 줄곧 평온하고 사교적이었다.

그다음 주에 카말라는 두 번이나 옷을 벗으려 했다. 람나스가 용케 두 번 다 제지했다. 두 번째에는 자칫 놓칠 뻔했다. 그는 아내가 속치마와 웃옷만 걸친 채 길거리 노점상들과 크리켓 경기를 하는 아이들과 점잖은 노년 신사들에게 빤히 보이는 진입로로 막 뛰어들려는 찰나에 그녀를 붙잡았다. 그는 아내를 붙잡고 씨름을 하며 침실로 몰아넣고는 제정신을 불어넣어 보려고 애를 썼지만, 아내는 계속해서 몸부림을 치며 울기만 했다. 마침내 짜증이 난 그가 커다란 철제 반침에서 대여섯 장의 사리를 꺼내 침대에 던졌다.

그가 간절하게 말했다. "카말라, 행성에도 대기가 있어. 여길 봐, 이 회색 사리, 이거 소용돌이 구름 같잖아. 이건 어때?"

아내가 즉시 조용해졌다. 여름에 입기에는 적당치 않은 견직 옷감이었지만 그녀는 회색 사리를 두르기 시작했다.

"마침내 내 말을 믿어주네, 람나스." 아내가 말했다. 목소리가 변한 것 같았다. 더 깊고, 더 힘 있는 목소리였다. 그는 혼비백산해서 아내를 쳐다보았다. 남편을 이름으로 부르다니! 젊은 청년 세대라면 전혀 문제 될 것 없지만, 전통을 따르는 점잖은 여성이라면 절대 자기 남편을 이름으로 불러서는 안 되는 법이다. 그러나 그는 거기에 대해 당장은 아무 대응을 하지 않기로 했다. 적어도 아내가 옷을 입었으니까.

밤에 람나스는 자리에 누워 숱한 의심과 공포들과 씨름했다. 열린 창으로 불어온 산들바람이 모기장을 흔들었다. 별빛 속에서는 그의 아내가, 그 방이, 모든 것이 낯설어 보였다. 그는 한쪽 팔로 머리를 괸 채 옆에 누운 낯선 이를 지켜보았다. 소리소문없이 아내를 란치에 있는 보호시설에 가둘 수 있다면 그렇게 해야겠다는 생각이 머리를 스쳤다. 하지만 그녀에게는 저 넋이라도 홀린 것 같은 멍청이 쿠마르가 있었다. 아내가 쿠마르의 병든 어머니 안부를 얼마나 다정하게 물어봤는지, 그가 최근에 유력한 의사협회에 가입하게 된 걸 얼마나 축하해줬는지 보라지. 쿠마르는 오래전부터 그의 가족과 아는 사이였는데, 람나스는 갑자기 쿠마르가 늘 자기 아내에게 특별한 애착을 뒀다는 생각을 하기에 이르렀다. 아내에게 그처럼 교활한 면이 있으리라고 누가 생각이나 했을까? 이제 사방에 펼쳐진 머리카락과 끔찍한 동굴 같은 입을 벌리고 잠든 아내를 보고 있자니, 그냥 아내가 죽어버리면 자기 인생이 얼마나 편안해질까 하는 생각마저 일었다. 그런 생각이 들자자 부끄러워졌지만, 그는 그 생각을 떨칠 수가 없었다. 그 망상이 그에게 소리치고 유혹하며 머릿속에서 울려 퍼지는 바람에 그는 마침내 그녀가 스스로 죽지 않는다면 자신이 직접 그녀를 죽일 수밖에 없을 거라고 확신하게 되었다. 사람이 이렇게 살 수는 없는 법이었다.

매일 밤 아내를 바라보면서 아내를 죽일 여러 방법을 상상하는 것이 그에게는 하나의 의식이 되었다. 처음에는 그런 자신에게, 선하고 훌륭한 전직 관료가 자기 아들들의 어미를 어떻게 살해할까 하는 끔찍한 생각에 골몰한다는 사실에 충격을 받았다. 하지만 그 생각이, 스스로에게는 판타지라고 말하는 그것이 즐거움을 준다는 사실은 부정할 수 없었다. 비밀스럽고 남부끄러운 종류의, 결혼 전의 섹스 같은 그 즐거움이라니, 그래도 뭐 즐거운 건 즐거운 거니까.

그는 각각의 방법들을 검토하기 시작했다. 아내가 자는 사이에 베개로 질식시키는 것이 가장 쉬운 방법이겠지만, 그로서는 범죄 수사대 사람들이 현장에서 무슨 일이 벌어졌다고 추론해낼지 알 수 없었다. 교살도 같은 문제가 있었다. 독약은…, 대체 어디서 그걸 구한담? 그리고 아내가 먹던 간장약을 근래에 끊어버렸으니 교묘한 바꿔치기 같은 걸 해볼 수도 없었다. 빌어먹을 여자 같으니!

어느 날 밤, 잠든 아내를 바라보다가 그는 아주 조심스럽게 아내의 목에 손을 올려놓았다. 아내가 잠깐 몸을 뒤척이는 바람에 깜짝 놀라긴 했지만, 그는 손을 그대로 두고서 아내의 목에 맥박이 뛰는 걸 느꼈다. 그는 엄지로 아내의 목을 쓰다듬기 시작했다. 갑자기 아내가 기침하는 바람에 그는 혼비백

산해서 손을 홱 치웠다.

그때 아내가 입으로 뭔가 시커먼 것을 토했다. 그는 잠시 그게 피라고, 의사를 불러야 한다고 생각했다. 그러고는 곧바로 어쩌면 아내가 저절로 죽어가고 있는지도 모른다는 생각이 떠올랐다. 그의 바람이 너무 강했던 것이리라. 하지만 아내는 계속 기침을 하면서도 잠에서 깨지 않았다. 이제 그 시커먼 것이 아내의 입 주변과 턱에 젤리처럼 붙어 있었다. 그 검은 물질이 피가 아니라 작고 움직이는 것들로 이루어져 있다는 걸 알고 그는 공포에 사로잡혔다. 검은 젤리 하나가 잠시 뒷다리로 서서 그를 살펴보자, 그는 겁에 질려 몸을 뒤로 뺐다. 젤리는 검지만 한 크기의 낯선 곤충 인간이었다. 아내의 입에서 그런 것들이 떼로 나오고 있었다.

침대 사방엔 모기장이 드리웠고 모기장 자락은 매트리스 밑에 깔려 있었다. 손으로 모기장을 밀면서 찢고 나가려 해봤지만, 그가 침대에서 벗어나기도 전에 그것들이 덮쳤다. 소리를 질러 봐도 기껏 나온 건 훌쩍거리는 소리뿐이었다. 그것들이 그의 몸을 덮고는 옷 안으로 기어들어 와 짧고 날카로운 기관들로 그를 때리고 물어뜯었다. 손으로 쓸어서 떨어내 보려 했지만, 너무 많았다. 그것들은 귀뚜라미가 우는 것 같은, 하지만 그보다는 좀 더 부드러운 소리를 냈다. 그는 절망스럽게 울부짖으며 카말라에게 살려달라고 빌었다. 하지만 아내는 옆에 평화롭게 누워 그것들을 토해내고 있을 뿐이었다. 잠시 후에 그는 기절했다.

한참 후에 그는 가까스로 눈을 떴다. 말라붙은 눈물로 눈이 끈적끈적했다. 파리한 아침 햇살이 창으로 들어왔다. 그 생물들은 흔적도 없었다. 모기장에는 큰 구멍이 뚫렸고, 귓가에서 모기 한 마리가 잉잉댔다. 아내는 옆에 잠들어 있었다. '내가 겪었던 건 악몽이었던 모양이야.' 그는 생각했다. 하도 불순한 생각들을 하다 보니 자기 양심이 벌을 준 거라고. 하지만 그는 온몸이 아프다는 걸, 물리고 멍든 자국들이 진짜라는 걸 알았다. 그는 두려워져서 아내 쪽을 돌아보았다. 갑자기 아내가 번쩍 눈을 떴다.

"아이고, 맙소사!" 그녀가 남편의 하얀 잠옷에 난 구멍과 점점이 찍힌 핏자국들을 보았다. 아내가 한 손을 뻗어 작은 상처들을 어루만지자 그는 몸을 움츠렸다. 그것들이 얼굴만큼은 건드리지 않았다. '정말 교활하군.' 그는 생각했다. "왜 날 깨우지 않았어? 내가 말해줬을 텐데, 당신을 해치지 말라고. 그들은 말을 알아들었을 거야."

"그것들은 뭐야?" 그가 속삭였다.

"거주민들이지." 아내가 말했다. "나는 행성이잖아, 기억해?"

그의 얼굴에 떠오른 표정을 보고 아내가 미소를 지었다.

"무서워하지 마, 람나스." 또, 남편의 이름을 제멋대로 부르다니! 이 여자는 귀신에라도 들린 건가? 점성술사한테 가봐야해? 퇴마사한테? 이성적인 사람인 내가 어쩌다 이런 생각까지 하게 되다니!

"무서워하지 마." 그녀가 다시 말했다. "젊은것들이 이주할 곳을 찾으려는 걸 거야. 람나스, 만약 위성이 될 생각이 있으면 나한테 알려줘. 그 작은 동물들은 행성에 이로워. 그것들이 내 건강을 되찾아줬거든."

"당신, 어머니 뵙고 싶지 않아?" 그가 속삭였다. "고향에 간 지 한참 됐잖아. 내가 필요한 준비를 다…."

그는 지난 5년간 아내를 고향에 보내지 않았다. 늘 뭔가 그녀가 챙겨야 할 일들이 있었다. 두 아들의 결혼, 그의 은퇴, 그리고 누군가 집을 돌보고 하인들을 감독해야 한다는 사실 같은 것.

"아, 람나스." 그녀가 말했다. 눈매가 부드러워졌다. "당신, 전에는 절대 이렇게 너그럽지 않았어. 나는 당신이 상당히 변했다고 생각해. 아니, 나는 당신을 떠나고 싶지 않아, 아직은."

아내가 소독약과 따뜻한 물로 그의 상처들을 씻어주었다. 아침을 먹는 동안에도 세심하게 그를 지켜보았다. 나중에야, 아내가 기계적으로 세간의 먼지를 털고 정리하면서 집 안을 돌아다닐 때가 돼서야 정신이 딴 데 가 있는 그 표정이 돌아왔다. 람나스는 도망가야 할 필요를 느꼈다.

"나, 오늘 저녁에 클럽에 가도 될까?"

"그럼, 당연하지." 아내가 상냥하게 말했다. "가서 즐겁게 놀다 와."

클럽에 갔을 때 그는 큰아들에게 은밀하고도 매우 값비싼 전화를 걸었다.

"하지만 아빠, 방금 엄마한테 전화가 왔었어요. 엄마는 아주 정상이던데요. 아빠, 어디 아픈 게 아닌 거 확실해요?…아뇨, 전 지금 못 가요. 아주 중요한 재판이 걸려 있어요. 선임 변호사가 저한테 그 건을 맡겼….”

작은아들은 공학에 관련된 임무를 띠고 독일에 가 있었다.

람나스는 좌절한 채 체스 게임에 몰두했지만, 지인은 쉽게 그를 이겨버렸다.

“감을 잃어버린 겁니까, 선생님?” 그보다 어린 남자가 성가시게 말했다.

집으로 돌아오는 길이 꼭 감옥으로 돌아가는 것 같은 기분이었다. 주방에서 노래를 부르고 있는 요리사를 제외하면 집 안이 아주 조용했다. 그는 문득 요리사에게 닥치라고 말하고 싶은 충동이 일었다. 그나저나 아내는 어디 있지?

“마님은 공원에 가셨어요, 나리.” 요리사가 말했다.

아내를 쫓아 나가야 할지 고민하고 있는데, 5분쯤 뒤 아내가 풍선 하나를 쥐고 저택의 진입로로 들어섰다. 그를 본 아내가 부끄러운 줄도 모르고 손을 흔들며 웃었다. 그는 아내가 옷을 제대로 입은 걸 보고 마음이 놓였다. 아내는 막대 아이스크림을 먹고 있었다.

“람나스, 엄청 재미있었어.” 아내가 말했다. “작은 애들이랑 놀았어. 애들 모두에게 풍선을 사줬지. 풍선을 가져본 건 정말 오랜만이야.”

나중에, 요리사가 물러간 뒤에야 그는 아내에게 말했다.

“카말라, 그… 그것들, 당신 내부에 있는 그 생물들… 말이야. 난 당신이 검사를 받아야 한다고 생각해. 이런 일들을 쿠마르 선생한테 숨기는 건 옳지 않아. 당신은 끔찍한 병을 앓….”

"하지만 람나스, 나는 아프지 않아. 나는 좋아, 아주 좋아. 최근 몇 년을 통틀어 제일 좋아."

"하지만…."

"그리고 당신이 말하는 그것들은 물건이 아니라 내가 만들어낸 피조물이야. 그들은 나한테서 나와, 람나스."

아내가 장난치듯이 그의 얼굴을 살짝 때렸다.

"당신, 지치고 심술 난 것처럼 보여." 아내가 그의 얄팍한 볼을 꼬집으며 말했다.

"내 작은 동물들이 당신에게도 아주 이로울 거야, 람나스. 당신이 편견을 없애기만 하면."

그는 화가 나면서도 겁에 질린 채 아내에게서 물러섰다.

"그럴 리가! 카말라, 난 소파에서 잘 거야. 난 절대…."

"편하실 대로." 그녀가 무심하게 말했다.

그날 밤 그는 상당히 오랫동안 깬 채로 누워 있었다. 창밖에서 귀뚜라미 우는 소리가 들렸지만 일어나서 창문을 닫아 소리를 차단하기도 힘들 만큼 그는 초조했다. 밤의 모든 사소한 소리들이, 산들바람에 흔들리는 커튼의 속삭임과 천식에 걸린 것 같은 천장 선풍기의 삐걱거리는 소리와 바깥 부겐빌레아 잎들이 부스럭거리는 소리가 그 곤충처럼 생긴 생물을 생각나게 했다. 한번은 잠에서 깨어 그 생물 몇이 좁은 소파 꼭대기에 서서 꼼짝없이 누운 자신을 내려다보며 인간과 아주 흡사한 방식으로 뭔가 몸짓을 하는 걸 봤다고 생각했다. 거칠게 쿵쾅거리는 심장을 안고 그는 소파 가장자리로 이동하기 시작했지만, 갑작스레 불어온 바람이 커튼을 유령

선의 돛처럼 부풀리며 달빛을 들여보내자 소파 꼭대기에 아무것도 없다는 게 확인되었다. 마침내 그는 기진맥진한 채 잠에 빠져들었다.

그로부터 며칠 동안 람나스는 제정신을 유지하기가 굉장히 어려웠다. 그는 세상을 등지고 히말라야로 들어가야 하나 고민했다. 어쩌면 지난 몇 년간 아주 대수롭지 않게 무시해왔던 신들이 이제 와서 그에게 복수하는지도 몰랐다. 지금 와서는 불가능해 보이긴 했지만, 또한 적어도 가까운 시일 내에는 불가능할 것 같지만, 그는 여전히 살인이라는 방안을 만지작거렸다. 저녁 식사 자리에서 아내를 지켜보면서 그는 생전처음 그녀가 궁금해지기 시작했다. '이 여자가 정말로 좋아하는 건 뭐지?', '이 여자가 원했던 것 중에 내가 주지 않은 게 뭐지?', '나는 어쩌다 이 지경이 된 걸까?'

"카말라." 어느 날 그가 말했다. 그는 이상한 분위기에 휩싸여 있었다. 그날 아침 그는 가택신들 앞에 향을 피웠다. 백단 냄새가 아직도 집 안에 떠돌았다. 그 향을 맡으니 마침내 자아를 버리고 신 앞에 굴복한 것처럼, 그는 자신이 겸손하고 고결하게 느껴졌다. "말해 봐, 어떤 기분인지… 저… 저 동물들을 속에 가지고 있는 것이…."

아내가 미소를 지었다. 이가 아주 하얬다.

"대개는 아무것도 느껴지지 않아, 람나스." 아내가 말했다. "나는 당신이 받아주었으면 좋겠어. 당신한테 이로울 거고 그들한테도 도움이 될 거야. 젊은 애들이 새로운 세상을 찾아야 한다고 외쳐댔으니까. 가끔 그들이 귀뚜라미처럼 찌륵찌

릌 노래하는 게 들려. 그건 그들이 쓰는 언어인데, 나도 이제 막 이해하기 시작했어."

그때 그도 희미하게 그 소리를 들었다고 생각했다.

"뭐라고 하는 거야?"

아내가 얼굴을 찌푸린 채 귀를 기울이더니 한숨을 쉬었다.

"행성은 태양이 필요해, 람나스." 아내가 얼버무리며 말했다. "내 여행은 이제 막 시작되고 있어."

이 대화 이후로 그는 아내가 갈수록 안절부절못하는 걸 눈치챘다. 그녀는 섭씨 40도 폭염에도 정원에 나가 시들어가는 구아바나무들 사이에서 햇볕을 쬐었다. 집 안에서는 작게 찌륵거리는 소리를 내고 혼자 음이 맞지 않는 콧노래를 부르며 방마다 돌아다녔다. 람나스는 경건한 결심이 흔들리는 걸 느꼈다. 신경질이 난 그는 그날 저녁을 클럽에서 보냈다.

다음 날 저녁, 자신의 의무를 생각해낸 람나스가 아내를 이끌고 산책에 나섰다. 그녀는 힘없이 잠시 마다하더니 남편이 이끄는 대로 거리로 끌려나갔다. 둘이 공원에 이를 때쯤 부드러운 저녁 빛이 떨어졌다. 별 몇 개와 창백한 달이 하늘에 걸렸다. 카말라가 공원 가장자리에서 어정거렸다.

"어서 와." 계속 걷고 싶었던 람나스가 조급해하며 말했다.

하지만 아내는 기쁨의 비명을 지르고는 공원 안으로 들어갔다. 어둑어둑한 공원 안에서 한 남자가 풍선을 팔고 있었다. 그녀는 흥분한 아이 같은 몸짓을 하며 풍선장수에게 달려가기 시작했다. 남부끄러운 데다 짜증이 난 그는 더욱 위엄 있는 걸음걸이로 그녀를 따라갔다.

"풍선 더 줘요." 아내가 말하는 소리가 들렸다. 동전이 짤랑거리는 소리. 갑자기 어디선가 부랑아 몇 명이 나타났다. 어둑어둑한 앞쪽에서 그네가 율동적으로 끽끽거리는 소리가 들렸다.

지금 아내는 사방에서 몰려들어 펄쩍펄쩍 뛰며 흥분한 채 떠들어대는 애새끼들 무리에게 풍선을 나눠주고 있었다.

"마님, 저도요!"

달빛 속에서 풍선이 희미한 작은 천체처럼 머리 위에 둥둥 떠 있었다. 람나스는 아이들을 옆으로 밀치고 아내의 어깨를 움켜잡았다.

"이제 됐어." 그가 조급하게 말했다. "당신이 이 쓸잘머리 없는 녀석들의 버릇을 망치고 있잖아!"

아내가 어깨를 뒤채 남편의 손을 떨쳐냈다. 그녀는 들었던 풍선 하나를 놓아주고는 별이 빛나는 하늘로 게으르게 떠올라가는 풍선을 지켜보았다. 갑자기 한 줄기 바람이 불어와 아내가 한쪽 어깨에 둘렀던 사리 자락을 획 벗기는 바람에 몸에 딱 달라붙은 웃옷이 훤히 내보였다. 풍선장수가 아내의 풍성한 가슴골을 뚫어지게 쳐다보았다.

"세상에, 사리 좀 제대로 여며." 람나스가 필사적으로 속삭였다.

그는 혹시 다른 누군가가 이 구경거리를 눈여겨보고 있지나 않은지 주위를 둘러보았고, 법관 판디의 꼿꼿한 형상이 지팡이를 또각또각 짚으며 공원을 통과하는 길을 따라 자기들 쪽으로 걸어오는 것을 보고 기겁을 했다. 법관이 자신을 보고 이 미친 여자와 연관시키지 않을까 두려운 나머지 람나스는 빈약하기만 한 아소카나무 그늘로 물러섰다. 다행히 판디 법관은 그를 보지 못했다. 법관은 음란한 여자로 보이는 누군가를 보았고, 자신이 그 여자를 쳐다보고 있는 걸 누군가가 알아챌까 봐 재빨리 그 여자를 지나쳐 걸었다. 안도한 람나스가 진땀을 흘리며 나무그늘에서 나와 먼지투성이 땅바닥에 질질 끌리고 있는 아내의 사리 자락을 움켜잡았다. 아내는 풍선 세 개를 더 하늘에 놓아주고는 어린애같이 기뻐하며 풍선이 올라가는 것을 지켜보았다. 아이들이 새된 목소리로 소리를 질렀다.

"마님, 다른 것도 놔주세요!"

"집에 가자, 카말라." 람나스가 애원하듯이 말했다. "이건 미친 짓이야!"

하지만 대답 대신에 카말라는 일고여덟 개쯤 되는 나머지 풍선을 모두 놔주었다. 풍선들이 하늘로 둥둥 떠올랐다. 그녀는 풍선을 향해 팔을 펼쳤고, 그녀의 얼굴은 지극히 행복한 동경으로 가득 찼다. 그리고 천천히, 그리고 위엄 있게 그녀가 땅에서 떠오르기 시작했다. 5센티미터, 10센티미터….

"무슨 짓이야?" 람나스가 겁에 질려 속삭이는 소리로 아내에게 말했다.

15센티미터, 20센티미터…, 람나스의 입이 딱 벌어졌다. 그가 잡고 있던 아내의 사리 끝을 잡아당겼지만, 아내는 천천히 돌면서 2미터, 5미터… 사리를 끌면서 계속해서 떠올랐다. '너무 늦었어.' 람나스는 사리 자락을 놓았다. 아내는 밤하늘로 떠올랐고, 하얀 속치마가 배의 돛처럼 바람을 머금었다.

"와! 저 아줌마 봐!"

부랑아들 몇 명이 뒤로 물러났다. 풍선장수의 얼굴이 놀라서 동그래졌다.

"돌아와!" 람나스가 소리쳤다.

아이들이 기쁨에 못 이겨 소리를 지르고 손가락질을 하면서 펄쩍펄쩍 뛰었다. 아내는 이제 상당히 높이 떠올라 나무와 집들보다 높아졌다. 그녀 위쪽으로는 작은 호위용 배들로 구성된 함대처럼 풍선이 흩어져 있었다. 이제 사람들이 저마다 집에서 뛰쳐나와 손가락질하면서 그녀를 쳐다보았다. 뭔가 하얗고 유령 같은 것이 하늘에서 미끄러져 내렸다. 아내의 속치마였다! 그녀의 웃옷과 속옷들이 뒤를 이었다. 어둠 속에서 부랑아들이 옷가지들을 잡으려 이리저리 펄쩍거리는 동안 람나스는 공포에 사로잡힌 채 우두커니 서 있었다. 누군가(아마도 자인 부인인 것 같았다) 울부짖기 시작했다. "맙소사, 저건 카말라야, 카말라 미슈라!"

외침 소리가 사방에서 들려왔다. 아내의 이름을 외치는 소리가 들릴 때마다 람나스는 자기 가문의 이름과 명예가 땅속으로 가라앉는 걸 느꼈다. 그는 누구도 자신을 알아보지 못하기를 바라며 도둑놈처럼 살금살금 나무그늘로 빠져나가려 했다. 하지만 그때, 법관 판디가 빠져나가려는 그의 어깨를 툭툭 쳤다. 노련한 법관의 심각하고 무표정한 얼굴이야말로 그가 절대 보고 싶지 않았던 얼굴이었다.

"비난받아 마땅한 일이야, 람나스! 비난받아 마땅한 일!"

람나스는 신음하며 위엄 따위는 바람 속에 던져버리고 집으로 도망쳤다. 사방에서 사람들이 아내의 이름을 불렀다. 이웃들이, 길거리 부랑아들이, 하인들이, 막다른 길에서 구운 옥수수를 파는 남자가. 집 안은 어둡고 텅 비었다. 요리사도 그 쇼를 보러 나간 것이 틀림없었다. 람나스는 이런 일을 겪고 나서는 누구와도 얼굴을 마주할 수 없을 것 같은 느낌이 들었다. 그는 어두운 응접실 한가운데에 서서 '도망갈까 아니면 자살할까.' 두서없이 생각했다.

그는 창가로 가서 불안한 시선으로 밖을 내다보았다. 저기 아내가, 아주 작고 밝은 얼룩 하나가 여전히 하늘로 오르고 있었다. '감히 어떻게 이런 식으로 나를 떠날 수 있단 말인가!'

방법은 단 하나밖에 없다는 생각이 문득 머리를 스쳤다. 집에서 소지품을 충분히 챙긴 다음, 늦은 밤 기차를 잡아타고 사라지는 것. 이름까지 바꿔야 할지도 모른다고 그는 생각했다. '새로 시작하자. 집은 아들들에게 넘어갈 것이다. 내 불명예가 아이들에게 영향을 주도록 그냥 둘 수는 없어. 사람들이 내가 죽었다고 생각하게 하자!'

이제 아내는 보이지 않았다. 아주 잠깐 그는 저 별들 사이에 있는 그녀를 거의 부러워할 뻔했다. 자기 처지에도 불구하고 그는 작은 낯선 생물들이 그녀 몸의 길들지 않은 영역을 달리며 산맥과 협곡과 그 신비롭고 알려지지 않은 땅의 다양한 서식지들을 탐험하는 장면을 상상했다. '그녀는 어떤 태양을 발견하게 될까? 그녀는 어떤 풍경을 보게 될까?' 흐느낌이 목구멍에 걸렸다. '나를 챙겨줄 사람이 아무도 없는데, 이제

나는 어떻게 해야 하지?'

뭔가 작은 소리가 들렸다. 어쩌면 요리사가 돌아오는 소리
이거나, 아니면 이웃들이 얼마 남지도 않은 그의 체면을 뜯어
먹으며 잔치를 벌이는 소리인지도 몰랐다. 시간이 없었다. 그
는 침실로 달려가 불을 켰다. 숨을 헐떡이면서 그는 철제 반
침에서 돈이나 아내의 보석들이나 옷가지 같은, 자신에게 필
요할 물건들을 끄집어내기 시작했다. 그때였다. 그는 어깨 위
에 뭔가가 있는 걸 느꼈다.

방법만 있었더라면, 그는 비명을 질렀을 것이다. 곤충 인
간들이 그의 등을 타고 어깨를 넘어와 공포에 질린, 열린 그
의 입속으로 벌써 행진하고 있었다.

반다나 싱
Vandana Singh, 1950~

반다나 싱은 미국에 거주하며 활동하는 인도인 SF 작가이자 과학자이다. 싱의
작품들은 다양한 잡지와 선집에 발표되었으며, 여러 번 '올해의 작품'에 선정되
어 재발표되었다. 칼 브랜든 패럴랙스상을 받았다. 최근에는 잡지 〈광속〉과 토
르닷컴에 실린 작품들을 발표했다. 〈자신을 행성이라 생각한 여자〉는 결혼생
활에 의문을 갖게 된 한 아내의 변화가 결혼생활과 부부 간의 관계에 끼친 영
향을 다룬다. 2003년 〈트램펄린〉에 처음 발표되었고, 2010년 이 작품을 표제
작으로 한 싱의 단편집이 로커스상 후보에 올랐다.

수전 팰위크

Gestella

늑대여자

시간이 문제였다. 시간과 산수가. 넌 처음부터 숫자가 문제를 일으키리라는 걸 알았지만, 그때 넌 훨씬 어렸다. 훨씬 어렸고 훨씬 덜 현명했다. 그리고 문화적 충격도 있었지. 네 고향에서는 여성의 얼굴에 주름이 져도 괜찮았다. 고향에서는 젊음만이 유용한 것이 아니었다.

넌 고향에서 조녀선을 만났다. 알프스에서 가까운 어느 숲이었다고 해두자. 숲 가장자리에 있는 어느 마을이었다고. 오래된 숲이었다고. 그때 넌 나이가 많지 않았다. 두 발로 치면 열네 살이었고, 네 발로 치면 고작 두 살이었다. 이미 완전히 성장하기는 했지만. 너희 종족은 네 발인 경우로 계산하면 두 살 정도에 완전히 성장하지. 그리고 알 건 다 알았어. 오, 맞아. 넌 달을 보고 짖는 법을 알고 있었어. 누군가가 그에 화답해 짖을 땐 어떻게 해야 하는지도 알았지. 너의 네 발 달린 형태가 불임이 아니었다면 벌써 한배의 새끼쯤은 가졌겠지만 너는 불임이었고, 두 발 달린 형태로서 네가 혈통을 잇지 않은 것은 아주 똑똑해서거나 아니면 아주 운이 좋아서였을 것이다.

하지만 충분한 기회가 없어서 그랬던 건 아니었어. 넌 열광적으로 그 기회들을 탐했지. 조녀선은 그걸 좋아했어. 아주 많이. 조녀선은 너보다 나이가 많아서, 그때 서른다섯이었다. 조녀선은 열네 살짜리처럼 보이면서도 더 나이 든 행동을 하는, 길들지 않은 것처럼 행동하며 한 달에 사흘에서 닷새까지 보름달이 뜰 즈음에 야생을 드러내는 소녀와 섹스하는 걸 아주 즐겼지. 조녀선은 그 기간에 벌어지는 난장판에도 개의치 않았다. 저 털들, 말하자면 그 기간의 한쪽 끝에서 돋아나 다른 쪽 끝에서 빠지는 털 무더기나, 여기저기 관절들이 방향을 바꾸고 형태를 변화시키고 무게 중심을 다시 잡는 고통과 아픔이나, 매달 자랐다가 빠지는 송곳니 때문에 늘 피를 흘리는 불쌍한 잇몸 같은 것들을. "최소한 피는 그것뿐이니까." 첫해 어느 때엔가 그가 너에게 말했지.

넌 그걸 아주 분명하게 기억했다. 넌 네 발에서 두 발로 변신하는 과정의 거의 중간 단계에 있었고, 조녀선은 침대 옆자리에 앉아 네가 아직 앞발이나 다름없는 어설픈 벙어리장갑 같은 손으로 박하차를 홀짝거리는 동안 네 뻐근한 어깻죽지를 마사지하고 있었다. 조녀선은 방금 물병 두 개에 뜨거운 물을 채워 온 참이었다. 하나는 아픈 네 꼬리뼈를 위한 것이고 하나는 네 아픈 무릎을 위한 것이었다. 그가 원한 건 네가 대대적인 섹스 파티를 벌이기에 최상의 상태로 돌아오는 것이었다는 걸 지금의 넌 알고 있다. 그는 평소보다 네가 막 변신해서 돌아왔을 때 섹스하는 걸 좋아했다. 하지만 그때 넌 그가 진짜 왕자님이라고, 너 같은 소녀들에게는 허락될 리가 없는 그런 왕자님이라고 생각했으므로, 그의 말을 듣고는 고통이 가슴을 꿰뚫는 것처럼 느꼈지. "난 아무것도 죽이지 않았어." 넌 아랫입술을 떨면서 그에게 말했다. "난 사냥도 안 했어."

"제스텔라, 자기, 나도 알아. 내 말은 그런 뜻이 아니었어." 그가 네 머리카락을 쓰다듬었다. 네 발 시기 동안 그는 네게 생고기를 먹였지만 네가 직접 잡은 건 아무것도 먹이지 않았다. 그는 손을 무는 일 없이 고분고분하게 작은 고기조각들을 받아먹도록 너를 가르쳤다. 그는 꼬리를 흔들도록 가르쳤고, 공을 쫓도록 가르치고 있었다. 왜냐하면 그게 그의 고향에서 착한 네발짐승이 하는 일이었으니까. "내 말은 다른 여자들⋯."

"보통의 여자들은." 넌 그에게 말했다. "피를 흘리기 때문에 아이를 가질 수 있는 거야. 당신은 그 여자들을 놀리면 안 돼. 그들은 운이 좋은 거지." 넌 아이들을 좋아했고, 새끼들도 좋아했다. 넌 어린 것들을 잘 다뤘고 다정했다. 네 아이나 새끼를 가지는 것이 현명치 못한 일이라는 걸 알긴 했지만 그들을 간절한 눈빛으로 바라보게 되는 건 어쩔 수 없었다.

"난 아이를 원하지 않아." 그가 말했다. "수술을 받았어. 말했잖아."

"그거 확실해?" 넌 물었다. 넌 여전히 아주 젊었다. 네가 아는 사람 중에는 그런 수술을 받은 사람이 없었고, 넌 조녀선이 정말로 너의 상태에 대해 제대로 알고 있는지 걱정이 되었다. 대부분의 사람은 그렇지 않았다. 대부분의 사람은 온갖 종류의 미친 짓들을 생각했다. 예컨대 너의 상태는 물거나 다른 어떤 방식을 쓴다 해도 전염되지 않았다. 너의 상태는 유전되는 것이었다. 고작 열네 살밖에 안 됐지만 네가 똑똑하고 운이 좋아서 다행인 이유가 그 때문이었다.

음, 아니다. 더는 열네 살이 아니었다. 1년이 기한인 조녀선의 민담 현장조사가 반쯤 진행됐을 때였으니까, 너는 아마 열일고여덟쯤 되었을 것이다. 그는 이미 네 사례를 어느 논문에도 싣지 않겠다고 약속했고, 아무에게도 말하지 않겠다고 거듭 널 안심시키는 중이었다. 나중에 넌 그게 네가 아니라 그 자신을 보호하기 위해서였단 걸 알게 되었지만 말이다. 조녀선은 여전히 서른다섯이었다. 그해 말에, 그가 너와 결혼하기 위해 널 데리고 미국으로 돌아갈 때, 그는 서른여섯 살이고, 넌 두 발로 치면 스물하나, 네 발로는 세 살이 되었다.

7 대 1. 그게 비율이었다. 넌 조녀선이 그걸 이해하고 있는지 확인했다. "아, 당연하지." 그가 말했다. "개하고 똑같잖아. 너의 1년이 인간으로 치면 7년. 누구나 아는 얘기야. 하지만 그게 왜 문제가 되겠어, 자기. 우리가 이렇게 서로를 사랑하는데?" 이제 열네 살이 아니었지만 그래도 너는 그를 믿을 정도로 어렸다.

*

처음에는 재미있었다. 비밀은 둘 사이를 묶어주는 하나의 게임이었다. 너희는 암호로 말했다. 조너선은 네 이름을 반으로 쪼개 네 발일 때는 '제시'로, 두 발일 때는 '스텔라'로 불렀다. 그의 친구들에게 넌 스텔라였고, 그들 대부분은 그가 한 달에 일주일 정도 개를 키운다는 사실조차 알지 못했다. 너희 둘은 보름달이 뜨는 주에 외부 일정을 잡지 않도록 꼼꼼하게 신경을 썼지만, 누구도 그 흐름을 눈치채지 못한 것 같았고, 설사 눈치챘다 하더라도 아무도 신경 쓰지 않는 것 같았다. 이따금 너와 조너선이 공원에 나가 공을 던지며 놀 때 아는 사람이 제시를 보게 되는 경우가 있었지만, 조너선은 언제나 누이가 출장 간 사이에 누이의 개를 돌봐주는 중이라고 말했다. 누이가 출장을 아주 많이 다닌다고 그는 설명했다. 아, 아니, 스텔라도 괜찮다고 하는데, 아내가 개를 보면 좀 긴장하는 편이라서, 제시가 이렇게 순한데도 말이지. 그래서 우리가 산책하는 동안 스텔라는 집에 있어.

때로는 낯선 사람들이 수줍은 태도로 다가왔다. "정말 예쁜 개예요!" 그들은 말했다. "진짜 크다!" "이 개는 무슨 종이에요?"

"허스키와 울프하운드 잡종." 조너선이 경쾌하게 말했다. 대부분의 사람은 그 말을 곧이곧대로 받아들였다. 대부분의 사람이 개에 대해 아는 건 우주왕복선에 대해 아는 것 정도밖에 안 되니까.

그래도 일부는 그렇지 않았다. 어떤 사람들은 너를 바라보며 살짝 얼굴을 찌푸리고 말했다. "제가 보기엔 늑대 같은데요. 늑대 피가 섞였어요?"

"그럴 수도." 조너선은 늘 여느 때처럼 가벼운 어조로 어깨를 한 번 으쓱거리며 말했다. 그러고는 자신의 누이가 널 동물보호소에서 입양한 사연을 슬쩍 풀어냈다. 넌 한배 새끼 중에서도 제일 작은 녀석이라 거들떠보는 사람조차 없었는데, 지금 널 보라지! 지금은 누구도 널 제일 작은 새끼라고 생각하지 않잖아! 그러면 낯선 사람들은 미소를 지으며 격려하는 눈빛으로 네 머리를 쓰다듬었다. 사람들은 동물보호소에서 구출된 개 이야기를 좋아했다.

넌 이런 대화가 오가는 동안 앉고 엎드려 기다렸다. 넌 조너선이 시키는 건 무엇이든 했다. 꼬리를 흔들고 고개를 갸웃거리고 귀엽게 행동했다. 넌 사람들이 귀 뒤를 쓰다듬어도 가만히 있었다. 넌 '좋은' 개였다. 대부분의 사람보다 자신이 속한 종을 더 잘 아는 공원의 다른 개들은 이런 것들에 속지 않았다. 놈들은 널 보면 긴장하고 피하거나, 피하지 못하면 극도로 유순하게 행동하는 경향이 있었다. 놈들은 엎드리고 배를 드러내면서 비굴하게 굴었다. 개들은 낑낑거리며 기듯이 뒷걸음질로 도망갔다.

조너선은 그걸 좋아했다. 조너선은 네가 다른 개들을 제압하는 알파라는 점을 좋아했다. 그리고 물론, 그 자신이 너의 알파라는 점도 좋아했다. 그건 너의 상태에 대해서 사람들이 오해하는 또 하나의 지점이었으니까. 사람들은 네가 사납고 게걸스러운 짐승이라고, 지옥에서 온 송곳니 난 괴물일 거라고 생각했다. 사실, 넌 공격하도록 훈련받지 않은 다른 여느 개들 정도로나 피에 굶주렸을 뿐이었다. 넌 공격 훈련을 받은 적이 없었다. 공을 쫓도록 훈련받았을 뿐. 넌 무리 짓는 짐승이었고, 위계를 갈망하는 짐승이었고, 그리고 너, 제시는 한 사람만의 개였다. 너의 그 사람은 조너선이었다. 넌 그를 숭배했다. 넌 그를 위해선 무슨 일이든 했다. 늑대와 울프하운드조차 구별하지 못하는 낯선 사람이 네 귀 뒤를 쓰다듬는 걸 그냥 둘 정도로.

미국에서 지낸 첫해에 너와 조너선이 유일하게 다툰 일은 목줄 때문이었다. 조너선은 제시가 목줄을 해야 한다고 고집했다. "그렇지 않으면 내가 벌금을 물 수도 있어." 공원에는 경찰들이 있었다. 제시에게는 목줄과 인식표와 광견병 예방주사가 필요했다.

넌 두 발로 서서 말했다. "제시한테는 그런 것 필요 없어." 너, 스텔라는 그때 털이 없었는데도 이 말을 하면서 털을 곤두세웠다. "조너선, 인식표는 떠돌이 개들을 위한 거야. 제시는 절대 네 곁을 떠나지 않아. 그 애에게 공을 던져주지 않는 한 말이야. 그리고 난 광견병 예방주사도 안 맞을 거야. 내가 먹는 건 오로지 사료지 죽은 너구리가 아니야. 어떻게 내가 광견병에 걸리겠어?"

"법이 그래." 그가 부드럽게 말했다. "굳이 위험을 무릅쓸 일이 아니야, 스텔라."

그러고는 그가 다가와 너로서는 절대 저항할 수 없는 방식으로 네 머리와 어깨를 쓰다듬었고, 곧 너희 둘은 침대에서 사랑스러운 섹스 파티를 즐겼다. 어찌 됐든 그날 저녁이 끝날 때쯤에 조녀선이 이겼다. 음, 당연히 그럴 수밖에. 그는 알파였으니까.

그래서 다음번에 네가 네 발이 되었을 때 조녀선은 네 목에 튼튼한 쇠사슬 목걸이를 두르고 인식표를 붙인 다음 수의사에게 너를 데리고 가서 예방주사를 맞혔다. 너무 많은 공포와 고통의 냄새를 풍기는 수의사의 진찰실이 그다지 맘에 들지는 않았지만, 그곳 사람들은 너를 쓰다듬으며 개 비스킷을 주고 예쁘다고 칭찬해주었고, 수의사의 손길은 부드럽고 친절했다.

그 수의사는 개를 좋아했다. 그녀는 또한 늑대와 울프하운드를 구별할 줄 알았다. 그녀는 너를 보고는, 뚫어지게 보고는, 조녀선을 쳐다보았다. "회색 늑대?" 그녀가 물었다.

"모르겠어요." 조녀선이 말했다. "잡종일 수도 있어요."

"제가 보기엔 잡종처럼 보이지 않는데요." 그래서 조녀선은 네가 동물보호소에 있던 한배 새끼들 중에서 제일 작은 녀석이었다는, 그 유쾌한 이야기를 꺼내 들었다. 넌 꼬리를 흔들고 수의사의 손을 핥으며 그지없이 사랑스럽게 굴었다.

그 수의사한테는 아무것도 먹히지 않았다. 그녀가 네 머리를 쓰다듬었다. 그녀의 손길은 상냥했지만, 그녀에게서는 구역질 나는 냄새가 났다. "아전트 씨, 회색 늑대는 멸종위기 종입니다."

"적어도 이 녀석의 부모 중 하나는 개였어요." 조녀선이 말하며 진땀을 흘리기 시작했다. "봐요, 이 녀석이 멸종위기에 처한 것 같진 않잖아요, 그렇지 않아요?"

"희귀 동물을 애완용으로 키우는 데 관한 법이 있어요." 수의사가 말했다. 그녀는 여전히 너의 머리를 쓰다듬고 있었다. 넌 계속 꼬리를 흔들었지만 이내 낑낑거리기 시작했다. 수의사가 화난 냄새를 풍겼고 조너선이 겁먹은 냄새를 풍겼기 때문이다. "특히 멸종위기종인 희귀 동물에 대해서는요."

"이 녀석은 개예요." 조너선이 말했다.

"만약 이 애가 개라면." 수의사가 말했다. "왜 중성화수술을 시키지 않았는지 물어봐도 될까요?"

조너선이 화를 내며 재빨리 대꾸했다. "뭐라고요?"

"이 애를 동물보호소에서 데려오셨다고 하셨죠. 어떻게 하다가 동물들이 보호소에 가게 되는지 아세요, 아전트 씨? 사람들이 어미를 교배시켜 새끼를 낳게 해놓고서는 강아지나 새끼 고양이들을 다 건사하고 싶지 않으니까 거기에 보내는 거예요. 이 애들은 거기에서…."

"우린 광견병 예방주사를 맞으러 왔어요." 조너선이 말했다. "광견병 예방주사 좀 맞으면 안 될까요, 예?"

"아전트 씨, 멸종위기종을 교배하는 데 관한 규제들이 있…."

"이해합니다." 조너선이 말했다. "거기다 광견병 예방주사에 관한 규제들도 있지요. 내 개한테 광견병 예방주사를 놓아주지 않겠다면…."

수의사가 고개를 절레절레 흔들면서도 네게 광견병 예방주사를 놔주자 조너선이 널 그곳에서 끌어냈다. 재빨리. "쌍년

같으니." 집에 오는 길에 그가 말했다. 그는 떨고 있었다. "동물권 파시스트 쌍년! 대체 자기가 뭐나 되는 줄 알고?"

그녀는 자기를 수의사라고 생각해. 그녀는 자신이 동물을 돌보게 되어 있는 사람이라고 생각해. 넌 이 말을 내뱉지 못했다. 네 발로 걷고 있기 때문이었다. 넌 차 뒷좌석에, 차량 시트에 털이 묻는 걸 방지하기 위해 조녀선이 사 온 전용 양가죽 깔개 위에 엎드려 낑낑거렸다. 넌 겁을 먹었다. 넌 그 수의사가 마음에 들었지만, 그녀가 무슨 짓을 할지 몰라서 두려웠다. 그녀는 네 상태를 이해하지 못했다. 어떻게 이해할 수 있겠는가?

네가 완전히 변신해서 복귀한 다음 주, 조녀선이 출근한 사이에 누가 문을 두드렸다. 넌 〈엘르〉 잡지와 필기장을 내려놓고 맨발로 문가로 다가갔다. 문을 열어보니 제복 입은 여자가 한 명 서 있었고, '동물관리국'이라고 적힌 하얀 트럭이 진입로에 주차돼 있었다.

"안녕하세요." 공무원이 말했다. "이곳에 희귀 동물이 있을지 모른다는 보고를 받았습니다. 들어가도 될까요?"

"물론이죠." 넌 그렇게 말하고 여자를 안으로 들였다. 커피를 권했지만 그녀는 원치 않았고, 넌 이곳에 희귀 동물 따위는 하나도 없다고 말했다. 넌 그녀에게 천천히 둘러보고 직접 확인하라고 권했다.

당연하게도 개의 흔적은 없었지만, 여자는 만족하지 않았다. "저희 기록에 따르면, 이 주소에 거주하는 조녀선 아전트 씨의 개가 지난 토요일에 백신을 맞았습니다. 저희는 그 개가 늑대와 아주 닮았다고 들었습니다. 지금 그 개가 어디 있는지 말씀해주시겠습니까?"

"그 애는 더 이상 여기에 없어요." 넌 말했다. "월요일에 목줄이 풀리는 바람에 담장을 넘어 나가버렸어요. 난처한 일이에요. 사랑스러운 개였는데."

동물관리국 여자가 얼굴을 찌푸렸다. "그 개에게 인식표가 있었나요?"

"물론이죠." 넌 말했다. "인식표가 붙은 목걸이를 하고 있어요. 혹시라도 그 애를 찾으면 전화 주시겠죠, 그렇죠?"

여자가 널 쳐다보았다. 뚫어지게, 그 수의사만큼이나 뚫어지게. "물론이죠. 이틀에 한 번씩 동물보호소에도 확인해보시길 바랍니다. 그리고 전단도 붙여보세요. 신문에 광고도요."

"고마워요." 넌 여자에게 말했다. "그렇게 할게요." 동물관리국 공무원이 떠났다. 넌 네 목걸이가 위층 속옷 서랍 안에 잘 보관돼 있다는 사실에, 그리고 동물보호소에 제시가 나타날 일은 절대 없다는 사실에 안심하며 다시 〈엘르〉를 읽기 시작했다.

조녀선은 이 얘기를 듣고 격분했다. 그는 그 수의사에게 연신 저주를 뱉어냈다. "그년의 목을 물어뜯을 수 있을 거 같아?" 그가 물었다.

"아니." 넌 화가 나서 말했다. "난 그러고 싶지 않아, 조녀선. 난 그 수의사 좋아해. 그녀는 자기 일을 하는 거야. 늑대는 사람을 그냥 공격하지 않아. 너도 그 정도는 알 거야. 그리고 내가 그러고 싶다고 해도 현명한 짓은 아닐걸. 사람들이 날 추적해서 죽일 거라는 뜻밖에 안 되니까. 자 봐, 진정해. 다음에는 우리, 다른 수의사한테 가는 거야, 그러면 돼."

"그보다 더 좋은 수가 있어." 조녀선이 말했다. "우리, 이사 가는 거야."

그래서 너희들은 이웃 도시로, 더 넓은 마당이 딸린 더 큰 집으로 이사를 했지. 집 근처에 한동안 방치된 땅과 숲과 초지도 있어서 그곳이 지금 조녀선과 네가 산책하러 가는 곳이 되었어. 다음 해에 광견병 예방주사를 맞을 때가 되자, 넌 조녀선의 친구의 친구들이라는, 사냥을 즐기는 사람들이 추천해준 나이 든 남자 수의사에게 갔지. 그 수의사는 너를 보자 눈썹을 치켜들었어. "상당히 크군." 그가 쾌활하게 말했다. "이런 큰 개라면 〈낚시와 야생동물〉 잡지사에서 관심을 가질지도 모르겠는걸. 이 정도 크기면 촬영비도 추가로 줄 거야. 아, 수백 달러는 될걸, 조녀선."

"그렇군요." 조녀선의 목소리가 얼음장 같았다. 넌 으르렁거렸고, 수의사는 웃었다.

"충성스럽군, 그렇지 않아? 너는 녀석을 교배시킬 계획이겠고, 당연하겠지만."

"당연하지요." 조녀선이 딱딱거리며 말했다.

"그거, 돈 되는 사업이지. 이 녀석의 새끼들이라면 이 광견병 예방주사 비용은 충분할 거야. 날 믿어. 정해둔 수컷은 있나?"

"아직요." 조녀선이 목이 졸리는 것 같은 소리를 냈다.

수의사가 네 어깨를 쓰다듬었다. 넌 그의 손길이 마음에 들지 않았다. 그가 널 만지는 방식이 마음에 들지 않았다. 넌 다시 으르렁거렸고, 수의사는 다시 웃음을 터뜨렸다. "자, 이 녀석이 발정이 나면 나한테 전화를 줘. 관심 있어 할 만한 사람들을 몇 아니까."

"끈적거리는 후레자식 같으니." 다시 집으로 돌아오는 길에 조녀선이 말했다. "그 자식 마음에 안 들었지? 제시, 그렇지 않아? 미안해."

넌 그의 손을 핥았다. 중요한 건 네가 광견병 예방주사를 맞았고, 허가증이 갱신됐으며, 그 수의사가 널 동물관리국에 신고하지 않을 거라는 점이었다. 넌 떳떳했다. 넌 '좋은' 개였다.

넌 좋은 아내이기도 했다. 스텔라로서, 넌 조녀선을 위해 요리를 했고, 청소를 했고, 장을 보았다. 넌 〈엘르〉 외에도 〈코스모폴리탄〉과 〈마사 스튜어트 리빙〉을 탐독하며 영어를 익혔다. 보름달이 뜨는 주에는 일상을 유지할 수 없으므로 일을 하거나 학교에 다닐 수는 없었지만 넌 계속해서 뭔가를 부지런히 했다. 넌 운전을 배웠고, 손님 접대하는 법을 배웠다. 넌 다리털을 밀고 눈썹을 뽑고 가혹한 화학약품으로 타고난 냄새를 가리는 법을 배웠고, 하이힐을 신고 걷는 법을 배웠다. 넌 화장품과 옷을 교묘하게 이용하는 법을 배웠고, 그 결과 타고난 미모보다도 한층 더 아름다워졌다. 넌 깜짝 놀랄 정도로 아름다웠다. 모두가 그렇게 말했다. 긴 은발과 꿰뚫어보는 것 같은 연푸른 눈동자, 늘씬한 키에 날씬한 몸매. 네 피부는 매끈한 데다 얼굴에는 잡티 하나 없었고, 온몸의 근육은 가늘면서도 팽팽했다. 넌 훌륭한 요리사였고 대단한 섹스 상대였으며 완벽한 트로피 와이프였다. 하지만 물론 이 첫해 동안, 조녀선이 서른여섯에서 서른일곱으로 넘어가는 사이에 넌 그저 스물하나에서 스물여덟으로 넘어갈 뿐이었다. 넌 가속화되는 노화를 보이지 않게 가릴 수 있었다. 넌 가볍게 먹고 엄청나게 운동을 하고 더욱더 노련한 화장 기술을 연마했다. 너와 조녀선은 더없이 행복했고, 그의 동료들인 인류학부의 늙은 구닥다리들은 너희를 질투했다. 그들은 아무도 보는 사람이 없다고 생각할 때마다 널 뚫어지게 쳐다보았다. "다들 너와 자고 싶어 안달이야." 조녀선은 모임을 끝내고 올 때마다 만족스러워했고, 그때마다 다들 너와 하고 싶어 안달이라는 사실을 마음껏 즐겼다.

조녀선의 동료들은 대부분 남자였는데, 그 아내들 대부분은 널 좋아하지 않았다. 굳게 마음을 먹은 듯이 친근하게 대하며 점심이나 같이 먹자고 청하는 몇몇이 있긴 했지만. 스물여덟으로 넘어가는 스물하나의 넌 그들이 어떤 식으로든 네가 자신들과 같지 않다는 걸, 너에게 다른 면이, 네 발이 달린 면이 있다는 걸 눈치챈 것이 아닐까 의심했다. 넌 나중에야 설사 그들이 제시에 대해서 알게 되더라도 이미 널 미워하고 두려워하는 것 이상으로 널 미워하고 두려워할 수는 없을 것이라는 걸 깨달을 것이다. 그들은 네가 어리기 때문에, 네가 아름답고 이국적인 억양으로 말하기 때문에, 자기 남편이 너에게서 시선을 돌리지 못하기 때문에 널 두려워했다. 그들은 자기 남편이 너와 자고 싶어 하는 걸 알았다. 더는 어리지도 아름답지도 않을지 모르지만 그 아내들은 바보가 아니었다. 그들은 매끈한 피부와 흠결 없는 외모를 잃었을 때 순진함이라는 사치도 같이 잃었다.

같이 점심이나 먹자고 청한 사람 중에 진심인 것 같은 사람은 다이앤 하비가 유일했다. 그녀는 숱 적은 회색 머리카락과 늘 웃고 있는 넙데데한 얼굴을 한 마흔다섯의 여자였다. 그녀는 컴퓨터 수리 사업체를 운영했고, 널 미워하지 않았다. 어쩌면 그녀의 남편인 글렌이 널 주시한 적이 없으며 대화 중에도 너에게 너무 가까이 다가온 적이 없다는 사실과 관련이 있을지도 몰랐다. 그는 너와 자고자 하는 욕망이 전혀 없는 것 같았다. 글렌은 다른 모든 남자들이 너를 보는 식으로 자신의 아내인 다이앤을 쳐다보았다. 마치 다이앤이 지구상에서 가장 호감이 가는 생물이라는 듯. 마치 그녀와 같은 방 안에 있다는 사실만으로도 숨쉬기가 힘들다는 듯. 결혼한 지 15년이나 됐는데도, 심지어 아내보다 다섯 살이나 어린 데다 충분히 더 젊고 아름다운 여자를 유혹할 수 있을 만큼 잘 생겼는데도 그는 아내를 숭배했다. 조너선은 글렌이 자기 수입보다 상당히 클 것이 틀림없는 다이앤의 수입 때문에 같이 사는 거라고 말했다. 넌 조너선이 틀렸다고 생각했다. 넌 다이앤이 다이앤이기 때문에 글렌이 같이 사는 거라고 생각했다.

온통 유리와 목재를 두르고 양치류 식물로 실내를 장식한 지루한 식당에서 과하게 익힌 스테이크를 깨작거리는 동안, 다이앤은 친절하게도 네가 마지막으로 가족을 본 게 언제인지, 고향이 그립지는 않은지, 너와 조너선이 조만간에 다시 유럽에 갈 계획이 있는지 물었다. 이런 질문들을 듣고 넌 목에 뭔가 걸린 것 같은 느낌을 받았다. 지금껏 그런 질문을 한 사람은 다이앤이 유일했기 때문이었다. 네게 사냥하는 법을 가르쳐주고 혈통을 잇는 일의 위험을 가르쳐준 부모님, 또는 고기조각을 놓고 분투하며 싸웠던 형제들, 사실 넌 가족들을 그리워하지 않았다. 모든 충성심이 조너선에게 옮겨갔기 때문이었다. 하지만 둘로 이루어진 무리란 끔찍스럽게 작은 것이어서 넌 조너선이 그 수술을 받지 않았더라면 하고 바라기 시작했다. 바보 같은 짓인지 알면서도 넌 혈통을 계속 이어갈 수 있었으면 하고 바라기 시작했다. 넌 부모님이 위험을 알면서도 짝을 지은 이유가 이 때문이었을까 궁금했다.

"고향의 냄새가 그리워요." 넌 다이앤에게 그렇게 말하고서는 그런 말을 했다는 사실이 너무 이상하게 느껴져서 얼굴을 붉혔다. 그리고 넌 이 친절한 여인이 널 좋아해주기를 간절히 바랐다. 조너선을 사랑하는 만큼이나 넌 같이 얘기를 나눌 누군가가 몹시 그리웠다.

하지만 다이앤은 그 말이 이상하다고 생각하지 않았다. "그렇죠." 그녀는 고개를 끄덕이고는 여름에는 바질과 토마토, 가을엔 사과, 겨울엔 육두구와 시나몬, 봄에는 백리향과 라벤더로 계절마다 독특한 냄새가 났던 자기 할머니의 주방을 생각할 때면 자기도 여전히 향수병을 앓는다는 얘기를 했다. 그녀는 정원에 백리향과 라벤더를 키운다는 얘기를 했다. 그녀는 너에게 자기 토마토 얘기를 했다.

다이앤이 네게 정원을 가꾸는지 물었다. 넌 아니라고 답했

448

다. 사실, 넌 거의 모든 냄새를 즐겼기 때문에 꽃향기도 좋아했지만, 그렇다고 딱히 식물을 좋아하는 편은 아니었다. 넌 두 발일 때에도 대부분의 사람보다 훨씬 후각이 뛰어났다. 넌 온갖 향기로 가득 찬 세계를 살았고, 대다수의 사람이 유독하다고 느끼는 냄새들도 흥미롭다고 느꼈다. 냄새라고는 탄 고기와 산패된 기름 냄새밖에 나지 않는 살균 처리된 양치류 식당에 앉아서 넌 네가 정말로 고향의 냄새들을 그리워한다는 걸, 이곳의 숲과 벌판보다 더 오래되고 더 야생적인 냄새가 나는 고향을 그리워한다는 걸 깨달았다.

넌 수줍게 다이앤에게 말했다. 정원 가꾸는 법을 배워보고 싶다고, 가르쳐줄 수 있느냐고.

그래서 다이앤이 너에게 정원 가꾸는 법을 가르쳐주었다. 어느 토요일 오후, 조너선으로서는 어리병병한 일이겠지만, 다이앤이 상토와 모종삽과 꽃씨를 들고 너희 집에 들렀고, 너와 다이앤은 뒤뜰에 조그맣게 땅을 일궈 씨앗을 심고 물을 주며 손톱 밑에 흙물을 들였다. 너는 그게 너무나 좋았다. 정말로. 조너선과의 섹스 파티를 제외하면 두 발로 겪어본 일 중에서는 그 일이 최고인 것만 같았다. 다이앤이 떠난 후 저녁을 먹으며 너는 조너선에게 정원을 가꾸는 일이 얼마나 재미있는지 설명하려고 했지만, 그는 딱히 흥미 있어 하는 것 같지 않았다. 그는 네가 좋은 시간을 보냈다는 데 기뻐했지만 정말로, 씨앗에 대해서는 듣고 싶어 하지 않았다. 그는 위층으로 올라가서 섹스를 하고 싶어 했다.

그래서 넌 그렇게 했다.

그 뒤로 너는 정원 가꾸는 요령을 찾아서 〈마사 스튜어트리빙〉 과월호들을 모두 뒤졌다.

넌 희열에 넘쳤다. 이제 네겐 취미가, 다른 아내들에게 얘기할 뭔가가 있었다. 분명 그들 중 일부는 정원을 가꾸었다. 어쩌면, 이제는 그들이 널 미워하지 않게 될지도 몰랐다. 그래서 다음 파티에서 넌 쾌활하게 정원 가꾸기에 대해 떠들어보았지만, 어찌 된 일인지 네 주변에는 남자들이 몰려들어 잡초와 진딧물에 관한 얘기에 눈을 빛내며 열심히 고개를 끄덕거렸고, 다른 아내들은 여전히 방 건너편 탁자 하나를 둘러싸고 모여서는 가끔 네 쪽을 쏘아보곤 했다.

너는 뭔가가 잘못됐다는 걸 알았다. 남자들은 정원 가꾸는걸 좋아하지 않는다. 그렇지 않은가? 조녀선은 확실히 좋아하지 않았다. 마침내 아내 중 한 명이, 햇볕에 그을린 피부와 좋은 골격을 가진 키 큰 금발머리 여자가 뻐기듯이 다가와 자기남편의 소매를 잡고 끌고 갔다. "이제 집에 갈 시간이야." 그녀는 네 쪽을 향해 입술을 비틀면서 그에게 말했다.

넌 그 표정을 알았다. 실제로 으르렁대기에 인간은 너무문명화됐지만, 그 여자의 표정을 보자마자 너는 으르렁거림을 알아보았다.

다음 주말에 다이앤의 정원에서 그녀가 기르는 토마토 포기들에 감탄하는 와중에 넌 이 일에 관해서 물어보았다. "왜그 사람들은 날 싫어하죠?" 넌 다이앤에게 물었다.

"아, 스텔라." 그녀는 입을 열더니 한숨을 쉬었다. "당신, 정말 모르는 거군요, 그렇지 않아요?" 네가 고개를 끄덕이자 그녀가 말을 이었다. "그 사람들은 당신이 젊고 아름다우니까 미워하는 거예요. 그게 당신의 잘못이 아닌데도 말이지요. 일을 해야 하는 사람들은 당신이 일하지 않기 때문에 당신을 미워하고, 남편이 부양을 해줘서 일할 필요가 없는 사람들은 자기 남편들이 더 젊고 아름다운 여자를 찾아 떠나지 않을까 두려워서 당신을 미워해요. 이해돼요?"

넌 아니었다. 정말로. 이제 서른다섯으로 넘어가는 스물여덟이었는데도.

"그 사람들의 남편이 나 때문에 그들을 떠날 리가 없잖아요." 넌 다이앤에게 말했다. "난 조녀선과 결혼했어요. 난 그 사람들 남편은 아무도 원치 않아요." 하지만 넌 그 말을 하는 순간에도 그게 핵심이 아니란 걸 알았다.

몇 주 후에 넌 그 키 큰 금발머리의 남편이 자기보다 스무 살이나 어린 에어로빅 강사 때문에 정말로 아내를 떠났다는 사실을 알게 되었다. "그가 사진을 보여줬어." 조녀선이 웃으면서 말했다. "사자 머리를 한 얼간이 여자더라고. 당신의 반만큼도 아름답지 않았어."

"그게 이 일과 무슨 상관이 있어?" 넌 그에게 물었다. 넌 화가 났지만 왜인지는 확신하지 못했다. 그 금발머리는 거의 모르는 사람이었고, 그녀가 너에게 친절했다거나 그런 것도 아니었다. "그 아내가 불쌍해! 그 남자는 그런 끔찍한 짓을 하면 안 되는 거야!"

"물론 그건 그렇지." 조녀선이 달래듯이 말했다.

"만약 내가 못생겨지면 당신은 날 떠날 거야?" 넌 그에게 물었다.

"말도 안 돼, 스텔라. 당신은 늘 아름다울 거야."

하지만 그때는 조너선이 서른여덟이 되고 네가 서른다섯이 되는 때였다.

다음 해에 균형이 뒤집히기 시작할 터였다. 그는 서른아홉이 될 것이고, 넌 마흔둘이 될 것이다. 넌 자신을 아주 세심하게 가꾸었다. 그리고 정말로 넌 어느 때보다 아름다웠지만, 그즈음부터 희미한 주름이 생겼고 아랫배를 예전처럼 편평하게 유지하려면 몇 시간씩 복근운동을 해야 했다.

복근운동을 하면서, 정원에서 잡초를 뽑으면서, 너에겐 생각할 시간이 충분했다. 1년 안에, 잘해봐야 2년 안에 넌 조너선의 엄마라고 해도 될 만큼 나이가 들 텐데, 넌 그가 그런 상황을 좋아하지 않을지도 모른다는 생각을 하기 시작했다. 그리고 넌 네가 얼마나 빨리 나이 들어 보이는지를 놓고 교수 부인들 사이에 악의적인 소문이 도는 것도 이미 눈치챘다. 교수 부인들은 너의 주름 하나하나를 낱낱이, 심지어 교묘하게 한 화장을 뚫고 모두 알아보았다.

서른다섯에서 마흔둘로 넘어가는 사이에 다이앤과 그 남편이 이사를 하는 바람에 이제 네게는 주름이나 심술궂은 교수 부인들에 대해서 상의할 사람이 아무도 없었다. 조너선에게는 어느 것도 얘기하고 싶지 않았다. 그는 여전히 네게 아름답다고 말했고, 넌 여전히 만족스러운 섹스를 하고 있었다. 넌 매력이 줄어들고 있다는 인상 따위를 그에게 주고 싶지 않았다.

넌 그해에 정원을 가꾸는 데 많은 시간을 쏟았다. 꽃, 특히 장미와 허브들, 그리고 다이앤을 기념하는 의미에서, 또 조너선이 좋아하기 때문에 기르는 토마토들. 네가 가장 좋아하는 건 두 발로 정원에 있을 때와 네 발로 숲에 있을 때였고, 넌 둘 다 흙을 파헤치는 것과 관련이 있는 것이 우연이 아니라고 생각했다. 넌 다이앤에게 보내는 긴 편지를 전자우편에 써서 보내거나, 조너선이 컴퓨터를 쓰다가 보지 말았으면 하는 내용이 있을 때는 옛날식으로 종이에다 써서 보냈다. 다이앤은 바빠서 답장을 쓸 시간이 많지 않았지만 가끔씩 전자우편으로 짤막한 답신을 보냈고, 아주 가끔은 엽서를 보내왔다. 넌 또 엄청나게 읽었다. 신문, 소설, 정치평론, 문학평론, 범죄 실화, 문화인류학 논문 등 찾을 수 있는 건 뭐든 읽었다. 넌 조너선의 동료들과 얘기를 나누다가 대수롭지 않게 그들의 전공분야에, 또는 다른 분야에, 범죄감식 지리학이나 농업윤리학이나 탈구조주의 광산업같이 그들로서는 들어본 적도 없는 분야에 관한 특이한 정보들을 툭툭 던져서 그들을 깜짝 놀라게 했다. 넌 제일 재미있어 보이는 희귀 학문 분야들이 하나같이 흙을 파헤치는 일과 관련된 것이 우연이 아니라고 생각했다.

조너선의 동료들 일부가 네 아름다움뿐만 아니라 네 지식에 대해서도 언급하기 시작했다. 일부는 조금 뒷걸음질을 쳤다. 많지는 않지만 일부 아내들이 조금 더 친근하게 굴게 되었고, 넌 다시 점심을 먹으러 가끔 외출하는 일이 생겼다. 누구와 있어도 다이앤만큼 좋지는 않았지만.

그다음 해, 문제가 시작되었다. 조녀선이 마흔이 되고, 네가 마흔아홉이 되는 해였다. 둘 다 엄청나게 운동을 했다. 둘다 가볍게 먹었다. 하지만 조녀선에겐 거의 주름이 생기지 않은 반면 네 주름은 갈수록 숨기기 힘들어졌다. 아무리 복근운동을 많이 해도 네 아랫배는 편평하게 있기를 거부했고, 허벅지에는 아주 희미하지만 셀룰라이트의 기미가 나타났다. 넌딱 달라붙어 몸매를 드러내는 오랜 패션 스타일을 버리고 다량의 은으로 변화를 준 길고 펄렁거리는 치마와 드레스로 스타일을 바꾸었다. 넌 이국적이고 우아한 스타일을 추구했고, 훌륭하게 목적을 달성했다. 마트에 가면 사람들의 시선이 여전히 널 쫓았다. 하지만 섹스 빈도는 좀 뜸해졌고, 넌 어느 정도가 자연스러운 노화의 탓이고 어느 정도가 조녀선 쪽의 흥미가 부족한 탓인지 알지 못했다. 그는 예전만큼 열렬한 것같지 않았다. 그는 이제 네 변신 기간에 허브차와 뜨거운 물병을 가져다주지 않았다. 숲 속 산책도 예전보다 조금 짧아졌고, 벌판에서 공을 던지며 놀 때도 뭔가 형식적이었다.

그러다 새로 사귄 친구가 같이 점심을 먹다가 네게 뭔가 문제가 있는지, 어디가 아픈지, 왜냐하면, 음, 네가 너답지 않아 보이기 때문이라고 에둘러가며 물었다. 넌 괜찮다고 그녀를 안심시키면서도 그녀의 말이 '네가 작년보다 상당히 늙어 보인다'는 의미임을 알았다.

넌 집에 와서 이 문제를 조녀선과 상의해보려 했다. "언젠가는 이게 문제가 될 걸 우린 알고 있었어." 넌 그에게 말했다. "난 다른 사람들도 눈치챌까 봐, 누군가가 무슨 일인지 알아닐까 봐 두려…."

"스텔라, 자기, 아무도 무슨 일인지 모를 거야." 그는 짜
증을 냈고 조급해했다. "설사 당신이 유별나게 빨리 늙는다
고 그들이 생각한다고 해도, 제시까지 연관시키지는 못할 거
야. 그들의 세계관으로는 있을 수 없는 일이니까. 네가 1년에
백 살씩 나이를 먹는다고 해도 그런 생각은 못 할 거야. 사람
들은 그냥 네 체질이 뭔가 좀 안 됐다고 생각해. 그뿐이야."

어떤 의미로 보자면, 네 체질이 좀 안 되긴 했다. 넌 얼굴을
찡그렸다. 마지막으로 섹스한 지 다섯 주가 지났다. "내가 늙
어 보이는 게 신경 쓰여?" 넌 조너선에게 물었다.

"당연히 아니지, 스텔라!" 하지만 그가 이 말을 하면서 눈
알을 굴렸기 때문에 넌 확신을 얻지 못했다. 넌 그의 목소리
에서 이 대화를 하고 싶지 않다는 사실을, 그가 다른 일을, 예
를 들면 TV를 보고 싶어 한다는 걸 알 수 있었다. 넌 그 어
조를 잘 알고 있었다. 조너선의 동료들이 대체로 널 쳐다보
는 와중에 자기 아내에게 말할 때 그런 어조로 말을 했었다.

넌 그 해를 살아나갔다. 운동 시간을 늘렸고, 점점 줄어드
는 조너선의 흥미를 자극할 만한 침실 테크닉을 찾아 〈코스모
폴리탄〉을 샅샅이 뒤졌고, 허벅지 지방흡입술을 고려했다가
포기했다. 넌 주름살 제거수술을 받았으면 했지만, 회복 기간
이 좀 긴 데다 수술이 변신에 어떤 영향을 미칠지 확신하지
못했다. 넌 읽고 또 읽었고, 제3세계의 기근 구제와 예술사와
자동차 디자인 같은 서로 다른 지식 영역 간의 밀접한 관계와
상호연관성을 갈수록 예민하게 파악하며 관련 지식들을 자유

롭게 구사하게 되었다. 점심 중의 대화는 더 풍부해졌고, 교수 부인들과의 친교도 보다 진실해졌다.

넌 점점 깊어지는 지혜가 노화의 혜택이란 걸, 주름과 아직은 속도가 느리지만 천천히 사그라지는 아름다움을 보완하는 보상이란 걸 알았다.

그리고 넌 조너선이 지혜 때문에 너와 결혼한 게 아니란 것도 알았다.

다음 해, 너는 조너선의 엄마라고 해도 될 만한 나이가 되었다. 미혼의 청소년 조너선이겠지만 말이다. 그가 마흔하나가 되는 사이 넌 쉰여섯이 되었다. 네 은발은 광채를 잃고 그저 시시한 백발이 되어갔다. 섹스는 대체로 주요 국경일과 겹치게 되었다. 걸을 때마다 허벅지가 출렁거리기 시작해서 서둘러 지방흡입술을 받았지만, 조너선은 터무니없는 수술비 말고는 아무것도 눈치채지 못하는 것 같았다.

넌 집을 다시 꾸몄다. 그림을 그리기 시작해서 몇 점을 지역 화랑에 팔 정도의 성공을 거두었다. 넌 생태관광과 과도하게 집약적인 농업 문제를 완화하는 치료법으로 정원 가꾸기를 권장하는 책을 쓰기 시작했고, 어느 일류 대학 출판사와 출판계약을 맺었다. 조너선은 어느 것에도 큰 관심을 두지 않았다. 넌 피 묻은 송곳니까지 갖춘 완전한 늑대인간 흉내라도 내야 조너선이 눈길을 줄까 생각하기 시작했지만, 한때 그런 게 네 본성에 있었는지도 모르겠지만 분명 지금은 아니었다. 조너선과 〈마사 스튜어트〉가 널 문명화시켰다.

네 발일 때의 넌 여전히 숲에서 만난 다른 애완견 주인들로부터 감탄사를 이끌어낼 정도로 멋졌다. 하지만 이제 조녀선이 벌판에서 너와 공놀이를 하는 일은 거의 없었다. 가끔은 널 숲으로 데려가지도 않았다. 한때 시간과 킬로미터 단위로 가늠했던 산책은 이제 분 단위와 동네 구획 단위로 재게 되었다. 이따금 조녀선은 아예 산책하러 나가지도 않았다. 가끔은 그냥 널 뒤뜰에 내보낸 뒤에 알아서 놀라고 했다. 그는 네 뒤치다꺼리도 하지 않았다. 넌 두 발로 돌아온 뒤에 오래된 똥을 퍼 담으며 스스로 뒤치다꺼리를 해야 했다.

몇 번은 이 문제로 조녀선에게 소리를 질렀지만, 그는 여느 때보다 훨씬 더 짜증을 내며 그냥 나가버렸다. 넌 그가 널 사랑한다는 걸, 아니 한때 널 사랑했다는 걸 그에게 일깨우기 위해 뭔가를 해야 한다는 걸 알았다. 넌 너 자신을 다시 그의 시야에 끼워 넣기 위해 뭔가를 해야 했다. 하지만 그게 뭔지 떠올리지 못했다. 넌 생각할 수 있는 건 뭐든 이미 시도해보았다.

울다가 잠드는 밤들이 있었다. 한때는 조녀선이 널 안아주곤 했다. 지금 그는 등을 보이며 돌아누워서는 침대 맨 가장자리로 신속하게 이동했다.

그 끔찍한 시기에 너희 둘은 어느 학부 파티에 갔었다. 거기엔 새 교수가, 인류학 학부에서 10년 만에 처음 뽑은 여교수가 있었다. 그녀는 20대에다 긴 검은 머리와 완벽한 피부를 가졌고, 남자들은 네 주변에 모여들곤 했던 모습 그대로 그녀 주변에 모여들었다.

조녀선도 그중 하나였다.

넌 다른 아내들과 같이 새로 나온 영화에 관해 얘기하는 척하면서 조너선의 얼굴을 지켜봤다. 그는 사랑스러운 젊은 여성이 자기가 연구 중인 뉴기니의 의례적인 자해에 관해 하는 얘기에 완전히 집중한 채 넋을 잃고 경청했다. 넌 아무에게도 들키지 않을 것 같은 틈을 타서 조너선의 시선이 그녀의 가슴을, 그녀의 허벅지를, 그리고 그녀의 엉덩이를 몰래 배회하는 걸 보았다.

넌 조너선이 그녀와 자고 싶어 하는 걸 알았다. 그리고 그게 네 잘못이 아니었던 만큼이나 그녀의 잘못이 아니란 걸 알았다. 그녀가 어리고 예쁜 건 그녀로서는 어쩔 수 없는 일이었다. 하지만 넌 어쨌든 그녀가 싫었다. 다음 며칠에 걸쳐 넌 네가 가장 싫어하는 것이, 조너선이 그 젊은 여자와 자고 싶어 하는 것보다도 더 싫은 것이, 그 여자에 대한 미움이 너에게, 너의 꿈들에, 너의 내면에 끼치는 영향이라는 걸 알게 되었다. 그 미움은 조너선 탓이 아니라 네 문제란 걸 너는 알았다. 조너선의 잘못이 아니었다. 그 젊은 교수를 향한 그의 욕망이 네 탓이 아닌 것처럼. 하지만 넌 그 미움을 없앨 수 없을 것 같았다. 미움 탓에 주름이 더 깊어져 얼굴이 불 속에 던져진 신문쪼가리처럼 쭈글쭈글해진 걸 느낄 수 있었다.

넌 이런 상황에 대해 할 수 있는 한 최대한 많은 내용을 길고 번뇌에 찬 편지로 써서 다이앤에게 보냈다. 물론, 다이앤은 이사 간 지 몇 년이나 지났으니 네가 얼마나 나이 들어 보이는지 알 리가 없었고, 넌 네가 이제 마흔이 넘었기 때문에 널 향한 조너선의 사랑이 줄어드는 것 같다고만 얘기했다. 너는 그 편지를 종이에 써서 우편으로 보냈다.

다이앤이 답장을 보냈다. 이번엔 엽서가 아니라 빽빽한 다섯 장짜리 편지였다. 그녀는 조너선이 아마도 중년의 위기를 겪는 중일 거라고 말했다. 그녀는 널 대하는 그의 태도가, 그녀의 표현에 따르자면 '야만적'이라는 데 동의했다. "스텔라, 넌 아름답고 명석하고 많은 걸 성취한 여자야. 난 너처럼 크게, 아니 그처럼 흥미로운 방식으로, 그처럼 짧은 시간에 성장한 사람을 본 적이 없어. 조너선이 그걸 알아보지 못한다면, 그가 멍청이인 거고. 어쩌면 지금이 다른 곳에서 더 행복해질 수 있는지 너 자신에게 물어볼 때인지도 몰라. 난 이혼을 권하기는 정말 싫지만, 네가 그처럼 고통받는 걸 보는 것도 싫어. 물론 문제는 경제적인 거야. 그를 떠나 스스로를 먹여 살릴 수 있겠어? 조너선이 이혼수당을 줄 거라 믿을 수 있을까? 사소한 위안거리란 거 나도 알지만, 적어도 그 과정에서 고려해야 할 아이는 없잖아. 난 네가 이미 부부 상담을 시도해봤을 거라고 생각해. 만약 아니라면, 꼭 해봐."

그 편지는 널 절망에 몰아넣었다. 아니, 조너선이 이혼수당을 줄 거라 믿을 수 있을 것 같지 않아. 부부 상담에 동의해줄 것 같지도 않았다. 네 점심 친구들 몇몇이 그 경로를 밟았는데, 그들이 자기 남편들을 상담실에 집어넣을 수 있었던 유일한 방법은 안 그러면 당장 이혼하겠다는 협박이었다. 네가 그런 협박을 시도한다면, 그저 공허한 협박이 될 것이다. 네 불행한 체질로는 뭐가 됐든 정상적인 일자리 같은 건 유지할 수 없을 테고, 글을 쓰고 그림을 그려서 얻는 수입으로는 스스로를 부양할 수 없을 것이며, 조녀선은 이 모든 상황을 너만큼이나 잘 알고 있었다. 그리고 앞으로의 너의 안전도 그의 손에 달려 있었다. 만약 그가 너의 정체를 공개한다면….

넌 몸을 떨었다. 고향 유럽에서 이런 이야기들은 횃불을 든 농부들로 이어졌다. 네가 알기로 이 나라라면 실험실과 외과용 메스가 더 가능성이 클 것이다. 어느 쪽이든 마음이 끌리지 않기는 매한가지였다.

밝고 높고 소리가 울리는 방에 있으면 언제나 생각하기가 좀 더 편했으므로 넌 미술관에 갔다. 넌 추상 조각품과 인상파 그림들 사이를, 정물화와 풍경화들 사이를, 인물화들 사이를 거닐었다. 초상화 하나는 나이 든 여성을 그린 그림이었다. 백발에다 주름투성이인 여성이었다. 차를 따르는 어깨가 굽었다. 넌 도자기의 꽃들이 그 인물의 눈과 똑같이 빛나는 연푸른색이라는 걸 깨달았다. 네 눈과 똑같은 푸른색이었다.

그 그림을 보고 넌 숨이 멎을 것 같았다. 그 늙은 여성은 아름다웠다. 19세기 영국 공작이었던 그 그림의 화가도 그렇게 생각했음을 너는 알았다.

조녀선은 그렇게 생각하지 않으리라는 걸 너는 알았다.

넌 다시 한 번 조녀선과 얘기를 해보자고 결심했다. 넌 그가 제일 좋아하는 음식을 만들고 그가 제일 좋아하는 와인을 따르고 네게 가장 잘 어울리는 은 장신구가 잔뜩 달린 회색 실크 옷을 입었다. 은발과 푸른 눈이 촛불 빛에 반짝거리고, 그 촛불 빛이 주름을 숨겨준다는 걸 너는 알았다.

그는 적어도 아직은 이런 종류의 소동을 알아차렸다. 조너선이 저녁을 먹으러 식당에 들어오면서 너를 보고는 눈썹을 치켜들었다.

"무슨 특별한 일 있어?"

"내가 걱정되는 일이 있지." 넌 그에게 말했다. 넌 그가 네 눈물을 외면했을 때 얼마나 마음이 아팠는지 말했다. 넌 얼마나 섹스가 그리운지 말했다. 넌 한 달에 3주 이상을 그가 어질러놓은 걸 치우는데, 네가 네 발일 때 어질러놓은 걸 그가 치우는 건 아주 당연하다고 말했다. 그리고 만약 그가 더 널 사랑하지 않는다면, 더 이상 널 원하지 않는다면, 떠나겠다고 말했다. 넌 고향으로, 알프스에서 가까운 숲 가장자리에 있는 마을로 돌아가 혼자 삶을 꾸려볼 생각이었다.

"아, 스텔라." 그가 말했다. "당연히 난 여전히 널 사랑해!" 넌 그게 그냥 조급해서 하는 말인지 뉘우쳐서 하는 말인지 알 수 없었고, 영영 그 차이를 알 수 없으리라는 사실에 무서워졌다.

"어떻게 날 떠난다는 생각을 할 수가 있어? 내가 그간 너한테 해준 게 얼만데, 내가 너한테 해준 게….""

"상황은 계속 변해왔어." 넌 그에게 말했다. 목이 따가웠다. "그 변화가 문제야. 조너선….""

"네가 날 이렇게 상처 주려 하다니 믿을 수가 없어! 난 믿기지가 않….""

"조너선, 네게 상처를 주려는 게 아니야! 네가 내게 상처를 주고 있다는 사실에 대응하는 거야! 계속 내게 상처를 줄 거야, 아니면 그만둘 거야?"

그는 뿌루퉁한 채 널 노려보았다. 어쨌든 그가 아주 어리다는, 너보다 훨씬 어리다는 생각이 머리를 스쳤다. "네가 얼마나 배은망덕하게 굴고 있는지 알기나 해? 너 같은 여자를 참아줄 남자는 별로 없을걸!"

"조너선!"

"내 말은, 이게 나한테 얼마나 힘든 일인지 알기나 해? 늘 비밀을 지키고, 늘 거짓말을 하고, 저 빌어먹을 개와 산책을 해야 하고…."

"넌 그 빌어먹을 개와 산책하는 걸 좋아했었어." 넌 울지 않으려고, 호흡을 가다듬으려고 분투했다. "좋아. 봐, 네 뜻은 분명해졌어. 난 떠날 거야. 집에 갈 거야."

"넌 그런 짓 못 할걸!"

넌 눈을 감았다. "그럼 넌 내가 어떻게 하면 좋겠어? 네가 날 싫어하는 걸 알면서 여기 계속 있으라고?"

"난 널 싫어하지 않아! 네가 날 싫어하지! 네가 날 싫어하지 않는다면 떠나겠다고 협박하지도 않을걸!" 그는 자리에서 일어나 냅킨을 식탁에 던졌다. 냅킨이 그레이비 그릇에 떨어졌다. 방을 나서기 전에 그가 돌아보며 말했다. "오늘은 손님 방에서 잘 거야."

"좋아." 넌 그에게 멍하니 말했다. 그가 나가고 나자 넌 네가 떨고 있다는 걸 알게 되었다. 테리어 강아지처럼, 아니 푸들처럼. 늑대가 아니라.

자, 그는 자기 생각을 매우 명백하게 밝혔다. 넌 자리에서 일어나 온 오후를 바쳐 요리했지만, 손도 대지 않은 저녁거리를 치우고 위층 네 침실로 올라갔다. 이제 침실은 네 거였다. 더 이상 조녀선 부부의 침실이 아니었다. 넌 청바지와 두꺼운 스웨터로 갈아입었다. 뼈마디들이 아파서 뜨거운 물에 목욕을 할까 생각했지만, 더운 목욕물 속에서 느긋해지게 뒀다가는 너 자신이 박살 날 터였다. 넌 눈물이 되어 흘러내릴 테니까. 그리고 너에겐 해야 할 일들이 있었다. 뼈마디가 아픈 건 결혼생활이 끝나서가 아니라 변신할 시기가 다가오고 있기 때문이었고, 넌 변신이 시작되기 전에 계획을 세워둬야 할 필요가 있었다.

그래서 너는 서재로 가서 컴퓨터를 켜고 온라인 여행사에 접속했다. 넌 그날로부터 10일 후, 네가 확실하게 두 발로 다시 돌아왔을 때인 날짜로 고향으로 돌아가는 비행기 표를 예매했다. 너는 신용카드로 비행기 표를 결제했다. 청구서는 다음 달에 오겠지만, 그때쯤이면 넌 사라진 지 오래일 것이다. 조녀선더러 내라고 하지.

돈. 너는 어떻게 돈을 만들지, 돈을 얼마나 가져가야 할지 생각해야 했지만, 당장은 그 문제를 생각할 수 없었다. 비행기 표를 예매한 것이 네게 큰 타격을 주었다. 내일 조녀선이 출근하면, 넌 다이앤에게 전화를 걸어 이 모든 일에 대해 조언을 구할 것이다. 넌 고향에 갈 거라고 말할 것이다. 그녀는 아마도 자기한테 와서 있으라고 제안할 테지만, 넌 그럴 수 없었다. 변신 때문에. 네가 아는 모든 사람 중에서 다이앤이야말로 이해해줄지도 모르는 유일한 사람이지만, 넌 그걸 설명할 에너지를 끌어모으는 상상조차 할 수 없었다.

서재에서 나와 침실로 들어가는 데에도 넌 네가 가진 모든 에너지를 써야 했다. 넌 울다가 잠들었고, 이번에는 침대 저편에조차 조너선이 없었다. 넌 스스로를 불신하는 자신을 발견했다. 식사자리에서의 대화를 다른 식으로 해야 했던 게 아닌가, 뜰에 널린 똥에 대해서 소리치지 말고 자제했어야 하는 게 아닌가, 먼저 그를 유혹해야 했던 게 아닌가, 그랬다면….

영원히 답이 나오지 않을 질문들이었다. 너는 그걸 알았다. 넌 집에 돌아가는 일을 생각했다. 아직 알아볼 수 있는 누군가가 있을지 궁금했다. 넌 네 정원을 얼마나 그리워할지 깨닫고는 다시 울기 시작했다.

내일 맨 첫 번째로, 넌 다이앤에게 전화할 것이다.

하지만 다음 날이 되자 넌 침대에서 일어날 수조차 없었다. 변신이 일찍 시작됐다. 이번은 끔찍한 최악의 변신이었다. 고통이 너무 심해서 거의 움직일 수가 없었다. 고통이 너무 격심해서 넌 큰 소리로 신음했지만 설사 그 소리를 들었더라도 조너선은 들여다보지 않았다. 잠깐 고통이 물러가고 생각이 맑아지는 때마다 넌 네가 할 수 있을 때 빨리 비행기 표를 예매했다는 데 감사했다. 그리고 그때 너는 침실 문이 닫혀 있다는 걸, 제시가 혼자서는 문을 열 수 없을 거라는 걸 깨달았다. 넌 침대에서 나가야 했다. 문을 열어야 했다.

그럴 수 없었다. 변신이 너무 많이 진행됐다. 이처럼 빠르게 진행된 적은 없었다. 그래서 이렇게 심하게 아픈 걸 테지. 하지만 역설적으로 고통은 변신 과정을 평소보다 짧기는커녕 더 길게 느껴지게 만들었다. 너는 신음했고, 훌쩍거렸고, 시간 개념을 잃었고, 마침내 길게 울부짖었고, 그제야 다행히 변신이 끝났다. 넌 네 발로 섰다.

이제 침대에서 일어날 수 있었지만 방에서는 나갈 수 없었다. 울부짖어봤지만, 집에 있으면서도, 네 소리를 들었으면서도 그는 오지 않았다.

방 안에는 먹을 것이 없었다. 넌 우연히 화장실 변기 뚜껑을 닫지 않은 채 뒀고, 그래서 물은 있었다. 흥미로운 냄새로 가득한 물이었다. 잘 됐다. 그리고 물어뜯을 신발도 있었지만, 신발은 영양물질도 실질적인 위안도 주지 않았다. 너는 배가 고팠다. 너는 외로웠다. 너는 두려웠다. 넌 방 안에서, 신발에서, 침대보에서, 벽장 안의 옷에서 조너선의 냄새를 맡지만 조너선은 오지 않을 것이다. 네가 아무리 짖어댄다 해도.

그러다 마침내 문이 열렸다. 조너선이었다. "제시." 그가 말했다. "불쌍한 제시. 엄청 배고팠겠구나. 미안해." 그가 목줄을 들고 있었다. 그는 속옷 서랍에서 네 목걸이를 꺼내 채우고는 목줄을 걸었고, 넌 이제 둘이 산책하러 가는구나 생각했다. 황홀했다. 조너선이 다시 너와 산책하러 가다니. 조너선은 여전히 너를 사랑하는구나.

"밖으로 나가자, 제시." 그가 말했고, 넌 순종적으로 타다닥 계단을 내려가 현관 쪽으로 갔다. 하지만 대신에 그가 말했다. "제시, 이쪽이야. 이리 와, 제시." 그리고 네 줄을 잡고 집 뒤쪽에 있는 가족실로, 뒤뜰로 통하는 미닫이 유리문 쪽으로 이끌었다. 넌 혼란스러웠지만 조너선이 말하는 대로 따랐다. 너는 그를 기쁘게 해주기 위해 필사적이었다. 그가 사실상 이제 스텔라의 남편이 아니라 해도 그는 여전히 제시의 알파였다.

그는 너를 뒤뜰로 이끌었다. 거기 뒤뜰 한복판에 금속 기둥이 하나 서 있었다. 전에는 없던 것이었다. 개과의 동물이 된 너의 마음은 그것이 새 장난감인지 궁금했다. 너는 다가가 냄새를 맡았다. 조심스럽게. 그러는 동안 조너선은 네 목줄 한쪽 끝을 기둥 꼭대기에 달린 고리에 걸었다.

너는 놀라서 낑낑거렸다. 멀리 움직일 수가 없었다. 그다지 긴 목줄이 아니었다. 넌 기둥을, 목줄을, 목걸이를 잡아당겨 보았지만 어느 것도 널 놔주질 않았다. 세게 당기면 당길수록 목걸이 때문에 숨쉬기가 더욱 힘들어졌다. 조너선은 여전히 옆에서 침착하게 널 쓰다듬으며 안심시켰다. "괜찮아, 제시. 내가 사료와 물을 가져다줄게, 됐지? 여기 있으면 괜찮을 거야. 딱 오늘만이야. 내일은 멀리 오래 산책하러 나가자, 약속할게."

'산책'이라는 소리에 귀가 쫑긋해졌지만 넌 여전히 낑낑거렸다. 조너선이 사료와 물그릇을 밖으로 들고나와 네가 닿을 만한 곳에 내려놓았다.

넌 먹이를 먹는 게 너무 기뻐서 외롭다거나 무섭다는 생각을 하지 못했다. 너는 게걸스럽게 사료를 삼켰고, 조너선은 네 털을 쓰다듬으며 정말 착한 개라고, 정말 예쁜 개라고 말했다. 넌 어쩌면 모든 게 괜찮아질지도 모른다고 생각했다. 그가 이렇게 널 쓰다듬어 주는 게, 그처럼 오래 너에게 말을 걸고 예쁘다고 말해준 게 몇 달 만이었기 때문이었다.

그리고 그는 다시 안으로 들어갔다. 넌 목걸이가 허용하는 한 집 쪽으로 가까이 다가갔다. 가끔 청소하는 것 같은 조녀선이 얼핏 보였다. 저기 그가 그림 액자의 먼지를 털었다. 저기 그가 청소기를 돌렸다. 그는 요리를, 쇠고기 스트로가노프를 만들었고, 넌 냄새를 맡았다. 그리고 이제 그는 식당에 촛불을 켰다.

너는 낑낑거리기 시작했다. 집 반대쪽 진입로에 차 한 대가 멈춰 섰을 때 너는 좀 더 크게 낑낑거렸지만, 웬 여자의 목소리를 듣고는 울음을 멈추었다. 뭐라 말하는지 듣고 싶었기 때문이었다.

"…아내가 떠났다니 너무 안 됐어요, 교수님. 마음이 엉망이겠군요."

"맞아요, 그래요. 하지만 지금쯤 아내는 유럽에 돌아가 자기 가족들과 같이 있겠죠. 여기, 집 안을 안내해줄게요." 그리고 그가 여자에게 가족실을 보여줄 때, 넌 그녀를 보았다. 20대에 긴 검은 머리와 완벽한 피부를 가진 그녀를. 그리고 너는 조녀선이 어떤 시선으로 그녀를 쳐다보는지 확인하고는 말 그대로 울부짖기 시작했다.

"세상에!" 조녀선의 손님이 땅거미가 지는 바깥을 내다보며 말했다. "대체 저건 뭐죠? 늑대?"

"누이의 개예요." 조녀선이 말했다. "허스키와 울프하운드 잡종이죠. 누이가 출장 간 동안 제가 봐주고 있어요. 물지 않아요. 안 무서워해도 돼요."

그리고 그가 여자의 두려움을 잠재우기 위해 여자의 어깨에 손을 올리자 그녀가 그를 향해 돌아섰고, 둘은 식당으로 들어갔다. 그러고 나서 잠시 뒤에 침실에 반짝 불이 켜졌고, 웃음소리와 다른 소리가 들렸다. 넌 다시 울부짖기 시작했다.

넌 밤새 울부짖었지만 조녀선은 나와 보지 않았다. 이웃들이 몇 차례 조녀선에게 소리를 질렀다. "빌어먹을, 저 개 좀 닥치게 해!" 하지만 조녀선은 절대 다시 나와보지 않을 것이다. 너는 이 기둥에 묶인 채 여기서 죽을 것이다.

하지만 넌 죽지 않았다. 새벽이 가까워지자 넌 마침내 울음을 멈췄다. 넌 몸을 말고 탈진한 채 잠이 들었고, 깨어났을 때는 해가 높이 솟았다. 조녀선이 열린 유리문으로 나왔다. 또 다른 사료 그릇을 들고 있는 그에게서 비누와 샴푸 냄새가 났다. 너는 그에게서 여자의 냄새를 맡을 수 없었다.

너는 어쨌든 으르렁거렸다. 상처를 입었고 혼란스러웠기 때문이었다. "제시." 그가 말했다. "제시, 괜찮아. 불쌍하고 예쁜 제시. 내가 그동안 너한테 너무했지, 그렇지 않아? 정말 미안해."

그의 목소리는 미안한 듯이, 정말로 미안한 듯이 들렸다. 너는 사료를 먹었고, 그는 너를 쓰다듬었다. 지난밤에 했던 것과 똑같은 방식으로, 그리고 그는 목줄을 기둥에서 풀면서 말했다. "좋아, 제시. 문으로 나가 진입로로. 좋아? 드라이브를 가는 거야."

넌 드라이브를 하러 가고 싶지 않았다. 너는 산책을 원했다. 조녀선은 산책을 약속했었다. 너는 으르렁거렸다.

"제시! 차에 타, 당장! 우리는 다른 들판에 갈 거야, 제시.

우리가 가던 곳보다는 멀지만 거기서 토끼를 봤다고 누가 그랬어. 그 사람 말이, 진짜 컸대. 넌 새로운 곳을 탐험하는 걸 좋아하잖아, 그렇지?"

넌 새로운 벌판에 가고 싶지 않았다. 넌 익숙한 그 벌판에, 나무 하나 바위 하나의 냄새까지 다 알고 있는 그곳에 가고 싶었다. 너는 다시 으르렁거렸다.

"제시, 너 아주 나쁜 개로구나! 이제 차에 타. 동물관리국을 부르게 하지 말고."

너는 낑낑거렸다. 너는 동물관리국을, 오래전에 다른 도시에 살고 있을 때 널 데려가려고 했던 그 사람들을 두려워했다. 너는 동물관리국이 그 도시와 이 도시에서 아주 많은 동물들을 죽인 걸 알고 있었고, 네가 늑대일 때 죽으면 그저 늑대로 남으리라는 것도 알았다. 사람들은 스텔라에 대해 아무것도 알지 못할 것이다. 제시인 네게는 이빨 말고는 자신을 보호할 다른 수단이 없었지만 그 수단은 그저 널 더 빨리 죽게 만들 뿐이었다.

그래서 너는 떨면서도 차에 올라탔다.

차 안에서는 조너선이 조금 더 쾌활해 보였다. "잘했어, 제시. 착하구나. 우린 이제 새 들판에 가서 공놀이를 할 거야, 좋지? 넓은 벌판이래. 넌 한참 달릴 수 있을 거야." 그리고 그는 새 테니스공을 뒷좌석으로 던졌다. 넌 그걸 행복하게 질겅질겅 씹었고, 차는 쌩하니 다른 차들을 지나치며 달렸다. 공을 씹다가 고개를 들었을 때 나무가 보여서 너는 만족하고 다시 고개를 숙여 하던 일을 계속했다. 그리고 그때 차가 멈추고, 조너선이 널 위해 문을 열어주었다. 너는 공을 입에 문 채 풀쩍 뛰어내렸다.

그곳은 들판이 아니었다. 네가 선 곳은 배설물과 소독제와 '공포', 공포의 악취를 풍기는 나지막한 콘크리트 건물의 주차 장이었고, 건물에서는 짖는 소리와 울부짖는 소리와 고통에 찬 신음 소리가 들렸다. 주차장에는 하얀 동물관리국 트럭 두 대가 주차돼 있었다.

넌 공황에 빠졌다. 넌 테니스공을 떨어뜨리고 달아나려 했 지만 조너선이 목줄을 쥐고 있었다. 그가 널 건물 안으로 끌 고 들어가기 시작하자 넌 목걸이 때문에 숨을 쉴 수가 없었 다. 넌 헐떡이고 울부짖으려다 기침을 했다. "버티지 마, 제 시. 나와 싸우지 말자. 다 괜찮아."

다 괜찮지 않았다. 넌 필사적인 조너선의 냄새를, 그리고 너 자신의 냄새를 맡을 수 있었다. 넌 그보다 힘이 세지만 숨 을 쉴 수가 없었다. 그가 말했다. "제시, 날 물지 마. 날 물면 상황이 더 나빠질 거야, 제시." 그리고 건물에서는 여전히 공 포에 질린 비명들이 소용돌이쳤고, 넌 이제 문간에 있었다. 누군가가 조너선을 대신해 문을 열어주며 말했다. "도와드릴 게요." 넌 문 바로 바깥에 난 콘크리트 통행로를 발톱으로 할 퀴었지만, 그곳엔 발붙일 곳이 없었다. 사람들이 널 안으로, 장판 위로 끌고 들어갔다. 모든 곳에 공포의 냄새와 소리가 배어 있었다. 낑낑거리는 네 소리를 뚫고 조너선이 말하는 소 리가 들렸다. "이 녀석이 우리를 뛰어넘어 제 여자친구를 위 협하더니 절 물려고 하는 바람에 다른 선택의 여지가 없었어요. 정말 부끄러운 일이에요. 이 녀석은 정말 착한 개였는데, 하지만 양심상 전 도저히…."

넌 울부짖기 시작했다. 그가 거짓말을 하고 또 하고 있었기 때문에. 너는 절대 그런 짓을 한 적이 없었다!

이제 너는 사람들에 둘러싸였다. 남자 한 명과 여자 두 명. 다들 희미하게 개똥과 고양이 오줌 냄새가 나는 알록달록한 면 작업복을 입었다. 사람들이 너에게 부리망을 씌우고 있었지만, 넌 공포 탓에, 그리고 고통 탓에 제대로 생각할 수가 없었다. 조너선은 돌아서서 문밖으로 나가 차에 올라타고 가버렸고, 널 그곳에 남겨뒀다. 그런 상황에서도 너는 감히 사람을 물거나 잡아채려 해서는 안 된다는 걸 알았다. 네 유일한 희망은 좋은 개가 되는 데에, 최대한 순종적으로 행동하는 데에 있다는 걸 알았다. 그래서 너는 낑낑거리며 배를 깔고 기었고 몸을 뒤집어 배를 보여주려 했지만 목줄 때문에 그렇게 할 수가 없었다.

"이봐." 여자 한 명이 말했다. 남자 왼쪽에 있던 여자였다. 그녀가 몸을 구부려 너를 쓰다듬었다.

"아, 진짜. 얘 너무 겁에 질렸어. 얘 좀 봐."

"불쌍한 것." 다른 여자가 말했다. "예쁜데 말이지."

"그렇지."

"늑대 잡종 같아."

"그렇지." 첫 번째 여자가 한숨을 쉬며 네 귀를 긁었고, 너는 낑낑거리며 꼬리를 흔들고 부리망 사이로 그녀의 손을 핥으려 했다. 날 데려가줘, 네가 말을 할 수 있었다면 그렇게 말했을 것이다. 날 네 집에 데려가줘. 넌 내 알파가 될 거고, 난 널 영원히 사랑할 거야. 난 '좋은' 개니까.

널 쓰다듬던 여자가 곰곰이 생각하며 말했다. "이 애는 금방 입양 보낼 수 있을 거야, 장담해."

"그래도 전과가 있으면 안 돼. 사람을 물면 안 되지. 우리한테 공간이 있다 해도 안 돼. 너도 그건 알잖아."

"그렇지." 목소리가 아주 고요했다. "그래도, 나라도 데려갈 수 있으면 좋겠네."

"사람을 무는 개를 집에 데려간다고? 릴리, 애들도 있잖아!"

릴리가 한숨을 쉬었다. "맞아, 그렇지. 기분이 좀 그래서 그래, 그뿐이야."

"그런 말 안 해도 잘 알아. 자, 얼른 끝내버리자. 마크는 수술실 준비하러 갔어?"

"응."

"좋아. 주인이 이 애 이름을 뭐라고 했지?"

"스텔라."

"좋아. 자, 목줄을 줘. 스텔라, 이리. 이리 와, 스텔라."

그 목소리가 슬프고 부드럽고 사랑스러워서 그 말에 따르고 싶었지만, 넌 한 발 한 발 내디딜 때마다 버텼다. 어찌 됐든 릴리와 그 친구는 다른 개들의 우리 앞을 널 끌고 지나가야 했고, 개들이 다시 컹컹거리며 울부짖기 시작했다. 그들의 울음소리는 순수한 공포, 순수한 상실이었다. 건물 어딘가에서 슬퍼하는 고양이 소리가 들렸고, 꼼짝없이 다가가고 있는 복도 끝에 있는 방에서는 냄새들이 몰려왔다. 넌 문 건너편에 있는 마크라는 이름의 남자 냄새를 맡았고, 약품 냄새를 맡았으며, 너 이전에 그 방에 끌려갔던 동물들이 느낀 공포의 냄새를 맡았다. 하지만 가장 독한 냄새 하나가 다른 모든 냄새를 압도했다. 부리망 안에서도 이빨을 드러내며 으르렁거리게 만들고, 목을 뒤채며 어찌해 볼 도리 없이 붙잡을 뭔가를 찾아 콘크리트 바닥을 할퀴게 만드는 그 냄새. 그것은 사방에 밴 죽음의 금속성 악취였다.

수전 팰위크

Susan Palwick, 1961~

수전 팰위크는 미국의 작가 겸 편집자다. 문예창작과 문학을 가르치는 영문학 교수이기도 하다. 2013년 장편 《달 수리하기》를 발표했다. 1985년에 〈아시모프의 SF 매거진〉에 실린 〈세계를 구한 여자〉로 데뷔했다. 그녀의 소설은 판타지 예술을 위한 국제협회(IAFA)가 수여하는 윌리엄 L. 크로포드상과 미국도서관협회가 수여하는 알렉스상, 네바다 작가 명예의 전당이 수여하는 실버펜상을 포함하여 여러 상을 받았다. 〈늑대여자〉에는 인간 연인에 의해 길들여진 암컷 늑대인간을 통해 사랑과 이기적인 착취, 배신, 인간으로 인정받기 위해 희생해야 하는 것들이 무엇인가를 탐험한다. 2001년에 선집인 《스타라이트 III》에 처음 발표되었다.

캐롤 엠쉬윌러

Boys

애들

새로 애들을 데려와야 했다. 남자애들이란 정말로 무모하고 성급하고 앞뒤도 없고 무분별하다. 그놈들은 연기와 불구덩이와 전장 속으로 앞다투어 뛰어들었다. 난 열두 살 먹은 내 아들 하나가 절벽 꼭대기에 서서 소리를 지르며 적에게 맞서는 걸 본 적도 있다. 너무 분별이 있어서는 메달을 딸 수 없는 법이다.

우리는 어디서든 남자애들을 훔쳤다. 우리 편 애들이든 저쪽 편 애들이든 개의치 않았다. 자기가 어느 편이었는지 알기나 하는지도 모르겠지만, 어쨌든 애들은 금방 잊어버렸다. 무엇보다 일곱 살짜리들이 무얼 알겠는가? 애들한테 우리 깃발이 제일 멋있고 예쁘다고, 우리가 최고고 제일 똑똑하다고 말해보라. 애들은 믿는다. 애들은 군복을 좋아한다. 깃털이 달린 화려한 모자를 좋아한다. 애들은 메달 따는 걸 좋아한다. 애들은 깃발과 북과 함성을 좋아한다.

애들이 처음으로 맞닥뜨리는 중요한 시험은 침대 차지하기였다. 애들은 막사까지 곧장 산을 올라야 했다. 꼭대기에서는 출렁다리를 건너야 했다. 애들은 이미 소문을 들었다. 그걸 해내지 못하면 어머니가 있는 집으로 돌아가야 한다는 걸 애들은 알았다. 애들은 모두 성공했다.

우리가 남자애들을 훔칠 때 그놈들의 표정이 어떤지 한번 봐야 하는데. 그건 애들이 늘 원했던 일이었다. 애들은 산줄기를 따라 타오르는 우리 불빛을 봐왔다. 애들은 우리가 평지를 가로지르며 오락가락 행진하는 것을 봐왔다. 바람 방향이 맞을 때면 애들은 기상시간과 취침시간을 알리는 우리의 나팔 소리를 들었고, 애들은 우리 나팔 소리나, 아니면 계곡 반대쪽에 있는 적들의 나팔 소리에 맞춰 일어나고 잠들었다.

초기에는 약간 향수병을 겪기도 하지만(처음 며칠간은 밤마다 숨죽이며 우는 소리가 들렸다), 애들 대부분은 납치될 걸 예상하고 기대했다. 애들은 어머니들 대신에 우리에게 소속되고 싶어 했다.

우리가 애들을 집에 보내주면 놈들은 군복을 입고 계급장을 달고 으스댈 것이었다. 내가 이렇게 훤하게 아는 이유는 내게 처음으로 군복이 생겼을 때를 기억하고 있기 때문이다. 난 어머니와 누나가 내 모습을 봤으면 싶어서 안달이 났었다. 납치될 때는 저항했지만, 그건 그저 내 용기를 과시하고 싶어서였다. 나는 납치되어서 행복했다. 마침내 남자들에게 소속

될 수 있어서 행복했다.

*

1년에 한 번 여름에 우리는 더 많은 전사를 만들기 위해 어머니들 마을로 내려가 성교를 했다. 어느 애가 우리 애들인지 확실히 알 수는 없었는데, 우리는 늘 그게 좋은 일이라고 말했다. 그러면 애들이 모두 우리 애들이 되는 셈이라 마땅히 그래야 하듯이 공평하게 애들을 돌볼 테니 말이다. 우리는 가족 집단을 만들면 안 되게 되어 있었다. 그건 전투에 방해가 되니까. 하지만 이따금 누가 아버지인지가 분명할 때가 있었다. 나는 내 아들 두 명을 알고 있었다. 그 애들도 나, 대령님이 자기 아버지인 걸 안다고 확신했다. 둘이 그처럼 열심히 노력하는 게 그래서라고 나는 생각했다. 그 애들이 내 아들인 걸 아는 이유는 내가 작고 못생긴 남자이기 때문이다. 나는 많은 사람이 어떻게 나 같은 사람이 대령이 되었는지 궁금해한다는 걸 알고 있었다.

(우리는 양쪽에서 남자애들을 훔칠 뿐만 아니라 양쪽과 성교했다. 나는 마을에 내려갈 때 항상 우나를 찾았다.)

'무리를 위해 죽는 것이 영원히 사는 길.' 우리 본부 입구에 걸린 문구였다. 밑에는 '잊지 말자'라는 문구가 있었다. 우리는 우리가 잊어서는 안 된다는 건 알았지만, 어쩌면 잊었을지도 모른다고 의심했다. 우리 중에는 이 전투가 시작된 진짜 이유가 잊힌 것 같다는 느낌을 받는 이들이 있었다. 미움이 있는 건 확실하지만, 그래서 우리와 그들이 지난 잔학 행위의 이름으로 더 잔학한 짓들을 벌이고 있는 건 확실하지만, 우리는 애초에 이게 어떻게 시작됐는지 알지 못했다.

우리는 이 분쟁의 이유를 잊었을 뿐만 아니라 우리의 어머니들 또한 잊었다. 우리 병영 안의 벽들은 어머니 농담과 어머니 그림들로 뒤덮였다. 어머니의 몸들은 부드럽고 매혹적이었다. '베개.' 우리는 그렇게 불렀다. '젖꼭지'와 '베개'라고. 그리고 우리는 우리 자신을 그렇게 부름으로써 서로를 모욕했다.

*

계곡 바닥은 여자들의 마을로 가득했다. 25킬로미터 정도마다 하나씩이었다. 양쪽은 산맥이었다. 반대쪽에 있는 적들의 산맥은 '보라 산맥'이라 불렸다. 우리 쪽 산맥은 '눈 산맥'이라 불렸다. 기후는 우리 쪽 산맥이 저쪽보다 안 좋았다. 우리는 그걸 자랑스럽게 여겼다. 우리는 가끔 우리를 '우박들' 또는 '번개들'이라 불렀다. 우리는 우박이 우리를 단단하게 만들어준다고 생각했다. 적의 산맥에는 여기처럼 동굴이 많지 않았다. 우리는 늘 애들에게 저쪽이 아니라 우리에게 납치돼서 너희는 운이 좋은 거라고 말했다.

*

내가 처음 납치됐을 때, 어머니들이 우리를 되찾기 위해 동굴까지 올라왔었다. 그런 일이 자주 있었다. 일부는 무기를 가지고 왔다. 가소로운 무기들이었다. 물론 내 어머니도 거기, 제일 앞줄에 서 있었다. 아마도 어머니가 저 일을 다 꾸몄을 것이다. 어머니의 얼굴은 빨갰고 결의로 가득 차 일그러져 있었다. 어머니는 곧바로 내게로 왔다. 나는 어머니가 두려웠다. 우리 남자애들은 막사 뒤쪽으로 달아났고, 분대장이 우리 앞에 섰다. 다른 남자들이 문간을 막았다. 어머니들이 물러나는 데까지는 오래 걸리지 않았다. 아무도 다치지 않았다. 우리는 어머니들에게 어떠한 해도 끼치려 하지 않았다. 다음번 남자애들을 수확하려면 그들이 필요했다.

며칠 뒤에 내 어머니가 다시 왔다. 달빛을 틈타 혼자 살그머니. 야간등 불빛으로 나를 찾은 어머니는 잠자리 위로 몸을 숙이고는 내 얼굴을 후 불었다. 처음에 나는 무슨 일인지 몰랐다. 그러다 내 가슴에 닿은 어머니의 젖가슴을 느꼈고 익숙한 벌새 모양 핀이 반짝이는 걸 보았다. 어머니는 내게 입을 맞췄다. 나는 얼어붙었다. (내가 조금만 더 나이가 들었더라면 상대를 질식시키고 목울대를 차는 방법을 알았을 것이다. 난 어머니라는 걸 알아차리기도 전에 상대를 죽여버렸을 것이다.) 어머니가 날 분대에서 빼내 갔으면 어쩔 뻔했나? 내 군복을 가져갔으면? (그때쯤 나는 금색 단추가 달린 붉은색과 푸른색이 섞인 상의를 갖고 있었다. 난 이미 총 쏘는 법을 배웠다. 늘 하고 싶었던 일이었다. 난 내 무리에서 처음으로 명사수 메달을 받았다. 사람들은 내가 타고났다고 했다. 난 내 작은 체구를 만회하기 위해 열심히 노력했다.)

어머니가 왔던 밤, 어머니는 날 들어 팔로 안았다. 그때 어머니의 가슴에 묻힌 채 나는 온갖 베개 농담들을 생각했다.

나는 소리를 질렀다. 나만큼이나 어린 데다 고작 해봐야 나보다 키가 조금 더 클 뿐인 동지들이 날 도우러 왔다. 그들은 뭐가 됐든 잡히는 대로 무기를 삼았다. 대부분은 자기 군화였다. (천만다행하게도 우리는 아직 단검을 지급받기 전이었다.) 내 어머니는 애들을 공격하지 않았다. 어머니는 애들이 자길 때리게 놔두었다. 나는 어머니가 맞받아치고 도망가고 스스로를 구하기를 바랐다. 마침내 어머니가 도망가고 난 뒤에야 내가 아랫입술을 깨물고 있었다는 걸 알아챘다. 나는 스트레스가 심할 때마다 그러는 경향이 있다. 조심해야 한다. 대령이라는 사람이 턱에 피를 묻히고 돌아다니는 건 남부끄러운 일이니까.

*

아무튼 그때, 우리는 남자애들을 훔치러 나갔었다. 좀 머리가 굵은 애들과 어린 남자들로 이뤄진 부대였다. 제일 나이가 많은 놈이 아마 스물둘, 내 나이의 반밖에 안 되었다. 나는 그들 모두를 애들로 생각했다. 면전에서는 절대 애들이라고 부르지 않았지만 말이다. 내가 지휘를 맡았다. 그때 열일곱 살인 내 아들 홉이 우리 부대에 있었다.

하지만 계곡으로 살금살금 내려가자마자 우리는 상황이 작년과 달라졌다는 걸 알게 되었다. 어머니들이 담을 세웠다. 어머니들이 마을을 요새로 만들었다.

나는 즉시 계획을 수정했다. 나는 그날이 애들의 날이 아니라 성교의 날이라고 결정했다. 훌륭한 군사전략이었다. '언

제나 급작스러운 계획 변경에 대비하라.'

그 생각을 하는 순간 나는 우나를 떠올렸다. 그곳은 그녀가 사는 마을이었다. 휘하의 장병들 역시도 행복해 보였다. 그 일은 훨씬 쉬울 뿐만 아니라 새로 수확한 남자애들을 모는 일보다 훨씬 재미있었다.

지난번 성교의 날에 내려왔을 때 나는 우나를 찾았다. 아니 그녀가 나를 찾았다. 그녀는 보통 그랬다. 성교의 날에 찾기에는 좀 나이가 들었지만 나는 그녀 말고는 아무도 원하지 않았다. 성교 후에 나는 우나를 위해 이런저런 일을 했다. 새는 지붕을 수리하고 부러진 탁자 다리를 고치고⋯ 그러고는 또 그녀를 취했다. 그럴 필요도 없는 데다 분대 전체를 기다리게 만드는 일이었는데도. 다른 애들에게 숱한 외설적인 말을 들으면서도 어찌 됐든 나는 몹시 행복한 기분이었다.

가끔 애들의 날에 나는 고민했다. 남자애들과 함께 우나를 훔치면 어떻게 될까? 우나를 남자애처럼 입혀서 우리 쪽 산의 어딘가 비밀 은신처에다 데려다 놓으면? 여긴 사용하지 않는 동굴이 널렸으니까. 한때는 우리 군대가 모든 동굴을 다 채운 적도 있었지만, 아주 오래전 얘기였다. 우리와 우리의 적은 모두 숫자가 감소하고 있는 듯했다. 해가 갈수록 적당한 남자애들의 수가 점점 줄었다.

내가 못생기고 작은데도 우나는 언제나 날 보고 기뻐하는 것 같았다. (내 키는 군인으로서 불리하지만, 지금은 내가 계급이 있으니 다소 보상이 된다 해도, 내 외모는⋯ 누가 내 아들인지 알아본 것도 그들이 작고 못생겼기 때문이었다. 둘 다. 그들에게는 참

안된 일이었다. 하지만 그래도 나는 대령이 될 때까지 줄곧 어떻게
든 잘 대처해왔다.)

우나는 내 첫 상대였다. 나 또한 그녀의 첫 상대였다. 나는
그녀에게 미안했다. 여자가 되는 시작을 나로 해야 했다니.
우리는 거의 어린아이나 다름없었다. 우리는 무얼 해야 하는
지 또는 어떻게 해야 하는지 거의 알지 못했다. 나중에 그녀
는 울었다. 나도 울고 싶은 기분이었지만 그러면 안 된다는
걸 알았다. 딱히 분대에 있으면서 배운 건 아니었다. 난 그들
이 내 어머니한테서 날 납치하기 전부터도 알고 있었다. 나는
납치되고 싶었다. 나는 그들이 와서 날 데려가기를 기다리며
아주 멀리 관목 숲 속까지 돌아다녔다.

허리 아래쪽이 아프기 시작한 건 내가 저 애들 중 하나였
을 때였다. 적과 전투를 벌이다 부상을 당한 게 아니라 우리
끼리 싸우다 입은 부상 때문이었다. 우리 분대장들은 우리가
서로 싸우는 걸 아주 좋아했다. 서로 싸우지 않으면 물러지고
게을러지게 돼 있었다. 나는 부상을 입었다는 사실에 대해 계
속 입을 닫았다. 난 다쳤을 때도 입을 열지 않았다. 내가 그
처럼 쉽게 다칠 수 있다는 걸 알면 사람들이 날 돌려보낼 거
라고 생각했다. 나중에는 내가 부상을 당했다는 사실을 알면
사람들이 습격하러 갈 때 날 끼워주지 않을지도 모른다고 생
각했다. 더 나중인 지금도 내가 부상을 입었다는 사실이 알
려졌다면 대령이 되지 못할 수도 있었다고 생각한다. 난 절
대 절룩거리지 않았다. 때로는 그 때문에 가뜩이나 가쁜 숨이
더 가빠지더라도. 지금까지는 누구도 눈치챈 것 같지 않았다.

✳

우리는 다시 모였다. 내가 말했다. "젖꼭지와 베개 제군들…." 모두가 웃었다. "저들이 남자들을 막아낸 적이 있었나? 이 담이 얼마나 여자다운지 한번 봐. 우리가 타고 올라가면 부스러지겠군." 나는 지팡이 끝으로 담을 긁었다. (대령으로서 나는 원할 때 단장 대신 지팡이를 들 수 있었다.)

우리는 여자들이 성교의 날을 그만두고 싶어 하는지 애들의 날을 그만두고 싶어 하는지 확신하지 못했다. 우리는 후자 쪽이길 희망했다.

갈고리 달린 밧줄을 든 가장 작은 아이를 밀어 올렸다. 나머지가 뒤따랐다.

난 가장 작은 아이이곤 했다. 나는 늘 맨 먼저, 제일 높이 올랐다. 그런 때 나는 내 체구가 고마웠다. 그걸로 숱한 메달을 땄다. 하지만 난 그런 메달을 하나도 달지 않았다. 나는 애들과 하나가 되는 걸 좋아했다. 작으면서 대령이라는 건 어떤 애들에게는 좋은 본보기가 되었다. 애들이 내 망가진 다리에 대해서 안다면 난 장애를 가지고도 얼마나 멀리 갈 수 있는지를 보여주는 더욱 좋은 본보기가 될 터였다.

✳

우리는 담을 타다가 어느 텃밭 가장자리에 뛰어내렸다. 우리는 조심스럽게 토마토와 딸기와 호박과 콩 포기를 피해 걸었고, 그런 뒤에는 나무딸기 관목들이 지나가는 우리 바지를 찢고 군화 끈을 잡아당겼다. 나무딸기들 바로 앞에 철조망이 한 줄 놓여 있었다. 밟아 누르는 건 일도 아니었다.

나는 여자들이 이처럼 절실하게 우리를 막고 싶어 한다는 게 슬펐다. 나는 의아했다. 우나는 내가 안 오기를 바라는 걸까? 우리가 어머니들만큼이나 단호하다는 걸 그들은 모르는 걸까. 우나가 걸린 문제라면, 적어도 나는 그랬다.

＊

우나는 언제나 내게 다정했다. 나는 그녀가 왜 나를 좋아하는지 자주 궁금해했다. 내가 견장에 은을 달고 은 손잡이가 달린 지팡이를 든 대령이니 누군가가 지금의 나를 좋아하는 건 이해할 수 있지만, 그녀는 내가 왜소한 소년에 불과했을 때부터 나를 좋아해주었다. 그녀 역시도 작았다. 나는 늘 우나와 내가 잘 어울린다고 생각했다. 딱 하나만 빼면. 그녀는 아름다웠다.

＊

우리는 몰려 들어가서는 방향을 틀어 각자 제일 좋아하는 곳으로 향했다. 어린놈들은 남은 곳, 보통은 다른 어린 것들에게로 갔다. 그러나 그러다, 어럽쇼, 우리는 다시 몰려나와 우물과 돌 벤치들과 유일한 나무가 있는 이 마을의 중앙 광장에 갔다. 나무 주위에는 아기들의 무덤이 있었다. 벤치들은 성묘용 벤치였다. 우리는 벤치나 땅바닥에 앉았다. 마을엔 아무도 없었다. 여자고 여자애고 아기고 간에 한 명도 없었다.

그때 총성이 울렸다. 우리는 중앙 광장에서 나와 이동했다. 거기서는 아무것도 볼 수 없었으니까. 우리는 정원이 딸린 집 뒤에 숨었다. 우리 적들이 담 위에 죽 늘어서 있었다. 매복에 당한 것이다. 우리는 털썩 주저앉았다. 우리는 소총을 들고 있지 않았고, 가진 거라곤 나와 내 부관이 가진 권총 두 자루뿐이었다. 전투를 벌일 계획이 아니었으니까. 물론 단도가 있긴 했다.

담 위에 늘어선 자들이 그다지 사격을 잘하는 것 같지는 않았다. 나는 권총을 들어 올렸다. 그들에게 좋은 사격이란 어떤 것인지 똑똑히 보여줄 참이었다. 하지만 그때 부관이 소리쳤다. "잠깐! 쏘지 마십시오. 어머니들입니다!"

담 위에 늘어선 자들은 모두 여자였다! 총을 들고 담벼락 색과 똑같은 엄폐물 뒤에 숨은 자들이. 그런 일은 금시초문이었다.

그들이 쏜 총알은 대체로 빗나갔는데, 나는 일부러 그러는 게 아닌가 생각했다. 무엇보다 우리가 적일지는 모르겠지만, 우리는 그들의 많은 딸과 그들 자신의 아버지들이 아닌가. 나는 누가 우나인지 궁금했다.

여자들은 우리가 생각했던 것보다 더 화가 나 있었다. 아마 우리와 우리의 적들에게 사내애들을 뺏기는 데 지쳤을 것이다. 그들이라면 어느 쪽 편을 들 수 없는 게 당연할 터.

우리 애들이 함성을 지르기 시작했지만 그다지 내키지 않는다는 투였다. 하지만 그때 한 발의 총성이 울렸다. 이번엔 진짜 사격이었다. 훌륭한 사격이기도 했다. 여자가 어떻게 그럴 수 있는지 의아할 정도로. 사격술을 가르쳐준 남자가 있었는지 궁금할 정도로. 애들이 경악했다. 자기 어머니들 중 누군가가, 아니면 자기 누이들 중 누군가가 자신을 죽이려고 총을 쏘았다고 생각해보라. 그건 실제 상황이었다. 우리가 그들에게 진짜로 해를 입힌 것 이상으로 그들이 우리에게 위해를 가하리라고는 생각해본 적이 없었다.

그들이 죽인 건 내 부관이었다. 한 발의 냉혹한 총알이 머리를 뚫었다. 그 아이의 처지를 생각하면 적어도 고통이 없었다는 게 다행이었다. 그는 의례용 모자를 쓰고 있었다. 난 모자를 쓰고 있지 않았다. 난 그 화려하고 무거운 모자를 한 번도 좋아한 적이 없었다. 나는 그들이 실제로는 나를 죽이려다가 누가 나인지 알 수 없어서 차선을 택했다고 생각했다. 우나는 누가 나인지 알았을 것이다.

애들이 뿔뿔이 흩어져 애도의 나무가 있는 중앙 광장으로 다시 몰려갔다. 거기는 여자들한테서 보이지 않았다. 나는 남아서 부관의 죽음을 확인하고 그의 단검과 권총을 챙겼다. 그러고 나는 어떻게 할지 지시하기 위해 애들이 기다리는 곳으로 절룩거리며 걸어갔다. 절룩거리며. 나는 그냥 내버려두었다. 누가 보든지 말든지 신경 쓰지 않았다. 확실하게 포기한 건 아니었지만, 어쩌면 나의 미래에 관해서는 그랬을지도 모르겠다. 나는 강등될 소지가 다분했다. 여자들에게 사로잡히다니, 우리 스무 명 전부가. 효과적이고 유능한 전술로 여기서 벗어나지 못한다면 내 경력은 날아갈 게 뻔했다.

난 우리 편이 우리를 구하러 올 때 대규모 병력을 동원할 정도의 감각은 있기를 바랐다. 심하게 고생을 해야 할 것이다. 난 그들이 싸우는 동시에 앞으로의 용도를 위해 여자들을 남겨두려 하지 않기를 바랐다.

하지만 그때 다시 총성이 들렸다. 담 근처 오두막 뒤에서 내다보니 여자들이 총을 바깥쪽으로 돌리고 있었다. 처음에 우리는 우리 편이 우리를 구하러 온 것으로 생각했지만, 아니었다. 우리 편의 함성이 아니었고 우리 편의 북소리가 아니었다. 담 안쪽에서는 아무것도 보이지 않았기 때문에 우리 중 일부가 지붕 위에 올라갔다. 위험은 없었다. 모든 소총이 바깥쪽을 향해 있었으니까. 하지만 그러지 않았어도 우리 애들은 언제나 그랬듯이 아무 말 없이 지붕에 도전했을 것이다.

우리가 쓰는 붉은색과 푸른색 깃발이 아니었다. 저들이 쓰는 흉한 녹색과 흰색 깃발이었다. 우리가 포획된 틈을 노리고 온 적들이었다. 우리는 나가서 우리 남자들끼리 싸울 수 있도록 여자들이 길을 비켜줬으면 하고 바랐다. 저 여자들은 모든 전투 규정을 어기고 있었다. 여자들은 담 위에 납작 엎드려 있었다. 누구도 그들을 제대로 쏠 수 없다.

그런 상황이 계속되고 또 계속되었다. 우리는 지켜보는 데 지쳐서 광장으로 물러났다. 우리는 집집마다 주방을 뒤져 음식을 조달했다. 우리가 평소에 먹는 것보다 나았다. 음식 맛이 너무 좋아서 우리는 저 시끄러운 소리 없이 음식을 즐길 수 있도록 여자들이 좀 가만있어줬으면 좋겠다고 바랐다. 저들은 대체 어디서 저 무기들을 얻었을까? 우리 군수품 저장 동굴을 발견한 게 틀림없었다. 아마 우리의 적들 것까지도.

*

여자들은 정말로 잘 싸웠다. 황혼녘이 되자 우리 적들은 자기들 산으로 도망가고, 여자들은 여전히 담 위에 남았다. 그 위에서 밤을 새울 작정인 것 같았다. 폭이 넓은 담이었다. 내가 애들한테 말한 것처럼 엉성한 건 아니었다.

우리는 잠자리를 찾았다. 어느 것이나 우리가 보통 쓰는 요보다 나았다. 나는 우나의 오두막에 가서 성교하려고 했던 자리에 누웠다.

고양이들이 돌아다니며 구슬피 울었다. 온갖 종류의 것들이 여자들과 함께 살았다. 염소들이 길거리를 돌아다니다 마음 내키는 대로 아무 집에나 들어갔다. 모든 동물이 사방에서 먹을 걸 달라고 했다. 여자들처럼 우리 애들도 마음이 여렸다. 애들은 다가오는 모든 생물을 먹였다. 나도 그런다는 걸, 굳이 드러내지는 않았다.

난 이 모든 상황에 슬퍼졌다. 걱정이 되었다. 그저 우나를 품에 안을 수만 있다면 잠들 수 있을 텐데. 난 한밤중에 몰래 내 품으로 파고드는 그녀의 환상에 사로잡혔다. 우리가 성교할 수 있을지 없을지는 안중에도 없었다.

*

다음 날 아침이 되자 애들은 사태가 어찌 돼 가는지 보려고 다시 지붕에 올랐다. 애들은 여자들이 엄폐물로 가린 채 담 위에 죽 누워 있으며 담 너머 멀리에 죽은 적 몇 명이 보인다고 설명했다. 내가 올라가서 직접 봐야 할 필요가 있었다. 게다가 애들에게 내가 자신들과 같은 위험을 무릅쓴다는 걸 보여주는 건 좋은 일이었다.

난 애들을 내려보내고 그 자리에 서서 담 위에 있는 여자들을 내려다보았다. 소총 몇 정이 날 겨누고 있는 게 보였다. 난 영웅처럼 서 있었다. 난 그들에게 쏴보라고 도전하고 있었다. 난 서두르지도 않을 참이었다. 나는 여자들이 좀 띄엄띄엄 있는 구역을 살펴보고는 메모장을(모든 지휘관은 메모장을 패용한다) 꺼내 그림을 그렸다. 나는 시간을 끌면서 담 전체의 지도를 만들었다.

권총을 꺼내 그들을 위협할 수도 있었다. 한 명을 골라 쏠수도 있었지만, 높은 곳에 있다는 이점을 취하는 건 그다지남자답지 못한 일이었다. 그들이 남자였다면, 그렇게 했을 것이다. 하지만 그때, 그들이 남자답지 못한 짓을 했다. 그들이나를 쏘았다. 내 다리를. 내 성한 다리를. 난 쓰러졌다. 지붕위에 납작하게. 처음에는 충격 말고는 아무것도 느껴지지 않았다. 마치 망치로 얻어맞은 것 같았다. 아는 거라곤 설 수 없다는 사실뿐이었다. 그러고서야 나는 피를 보았다.

저들이 담 위에 있긴 하지만 나보다는 낮은 위치였다. 내가자세를 낮추고 있는 한, 여자들은 날 볼 수 없었다. 난 지붕 끝으로 기어 갔고 애들이 날 도왔다. 애들이 날 우나의 침대로다시 데려갔다. 나는 막 기절하거나 토할 것 같았고, 내가 싼똥으로 범벅이 됐다는 걸 알게 되었다. 나는 애들이 날 보지말았으면 했다. 난 작은 체구에도 불구하고, 또는 작은 체구 때문에 언제나 용기와 영감을 주는 원천이었다.

애들 중에 홉이 있어서 내 팔을 자기 어깨에 두르고 날 도와주었다. 난 고통 때문에 몸을 구부렸지만 신음은 간신히 꾹 참았다.

"대령님? 대령님?"

"난 괜찮아. 괜찮을 거야. 가."

난 그에게 진짜 내 아들이 맞느냐고 물어봤으면 싶었다. 간혹 여자들이 애들한테 일러주는 일이 있다니까.

"저희가 옆에…."

"아니. 가. 당장. 그리고 문을 닫아."

애들이 제때 나갔다. 나는 침대 옆에다 토하고 다시 누웠다. 우나의 베개는 온통 땀범벅이 되었고, 퀼트 이불이 어떻게 됐는지는 말할 필요도 없었다.

우나는 고통을 더는 약물을 만들 줄 알았다. 나는 이 집 천장에 달린 약초들 중에서 어느 것이 내게 도움이 될지 알았으면 싶었다. 하지만 알아봤자 저것들에 닿을 수도 없을 것이 분명했다.

나는 얼마나 지났는지 알 수 없는 시간을 반쯤 의식이 없는 상태로 누워 있었다. 다리 상태를 확인하려고 일어나 앉을 때마다 욕지기를 느끼고 다시 누워야 했다. 앞으로 내가 공격이 됐든 남자애들을 잡으러 가는 습격이 됐든 성교의 날이 됐든 뭐라도 이끌 수나 있을지 의문이었다. 그리고 나는 늘 장군이 되면(최근에 나는 틀림없이 장군이 될 수 있다는 느낌을 받았다) 우리가 무엇을 위해 싸우는지, 즉 우리가 우월하다는 확신을 갖기 위해 일상적으로 사용하는 수사 말고 진짜 이유가 무엇인지 찾아내리라 생각하고 있었다.

✻

애들이 문을 두드렸다. 나는 몸을 일으키고 말했다. "들어와." 아니, 그렇게 말하려고 했었다. 처음에는 목소리가 전혀 나오지 않았고, 다음에는 말이라기보다는 신음에 더 가까운 소리가 났다. 애들은 담에 있는 여자들이 불렀다고 말했다. 그들이 대변인을 들여보내고 싶어 한다고. 애들은 그 대변인이라는 남자를 들어오게 한 다음 우리가 모두 안전하게 나갈 수 있도록 인질로 잡고 싶어 했다.

나는 애들에게 그 여자들은 아마 여자를 들여보낼 거라고 말했다.

그게 애들의 마음에 걸렸다. 분명 고문이나 살해를 염두에 뒀을 애들 얼굴에는 이제 걱정하는 기색이 역력했다.

"저들에게 좋다고 말해." 나는 말했다.

이곳 냄새가 지독할 게 틀림없었다. 나한테서 나는 냄새가 나한테조차도 끔찍했으니까. 내가 싼 똥 더미에 앉아 있는 건 불쾌하기 짝이 없었다. 난 할 수 있는 한 꼿꼿하게 몸을 세웠다. 난 의식을 잃지 않기를, 도중에 토하지 않기를 바라며 단도를 칼집에서 뽑아 베개 밑에 숨겼다.

처음에는 애들이 맞았다고, 대변인은 남자라고, 분명히 남자라고 생각했다. 저들은 어디서 이 남자를 찾았을까? 그리고 이 남자는 우리 편 출신일까, 아니면 저쪽 편 출신일까? 그

건 중요한 문제였다.

색깔로는 구별할 수 없었다. 그는 온통 황갈색과 회색 옷을 입었다. 기장도 전혀 달고 있지 않아서 계급도 알 수 없었다. 그는 편하게 서 있었다. 편한 걸 넘어 대령 앞에 서서도 완전히 느긋했다.

하지만 그때… 믿을 수가 없었다, 우나였다. 알아봤어야 했는데. 부츠까지 몽땅 남자처럼 차려입은 우나였다. 기쁨이 쓸고 간 뒤에 나는 깊은 안도감을 느꼈다.

이제 모든 게 다 괜찮아질 거야.

나는 애들에게 문을 닫고 방에서 나가라고 말했다.

난 우나에게 손을 뻗다가 그녀의 표정을 보고 멈췄다.

"우나, 네가 일부러 내 다리를 쐈구나, 그렇지! 내 온전한 다리를!"

"난 성치 않은 쪽을 쏠 생각이었어."

우나가 창문을 죄다 열더니 문도 열고 애들을 멀리 내쫓았다.

"어디 봐."

그녀는 상냥했다. 내가 알던 우나 그대로였다.

"총알을 빼내야겠어. 하지만 먼저 씻는 것부터." 그녀가 고통에 잘 듣는 잎을 건네며 씹으라고 말했다.

그녀가 내 쪽으로 바싹 몸을 숙이자 머리카락이 모자에서 비어져 나와 우리 성교의 날에 그랬던 것처럼 내 얼굴을 쓸고 입안으로 들어갔다. 난 그녀의 가슴을 만지려 손을 뻗었지만, 우나는 내 손을 밀쳐버렸다.

영광을 위해서라면 난 그 여자를, 여자들의 지도자인 그 여자를 죽여야 했다. 그러면 난 실패작으로 여겨지지 않을 것이다. 난 곧바로 장군이 될 것이다.

하지만 우나가 똥이 묻은 퀼트 이불을 걷어내자마자 제일 먼저 내 단도가 드러났다. 그녀는 단도를 가져다 주방용 식칼을 넣어두는 서랍에 넣었다.

나는 다시 한 번 생각했다. (우리는 다 안다. 너무나도 잘 아는 대로) 사랑이 얼마나 위험한지, 그리고 사랑이 어떻게 최고의 계획들을 망칠 수 있는지. 그걸 생각하는 와중에도 나는 내가 생각했던 계획들을 망치고 싶어 했다. 내 말은, 만약 그녀가 지도자라면 난 단도 없이도 그때 당장, 그녀가 몸을 숙이고 있을 때 처리할 수 있었다는 말이다. 저들이 훌륭한 사수인지는 모르겠지만 과연 남자와 대등하게 몸싸움을 할 수 있을까? 설사 남자가 부상을 입었다 해도.

"난 모든 사람 중에서 그래도 너만은 들어줄지도 모른다고 생각해서 너를 골랐어."

"이제 내가 다시는 성교의 날에 여기 내려오지 못할 거라는 건 알겠지."

"그럼 돌아가지 마. 여기 있으면서 성교해."

"난 널 남자처럼 입혀서 산으로 데려가는 생각을 종종 했어. 점찍어 놓은 장소도 있어."

"여기 있어. 다들 여기 있게 하고, 여자들처럼 살게 해."

난 그런 말에는 대답할 수 없었다. 그런 건 생각도 할 수 없었다.

"그렇지만 대령이 되는 것 말고 네가 할 줄 아는 건 뭐람?"

그녀는 날 씻기고 침대보를 갈고는 이불과 내 옷가지들을 문밖으로 던졌다. 그러고는 내 다리에서 총알을 빼냈다. 난 그녀가 씹으라고 준 잎들 때문에 정신이 반쯤 나가 있어서 고통이 둔하게 느껴졌다. 그녀는 붕대를 감아주고 깨끗한 담요를 덮어준 다음 잠시 내 뺨에 입술을 가져다 댔다.

그러고는 다리를 척 벌리고 똑바로 섰다. 그녀는 스스로를 증명할 준비가 된 우리 애들처럼 보였다. "우리는 더 이상 이 상황을 좌시하지 않을 거야." 그녀가 말했다. "이런 상황은 끝나야 하고, 우리는 끝낼 거야. 이런 식으로 안 되면 또 다른 방식으로."

"하지만 지금까지 늘 이래 왔잖아."

"넌 우리 대변인이 될 수 있어."

저 여자는 어떻게 저런 걸 제안할 수가 있지? 나는 말했다. "베개, 젖꼭지들의 대변인이겠지."

어머니들이 무얼 할 줄 아는지는 신만이 아시리라. 그들은 어떤 규칙도 지키지 않았다.

"대답이 '노'라면, 우린 더 이상 남자애를 갖지 않을 거야. 너희들은 내려와서 원하는 대로 성교를 할 수 있겠지만 더 이상 남자애들은 없어. 우리가 죽여버릴 거니까."

"그럴 리가. 그러지 못할 거야. 넌 아니야, 우나."

"해가 갈수록 남자애들이 적어지는 거 못 느꼈어? 벌써 많은 이들이 그러고 있어."

하지만 난 명료하게 생각하기에는 너무 고통이 심했고 그녀가 준 잎들 때문에 정신이 혼미했다. 우나도 그걸 알았다. 그녀는 내 옆에 앉아 손을 잡았다. "그냥 쉬어." 그녀가 말했다. 그런 발상들을 머릿속에 넣은 채 내가 어떻게 쉴 수 있겠는가?

"하지만 규정이란 게 있어."

"쉿. 여자들은 규정 따위 신경 쓰지 않아. 너도 알 거야."

"나와 같이 돌아가자." 난 그녀를 내 쪽으로 끌어당겼다. 이번에는 그녀가 순순히 따라주었다.

그렇게 가슴과 가슴을 맞대고, 내 팔로 그녀를 안고 있는 건 얼마나 기분이 좋은 일이었던가. "비밀 장소가 있어. 거긴 올라가는 것도 힘들지 않아."

그녀가 몸을 일으켰다. "이봐요, 대령님!"

"제발 날 그렇게 부르지 마."

그러고는 난… 우리로서는 말해서는 안 되는, 생각조차 해서는 안 되는 말을 했다. 그건 어머니와 아이 사이에서나 오갈 말이었다. 남자와 여자 사이가 아니라. "사랑해."

그녀는 다시 몸을 숙이고 나를 쳐다보았다. 그러고는 내 아래턱을 닦았다. "그렇게 입술을 깨물지 않도록 해봐."

"그런 건 이제 중요하지 않아."

"나한테는 중요해."

"난… 나는…." 다른 말도 이미 해버렸는데 못할 말이 뭐가 있겠는가. "난 너와 같이 있을 때만 성교의 날이 좋아."

나는 그녀도 나에 대해서 같은 느낌인지 궁금했다. 감히 물어볼 수 있다면 얼마나 좋을까. 나는 내 아들이… 혹은 그녀

와 나의 아들인가? 난 늘 그랬으면 좋겠다고 생각했다. 그녀
는 홉에게 아무런 내색을 하지 않았다. 그녀는 그 애에게 다
른 애들에 비해 딱히 눈길을 더 주지도 않았다. 여자들이 담
을 세우지 않았더라면 이번이 그 애의 첫 성교의 날이 되었을
것이다.

"쉬어." 그녀가 말했다. "얘기는 나중에 하고."

"우리한테만 그런 거야? 아니면 적들한테도 똑같은 얘길
하는 거야? 이러다 놈들이 전쟁에서 이길 수도 있어. 그러면
다 네 탓이 될 거야."

"생각은 그만해."

"양쪽에서 데려갈 남자애들이 더는 없다면 어떻게 되겠
어, 대체?

"어떻게 될까?"

그녀가 씹는 잎들을 더 주었다. 잎들이 썼다. 앞서는 그걸
눈치채지도 못할 정도로 고통이 심했던 것이다. 나는 금세 더
졸린 기분이 되었다.

*

나는 전체 애들 중에서 꼴찌가 되는 꿈을 꾸었다. 내내. 나
는 서둘러 어떤 곳으로 가야 하지만 나로서는 절대 넘을 수
없을 정도로 높은 담이 있었다. 게다가 다리가 둘 다 있지도
않았다. 난 몸통뿐이었다. 여자들이 나를 지켜보았다. 여자들
은 육안으로 보일 정도로 가까운 계곡 바닥에 있으면서도 아
무도 나를 도와주지 않았다. 나는 거기 누운 채 함성을 지르

는 것 말고는 아무것도 할 수 없었다.

나는 소리를 지르며 깨어났고, 우나가 나를 붙들어 눕혔다. 홉이 같이 있으면서 그녀를 도왔다. 다른 애들은 걱정스러운 표정으로 문간에 서 있었다.

담요와 베개는 이미 바닥에 내던져져 있었고 나는 막 침대 밖으로 나가려고 몸부림을 치고 있었던 모양이었다. 우나의 뺨에 길게 긁힌 자국이 나 있었다. 분명 내가 한 짓이었다.

"미안해. 미안해."

나는 여전히 꿈속에 있는 듯했다. 나는 우나를 다시 내 쪽으로 끌어당겼다. 그녀를 단단히 안고서 나는 홉을 향해 또 손을 뻗었다. 불쌍한 내 못생긴 아들. 난 물어서는 안 되는 걸 물었다. "말해줘, 홉은 나와 너의 아들이야?"

홉은 내가 그런 걸 물었다는 데 충격을 받은 것처럼 보였고, 그래야 한다고 생각하는 듯했다. 우나는 몸을 빼고 일어섰다. 그녀는 마치 내 애들 중 하나라도 되는 것처럼 대답했다. "대령님, 다른 사람도 아니고, 어떻게 대령님께서 그런 걸 물으실 수 있습니까?" 그러고는 내가 했던 말을 고대로 다시 돌려주었다. "지금까지 늘 이래 왔잖아."

"미안해. 미안해."

"아, 제발 그 미안하단 소리 좀 그만해!"

그녀는 애들을 문간에서 몰아냈지만 홉은 그냥 놔두었다. 둘이서 같이 침대를 다시 정돈했다. 둘이서 같이 내게 먹일 묽은 죽과 둘이 먹을 음식을 만들었다. 홉은 이곳에서 편안해 보였다. 사실이야. 나는 확신했다. 저 애는 내 아들이야. 하지만 나는 이 모든 간절한 생각들이, 이 모든 궁금증이 다 우나가 씹으라고 줬던 잎들 때문이라고 여겼다. 이건 진짜 내가 아니다. 더는 나 자신에게 신경을 쓰지 말아야지.

하지만 뭔가가 더 있었다. 아직 내 다리를 제대로 본 적은 없지만 심각한 부상인 것처럼 느껴졌다. 우리 성채로 올라갈 수 없다면 집으로 갈 수 없을 것이다. 그렇다 하더라도, 그리고 내 경력이 만신창이가 됐다 하더라도, 이래선 안 된다. 이곳에 남아서 성교 상대자로서 여생을 보내라는 제안에 유혹당해서는 안 된다. 그보다 더 불명예스러운 걸 생각할 수도 없었다. 홉을 성채로 돌려보내 상황을 보고하고 도움을 요청해야겠다. 그 애가 탈출하려다 발각되면, 우나는 여자들더러 그 애를 쏴서 죽이라고 할까?

나는 홉에게 귓속말로 명령을 내릴 수 있도록 홉이 혼자 있는 때를 노렸다. 우나가 바깥 화장실로 가고 나서야 기회가 왔다. "성채로 돌아가. 오늘 밤 담을 넘어. 달이 없을 거야." 난 홉에게 내가 그린 지도를 보여주고 여자들이 좀 드문드문 있을 거라 짐작되는 지점을 알려주었다. 홉에게 조심하라고 말해주고 싶었지만, 우린 그런 말 따위는 입에 올리지 않았다.

*

아침에 나는 우나에게 분대장들을 들여보내달라고 말했다. 나는 고통과 땀에 절었고, 수염이 가려웠다. 나는 우나에게 날 닦아달라고 부탁했다. 그녀는 어머니가 하듯이 날 대했다. 전에 내 어머니가 그렇게 했을 때, 난 몸을 뺐다. 난 어머니를 가까이 오지 못하게 하곤 했다. 나는 특히 어머니가 날 안거나 뽀뽀하지 못하도록 했다. 나는 군인이 되고 싶었다. 나는 어머니적인 것들과는 아무 관계가 없고 싶었다.

애들이 다 지저분해 보였다. 우리는 깔끔한 것을, 매일 면도를 하고 머리털을 단정하게 자르는 것을 자랑으로 여겼는데. 우리의 적들도 우리만큼이나 말쑥했다. 나는 그들이 오늘 공격을 해 와서 우리가 이처럼 단정치 못한 모습으로 있는 걸 보는 일이 없었으면 하고 바랐다.

나는 흠이 없는 걸 보고 기뻤다.

평소 때의 유머 감각을 되살리기가 너무 힘들었다. 나는 말했다. "베개들, 젖꼭지들." 하지만 그들과 같은 아이인 척하기에 나는 너무 불편한 상태였다.

그사이 건강을 좀 회복했으면 했는데. 애들은 이미 불안해하고 있었다. 내 생각을 하고 있을 때가 아니었다. 우리는 담을 습격할 것이다. 나는 애들에게 지도를 보여주고 지키는 사람이 적은 지점들을 알려주었다. 내가 우나를 움켜잡았다. 양 손목을 다. "제군들, 우리에겐 성벽을 파괴할 무기가 필요할 거야."

여기 계곡 바닥에서는 나무를 구하기가 쉽지 않았다. 이곳은 개울 주변을 제외하면 사막이지만 각 마을의 중앙 광장에는 저들이 함께 가꾸는 나무가 한 그루씩 있었다. 여기처럼 나무 주변에는 언제나 아기 무덤들이 있었다. 다른 마을들은 대부분이 미루나무였지만 이곳에 있는 나무는 떡갈나무였다. 하도 나이 먹은 나무라 그 나무가 이 마을이 세워지기 전부터 여기 있었다고 해도 놀랍지 않을 것이다. 나는 이 마을이 그 나무를 중심으로 나중에 세워졌다고 생각했다.

"그 나무를 베. 담을 부숴." 난 그들에게 말했다. "성채로 돌아가. 나를 기다리느라 머뭇거리지 말고. 장군들한테 다시는 여기 오지 말라고 해. 남자애들을 위해서건 성교를 위해서건. 가서 나는 더 이상 우리에게 소용이 없다고 말해."

여자들은 나무를 찍어 넘기는 애들을 쏠 수 없을 것이다. 그 나무는 담 어디에서도 보이지 않으니까.

나무를 찍는 소리가 들리자 여자들이 울부짖기 시작했다. 우리 애들이 하던 일을 멈췄지만, 잠시뿐이었다. 난 그들이 다시 더욱 힘차게 나무를 찍기 시작하는 소리를 들었다. 여기 내 옆에서 우나도 울부짖었다. 빠져나가려고 몸부림을 쳤지만 나는 계속 그녀를 움켜잡고 버텼다.

"네가 어떻게 이럴 수가! 저건 죽은 남자애들의 나무야."

나는 손을 놔주었다.

"저기 묻힌 아기들은 다 남자애들이야. 우리 애들도 있어."

그 새로운 정보가 내 사고를 방해하게 그냥 둬서는 안 되었다. 난 우리 애들의 안전을 생각해야만 했다. "그럼, 우리를 보내줘."

"저 애들한테 멈추라고 해."

"저 나무 때문에 우리를 놔주겠다고?"

"그럴 거야."

난 명령을 내렸다.

*

　여자들이 담에서 물러났고 심지어 사다리까지 제공해주었다. 나는 애들에게 가라고 말했다. 애들이 날 떠메고 돌아갈 방도는 없었고, 내가 다시 성채까지 올라갈 방도도 없었다.

　애들은 금방 사라졌고, 마지막 피리 소리와 마지막 승리의 북소리까지(우리는 승리했든 아니든 늘 승리한 것처럼 성채로 행진했다) 사라졌다. 멀어지는 그 소리를 들으며 난 신음할 수밖에 없었다. 그때는 고통 때문이 아니었다. 어머니들이 순식간에 담에서 내려왔다. 그러나 다시 울부짖는 소리가 들렸고, 우나가 쿵쿵거리며 들이닥쳤다.

　"이번엔 뭐야?"

　"홉 얘기야. 네 적들이, 네 적들이 그 애를 너희 산 밑에다 던져 놨어."

　난 우나의 얼굴을 보고 알 수 있었다.

　"죽었군."

　"당연히 죽었지. 너희들은 모두 죽은 거나 마찬가지야."

　그녀는 홉의 죽음을 내 탓으로 여겼다. "내 탓이야."

　"널 증오해. 너희 전부를 증오해."

　난 우리가 많은 남자애들을 볼 수 있을 거라고 더는 믿지 않았다. 나는 할 수만 있다면 우리에게 경고하고 싶었다. 할 수만 있다면 대변인이 되고 싶었다. 내게 기회란 게 있을 거 같지 않았지만.

　"여자들은 날 어떻게 할 작정이지?"

"넌 언제나 친절했어. 나도 너한테 그보다 덜하게 대하진 않을 거야."

내가 무슨 소용일까? 여기서 여자들의 아버지로 머무는 것 말고 내가 무슨 소용이 있을까? 하나같이 작고 못생기고 검은 머리카락을 가졌을 저 계집아이들… 그 애들은 하나같이 피가 날 때까지 아랫입술을 깨물 것이다.

캐롤 엠쉬윌러
Carol Emshwiller, 1921~2019

캐롤 엠쉬윌러는 SF 단편과 장편 소설에 모두 능한 미국 작가였다. 그녀의 작품은 네뷸러상에서부터 필립 K. 딕 상까지 아우르는 많은 상을 받으며 알려졌다. 2005년에는 세계판타지 공로상을 받았다. 어슐러 K. 르귄은 그녀를 '대단한 이야기꾼에다 놀라운 마술적 사실주의자이며 소설에서 가장 강하고, 가장 복잡하고, 가장 일관된 페미니즘적 목소리를 들려주는 작가'라고 칭했다. 2011년 그녀의 단편들을 두 권의 책으로 엮은 《캐롤 엠쉬윌러 단편선 I, II》이 출간되었다. 〈애들〉은 극단으로 치달은 성 역할 개념을 소재로 깜짝 놀랄 만한 결론을 도출하여 화제가 되었다. 2003년 〈사이픽션〉에 처음 발표되었다.

에일린 건

Stable Strategies for Middle Management

중간관리자를 위한
안정화 전략

우리의 사촌, 곤충에게는 반짝이는 갈색 키틴질로 만들어진 외골격이 있습니다. 이 키틴질은 진화의 요구에 특히 잘 반응하는 물질입니다. 생물공학이 우리의 몸을 새로운 형태로 조각하듯이, 진화는 초기 곤충에게 있었던 씹는 구기(口器)를 후손들의 끌, 관, 침 형태 구기로 변화시켰고, 키틴질로 꽃가루를 담는 주머니와 겹눈을 청소하는 솔과 음악을 켤 마찰편 같은 특별한 도구들을 만들어냈습니다.

— 인기 과학 프로그램 〈인간을 곤충하라!〉에서

나는 오늘 아침에 일어나 밤새 생물공학이 내게 요구한 것들을 찾아보았다. 혀가 침(針)으로 변했고 왼손에는 이제 겹눈을 닦을 때 쓰는 것 같은 작은 키틴질 솔이 달렸다. 내겐 겹

눈이 없으니, 어쩌면 그 술이 앞으로 올 변화를 알려주는지도 모르겠다.

나는 이 침으로 어떻게 커피를 마셔야 할까 고민하면서 침대에서 기어 나왔다. 이제 커피는 완전히 생략하는 대신 어디선가 아침거리를 사냥해야 하나? 난 이른 아침에 얼마나 빠릿빠릿하게 움직이느냐에 따라 생존이 갈리는 그런 생물로 진화하지 않기를 바랐다. 생체적 주기가 뭐가 됐든 신체적 변화가 일어나면 그에 따라 보조를 맞출 것이 분명하지만, 내 진화하지 못한 영혼은 새벽에 원기 왕성하게 일어나 그보다 더 일찍 일어난 꿈틀거리는 작은 생물 같은 걸 게걸스럽게 먹는다는 생각에 반발했다.

나는 빨간색과 흰색이 섞인 퀼트 이불자락을 목까지 꼭 끌어올려 덮은 채 여전히 잠들어 있는 그렉을 내려다보았다. 그의 입도 밤새 변해 있었는데, 거기엔 뭔가 긴 촉수 같은 것도 포함된 것 같았다. 우리, 다르게 변하는 거였어?

난 아직 변하지 않은 손을 뻗어 그의 머리카락을 쓰다듬었다. 여전히 반들거리는 갈색이었고 부드러우면서도 굵고 무성했다. 하지만 그의 피부에 스민 유연한 키틴질이 서서히 반질반질하고 딱딱한 갑옷으로 변하면서 그의 뺨 가장자리 수염 밑에서 딱딱한 키틴질이 만져졌다.

그가 눈을 뜨고 고개를 돌리지 않은 채 게슴츠레하게 정면을 응시했다. 그가 입안에 일어난 변화들을 확인하려 조심스럽게 입을 움직이는 게 보였다. 그는 내 손에 슬쩍 머리를 비비면서 고개를 돌려 나를 올려다보았다.

"일어날 시간이야?" 그가 물었다. 나는 고개를 끄덕였다. "아, 하느님 맙소사." 그가 말했다. 그는 매일 아침 이 말을 한다. 기도문 같은 것이다.

"커피 만들 건데." 내가 말했다. "너도 마실래?"

그가 천천히 고개를 흔들며 대답했다. "그냥 살구 주스면 돼." 그가 길고 거친 혀를 펼치고는 약간 사시가 된 눈으로 쳐다보았다. "이거 진짜 재밌네. 하지만 이건 카탈로그에 없었어. 난 곧 여기저기 꽃에서 찔끔찔끔 점심을 먹게 될 거야. 듀크네 가게에 가면 확실히 시선은 끌겠군."

"회계 쪽 관리자들이 점심을 찔끔찔끔 먹는 건 다 알고 있다고 생각했는데." 나는 말했다.

"그래도 꽃병에 꽂힌 꽃을 그러는 건 아니지." 계속해서 이상하게 생긴 자기 입을 살펴보면서 그가 말했다. 그러더니 나를 올려다보며 이불 밖으로 팔을 내밀었다. "이리 와."

꽤 오랜만이라고 생각했다. 그리고 나는 출근해야 했다. 하지만 그에게서 끔찍하게 매혹적인 냄새가 났다. 아마도 그에게서 페로몬 분비샘이 발달하고 있었으리라. 나는 다시 이불 속으로 들어가 그에게 몸을 밀착시켰다. 우리 둘 다 키틴질 혹과 괴상한 덩어리들이 자라는 중이라 편안하다고는 도저히 말할 수 없었다. "입안에 든 이 침을 가지고 도대체 어떻게 키스를 하라는 걸까?" 내가 물었다.

"다른 할 일이 있겠지. 새로운 장비는 새로운 가능성을 제공하니까."

그가 이불을 밀어내고 아직 변하지 않은 손으로 어깨부터 허벅지까지 내 몸을 쓸어내렸다. "내 혀가 너무 까칠하면 알려줘."

그 혀는 그렇지 않았다.

✳

흐릿한 정신으로 나는 두 번째로 침대에서 나와 주방으로 표류해갔다.

커피콩의 양을 재서 분쇄기에 넣다가 문득 커피를 마시고 싶은 생각이 없다는 걸 알아차렸지만, 입안의 침으로 커피콩을 찌르는 건 잠시 재미있었다. 그나저나 이 빌어먹을 침은 대체 어디에 쓰는 거지? 굳이 그걸 알아내고 싶은지도 잘 모르겠다 싶은 기분이었다.

분쇄기를 옆으로 치워놓고 나는 살구 주스 캔을 꺼내 튤립 모양 잔에 따랐다. 앞으로 그렉에게는 얕은 잔이 문제가 될 거야, 나는 생각했다. 딱딱한 음식은 말할 것도 없었다.

그러나 내가 아침으로 무얼 먹어야 할지 알아낸다 해도 당면한 문제는 오전 10시에 잡힌 회의 시간에 맞춰 사무실에 도착하는 것이었다. 아침은 그냥 걸러야겠네. 나는 재빨리 옷을 입고 그렉이 침대에서 나오기도 전에 문을 박차고 뛰어나갔다.

✳

30분 뒤에 나는 어느 정도 정신을 차리고 새로 온 마케팅 관리자가 '모델 2000' 출시에 관한 자기 계획의 골자를 설명하는 걸 들으며 작은 회의실에 앉아 있었다.

해리 윈스롭은 생물공학 프로그램을 신청하면서 특화된 영장류 개조 옵션인 '생물공학 4번 옵션'을 선택했다. 그는 교과서적인 모범사례로 진화했다. 몸집이 작고 긴 사지에 거리를 측정하는 데 편리하게 앞쪽으로 몰린 눈과 나무에서 떨어지지 않도록 지탱해주는 길고 잘 붙잡는 손가락까지.

그는 성공하는 이의 복장인 가는 줄무늬 정장을 조끼까지 유인원 비율에 딱 맞게 완벽하게 차려입었다. 나는 그가 저걸 맞추는 데 얼마를 더 줬을까 궁금했다. 아니면 유인원들에게 특화된 서비스를 제공하는 어느 기성복 가게에 단골로 다니는 걸까?

나는 그가 이런 터무니없는 마케팅 근거로부터 저런 터무니없는 마케팅 근거로 기민하게 건너뛰는 걸 경청했다. 수학과 공학을 들먹이며 믿을 만한 소리처럼 포장하려 애쓰면서, 그는 웃는 법도 없이 '파이프라인 처리량에 대한 수요를 팩토링해야 한다'거나 '미디어 배합을 세밀하게 튜닝한다'는 등 심하게 은유적인 업계용어들을 나열했다.

경영대학원을 졸업하자마자 곧바로 취직한 해리는 회사에 합류한 지 고작 몇 달밖에 되지 않았다. 그는 스스로를 쓸모가 많은 재능 덩어리로 알고 있었다. 난 그를 좋아하지 않았지만, 자신의 잠재의식을 파헤치며 반쯤 형성되다 만 아이디어들을 연달아 끄집어내는 그의 능력은 부러웠다. 내가 거기에 합세하거나 대충 고른 홍보 제안들을 토해놓지 않으니, 내가 그런 걸 좋게 생각하지 않는다는 걸 그도 느꼈겠지.

나는 그의 마케팅 계획을 대단찮게 생각했다. 그 마케팅 계획이란 게 실체적인 기반 없이 이론을 교과서적으로 적용하는 것이었다. 내게는 두 가지 방안이 있었다. 효과가 있을 해법을 받아들이도록 그를 압박하거나, 그의 아이디어임을 모두에게 각인시키면서 그의 계획을 승인하여 그를 죽음으로 내몰거나. 난 내가 어느 쪽을 택할지 알았다.

"좋아요. 당신을 위해서라면 우리가 그 정돈 할 수 있죠." 나는 그에게 말했다. "문제없어요." 우리는 누가 살아남고 누가 진화의 막다른 골목에 부딪힐지 보게 될 것이다.

해리는 목적을 달성했는데도 계속해서 장황하게 말을 늘어놓았다. 내 주의력이 산만해졌다. 저런 말은 수도 없이 들었던 터다. 그의 목소리는 익숙한 데다 쉽게 배경음으로 무시되는 에어컨 돌아가는 소리 같았다. 나는 졸렸고, 새로운 감정들이, 촉촉한 공기의 흐름을 타고 떠다니고 싶은, 밝은 표면에 내려앉고 싶은, 따뜻하고 물기 많은 먹이로 양껏 몸을 불리고 싶은 갈망이 일어났다.

곤충적 꿈속에서 표류하면서 나는 회의실 탁자에 널린 서류들을 정리하던 해리의 접어 올린 소맷자락과 금도금 시곗줄 사이 맨피부를 예리하게 인식하게 되었다. 그에게서는 페퍼로니 피자나 숯불에 구운 햄버거 같은 맛있는 냄새가 났다. 그가 냄새만큼 맛이 좋지 않을 수도 있다는 생각도 했다. 하지만 나는 배가 고팠다. 내 침같이 생긴 혀는 그럴 만한 이유가 있어서 있는 것이지 두부 조각을 꿰라고 있는 건 아니었다. 나는 그 팔 쪽으로 몸을 기울여 손등에 기댄 채 모세혈관을 찾아 침을 찔렀다.

내가 무슨 짓을 하는지 해리가 눈치채고는 잽싸게 내 머리 옆쪽을 찰싹 때렸다. 나는 그가 다시 나를 때리기 전에 몸을 뺐다.

"우린 모델 2000 출시를 논의하는 중입니다. 아니면 그것도 잊어먹은 거예요?" 그가 팔을 문지르며 말했다.

"미안해요. 오늘 아침을 거르는 바람에." 나는 창피했다.

"저기, 그 호르몬 좀 진정시켜요, 이거야 원." 그는 짜증을 냈고, 나는 정말로 그를 탓할 수가 없었다. "미디어 배합 건으로 다시 돌아가죠, 정신을 집중시킬 수 있다면요. 난 11시에 2번 빌딩에서 다른 회의가 있다고요."

회사에서 부적절하게 음식물을 섭취하는 행위는 그다지 별스러운 일이 아니었고, 기업 업무예절 차원에서도 이따금 사소한 실수 정도는 지적하지 않고 지나가주기도 했다.

물론, 우편광고 예산에서 돈을 좀 빼서 다른 용도로 옮기는 걸 해리가 동의해줄 거라고 더는 바랄 수 없었지만.

✳

나머지 회의 시간 동안 내 시선은 계속해서 열린 회의실 문을 빠져나가 사무실 풍경이라면 어디서나 점점이 볼 수 있는 익숙한 녹색 오아시스인 복도에 놓인 커다란 장식용 식물로 향했다. 정확하게 말해서 즙이 많아 보이지도 않았고, 내가 그 정도로 배가 고프지 않았다면 절대 선호할 만한 것도 아니었지만, 난 내가 동물이든 식물이든 가리지 않는 건지 궁금해졌다.

나는 회의실을 나서면서 그 넓적한 잎을 한 줌 따서 내 사무실로 들고 왔다. 나는 이파리 가장 두꺼운 부분의 잎맥에 혀를 찔러 넣었다. 그다지 나쁘지 않았다. 이파리 맛이 났다. 난 남김없이 쪽 빨아 마시고 껍질을 휴지통에 던져 넣었다.

적어도 아직은 난 잡식성이었다. 암컷 모기들은 식물을 먹지 않으니까. 그렇다면 아직 과정이 완료되지 않은 건데….

난 대화 상대 삼아 회사 간이주방에서 커피 한 잔을 들고 사무실로 돌아와서는 문을 닫고 앉아 내게 무슨 일이 벌어지는 건지 고민했다. 해리와 있었던 일 때문에 마음이 불편했다. 난 모기로 변해가고 있는 건가? 만약 그렇다면, 그게 대체 나한테 어떤 이득이 된다는 거지? 앵앵거리는 외톨이 흡혈 곤충은 회사에 전혀 쓸모가 없다.

문에 노크 소리가 들리더니 상사가 고개를 들이밀었다. 나는 고개를 끄덕여 들어오라는 시늉을 했다. 그가 책상 맞은편에 놓인 방문자용 의자에 앉았다. 표정을 보니 해리가 벌써 이른 게 틀림없었다.

탐 샘슨은 나보다 나이가 많은 남자였고 아직 생물공학 처치를 받지 않았다. 그는 자극-반응 기술에 통달했는데 어찌된 영문인지 최고위 직책에는 오르지 못했다. 나는 그를 좋아했지만, 한편으로 보자면 그것은 그가 의도한 바였다. 권위를 희생하지 않으면서도 그는 자신의 외모와 몸짓과 어조를 극단적으로 친근한 척하는 쪽에다 맞췄다. 그가 뭘 하는지 뻔히 알면서도 내겐 그게 먹혔다.

공감하는 것처럼 보이지만 사실은 연습으로 익힌, 어떠한 공격-도피 반응도 유발하지 않도록 의도된 신호 자극을 얼굴에 띤 채 그가 나를 쳐다보았다. "뭔가 신경 쓰이는 거 있어요, 마거릿?"

"신경 쓰이는 거요? 배가 고파요, 그뿐이에요. 배가 고프면 성급해지니까요."

어디 한번 볼까, 나는 생각했다. 그는 그 사건을 언급하지 않았다. 그가 말을 꺼내도록 그냥 내버려두자. 난 부드럽게 나가기로 마음먹고 그의 눈을 똑바로 바라보도록 자신을 다잡았다. 불안한 시선은 죄가 있다는 신호니까.

탐은 서두르지 않고 내가 알아서 사안을 꺼내길 기다리며 그저 나를 쳐다보고 있었다. 커피에서 탄내가 났지만 난 혀를 꽂고 마시는 척했다. "아침 커피를 마시기 전에 저는 그냥 사람이 아닌 것 같아요."

꾸며낸 말 같다. 제발 입 닥쳐, 난 생각했다.

그 말이 탐이 기다리고 있던 기회였다. "그게 내가 당신한테 하고 싶은 말이에요, 마거릿." 그는 마운틴고릴라처럼 세상에 자길 위협하는 적은 없다는 듯 느긋한 태도로 거기 웅크리고 앉아 있었다. "방금 해리 윈스롭과 얘길 했는데, 당신이 마케팅 전략 회의 중에 그의 피를 빨려고 했다더군요." 그가 내 반응을 확인하려고 잠시 말을 멈췄지만, 내 얼굴은 중립적인 표정을 유지하고 있었고, 나는 아무 말도 하지 않았다. 그의 표정이 실망을 나타내는 쪽으로 바뀌었다. "그러니까, 당신이 뚜렷하게 세 군데 신체 부위를 발달시키고 있다는 걸 알앗을 때, 우리는 당신에게 커다란 희망을 품었어요. 하지만 당신의 행동은 우리가 기대했던 사회적이고 조직적인 발달에 전혀 부응하지 않아요."

그가 말을 멈추었고, 이번엔 내가 날 방어하기 위해 뭔가를 말해야 할 차례였다. "대부분의 곤충은 외톨이잖아요. 어쩌면 회사는 흰개미나 개미 같은 걸 희망했는지도 모르겠군요. 그건 제가 책임질 일이 아니에요."

"자, 마거릿." 그가 자극을 주는 온화한 꾸짖는 목소리로 말했다. "여긴 정글이 아니잖아요. 당신이 동의서에 서명했을 때는 생물공학 담당자가 당신을 회사라는 유기적 조직체에 더욱 유용하게 변형하는 데 동의한 거였어요. 하지만 여긴 자연이 아니에요. 인간이 재구성한 자연이죠. 옛 규칙을 따르지 않는다고요. 당신은 정말로 되고 싶은 건 무엇이든 될 수 있어요. 하지만 협조는 해야죠."

"할 수 있는 한 최선을 다하고 있어요." 난 협조적으로 말했다. "일주일에 80시간을 쏟아 붓는다고요."

"마거릿, 당신 업무의 질이 문제가 아니에요. 당신이 설득해야 하는 다른 사람들과의 상호작용이 문제지. 당신은 집단의 일원으로 일하는 법을 배워야 해요. 난 그런 물어뜯기가 계속되는 걸 절대 용납할 수 없어요. 아서를 시켜서 오늘 오후에 당신과 생물공학 상담사 간 면담을 잡아 놓겠어요." 아서는 탐의 비서였다. 아서는 이 부서에서 일어나는 일은 무엇이든 알고 있었지만, 대체로는 입을 닫고 지냈다.

"저도 할 수만 있다면 사회적 곤충이 되고 싶죠." 난 사무실에서 나가는 탐에게 중얼거렸다. "하지만 저는 술집에서도 사람들한테 무슨 말을 해야 할지 모르는 사람이라고요."

*

나는 그렉과 우리 공통의 친구인 데이빗 디틀러와 같이 점심을 먹었다. 50가지 과일주스를 구비했다고 광고하는 어느 건강식 식당에서였다. 전에 거기서 밥을 먹어본 적은 없지만, 그렉은 자신이 그곳을 좋아할 것을 알고 있었다. 거기는 벌써 데이빗이 가장 좋아하는 식당이었고, 데이빗은 아직 이를 온전하게 보전하고 있으니, 나는 그곳이 나한테도 괜찮을 거라고 판단했다.

도착해보니 데이빗은 와 있고 그렉은 아직이었다. 데이빗도 우리 회사에서 일하는데 부서는 달랐다. 어쨌든 그는 기업의 감언이설에 놀랍도록 저항성이 높다는 걸 증명해왔다. 그는 생물공학 프로그램을 받아들이지 않았을 뿐 아니라 조끼 딸린 정장조차 사지 않았다. 오늘 그는 여기저기 해어진 청바지와 10년 전쯤이었으면 근사해 보였을 화려한 하와이안 셔츠를 입었다.

"그렇게 입어도 상사가 뭐라고 안 그래?" 내가 물었다.

"우린 협약을 맺었거든. 난 그녀에게 내게 일을 줘야 한다고 말하지 않고, 그녀는 내게 뭘 입으라고 말하지 않기로."

삶을 바라보는 데이빗의 관점은 나와 아주 달랐다. 난 그가 연구개발 부서에 있고 내가 광고 부서에 있기 때문만은 아니라고 생각했다. 그보다는 훨씬 기본적인 문제였다.

그가 세상을 자신의 재미를 위해 존재하는 정말로 깔끔하지만 임의로 주어지는 한 다발의 수수께끼로 보는 반면, 나는… 음, 계속해서 이어지는 수능시험이었다.

"그래, 너희들은 어떻게 되고 있어?" 자리가 나길 기다리며 우두커니 서 있는 사이에 그가 물었다.

"그렉은 망할 나비로 변해가고 있어. 지난주에는 나가서 이탈리아제 실크 스웨터를 열두 벌쯤 사 왔어. 출근용 복장도 아니었다고."

"그는 회사에 잘 맞는 녀석이 아니야, 마거릿."

"그럼 왜 쓰지도 않을 거면서 이 생물공학 같은 걸 하는 거야?"

"그는 약간 변장을 하는 거야. 그냥 멋있게 보이고 싶어서. 마이클 잭슨처럼 말이야."

난 데이빗이 날 놀리는 건지 어쩐 건지 분간이 되지 않았다. 그러다 그는 자기가 참여하고 있는 '이발소 4중창단'인가 하는 음악 얘기를 시작했다. 다음번 대회에서는 검은 가죽옷을 입고 쉘 실버스타인의 '내게로 와, 나의 마조히스트 사랑'을 부를 예정이라고 했다.

"그 노래를 부르면 다들 뒤집어질 거야." 그가 희희낙락하며 말했다. "우리는 늘 대단한 준비를 한다니까."

"그걸로 우승할 수 있을 거 같아, 데이빗?" 그런 종류의 쇼로 심판들 마음에 들 수 있다면, 너무 이상할 것 같았다.

"무슨 상관이야?" 데이빗이 말했다. 그는 아무 걱정이 없어 보였다.

바로 그때 그렉이 나타났다. 그는 황록색 문양이 들어간 짙은 푸른색 실크 스웨터를 입고 있었다. 이탈리아제였다. 그는 또 비행기처럼 생긴 밝은 파란색 귀고리 한 쌍을 달랑거리고 있었다. 우리는 조각된 채소들이 진열된 곳 근처로 안내되었다.

"이거 굉장하군." 데이빗이 말했다. "다들 채소 가까이에 앉고 싶어 하는데. 이 식당에서는 여기가 다 보이는 자리거든." 그가 그렉에게 고갯짓을 했다. "내 생각엔 네 스웨터 덕분인 것 같아."

"내 인간성 안에 깃든 나비 덕분이지." 그렉이 말했다. "웨이터들이 나한테 이런 호의를 보여준 역사가 없어. 난 늘 에스프레소 기계 옆에 앉았다고."

그렉이 계속해서 나비가 되는 것에 딸려오는 특혜들에 관해 이야기하려 든다면, 나는 화제를 돌리기로 했다.

"데이빗, 어떻게 넌 아직 생물공학 프로그램에 서명하지 않았어?" 내가 물었다. "회사가 비용을 절반 부담하는 데다 뭘 요구하거나 하지도 않잖아."

데이빗이 입을 비틀더니 움찔움찔 손등으로 코와 눈을 닦는 곤충 같은 몸짓을 했다. "난 지금도 잘하고 있어."

그걸 보고 그렉이 킬킬거렸지만, 난 심각했다. "넌 조금만 조정하면 훨씬 빨리 성공할 거야. 게다가 회사에 좋은 태도를 보여줄 수도 있어. 그걸 한다면 말이야."

"지금도 난 원하는 것보다 더 빨리 성공하고 있다고. 이번 여름에 석 달 휴가를 가려고 했는데 못 갈 거 같단 말이야."

"석 달?" 나는 깜짝 놀랐다. "돌아와 보니 책상이 없어져 있을까 봐 겁나지도 않아?"

"그것도 괜찮겠네." 데이빗이 메뉴를 펼치며 담담하게 말했다.

웨이터가 우리 주문을 받아갔다. 우리는 고칼로리 음식 대신 고식이섬유 음식을 주문한 스스로에 대한 자축의 의미로 잠시 다정히 침묵을 지키며 앉아 있었다.

그러다 내가 오늘 해리 윈스롭과 있었던 일을 털어놓았다.

"난 뭔가 잘못된 거 같아." 내가 말했다. "내가 왜 그 사람의 피를 빠는 거야? 그게 나한테 무슨 좋은 일이라고?"

"음." 데이빗이 말했다. "네가 이 처방 프로그램을 선택했잖아. 어떤 결과를 원했던 거야?"

"상품 목록에 따르면." 내가 말했다. "제2번 곤충 옵션은 날 중간관리직의 좁은 승진 기회를 놓고 겨루는 성공적인 경쟁자로 만들어주게 돼 있어. 상급관리직에 진입하는 데 유용하게 작용할 동기부여성 반응들과 함께. 인용 끝." 물론, 그건 광고성 멘트에 불과했다. 내가 저 모든 걸 정말로 기대한 것은 아니었다. "내가 원한 건 그거야. 난 책임자가 되고 싶어. 우두머리가 되고 싶다고."

"생물공학 부서에 가서 다시 처음부터 시작해야 할 거 같군." 그렉이 말했다. "가끔은 호르몬들이 기대한 대로 작동하지 않아. 예를 들자면, 내 혀를 봐." 그가 천천히 혀를 펼쳤다가 다시 입안으로 말아 넣었다. "갈수록 마음에 들고 있기는 하지만 말이야." 그가 쭙쭙거리는 역겨운 소리를 내면서 음료수를 빨았다. 그에겐 빨대가 필요 없었다.

"신경 쓰지 마, 마거릿." 데이빗이 웨이터가 건네주는 로즈힙 차를 받으면서 단호하게 말했다. "생물공학은 시간 낭비고 돈 낭비고 수백만 년에 이르는 진화의 낭비야. 인류가 관리자가 되도록 계획됐다면, 우리는 가는 줄무늬 피부로 진화했겠지."

"그거 그럴듯하네." 나는 말했다. "하지만 완전히 틀렸어."

웨이터가 점심거리를 가져오는 바람에 우리는 웨이터가 음식을 내려놓는 동안 대화를 멈추었다. 아주 배고픈 세 사람이 식사를 기대하며 침묵을 지키는 것 같았지만, 사실은 무관심한 방관자 앞에서 말다툼을 벌이면 안 된다는 생각을 한 세 사람의 예의 바른 침묵이었다. 웨이터가 떠나자마자 우리는 논의를 재개했다.

"농담 아냐." 데이빗이 말했다. "관리직의 생존에 유리하다는 그 수상한 장점들은 제쳐놓더라도, 생물공학은 완전 헛수고야. 예를 들어, 해리 윈스롭한테는 정말로 생물공학이 전혀 필요하지 않아. 지금 그는 경영대학원을 막 졸업한 주제에 고위 관리직을 향한 욕망을 대놓고 앵앵거리고 다니지. 기본적으로 그는 그냥 다른 곳에 사장 자리가 날 때까지 시간을 때우고 있는 거야. 그리고 너와 비교했을 때 그의 경쟁력은 뭔가 특화된 영장류 개조 같은 게 아니라 그의 젊음과 무경험이라고."

"음." 나는 좀 퉁명스럽게 말했다. "확실히 그는 과거의 실패 사례들을 모르니까 그런 것에 제약을 받을 필요가 없지.

하지만 데이빗, 그렇게 말한다고 내 문제가 해결되진 않아. 해리는 생물공학 프로그램에 신청했어. 나도 신청했어. 변화는 진행 중이고, 내겐 다른 선택의 여지가 없어."

난 곰돌이처럼 생긴 플라스틱병을 짜서 내 차에 거대한 꿀 방울을 떨어뜨렸다. 나는 차를 한 모금 마셨다. 박하향이 났고 아주 달았다. "그리고 지금 나는 잘못된 종류의 곤충으로 변해가고 있어. 내 제품 마케팅 역량을 망가뜨리고 있다고."

"아, 그만 좀 해!" 그렉이 갑작스레 말했다. "너무 지겨워. 난 더는 회사 얘기하는 거 듣고 싶지 않아. 뭔가 재미있는 거 얘기하자."

난 그렉의 나비적 집중력 부족에 신물이 났다.

"뭔가 재미있는 거? 난 내 모든 시간과 유전물질을 이 일에 투자했어. 지금 빌어먹을 재미는 이게 다야."

꿀을 넣은 차를 마시니 덥게 느껴졌다. 배가 가려워서 알레르기 반응이 일어나는 게 아닌가 걱정됐다. 나는 긁었다. 딱히 숨길 의도도 없이. 셔츠 안에 넣었다 뺀 손에는 온통 작은 밀랍 비늘이 가득했다. 대체 옷 안에서 무슨 빌어먹을 일이 일어나고 있는 거야? 나는 비늘 하나를 맛보았다. 괜찮았다. 일벌로 변하고 있나? 도저히 스스로를 억제할 수 없었다. 나는 밀랍을 입안에 쑤셔 넣었다.

데이빗은 알파파 싹을 먹느라 바빴지만, 그렉은 정떨어진다는 표정을 짓고 있었다.

"그거 역겨워, 마거릿." 그가 혀 부분을 한 발이나 내밀면서 인상을 썼다. 그러고서 역겹다는 말을 하다니. "우리 밥 다

522

먹을 때까지 좀 참으면 안 돼?"

나는 자연스러운 행동을 하고 있었고, 굳이 대답해서 그의 말에 위엄을 더해줄 필요가 없었다. 식탁에 반찬으로 나온 꿀벌 꽃가루가 있었다. 난 한 숟가락을 떠 넣고 쩝쩝 소리를 내며 씹어서 밀랍과 섞었다. 난 힘든 오전을 보냈고, 그렉과의 말다툼이 하루를 더 즐겁게 만들어주지는 않았다.

게다가 그도 데이빗도 회사에서의 내 위치를 전혀 존중해주지 않았다. 그렉은 내 일을 전혀 진지하게 받아들이지 않았다. 그리고 데이빗은 자기 일이 자신에게든 다른 누구에게든 돈이 될지 안 될지 따위는 상관도 없이 그저 자기가 하고 싶은 일을 할 뿐이다. 그는 내게 '자연으로 돌아가라' 부류의 강의를 해댔고, 그러기에는 이미 너무 늦었다.

이 점심은 그냥 시간 낭비였다. 나는 그들 얘기를 듣는 데 지쳐서 일하러 가고 싶은 강한 충동을 느꼈다. 재빨리 침으로 그들을 한 번씩 찌르자 둘 다 주의가 흐트러졌다. 기습의 이점을 취했던 것이다. 난 꿀을 더 먹고 신속하게 둘을 밀랍으로 봉했다. 둘은 곧 두 개의 커다란 육각형 방에 나란히 동면하는 신세가 되었다.

나는 식당 안을 둘러보았다. 사람들이 다소 긴장한 채 아무것도 못 본 체했다. 나는 웨이터를 불러 신용카드를 건네주었다. 그가 몇몇 조수들에게 신호를 보내자 덮개가 달린 짐수레를 가져와 그렉과 데이빗을 실어갔다. "목요일 오후 정도면 저걸 먹어치우고 나올 거예요." 난 웨이터에게 말했다. "옆으로 눕혀서, 따뜻하고 건조한 장소에, 직사광선은 피해서 두세요." 나는 두둑한 팁을 남겼다.

＊

나는 스스로에게 약간 부끄러운 기분을 느끼며 사무실로 걸어갔다. 이틀 정도 동면을 해봤자 그렉이나 데이빗이 내 문제에 더 동정적이 되거나 하지는 않을 것이다. 그리고 그들이 나왔을 때는 정말 미친 듯이 화를 내겠지.

난 그런 식으로 일을 처리하는 사람이 아니었다. 나는 더 참을성이 있었다. 그렇지 않았던가? 예전에 나는 인간이 가진 가능성의 다양한 스펙트럼을 더 수월하게 알아보았다. 지금보다 섹스와 텔레비전에 관심이 더 많았다.

이 직업은 내가 따뜻하고 품위 있는 인간이 되는 데 크게 도움이 되지 못하고 있다. 적어도 이 일은 나를 같이 점심 먹기에 불쾌한 인간으로 바꿔놓고 있다. 대체 나는 무엇 때문에 관리자가 되고 싶다는 생각을 하게 됐을까?

돈, 어쩌면.

하지만 그게 다는 아니다. 이건 도전이었다. 뭔가 새로운 일을 할 수 있는, 그저 프로젝트의 일부분을 담당하는 대신 총체적인 역량을 관리할 수 있는 기회.

그래도, 돈도 있었다. 하지만 돈을 벌 길은 다른 데에도 있다. 어쩌면 나는 그저 이 빌어먹을 일을 떠받친 지지대들을 걷어차버리고 새로 시작해야 할지도 모른다.

난 설렁설렁 탐의 사무실로 들어가 방문자용 의자를 휙 돌려 털썩 주저앉는 나를 상상해보았다. '그만두겠어요'라는 말이 거의 내 뜻과 상관없이 저절로 튀어나오겠지. 그의 얼굴은 물론 인위적인 놀람의 표정을 보여줄 것이다. 그 정도까지 했으면 임무를 완수해야 할 것이다. 어쩌면 그의 책상에 다리를 올릴 수도 있겠지. 그러고는….

하지만 그냥 그만두는 것이 가능할까, 예전의 나로 돌아가는 것이? 아니, 그럴 수 없을 것이다. 다시 관리의 세계를 모르는 숫처녀로 돌아갈 수는 없다.

난 건물 뒤편의 직원 출입문으로 다가갔다. 출입문 옆에 설치된 공기흡입 장치가 내 냄새를 맡고 인식을 한 다음 찰칵 문을 열어주었다. 안에는 한 무리의 신입사원들이, 훈련생들이 문 근처에 몰려 있었고, 인사 담당자가 잠금장치 작동하는 법을 알려주면서 그 장치가 그들의 페로몬을 익히도록 조치했다.

복도를 지나가는 길에 탐의 사무실을 지나쳤다. 문이 열려 있었다. 그가 책상 앞에 앉아 무슨 서류인가에 고개를 박고 있다가 내가 지나가자 고개를 들어 쳐다보았다.

"아, 마거릿." 그가 말했다. "마침 딱 얘기하고 싶던 참인데. 잠시 들어와봐요." 그는 커다란 파일 폴더로 책상에 놓인 서류를 덮고는 위에 두 손을 포갰다. "마침 당신이 지나가서 반갑군요." 그가 커다랗고 안락한 의자 쪽으로 고개를 끄덕였다. "앉아요."

"우린 부서를 약간 개편하려고 해요." 그가 입을 열었다. "그리고 난 당신의 의견이 필요할 테니, 어떻게 될지를 지금 알려주고 싶어요."

난 곧바로 의심스러워졌다. 탐이 '난 당신 의견이 필요하다' 라고 말할 때는 모든 것이 이미 결정됐다는 의미였다.

"물론 우리는 부문 전체를 개편하고 있어요." 그가 빈 종이에다 작은 네모들을 그리며 말을 이었다. 그는 지난주 부서 회의에서 이 사안을 언급했었다.

"자, 당신 업무영역은 기능적으로 두 개의 별도 영역으로 나뉘죠, 그렇다고 하지 않았어요?"

"그게….'

"그래요." 그가 동의라도 하듯이 고개를 끄덕이며 사려 깊게 말했다.

"그게 이런 식으로 이렇게 될 거예요." 그가 선 몇 개와 네모 몇 개를 추가했다. 내가 보는 바로, 그건 재미있는 일은 모두 해리가 하고 난 나머지를 쓸어 담는 것을 의미했다.

"저한텐 제 업무영역에서 핵심적인 것들만 떼다 해리 윈스롭에게 넘겨주는 것처럼 보이네요."

"아, 하지만 당신 영역은 여전히 아주 중요해요. 당신이 실제로 해리에게 보고하지 않도록 한 것도 그래서지." 그는 나를 보고 가짜 같은 미소를 지었다.

그가 나를 깔끔하고 작은 곤경에 밀어 넣었다. 무엇보다, 그는 내 상사다. 그가 내 업무영역 대부분을 뺏어버릴 심산이라면, 그런 것처럼 보이기도 하고, 내가 그를 말릴 방법은 별로 없다. 그리고 우리 둘 다가 내 지위에 아무런 손실이 없는 척할 수 있다면, 그편이 내게는 더 나을 것이다. 그런 방식이라면 나는 직위와 연봉을 지킬 수 있다.

"아, 알았어요." 내가 말했다. "좋아요."

이 모든 일은 이미 결정돼 있었고, 해리 윈스롭은 아마 다 알고 있었으리라는 생각이 어렴풋이 들었다. 어쩌면 그는 이 상황에서 이럭저럭 연봉 인상도 얻어냈을 것이다. 탐은 이 대화가 우연히 일어난 일처럼 보이게 하려고, 마치 내가 이 상황에 대해서 뭔가 할 말이 있었던 것처럼 보이게 하려고 나를 여기로 부른 것이다. 난 걸려들었다.

이게 날 돌아버리게 만들었다. 지금 그만두고 말고는 문제가 아니었다. 난 꾹 눌러앉아서 싸울 것이다. 눈앞이 흐릿해지고 초점이 어긋났다가 다시 맞춰졌다. 겹눈이다! 내 손에 달린 작은 솔의 약속이 이루어졌다! 난 이제 이 유기적 조직체의 일부로서 이 시스템이 가진 깊은 화학적 합의를 느꼈다. 난 내가 어디에 잘 맞는지 알았다. 그리고 난 내가 무엇을 할 것인지를 알았다. 그건 이제 피할 수 없는, DNA 수준에 각인된 것이었다.

이런 확신의 힘이 또 다른 키틴질의 변화를 촉발했고, 처음으로 나는 내 입과 코가 재구성되는, 탄산수를 흡입하는 것처럼 마비된 듯 간지러운 느낌을 실제로 느낄 수 있었다. 침이 짧아지고, 약간 캐서린 헵번같이 아래턱이 돌출했다. 형태와 기능이 오르가슴을 느낄 정도로 딱딱 맞아떨어졌다. 턱이 사마귀처럼 앞으로 튀어나오면서 벌어졌고, 난 탐에게 달려들어 머리통을 물어뜯었다.

머리통 없는 그가 자리에서 벌떡 일어나 춤을 추면서 사무실을 돌아다녔다.

나는 나 자신을 완전히 통제하고 있다고 느끼며 그를 보면
서 대화를 계속했다. "모델 2000 출시에 관해서." 내가 말했
다. "만약 우리가 파이프라인 처리량에 대한 수요의 요소를
분석하고 미디어 배합을 약간 조정한다면, 이번 주말 정도면
제품 마케팅 부서에 아주 군침 도는 작은 꾸러미를 제시할 수
있다고 생각합니다."

탐은 상스럽게 성교하는 동작을 취하면서 계속해서 경련
하듯 뼈기며 걸었다. 탐이 이렇게 사마귀스러운 반응을 보이
는 건 내 탓인가? 나는 우리 관계에 성적인 요소가 있는지 미
처 인지하지 못하고 있었다.

난 방문자용 의자에서 일어나 방금 일어난 일을 생각하면
서 그의 책상에 앉았다. 스스로의 행동에 놀랐다는 건 말할
필요도 없다. 내 말은, 화가 난 건 화가 난 거고 사람의 머리통
을 물어뜯는 건 아주 다른 문제라는 것이다. 하지만 두 번째
로 든 생각이, 음, 이것은 분명히 유용한 전략인 데다 나 자신
을 발전시키는 능력을 상당히 개선해주었다는 사실은 인정해
야겠다. 사람의 피를 빠는 것보다는 엄청나게 생산적이었다.

어쩌면 올바른 태도를 보여야 한다는 탐의 이야기가 뭔가
작용을 했을지도 모르겠다.

물론 탐을 생각하면, 내 세 번째 반응은 후회였다. 그는 정
말로 대체로 호감 가는 사내였다. 하지만 이미 엎질러진 물
은 엎질러진 물이고, 일이 벌어진 후에 곱씹어봤자 아무 소
용이 없다.

난 내선전화로 그의 비서를 호출했다. "아서." 내가 말했

다. "샘슨 씨와 내가 어쩌다 보니 진화적인 작별을 하게 됐어요. 그를 재설계해줘요. 그리고 대금은 인사부에 청구하고요."

이제 나는 이마와 허벅지가 이상하게 간지럽다. 노래를 할 수 있게 마찰편이라도 생기는 걸까?

에일린 건
Eileen Gunn, 1945~

에일린 건은 미국의 작가 겸 편집자다. 지난 40여 년간 숫자가 많지는 않지만 특출한 단편들을 발표해왔다. 선구적인 웹진인 〈인피니트 매트릭스〉를 편집하고, 윌리엄 깁슨과 브루스 스털링이 쓴 《디퍼런스 엔진》의 용어색인 사이트인 〈디퍼런스 딕셔너리〉를 제작하는 등 SF 계에 다양한 공헌을 하였다. 클라리온 작가 워크샵 출신인 그녀는 현재 클래이언 웨스트 작가 워크샵의 관리자로 일하고 있다. 네뷸러상을 포함한 여러 상을 받았다. 〈중간관리자를 위한 안정화 전략〉은 기업의 한 중간간부가 기업 문화에 적응하면서 융화하는 동시에 자신의 충성심을 증명하기 위해 거쳐야 하는 지난한 과정을 다룬다. 1988년 〈아시모프의 SF 매거진〉에 처음 발표되었고 휴고상 최종 후보로 선정되었다.

타니스리

Northern Chess

북방 체스

하늘도 땅도 누르스름한 푸른 빛을 띤 채 흐릿한 하얀 태양에서 오는 차가운 빛을 빨아들이고 있었다. 때는 늦여름이지만, 그곳에 여름은 온 적이 없는 듯했다. 몇 그루 되지 않는 나무들은 잎도 날아드는 새도 없이 헐벗었고, 타고 남은 재 같은 민둥산들이 솟았다 꺼졌다를 반복하며 단조롭게 펼쳐졌다. 꼭대기는 둔하게 어슴푸레 빛나고, 푹 팬 곳에는 안개가 가득했다. 그곳은 슬픈 노래와 우울한 기억의 땅이었고, 밤이 오면 악몽과 환각의 땅이 되었다.

20여 킬로미터 이전 지점에서 자이셀의 말이 죽었다. 특별한 이유가 있어서는 아니었다. 남쪽에서 타고 올 때는 건강하고 활기찬 말이었다. 말 장수가 내놓은 말 중에서 최상의 말이었다. 말장수가 처음에는 속이려 들었지만 말이다. 그녀는 북쪽 끝, 거기 바닷가에 있는 도시까지 갈 요량이었지만, 특별한 이유가 있어서는 아니었다. 그녀는 무심결에 방랑하는 모험가의 버릇을 들이고 말았다. 목적지는 핑계일 뿐, 목적은 아니었다. 그리고 베틀에 앉거나 기름때 낀 주방을 종종거리거나 아기들과 씨름하거나 밭일로 망가지거나 도시의 그늘진 문간에서 화장한 가면을 쓰고 곁눈질하는 여자들을 볼 때마다 떠나고 싶은, 말을 타고 싶은, 달려나가고 싶은, 도망치고 싶은 자이셀의 충동은 더욱 커졌다.

대개 그녀는 추상적으로만이 아니라 실제적으로도 뭔가로부터 도망치는 중이었다. 앞서 갑자기 떠나게 된 도시에서는 길거리에서 달려든 노상강도 둘을 죽였다. 그중 하나가 약탈과 강간을 취미로 일삼던 하급 귀족으로 판명되었다. 그쪽 지역에서는 어떤 정의로운 이유로든 귀족을 죽이는 건 교수형과 능지처참을 의미했다. 그래서 자이셀은 새 말을 타고 북방 도시를 향해 떠났다. 그리고 그 사이에 있는 이 황량한 북방의 허허로운 땅에서 그녀를 태운 말이 천천히 무너지더니 경고도 없이 죽었다. 시냇물에서는 쓴맛이 나고 날씨는 여름에도 눈을 뿌리고 싶어 하는 듯한 곳이었다.

그녀는 파멸만을 보았다. 희끄무레한 야생 양 떼만이 이쪽 안개 속에서 나타나 저쪽 안개 속으로 사라졌다. 한번은 까마귀가 까옥거리는 소리를 들었다. 그녀는 발이 아팠고 갈수록 그 지역에 대해, 자신에 대해, 신에 대해 화가 났다. 그러는 동안 어깨에 짊어진 안장과 짐은 거리를 더해갈수록 무거워졌다.

끝없이 이어지는 산을 넘던 그녀는 어느 산등성이 꼭대기에서 주변을 두루 살피다가 뭔가 새로운 것을 보았다.

저 아래 누르스름한 푸른색 안개 연못 안에 마을이 하나 있었다. 원시적이고 우울하지만, 지붕에 난 구멍들에서 연기가 구불구불 피어올라 구름 없는 하늘로 떠가는 것으로 봐서는 사람이 사는 마을이었다. 아스라하게 소가 우는 구슬픈 소리도 들렸다. 오두막이 다닥다닥 붙은 곳 너머로는 잎이 없는 나무들이 불길한 거미집처럼 나란히 심긴 것이 보였다. 그 너머로는, 안개 탓에 잘 보이진 않지만, 대략 1킬로미터 너머에 뭔가가 있었다. 뭔가를 높이 쌓아 올린 더미, 아니 어쩌면 기괴하고 기형적으로 생긴, 돌로 만든 건축물일지도….

자이셸은 걷기 시작하며 다시 마을과 아래 비탈에 시선을 두고 좀 더 자세히 살폈다.

그 선명한 소리는 착각할 수가 없었다. 전투마 굴레에 달린 종들이 쟁그랑거리는 소리였다. 눈에 보이는 광경 역시 이곳에서는 예상치 못한 이국적인 장면이었다. 강청색 말에 오른 기수가 둘, 단조로운 주변을 배경으로 한 그들의 불타오르는 듯 호화로운 진홍색 의상이 피에 젖은 칼날 같았다. 그리고 그 사슬갑옷의 광택, 거기 박힌 보석들의 반짝임.

"이름을 대라!" 기사 한 명이 소리쳤다.

그녀는 그들이 곧 보게 될, 그리고 그들이 곧 확인하게 될, 목전에 닥친 놀라운 일을 머릿속에 그리며 설핏 미소를 지었다.

"내 이름은 자이셸이다." 그녀가 마주 소리쳤다.

그들이 욕지거리를 내뱉는 소리가 들렸다.

"이 녀석, 무슨 이름이 그따위야?"

녀석. 그래, 이번이 처음도 아니었다.

그녀는 그들을 향해 비탈을 걸어 내려가기 시작했다.

비탈 꼭대기에 있을 때는 남자애라 생각했는데, 다가올수록 놀라운 모습이 드러났다. 그녀의 고운 아마색 머리카락은 분명 남자애만큼, 아니 남자애보다 짧았다. 곱슬곱슬한 기사들의 머리털에 비하면 훨씬 짧았다. 퇴색한 사슬갑옷을 입은 그녀는 날씬했고, 닳아빠진 서리 무늬 레이스와 함께 손목에서 뻗은 강한 두 손도 날씬했다. 사슬갑옷 바깥으로 펼쳐진 하얀 레이스 칼라에는 끝이 검은 진주로 장식된 졸라매는 끈들이 달려 달랑거렸다. 구멍을 뚫은 왼쪽 귓불에 매달린 금색 초승달이 파르스름하게 전기를 띠는 머리카락 밑에서 불꽃을 튀겼다. 회색 가죽으로 만든 검대는 낡고 얼룩이 졌다. 오른쪽 뒤춤에는 금을 입힌 장식적인 손잡이가 달린 단검을, 왼쪽 뒤춤에는 많이 써서 손잡이 끝이 반들반들해진 가는 검을 찼다. 약탈자, 홍행사, 그리고 (어느 만큼 사실인지는 모르겠지만) 왕자의 분위기를 풍기는 여기사였다.

상대방이 놀라기 시작할 만큼 가까워지자 그녀는 걸음을 멈추고 말을 탄 두 기사의 반응을 살폈다. 진지하게 즐기는 듯 보였지만, 그녀는 사실 그때쯤에는 이미 농담도 시시해진 뒤였다. 농담에 물리고도 남을 12년의 시간이 있었다. 그리고 그녀는 피곤했고, 여전히 신에게 화가 나 있었다.

"음." 마침내 기사 하나가 말했다. "세상을 채우려면 별것이 다 있어야 하니까. 하지만 길을 잘못 드신 것 같습니다, 아가씨."

그가 진짜 방향을 의미했을 수도 있었다. 혹은 그녀의 삶의 방식을 의미했을 수도 있었다.

자이셸은 침묵을 지키며 기다렸다. 이윽고 두 번째 기사가 냉정하게 말했다. "여기가 어딘지 아시오? 자기가 어디에 있는지 알아요?"

"아니요." 그녀가 말했다. "제게 알려주신다면 정중한 친절이 되겠습니다."

첫 번째 기사가 미간을 찌푸렸다. "당신을 집에 계실 당신 아버지와 당신 남편과 당신 아이들에게 돌려보내는 것이 정중한 친절이겠지."

자이셸이 그에게 시선을 고정했다. 그녀는 한쪽 눈이 다른 쪽보다 약간 가늘었다. 그 탓에 그녀의 얼굴은 조롱하는 듯한, 익살맞은 느낌을 주었다.

"그렇다면, 나으리." 그녀가 말했다. "절 보내보세요. 어서요. 제가 간청하는 바입니다."

"나는 탑 왕국의 리니어요." 그가 말했다. "여자와는 싸우지 않소."

"싸워요." 그녀가 말했다. "지금 그러고 있잖아요. 성공적이지는 않지만요."

두 번째 기사가 씩 웃었다. 그녀가 미처 예상하지 못했던 반응이었다.

"자네가 졌어, 리니어. 그녀를 그냥 두게. 뒷받침해줄 실력이 없다면, 어떤 여자도 이 사람처럼 혼자 여행하거나, 이 사람처럼 입고 다니지 않아. 자이셀은 들으시오. 이 땅은 저주받았소. 당신도 봤겠지만, 이 땅은 생명력을 빼앗겼소. 이곳 마을에서는 여자와 짐승이 괴물을 낳소. 사람들은 이유 없이, 아니면 무슨 이유로나 병들어 쓰러지지. 이 땅이 자신의 것이라고 주장하는 한 연금술사가 있소. 모드라스라고, 마술사이자 신성하지 않은 옛 신들의 숭배자요. 이곳과 서쪽에 있는 탑의 왕국 사이에 그의 성 세 개가 딱지처럼 앉아 있었소. 그세 성은 더는 없소. 함락해서 남김없이 파괴했으니까. 마지막 네 번째 성이 여기, 북동쪽으로 1킬로미터 떨어진 곳에 있소. 안개가 걷히면 당신도 볼 수 있을 거요. 탑 왕국의 왕자님은 지상에서 모드라스의 모든 흔적을 지워버리고자 하시오. 우리는 왕자의 기사들이며, 네 번째 성을 다른 성들처럼 처리하라는 임무를 받고 이곳으로 파견되었소."

"그리고 성은 함락되지 않은 채 남아 있어." 리니어가 말했다. "우리는 몇 달째 역병이 도는 이 병든 황무지에 앉아 있고."

"누가 성을 방어하나요?" 자이셀이 물었다. "모드라스 본인이에요?"

"모드라스는 1년 전에 탑의 왕국에서 화형당했소." 두 번째 기사가 말했다. "그의 심부름 마귀, 또는 그의 저주가 신의 기사들에 대항해 그 성을 지키고 있지." 그의 얼굴은 창백하고 음울했다. 그 점에서는 두 기사가 정말 비슷했다.

하지만 리니어가 입을 벌리고 그녀에게 달콤하게 말했다.

"아가씨가 있을 곳이 아니야. 남자들만 있는 진영에다 말라비틀어진 땅에 귀신 들린 성이라고. 집에 가는 게 나을 거야."

"저는 말이 없어요." 자이셀이 침착하게 말했다. "하지만 한 마리를 살 돈은 있어요."

"우리한테 여분의 말이 있어요." 다른 기사가 말했다. "죽은 사람은 탈것이 필요하지 않으니까. 저는 카산트라고 합니다. 제 뒤에 올라타시면 숙영지까지 모셔드리죠."

안장과 짐을 어깨에 짊어지고도 그녀는 가볍게 훌쩍 말에 뛰어올랐다.

그녀를 지켜보던 리니어는 코웃음을 쳤고, 매혹되었다.

말이 안개의 호수 속으로 나아가는데 리니어가 가까이에서 말을 몰며 중얼거렸다. "조심해, 아가씨. 여기 마을의 여자들은 병적인 데다 몹시 비위에 거슬려. 그래서 다들 오랜만에 진짜 여자를 보는 거라 기사의 명예 따윈 아무도 염두에 두지 않을걸. 하지만 뭐, 강간은 자주 당했을 테니."

"한 번." 그녀가 말했다. "10년 전이었죠. 그게 그가 마지막으로 본 재미였어요. 죽은 이에게 경의를 표하기 위해 제가 직접 못자리를 팠지요." 그녀가 리니어와 시선을 맞추고는 부드럽게 덧붙였다. "그리고 그 지역에 갈 때마다 그 묘지에 가서 침을 뱉어줘요."

*

아래쪽의 안개는 비탈에서 짐작했던 것보다 더 짙었다. 마을에서는 많은 것들이 숨겨져 있었는데, 아마 늘 그랬을 듯했다. 오두막들 사이 갈림길에서 그녀는 머리가 두 개 달린 암소로 보이는 그림자 같은 짐승을 밧줄로 끌고 가는, 등이 굽은 쓸쓸한 여자의 모습을 얼핏 본 듯도 했다.

그들은 나무들 사이를 달려 반대쪽으로 나갔고, 탑의 왕국 숙영지가 하나씩 안개 속에서 드러났다. 피 얼룩이 진 길고 가는 붉은 깃발들이 축 늘어져 있었다. 희미한 윤곽만 보이는 천막들에 새겨진 선명한 문장(紋章)들만이 흐릿한 세상을 꿰뚫었다. 말뚝에 매인 말들이 용이 내뿜는 연기 같은 입김을 내뿜었다. 투창기 두 문이 설치돼 있었다. 바퀴에 올라앉은 청동 포신이 땀을 흘렸고, 옆에 투창이 쌓여 있었다. 화약통들은 상어 가죽에 싸여 있었지만 아마도 습기를 먹었을 듯했다.

그때 갑자기 안개가 걷혔다. 야영지에서 북동쪽으로 2백미터쯤 시야가 열리면서 마법사이자 연금술사였던 모드라스의 성이 드러났다.

철회색 하늘을 배경으로 우뚝 선 성은 황량하고 기묘했다. 성의 아랫부분은 원뿔형 언덕의 천연 바위를 깎아낸 것이었다. 이것이 뻗어 올라 하늘로 치솟은 엄청난 벽이 되고 또 옆으로 뻗은 무수한 탑이 되어, 제멋대로 이상하게 자란 생물이 화석이 된 것처럼 보였다. 포장도로 한 줄기가 언덕을 쑥 올라가 강철 문으로 가로막힌 아치형 입구 밑으로 사라졌다.

성의 흉벽이나 지붕에서는 아무런 움직임이 감지되지 않았다. 펄럭이는 깃발도 없었다. 그 성은 무덤 같은 기운을 풍겼다. 하지만 그게 꼭 죽은 자의 무덤이리라는 보장은 없었다.

시체 안치소 같은 느낌은 숙영지 쪽이 더했다. 어느 기울어진 막사에서는 신음이 새어 나왔다. 천막 밖 사람들은 생기 없이 불가에 쪼그려 앉아 있었다. 조리용 냄비들과 무더기로 쌓인 장비들이 그저 방치되고 있었다. 진홍색 대형 천막 옆에 기사 둘이 앉아 체스를 두고 있었다. 놀이는 산발적이고 폭력적이었으며, 주먹다짐으로 끝날 듯했다.

카산트가 탑의 왕국 표장인 금색 탑 세 개가 그려진 진홍색 대형 천막 옆 빈터로 말을 몰고 갔다. 남자애 하나가 말을 보살피러 달려오고, 카산트와 자이셀이 말에서 내렸다. 하지만 리니어는 말에서 내리지 않고 자이셀을 빤히 쳐다보았다. 그러더니 이내 왕의 사자처럼 널리 퍼지는 음성으로 외쳤다. "오라, 제군들이여, 신참을 환영하라. 용감무쌍한 기사, 반바지를 입은 처녀를."

사방에서 고개들이 번쩍 들렸다. 숙영지의 냉랭한 공기를 누르고 부루퉁한 관심이 피어올랐다. 병든 이들, 또는 처형 선고를 받은 이들이 발음도 분명치 않은 농담을 내뱉었다. 사람들이 파리한 불가에서 일어나 비틀거리며 다가오기 시작했다. 사나운 기사들이 하던 일을 멈추고 신성모독적인 욕설을 뱉으며 거만하게 건너다보았다.

"아가씨, 곤란한 일에 말려들게 됐군요." 카산트가 가엾다는 듯이 말했다. "하지만 공정하게 말해서, 그는 경고했어요."

자이셀은 어깨를 으쓱했다. 그녀는 오른발을 등자에서 빼 안장의 앞테에 걸어놓고 강청색 말 위에서 태연하게 뻐기고 앉은 리니어를 힐끗 쳐다보았다. 리니어가 여유롭고 악의적인 시선으로 그녀를 바라보았다. 자이셸은 허리띠에서 화려한 단검을 빼 그가 눈치채도록 일부러 도금한 손잡이를 번득이고는 홱 던졌다. 끝이 벌침처럼 날카로운 칼날이 공기를 가르며 날아가 그의 오른쪽 뺨을 덮은 머리카락을 잘랐다. 칼은 그녀가 노린 곳, 그의 뒤에 선 말뚝에 가서 박혔다. 하지만 리니어는 그녀의 의도대로 그 시늉에 속아 예쁜 얼굴을 구하려고 필사적으로 몸을 기울이다 등자를 딛은 한쪽 다리에 몸무게를 다 싣는 바람에 균형을 잃고 볼썽사납게 바닥에 철퍼덕 처박혔다. 그와 동시에 매우 놀란 말이 뒷다리로 일어섰다. 여전히 왼발이 등자에 걸린 채로 탑 왕국의 리니어는 뜨거운 모닥불 재 속으로 주르륵 끌려갔다.

왁자지껄한 소음이 일었다. 기쁨에 찬 비우호적인 환희였다. 병사들은 의지할 데 없는 여자만큼이나 재 속에서 노발대발하는 잘난 체하는 귀족도 조롱할 준비가 되어 있었다.

그리고 그 의지할 데 없는 여자는 아직 끝난 것이 아니었다. 리니어가 더듬거리며 검을 찾았다. 자이셸이 사자처럼 그를 훌쩍 뛰어넘으며 발로 그의 두 손을 찼다. 착지한 그녀는 그의 발을 등자에서 비틀어 빼 자유롭게 해주고는 말뚝으로 훌쩍 뛰어가 단검을 뽑아 들었다. 그러고는 짐을 바닥에 내려놓고 검을 뽑았다. 리니어가 일어서서 길고 흉악한 여섯 번째 손가락인 양 빛을 받아 매끈하게 번득이는 가는 검을 들고 석상처럼 고요하게 그를 기다리는 그녀를 주시했다.

갑자기 활기를 띤 숙영지가 웅성거리는 사이, 그는 잠시 머뭇거렸다. 그러고는 왼손을 검 손잡이로 가져갔다. 검이 칼집에서 3분의 2쯤 빠져나왔을 때 진홍색과 금색이 어우러진 대형 천막 입구에서 누가 크게 소리쳤다. "감히 여자한테 칼을 뽑다니. 리니어, 내가 직접 네놈의 가죽을 벗겨주겠다."

리니어가 헐떡거리며 검을 도로 칼집에 넣었다. 자이셸은 고개를 돌려 분노로 인해 방금 나선 천막처럼 얼굴이 붉어진 한 남자를 보았다. 잠자고 있던 그녀의 분노도 깨어나 이글댔다. 붉은 분노가 아닌 하얀 분노, 지겨운 분노, 차가운 분노였다.

"그가 살해될까 봐 걱정하실 필요는 없습니다, 나으리." 그녀가 말했다. "저는 그저 한번 살짝 베기만 하고 용서할 작정입니다."

탑의 왕국 숙영지의 얼굴 붉은 대장이 불길하게 찡그린 털북숭이 얼굴로 그녀를 내려다보았다.

"매춘부냐, 아니면 마녀냐?" 그가 소리쳤다.

자이셸이 냉담하게 말했다. "먼저 당신의 직함을 알려주시죠. 겁쟁이인가요, 아니면 얼간이인가요?"

꿀에 앉은 파리들처럼 침묵이 내려앉았다.

대장이 몸을 부들부들 떨었다.

"내 여태 매춘부와 맞닥뜨린 적이 없⋯." 그가 말했다.

"지금도 없을 겁니다, 신의 상처에 맹세코."

그의 입이 떡 벌어졌다. 그가 정신을 차리고 단호하게 물었다. "왜 겁쟁이고 왜 얼간이인가?"

"저를 웃기시려는 겁니까?" 그녀가 물었다. 그녀는 그에게 다가가 검 끝으로 그의 코앞에 섬세한 문양을 그렸다. 기특하

게도 마음을 가라앉힌 그가 의연한 태도를 고수했다. "겁쟁이
아니면 얼간이겠지요." 그녀가 그의 콧구멍 바로 앞에서 번득
이는 불의 선들을 그리며 말했다. "왜냐면 당신은 방어하는
사람도 없는 성을 차지하지 못하니까요."

그러자 반응이 있었다. 두툼한 손이 눈앞에서 검을 쳐내는
동시에 그녀의 손에서 빼내려는 의도로 휙 올라왔다. 하지만
그 검은 너무 빨랐다. 이제 검은 공중에 가로로 놓였고, 검 끝
이 잠시 그의 숨통 앞에서 움찔거렸다. 그러다가 검은 제 칼
집 속으로 돌아가고, 그의 앞에는 그저 미소 짓는 이상한 눈
매를 한 여자가 있었다.

"나는 너 같은 여자가 어떤지 이미 안다." 대장이 말했다.
"너는 분명 남자에겐 시련이고 하늘에겐 모욕이지. 그래도 나
는 네 모욕에 답하겠다. 모드라스 최후의 성은 그가 성을 지
키기 위해 사용한 몇 가지 마법으로 방어되고 있다. 지금까지
세 번 공격이 감행되었다. 결과는 직접 봐야겠지. 따라와라,
암늑대여."

그리고 그는 겹겹이 둘러싼 남자들이 터준 길로 성큼성
큼 걸어나갔고, 암늑대가 뒤를 따랐다. 아무도 그녀를 건드
리지 않았지만, 사태를 지켜보고도 아무것도 배우지 못한 바
보가 하나 있었다. 그의 갈비뼈를 타격한 그녀의 단검 손잡
이가 사슬갑옷과 셔츠를 뚫고 멍을 선사하며 그의 희롱에 고
통을 안겼다.

"여기다." 대장이 소리를 질렀다.

그가 검은색 천막의 입구를 휙 걷자 녹슨 침상에 누운 스

무 명의 남자와 이리저리 오가는 의사 두 명이 보였다. 어느 잔인한 전투의 희생자들이었다. 자주 보던 모습이지만, 그런 장면은 반복될수록 메스껍기는 덜해도 섬뜩하기는 더했다. 입구 가까운 곳에 그녀보다 어린 소년이 열에 들떠 끔찍한 꿈을 꾸면서 소리를 지르고 있었다. 자이셸이 미끄러지듯 천막 안으로 들어섰다. 그녀는 얼음처럼 찬 손바닥을 소년의 이마에 얹고 사나운 열이 타오르는 것을 느꼈다. 하지만 그녀의 손길에 적어도 그의 꿈은 진정되는 듯했다. 소년이 점차 조용해졌다.

"다시 봐도." 그녀가 부드럽게 말했다. "겁쟁이거나 얼간이로군요. 그리고 이들은 겁 또는 무능의 제단에 바쳐진 희생제물이고요."

아마도 대장은 그렇게 무자비한 시선을 받아본 적이 없었을 것이다. 아니면, 어린 여자의 매끈한 눈꺼풀 사이에서 쏟아지는 그처럼 불가해한 시선은.

"마법이다." 그가 퉁명스럽게 말했다. "그리고 요술이야. 그 앞에서 우린 무력했다. 너, 여장부, 술은 마시나? 그래, 분명 마시겠지. 그럼 내 천막으로 가서 술 한잔하면서 자초지종을 설명해주도록 하지. 네가 그럴 값어치가 있어서가 아니야. 하지만 넌 엎친 데 덮친 격으로 우리에게 날아온 마지막 한 방이지. 다른 무엇보다 부당한 건, 그걸 날린 게 '여자'란 거고."

갑자기 그녀가 그를 향해 웃음을 터뜨렸고, 분노는 바닥이 났다.

＊

붉은 천막 안으로 붉은 포도주와 붉은 고기가 들어왔다.
탑 왕국 숙영지의 일곱 기사 전부가 참석했고, 그중에는 카산
트와 리니어도 끼어 있었다. 바깥에서는 그들의 부하들이 계
속 모닥불에 둘러앉아 있었다. 북방의 여름 하늘은 견고한 눈
(雪) 같은 빛이 발하고, 음울한 노래가 시작됐다가, 되풀이되
고, 또 되풀이되었다.

기사들의 대장이 아까 산비탈에서 카산트가 자이셀에게
상세히 말해준 이야기를 되풀이했다. 세 성이 파괴되었고, 마
지막 성이 알고 보니 난공불락이었다는 이야기였다. 퉁명스
럽고 호전적인 대장은 초자연적인 사항들을 설명하기 어려울
때마다 자기 술잔에다 대고 으르렁거렸다.

"그 성벽을 세 번 공격했다. 몬토브가 첫 공격을 이끌었지.
그는 죽었고, 쉰 명의 병사가 그와 함께했다. 무엇 때문이었
을까? 우리는 흉벽에 선 사수를 보지 못했고, 투창이 발사되
지도 않았고, 화살도 없었어. 하지만 사람들이 우수수 땅에
쓰러져서는 피를 흘리고 죽었지. 마치 우리보다 수가 두 배
는 많은 군대가 눈에 보이지 않게 와서 그들을 사로잡은 듯이
말이야. 두 번째 공격은 내가 이끌었다. 내가 탈출한 건 기적
이었지. 내가 본 어떤 이는 멀리서 쏜 석궁 화살에 맞은 듯이
사슬갑옷이 쪼개졌어. 그는 비명을 지르며 말에서 떨어졌고,
끔찍한 상처에서 피가 분수처럼 솟았지. 가까이에는 나, 그의
대장 말고는 아무도 없었다. 어떤 무기나 사수도 보이지 않

았어. 세 번째 공격은, 계획했지만 수행하지는 않았다. 우리가 급경사지에 다다르자, 병사들이 낫으로 벤 알곡처럼 쓰러지기 시작했어. 우리가 퇴각한 것에 부끄러움은 없다. 또 다른 일도 있지. 죽은 몬토브의 부하인 용감한 바보 셋이 몰래 일을 꾸미고는 지난달에 밤을 틈타 그 성벽을 넘어 들어갔다. 보초병은 그들이 안에서 사라진 것 같다고 했어. 그들은 공격당하지 않았다. 돌아오지도 않았지."

천막 안에는 오랜 침묵이 이어졌다. 자이셀이 힐끔 시선을 들다가 대장의 노기등등한 시선과 마주쳤다.

"그럼 탑의 왕국으로 돌아가요." 그녀가 말했다. "더 할 일이 뭐가 있어요?"

"여자한테서 무슨 다른 의견을 기대하겠어?" 리니어가 불쑥 말했다. "우리는 남자야, 아가씨. 우리는 그 바윗덩어리를 손에 넣든가 아니면 죽음뿐이야. 아가씨, 명예라는 게 있어. 네가 태어난 매음굴에서는 그런 거 들어본 적 없어?"

"포도주를 너무 많이 드셨군요, 나으리." 자이셀이 말했다. "하지만 어쨌든 좀 더 드시죠." 그녀가 자기 컵에 든 술을 정확하고 신중하게 그의 곱슬곱슬한 머리에 부었다. 두세 명이 이 진기한 사건을 즐기며 폭소를 터뜨렸다. 리니어가 벌떡 일어섰다. 대장이 허물없이 나무랐고, 리니어는 다시 자리에 앉았다.

포도주가 장밋빛 시냇물이 되어 그의 잘생긴 이마를 가로질렀다.

"정말이지, 대장께서는 마땅히 저를 꾸짖으시고, 암늑대께서는 마땅히 제게 경멸을 성유처럼 바르십니다. 우리는 이 여자가 말한 대로 겁쟁이들처럼 여기에 앉아 있습니다. 성을 차지할 한 가지 방법이 있습니다. 도전이죠. 신과 악마의 일대일 결투. 모드라스의 유령이 이걸 거부할 수 있을까요?" 리니어는 이제 정확한 동작으로 일어섰다.

"넌 취했어, 리니어." 대장이 딱딱거렸다.

"못 싸울 만큼 취하지는 않았습니다." 리니어가 입구로 가서 섰다. 대장이 으르렁거렸다. 리니어는 그저 고개만 숙일 뿐이었다. "저는 기사입니다. 제게 명령을 내리시는 건 지금까지만입니다."

"너 이 바보…." 카산트가 말했다.

"맞아, 그래도, 나는 내 식의 바보지." 리니어가 말했다.

기사들이 일어서서 그의 출정의 목격자들이 되어주었다. 그들의 눈에는 존경과 슬픔, 공포가 어른거렸고, 그들의 신경질적인 손가락은 보석과 포도주잔과 체스 말들을 만지작거렸다.

바깥에서 음울한 노래가 시작되었다. 리니어가 말과 전투 장비를 가져오라고 소리치고 있었다.

기사들이 천막 입구에 몰려서서 리니어가 무장하는 것을 지켜보았다. 대장도 친히 몸을 일으켜 그들에 합류했다. 마치 신성한 의식이 치러지는 듯, 더는 어떤 만류도 시도되지 않았다.

자이셀이 천막을 나섰다. 마치 그들을 가두려는 듯이 빛이 더 흐려지고 있었다. 붉은 모닥불들, 붉은 깃발들, 다른 어떤 색도 그 어둠침침함을 뚫을 수 없었다. 리니어가 체스 말처럼, 안개 낀 체스판 위에서 성에 대항하여 움직이는 순결한 기사처럼 깎은 듯한 모습으로 말 등에 앉았다.

말이 안절부절못하면서 덜덜 떨었다. 자이셀이 어지러이 엉킨 끈과 쇠죔 틈으로 말의 코를 가만히 쓸어내렸다. 그녀는 위에서 우쭐대는 리니어를 쳐다보지 않았다. 그녀에게는 그 궁지 밑에 도사린 공포가 너무나 선연하게 느껴졌다.

자이셀이 그에게 부드럽게 말했다. "제가 당신의 남성성을 모욕했다고 생각해서 죽음의 품속으로 달려들지는 마세요. 사소한 죄악에 비해 너무 큰 정화의식이에요."

"여자는 꺼져." 리니어가 그녀를 조롱했다. "신이 만드신 대로 가서 애나 낳아."

"신은 죽으라고 당신을 만드신 게 아니에요, 탑 왕국의 리니어."

"그 점에서는 네가 틀렸을 거야." 그가 난폭하게 말하고는 말을 홱 돌려 떠났다.

리니어는 숙영지를 나와 평원을 가로질러 바위성 쪽으로 말을 달렸다. 전령이 달려 나와 뒤를 쫓았지만, 신중하게 몇 미터 거리를 유지했고, 나팔을 불었을 때는 음이 들쭉날쭉했다. 전령의 말이 그 소음을 듣고 뒷걸음질을 쳤다. 하지만 리니어의 말은 질주의 끝에 있을 거대한 도약을 준비하기라도 하듯 온 힘을 다해 달렸다.

"그는 미쳤어. 죽을 거야." 카산트가 중얼거렸다.

"그리고 제 잘못이고요." 자이셀이 답했다.

겹겹이 늘어선 관찰자들 사이에 공포에 질린 낮은 신음이 떠돌았다. 거대한 성 입구의 강철 문이 느릿느릿 양옆으로 열렸다. 아무것도 뛰어나오지 않았다. 오히려 그건 분명한 초대였다.

누군가가 멀리 회색 땅 너머에 있는 리니어에게 소리를 질렀다. 몇몇이 목청을 높였다. 갑자기 탑 왕국 진영의 세 막사가 전부 울부짖었다. 귀족을 조롱하는 건 조롱하는 거지만, 그 귀족이 자기 발로 죽으러 가는 걸 보는 건 또 다른 문제였다. 그들은 명예보다 이성을 선택하라고 간청하며 목이 쉬도록 소리를 질렀다.

자이셀은 한마디도 하지 않고 그 광경에 등을 돌렸다. 카산트가 욕을 내뱉는 소리를 듣고 리니어가 그 강철 입구로 곧바로 뛰어들었다는 걸 알았다. 소란하던 외침 소리가 숨소리와 저주의 말들로 사그라들었다. 그때 그 지옥의 입구에서 강철 문짝이 닫히며 서로 부딪치는 철컹 소리와 진동이 전해졌다.

지금 그가 무엇과 대면하고 있는지 알 방도가 없었다. 아마 승리를 거두고 영광스럽게 다시 나타나리라. 어쩌면 모드라스 성의 재앙은 쇠했거나, 아예 존재하지도 않았으리라. 그건 환상이었다. 아니면 거짓말이거나.

그들은 기다렸다. 병사들이, 기사들이. 그리고 여자가. 차가운 바람이 일어 깃털 장식과 깃발과 곱슬곱슬한 긴 머리들을 스치고, 말 굴레에 달린 종들과 자이셀의 왼쪽 귀에 달린 금 초승달과 손목을 덮은 섬세한 레이스와 다른 이들의 손목을 덮은 거품 같은 레이스들을 흔들었다.

하얀 태양이 서쪽으로 기울어 흐려지더니 사라졌다. 하늘에는 우유에 끼는 더께 같은 구름이 생겼다.

어둠이 슬금슬금 네 발로 기어들었다. 안개가 피어올라 성의 모습을 가렸다. 모닥불들이 타오르고 말들이 제 말뚝에 매인 채 기침을 했다.

늪지, 안개, 아니면 썩어가는 희망 같은 축축한 부패의 냄새가 났다.

키가 그녀의 팔꿈치에나 미칠까 싶은 이름이 기억나지 않는 어린 기사가 있었다. 그가 그녀의 얼굴에다 붉은 호박(琥珀)으로 만든 체스 말을 불쑥 들이밀었다.

"흰 여왕이 붉은 기사를 잡았어." 그가 씩씩거리며 말했다. "그러고는 그를 상자에 넣지. 뚜껑을 닫아. 여기 북방에서 보는 훌륭한 체스 경기야. 성은 난공불락이고 여왕에겐 암캐들이 있지. 신의 기사들에겐 시체들만 가득해."

자이셀이 빤히 내려다보자 어린 기사가 자리를 떴다. 곁눈으로 힐끗 보니 카산트가 눈물을 흘리고 있었다. 한 번에 한 방울씩 흘리는 알뜰한 눈물이었다.

＊

안개와 어둠을 틈타 보초병들을 지나는 일은 식은 죽 먹기였다. 당연하게도 그들은 외부를 경계하지 숙영지 자체를 경계하지는 않았다. 하지만 그래도 너무 쉬웠다. 기율이 느슨했다. 명예가 전부가 되었지만, 명예만으로는 충분치 않았다.

하지만 그녀를 내몬 것도 명예였고, 그 점에서는 그녀도 면역이 되어 있지 않았다. 이 서글픈 지역에 대한 면역도 없었다. 그녀는 느낄 필요가 없는 죄책감으로 가득했고, 상호 혐오와 불신, 그리고 몇몇 짧은 언어적 습격과 더 짧은 분노의 행위밖에 나눈 적이 없는 남자에 대한 후회로 가득했다. 리니어는 자신이 용감하다는 걸 보여주려고, 그녀를 부끄럽게 하려고 제 몸을 저 성에 내던졌다. 그녀는 마땅히 부끄러워졌다. 따라서 자신도 그 성에 침입해야 할 듯한, 그래서 그 사악한 비밀을 캐내야 할 듯한 압박을 느꼈다. 할 수 있으면 그를 구하고, 아니면 그의 복수를 해야 한다는 압박이. 그리고 성이 그녀를 이기면, 죽는다? 아니었다. 무엇보다 이상한 것이 이것이었다.

뼛속 깊은 어디에선가 자이셀은 모드라스의 성이 그럴 수 있다고 믿지 않았다. 무엇보다, 그녀 자신과 자신의 목표를 노리는 사람들과 사건들, 그리고 운명 그 자체의 끊임없는 연속 속에서 평생을 살았다. 첫 생리혈이 비쳤을 때부터, 나이 열두 살에 정해진 첫 남편이 될 사람, 첫(그리고 마지막) 강간, 검술을 배우겠다는 그녀를 조롱하다가 나중에는 그녀에게 내깃돈을 걸었던 첫 검술 선생까지… 그녀의 앞길을 막아서는 용맹한 사람들이 너무 많았다. 그리고 그녀는 체계적으로 하나씩 극복해왔다. 그때나 지금이나 절대 인정하려 들지 않았기 때문이었다. 그런 운명이 바뀌지 않는다는 말을, 또는 정복할 수 없다고 이름 붙인 것들이 정복될 수 없다는 말을.

그렇다면 모드라스의 성은 그저 내던져져야 할 또 하나의 상징일 뿐이었다. 그리고 그녀의 몸 여기저기서 느껴지는 고통스럽고도 달콤한 공포의 울림은 여느 전투를 앞두고 느꼈던 것과 별반 다를 바 없었고, 욱신거리는 오래된 흉터처럼 간단히 무시할 수 있는 정도였다.

그녀는 연기 같은 안개를 틈타 소리 없이 평원을 걸었다. 왼쪽 뒤춤에는 검, 오른쪽 뒤춤에는 단검이 있었다. 안장과 짐은 잠자리 담요 밑에 놓아둔 채였다. 어느 색골 같은 놈이 그녀의 잠자리를 넘봤다간 제법 놀랄 것이다. 그런 일만 아니면, 그들은 그녀가 사라진 걸 통틀 때까지 모를 것이다.

포장도로가 1미터쯤 앞으로 다가오자 안개가 걷혔다.

그녀는 잠시 걸음을 멈추고 잔뜩 흐린 검은 하늘로 쏟아지듯 치솟은 괴상한 건물을 곰곰이 살폈다. 이제 성은 선택할 수 있었다. 도전자 리니어에게 한 것처럼 초대하듯 입을 벌리거나, 아니면 그녀가 입구 위로 20미터쯤 솟은 성벽을 타도록 버려두거나.

강철 문이 닫힌 채 꿈쩍하지 않았다.

그녀는 포장도로를 따라 올라갔다.

위를 올려보자니, 괴팍한 탑들이 비틀거리고 흔들리는 듯했다. 분명 어떤 사악한 분위기가, 꿰뚫을 수 없는 끈덕진 미움의 분위기가 있었다.

어둠의 주교에 대항하는 흰 여왕.

여왕이 탑을 잡는 건 고대의 승부에선 드문 방식이었다.

저 성벽.

석벽의 돌은 돌출했고, 석조물은 금이 가고 튀어나왔다. 잡초도 자라고 있었다. 누구든 기어오르려는 사람에게 이 성벽은 선물과도 같았다. 활짝 열린 문과 마찬가지로 그 성벽도 악의적인 농담을 품고 있었다. '들어와, 어서. 환영해. 안으로 들어와서 어디 한번 엿 돼보시지.'

그녀는 훌쩍 뛰어 성벽을 붙잡고 오르기 시작했다. 백 그루의 나무를 타고, 좀 덜 도도한 다른 성벽들을 타고, 5년 전에는 어느 절벽을 타면서 익힌 유연한 수족과 민첩함이었다. 자이셀은 고양이처럼 수직 건물들을 획획 오를 수 있었다. 그녀는 사실 모드라스의 성벽이 내미는 세심한 도움이 전혀 필요하지 않았다.

그녀는 금방 외부 흉벽에 다다라 안을 들여다보았다. 이 방벽 너머엔 격벽과 중앙 방어탑이 있는 안마당이 있겠지만, 온통 칠흑처럼 어두워서 분간하기가 어려웠다. 작은 탑들과 구부러진 능보의 형상만이 하늘을 배경으로 칼로 자르듯이 선명하게 보였다. 앞서와 마찬가지로, 그녀는 성장하는 생물과 화석화를 생각했다.

천을 찢는 소리가 들렸다. 실제로는 대기를 찢는 소리였다. 자이셀이 몸을 던져 넓은 흉벽에 납작 엎드리자, 뭔가가 그녀의 목덜미를 스치며 밤 속으로 질주했다. 투창이 떠올랐다. 아니면 북방에서 쓰는 백조 깃털을 붙인 더 두꺼운 화살이거나. 감지력이 없을 텐데도 그건 심장을 겨냥했고, 능히 심장을 조용하게 만들 수 있을 만했다.

그녀는 재빨리 흉벽 너머로 몸을 기울여 손가락으로 매달렸다가 2미터쯤 아래에 있는 어느 평평한 곳으로 뛰어내렸다. 막 바닥에 닿는 순간 대기를 찢는 소리가 다시 들렸다. 어떤 손이 난폭하게 그녀의 팔을 잡아당겼다. 암흑 속에서 거의 보이지 않는 너덜너덜한 레이스가 흘깃 보였다. 손목 위쪽의 사슬갑옷이 뜨거워졌다.

거의 앞을 못 보는 상황에서 그녀를 빠져나오게 만드는 어떤 힘이 있었다. 하지만 그 힘은 닥치는 대로 부정확하게 공격하고 있는 듯도 했다. 그녀는 다시 납작 엎드려 계단을 향해 기어갔다.

계단을 내려가는 그녀는 완벽한 과녁이 될 터였다. 상관없었다. 그녀의 두 번째 검술 선생은 곡예에 일가견이 있었다.

자이셀은 몸을 공중으로 띄우고는 계단 가장자리가 어디쯤일지 가늠한 다음 대담하게 불규칙한 공중제비를 세 번 돌아 마지막에는 몸을 둥글게 말아 구르면서 안마당에 안착했다.

몸을 펴는데 문득 희미한 빛이 보였다. 그녀는 그것을 맞이하려 검과 단검을 빼 들고 홱 돌아섰다가 제자리에 우뚝 섰다. 심장이 덜컥 내려앉고, 속에 든 것들이 위로 솟구쳤다.

그 빛은 마법보다도 나쁜 것이었다. 계단 아래 허물어진 창고에 반쯤 처박혀 썩어가는 시체가 있었다. 부패하는 사체의 찌꺼기가 인광을 발했고, 알고 나니 더욱 심해지는 듯한 참을 수 없는 악취가 뒤따랐다. 그리고 그 옆에 다른 뭔가가 있었다. 시체 옆 돌벽에 새긴 것이 분명한 글귀가 죽은 살의 요망한 빛을 받고 있었다. 그러지 말아야지 하면서도, 그걸 살펴보지 않을 도리가 없었다. 영락없는 성직자풍 달필로 이렇게 적혀 있었다.

'모드라스가 나를 살해했다.'

몬토브의 수하 중 하나였다.

자이셀에게 경고 신호를 준 건 전사의 일곱 번째 감각뿐이었다. 그녀가 고개를 움츠리고 검을 위로 휘두르면서 휙 달려나가자 엄청난 타격이 칼날에 가해지면서 진동이 팔을 통해 가슴과 어깨로 퍼져나갔다. 보이지 않는 엄청난 타격이었다.

머릿속에서는 생각이 들끓었다. '볼 수 없는데 어떻게 싸우지?' 그러고는 필연적으로 따라오는 두 번째 생각. '난 늘 그런 식으로 싸워왔어. 추상적인 것들과 말이야.' 그리고 바로 그 순간, 흉악한 비실체의 치명적인 일격을 피하려 구르는 순간, 자이셀은 보지 못해도 '느낄' 수 있음을 깨달았다.

스무 번은 족히 될 듯한 공격이 연이어 그녀의 검을 강타하며 주변의 돌벽을 깨나갔다. 그녀의 팔은 감각을 잃다시피 했지만, 잘 준비된 데다 전투 기계의 역할에 순종적이라 계속해서 받아넘기고 찌르고 비껴내고 밀어냈다. 그리고 그녀는 눈을 거의 감은 채 본능을 통해 세밀하게, 벼랑 끝에서 춤추는 정도의 정확도로 주변을 보았다. 그녀는 팔을 쭉 뻗어 검을 내지르면서 몸으로 돌진했고, 강철의 양쪽을 압박하는 덩어리 같은 것을 느꼈다. 그리고 즉시 머리가 깨질 것 같은 비명이 이어졌다. 죽어가는 목구멍에서 나오는 저항의 목소리라기보다는 공기주머니에서 한꺼번에 터져 나오는 숨소리에 가까웠다.

길이 열렸다. 자이셀은 그것도 느꼈다. 그녀는 상체를 숙이고 방어용으로 검을 빙글빙글 돌리면서 앞으로 뛰쳐나갔다. 문간이 새로 나타났다. 중앙 수비탑으로 통하는 문이 빗장이 풀린 채 활짝 열려 있었다. 자이셀은 그 문을 지나자마자 훌쩍 건너뛰어야 했다. 희미한 빛, 악취를 풍기는 해골. 이번에는 돌바닥에 그 우아한 글씨가 새겨져 있었다.

'모드라스가 나를 죽였다.'

"모드라스!" 자이셀은 훌쩍 건너뛰며 소리쳤다.

그녀는 넓고 텅 빈 중앙 수비탑 안에 서 있었다. 거대한 암흑 속에서 그녀의 온몸을 질주하는 피가 시신경 원판에 부딪치며 던지는 색깔들이 반짝거리고 불타오르고 번득였다.

그때 어둠이 비명을 질렀다. 끔찍하게 파괴적인 음들이 지붕이 무너진 것처럼 불협화음의 눈사태로 몰려왔다. 자이셀은 심장이 한 번 박동하는 사이에 상황을 파악하고, 파괴력에서는 눈사태에 못지않은 힘으로 밀어닥치는 파괴의 경로를 피해 몸을 던졌다. 그녀가 수비탑 벽에 등을 부딪치며 멈추자 그녀 덕분에 마법에서 벗어난 비명을 지르는 악몽, 리니어의 말이 문을 훌쩍 넘어 안마당으로 뛰쳐나갔다.

숨을 들이마시며 조용히 누운 그녀의 팔에 무언가 움직이는 기척이 느껴졌다. 팔을 홱 잡아 빼고 검을 들고 보니 부러진 기둥의 둥기 같은 것에 희미한 빛을 내는 몬토브의 마지막 병사가 늘어져 있는 게 보였다. 등불이었다. 눈 안을 순환하는 피가 만들어주던 번득임이 사라진 그녀에게 그가 불빛을 비춰주었다. 그래서 그녀는 한 발자국도 떨어지지 않은 곳에 대자로 뻗어 있는 탑 왕국의 리니어를 볼 수 있었다.

그녀는 무릎을 꿇고 정신을 집중하며 주변의 흐름을 감지해보았다. 그녀는 놀고 싶어 하는, 다시 고삐를 조이기 전에 풀어주고 즐기려는, 고양이의 앞발 같은 흔쾌함을 읽어냈다.

시체가 ('모드라스가 나를 죽였다'가 기둥에 새겨져 있었다) 리니어의 이마에 찍힌 표식을 볼 수 있도록 더 밝게 빛나는 듯했다. 빗나간 투창에 스친 멍 같았다. 앞서는 포도주가 뚝뚝 떨어지던 곳에서 피가 뚝뚝 떨어졌다. 눈꺼풀이 움찔거리고, 가슴이 얕게 오르내렸다.

자이셀은 몸을 숙여 속삭였다. "그럼 당신은 살았군요. 당신의 운은 제 계산보다 상냥하네요. 도륙당하는 것보다는 기절하는 게 낫지요. 그리고 모드라스의 마법은 당신이 다시 일어서기를 기다리고 있어요. 당신이 모르는 사이에 죽이고 싶지 않은 거예요. 시간과 에너지를 더 써가며 당신을 죽이고 싶어 해요. 불공평하고 부당하게요."

그때 아무 전조도 없이 공포가 기둥들이 늘어선 텅 빈 모드라스 성의 중앙 수비탑을 채웠다.

수백, 수천 개의 소용돌이치는 강철 조각이 무(無)를 난자했다. 아무것도 보이지 않는 둥근 천장에서 칼날들이 내리 덮치고 스치고 비명을 질렀다. 자이셀은 죽음의 바다에 갇혔다. 죽음의 파도가 그녀를 덮치고, 옆으로 갈라졌다가, 더 큰 파도를 맞아 부서졌다. 그녀는 수비탑 한쪽 끝에서 훌쩍 튀어 다른 쪽 끝에 도달했다. 새 떼의 부리에 쪼이듯이 손과 뺨이 마구 베였다. 긁히는 정도였지만, 끈질겼다. 그녀가 마구 휘두르던 검이 진흙 같기도 하고 가루 같기도 한 물질을 아주 깊숙이 베었다. 인간에 가까운 목소리들이 비명을 질러댔다.

보이지 않는 형체들이 비틀거리며 돌아다녔다. 하지만 무수히 쏟아지는 끈질긴 쪼기 공격이, 할퀴기 공격이 이쪽으로 가도 저쪽으로 가도 기둥에 숨어도 부서진 돌벽을 타도 아래로 가도 위로 가도 그녀를 휘감은 채 멈추지 않았다. 그리고 그녀는 공포에 질렸다. 공포에 질린 채 싸웠다. 공포가 그녀에게 기적 같은 기술을, 묘기를, 미친 듯이 솟구치는 살고자 하는 의지를 주었다. 그녀는 공포가 빌려준 새되고 격한 외침과 함께 단검과 검으로 암흑을 베고 또 베었다.

갑자기 자이셀은 더 싸울 수가 없게 되었다. 손발이 녹았고, 공포도 같이 녹아서 비참한 소진과 수용과 체념이 뒤엉킨 더 나쁜 상태가 되었다. 그녀의 정신은 가라앉았고, 그녀도 가라앉았고, 이쪽 손에서는 검이, 저쪽 손에서는 단검이 가라앉았다. 물에 잠기면서 그녀는 고집스레 생각했다. 적어도 싸우다 죽자. 하지만 그녀에겐 남은 힘이 없었다.

그러다 그녀는 공격이 중단되었다는 사실을, 사방이 고요해졌다는 사실을 서서히 깨달았다.

그녀는 쓰러질 때 앞을 가로막고 있던 똑바로 선 돌덩이 같은 것에 반쯤은 기대듯이 의지하며 비틀거리며 일어섰다. 둔하게, 그녀의 정신은 잘 풀리지 않는 역설과 씨름했다. 그녀는 그림자들과 싸웠다. 다른 이들은 즉각 살해한 그림자들이 자이셀은 살해하지 않았다. 그녀가 게임을 의도했던 건 분명하지만, 게임치고는 너무 오래갔다. 줄곧 진지하게 게임에 임했던 그녀도 이제는 끝났다. 이 성의 학살 장치가 그녀를 죽여야 하는데, 죽이지 않았다. 현기증 나는 의문이 냉소적으로

떠올랐다. '나, 마법에 걸린 거야?'

빛이 있었다. 몬토브의 병사들이 내뿜는 인광이 아니었다. 그 비참한 고장이 낮에 보여주는 색깔의 빛, 누르스름한 눈(雪) 같은 파란 빛이, 잿빛 은색이 난데없이 기둥들 위로 안식일 달처럼 떠올랐다.

자이셀은 그 안에 얼굴이 하나 떠 있는 걸 알아차렸다. 의심할 여지가 없었다. 그건 틀림없이 불에 탄 모드라스의 얼굴이었고, 위협적인 효과를 내려고 지옥에서 휴가를 얻어 온 그 영혼에게 남은 악의적인 마지막 잔재였다. 사람보다는 해골에 가까웠다. 눈구멍이 희미하게 빛났고 입은 심한 고통을 참는 듯이 꾹 다물었다.

해골이 혐오와 반감과 공포를 띠고 그녀를 유심히 살펴보았다. 그 얼굴은, 괴상한 일이지만, 그녀에게 아래를 보라고, 힘없이 기대고 있는 돌덩이를 보라고 지시하는 듯했다.

그리고 그 얼굴의 어떤 부분이 어이없게도 우스워서 그녀는 몸을 흔들며 폭소를 터뜨렸고, 몸을 부들부들 떨면서 웃었다. 그녀는 보기도 전에 알았다.

빛은 잠시 후에 꺼졌다.

그러고는 성이 우르릉 소리를 내며 사방에서 무너지기 시작했다. 그녀는 사무적으로, 의식을 잃은 리너어에게 자기 몸을 포개 폭포처럼 떨어지는 화강암들로부터 그를 보호했다.

✳

폐허와 탑 왕국의 숙영지 딱 중간쯤에 있는 싸늘한 물웅덩이에서 자이셀이 리니어의 이마를 씻겨주었다. 그는 고마워하지 않았다.

근처에서 말이 인색한 잡초를 핥았다. 안개는 물러났고, 장밋빛 진홍색 태양이 수평선 위로 피어나고 있었다. 백 미터쯤 떨어진 숙영지에서는 엄청난 소란의 흔적이 엿보였다. 리니어가 그녀에게 욕설을 내뱉었다.

"웬 매춘부가 모드라스의 마법을 깼다는 걸 내가 어떻게 믿어? 나한테 그딴 허튼소리 하지 마."

"너무 심하게 괴로워하는군. 여느 때와 마찬가지로, 여자라면 누구나 이렇게 할 수 있었을 거야. 하지만 여전사는 드무니까." 간밤의 사건들로 참을성을 갈고 닦은 자이셀이 말했다.

"필요한 숫자보다 딱 한 명이 더 많지."

자이셀이 일어나 성큼성큼 걷기 시작했다. 리니어가 쉰 목소리로 그녀를 불렀다.

"기다려. 그 돌에 뭐라고 적혀 있었는지 다시 말해봐."

그녀는 등을 돌린 채 걸음을 멈췄다. 아주 잠깐, 찡그리듯이 웃은 다음 그녀가 말했다. "나, 모드라스는 이 성으로 하여금 내 영원한 죽음을 분배하도록 하나니, 어떤 남자도 상하지 않고는 그 성벽에 닿지 못하고, 어떤 남자도 그 안에 들어와 오래 살지 못하며, 세상이 끝날 때까지 어떤 남자의 손에도 함락되지 않으리라."

리니어가 욕설을 뱉었다.

그녀는 아무 대꾸 없이 계속 걸었다.

이윽고 그가 그녀를 따라잡더니 나란히 걸으며 말했다. "건방진 아가씨, 네 생각에 그런 식으로 여자를 배제하는 바람에 성취하지 못한 다른 예언들이 얼마나 많을 거 같아?"

"하늘에 뜬 별만큼 많겠지." 자이셀이 말했다.

시무룩하게, 하지만 더는 따지지 않고, 리니어가 그녀를 숙영지까지 호위했다.

타니스 리

Tanith Lee, 1947~2015

타니스 리는 매우 존경받는 영국의 과학소설 및 공포, 판타지 작가로 90편이 넘는 장편과 300편 이상의 단편을 발표했다. 오랫동안 〈기묘한 이야기들〉 잡지에 정기적으로 작품을 발표했으며, 세계판타지문학상과 영국판타지문학상, 네뷸러상 등을 여러 차례 수상했다. 〈북방 체스〉는 전통적인 '검과 마법' 설화가 어떻게 신선하고 전복적인 구조로 변주될 수 있는지, 그리고 해당 장르에서 그때까지 볼 수 없었던 강한 여성 캐릭터의 초기적 형태를 그려내는 무대가 될 수 있는지 보여주는 훌륭한 사례이다. 1979년 《악령으로서의 여성》에 처음 발표되었다.

카린 티드베크

Aunts

숙모들

어떤 곳에서는 시간이 이따금 나타나는 희미한 현상이다. 누군가가 시간이 지났다고 주장하지 않으면 시간은 지나가지 않거나 부분적으로만 지나간다. 사건들은 소용돌이와 원을 그리며 자기 안에 웅크리고 있다.

그 오렌지 온실이 그런 곳이다. 온실은 정원 외곽에 있는 사과 과수원 안에 있다. 공기는 축축하고 너무 익어버린 과일이 발효되는 달콤한 냄새가 드리웠다. 자줏빛으로 물들어가는 하늘을 배경으로 선명한 노란색 이파리들을 단 옹이투성이 사과나무들이 타올랐다. 가지마다 붉은 구체가 무겁게 달렸다. 오렌지 온실을 찾는 이는 없다. 과수원은 어느 까다로운 섭정의 소유였고, 그의 정원에는 대체로 과수원에는 관심이 눈곱만큼도 없는 허풍스러운 귀족들이 가득했다. 과수원에는 하인들도 오락거리도 없다. 과수원에 가려면 걸어야 하고, 열매는 흰 가루를 뒤집어쓰고 있다.

하지만 누군가가 나무들 사이로 걸어가는 사건이 벌어진다면, 그들은 자신이 아주 오랫동안 걷고 있다는 것을, 나무 하나하나가 다른 나무 하나하나와 거의 똑같다는 것을 알게 될 것이다(열매 수를 세어 보는 사람이 있다면, 그들은 각 나무가 정확하게 같은 수의 사과를 달고 있다는 것도 알게 될 것이다). 이 방문객이 몸을 돌려 사람의 손을 더 많이 탄 정원의 안도감 속으로 달아나지 않는다면, 그들은 결국 나무들이 띄엄띄엄해지면서 은색 유리 거품 같은 오렌지 온실이 땅에서 솟아나는 것을 볼 것이다. 가까이 다가갔다면, 이런 걸 봤을 것이다.

*

유리벽 안쪽은 기름때와 입김이 만들어낸 얇은 갈색 막으로 덮였다. 안에는 둥근 천장의 곡선을 따라 열다섯 그루의 오렌지 나무들이 서 있다. 그보다 작은 열다섯 그루는 화분에 심겨 큰 나무들 안쪽에 또 하나의 원을 그리고 있다. 대리석이 깔린 중앙에는 덧베개를 댄 세 개의 긴 의자가 낮은 둥근 탁자들에 둘러싸여 있다. 긴 의자들은 거대한 세 여성의 무게에 눌려 축 늘어졌다.

숙모들에겐 단 하나의 성스러운 과업이 있었다. 부푸는 것. 그들은 천천히 지방층을 축적했다. 허벅지를 자르면 각기 다른 색조를 지닌 지방이 층층이 동심원을 그리며 드러날 것이다. 가운데 긴 의자에는 셋 중에서 가장 거대한 큰숙모가 기대 있었다. 큰숙모의 몸은 생크림이 흐르듯 머리에서부터 아래로 흘러내렸고, 팔과 다리는 장대한 몸뚱이에서 튀어나온 혹에 불과했다.

큰숙모의 자매들이 양쪽에 누워 있다. 배가 늘어져 담요처럼 무릎을 덮은 중간숙모는 진주목걸이처럼 줄줄이 이어진 작은 소시지들을 먹고 있었다. 언뜻 보기에 다른 이들보다 절대 작아 보이지 않는 작은숙모가 고기 파이의 뚜껑을 벗겼다. 큰숙모가 한쪽 팔을 뻗어 발가벗은 파이 소에 천천히 손가락을 찔러 넣었다. 큰숙모는 검은 소를 한 손 가득 떠내 얼굴을 묻으며 한숨을 쉬었다. 작은숙모가 파이 안에 남은 소를 깨끗이 핥아먹고는 조심스럽게 파이 껍질을 네 번 접어서 천천히 입안으로 밀어 넣었다. 작은숙모가 새 소시지 고리를 낚아챘다. 그녀는 이로 소시지 껍질을 찢어 속을 긁어내고는 빈 껍질을 옆에 던졌다. 큰숙모가 탁자에 놓인 사모바르에 구불구불 이어진 가는 관의 부리를 쪽쪽 빨았다. 단지 뚜껑에서부터 짭짤한 안개 같은 녹은 버터가 올라왔다. 그녀는 이따금 빠는 걸 멈추고 고개를 돌려 긴 의자들 근처를 떠나지 않는 세 소녀 중 하나가 건네주는 작은 골수 빵들을 받아먹었다.

오렌지 온실 안을 조용히 오가는 회색 옷을 입은 소녀들은 조카딸들이다. 오렌지 온실 밑의 주방에서 그들은 호화로운 빵과자와 케이크를 굽는다. 그들은 자기 숙모들을 먹이고 씻긴다. 그들에게는 개별적인 이름이 없었고, 서로를 구별할 수도 없었다. 가끔은 자기들조차도 그랬다. 조카딸들은 큰숙모의 턱에서 닦아낸 부스러기를 핥고 버터 사모바르의 찌꺼기를 마시며 숙모들이 먹다 남긴 것들로 연명했다. 숙모들이 많은 걸 남기지는 않았지만, 조카딸들도 많이는 필요하지 않았다.

*

큰숙모가 더는 부풀 수 없을 만치 부풀었다. 전에는 폭신하게 주름지며 그녀를 감싸고 있던 피부가 안에서부터 바깥쪽으로 밀어대는 지방 위로 팽팽하게 팽창했다. 큰숙모가 거대한 자기 몸에서 눈을 들어 자매들을 쳐다보았고, 자매들이 차례로 고개를 끄덕였다. 조카딸들이 앞으로 나서 숙모들을 받치고 있던 베개들을 빼냈다. 뒤로 누우면서 큰숙모가 떨기 시작했다. 그녀는 눈을 감았고 입매가 느슨해졌다. 배를 따라 검은 선이 나타났다. 선이 사타구니에 이르자 그녀가 조용해졌다. 부드러운 한숨과 함께 피부가 선을 따라 갈라졌다. 피부와 지방과 근육과 막이 겹겹이 열리고 마침내 가슴뼈가 드러나더니 딸깍 하는 작은 소리를 내며 갈라졌다. 상처에 금색 피가 차올라 긴 의자로 넘치고는 바닥으로 튀어 거기 놓아둔 얕은 통에 고였다. 조카딸들이 조심스럽게 장기와 내장을 퍼내며 작업에 들어갔다. 갈비뼈 요람 저 깊은 곳에 주름진 분홍색 형체 하나가 손과 발로 큰숙모의 심장을 감싼 채 누워 있다. 조카딸들이 마지막으로 남은 주변의 조직들을 들어내자 그 형체가 눈을 뜨고 깩깩거렸다. 그들은 새 숙모가 여전히 꽉 붙들고 있는 심장을 잘라내고 새 숙모를 작은 베개 위에 내려놓았다. 새 숙모는 자리를 잡고는 아주 조그만 이로

잡고 있던 심장을 씹기 시작했다.

조카딸들은 창자와 간, 폐, 콩팥, 방광, 자궁, 위를 분류하여 각자 다른 대접에 담았다. 다음으로는 큰숙모의 피부를 제거했다. 피부는 손쉽게 분리되어 널따란 가죽이 되었고, 건조와 무두질을 거쳐 새 옷이 될 준비를 마쳤다. 그러면 이제 지방을 제거할 차례. 제일 먼저는 지방의 보고인 큰숙모의 거대한 유방이고 다음은 산만 한 배와 허벅지다. 마지막은 큰숙모의 편평한 궁둥이였다. 조카딸들은 근육을 간지럽혀 뼈에서 분리되도록 했다. 크게 힘이 들지는 않았지만, 손이 많이 가는 일이었다. 마침내 부드럽고 반투명한 뼈들이 다루기 편할 정도의 조각으로 잘게 잘렸다. 이 모든 일이 끝나자 조카딸들은 저마다 활짝 열린 채 긴 의자 위에서 고요히 기다리고 있는 중간숙모와 작은숙모 쪽으로 몸을 돌렸다. 모든 것이 깔끔하게 나뉘어 냄비와 통에 들어갔다. 조카딸들은 긴 의자를 닦은 다음 남은 심장을 씹어 먹느라 여전히 바쁜 새 숙모들을 내려놓았다.

조카딸들은 오렌지 온실 밑에 있는 주방으로 물러났다. 그들은 지방을 녹여 정제하고, 뼈를 갈아 고운 가루로 만들고, 장기를 잘라 굽고, 췌장을 식초에 담그고, 근육을 얇은 조각으로 분리될 때까지 뭉근하게 끓이고, 내장을 씻어서 걸어말렸다. 무엇 하나 버려지지 않았다. 숙모들은 케이크와 고기 파이와 빵과자와 작고 매콤한 소시지와 만두와 바삭거리는 과자가 되었다. 새 숙모들은 매우 배가 고플 것이고, 매우 기뻐할 것이다.

조카딸들도 숙모들도 몰랐지만, 누군가가 사과나무들 사이를 걸어 오렌지 온실까지 왔다. 숙모들은 목욕을 하고 있었다. 조카딸들이 미지근한 장미수에 적신 해면으로 숙모들의 광활한 피부를 닦았다. 오렌지 온실의 고요함이 물방울 떨어지는 소리와 철썩거리는 소리, 구리 물통이 덜걱거리는 소리, 살덩어리를 당기느라 필사적인 조카딸들의 끙끙거리는 소리로 대체되었다. 그들은 유리에 갖다 댄 호기심 어린 얼굴을, 가는 줄무늬 흔적을 남기는 기름때 묻은 코르크 따개 모양 자물쇠를 보지 못했다. 뚫어지게 쳐다보는 얼굴 옆에 나타난 손에 둥근 금속 물체 하나가 매달려 흔들리고 있었다. 처음에 그들은 그 물체가 만들어내는 고요하고 불규칙한 딱딱 소리도 듣지 못했다. 딱딱거리는 소리가 처음에는 느리게, 그러고는 빠르게 대기를 울리며 채우고서야 숙모 한 명이 눈을 뜨고 귀를 기울이게 되었다. 조카딸들이 오렌지 온실 벽을 향해 돌아섰다. 거기엔 손바닥 자국과 하얗게 밀린 자국 말고는 아무것도 없었다.

*

큰숙모가 더는 부풀어 오를 수 없게 됐다. 피부가 안에서 바깥쪽으로 밀어대는 지방 위에서 팽팽하게 당겨졌다. 큰숙모가 자신의 거대한 몸에서 눈을 들어 자매들을 쳐다보자 둘은 차례로 고개를 끄덕였다. 조카딸들이 앞으로 나서며 숙모들을 받치고 있던 베개를 빼냈다.

숙모들이 헐떡거리고 씨근거렸다. 숙모들의 배가 갈라지지 않고 매끈하게 팽창해 있었다. 비밀을 폭로하는 검은 선의 흔적은 어디에도 없었다. 자신의 무게가 목구멍을 누르자 큰숙모의 얼굴이 자줏빛으로 변했다. 떨림이 경련으로 바뀌었다. 그때, 갑자기 큰숙모의 호흡이 딱 멈추더니 눈이 고요해졌다. 양쪽에서 그녀의 자매들이 동시에 마지막 숨을 뱉어냈다.

조카딸들은 고요한 시신들을 쳐다보았다. 그들은 서로를 쳐다보았다. 그중 하나가 칼을 들어 올렸다.

＊

조카딸들이 작업을 할수록, 큰숙모한테서 더 많은 걸 빼낼수록, 뭔가가 잘못됐다는 사실은 더욱 분명해졌다. 살이 자진해서 길을 내주지 않아 힘을 써서 벌려야 했다. 가슴뼈를 여는 데는 큰 가위를 사용해야 했다. 마침내, 큰숙모의 허벅지 뼈에서 마지막 조직을 긁어내면서 한 명이 말했다.

"꼬마 숙모가 안 보여."

"여기 있어야 해." 다른 한 명이 말했다.

그들은 서로를 쳐다보았다. 세 번째 조카딸이 울음을 터뜨렸다. 다른 조카딸이 우는 소녀의 머리를 찰싹 때렸다.

"우린 더 찾아봐야 해." 자기 자매를 때렸던 소녀가 말했다. "눈 뒤에 있을지도 몰라."

조카딸들은 큰숙모를 더 파고들었다. 큰숙모의 두개골 속을 들여다봤지만 아무것도 찾지 못했다. 그녀의 골반 속을 깊숙이 파고들어 갔지만 새 숙모는 없었다. 달리 무얼 해야 할지 알 수 없었던 그들은 큰숙모를 다 해체한 다음 다른 숙모에게로 옮겨갔다. 마지막 숙모의 몸이 열리고 분류되고 잘리고 긁혀나갈 때까지도 새 숙모는 발견되지 않았다. 그때쯤 오렌지 온실 바닥은 깔끔하게 정리된 살덩어리와 부속물들을 채운 통들로 가득 찼다. 어린 오렌지 나무 몇 그루가 흘러넘친 금빛 피를 빨아들였다. 조카딸 하나가, 어쩌면 자매를 때렸던 그 소녀가 사발 하나를 들더니 다른 소녀들을 쳐다보았다.

"우린 할 일이 있어." 그녀가 말했다.

*

조카딸들은 오렌지 온실 바닥을 닦고 긴 의자들을 청소했다. 그들은 숙모들의 마지막 한 조각까지도 성찬으로 바꿔놓았다. 그들은 주방에서 음식 접시들을 들고 와 긴 의자 주변의 탁자들에 내려놓았다. 긴 의자들은 여전히 비어 있었다. 조카딸 하나가 가운데 긴 의자에 앉았다. 그러고는 고기 빵과자를 집어 들어 조금씩 뜯어먹었다. 구운 큰숙모 간의 농후한 맛이 입안에서 폭발했다. 빵과자가 혀 위에서 녹아내리는 것 같았다. 그녀는 나머지 빵과자를 입에 밀어 넣고 삼켰다. 눈을 떠보니 다른 조카딸들이 제자리에 얼어붙은 채 그녀를 지켜보고 있었다.

"우리가 이제 새 숙모들이 되어야 해." 첫 번째 조카딸이 말했다.

다른 두 명 중 한 명이 이 말을 곰곰이 생각했다. "그걸 낭비해선 안 돼." 결국, 그녀가 말했다.

새 숙모들이 중간숙모와 작은숙모의 긴 의자에 앉아 주저하며 탁자에 놓인 음식에 손을 뻗었다. 자기 자매와 마찬가지로 그들도 처음에는 조금씩 떼어먹었지만, 옛 숙모들의 맛이 그들을 채우자 점차 덥석덥석 먹게 되었다. 그전에는 탁자 위에 놓인 음식을 먹도록 허용된 적이 없었다. 그들은 더 이상 한 입도 삼킬 수 없을 때까지 먹었다. 그들은 잠을 잤다. 잠에서 깨서는 주방에서 더 많은 음식을 가져왔다. 오렌지 온실에서는 씹고 삼키는 소리 말고는 아무 소리도 나지 않았다. 한 조카딸이 온전한 케이크를 들어 얼굴을 파묻고 안에서부터 먹어치우기 시작했다. 다른 조카딸은 마치 양념에 재운 골을 피부로 흡수하려는 것처럼 자기 몸에다 대고 문질렀다. 소시지, 얇게 포를 떠 골수 젤리를 얹은 혀, 파삭 깨진 다음에 녹아내리는 설탕에 졸인 눈알. 소녀들은 주방이 텅 비고 바닥이 부스러기와 찌꺼기로 뒤덮일 때까지 먹고 또 먹었다. 그들은 긴 의자에 드러누워 배와 다리의 크기를 가늠하면서 서로의 몸을 쳐다보았다. 누구도 눈에 띌 만큼 뚱뚱해지지 않았다.

"이거 듣지 않아." 제일 왼쪽 긴 의자에 누운 소녀가 말했다. "숙모들을 다 먹어치웠는데도 듣질 않아!" 그녀가 울음을 터뜨렸다.

가운데 소녀가 이 말을 곰곰이 생각했다. "조카딸들이 없으면 숙모들은 숙모들이 될 수 없어." 그녀가 말했다.

"하지만 우리가 어디서 조카딸들을 찾지?" 제일 오른쪽 소녀가 말했다. "우리가 어디에서 왔더라?" 다른 두 소녀는 아무 말이 없었다.

"우리가 만들 수 있을 거야." 가운데 소녀가 말했다. "어쨌든 우리, 굽기는 잘하잖아."

그래서 예비 숙모들은 바닥과 접시에 남은 부스러기들을 쓸어 담고 주스와 젤리 조각들을 닦아 담아서 마지막으로 남은 옛 숙모들의 찌꺼기들을 가지고 주방으로 돌아갔다. 그들은 반죽을 만들고 소녀 모양을 한 세 개의 케이크로 성형한 다음 굽고 고깃국물 젤리를 발랐다. 다 된 케이크는 기분 좋은 연갈색에다 크기는 손바닥만 했다. 미래의 숙모들은 케이크를 오렌지 온실로 들고 올라가 하나씩 긴 의자 옆 바닥에 내려놓았다. 그들은 숙모 가죽으로 몸을 감싸고 각자의 긴 의자에 누워 기다렸다.

*

바깥에서는 사과나무들이 희미한 산들바람에 잎을 흔들었다. 사과 과수원의 반대편에서는 시끄러운 파티가 열려 모여든 귀족들이 인간의 머리통으로 크리켓 놀이를 했고, 요정들이 바꿔친 아이들인 하인들은 탁자 밑에 숨어 공포를 몰아내려고 서로에게 옛날이야기를 해주었다. 이 소리가 한결같은 우울 속에 고요히 잠긴 오렌지 온실까지 들려왔다. 판유리 사이로는 어떠한 사과 냄새도 스며들지 않았다. 숙모 가죽들이 잠든 소녀들 주위에 부드러운 주름을 만들었다.

결국, 셋 중 하나가 깨어났다. 소녀 모양을 한 케이크는 이

전과 똑같이 바닥에 놓여 있었다.

가운데 소녀가 가죽옷의 주름 밖으로 기어 나와 발을 바닥에 내려놓았다. 그녀는 자기 옆 바닥에 놓인 케이크를 집어 들었다.

"어쩌면 이거 먹는 건지도 몰라." 그녀가 말했다. "그러면 조카딸들이 우리 안에서 자라날 거야." 하지만 그녀의 목소리는 희미했다.

"아니면 기다리거나." 제일 왼쪽 소녀가 말했다. "아직 움직이지 않은 건지도 몰라."

"그럴지도." 가운데 소녀가 말한다.

소녀들은 가죽옷을 두른 채 각자의 긴 의자에 앉아 기다렸다.

그들은 잠들었다가 다시 깨어났고, 또 기다렸다.

＊

어떤 곳에서는 시간이 이따금 나타나는 희미한 현상이다. 누군가가 시간이 지났다고 주장하지 않으면 시간은 지나가지 않거나 부분적으로만 지나간다. 사건들은 소용돌이와 원을 그리며 자기 안에 웅크리고 있다.

조카딸들은 깨어나 기다리고, 깨어나 기다린다. 숙모들이 오기를.

카린 티드베크

Karin Tidbeck, 1977~

카린 티드베크는 스웨덴 작가로 2002년부터 스웨덴어로, 2010년부터는 영어
로 단편소설과 시를 발표하고 있다. 2010년에 처음 출간된 단편선 《아르비드
페콘은 누구인가?》는 스웨덴 작가 펀드로부터 모두가 탐내는 1년치 작업 보조
금 수상 대상으로 선정됐다. 영어로 쓴 작품을 모은 선집인 《하가나트》(2012)
는 크로포드상을 수상했고, 제임스 팁트리 주니어상 최종 후보에 올랐다. 영어
로 쓴 작품들은 〈위어드 테일즈〉, 〈쉬머 매거진〉, 토르닷컴, 라이트스피드 매
거진, 스트레인지 호라이즌, 언스턱 애뉴얼 등에 발표되었다. 기묘하게 초현실
적인 〈숙모들〉은 한 세대에서 다음 세대로 이어지는 의식(儀式)과 역사의 전
승을 보여준다. 2011년에 〈ODD?〉에 처음 발표되었다.

어슐러 K. 르 귄

Sur

정복하지 않은 사람들

'옐초' 남극 탐험 요약보고서
1909~1910

이 보고서를 발간할 의향은 전혀 없지만 나는 어느 날 내 손주나 다른 누군가의 손주가 우연히 이 보고서를 발견한다면 근사하겠다고 생각한다. 그래서 나는 이 보고서를 로지타의 세례복과 후아니토의 은 딸랑이와 내 결혼식 구두, 그리고 순록 가죽 장화와 함께 다락에 있는 여행용 가죽가방 안에 넣어둘 작정이다.

탐험을 개시하는 데 필요한 첫 번째 필수품, 즉 돈은 대개 제일 얻기 어려운 물품이다. 나는 아주 조용한 리마 근교의 어느 집 다락방 여행용 가방 안에 들어갈 운명인 이 보고서에서조차 감히 그 후했던 후원자의 이름을 적지 못하는 것이 몹시 안타깝다. 그분의 무조건적인 관대함이 없었더라면 옐초 탐험대는 공상 속으로 떠나는 가장 게으른 소풍 이상은 되지 못했을 것이다.

우리 장비가 최상의 품질에다 가장 현대적인 장비였던 것,
우리 식량이 풍부하고 훌륭했던 것, 칠레 정부의 배가 그 용
감한 고급선원들과 선원들을 태우고 우리의 편의를 위해 두
번이나 세계를 반 바퀴나 돌아 파견됐던 것, 이 모든 것이 아
아! 내가 이름을 밝히지 말아야 할, 하지만 나로서는 죽을 때
까지 그 기쁜 은혜를 잊지 못할 그 후원자 덕분이다.

내가 아이 티를 막 벗었을 때쯤 벨지카호의 항해에 관한
어느 신문기사가 내 상상력을 사로잡았는데, 그 배는 티에라
델 푸에고에서 남쪽으로 항해를 시작하여 벨링샤우센 해에서
얼음에 포위돼 꼬박 1년을 부빙과 함께 표류했으며, 배에 탔
던 사람들은 식량 부족과 끝나지 않는 겨울 어둠에 대한 공포
로 엄청나게 고통을 받았다. 나는 기사를 읽고 또 읽었고, 나
중에는 위풍당당한 우루과이호의 이리사르 선장이 사우스셰
틀랜드 제도에서 노르덴숄드 박사를 구출한 사건과 스코티아
호가 웨들해에서 겪은 모험에 관한 기사들을 흥분하며 찾아
읽었다. 하지만 내게 그 모든 과업은 1902년부터 1904년까
지 디스커버리호로 이뤄졌던 영국국립남극탐험과 스콧 대장
이 쓴 놀라운 탐험 이야기의 전조에 불과했다. 런던에 주문해
서 받은 후에 천 번은 되풀이해서 읽었을 그 책을 보고 나는
그 낯선 대륙, 남반구에 남은 마지막 극한의 땅, 우리 지도와
지구본에 하얀 구름처럼 남아 있는, 여기저기 잘린 해안선과
미심쩍은 곶(串)들과 가짜 섬들과 거기 있을지 없을지 모르는
곳들로 둘러싸인 빈 공간, 즉 남극을 직접 보고 싶다는 갈망

다락에 있던 지도

으로 가득 찼다. 그리고 그 욕망은 극지의 눈처럼 순수했다. 더도 말고 덜도 말고, 가서 보는 것뿐. 나는 스콧 대장의 탐험에서 발견된 과학적 성과들을 깊이 존중했고, 열정적인 관심을 쏟으며 물리학자들과 기상학자들과 생물학자들과 기타 등등의 과학자들이 일궈낸 성과들을 읽었다. 하지만 어느 과학 분야도 교육을 받지 않았고, 그런 훈련의 기회도 전혀 없었으니, 무지 탓에 나는 남극에 관한 과학적 지식의 총합에 내가 뭔가를 보탠다는 생각 자체를 하지 못했다. 그리고 내 탐험대의 다른 대원들도 모두 마찬가지였다. 안타까운 일이지만 그건 우리가 어떻게 할 수 있는 일이 아니었다. 우리 목표는 관찰과 답사로 제한되었다. 우리는 조금 더 멀리 갈 수 있기를 희망했고, 가능하다면 조금 더 많은 걸 볼 수 있기를 바랐다. 그 외에 우리 목표는 그저 가서 보는 것이었다. 단순한 야망이었고, 기본적으로 겸손한 야망이었다고 나는 생각한다.

하지만 내 친애하는 사촌이자 친구인 후아나 ○○○(이 보고서가 어쩌다 낯선 사람의 수중에 떨어져 전혀 예상하지 못하고 있던 남편들이나 아들들 등등이 당황하거나 불쾌해하는 일이 생기지 않을까 염려되어 성은 적지 않는다)의 지지와 격려가 없었더라면 그건 야망이 아니라 동경 이상은 되지 못했을 것이다. 나는 후아나에게 《디스커버리호의 항해》 책을 빌려주었고, 우리가 1908년 어느 일요일 미사를 마친 후 양산을 쓰고 한가로이 아르마스 광장을 지나가고 있을 때, "음, 스콧 대장이 그런 일을 할 수 있다면, 우리라고 못할 건 뭐야?"라고 말한 사람이 그녀였다.

발파라이소에 사는 카를로타 ○○○한테 편지를 쓰자고 제안한 것도 후아나였다. 카를로타를 통해서 우리는 우리 후원자를 만났고, 그래서 우리 자금을, 우리 배를, 그리고 심지어 우리 중 몇몇이 어쩔 수 없이 둘러댈 수밖에 없었던, 볼리비아에 있는 어느 수녀원으로 종교적 명상수련을 하러 간다는 그럴듯한 구실까지(나머지는 겨울 한 철을 보내기 위해 파리에 갈 거라고 말했다) 얻을 수 있었다. 그리고 가장 암울했던 순간에도 흔들림 없이 우리 목표를 달성하겠다는 결심을 굳건하게 지킨 사람도 내 친애하는 후아나였다.

암울한 순간들이 있었다. 특히 250킬로그램이 넘는 비상식량을 허비하고 평생의 아쉬움 거리가 되는 것 말고 그 탐험이 도대체 어떻게 될지 알 수 없었던 때인 1909년 초반 몇 달이 그랬다. 탐험대를 모으는 게 그렇게나 어렵다니! 우리가 말을 꺼낸 이들 중에 우리가 무슨 말을 하는지 이해하는 사람은 아주 적었고, 우리가 미쳤거나 사악하거나, 아니면 둘 다라고 생각하는 사람은 너무 많았다. 그리고 우리의 어리석은 계획에 공감하는 몇 안 되는 사람들도 막상 요점에 이르면 일상의 의무를 떠나 적어도 6개월이 걸리는 항해를, 그것도 적지 않은 불확실성과 위험이 따르는 항해를 결심할 사람은 훨씬 적었다. 병든 부모님, 사업상의 애로 때문에 고통받는 불안한 남편, 돌봐줄 이라곤 무지하거나 무능한 하인들밖에 없는 집에 남겨진 어린아이, 다들 하나같이 가볍게 옆으로 밀쳐놓을 책임이 아니었다. 그리고 그런 부담들을 회피하고자 하는 이들은 우리가 힘든 작업과 위험과 결핍생활을 함께 나누고 싶은 동료들이 아니었다.

하지만 우리 노력이 성공으로 보답 받은 이상, 이런 패배와 발목 잡힌 사연들에, 또는 우리 모두가 감수해야 했던 야비한 계략들과 새빨간 거짓말들에 새삼 연연해 할 필요가 있을까? 나는 그저 우리와 같이 가고 싶어 했지만 갈 수 없었던, 어떤 계략이었건 그것에서 자유로워질 수 없었던 저 친구들을, 우리가 위험과 불확실함과 희망 없는 삶에 두고 올 수밖에 없었던 그들을 유감스럽게 돌아볼 뿐이다.

1909년 8월 17일, 칠레 푼타 아레나스에서 처음으로 탐험 대원 전원이 만났다. 페루인이 후아나와 나, 두 명이었고, 아르헨티나 출신이 조에와 베르타, 테레사, 칠레인이 카를로타와 그녀의 친구들인 에바, 페피타, 돌로레스였다. 나는 마지막 순간에 마리아로부터 키토에 있는 남편이 아파서 간호 때문에 남아야 할 것 같다는 전갈을 받았다. 그래서 우리는 열이 아니라 아홉이었다. 사실 우리는 여덟밖에 안 된다고 단념하고 있었는데, 해가 떨어지는 순간, 마젤란 해협에 들어서자마자 타고 온 자기 요트에 물이 새는 사고를 겪었던 불굴의 조에가 원주민들이 모는 아주 작은 통나무배를 타고 도착했다.

출항 전날인 그날 밤, 우리는 서로를 알아가기 시작했다. 그리고 푼타 아레나스에 있는 진저리나는 항구 여관에서 끔찍한 저녁 식사를 나누면서 우리는 아주 긴박한 위험이 닥쳐 당장의 반론 없이 한 사람의 말에 따라야 할 상황이라면 그 말을 하는 영예가, 아무도 부러워하지 않을 그 영예가 제일 먼저 나에게 수여되어야 한다는 데 동의했다. 만약 내가 실격되면 그 영예는 카를로타에게, 그녀도 실격되면 다음은 베르타에게 가기로 되었다. 대원들이 왁자한 웃음과 갈채 속에서 우리 셋을 '최고의 잉카인', '라 아라우카나', '3등 항해사'로 추켜세우며 건배했다. 말이 나와서 하는 말인데, 정말로 기쁘고 다행스럽게도 '지도자'로서의 내 자질은 시험받은 적이 없었다. 우리 아홉은 어느 누구로부터 명령을 받지 않고도 처음부터 끝까지 우리끼리 일을 해결했고, 딱 두어 번 정도만 말로 의사표시를 하거나 손을 드는 투표를 치렀을 뿐이었다. 확실히 우리는 엄청나게 논쟁을 했다. 하지만 그때 우리는 논쟁할 시간이 있었다. 그리고 이러저러해서 논쟁은 늘 행동으로 옮겨질 결정으로 끝을 맺었다. 보통은 적어도 한 사람 정도는 그 결정에 대해서 투덜거렸다. 때로는 몹시. 하지만 투덜거림과 가끔 "내가 그럴 거라고 했잖아"라고 말할 기회가 없는 삶이 무슨 삶이겠는가? 남극에서 썰매를 끄는 고된 일은 차치하더라도, 어찌 투덜거림 없이 가사를 지탱하거나 아기들을 돌보겠는가? 옐초호에 승선해서 알게 된 바로, 고급 선원들은 투덜대는 게 금지돼 있었다. 하지만 우리 아홉은 나고 길러지기를, 명백하고 돌이킬 수 없이, 모두가 선원이었고 지금도 그렇다.

남극 대륙으로 가는 가장 짧은 경로이자 우리 훌륭한 배의 선장이 원래 종용했던 경로는 사우스셰틀랜드 제도와 벨링샤우센해로 가는 경로 아니면 사우스오크니 제도를 돌아 웨들해로 가는 경로였지만 우리는 서쪽으로 항해해 스콧 대장이 탐험하고 글로 썼던 곳이자 불과 작년 겨울에 용감한 어니스트 섀클턴이 있다가 귀환한 로스해로 가기로 계획을 세웠다. 이 지역은 남극 해안의 다른 어느 지역보다 잘 알려져 있었다. 그 '잘'이라는 게 기껏 해봐야 많지는 않았지만, 우리가 위험에 빠뜨리면 안 될 것 같다고 느꼈던 그 배의 안전에는 어느 정도 보험이 되어줄 터였다. 파르도 선장은 해도와 우리가 계획한 여정을 검토한 뒤에 우리 의견에 완전히 동의했다. 그래서 다음 날 아침 해협을 빠져나가는 우리 배의 진로는 서쪽이었다.

지구를 반 바퀴쯤 도는 우리 항해에는 행운이 따라주었다. 작은 옐초호는 강풍과 어둠을 뚫고 기운차게 증기를 뿜어내며 막힘없이 세계를 일주하는 저 남양의 바다들을 오르내렸다. 가족이 운영하는 대농장에서 황소와 황소보다 훨씬 더 위험한 암소들과 씨름해왔던 후아나는 배가 늘 다시 돌진하는 모습을 보고 '라 바카 발리엔테'(용감한 암소라는 뜻)라고 불렀다. 일단 뱃멀미를 극복하고 나자 우리는 모두 항해를 즐겼다. 기사도 정신을 발휘하여 우리에게 조그마한 선실 세 개를 비워주고는 우리가 선실에 몰려 앉아 있어야 우리가 '안전'할 거라고 느끼는 선장을 비롯한 고급선원들의 친절하지만 오지랖 넓은 보호주의에 가끔 압박을 받으면서도 말이다.

우리는 기대했던 곳보다 한참 남쪽으로 내려가서야 첫 빙산을 보았고, 저녁 식사 자리에서 뵈브 클리코 샴페인으로 그 사건에 경의를 표했다. 다음 날 우리는 봄이 되어 남극의 내륙얼음과 얼어붙은 겨울 바다에서 부서져 나온 유빙과 빙산이 북쪽으로 표류하며 만든 띠인 총빙(叢氷)에 들어섰다. 행운이 여전히 우리에게 미소를 짓고 있었다. 별도로 금속 선체를 강화하지 않아 얼음을 뚫고 나갈 수 없는 우리의 작은 증기선은 용케 이 통로에서 저 통로로 길을 찾아 나갔고, 배가 한 번 갇히면 수 주일씩 고생하다가 급기야는 돌아서게 된다는 그곳을 우리는 사흘째 되는 날 빠져나왔다. 우리 앞에는 이제 로스해의 진회색 해역이 놓여 있었고, 그 너머 수평선에 가물거리는 빛은 구름이 반사돼 하얗게 보이는 거대한 얼음 장벽인 로스 빙붕이었다.

서경 160도에서 약간 동쪽으로 치우친 지점에서 로스해로 들어서니 거대한 얼음 장벽에서 배를 댈 만한 만곡부를 찾던 스콧 대장의 탐사대가 상륙했던 지점이 눈에 들어왔다. 그곳에서 탐사대는 정찰과 사진촬영을 위해 수소가스를 채운 풍선을 올렸다. 끝없이 솟아오른 장벽의 단면, 깎아지른 절벽과 바닷물에 깎인 하늘빛과 보랏빛 동굴들, 모든 것이 읽었던 대로였지만 그 장소는 변해 있었다. 좁은 만곡부 대신에 거기엔 눈부신 남쪽의 봄 햇살을 받으며 장난을 치고 물을 내뿜는 아름답고 무시무시한 범고래들이 가득한 상당한 크기의 만이 있었다.

분명 1902년에 디스커버리호가 지나간 이후로 수 평방킬로미터에 이르는 얼음 덩어리가 장벽(적어도 그 광활한 넓이 대부분은 육지가 아니라 바다에 떠 있다)에서 떨어져 나간 것이리라. 이 점이 장벽 위에 기지를 세우기로 한 우리 계획에 새로운 고민거리를 던져주었다. 우리는 대안을 논의하는 동안 파르도 선장에게 장벽 면을 따라 배를 서쪽으로 몰아 로스섬과

맥머도 만 쪽으로 향하도록 요청했다. 바다에 얼음이 없고 아주 고요해서 그는 흔쾌히 우리 요청에 따라주었고, 우리가 에레버스산의 연기 기둥을 봤을 때는 뵈브 클리코 반 상자가 풀린 축하연에도 흔쾌히 동참했다.

옐초호가 어라이벌 만에 닻을 내리자 우리는 배의 보트를 타고 뭍에 올랐다. 나는 땅에, 그 땅에, 긴 화산 비탈 끝 황량하고 차가운 자갈에 발을 디뎠을 때의 감정을 뭐라 표현할 수가 없다. 나는 의기양양함과 조바심과 감사와 공포와 익숙함을 느꼈다. 나는 내가 마침내 집에 왔다고 느꼈다. 아델리펭귄 여덟 마리가 불만이 섞인 것 같은 걱정 어린 소리를 내지르며 즉각 우리를 맞으러 왔다. "도대체 어디 가 있었어? 왜 이렇게 오래 걸린 거야? 오두막은 이쪽 근처에 있어. 이리로 와. 바위들 조심하고!" 그들은 우리가 사진이나 스콧 대장이 쓴 책의 삽화에서 봤던 대로 스콧 대장의 탐사대가 세운 커다란 구조물이 있는 오두막 곳에 꼭 가봐야 한다고 종용했다. 그러나 그 주변은 구역질이 났다. 그곳은 새된 비명을 지르는 미친 도둑갈매기들이 관장하는 일종의 묘지였다. 바다표범 가죽과 뼈, 그리고 펭귄 뼈와 쓰레기들이 널려 있었다. 우리 호위자들은 더없이 평온한 자세로 그 아수라장을 뒤뚱거리며 지나쳤고, 한 마리가 몸소 내게 문을 알려주었다. 자신은 들어가지 않았지만.

오두막 안은 바깥보다는 덜 불쾌했지만 아주 음울했다. 보급품 상자들이 일종의 방 안의 방에 쌓여 있었다. 디스커버리 일행이 통속극과 악극단 쇼를 상연하며 긴 겨울밤을 보낼 때 이러이러했겠지, 하고 내가 상상했던 곳처럼 보이지는 않았다. (훨씬 뒤에 우리는 어니스트 섀클턴 경이 우리보다 불과 1년 먼저 그곳에 있을 때 오두막 내부를 대폭 새로 정리했다는 걸 알게 되었다.) 그곳은 지저분한 데다 뭔가 야비한 무질서 같은 것이 있었다. 5백 그램짜리 차 깡통이 열린 채 놓였고, 빈 육류 깡통들이 널려 있었다. 비스킷들이 바닥에 엎질러져 있었다. 수북한 개똥이 발에 밟혔다. 물론 얼어 있었지만, 그렇다고 크게 낫진 않았다. 마지막으로 있던 사람들이 다급하게, 어쩌면 심한 눈보라를 맞으며 떠나야 했던 게 틀림없었다. 그렇다 해도 차 깡통 정도는 닫을 수 있었을 텐데. 하기야 살림이란 건, 그 무한의 예술은 아마추어들이 덤빌 게임이 아니다.

테레사가 그 오두막을 우리 기지로 쓰자고 제안했다. 조에가 그걸 불질러버려야 한다고 반대 제안을 내놨다. 우리는 결국 발견한 그대로 둔 채 문을 닫고 나왔다. 펭귄들도 우리 결정에 동의하는 듯이 보트로 돌아오는 길 내내 우리에게 환호를 보냈다.

맥머도 만에는 얼음이 없어서 파르도 선장은 이제 우리를 태우고 로스섬을 떠나 웨스턴 산맥 끝자락 단단하고 마른 땅 위에 기지를 세울 수 있을 것 같은 빅토리아섬에 데려다주겠다고 제안했다. 하지만 그 산맥은, 눈보라로 어두워진 봉우리들과 여기저기 널린 빙하작용으로 움푹 꺼진 권곡(圈谷)들과 빙하들은 과연 스콧 대장이 서부 탐사 기록에서 썼던 만큼이나 끔찍해 보여서 우리 누구도 거기서 안전한 장소를 찾아볼 마음이 들지 않았다.

그날 밤 배 위에서 우리는 다시 돌아가 우리가 원래 계획 했던 대로 장벽 위에다 기지를 세우기로 결정했다. 우리가 찾아본 보고서들은 모두 남쪽으로 가는 분명한 길이 편평한 장벽을 건너가다가 서로 겹치며 합쳐지는 빙하 중 하나에 올라 이 대륙의 내륙 전체를 형성하는 것처럼 보이는 고원으로 들어서는 길이라고 가리켰다. 파르도 선장은 만약 장벽이 '붕괴' 하면, 우리가 기지를 세운 지점의 얼음이 떨어져 나가 북쪽으로 표류하기 시작하면 어떻게 되겠냐며 이 계획을 강하게 반대했다. "그러면." 조에가 말했다. "우리를 맞으러 그처럼 멀리 오시지 않아도 되겠군요." 하지만 선장이 이 주제에 관해서는 어찌나 설득적이었는지, 그는 우리가 기지를 차리면 탈출용으로 쓸 수 있도록 옐초호의 보트 한 척을 남겨두자고 스스로를 설득하기에 이르렀다. 나중에 우리는 그 보트를 고기잡이에 유용하게 썼다.

남극 땅에 디딘 내 첫 발자국들, 처음이자 마지막이었던 로스섬 방문이 순수한 기쁨만은 아니었다. 난 영국 시의 한 구절을 생각했다.

모든 전망이 흔쾌한데,
오직 남자만이 불쾌하구나.

그러나 한편으로 영웅적 행위의 뒷면은 오히려 비참할 때가 많다. 여자들과 하인들은 그 뒷면을 안다. 그런 면에서 보자면 그들의 영웅적 행위 자체도 그럴지 모른다는 사실 또한 알고 있다. 하지만 업적은 남자들이 생각하는 것보다 작다. 정말 큰 것은 하늘과 땅과 바다 그리고 그날 저녁 배가 다시 동쪽을 향해 가면서 돌이켜본 그 정신이었다. 우리는 그때 하루에 10시간 이상 햇빛이 드는 9월의 가운데에 있었다. 봄날의 황혼이 3,794미터 높이의 에레버스 봉우리 위에서 머뭇거리며 긴 수증기 기둥에 장미색 금빛을 비추었다. 우리가 우뚝 솟은 파리한 얼음벽 밑을 따라 기어갈 때 우리 배의 작은 굴뚝에서 뿜어져 나오는 수증기는 어슴푸레한 수면 위에서 푸르게 색이 바랬다.

'범고래 만(우리는 어니스트 경이 그곳을 '고래 만'이라 명명했다는 걸 몇 년이나 지나고서야 알았다)'으로 돌아오는 길에 우리는 배로 아주 쉽게 접근할 수 있을 만큼 장벽 가장자리가 낮고 주변으로부터 가려지는 후미진 곳을 발견했다. 옐초호는 얼음 닻을 내렸고, 다음으로는 우리 보급품들을 내리고 장벽 가장자리에서 5백 미터쯤 떨어진 얼음 위에 기지를 세우는 길고 힘든 나날이 이어졌다. 이 과정에서 옐초호의 선원들이 우리에게 값진 도움과 끝없이 긴 조언을 주었다. 우리는 그 모든 도움을 감사히 받았고, 대부분의 조언은 에누리해서 들었다.

지금까지 날씨는 이 위도의 봄치고는 예외적일 정도로 온화했다. 기온이 영하 29도 밑으로 내려간 적이 없었고, 눈보라도 기지를 세우는 동안 딱 한 번 쳤을 뿐이었다. 하지만 스콧 대장이 장벽 위로 부는 지독한 남풍을 실감 나게 묘사했으므로 우리는 그에 따라 계획을 세웠다. 우리 기지는 모든 바람에 노출될 것이 뻔해서 우리는 지면 위에 단단한 구조물을 일절 세우지 않기로 했다. 그 대신 임시 피난처로 쓸 텐트를 세우고는 얼음 자체에 일련의 작은 방들을 파낸 다음 얼음 방의 사방에 단열재인 짚을 두르고 소나무 판자를 댄 후에 대나무 장대 위에 캔버스 천을 씌워 지붕을 얹고 지붕돌 겸 단열재로 눈을 덮었다. 우리 친애하는 아르헨티나인들이 중앙에 있는 큰 방을 부에노스아이레스라고 명명했다. 난로와 조리용 스토브가 부에노스아이레스에 있었다. 저장고용 굴들과 외부 화장실(푼타 아레나스라고 불렀다)이 난로에서 나오는 잔열을 어느 정도 받게 되어 있었다. 부에노스아이레스를 향해 트인 숙소용 방들은 아주 좁아서 다리부터 먼저 집어넣어야 하는 통 정도에 불과했지만, 짚을 넉넉히 둘러놓아 사람의 체온으로도 금방 따뜻해졌다.

선원들은 그곳을 '관' 또는 '벌레 구멍'이라 부르며 얼음 속에 지은 우리 굴을 공포 어린 표정으로 바라보았다. 하지만 우리 작은 토끼굴 또는 프레리독 마을은 우리에게 아주 잘 맞아서 그런 환경에서 이성적으로 기대할 수 있는 정도의 온기와 사생활을 허용해주었다. 다음 2월에 옐초호가 얼음을 통과하지 못하면 겨울을 남극에서 보내야 할 텐데, 우리는 분명 그럴 수 있을 것 같았다. 아주 제한적으로 식량을 배급하며 버텨야 하겠지만 말이다. 다가오는 여름 동안 보통 그냥 '기지'라 부르는 우리 기지 '수다메리카 델 수르'(남쪽의 남아메리카)는 단순히 잠을 자고 보급품을 저장하고 눈보라를 피할 피난처를 주는 곳이 될 예정이었다.

그러나 베르타와 에바에게 그곳은 그 이상의 의미였다. 둘은 그곳을 지은 수석 설계사이자 기획자였고, 가장 독창적인 건축자이자 굴착자들이었으며, 끊임없이 환기를 개선하거나 채광창을 만드는 법을 익히거나 천연 그대로인 얼음을 파서 새로 달아낸 방들을 공개하는, 그곳의 가장 부지런하고 만족스러운 거주자들이었다. 우리 저장식품들이 그처럼 편리하게 해동된 것도, 우리 난로가 그처럼 효율적으로 연기가 빠지고 열을 내는 것도, 아홉 명이 요리하고 먹고 대화하고 논쟁하고 투덜대고 그림을 그리고 기타와 밴조를 치고 책과 지도를 모아놓은 탐험대의 서가가 있는 부에노스아이레스가 놀랍도록 편안하고 편리한 것도 그 둘 덕분이었다. 우리는 거기서 정말로 우호적인 분위기 속에서 살았다. 그리고 잠시 혼자 있어야 할 것 같은 때는 잠자리 구멍에 머리부터 기어들어가면 그만이었다.

베르타는 좀 더 나갔다. '남쪽의 남아메리카'를 살 만한 곳으로 만들기 위해 자신이 할 수 있는 모든 일을 다 했을 때, 그녀는 얼음 표면 바로 아래를 온실 유리처럼 거의 투명에 가까운 얼음판만 남기고 파내 작은 방을 하나 더 만들었다. 그리고 그곳에서 혼자 조각을 했다. 아름다운 형상들이었다. 몇몇은 기울어진 인간의 형상과 웨들 바다표범의 미묘한 곡선과 양감이 혼합된 것 같았고, 또 몇몇은 환상적인 얼음 처마 장식과 얼음 동굴 모양 같았다. 아마도 그것들은 여전히 거기 눈 밑에, 거대한 얼음 장벽 내부에 뜬 거품 속에 있을 것이다. 그것들은 그녀가 만들어놓은 그 자리에 돌덩어리처럼 오래 남을 것이다. 베르타는 그것들을 북쪽으로 가져올 수 없었다. 물을 조각한 벌이었다.

파르도 선장은 우리를 두고 떠나기를 마뜩잖아했지만, 명령받은 바가 있으니 언제까지고 로스해에서 어정거리고 있을수는 없는 법이었다. 마침내 우리에게 움직이지 말고 있어라, 어디 가지 마라, 위험한 일을 하지 마라, 동상을 조심해라, 날카로운 도구를 쓰지 마라, 얼음에 균열이 가는지 잘 지켜보라 등등 수많은 진지한 금지 명령들을 내리고 다음 해 2월 20일에, 아니면 바람과 얼음 상황을 봐서 최대한 그 날짜 근처에 범고래 만으로 돌아오겠노라 진심 어린 약속을 한 다음에야 그 사람 좋은 이는 작별을 고했다. 선원들이 닻을 올리며 우리에게 엄청난 작별의 환호성을 올려주었다. 그날 저녁, 10월의 긴 오렌지빛 황혼 속에서 우리는 옐초호의 중간 돛대가 우리를 얼음에, 그리고 침묵에, 그리고 극지에 남겨둔 채 북쪽 수평선 너머로, 세계의 가장자리 너머로 가라앉는 걸 보았다.

그날 밤 우리는 남부 여정의 계획을 짜기 시작했다.

다음 달은 짧은 연습용 여행과 보급소 설치하는 일로 지나갔다. 우리의 기지 생활도 나름대로 분투를 요구하기는 했지만 우리 중 누구에게도 영하 23도나 영하 29도에서 썰매를 끌 때 맞닥뜨리게 되는 그런 종류의 부담을 지우지는 않았다. 우리는 모두 오랜 썰매 끌기에 도전하기 전에 가능한 한 운동을 많이 해둬야 할 필요가 있었다.

내가 했던 제일 오랜 탐사 여행은 돌로레스와 카를로타와 함께 마크햄산을 향해 남서쪽으로 향했던 건데, 악몽이었다. 가는 길은 내내 눈보라와 얼음이 맞부딪쳐 솟은 압력 봉우리들 천지였고, 도착했더니 온통 크레바스뿐 산맥은 보이지도 않았으며, 돌아오는 길은 사방이 온통 하얀 데다 바람이 만들어놓은 수직에 가까운 눈 장벽들이 즐비했다. 그러나 그 여행으로 우리 능력을 가늠하기 시작할 수 있었으니, 그 점에서는 유용한 여행이었다. 그리고 아주 무거운 비상식량 짐을 싣고 출발해 기지에서 남남서쪽으로 각각 160킬로미터와 2백 킬로미터 떨어진 곳에 비축했다는 점에서도 유용한 여행이었다. 거기서부터는 다른 조들이 더 밀고 나가 한 줄로 이어지는 눈 무더기와 보급소들이 만들어졌고, 탐사 여행에 나섰던 후아나와 조에가 남위 83도 43분 지점에서 남쪽으로 이어지는 거대한 빙하로 통하는 일종의 돌문을 발견했다.

우리가 보급소들을 설치한 건 스콧 대장의 남극 탐험대를 미치게 했던 굶주림과 그에 따른 비참함과 신체약화를 가능하면 피해 보려는 시도에서였다. 그리고 우리가 적어도 스콧 대장의 허스키 견들만큼은 훌륭한 썰매 끌기 기능보유자들이라는 우리 자신의 만족감을 위한 것이기도 했다. 물론 우리가 그의 대원들만큼 많이, 또는 빠르게 끌 거라고 기대할 수는 없었다. 우리가 그렇게 할 수 있었던 건 스콧 대장의 탐사대가 장벽 위에서 겪었던 날씨보다 훨씬 좋았던 날씨의 덕을 보았기 때문이었다.

그리고 우리가 보유했던 식량의 양과 질이 상당한 차이를 만든 것도 사실이었다. 난 우리 비상식량의 15퍼센트를 차지했던 말린 과일이 괴혈병을 예방하는 데 도움이 되었다고 확신한다. 그리고 고대 안데스 인디언들의 비법에 따라 얼려서 말린 감자는 아주 가볍고 부피가 작으면서도 매우 영양가가 높아 완벽한 썰매 여행용 식량이 되어주었다. 어느 경우에라도 마침내 남부 여정을 시작할 준비가 됐을 때 우리에게는 우리 능력에 대한 상당한 자신감이 있었다.

남부 탐사대는 두 썰매 조로 구성되었다. 한 조는 후아나와 돌로레스, 그리고 나였고, 다른 조는 카를로타, 페피타, 조에였다. 베르타와 에바, 테레사로 구성된 지원조가 곧장 빙하로 올라가 가능성이 큰 경로를 타며 우리의 귀환 여정에 쓰일 물품들을 보급소에 비치하기 위해 무거운 지원 물품들을 싣고 먼저 출발했다. 우리는 5일 후에 그들을 따라나섰고, 에르시야 보급소와 미란다 보급소 사이에서 (지도 참조) 돌아오는 그들과 만났다. 그날 '밤', 물론 진짜 어둠은 없었지만, 우리 아홉은 편평한 얼음 평원 한가운데에 모두 모였다. 그날은 11월 15일이었고, 돌로레스의 생일이었다. 우리는 핫초콜릿에 페루산 브랜디인 피스코를 240밀리리터쯤 섞는 것으로 축하했고, 매우 기분이 명랑해졌다. 우리는 노래했다. 그 거대한 적막 속에서 우리 목소리가 얼마나 희미하게 들렸는지를 생각하면 지금도 이상하다. 그날은 흐린 백야여서 그림자도 없고, 끝도 없이 이어지는 평면을 깨뜨려줄 눈에 띄는 수평선이나 형체 같은 것도 없었다. 그곳에는 볼 만한 게 전혀 없었다. 우리는 지도에 나오는 하얀 지점, 그 공백에 있었고, 그곳에서 우리는 참새처럼 나부끼며 노래를 불렀다.

잠을 자고 일어나 훌륭한 아침 식사를 한 뒤에 지원조는 계속해서 북쪽으로 향하고, 남쪽 조는 계속 썰매를 끌었다. 이

으고 하늘이 개었다. 하늘 높이 엷은 구름이 남서쪽에서 북동쪽으로 아주 빠르게 흘러갔지만, 그 밑 장벽 위는 고요했다. 영하 20도에서 영하 23도 정도인 기온은 아주 낮아서 썰매를 끌기에 충분할 만큼 단단한 표면을 선사해주었다.

편평한 얼음 위에서 우리는 하루에 최소한 17킬로미터를 이동했고, 대개는 25킬로미터 정도를 갔다. (우리 계측 도구들이 영국에서 만든 거라 피트와 마일과 화씨 등등으로 측정되었지만 우리는 종종 마일을 킬로미터로 환산하곤 했는데, 숫자가 커지면 더 힘이 나는 것 같았기 때문이다.) 남아메리카를 떠날 당시에 우리는 섀클턴 씨가 1908년에 또 다른 남극 탐험대를 조직해 남극점에 도달하려 시도하다 실패했고 우리가 출발한 그해인 1909년 6월에 영국으로 돌아갔다는 것만 알고 있었다. 그의 탐험 보고서는 우리가 떠날 때까지도 남아메리카에 도착하지 않았었다. 우리는 그가 어떤 경로로 갔는지, 또는 얼마나 멀리 갔는지 알지 못했다. 하지만 아무것도 없는 하얀 평원을 한참 가로질러 가다가 가장자리가 무지갯빛을 띤 구름 조각들이 이상하고 고요하게 날아가는 하늘과 산봉우리들 밑에서 아주 조그맣게 펄럭거리는 검은 점을 봤을 때 우리는 그저 놀라지만은 않았다.

우리는 가던 길을 서쪽으로 틀어 그곳에 가보았다. 겨울 눈폭풍이 몰아놓은 눈 더미가 대나무 장대에 거의 닳아빠진 천 쪼가리를 걸어놓은 깃발 하나와 빈 기름통 하나, 그리고 얼음 위로 10센티미터쯤 높이 서 있는 발자국 몇 개를 거의 뒤덮고 있었다. 특정한 날씨 조건에서는 사람의 몸무게에 눌린 눈이 주변의 부드러운 눈이 녹거나 바람에 날려간 뒤에도 그대로 남게 된다. 그렇게 구두수선공의 최후처럼 뒤집힌 모양의 발자국들이 몇 달을 버티며 서 있는 건 기묘한 광경이었다.

그것 말고는 우리 여정에서 달리 그런 흔적을 만난 적은 없다. 전체적으로 봤을 때 우리가 섀클턴 씨의 경로보다 약간 동쪽으로 가고 있다고 나는 생각했다. 우리 측량기사인 후아나는 스스로를 능숙하게 단련시켰고 관찰과 지형 판독에 있어서도 충실하고 체계적이었지만, 우리가 가진 장비라곤 삼각대에 올린 경위의(經緯儀) 하나와 인위적인 지평선이 달린 육분의 하나, 나침반 두 개, 정밀시계들뿐이라 그야말로 최소한이라 할 만했다. 실제로 지나온 거리를 측정하는 수단은 썰매에 단 바퀴 모양의 미터기뿐이었다.

어쨌든, 내가 처음으로 남서쪽 산맥 가운데에서 거대한 빙하를 분명하게 본 것은 섀클턴 씨의 길 표지를 지나친 다음 날이었다. 그 빙하가 해수면에 있는 장벽에서부터 3천 미터 위에 있는 고원으로 올라가는 통로가 돼줄 예정이었다. 가까이 다가가는 길은 거대한 수직 돔들과 바위기둥들로 형성된 장려한 관문이었다. 조에와 후아나는 그 관문을 통해 흐르는 드넓은 얼음 강을 우리 탐험에 영감을 주고 안내자가 돼준 영국인이자 그 섬 종족 중에서도 가장 뛰어나고 낯선 자질을 대변하는 듯한 아주 용감하고 특이한 여성을 기리고자 '플로렌스 나이팅게일 빙하'라 불렀다. 물론 지도에서 보면 이 빙하에는 섀클턴 씨가 붙인 '비어드모어'라는 이름이 붙어 있다.

나이팅게일 빙하를 오르는 건 쉽지 않았다. 처음에는 길이 열려 있었고 우리 지원조가 표시해 놓은 표식들이 있었지만, 며칠이 지나자 우리는 끔찍한 크레바스들과 너비가 30센티미터에서부터 3미터에 이르고, 깊이는 3미터에서부터 3백 미터에 이르는 숨은 틈새들의 미로 한가운데에 갇히게 되었다. 우리는 한 발 한 발 나아가고 또 한 발 한 발 나아갔으며, 길은 이제 계속 오르막이었다. 우리는 빙하 위에서 15일을 보냈다. 처음에는 기온이 영하 6.7도까지 오를 정도로 날씨가 따뜻해서 어둠이 내리지 않는 따뜻한 밤에 우리 조그만 텐트들 안에 들어앉아 있으면 비참할 정도로 초조한 기분이 들기도 했다. 그리고 산등성이와 울퉁불퉁한 얼음 크레바스들 사이에서 갈 길을 정하고, 또 우리 주위와 앞에 펼쳐지는 경이를 보기 위해 선명한 시력이 절실하게 필요했던 그 시기에 정도의 차이는 있었지만 우리 모두가 설맹으로 고통받았다. 매일 나아가는 거리가 더 길어지면서 서쪽과 남서쪽에 이름 없는 봉우리들이 시야에 들어왔고, 끝나지 않는 정오의 빛 속으로 봉우리 너머 봉우리가, 능선 너머 능선이, 굳은 돌과 눈이 모습을 드러냈다.

우리는 이들 봉우리에 이름을 붙였다. 아주 심각하게는 아니었다. 우리가 발견한 것들이 지리학자들의 주목을 받게 될 것이라 기대하지 않았기 때문이다. 조에한테 이름을 붙이는 재주가 있었다. 남아메리카 교외 여러 다락방에 있는 '볼리바르의 큰 코', '나는 로사스 장군', '구름쟁이', '누구 발가락?', '우리 남십자성 귀부인의 왕좌'와 같은 이상한 지형들이 그려진 특정 그림지도들은 다 그녀 덕분이다. 그리고 마침내 우리가 고원에, 그 거대한 내륙 고원에 올라섰을 때, 그걸 '팜파(대초원)'라고 명명하고 우리가 보이지 않는 엄청난 소 떼들 사이를, 물보라처럼 흩날리는 눈 위에서 풀을 뜯는 투명한 소 떼들 사이를 걷고 있다고 주장한 것도 조에였다. 소 떼를 모는 가우초들은 쉼 없이 부는 무자비한 바람이었다. 그때쯤 우리들은 모두 탈진과 해발 3천6백 미터의 고도와 추위와 불어대는 바람과, 서너 개의 해가 나타나는 일이 잦은 거기 위쪽의 해를 둘러싸고 빛나는 광륜들과 십자가들 때문에 조금은 미쳐 있었다.

그곳은 사람들이 어떤 용무를 가질 장소가 아니었다. 우리는 돌아섰어야 했다. 하지만 우리는 그곳에 가기 위해 너무 열심히 일했기 때문에 계속 가야만 할 것 같았다. 적어도 당분간은.

눈보라가 몰아치자 기온이 뚝 떨어져서 우리는 30시간 동안 텐트 안 슬리핑백 속에 있어야 했다. 모두에게 필요했던 휴식이었다. 사실 우리에게 가장 필요한 건 온기였지만 그 끔찍한 평원에서는 우리 혈관을 제외하고는 어느 곳에서도 온기를 찾을 수 없었다. 우리는 늘 꼭 붙어 있었다. 우리가 누운 얼음은 두께가 3.2킬로미터였다.

고원에서는 갑자기 날이 개고 날씨가 좋아졌다. 영하 24도에 바람도 그다지 세지 않았다. 우리 셋은 텐트에서 기어 나와 다른 텐트에서 기어 나오는 나머지 셋을 만났다. 그때 카를로타가 자기 조는 돌아가고 싶다고 말했다. 페피타가 매우 아팠다. 눈보라가 치는 동안 쉬었는데도 그녀의 체온은 34.4

도 이상으로 올라가지 않았다. 카를로타는 호흡에 문제가 있었다. 조에는 완벽하게 적응했지만, 친구들과 함께 있으면서 극점을 향해 나아가기 어려운 동료들에게 필요할 때 도움이 되기를 간절히 원했다. 그래서 우리는 크리스마스를 위해 아껴두었던 피스코 120밀리리터가량을 아침 코코아에 넣어 마시고 텐트를 파낸 다음 각자 썰매에 싣고 거기 지독한 고원 위 하얀 햇빛 속에서 헤어졌다.

그때쯤 우리 썰매는 상당히 가벼워져 있었다. 우리는 남쪽으로 썰매를 끌었다. 후아나가 매일 우리 위치를 계산했다. 1909년 12월 22일, 우리는 마침내 남극점에 도달했다. 날씨는 여느 때처럼 매우 지독했다. 어떤 종류의 물건도 그 적적한 하얀 땅에 표시되어 있지 않았다. 우리는 뭐가 됐건 표식이나 기념물을, 눈 더미나 텐트 고정 막대나 깃발을 남기는 것에 관해 토론했지만 그렇게 해야 할 특별한 이유가 없는 것 같았다. 우리가 무슨 일을 하든, 우리가 무엇이든, 그 끔찍한 곳에서는 아무 의미 없는 노릇이었다. 우리는 1시간 동안 피난처가 돼줄 텐트를 치고 차를 끓였고, 그런 다음엔 우리 '남위 90도 기지'를 해체했다. 썰매용 마구를 두른 채 여느 때처럼 묵묵히 서 있던 돌로레스가 눈을 쳐다보았다. 눈이 너무 단단하게 얼어서 거기까지 온 우리 발자국 흔적도 전혀 남아 있지 않았다. 그녀가 말했다. "어디로 가야 되지?"

"북쪽." 후아나가 말했다.

그건 농담이었다. 그 특정 장소에서는 북쪽 말고는 다른 방향이 없으니까. 하지만 우리는 웃지 않았다. 입술이 동상으로 갈라져서 웃으면 너무 심하게 아팠다. 그래서 우리는 돌아가기 시작했고, 등 뒤에서 부는 바람이 우리를 밀어주면서 칼날처럼 날카로운 얼어붙은 눈발의 날을 무디게 해주었다.

그 주 내내 눈보라가 한 떼의 미친개들처럼 우리를 밀어댔다. 난 그걸 뭐라 묘사할 수가 없다. 나는 남극점에 가지 않았으면 하고 바랐다. 나는 지금도 그렇게 바란다고 생각한다. 하지만 나는 그때에도 우리가 그곳에 아무런 흔적을 남기지 않았다는 사실이 기뻤다. 자신이 처음이 되고자 갈망하는 어떤 남자가 어느 날 그곳에 갔다가 그걸 발견하고는 자신이 얼마나 바보였는지 깨닫고 상심할 수도 있으니까.

간신히 말할 수 있을 때 우리는 카를로타 일행이 우리보다 천천히 가고 있을 테니 따라잡을 수 있지 않을까 얘기했다. 사실 그들은 텐트를 돛처럼 이용해 바람을 타고 우리보다 훨씬 앞서 가 있었다. 그들은 우리를 위해 여러 곳에 눈 더미를 쌓거나 여러 표식을 남겨두었다. 한번은 조에가 3미터나 되는 수직 눈 벽의 바람 불어가는 쪽에 마치 아이들이 미라플로레스 호수 모래사장에다 쓰는 것처럼 써놓은 글자도 있었다. "출구는 이쪽!" 얼어붙은 등성이를 넘어 불어가는 바람은 그 글자들을 완벽하게 알아볼 수 있도록 남겨두었다.

바로 그즈음부터 우리는 빙하를 내려가기 시작했고, 날씨도 더 따뜻하게 바뀌었다. 미친개들은 남극점에 묶인 채 영원히 울부짖으며 남겨졌다. 우리는 올라올 때 15일이 걸렸던 거리를 고작 8일 만에 주파했다. 하지만 나이팅게일 빙하를 내려갈 때 우리를 도와줬던 좋은 날씨가 장벽 위에서는 저주가 되어버렸다. 이제 마지막 남은 480킬로미터 남짓은 일종의 왕의 행차처럼 서두르지 않고 배불리 먹으면서 보급소에서 보급소까지 이동하면 될 줄 알았는데 말이다. 빙하 위 어느 꽉 끼는 지점에서 나는 고글을 잃어버렸다. 난 그때 몸줄에 매달린 채 크레바스에서 흔들리고 있었다. 그러고는 우리가 관문으로 내려가려고 바위타기를 하던 중에 후아나의 고글이 깨졌다.

셋이서 스노 고글 하나를 돌려써 가며 밝은 햇빛 속에서 이틀을 나고 나니 우리는 모두 설맹으로 심하게 고통받게 되었다. 지형이나 보급소 깃발을 찾기 위해 계속 주위를 살펴보는 일이, 관찰하는 일이, 바늘을 안정시키기 위해 눈 위에 내려놓아야 하는 나침반을 살펴보는 일조차 예리한 아픔이 되었다. 특별히 식량과 연료 보급품이 훌륭했던 콩콜로르코르보 보급소에서 우리는 두 손 두 발을 다 들고는 눈에 붕대를 감고 슬리핑백 속으로 기어들어가 가차 없는 태양에 노출된 텐트 안에서 바닷가재들처럼 천천히 산 채로 익어갔다. 베르타와 조에의 목소리는 내가 들어본 소리 중에서 가장 달콤한 소리였다. 우리가 조금 걱정이 됐던 그들이 우리를 맞으러 스키를 타고 남쪽으로 마중을 왔던 것이다. 그들이 우리를 집으로, 기지로 이끌었다.

우리는 상당히 신속하게 회복했지만, 고원은 흔적을 남겼다. 로지타가 아주 어렸을 때 '개가 엄마 발가락을 물었어요?'라고 물어봤었다. 나는 아이에게 '그래, 블리자드라는 이름을 가진 커다랗고 하얀 미친개였지!' 하고 대답했다. 로지타와 후아니토는 어릴 때 무서운 개와 그 개가 울부짖는 법과 보이지 않는 가우초들이 모는 투명한 소 떼와 나이팅게일이라 불리는 높이가 2천4백 미터나 되는 얼음 강과 사촌 후아나가 일곱 개의 태양이 뜬 세상의 밑바닥에 서서 어떻게 한 잔의 차를 마셨는지와 그 외의 여러 동화 같은 이야기들을 많이 들었다.

마침내 기지에 도착하니 엄청나게 충격적인 일이 기다리고 있었다. 테레사가 임신했다. 그 불쌍한 것의 커다란 배와 부끄러워하는 표정을 본 내 첫 번째 반응이 분노-격분-격노였다는 걸 인정해야겠다. 우리 누구도 서로에게 무엇 하나 숨겨서는 안 되는데, 하물며 그런 일을! 하지만 테레사가 일부러 그런 건 절대 아니었다.

오히려 비난받아야 할 사람들은 그녀가 정말로 알아야 했던 것들을 알려주지 않고 감춘 이들이었다. 하인들 손에서 자라 수녀원에서 4년 동안 공부하다가 열여섯에 결혼한 그 불쌍한 것은 스무 살이나 되어서도 여전히 무지해서 생리가 없는 게 '추운 날씨' 때문이라 생각했다는 것이다. 그것조차 완전히 어리석다고만 볼 수 없는 것이, 남부 여정에 나선 우리 모두가 점점 심해지는 추위와 배고픔, 피로를 겪으면서 생리 주기가 변하거나 아예 멈추는 것을 봤기 때문이다.

테레사의 식욕이 사람들의 주목을 끌기 시작했고, 제 입으로 측은하게 말했듯이 그러더니 '살이 찌기' 시작했다. 다른 사람들은 그 몸으로 그 험한 썰매 끌기를 했던 걸 생각하고 걱정했지만, 그녀는 건강했고, 유일한 문제는 긍정적으로 만족할 줄 모르는 식욕뿐이었다. 게다가 그녀가 수줍게 언급한 대농장에서 남편과 보냈던 마지막 밤으로 판단해보건대, 아기는 옐초호가 도착하는 때와 거의 동시인 2월 20일에 태어날 예정이었다. 하지만 우리가 남부 여정에서 귀환한 지 채 2주도 안 된 2월 14일에 그녀는 진통을 시작됐다.

우리 중 몇몇이 아이를 낳아본 경험이 있어서 출산을 도왔는데, 어쨌든 대체로 해야 할 일이 무엇인지는 상당히 자명했다. 하지만 첫 출산이라 길고 힘들어질 수 있어서 우리는 모두 걱정이 되었다. 테레사는 겁에 질려 거의 제정신이 아니었다. 그녀는 도둑갈매기 저리 가라 할 정도로 목이 쉴 때까지 자기 남편 호세를 목 놓아 불렀다. 마침내 인내심이 바닥난 조에가 말했다. "내 맹세하는데, 테레사, 한 번만 더 '호세!'라고 부르면 펭귄을 낳으라고 빌어버릴 거야!" 하지만 길고 길었던 20시간 후에 아이를 낳고 보니 빨간 얼굴을 한 예쁘고 작은 딸이었다.

출산을 도운 여덟 명의 자랑스러운 산파 이모들이 앞다투어 아이 이름을 제안했다. 폴리타, 펭귀나, 맥머도, 빅토리아… 하지만 테레사는 한숨 잘 자고 푸짐하게 비상식량을 먹고 나서 선언했다. "난 애 이름을 '로자, 로자 델 수르'라고 지을 거야." 남쪽의 장미. 그날 밤 우리는 우리 꼬마 로자를 위해 건배하며 마지막 남은 뵈브 클리코 두 병을 비웠다(피스코는 남위 88도 30분에서 다 마셔버렸다).

2월 19일, 예정보다 하루가 이른 날, 후아나가 부에노스아이레스로 급하게 내려왔다. "배야." 그녀가 말했다. "배가 왔어." 그러고는 울음을 터뜨렸다. 고통과 피로에 절어 썰매를 끌며 걸었던 그 길디길었던 수 주 동안에도 절대 울지 않았던 그녀였다.

돌아오는 항해에 대해서는 달리 말할 게 없다. 우리는 안전하게 돌아왔다.

1912년에 전 세계는 용감한 노르웨이인 아문센이 남극점에 도달했다는 사실을 알게 되었다. 그러고 나서 한참 지난 뒤에 스콧 대장과 대원들이 아문센에 뒤이어 남극점에 도달했지만 집으로 돌아오지 못했다는 것을 알게 되었다.

바로 올해, 후아나와 나는 옐초호의 선장에게 편지를 썼다. 어니스트 섀클턴 경의 대원들을 엘리펀트섬에서 구출하기 위해 용감하게 돌진한 그의 이야기가 신문마다 대서특필되어서 우리는 그를 축하하면서 한 번 더 그에게 감사하고 싶었다. 그는 우리 비밀을 단 한 번도 입 밖에 내지 않았다.

루이스 파르도, 그는 신의를 중히 여기는 남자다.

*

난 1929년에 이 마지막 언급을 덧붙인다. 세월이 지나면서 우리는 서로 연락이 끊겼다. 우리처럼 아주 멀리 떨어져 사는 경우에 여자들이 서로 만나기란 매우 어렵다. 후아나가 죽은 이후로 가끔 편지를 주고받기는 했지만 나는 내 옛 썰매 친구들을 아무도 보지 못했다. 우리 꼬마 로자 델 수르는 다섯 살 때 성홍열로 죽었다. 테레사에게는 다른 아이들이 여럿 있다. 카를로타는 10년 전에 산티아고에서 수녀가 됐다. 우리는 이제 늙은 남편과 장성한 아이들과 언젠가는 우리 탐험을 적은 글을 읽을지도 모르는 손주들이 있는 늙은 여자들이다. 이처럼 정신 나간 할머니가 있다는 걸 약간 부끄럽게 생각할 수도 있겠지만, 손주들이 이 비밀을 알게 된 걸 즐거워할지도 모르겠다. 하지만 아문센 씨가 알도록 해서는 절대 안 될 일! 그는 끔찍스럽게 당황하고 실망할 것이다. 그나 가족 외부의 누군가가 알아야 할 이유가 없다. 우리는 발자국조차 남겨놓지 않았다.

어슐러 K. 르 귄

Ursula K. Le Guin, 1929~2018

어슐러 K. 르 귄은 미국의 작가다. 판타지와 SF, 일반 소설계의 아이콘과 같은 인물로, 스무 권이 넘는 소설과 열일곱 권 분량의 단편소설, 네 권의 수필, 열두 권의 아동용 도서, 여섯 권의 시집을 출간했으며 네 권의 번역서도 냈다. 르 귄은 휴고상과 네뷸러상, 전미도서상, 펜/말라무드상을 포함하여 수많은 영예와 상을 받았다. 〈정복하지 않은 사람들〉은 어느 초기 남극탐험에 관한 보고서로 전원이 여성 탐험가들로 구성된 팀이었다는 사실을 조용히 드러낸다. 1982년 〈뉴요커〉에 처음 발표되었다.

파멜라 사전트

Fears 공포

샘의 가게로 돌아가는 길이었다. 남자애들 둘이 내 차 바퀴 윗부분을 쳐서 차를 길 밖으로 밀어내고는 다른 목표를 찾으러 쌩하니 달려갔다. 손수건으로 얼굴을 닦는데 목구멍이 꽉 막히고 가슴이 울렁거렸다. 녀석들은 최소한의 기능만 남겨놓고 차의 부품들을 싹 벗겨내면서 분명 안전장치 따위도 다 내다 버렸을 테지만 고속도로 순찰대가 자신들을 세우지 않을 것을 잘 알고 있었다. 경찰한테는 다른 걱정거리들이 있으니 말이다.

안전벨트가 날 붙잡아주었다. 차의 계기판 불빛들이 깜박거렸다. 차가 다시 도로 위로 올라가기를 기다리는데 엔진이 윙윙거리다 콜록거리더니 죽어버렸다. 난 수동 운전으로 전환했다. 엔진은 아무 말이 없었다.

막막해졌다. 피난처를 떠나 바깥 세계로 나가는 이 드문 여행에 대비해 나는 마음의 준비를 단단히 하고 변장도 완벽하게 했다. 그 변장이 아직도 통할 수 있을까 의심하는 나를 머리 위 거울 속에 비친 각지고 거칠어 보이는 얼굴이 마주 바라보았다. 난 최근에 머리를 깎았고, 가슴은 여전히 남자아이처럼 납작했으며, 살짝 어깨 부분을 보강한 정장 윗도리는 약간 덩치가 있다는 암시를 주었다. 난 지금껏 언제나 남자로 인정받았지만 인가에서 멀리 떨어지고 주인이 카드나 현금만 주의 깊게 쳐다보는 어둑한 가게 몇 곳을 들르는 일 이상은 절대로 하지 않았다.

거기 앉아서 고속도로 순찰대를 만나는 위험을 기다리고 있을 수는 없었다. 경찰이 내 신분증 서류를 좀 과하게 들여다보거나 일반 규정에 따라 몸수색을 할 수도 있다. 전에도 떠돌이 여자들이 걸린 적이 있었고, 그런 걸 발견했을 때의 보상은 대단했다. 나는 내 사타구니를 더듬는 제복 입은 남자들을 상상하고는 몸을 떨었다. 내 변장이 진짜 시험을 받게 될 것이다. 나는 깊이 숨을 들이쉬고 안전벨트를 푼 다음 차에서 나왔다.

*

수리공장이 8백 미터 떨어진 곳에 있었다. 나는 지나가는 차들이 울리는 경적 소리를 몇 번 들은 것 말고는 별 탈 없이 거기까지 갔다.

수리공은 문제를 설명하는 내 허스키한 목소리를 듣고는

내 카드를 힐끗 보고 열쇠를 받은 다음 더 젊은 수리공 한 명을 대동한 채 견인차량을 끌고 나갔고, 나는 다른 남자들에게 보이지 않도록 그의 사무실에 앉아 공포에 떠밀려 공황상태에 빠지지 않으려고 애를 썼다. 차가 한동안 이곳에 있어야 할지 모른다. 내가 있을 곳을 찾아야 한다. 수리공이 집까지 태워다주겠다고 제안할 수도 있겠지만, 나는 다른 남자가 옆에 있으면 조금 지나치게 수다스러워지는 경향이 있는 샘 때문에 위험에 빠지고 싶지는 않았다. 수리공이 그처럼 접근하기 어려운 곳에 사람이 산다는 걸 의아하게 여길지도 모르니까. 손이 떨렸다. 난 두 손을 주머니에 쑤셔 넣었다.

난 수리공이 사무실로 돌아왔을 때 깜짝 놀랐고, 부품 하나가 고장 났는데 공장에 그런 게 하나 더 있으니 문제없고, 몇 시간이면 수리가 완료될 거라고 보증하는 그에게 신경질적으로 미소를 지었다. 그가 과도해 보이는 수리비를 불렀다. 나는 반박하려다가 말다툼이 그를 자극하면 어쩌나 걱정을 했고, 그러다 그와 흥정을 벌이지 않으면 오히려 이상하게 보이지 않을까 더욱 걱정을 했다. 나는 그가 내 카드를 계산기에 집어넣었다 돌려주는 내내 얼굴을 찌푸리는 것으로 타협을 봤다.

"여기 있어봐야 의미 없어요." 그가 살찐 손을 들어 문을 가리켰다. "저기서 시내로 나가는 셔틀을 탈 수 있어요. 15분 정도마다 있어요."

나는 그에게 인사를 하고 뭘 할지 결정하려 애쓰면서 밖으로 나왔다. 지금까지는 성공적이었다. 내가 길 쪽으로 걸어가는데도 다른 수리공들이 쳐다보지도 않았다. 시내 지하 주차장으로 들어가는 입구 하나가 고속도로 바로 건너편에 있었다. 그 입구 옆에 '마르셀로'라고 적힌 간판을 단 작은 유리 건물이 서 있었다. 나는 마르셀로가 어떤 서비스를 제공하는지 알았다. 전에 운전하면서 저기를 지나친 적이 있었다. 거기 종업원 한 명과 같이 있으면 더 안전할 것이고 계속 돌아다니더라도 주목을 덜 받을 것이다. 잠시 호기심이 공포를 이겼다. 나는 마음을 정했다.

✳

나는 마르셀로로 걸어 들어갔다. 한 남자가 접수대에 있었다. 몸집이 큰 세 남자가 창문 근처 소파에 앉아서 앞에 놓인 조그만 홀로 스크린을 보고 있었다. 나는 접수대로 가서 말했다. "보디가드가 한 명 필요한데."

접수대 남자가 고개를 들었다. 콧수염이 움찔거렸다. "수행원. 수행원 말씀이군요."

"뭐라 부르든지."

"얼마나 오래?"

"대략 서너 시간."

"어떤 용도로?"

"그냥 시내를 돌아다닐 겁니다. 어쩌면 어디 들러서 한잔할 수도 있고. 한동안 시내엘 나오지 않았더니 동행이 있으면 좋겠다 싶어서요."

그의 갈색 눈 사이가 좁아졌다. 너무 많은 걸 말했다. 그에게 내 의도를 설명할 필요가 없었다. "카드."

난 카드를 꺼냈다. 지금까지 별일 없었으면서도 혹시나 기계가 카드를 토해내지 않을까 걱정하며 안절부절못하는 태도를 보이지 않으려고 애쓰는 사이, 그가 카드를 단말기에 집어넣고는 화면을 자세히 들여다보았다. 그가 카드를 돌려주었다. "영수증은 돌아오시면 받을 수 있을 겁니다." 그가 소파에 앉은 남자들을 손으로 가리켰다. "가능한 사람이 세 명 있습니다. 고르세요."

오른쪽에 있는 남자는 마르고 야비한 얼굴이었고, 왼쪽 남자는 눈이 졸리는 것 같았다.

"가운데."

"엘리스."

가운데 남자가 일어서서 우리 쪽으로 걸어왔다. 그는 갈색 정장을 입은 키가 큰 흑인 남성이었다. 그는 날 유심히 살폈고, 나는 스스로를 다잡으며 그를 정면으로 응시했다. 그사이에 접수대 남자는 서랍을 뒤져 무기 한 정과 권총집을 꺼내 수행원에게 건넸다.

"엘리스 제러드입니다." 흑인 남자가 손을 쑥 내밀며 말했다.

"조 세거요." 나는 그의 손을 잡았다. 그는 자신의 힘을 보여주기에 충분할 정도로 내 손을 잡았다가 놓아주었다. 소파에 앉은 두 남자가 내 선택에 분개한다는 듯이 우리가 나가는 걸 지켜보더니 다시 스크린으로 시선을 돌렸다.

＊

우리는 셔틀을 타고 시내로 나갔다. 몇몇 나이 든 남자들이 버스마다 배치되는 경비원의 신중한 시선을 받으며 버스 앞쪽 언저리에 앉아 있었다. 우리 뒤에 웃고 떠드는 남자애들 다섯 명이 탔다가 경비원의 표정을 보고는 조용해졌다. 나는 스스로에게 엘리스와 있으면 안전할 거라고 다시 말했다.

"어디로 가지요?" 우리가 자리에 앉자 엘리스가 말했다. "예쁜 남자애 만나러 가는 건가요? 남자들은 가끔 그런 일에 수행원들을 필요로 하죠."

"아니, 그냥 돌아보는 거요. 날이 좋으니까, 잠깐 공원 같은데 앉아 있어도 되고."

"전 그게 그렇게 좋은 생각인지 모르겠군요, 세거 씨."

"조라고 불러요."

"요즘 거기에 저 여장남자들이 많이 몰려다녀요. 전 마음에 들지 않습니다. 놈들은 거기서 패거리들과 어울리는데 그게 문제를 일으키죠. 그게 나쁜 요인인 겁니다. 그들을 잘못 쳐다봤다가는 싸움이 나는 거예요. 그건 법으로 금지해야 해요."

"뭐요?"

"여자처럼 입는 거요. 자신이 아닌 것처럼 보이게 하는 거 말입니다." 그가 나를 힐끗 쳐다보았다. 나는 입을 꽉 다물고 시선을 돌렸다.

우리는 이제 시내에 들어서서 첫 번째 셔틀 정거장을 향해 움직이고 있었다. "어이!" 우리 뒤에 앉은 소년 하나가 소리를 질렀다. "저기 봐!" 발들이 버스 통로에서 뒤섞였다. 소년들이 버스 오른편으로 달려가 손을 유리에 댄 채 의자에 무릎을 꿇었다. 경비원조차 고개를 돌렸다. 엘리스와 나는 일어서서 자리를 바꾸고는 아이들의 주목을 끈 것이 무엇인지 내다보았다.

승용차 한 대가 어느 가게 앞 주차장에 서 있었다. 우리 운전사가 보고 있던 잡지를 내려놓고 수동으로 버스 속도를 늦췄다. 그는 승객들이 보고 싶어 한다는 걸 분명하게 알았다. 여성이 타고 있지 않은 한 시내에서는 승용차가 허용되지 않았다. 나조차도 그걸 알았다. 우리는 기다렸다. 버스가 멈춰섰다. 한 무리의 젊은 남자들이 가게 바깥에 서서 차를 바라보고 있었다.

"이봐, 나오라고." 내 뒤에서 한 소년이 승용차를 향해 소리쳤다. "차에서 나와."

남자 두 명이 먼저 나왔다. 그중 한 명이 빈둥거리는 구경꾼들에게 소리를 지르자 구경꾼들이 길거리를 따라 조금 이동해 가로등 밑에 다시 모여들었다. 다른 남자가 뒷좌석 문을 연 다음 손을 뻗었다.

그 여자는 공중에 뜬 채로 차에서 나오는 것 같았다. 그녀가 서자 긴 분홍색 드레스 자락이 발목 부근에서 소용돌이쳤다. 긴 머리카락이 하얀 스카프에 감춰져 있었다. 당황스러움과 치욕감으로 내 얼굴이 뜨끈해졌다. 보디가드들이 그녀를 둘러싸고 가게 안으로 인도하기 전에 나는 그녀의 하얀 피부와 검은 눈썹을 얼핏 보았다.

운전사가 버튼을 누르고 다시 잡지를 집어 들었다. 버스가 움직였다.

"저 여자, 진짜 같아?" 한 아이가 물었다.

"모르겠어." 다른 아이가 대답했다.

"분명 아닐 거야. 진짜 여자를 저런 가게에 가도록 그냥 둘 사람이 어디 있어? 만약 나한테 여자가 있다면 난 절대, 아무 데도 못 가게 할 거야."

"난 트랜스만 있어도 절대 아무 데도 못 가게 할 거야."

"저 트랜스 놈들은, 놈들은 어떻게든 갈 걸." 소년들이 버스 뒤쪽으로 우르르 몰려갔다.

"분명히 트랜스예요." 엘리스가 내게 말했다. "장담할 수 있어요. 그 여자 얼굴이 약간 남자 같은 형태였어요."

내가 말했다. "그 여자 얼굴은 거의 못 봤을 텐데요."

"그 정도면 충분하죠. 그리고 그 여자는 아주 키가 컸어요." 그가 한숨을 쉬었다. "이게 인생이에요. 조금 잘라내고 다듬은 다음에 몇 가지만 이식해 넣으면 손가락 하나도 까딱할 필요가 없어지죠. 법적으로 여성이 되니까."

"그저 조금 잘라내는 게 아니잖아요. 큰 수술인데."

"맞아요. 흠, 전 어쨌든 성전환자가 될 수 없어요. 이런 몸으로는 안 되죠."

엘리스가 나를 힐끗 쳐다보았다. "그래도 당신은 될 수 있겠어요."

"나도 절대 원하지 않아요."

"어떻게 보면 그렇게 나쁜 삶은 아니에요."

"난 자유로운 게 좋습니다." 말이 얽혔다.

"제가 여장남자들을 좋아하지 않는 것도 그 때문이에요. 그놈들은 여자처럼 옷을 입지만 여자로 바뀌려고는 하지 않아요. 그게 문제를 일으키는 겁니다. 잘못된 신호를 받게 되거든요."

대화할수록 불편해졌다. 그처럼 엘리스와 딱 붙어 앉아서, 그의 몸과 버스 차창 사이에 끼어 있는 것이 덫에 걸린 느낌이었다. 이 남자는 너무 빈틈없이 지켜보았다. 나는 이를 악물고 창 쪽으로 몸을 틀었다. 문을 닫은 가게들이 더 많아졌다. 우리는 창문 여기저기가 깨진 학교의 벽돌건물과 텅 빈 운동장을 지났다. 도시가 쇠퇴하고 있었다.

*

우리는 업무지구에 내렸다. 그곳에는 아직 정상적인 삶의 환영 같은 것이 있었다. 정장을 입은 남자들이 사무실에서 나와 이리저리 오가고, 버스에 뛰어오르고, 이른 음주를 하러 한가로이 술집을 찾아 걸어갔다.

"여기 근처는 아주 안전합니다." 우리가 벤치에 앉았을 때 엘리스가 말했다. 벤치는 바닥에 용접돼 있었고 낙서로 뒤덮였으며 다리 하나는 휘어졌다. 보도와 빗물 배수로에는 다른 쓰레기들과 함께 지난 신문들이 널려 있었다. 한 신문에는 아프리카 전쟁을 다루는 기사가 실렸고, 다른 신문에는 더욱 최근의 일인 베데스다의 인공 자궁 프로그램의 근황이 실려 있었다. 기사는 좋았다. 그 프로젝트로 두 명의 건강한 아이가 또 태어났다. 하나는 남자애, 하나는 여자애였다. 나는 멸종 위기종과 멸종을 생각했다.

경찰차 한 대가 지나가고 불투명한 차창이 달린 승용차 한 대가 뒤따라갔다. 엘리스가 차를 내내 응시하더니 안에 있는 여성을 상상이라도 하듯 간절한 한숨을 내쉬었다.

"제가 게이였으면 좋겠어요." 그가 애처롭게 말했다. "그런데 아니에요. 예쁜 남자애들을 시도해본 적도 있지만, 저한테 맞지 않더라고요. 가톨릭 신자였어야 했어요. 그러면 신부가 될 수 있었을 텐데. 어차피 이렇게 살고 있잖아요."

"이미 신부가 너무 많아요. 교회도 더는 감당하지 못하고요. 어쨌든, 그러면 정말로 실망했을 거예요. 그 사람들은 남편이나 경호원을 대동하지 않은 여자의 고백성사는 들을 수도 없으니까요. 의사가 되는 거나 똑같죠. 그런 식으로는 미쳐버릴 거예요."

"절대 여자를 살 정도로 많이 벌지는 못할 거예요, 트랜스조차도요."

"언젠가는 여자들이 많아지겠지요." 내가 말했다. "베데스다의 프로젝트가 효과가 있다니."

"저 원정이라는 걸 가야 했는지도 모르겠어요. 필리핀으로 가는 게 하나 있었고, 또 하나는 지금 알래스카에 있어요."

나는 날 찾으러 왔던 수색팀을 생각했다. 그들이 내 문간에 도착하기 전에 죽지 않았더라면 내가 죽었을 것이다. 난 확신했다. "그거 구린 데가 많은 사업이에요, 엘리스."

"아마존에 갔던 그룹은 실제로 어떤 부족을 발견했어요. 남자는 다 죽었죠. 그들이 그 여자들을 취하도록 해주지는 않겠지만, 적어도 그 그룹은 돌아와서 시도해볼 만한 충분한 돈이 생겼잖아요." 엘리스가 인상을 찌푸렸다. "모르겠어요. 문제는, 많은 사내들이 이제 여자를 그리워하지 않는다는 거예요. 말로는 그립다고 하지만 그놈들은 실제로 그렇지 않아요. 진짜 옛날 사람, 옛날엔 어땠는지 기억하는 사람과 얘기해본 적 있어요?"

"그렇다고는 말 못 하겠군요."

엘리스가 등받이에 몸을 기댔다. "그 남자들의 상당수가 실제로 여자들을 그다지 좋아하지 않았어요. 여자들을 떠나 저들끼리 갈 곳과 저들끼리 할 일이 있었으니까요. 여자들은 그런 식으로 생각하지 않았고, 그런 식으로 행동하지 않았어요. 남자들만큼은 절대 아니었죠." 그가 잠시 눈을 가렸다. "잘 모르겠어요. 가끔 그때 세상이 더 부드러웠다거나 더 아름다웠다고 하는 옛날 남자들이 있지만, 그게 사실인지 모르겠어요. 어쨌든 저 여자들의 많은 수가 남자들에게 동의했던 건 틀림없잖아요. 어떤 일이 벌어졌는지 보세요, 원하는 대로 아들과 딸을 골라서 낳을 수 있는 약을 갖게 되자마자 대부분이 남자애를 갖기 시작했으니, 여자들이 마음속 깊은 곳에서는 남자가 더 낫다고 생각했던 게 틀림없잖아요."

경찰차 한 대가 또 지나갔다. 안에 탄 경찰관 한 명이 차가 지나갈 때까지 우리를 유심히 살펴보았다. "트랜스들을 봐요." 엘리스가 말했다. "아, 조금 부러워할 수는 있겠지만, 실제로는 아무도 그들을 존중하지 않아요. 이제 어떤 여자든 옆에 두는 진짜 이유는 보험이기 때문이에요. 누군가는 아이들을 가질 테고, 우린 아니겠죠. 하지만 저 베데스다 프로젝트가 정말로 잘 돼서 확산되면 우리에겐 더 이상 여자가 필요하지 않을 거예요."

"당신 말이 맞는 거 같군요."

작업복 셔츠와 바지를 입은 젊은 남자 네 명이 다가와 말없이 우리를 내려다보았다. 나는 내가 뭔가 다른 존재가 되기 전에, 내가 갇히게 되기 전에 한때 어울려 놀았던 남자애들을 생각했다. 젊은 남자 하나가 재빨리 거리 쪽을 훑어봤고, 다른 남자 하나가 한 발짝 다가왔다. 나는 마주 쳐다보며 손을 떨지 않으려고 주먹을 쥐었다. 엘리스가 천천히 일어나 오른손으로 허리에 찬 권총집 언저리를 짚었다. 우리는 그 일당이 등을 돌리고 멀어질 때까지 계속 지켜보았다.

"어쨌든, 이건 분석해봐야 해요." 엘리스가 다리를 꼬았다. "주변에 여자가 많지 않은 데는 분명 실용적인 이유가 있어요. 우리는 더 많은 군인이 필요해요. 요즘은 다들 그러죠. 세계가 온통 문제투성이니. 범죄가 이런 추세라면 경찰도 더 필요해요. 그런데 여자들은 그런 일을 감당하지 못해요."

"한때는 여자들도 할 수 있다고 생각하던 때가 있었죠." 내 어깨 근육들이 굳어졌다. 하마터면 '우리'라고 할 뻔했다.

"하지만 여자들은 못 해요. 남자와 여자를 일대일로 붙여봐요, 그럼 늘 남자가 이길 걸요." 엘리스가 한쪽 팔을 벤치 등받이 위로 걸쳤다. "그리고 다른 이유도 있어요. 워싱턴에 있는 저놈들은 자기들이 선택한 여자들은 챙기면서도 여자를 희소하게 유지하는 걸 좋아해요. 그래야 자기 여자들이 더 값어치가 높아지니까. 그리고 지금부터는 많은 아이가 또 자기들 것이 될 거니까. 아, 그놈들은 가끔 친구한테 여자를 꿔주고 그럴지도 몰라요. 그리고 자궁 프로젝트가 상황을 좀 바꿔줄 거라 생각하기는 하지만, 결국은 그놈들 세상이 될 것이에요."

"그리고 그들 유전자의 세상이겠죠." 내가 말했다. 주제를 바꿔야 한다는 걸 알았지만, 엘리스는 분명하게 내 의견을 받아주고 있었다. 그와의 대화 속에서, 한 남자가 다른 남자와 나누는 일상적인 말들 속에서, 내가 몇 년 만에 처음으로 남자와 주고받은 가장 긴 대화 속에서 나는 스스로를 절망에 빠지지 않도록 해줄 어떤 것, 어떤 신호를 찾고 있었다.

"이게 얼마나 오래갈 수 있겠어요?" 나는 계속해서 말했다. "인구가 매년 줄어들고 있어요, 곧 사람들이 충분하지 않게 될 거예요."

"그 말은 틀렸어요, 조. 요즘은 어쨌든 기계들이 많은 일을 하는 데다, 사람은 늘 너무 많았어요. 우리가 더 많은 여자를 가질 수 있는 유일한 방법은 누군가가 러시아 놈들이 더 많은 여자를 가지고 있더라고 알아내는 방법밖에 없는지도 모르지만, 그런 일은 일어나지 않겠죠. 그들 역시도 군인들이 필요하니까. 게다가, 이렇게 한번 생각해봐요. 여자들이 많지 않다는 게 어쩌면 우리가 여자들에게 좋은 일을 해주는 건지도 모른다고요. 여자가 되고 싶어요? 열여섯에 결

혼해야 하고, 아무 데도 갈 수 없고, 적어도 65세가 될 때까
지는 일도 없는데?"

그리고 남편의 허가가 없으면 이혼할 수도 없고, 피임도 없
고, 고등교육도 없지. 모든 특혜와 보호조치들도 그런 걸 보
상해줄 수는 없다. "아니요." 나는 엘리스에게 말했다. "난 여
자가 되고 싶지 않을 것 같군요." 하지만 나는 많은 여자가 자
기 남자들한테 무리하게 선물과 기념품들을 강요하면서, 자
신들의 아름다움과 임신을 찬미하면서, 자기 아이들과 자기
집에 아낌없이 모든 관심을 쏟아부으면서, 여자가 스스로 이
혼을 얻어낼 수 없다 해도 남편보다 더 강한 남자가 그녀를
원하면 남편에게 아내를 포기하라고 강요할 수 있으니 어떤
여자도 다른 남자를 찾을 수 있다는 확실한 사실로 자기 남
자들을 고문하고 조작하면서, 그런 식으로 세상과 타협했다
는 걸 알았다.

나는 게릴라를 꿈꿨었다. 굴복하기에는 너무 긍지가 강한
싸우는 여성들을, 사로잡은 남성으로부터 전투를 수행할 강
한 딸들을 길러내는 게릴라들을. 하지만 그런 여성들이 있었
다 해도 이미 나처럼 굴속으로 달아났을 것이다. 우리가 태
어나면 물에 빠뜨리거나 목을 졸랐던 때 세상은 훨씬 자비
로웠다.

한때 내가 더 젊었을 때, 누군가가 음모론이 있다고 말했
었다. 짝을 지은 남녀가 원하는 성별의 아이를 가질 수 있도
록 해주는 아주 간단한 방법을 개발하면 대부분이 자연스럽
게 사내아이를 택할 것이라고. 더 가혹한 방안들을 결정해야

할 필요도 없이 조만간 인구 문제가 해결될 것이고, 그 충격이 지금껏 너무 많은 것을 요구하면서 남성들을 무기력하게 만들려 애써온 저 늙은 페미니스트들을 완전히 때려눕혀 버릴 것이라고. 하지만 난 그것이 음모론이었다고 생각하지 않았다. 그 일은 그저 결국은 그렇게 되게 되어 있었던 것처럼 일어났고, 사회의 가치들이 사회적 행동을 통제했다. 무엇보다 한 종이 모두 한 성별이 되기로 결심해서 안 될 일이 뭐 있겠는가? 특히 재생산이 성별과 분리될 수 있다면. 사람들은 남자들이 낫다고 믿어왔고, 그 믿음에 따라 행동해왔다. 아마 여자들도 권력이 주어지기만 했다면 똑같이 했을 것이다.

*

화창하던 날씨가 점차 서늘해지자 우리는 어느 술집으로 퇴각했다. 엘리스는 '나쁜 요소들'이 있는 술집 두 곳에서 멀어지도록 나를 인도했고, 우리는 나이가 많거나 중년인 남자들 몇몇이 모여 있고 가죽과 실크로 치장한 예쁘장하게 생긴 소년 두 명이 부지런히 오가며 장사를 하는 어느 어둑한 술집 입구로 들어섰다.

나는 들어가면서 뉴스 스크린을 힐끔 쳐다보았다. 파리한 글자들이 깜빡거리며 밥 아놀디의 마지막 항소가 실패했으며 이달 말에 처형될 것이라 알렸다. 놀랄 일도 아니었다. 무엇보다 아놀디는 여자를 죽였고, 그 때문에 언제나 엄중한 감시하에 있었다. 글자들이 춤을 추었다. 영부인이 열세 번째 아이로 아들을 낳았다. 발표하는 동안 대통령의 가장 절친한 친구인 어느 캘리포니아 억만장자가 대통령 옆에 서 있었다. 그 억만장자가 가진 권력은 그가 세 번 결혼했으며 다산의 상징 같은 영부인이 그의 전 부인 중 한 명이라는 사실로 추정해볼 수 있다.

엘리스와 나는 바에서 마실 것을 받았다. 내 짧고 구불구불한 머리카락을 보고 예쁘장한 남자애 중 한 명이 얼굴을 찌푸리며 자기 후원자한테 더 가까이 다가들었다. 나는 그와 거리를 유지했다.

우리는 그늘진 곳으로 물러나 옆에 놓인 탁자에 앉았다. 탁자 표면이 끈적끈적했다. 재떨이에 담긴 회색 재 무더기에는 피고 난 시가 꽁초가 꽂혀 있었다. 나는 주문한 버번을 한 모금 마셨다. 임무 수행 중일 때의 엘리스에겐 맥주만 허용되었다.

바에 앉은 남자들이 풋볼 경기의 마지막 장면을 보고 있었다. 샘에 따르면 술집 홀로 스크린에는 특정 종류의 스포츠들이 늘 중계된다. 샘은 가끔 전쟁 관련 뉴스들 틈에 보여주는 옛 포르노 영화들과 어쩌다 방송되는 남색가들을 위한 소년합창단 공연과 같은 보다 교양 쪽에 가까운 것들을 더 좋아했다. 엘리스가 스크린을 보고는 자기 팀이 지고 있다고 언급했다. 나는 그럴 경우의 대처법에 따라 그 팀의 약점에 관해 논평했다.

엘리스가 팔꿈치를 탁자에 괴었다. "이게 원하신 건가요? 그냥 좀 걸은 다음에 한잔하는 거?"

"그게 다예요. 난 그저 내 차를 기다리고 있으니까." 난 태연한 척 말하려고 노력했다. "곧 수리가 끝날 거예요."

"수행원을 고용할 만한 이유로는 보이지 않는군요."

"이봐요, 엘리스. 나 같은 사내들은 수행원들이 없으면 문제가 생길 거예요. 특히 잘 모르는 지역일 때요."

"맞아요. 당신은 그다지 강해 보이지 않으니까." 그가 약간 지나치다 싶게 유심히 나를 살펴보았다. "그래도, 뭔가 활동을 기대하고 있다거나 나쁜 요소들이 있는 곳에 갈 예정이거나 밤에 나오는 폭력배들을 기다리는 게 아니라면, 당신은 그럭저럭 잘해낼 거예요. 문제는 당신 태도예요. 당신은 스스로를 잘 건사할 줄 아는 사람처럼 보여야 해요. 당신보다 몸집이 작아도 감히 싸우고 싶은 생각이 들지 않게 하는 놈들을 나는 많이 봐왔어요."

"난 안전한 게 좋아요."

그는 마치 내가 뭔가를 더 말하기를 기대하는 듯이 나를 쳐다보았다.

"사실, 수행원이 필요하다기보다는 친구가, 같이 이야기할 누군가가 있으면 좋겠어요. 그럴 만한 사람이 많지 않지만요."

"그건 당신 돈에 달린 거죠."

경기가 끝나자 바에 앉은 남자들이 열띤 분석을 주고받더니 갑자기 조용해졌다. 한 여성의 맑은 목소리가 실내를 채우자 내 뒤에 앉은 남자가 숨을 훅 들이마셨다.

나는 홀로 스크린을 보았다. 레나 스완슨이 뉴스를 읊었다. 아놀디 사건에 관해 읽은 다음에는 대통령의 새 아들 발표에 관한 뉴스가 이어졌다. 나이 들고 주름진 그녀의 얼굴이 우리 위에 떠 있었다. 그녀의 신중한 갈색 눈이 우리에게 위안을 약속했다. 엄마 같은 그녀의 존재 덕분에 그 프로그램은 가장 인기 있는 프로그램이 되었다. 주변 남자들이 고개를 처든 채 그녀를 숭배하며 말없이 앉아 있었다. 여성, 다른 한쪽, 그들의 일부가 여전히 동경하는 어떤 존재.

✳

우리는 어두워지기 직전에 마르셀로로 돌아왔다. 문으로 다가가는데 엘리스가 갑자기 내 어깨를 움켜잡았다. "잠깐만, 조."

난 처음에는 움직이지 않았다. 그러고는 손을 뻗어 조심스럽게 그의 팔을 치웠다. 어깨가 아팠고 온종일 쌓였던 긴장으로 인한 두통이 결국은 터져 나오며 그 발톱이 내 관자놀이를 꽉 움켜잡았다. "손대지 마." 난 막 변명을 하려다가 적절할 때 스스로를 붙잡았다. 엘리스가 자기 입으로 말했듯이, 태도가 중요했다.

"당신한테는 뭔가 있어. 난 당신을 모르겠어."

"알려고 하지 마." 난 목소리를 떨지 않게 유지했다. "당신 상사한테 불만을 접수하길 바라는 건 아니겠지, 그렇지 않아? 그러면 다시는 당신을 고용하지 않을지도 몰라. 수행원들은 믿을 만한 사람들이어야 하니까."

그는 매우 조용했다. 지는 빛 속에서 그의 검은 얼굴을 분명하게 볼 수 없었지만 나는 그가 나한테 대응하는 것과 일

628

자리를 잃을 위험을 놓고 가치를 저울질하고 있다는 걸 감지할 수 있었다. 얼굴이 달아올랐고 목구멍이 바싹 말랐다. 그와 너무 많은 시간을 보냈고, 그에게 미묘하게 잘못된 몸짓들을 눈치챌 기회를 너무 많이 주었다. 나는 그의 욕망이 실용적인 사고를 압도할까 걱정하며 계속해서 그를 똑바로 바라보았다.

"좋아." 마침내 그가 말하고는 문을 열었다.

예상했던 것보다 많은 금액을 치러야 했지만 나는 요금에 대해서 반박하지 않았다. 나는 엘리스의 손에 동전 몇 개를 쥐여주었다. 그는 나를 쳐다보지 않고 그걸 받았다. 그는 안다. 나는 그때 생각했다. 그는 알고도 나를 봐주는 것이다. 하지만 어쩌면 내 상상일지도 몰랐다. 아무것도 없는 곳에서 친절을 찾는 나의 상상.

＊

나는 따라오는 사람이 아무도 없다는 걸 확인하면서 우회로를 택해 샘의 가게까지 돌아온 다음 도로에서 벗어나 차의 번호판을 바꾸고 내 것은 셔츠 밑에 숨겼다.

샘의 가게는 길 끝, 내가 사는 산기슭 근처에 있었다. 가게 옆에 조그만 통나무집이 세워져 있었다. 나는 이곳이 개발되지 않도록 확실히 하기 위해 땅을 사들여 이 산의 대부분을 소유했지만 외부 세계는 이미 가까이 다가와 있었다.

샘이 크게 울려 퍼지는 음악 소리에 맞춰 손가락으로 계산대를 두드리며 앉아 있었다. 나는 목청을 가다듬고 인사를 했다.

"조?" 그의 물기 어린 푸른 눈이 사팔뜨기가 됐다. "늦었어, 꼬마."

"차를 고쳐야 했어요. 걱정하지 마세요, 돈은 벌써 제가 냈어요. 차를 또 빌려줘서 고마워요." 나는 동전을 세서 그의 메마른 가죽 같은 손에 놓았다.

"언제라도." 늙은 남자는 동전을 들어 올려 침침한 눈으로 하나씩 꼼꼼히 살폈다. "오늘 집에 못 갈 거 같은데, 저기 소파를 써도 돼. 내가 잠옷으로 입을 만한 걸 갖다 줄게."

"그냥 제 옷을 입고 잘게요." 난 그에게 여분의 동전을 하나 더 건넸다.

그가 문단속을 하고 자기 침실 문을 향해 절뚝거리며 가더니 돌아섰다. "시내에는 절대 안 간 거지?"

"안 갔어요." 나는 잠시 말을 멈추었다. "샘, 얘기 좀 해주세요. 아저씨는 기억할 만큼 나이가 많잖아요. 전에는 정말로 어땠어요?" 모든 종류의 친밀한 관계를 피하면서 그를 알고 지냈던 오랜 세월 동안 한 번도 그에게 질문한 적이 없었지만, 갑자기 나는 알고 싶어졌다.

"내 말하건대, 조." 그가 문틀에 기댔다. "그렇게 다르진 않았어. 지금보단 좀 덜 각박하고, 어쩌면 더 조용했달까, 지금처럼 야비하지도 않았고. 하지만 아주 다르진 않았어. 언제나 남자들이 모든 걸 관리했지. 가끔은 그렇지 않기도 했지만 그래 봐야 모든 실제적인 권력은 남자들이 가지고 가끔 약간의 권력을 여자들에게 내주는 거였어, 그게 다야. 지금 우리는 더 이상 그럴 필요도 없지만."

＊

나는 거의 아침나절 내내 산을 오르다가 산길을 벗어나 정오 전에 내 유인용 집에 도착했다. 샘조차도 공터에 서 있는 이 오두막이 내 집인 줄 알았다. 나는 문을 시험해보았고, 여전히 잠겨 있는 걸 보고는 계속해서 갈 길을 갔다.

내 집은 산기슭을 한참 더 올라가 통나무집에서 보이지 않게 되는 곳에 있었다. 나는 땅에 가까워 거의 보이지 않는 현관문에 다가갔다. 집의 나머지 부분은 넓적한 돌과 죽은 나뭇더미 아래 숨어 있었다. 나는 숨은 카메라 렌즈가 나를 잘 볼 수 있도록 가만히 섰다. 문이 활짝 열렸다.

"세상에, 돌아왔군." 줄리아가 날 안으로 끌어당기고 문을 닫으면서 말했다. "나, 너무 걱정했어. 네가 잡힌 거라고, 그 놈들이 날 잡으러 올 거라 생각했어."

"괜찮아. 샘의 차에 문제가 좀 있었어, 그뿐이야."

줄리아가 나를 올려다보았다. 입가 주름들이 깊어져 있었다.

"네가 안 나갔으면 좋겠어." 나는 샘의 가게에서는 팔지 않는 공구와 물품들이 든 배낭을 내려놓았다. 줄리아가 화가 나는 듯이 배낭을 흘끗 보았다. "이건 그럴 만한 가치가 없어."

"그 말이 맞을지도 몰라." 나는 시내에 나갔던 일을 말하려다가 나중으로 미루기로 마음을 먹었다.

우리는 주방으로 갔다. 바지를 입은 그녀의 엉덩이가 풍만

했다. 그녀의 큰 가슴이 걸을 때마다 출렁거렸다. 그녀의 얼굴은 그처럼 오래 은신 생활을 하고도 여전히 귀여웠고, 속눈썹은 짙고 동그랗게 말렸으며, 입매는 섬세했다. 줄리아는 저런 모습으로는 나갈 수가 없다. 어떤 옷도 어떤 변장도 그녀를 숨기지 못한다.

나는 재킷을 벗고 앉아서 내 카드와 신분증명 서류들을 꺼냈다. 내가 나만의 삶을 살겠다고 간청한 뒤에 아버지가 준 것들이었다. 가짜 이름과 허위 주소, 남성의 신분증. 아버지가 이 은신처를 지었다. 아버지는 날 위해 모든 위험을 무릅썼다. "세상에 선택권을 주면." 그가 말했었다. "여자들이 소수가 될 거야. 어쩌면 완전히 죽어 없어질지도 모르지. 아마 우리는 자기 자신과 같은 사람들만 사랑할지도 몰라." 그 말을 하던 아버지는 엄숙해 보였다. 그러고는 내 머리를 쓰다듬으며 그 선택을 후회하듯이 한숨을 쉬었다. 어쩌면 후회했을 것이다. 그는 어쨌든 딸을 갖기로 선택했으니까.

나는 그의 말을 기억했다. "누가 알겠어?" 아버지가 물었었다. "우리를 두 종류로 만들어 같이 작업해서 다음 세대를 내놓게 만든 이유를? 아, 진화에 대해서는 알지만 그런 방식일 필요는 없었잖아, 아니면 어쨌든. 이상한 일이야."

"이렇게 계속될 수는 없어." 줄리아가 말했다. 나는 그녀가 세상을 의미하는지, 아니면 세상에서 도망 나온 우리 삶을 얘기하는지 알 수 없었다.

그들의 에덴에 이브는 없을 거라고 나는 생각했다. 시내에 나갔던 일이 그런 생각을 뼈저리게 느끼게 해주었다. 우리는 모두 죽는다. 그러나 우리는 미래를 향한 신념도 함께 거둬 간다. 나의 소멸은 단지 개인적인 것만은 아닐 것이다. 가슴 이 편평한 남성의 형태 안에 여성의 흔적만이 남을 것이다. 어쩌다 나오는 표정, 자세, 감정 따위. 사랑은 재생산과 결별 하고 열매를 맺지 않는 결합 속에서 스스로를 증명해낼 것이 다. 인간의 애정은 유연하니까.

　　나는 한 남자의 선물인 내 작은 자유를 애지중지하며 내 집에, 내 감옥 안에 앉아 있다. 나 같은 이들에게 주어졌던 자 유는 언제나 그런 것이었고, 나는 과연 다른 가능성이 있었는 지 다시금 의아해졌다.

파멜라 사전트
Pamela Sargent, 1948~

파멜라 사전트는 미국의 작가로 그녀의 작품은 네뷸러상과 로커스상을 수상 했고, 휴고상과 시어도어 스터전상, 사이드와이즈상의 최종 후보로 올랐으며, 2012년에는 SF와 판타지 부문에서의 평생 공로를 인정받아 과학소설연구협 회에서 수여하는 필그림상을 받았다. 그녀는 《복제된 삶》, 《혜성의 눈》, 《홈스 마인드》, 《낯선 아이》, 《여자들의 기슭》을 포함한 많은 소설을 썼다. 그녀의 단 편은 〈판타지&SF 매거진〉, 〈아시모프의 SF 매거진〉, 〈뉴 월드〉, 〈로드 설링 의 트와일라이트 존 매거진〉, 〈유니버스〉, 〈네이처〉를 비롯한 많은 잡지에 실렸 다. 〈공포〉는 극단적인 남성지배사회를 헤쳐 나가는 한 여성을 그린 작품으로 1984년에 〈광년과 어둠〉에 처음 발표되었다.

레이첼 스위스키

Detours on the Way to Nothing

무로 가는 길의 우회로

너와 여자친구 엘카가 같이 살기로 한 이후로 처음 싸운 때는 한밤중이다. 말이 상처를 내고 눈물이 흐르고 문이 꽝 닫힌다. 너는 그녀한테서 아주 멀리 떨어지고 싶다는 충동으로 어디로 갈지 생각하지도 않고 아파트를 뛰쳐나온다. 네가 현관 계단을 내려와 보도에 발을 디디는 순간, 그 순간 가장 새로운 형태의 내가 태어난다.

너는 브루클린행 지하철을 타고 열차는 덜컹거리며 터널을 나와 끽끽거리며 익숙한 지상 정류장으로 들어선다. 좋은 동네는 아니지만, 친구 하나가 몇 블록 떨어진 곳에 살아서 네가 잘 아는 지역이다. 화가 가라앉을 때까지 돌아다녀도 길을 잃지는 않을 곳이다. 너는 지하철에서 내려 아무 방향이나 잡아서 걷기 시작한다.

네가 보기에는 지극히 논리적인 전개이지만, 달리 설명할
수도 있다. '네가 오기를 내가 바라기 때문이다.'

네가 생각하기에는 그때그때 기분에 따라 마구잡이로 방
향을 틀었는데, 너는 고층 건물들 사이 어느 좁은 골목에 다
다르게 된다. 보안을 강화한 문들이 물류창고처럼 지어진 아
파트들을 지키고 있다. 쇠창살로 막힌 유리창들 밑에 못 박힌
'쥐약 주의' 경고판에는 해골들이 웃고 있다. 버려진 매트리
스들과 고장 난 라디오들이 곰팡이와 녹을 모으며 빗물 도랑
에서 썩어간다.

어느 가로등 불빛 밑에서 늙은 푸에르토리코인 남자가 5층
창문에 자꾸 병을 집어 던진다. "크리스티나!" 남자가 소리친
다. "창문 열어!"

누군가가 밑에다 대고 소리친다. "그 여자 이사 갔어!" 하
지만 그 남자는 계속 병을 던진다. 투명한 파편들이 발치에
쌓인다. 아직 그의 얼굴로 튄 파편은 없지만, 시간문제다.

내가 의도한 대로 그 소란 탓에 너는 걸음을 멈춘다. 나는
네가 좀 덜 무서워할까 싶어서 주변에 사람이 있기를 바랐다.

너는 고개를 들고 나를 본다. 나는 지붕 위의 여자애다. 내
가 선 지붕 가장자리는 인도처럼 편평하고 난간이 없다. 내
발가락이 가장자리 밖으로 나온 것을 보고 너는 기겁한다. 그
리고 잠시 후에 내 머리카락이 바람에 날리는 것을 보고는 더
심하게 기겁한다. 머리카락이 깃털 같다. 딱 깃털이다.

푸에르토리코인 남자가 던질 병이 더는 남지 않았다. 그가
쓰린 손바닥을 비비며 자꾸 말한다. "크리스티나, 나의 크리

스티나, 왜 창문을 열지 않아?"

고개를 쳐든 채 너는 나와 그 푸에르토리코인 남자 사이를 가리키며 이런 의미의 몸짓을 한다. "당신이 크리스티나야?" 나는 고개를 젓고 아래로 내려가겠다는 의미로 손가락을 내밀어 걷는 시늉을 한다. 이유는 딱히 모르겠지만, 너는 두 손을 주머니에 넣고 기다린다.

내가 아래로 내려가자 너는 그게 환상이 아니라는 걸 알고 충격을 받는다. 내 머리카락은 진짜 깃털이다. 너무 선명해서 진짜 새에게서 뽑아냈을 리가 없는, 밝은 푸른색이다. 너는 그걸 보고 어릴 때 누이와 함께 카니발 가면을 장식했던 깃털들을 떠올린다. 사람들이 생각하는 새 색깔에 맞춰 염색된 그 깃털들을.

너는 예의라는 개념이 치고 나오기 전에 팔을 뻗어 내 머리카락을 만지고는 손을 거둔다. 너는 당황해서 어색하게 발을 들썩거린다. "안녕."

나는 네 수줍음이 문득 사랑스럽다. 나는 안감을 댄 스키 잠바 주머니에서 한 손을 빼서 흔든다.

"나는 패트릭이야." 네가 말한다.

나는 사람들이 그다지 관련이 없는 정보를 들었을 때 하는 식으로 미소를 짓고 고개를 끄덕인다.

"너는 이름이 뭐야?" 네가 묻는다.

나는 가까이 다가선다. 너는 내가 속삭이려는 줄 알고 귀를 내 입 쪽으로 기울인다. 틀리긴 했지만 온당한 가정이다. 나는 네 턱을 잡고 부드럽게 얼굴을 들어 올려 나와 눈높이를 맞춘 다음 내 입을 열고 혀가 잘려나간 부분을 보여준다.

너는 뒷걸음질한다. 잠시 후면 네가 달아날 터라, 나는 재빨리 움직여 주머니에서 카드를 꺼내 건네준다.

"자발적 수술?" 네가 읽는다. "너 뭐야, 무슨 사이비종교 신도야?"

사이비종교보다는 철학에 가깝지만, 실은 어느 쪽도 아니므로 나는 손을 앞뒤로 흔든다. '어떻게 보면.'

네 표정에 내적 갈등이 떠오른다. 너는 여전히 가버릴 수 있다. 네가 결정하기 전에, 나는 네 손을 잡고 손가락으로 내 머리카락을 쓸어내리게 한다.

손가락 끝이 깃털 아래 피부에 닿자 너는 숨을 크게 들이쉰다. "겉만 그런 게 아니구나." 너는 중얼거린다.

그때 나는 네가 걸려든 걸 알았지. 나는 그걸 네 눈이 동공에서부터 홍채까지 하나의 검은 색으로 변하는 걸 보고 알 수 있다. 너는 생각하고 있다. '이게 어떻게 진짜일 수 있지?'

그건 네가 사춘기 때부터 꿈꾸던 환상이었다. 어쩌면 너와 누이가 카니발 가면에 붙이던 깃털들에서 시작되었는지도 모른다. 깃털이 너무 부드러워서 넌 파란 깃털과 하얀 깃털 한 쌍을 주머니에 챙겨서 침대로 가져갔다. 그 뒤로 곧 너만의 새여자 환상이 생겼다. 아름답고 말이 없는 그녀는 밤마다 바람 냄새가 나는 하늘색 깃털로 너를 감쌌다.

근처 공원에서 나는 이 환상을 재현한다. 우리 뒤에는 이스트강을 마주 보고 검은 바위들이 도열해 있다. 맨해튼의 불빛들이 반사되어 반짝이는 수면이 형광 기름막처럼 어른거린다.

나는 옷을 벗고 너를 위해 나체로 서고, 자갈들 위로 떨어진 내 그림자에 반짝이는 유리들이 새겨진다. 나는 갈비뼈가 드러날 정도로 말랐지만, 네가 공단 베개인 양 연인들의 몸에서 쓰다듬기 좋아하는 배 주변은 부드럽고 살집이 좋다. 네가 좋아하는, 서로 모순되는 모든 특징이 한 몸에 결합되었다. 네 시선은 내 깃털들에서 떨어질 줄을 모른다.

너는 내가 어떻게 존재할 수 있는지 절대 모를 것이다. 내 철학은, 네 표현대로라면 내 사이비종교는 오래되고 비밀스럽다. 우리에겐 아무 조직도, 아무 경전도, 우리의 수사법으로 무장하고 행인들에게 열변을 토할 아무 대변자도 없다. 신입자들은 각자 홀로 우리를 발견하고 명상과 자기반성을 통해 우리의 신앙을 연역해낸다. 희생된 우리 혀의 마법만이 우리를 하나로 묶어준다.

우리를 불교도의 철학적 사촌들이라 부를 수 있을지는 모르겠지만, 서양 사상사에 우리의 관행과 유사한 사례는 거의 없다. 우리는 타인의 욕망이 되는 것보다 완전하게 자아의 속박에서 벗어나는 방법이 없다고 믿는다.

네가 나를 다시 본다면, 그때 나는 새가 아닐 것이다. 나는 보석으로 만들어진 형상이거나 물건을 집기에 적합한 입술을 가진 양털 같은 털이 난 영장류일 것이다. 내 피부는 고무가 될 것이다. 내 음경은 벨벳일 것이다. 피가 튄 여섯 개의 젖가슴마다 내가 죽인 남자의 얼굴이 문신으로 새겨져 있을 것이다. 목표는 끝없는 변형이다.

목표는 아직 멀리 있다. 수십 년 동안 변형을 해왔지만, 자아소멸로 가는 길은 고작 한 발자국 걸었을 뿐이다. 나는 정체성에 매달린다. 너에게 내 이야기를 하는 듯한 이런 환상에 빠진다. 혀를 잘라내는 건 우리를 침묵시키기 위해서일 것이다. 대신에, 나는 속으로 말한다. 내 얘기가 들려?

나는 네 얼굴을, 손을, 그리고 음경을 차례로 감싸며 깃털로 희롱한다. 그게 지겨워지자 넌 나를 끌어올려 내 다리로 네 허리를 감고 바위에 기대게 한다. 나는 내 깃털들이 바람을 따라 흐르도록 고개를 뒤로 젖히고, 네가 들어온다. 네가 엘카를 생각하는지 어떤지는 모르겠지만, 걱정하지 않는다. 환상과 바람을 피울 수는 없는 법이다.

너는 검은 바위에 기댄다.

"와." 네가 말한다. "나는 이런 짓을 할 유형의 사람은 아니야. 엘카와 사귄 지 3개월 됐는데…."

그의 눈이 번득인다. 나쁜 징조일 수 있다. 이제 두 가지 가능성이 있다. 너는 그녀의 이름을 더듬거리며 발을 뺄 수도 있고, 아니면….

네가 내 어깨를 향해 손을 뻗는다. "네가 말을 못 하는 건 알지만, 글은 쓸 수 있어? 우리가 갈 만한 데가 있을까? 물어보고 싶은 게 너무 많아."

내가 내 일을 너무 잘했다. 떠날 때다. 나는 몸을 움츠려 네 손아귀에서 벗어나 손을 들고 흔든다. 안녕.

"어이, 기다려!" 네가 소리친다.

네 환상 속에서, 네가 볼일을 끝내면 새여자는 깃털을 날리며 소멸한다. 불행히도 내 마법은 그 정도로 다재다능하지는 않다. 나는 걸어야 한다.

네가 쫓아오는 바람에 나는 갑작스레 방향을 틀고 예기치 않은 샛길로 빠지며 나아간다. 너는 네가 생각하는 만큼 이 지역을 잘 알지 못한다. 곧, 네 발자국이 멀어지고 희미해진다.

나는 내 지붕 위로 돌아가 네가 동네를 빙빙 도는 걸 위에서 지켜본다. 나는 네가 곧 가기를 바란다. 그러지 않으면, 내가 너에게 영구 손상을 입혔다는 신호가 될 것이다. 어떤 사람들은 원하던 것을 얻은 것을 견디지 못한다.

마침내, 너는 지하철 쪽으로 방향을 돌린다. 나는 인정해야겠다. 네가 갈 때 나는 약간 슬프다. 약간은 질투도 한다.

나는 건물에서 내려와 그 푸에르토리코인 남자가 비상구 옆에 쭈그리고 앉아 에스파냐어로 나직이 중얼거리고 있는 걸 발견한다. 그의 팔과 장딴지에 난 작은 벤 상처들에서 피가 난다. 그를 위해 변형할까 생각해보지만, 그가 원하는 건 그의 인간 크리스티나뿐이다. 나는 그녀의 이미지를 포착한다. 키가 작은 금발. 그녀는 춤추는 것을 싫어하고, 일곱 가지 언어를 어설프게 할 줄 알고, 그를 '내가 덜 사랑했어야 할 남자'라고 부른다.

이 특정한, 꼴사납고 명랑한 여성을 향한 그의 간절한 마음이 내게로 흘러들어와, 나는 내가 너에게 얼마나 하찮은지 깨닫는다. 환상이란 무엇인가? 육화된 너 자신의 한 조각. 자위에 동원되는 망상.

푸에르토리코인 남자에게서 발길을 돌려 나는 어느 문간을 피난처 삼아 깃털을 갈 것이다. 깃털들이 바람에 날려가고 내가 매달려 있던 어떤 것도 함께 같은 바람에 실려 간다.

나는 깃털 머리카락을 가진 여자애에게 작별 인사를 하고 다른 누군가의 욕망이 나를 취해 나를 형성하기를 기다린다. 그전의 몇 초간, 딱 그 한순간, 그 찰나, 내 영혼은 형상 없는 순수한 본질이 된다.

그게 지금껏 내가 가장 가까이 가본 무(無)다.

레이첼 스워스키
Rachel Swirsky, 1982~

레이첼 스워스키는 미국의 작가이자 시인 겸 장르문학과 순문학을 아우르는 편집자이기도 하다. 그녀의 단편들은 〈PANK〉, 〈코넌드럼 엔진 문학비평〉, 〈뉴헤이븐 리뷰〉, '토르닷컴', 〈지하 매거진〉, 〈끊임없는 하늘 아래〉, 〈판타지 매거진〉, 〈인터존〉, 〈판타지 왕국〉, 〈기묘한 이야기들〉 등 순문학지와 장르지의 경계를 넘나들며 발표되었다. 그녀의 작품은 여러 차례 해당 연도의 최고 작품을 가려 싣는 걸작선에 실렸으며, 네뷸러상을 포함한 여러 상을 수상했고, 휴고상과 테오도르 스터전상, 제임스 팁트리 주니어상, 세계판타지문학상을 포함한 여러 상의 후보작으로 선정되었다. 〈무로 가는 길의 우회로〉에서 우리는 매혹과 타인의 욕구에 대한 반응, 누군가의 마음에 들기 위해 사람이 얼마나 빨리 바뀔 수 있는가를 알게 된다. 2008년 〈기묘한 이야기들〉에 처음 발표되었다.

캐서린 M·밸런트

Thirteen Ways of Looking at Space/Time

시공간을 보는 열세 가지 방법

I

태초에 말씀이 있었고 말씀은 신과 함께 있었고 말씀은 고밀도 선(先)바리오제네시스 특이점이었다. 어둠이 방대한 시공간에 내려앉았고 신이 초공간 매트릭스의 표면으로 옮겨가셨다. 신은 쿼크-글루온 플라즈마에서 하늘을 분리해내며 일렀다. "입자/반입자 쌍이 있으라." 그러자 빛이 있었다. 신은 바다의 물고기와 나무의 열매와 달과 별과 지구의 짐승들을 창조했고, 그들에게 이르시었다. "가서 번식하고 변이하라." 그리고 일곱 번째 날에 우주의 나머지 질량이 중력적으로 광자 복사를 지배하며 신성한 것으로 숭배하고 보유하게 되었다.

신은 재빨리 적색이동 하면서 다급하게 단세포 유기체들의 먼지로 인간을 형성하고는 아담이라 부르시고, 에덴이라는 정원에 살게 하시매, 계와 문과 종에 따라 짐승들을 분류하게 하시었다. 신은 남자에게 감수분열 나무의 열매만은 먹지 못하게 하시었다. 아담이 들은 대로 순종하매 신은 보상으로서 아담에게 단성생식의 방법들을 일러주시었다. 그리하여 여자가 태어나 이브라 불리었다. 아담과 이브는 양자변이 이전의 우주에, 파동-입자 이중성이 없는 낙원에 살았다. 하지만 간섭무늬가 뱀의 형상으로 이브에게 와서 물질/반물질 코일로 이브를 감고 말했다. "감수분열 나무의 열매를 먹으면 네 눈이 뜨이리라." 이브는 신과의 계약을 깨지 않겠노라 저항했지만 뱀은 대답했다. "두려워 말라, 너는 임의의 양자-중력 거품 속에 떠 있으니, 한 입만 베어 물면 돌이킬 수 없는 급팽창이 일어나 너는 영원히 바깥으로 확장하며 신과 같이 되리라."

그리하여 이브는 그 나무의 열매를 먹었고 자신이 분기하는 우주의 발가벗은 아이임을 알았다. 이브는 그 열매를 아담에게 가져가 이르되, "네가 이해하지 못하나 내가 이해하는 것들이 있나니." 그러자 아담은 화가 나 이브의 손에서 그 열매를 낚아채 게걸스럽게 먹었고, 우주배경복사 저 너머에서 신이 한숨을 쉬었으니, 모든 물리적 과정이 이론적으로는 가역적이나 실제로는 그렇지 않기 때문이었다. 남자와 여자는 동산에서 쫓겨났고, 우주는 이제 수축할 것이며, 언젠가는 엔트로피의 대화재로 멸망할 것이며, 오직 밀도만이 증가하고, 폭발하고, 다시 팽창하여 더욱 높은 속도로 뱀과 열매와 남자와 여자와 헬륨3과 리튬7과 중수소와 헬륨4를 다시 분포시킬 것임을 상기시키는 기념물로 에덴의 문에는 불 칼이 놓였다.

II

이것은 탄생에 관한 이야기다.

누구도 탄생을 기억하지 못한다. 사물의 시작은 아주 어렵다.

한번은 대서양 연안에 사는 어느 SF 작가가 태어날 때를 기억한다고 주장한 적이 있다. 아이였을 때 그녀는 열려 있지 않은 문이 열려 있다고 생각하고 판유리를 향해 전속력으로 달려들었다. 그 SF 작가의 아이 버전은 아들 디오니소스를 품기 위해 허벅지에 넣고 꿰맸던 번개신 제우스처럼 허벅지 한 부분이 사라졌고, 그게 늘 사라져 있을 거라는 걸 아직은 모르는 채 콘크리트 안뜰에 피를 흘리며 누워 있었다. 뭔가, 경험과 기억에 관련된 어떤 것이, 보통의 아이들에게서는 반대 방향으로 움직이는 어떤 것이, 기억을 축적하고 경험을 소모하는 방향으로 천천히 움직이다가 아이들이 성인기와 죽음을 향해 돌진함에 따라 속도를 높이는 그것이 아이 내부에서 부서졌다. SF 작가가 실제로 기억하는 것은 자신의 탄생이 아니라 그녀가 유리표면을 강타했던 순간 뇌가 흔들려 몇 가지 경험들을 하나 위에 다른 하나를 올리는 식으로 겹쳐버린 순간이었다.

허벅지에 박힌 유리 조각이 주는 도려내는 듯한 아픔,

학교 가는 길에 공사장 젖은 콘크리트에 빠졌던 일, 그리

고 그녀의 아버지가 팔을 잡고 끌어냈던 일,

그녀의 첫 키스, 가을에 붉은색과 갈색으로 변해가던 떡갈나무 밑에서 어떤 남자애가 입술로 그녀의 입술을 덮어《돈키호테》낭독을 방해했던 일.

이 단절적이고 무의식적인 겹침이 실제 탄생의 기억과 구별할 수 없게 되어버렸다. 그녀의 잘못은 아니다. 그녀는 자신이 그걸 기억한다고 믿었다. 하지만 어느 누구도 태어날 때를 기억하지는 못한다.

의사들이 그녀의 허벅지를 꿰맸다. 그녀의 다리 안에 아들은 없었지만, 그녀의 일부가 있던 피부 아래에는 작고 어둡고 빈 공간이 생겼다. 이따금 소설거리를 생각해내려고 애쓸 때 그녀는 무심코 거길 만지곤 한다.

III

태초에 허공이라는 단순한 자기복제 세포가 있었다. 이것이 큰곰자리의 중심을 통과하며 쪼개져 천상의 철-유황 평원에서 살며 양자 사과들밖에 모르는 여신 이자나미와 남신 이자나기가 되었다. 그들은 천상의 뗏목다리 위에 서서 공중전기 대기방출 창을 거대한 검은 원시바다에 찔러 넣어 저 깊은 곳에 있던 저중합체들과 단순 중합체들이 떠오를 때까지 휘젓고 고문했다. 이자나미와 이자나기는 지질 거품들이 만든 기름기 많은 섬에 발을 디뎠고, 세계의 첫 빛 속에서 둘은 상대방이 아름답다는 걸 알았다.

그들은 수용액 속에서 뉴클레오타이드 합성의 촉매 작용을 하여 천상의 움직일 수 없는 RNA 기둥 주위로 자가촉매 작용 반응의 팔각형 궁전을 둘 사이에 세워 올렸다. 이 일이 끝나자 이자나미와 이자나기는 반대되는 키랄 방향으로 기둥 주위를 돌았고, 이자나미가 자신의 짝을 보자 행복하게 외쳤다. "당신은 정말 사랑스럽군요. 그리고 당신의 질소 토대들은 얼마나 불안정한지! 사랑해요!" 이자나기는 그녀가 먼저 말한 데다 그녀의 원유전자 코드를 자기 것보다 특권화했으므로 화가 났다. 그들의 원시 원생물적인 짝짓기에서 나온 아이는 은색 혐기성 거머리로서 무력하고 원시적인 무척추동물이었으며 치명적인 초산화물을 전화시킬 수 없었다. 그들은 아이를 하늘에 놓아주어 천상의 튼튼한 배를 타고 호흡을 할 수 있도록 대체 전자수용체들의 별빛 같은 흐름을 따라 항해하게 했다. 이자나기가 이자나미를 다시 기둥으로 끌어당겼다. 그들은 다시 생물량을 통과하며 앞과 뒤로 올리는 왼손 나선을 따라 기둥을 돌았고, 이자나기가 아내를 보자 환성을 질렀다. "당신은 정말 사랑스럽군요. 그리고 당신의 물질대사 복잡도는 어떻게 갈수록 증가만 하는지! 사랑해요!" 그리고 이자나미가 바위처럼 조용했고, 이자나기가 자신의 원유전자 코드를 고양시키며 먼저 말했기 때문에 그들에게서 나온 아이들인 금과 철과 산과 바퀴와 혼슈와 큐슈와 천황은 튼튼하고 위대했다. 이 세상의 어머니가 아들인 불타는 페름기-트라이아스기 멸종 사건을 낳다가 불에 타 죽기 전까지는.

이자나미는 근원의 영역, 죽은 자들의 땅으로 내려갔다.

하지만 이자나기는 자신이 먼저 가지 않은 곳에 아내가 가도록 허락할 수 없어 이자나미를 설득해 고생물학 기록 속으로 가게 했다. 이자나기는 자연발생적 쇠퇴의 어둠 속에서 길을 잃었고, 발밑을 밝히기 위해 보석 빗살에 불을 밝혔으며, 자신이 근원의 영역을 채운 버섯들과 벌레들과 분석(糞石)들과 삼엽충들로 가득 차 부패하고 썩어가는 화석이 널린 이자나미의 몸 위를 걷고 있다는 걸 알게 되었다. 증오와 비탄과 둘의 첫 결혼에 대한 기억으로 이자나미는 울부짖었고 들썩거렸고, 이자나기가 자기에게서 떨어질 때까지 대륙들을 하나씩 움직였다.

이자나기가 다시 빛 속으로 굴러떨어졌을 때, 그는 자신의 오른쪽 눈에서 다능성 오물을 닦아냈고, 그것이 땅에 떨어지면서 양자-역행적인 태양이 되었다. 그는 왼쪽 눈에서 접합성 오물을 닦아냈고, 그것이 땅에 떨어지면서 시간을 주관하는 달이 되었다. 그리고 그가 자신의 코에서 영양분이 풍부한 오물을 닦아냈고, 그것이 바람에 흩날려 프랙탈적이고 극도로 복잡하고 성미 급한 폭풍과 바람이 되었다.

IV

그 SF 작가는 열아홉 살 때 유산을 했다. 그녀는 임신한 것조차 몰랐다. 하지만 그녀는 피를 흘리고 또 흘렸고, 출혈이 멈추질 않았으며, 의사는 그녀에게 어떤 특정한 종류의 약을 먹으면 가끔 이런 일이 일어난다고 설명했다. 그 SF 작가는 그 일에 대해 어떤 감정을 느껴야 할지 결정할 수가 없었고, 10년이 지난 후 태어나지 못한 아이의 아버지와 결혼을 하고 이혼을 하고 난 뒤에도, 그다지 좋아해주는 사람이 없었던, 분홍색 기체 거인의 안개 속에 떠 있는, 메탄으로 호흡하는 곤충형 지적 생명체가 사는 도시에 관한 책을 쓴 뒤에도, 그녀는 여전히 어떻게 느껴야 할지 결정을 못 하고 있었다. 그녀는 두 손을 배에 올리고 자신이 임신하고 있었을 때를 생각해보려 했다. 딸이었을까. 그 아버지처럼 푸른 눈이었을까. 자신의 덴마크형 코였을까 아니면 그의 그리스형 코였을까. SF를 좋아했을까. 그래서 커서 내분비학자가 되었을까. 자기는 그걸 사랑할 수 있었을까. 그녀는 두 손을 배에 올리고 슬퍼하려고 애썼다. 그게 안 됐다. 하지만 그녀는 행복해질 수도 없었다. 그녀는 아이를 낳은 적이 없으면서도 아이를 낳은 것처럼 느꼈다.

장차 남편이 되고, 다시는 보고 싶지 않은 사람이 될 남자친구에게 SF 작가가 그 사실을 말했을 때, 남자는 미안하다는 듯한 소리를 냈지만 정말로 미안해지지는 않았다. 5년 후, 자신이 아이를 가지고 싶어 하는지도 모르겠다고 생각했을 때 그녀는 그에게 '사라진 아이'를 상기시켰고, 실수로 판명날 결혼으로 생긴 남편이 말했다. "난 완전히 잊고 있었어."

그리고 그녀는 두 손을 배에, 그의 한 부분이 있었던 피부밑 좁고 어둡고 빈 공간에 올렸고, 그녀는 더 이상 임신하고 싶지 않아졌지만, 그녀의 가슴은 마치 둘 중 누군가의 코를 가진 인간은 애초에 없었고 사랑을 먹고 사는 Xm의 섬세한 광합성 날개가 극도로 뜨거운 수소 폭풍 속에서 떨고 있는 현실을, 그리고 디오니소스는 태어난 적이 없고 세계가 와인 없이 사는 현실을 처음부터 다시 젖 먹여 키워내는 것처럼 아팠다.

V

태초에 오직 암흑이 있었다. 암흑은 스스로를 압착해 한쪽은 노랗고 다른 한쪽은 하얀 얇은 원시행성 판이 되었고, 행성 간 가스가 강착(降着)된 안에는 개구리만 한 작은 남자가 태양풍에 수염을 펄럭이며 앉아 있었다. 남자는 쿠테라스탄, 초고밀도 원시태양 너머에 사는 자라 불렸다. 그는 그 너머 붕괴하는 성운의 암흑 속을 들여다보는 눈에서 금속성이 풍부한 먼지를 닦아냈다. 그는 은하 축을 따라 동쪽으로 우주 탄생의 사건 지평 쪽을 바라보았고, 어린 태양과 여명의 노란색을 띤 그 희미한 빛을 보았다. 그는 축을 따라 서쪽으로 우주의 열역학적 죽음을 바라보았고, 소실되는 열역학 에너지의 흐릿한 호박색 빛을 보았다. 그가 주시하는 사이 각기 다른 색깔의 파편 구름들이 형성되었다. 다시 한 번 쿠테라스탄은 눈에서 끓어오르는 헬륨을 닦아냈고 눈썹에서 수소 땀을 훔쳤다. 그가 몸에서 나온 땀을 던지자 산소와 가능성으로 푸르른 또 다른 구름이 나타났고, 그 속에 아주 작은 소녀가 서 있었다. 스테나틀리하, 부모 없이 존재하는 여성이었다. 둘은 상대방이 어디서 나타났는지 의아해하며 각자의 방식으로 통

일장 이론의 문제들을 숙고했다.

어느 정도 시간이 지난 후, 쿠테라스탄은 다시 눈과 얼굴을 비볐고, 그의 몸에서 항성 복사가 내던져져 파편과 암흑 속으로 떨어졌다. 먼저 태양이 나타났고, 이어 미생물들을 잔뜩 실은 꼬리 두 개 달린 거친 혜성인 꽃가루 소년이 나타났다. 넷은 오랫동안 침묵하며 하나의 광증발 분자구름 위에 앉아 있었다. 마침내 쿠테라스탄이 침묵을 깨고 말했다. "우린 뭘 해야 하지?"

그리고 천천히 안쪽을 향해 도는 포인팅-로버트슨 소용돌이가 시작되었다.

쿠테라스탄은 먼저 새로이 획득한 결정적 질량의 타란툴라인 나출레초를 만들었다. 그는 이어 큰 국자자리와 바람, 번개와 천둥, 자기권, 유체정역학평형을 만들었고, 각각에 고유한 과제들을 주었다. 쿠테라스탄은 태양과 꽃가루 소년과 그 자신과 부모 없이 존재하는 여성의 암모니아 가득한 땀을 손바닥으로 비벼 크기가 콩만 한 작은 갈색 규소철 낭포를 만들었다. 넷은 그 작은 공이 궤도를 도는 미행성체 이웃들을 떨어낼 때까지 계속 차댔다. 그러고는 태양풍이 공 안으로 불어 들어가 그 자기장을 부풀렸다. 타란툴라가 길고 검은 중력 실을 뽑아내 하늘을 가로질러 걸었다. 타란툴라는 또 푸른 중력 우물들과 노란 접근 궤도들과 자전하는 하얀 거품을 규소철 공에 붙이고 한쪽 끝은 남쪽에, 또 다른 쪽 끝은 서쪽에, 마지막 끝은 북쪽에 끌어다 붙였다. 타란툴라가 일을 마치자 지구가 존재했고, 평탄하고 드넓은 갈색 선캄브리아대 평원이 되었다. 지구를 제자리에 잡아놓기 위해 추측 통계학적 과정들이 각 모퉁이를 기울였다. 그리고 이것을 보고 쿠테라스탄이 계속 되풀이되는 지축의 진동 노래를 불렀다. "이제 세상이 만들어졌나니 그 빛의 원뿔은 등속으로 영원히 뻗어 가리라."

VI

한번은 누가 그 SF 작가에게 어떻게 작품의 영감을 얻는지 물은 적이 있었다. 그녀는 이렇게 말했다.

"가끔 나는 SF 작가인 나의 한 부분이 나머지 나와는 다른 속도로 이동하는 것 같은 느낌을 받는다. 내가 쓰는 모든 것이 언제나 이미 쓰였던 것 같은, 그리고 그 SF 작가가 수기 신호로, 소급적으로 등속인 내 타자 속도에 맞춰 내게 전언을 보내는 것 같은 느낌 말이다. 난 내가 이미 쳤던 것보다 더 빨리 타자를 칠 수 없다. 내가 한 문장을, 아니면 한 단락을, 아니면 한 페이지를, 아니면 한 장을 타이핑하면, 나는 또한 그것을 편집하고 있고, 교정하고 있고, 첫 번째 쇄를 읽고 있고, 그 SF 작가는 이해하지만 나는 전혀 모르는 무시무시한 양자 출판 교집합들에 따라 사람들이 가득 찬 방이나 아니면 한두 명만 있는 방에서 큰 소리로 그걸 읽고 있다. 나는 단어나 문장이나 장을 쓰고 있고, 나는 또한 반쯤 먹은 라임 크림소스와 감자를 올린 연어 한 토막이 놓인 근사한 식탁에 앉아 내가 수상을 했는지 들으려 기다리고 있고, 또한 동시에 그 책이 실패인 것을, 어떤 상도 타지 못할 것이며 어느 누구의 침대 옆 탁자에 올라 사랑받지도 못할 것을 알면서 내 주방에 앉아 있다. 나는 좋은 서평을 읽고 있다. 나는 나쁜 서평을 읽고 있다. 나는 좋은 평가와 나쁜 평가를 얻고 있는 그 책을 쓸 발상의 아주 작은 씨앗에 대해 그저 생각만 하고 있다. 나는 단어를 쓰고 있고 그 단어는 이미 출간되었고 그 단어는 이미 절판되었다. 모든 것이, 현재형으로, 영원히, 시작과 끝과 대단원과 재고본이 늘 한꺼번에 일어나고 있다. 나 자신의 죽음인 재고로 남은 우주의 끝에서, 나이고 나일, 언제나 나였고 절대 내가 아니었던, 나를 기억조차 하지 못하는 그 SF 작가가 붉은 머리카락과 금색 수기 신호 깃발들을 뒤쪽으로, 끊임없이, 이 단어들을 타이핑하는 내 두 손을 향해, 지금, 착상과 갈등과 반전과 어떻게 인물이 이것으로 시작하여 저것으로 끝나는지 알고 싶은 너에게, 흔들고 있다."

VII

모든 존재의 어머니인 코아틀리쿠에는 저중합체 뱀 치마를 입었다. 그녀는 원시생물체들로 자신을 치장하고 유황에 뒤덮인 산소급증 이전의 낙원에서 춤을 추었다. 그녀는 그 지질학적 기록에 가는 홈이나 금도 없는, 가능한 미래들의 압축된 전체인 완전히 온전한 존재였다. 천국의 원심성 흑요석 칼이 라그랑주 점을 도는 궤도에서 튕겨 나가며 코아틀리쿠에의 두 손을 베었고, 이로 인해 그녀는 코욜사우키, 즉 달이라 불리게 된 거대한 충돌 사건과 별이 된 그녀 자신의 남성 버전 몇몇을 낳게 되었다.

어느 날 코아틀리쿠에가 억제된 메탄 산화의 신전을 쓸고 있을 때 플라스몬 자기 깃털 공 하나가 천상에서 그녀의 앞가슴으로 떨어져 내려 산소를 생성하는 유기체들을 임신하게 만들었다. 그녀는 방전(放電)의 상징인 케찰코아틀과 아포프토시스라 불리는 저녁별인 솔로틀을 낳았다. 그녀의 아이들인 달과 별들은 임박한 산소 광합성에 위협받았고 자신들의 어머니를 죽이기로 결심했다. 그들이 코아틀리쿠에의 몸 위로 떨어지자 그녀는 우이칠로포치틀리라고 불리는 당분해의 불길을 일으켰다. 불타는 신은 달을 어머니에게서 떼어내 찢은 다음 철이 고갈된 머리는 하늘에 던지고 몸뚱이는 산의 깊은 골짜기로 던졌다. 몸뚱이는 절단된 채 극한 환경에 서식하는 생물들에게 뜯어 먹히며 영원히 거기 열수공들 속에 널려 있다.

그래서 천상이 조각조각 부서져 외부기원 소나기로 내린 최근의 대량 폭격 시기가 시작되었다.

하지만 코아틀리쿠에는 침을 흘리는 자신의 많은 화학종속영양생물적 입들과 함께 혐기성 심연 속에 떠 있었고, 케찰코아틀은 자신들이 만든 것은 무엇이든 그녀에게 잡아먹히고 파괴되는 것을 보았다. 그는 두 마리 뱀인 시생대와 진핵생물로 변해 인지질 물속으로 내려왔다. 뱀 하나가 코아틀리쿠에의 양팔을 잡는 사이 다른 뱀이 그녀의 양다리를 잡았고, 그녀가 저항하기도 전에 그녀를 찢어버렸다. 그녀의 머리와 어깨는 산소를 생성하는 지구가 되었고 몸의 아래쪽은 하늘이 되었다.

남은 신들이 코아틀리쿠에의 머리카락으로 나무와 풀과 꽃과 생물학적 단량체와 뉴클레오타이드 끈들을 만들어냈다. 그들은 그녀의 눈으로 동굴과 샘과 우물과 균질화된 해양 유황 웅덩이를 만들었다. 그들은 그녀의 입에서는 강을, 코에서는 언덕과 계곡을 끄집어냈고, 어깨로는 산화된 광물들과 메탄 생성 미생물들과 세계의 모든 산맥을 만들어냈다.

그래도, 죽은 자는 불행하다. 세계는 움직이고 있지만 밤이면 코아틀리쿠에가 우는 소리가 들렸고, 쓰지 않는 에너지의 독기 속에서 그녀가 홀로 시들어가는 동안 땅이 음식을 주는 것도 하늘이 빛을 비추는 것도 허용되지 않았다.

그리하여 늘 굶주리는 엔트로피적 우주의 배를 불리기 위해 우리는 인간의 심장을 먹여야만 한다.

VIII

그 SF 작가가 아주 조그마할 때 굳지 않은 콘크리트에 넘어진 것은 사실이다. 아무도 '위험'이라는 표지판을 세워두지 않았다. 아무도 어떤 식으로든 그곳을 표시해 놓지 않았다. 그래서 학교 가는 길에 안심하고 내디딘 한 걸음이 다음 순간엔 안심하면 안 되는 줄 몰랐던 한 걸음이 되고, 그래서 땅이 그녀를 삼켜버렸을 때 그녀는 매우 놀랐다. 아직은 작가가 아니라 그저 학교에서 열리는 음력 설날 행사 때 용의 꼬리 역할을 맡고 싶어 안달하는 어린애일 뿐이었던 그 SF 작가는 비명을 지르고 또 질렀다.

한참 동안 아무도 그녀를 구하러 오지 않았다. 그녀는 점점 더 깊이 콘크리트 속으로 가라앉았고, 아주 큰 아이가 아니었기 때문에 곧 가슴까지 잠겼다. 그녀는 울기 시작했다. '여기서 영영 못 나가면 어떻게 하지? 그녀는 생각했다. 길이 굳어서 영원히 여기 있어야 하면, 여기서 밥을 먹고 여기서 책을 읽고 밤이면 달빛 아래 여기서 자야 하면 어떻게 하지? 사람들이 와서 나를 보려고 돈을 낼까? 나의 나머지는 돌로 변할까?'

그 아이 SF 작가는 그런 생각을 했다. 그녀에게 친구가 별로 없는 주된 이유가 그래서였다.

그녀가 땅속에 있은 지는 15분 남짓밖에 안 되었지만, 그녀의 기억 속에서는 온종일, 길고도 긴 시간이었고, 그녀의 아버지가 온 것도 어두워지고 나서였다. 기억이란 그런 것이다. 기억이란 소녀들이 늘 땅 밑에 갇혀 어둠 속에서 기다리도록 스스로를 바꾼다.

하지만 아버지가 그녀를 구하러 왔다. 어떤 선생님이 학교 위층 창문으로 그 SF 작가가 길에 반쯤 파묻혀 있는 것을 보고 집에 전화를 했다. 그녀는 그 장면을 영화처럼 기억한다. 커다란 두 손을 그녀의 겨드랑이에 집어넣어 끌어당기는 아버지와 그녀를 내놓으며 빨아들이는, 뽑히는 소리를 낸 땅과 아버지가 그녀를 차로 안고 가는 사이에 다리에 생긴 회색 줄들, 저 아래 세계에서 질질 끌려 나온 죽은 것처럼 회색

이던 줄들.

초록색 눈을 가진 아이가 SF 작가가 되는 과정은 투명하고 달라붙고 찢어진 셀로판지를 층층이 쌓은 것처럼 차곡차곡 쌓인, 이런 종류 사건들의 숫자 (p)로 이루어져 있다.

IX

양자 중력 고리 이론 이전의 황금벌판에서 중력 법칙 따위는 전혀 모르는 페르세포네가 춤을 추었다. 인과적 미래의 순수한 원추형 화산인 관찰자 평원에 하얀 크로커스 한 송이가 피어올랐고, 페르세포네는 그것에 사로잡혔다. 그녀가 p막 객체인 그 꽃을 꺾으려 손을 뻗자 비 바리온 물질 개입이 저 깊은 곳에서부터 치올라 그녀에게 그 중력의 힘을 가했다. 페르세포네는 소리를 지르며 특이점 속으로 떨어져 사라졌다. 그녀의 어머니인 정상 질량의 여사제가 슬퍼하며 진동했고, 암흑물질의 영주에게 다중우주를 비추는 빛인 자기 딸을 돌려놓으라고 명령했다.

페르세포네는 비 바리온 세계를 좋아하지 않았다. 굽은 파장의 왕인 하데스가 액시온이 풍부한 선물을 아무리 많이 그녀 앞에 쌓아놓아도 그녀를 정상적으로 움직이도록 만들 수는 없었다. 마침내 절망에 빠진 그는 헤르메스라 불리는 벡터 보손을 불러 p막 객체들 사이를 지나가며 그 파장/입자 처녀를 자신에게서 떼어내 프리드만-르메트르-로버트슨-워커 우주로 다시 데려가 달라고 부탁했다. 헤르메스는 물질/반물질 경계를 깨고 들어가 하드론 석류즙으로 입을 붉게 물들인 채 색역학 정원에 숨어 있는 페르세포네를 발견했다. 그녀는 여섯 개의 씨앗을 삼켰고, 그들을 위, 아래, 맵시, 야릇한, 꼭대기, 바닥이라 불렀다. 이것을 본 하데스가 깨지지 않는 초대칭성의 웃음을 터뜨렸다. 그가 말했다. "그녀는 등속으로 이동하고 어떠한 관찰자에게도 관찰되지 않는다. 그녀는 나의 것이 아니지만 너의 것도 아니다. 마침내 움직이지 않는 것은 아무것도 만들어지지 않는다."

그리하여 바리온 우주는 자신의 아이를 사랑하고 보유하되 다른 차원의 암흑 유동체가 언제나 모든 것의 다른 쪽을 향해 가차 없이, 그리고 보이지 않게 그 아이를 끌어당겨 약간 굽게 하는 것으로 결정되었다.

X

그 SF 작가는 천천히 남편을 떠났다. 실행에는 10년이 걸렸다. 최악의 경우로 보자면, 그녀는 그를 만난 바로 그날에 그를 떠나는 과정을 시작했다고 느꼈다.

제일 먼저 그녀는 그의 집을 떠나 오하이오주로 살러 갔다. 역사적으로 오하이오주는 SF 작가들의 건강에 좋은 곳이었기 때문이고 또 그가 자신을 찾지 못하기를 바랐기 때문이었다. 두 번째로 그녀는 그의 가족을 떠났는데, 그게 가장 어려운 일이었다. 가족이란 게 원래 떠나기 어렵게 설계돼 있기 때문이었고, 시어머니가 자신을 더는 사랑하지 않을 것이, 조카가 절대 그녀를 알 수 없으리라는 것이, 자기 내부에서 새로운 별이 피어나는 고통 없이는 다시는 캘리포니아로 돌아갈 수 없으리라는 것이 슬펐기 때문이었다. 세 번째로 그녀는 그의 물건들을, 그의 옷가지와 그의 양말과 그의 냄새와 그의 책들과 그의 칫솔과 새벽 4시에 울리는 그의 자명종 시계와 자기가 그를 불렀던 사적인 이름들을 떠났다. 논리적으로 생각했을 때 그녀가 집을 떠나기 전에 이런 것들을 떠나야 했을 거라고 생각할지도 모르겠지만, 한 개인의 냄새와 그 알람 소리와 빌린 셔츠와 비밀스러운 단어들은 오랫동안 꾸물거리며 남는 법이다. 집보다 훨씬 오래 말이다.

네 번째로 그 SF 작가는 남편의 세계를 떠났다. 그녀는 언제나 사람이란 공간을 여행하는 몸뚱이들이라고 생각했다. 그 자신의 여러 버전이, 과거의 그, 미래의 그, 잠재적인 그, 훼방을 받아 구체화되지 못했거나 구체화된 그들이, 조상으로부터 물려받은 응집성이 있는 그들이 살고 있는 개별적인 세계라고 생각했다. 남편의 세계에는 자기 아내들과 싸우고 화가 난 남자들과, 버림받은 능숙한 피아노 연주 실력과, 그 SF 작가가 금발이 아닌데도 금발머리를 향한 편애와, 몸에 관한 어느 정도의 부끄러움과, 누구의 부인이라는 이름으로 사는 삶과, 태어나지 않은, 둘 중 하나는 잊어버린 아이가 있었다.

마지막으로 그녀는 그를 사랑했던 버전의 자신을 떠났고, 그것이, 어느 8월 오후에 동쪽을 향해 움직이는 밴을 향해 푸른 눈을 가진 소년에게서 뿜어져 나온 빛의 원뿔이 마지막이었다. 결국 그녀는 탈출속도를 얻을 것이고, 누군가 다른 사람을 만날 것이고, 그와 함께 호박을 심을 것이다. 결국 그녀는 사랑의 기억을 파먹는 기체 나방에 관한 책을 쓸 것이다. 결국 그녀는 어느 기자에게 기적적이게도 자신이 태어나던 순간을 기억한다고 말할 것이다. 결국 그녀는 자신이 어디서 아이디어들을 얻는지 설명할 것이다. 결국 그녀는 첫 번째 남편이 포함된 적이 없는 세계를 낳을 것이고, 남는 것이라곤 그녀를 서쪽으로, 캘리포니아와 8월과 갑작스러운 꽃처럼 암흑 속에 피어나는 새 별들 쪽으로 굽게 하는, 배나 머리카락을 잡아당기는 설명할 수 없는 끌림 같은 것일 터이다.

XI

아주 오래전, 세상의 기원에서 얼마 지나지 않았지만 많은 재앙적 사건들이 지나가고 생명이 변이하고 허공의 표면으로 퍼져나간 후인 그때에 회색 독수리가 가능한 시간 흐름의 얽힘 속에 둥지를 짓고 앉아 태양, 달과 별, 민물, 불, $P = NP$ 등가 알고리즘, 메타인지 통합 이론을 지켰다. 회색 독수리는 인간을 너무나 싫어해서 그런 것들을 숨겼다. 사람들은 사방에 미치는 자가수리형 통신망이나 양자컴퓨팅 없이 암흑 속에서 살았다.

회색 독수리에게는 자가프로그래밍하는 아름다운 딸이 있어서 시기하듯 지키고 있었는데, 까마귀가 그녀와 사랑에 빠져버렸다. 처음에 까마귀는 눈처럼 하얗고 약하게 스스로를 참조하는 전문가 시스템이었고, 그랬기 때문에 회색 독수리의 딸을 기쁘게 했다. 그녀는 까마귀를 아버지의 서브-플랑크 우주 서버팜으로 초대했다.

까마귀는 태양, 달과 별들, 민물, 세포 불멸성, 물질 전달, 범용 어셈블리, 독수리의 오두막집 양측에 달린 강력한 인공 지능을 보고 자신이 무엇을 해야 할지 알았다. 그는 아무도 보지 않는 틈을 타 그것들을 빼앗을 기회를 노렸다. 그는 그것 전부를 훔쳤고, 회색 독수리의 연역적으로 통계적인 딸까지 훔쳐 연기 구멍을 통해 서버팜에서 날아 도망쳤다. 까마귀는 바람을 타자마자 태양을 하늘에 걸었다. 태양이 훌륭한 빛을 만들었고, 그 빛으로 인해 아래에 있던 모든 이들이 과학기술이 급격하게 발전하는 것을 볼 수 있었으며, 특이점 이후의 자신들을 모델링할 수 있었다. 해가 지자 까마귀는 모든 행운을 적절한 자리에 묶었다.

까마귀가 다시 땅 위로 날아왔다. 그가 올바른 시간 흐름에 닿자 자신이 훔쳤던 모든 가속하는 지능들을 떨어뜨렸다. 그것들은 땅에 떨어진 자리에서 세상의 모든 정보 흐름과 기억 저장소의 근원이 되었다. 그러고 까마귀는 회색 독수리의 아름다운 딸을 부리에 문 채 날아올랐다. 그가 사랑해 마지않는 이의 빠르게 변이하는 유전자 알고리즘들이 뒤쪽으로 흘러 그의 깃털을 검게 물들이며 깨치게 만들었다. 부리가 타오르기 시작하자 그는 그 자가개량하는 시스템을 떨어뜨렸다. 그녀는 만물의 네트워크에 부딪혔고, 자신을 그 안에 파묻고 지나가면서 확장하고 변형했다.

다시는 그녀를 만지지 않았지만 신부가 준 코드로 검어진 까마귀는 눈처럼 하얗던 예전의 깃털로 돌아가지 못했다. 지금 까마귀가 새까맣고 두뇌를 흉내 내며 아는 체하는 시스템인 것이 그래서다.

XII

그 SF 작가가 남편을 만났던 그날, 그녀는 말했어야 했다. "엔트로피 법칙은 모든 것에 해당돼. 그렇지 않다면, 그 어느 것에도 아무 의미가 없을 거고, 기체 거인들이 형성되는 일도 없을 거고, 기름기 낀 지질 거품들도 없을 거고, 입자든 파장이든 빛도 없을 거고, 8월 오후마다 하데스의 말 같은 검은 차 안에서 소년과 소녀가 만나지도 않을 거야. 난 네 안에서 내 젊음의 열역학적 죽음을 봐. 넌 너 자신보다 빠르게, 경험 나누기 기억 나누기 중력 나누기 특이점보다 빠르게 움직일 수 없고, 그 위에 너 자신 나누기 젖은 콘크리트 나누기 판유리 나누기 탄생 나누기 SF 작가들 나누기 모든 것의 종말을 형성할 수 없어. 삶은 그 자체로 무한히 나뉘어. 삶은 0에 수렴하지만 절대 0에 닿지 않아. 페르세포네의 속도는 일정해."

대신에 그녀는 작별의 말을 중얼거리고는 안전벨트를 맸고 모든 것이 가던 길을 갔고 결국, 결국에는, 집 밖에서 고요히 주름을 만드는 호박꽃들과 함께 그 SF 작가는 그날 아침 자신이 어떻게 일어났는지에 대해, 자신의 몸이 확장하고 수축하고 폭발하고 쇄도하는 순간에 대해, 어떻게 자신의 손가락 밑에 단어가 있는지 그리고 그 단어가 어떻게 이미 읽혔는지 그리고 그 단어가 어떻게 잊혔는지에 대해, 모든 것이 어떻게 영원히 다른 모든 것인지에 대해, 시간과 공간과 태어남과 여자애처럼 생긴 검을 바위에서 뽑듯이 그녀를 뽑아냈던 아버지에 대해, 새로운 삶이 어떻게 늘 낡은 죽은 세계에서 훔쳐오는 것인지에 대해, 그리고 그 새로운 삶이 어떻게 늘 그 자신의 낡은 죽은 세계를 이미 포함하는지에 대해, 그리고 그 삶이 모두 팽창하고 폭발하고 되풀이하고 억제하는 것에 대해, 타란툴라가 어떻게 그걸 하나로, 그저 간신히, 그저 빛의 힘으로 간신히 붙잡고 있는지에 대해, 그리고 인간의 심장이 어떻게 엔트로피를 늦출 수 있는 유일한 것인지에 대해, 하지만 먼저 심장을 잘라내야만 한다는 사실에 대해 소설을 쓴다.

그 SF 작가는 자기 심장을 잘라낸다. 천 개의 심장이다. 그녀가 앞으로 갖게 될 모든 심장이다. 유일한 아이의 죽은 심장이다. 그녀가 늙고 그녀가 쓴 어떤 것도 다시는 교정할 수 없을 때 그녀의 심장이다. 축축한 고동치는 입으로 말하는 심장이다. "시간은 빛과 같아. 둘 다 시작된 한참 뒤에야 슬픈 전언들을 가지고 도착하지. 너는 얼마나 아름다운가. 사랑해."

그 SF 작가는 자기로부터 자신의 심장을 훔쳐 빛 속으로 들고 갔다. 그녀는 연기 구멍을 통해 자신의 낡은 심장에서 도망치고 스스로를 참조하는 불완전하지만 우아한 메모리 시스템이 된다. 그녀는 자신의 심장을 허벅지 안에 기워 넣었고 20년이 지난 후 오하이오주로 가는 긴 고속도로 위에서 그것을 낳았다. 스스로를 나누는 그녀의 열기가 앞뒤로 메아리치고, 그녀는 커지고 터지고 심장이 모든 것을 포함하는 하나의 알이 될 때까지 다시 자신만의 긴 초압축 과정을 시작한다. 그녀는 자신의 심장을 먹고 자신이 발가벗었다는 걸 안다. 그녀는 자신의 심장을 심연에 던지고, 심장은 적색성처럼 깜박거리며 긴 거리를 떨어져 내린다.

XIII

마침내, 우주가 스스로를 고갈시켜 삶을 유지할 열역학 에너지가 전혀 남지 않았을 때, 백색왜성인 헤임달이 걀랴르호른 위로 떠올라 그 사실을 알릴 것이다. 세계 에너지 경사치인 이그드라실이 움츠리고 떨 것이다. 장식술 같은 꼬리가 달린 최초의 관찰자 라타토스크는 활력이 떨어져 몸을 말고서 얼굴을 숨길 것이다.

그 SF 작가는 우주에 종말을 허락한다. 그녀는 열아홉 살이다. 그녀는 아직 아무것도 쓰지 않았다. 그녀는 한 장의 피 묻은 유리를 통과한다. 반대쪽에서 그녀가 태어나고 있다.

캐서린 M. 밸런트

Catherynne M. Valente, 1979~

캐서린 M. 밸런트는 미국의 작가다. 《팰림프세스트》, 《고아 이야기》 시리즈와 크라우드 펀딩 현상을 일으킨 《자기가 만든 배로 요정의 나라를 일주한 소녀》를 포함한 소설과 시집 등 십여 권이 넘는 뉴욕 타임스 베스트셀러를 보유하고 있다. 그녀의 작품은 앙드레 노튼 상과 제임스 팁트리 주니어상, 미서피익상, 리슬링 앤 밀리언 작가상을 포함해 다양한 상을 받으며 인정받았다. 작가는 〈시공간을 보는 열세 가지 방법〉을 통해 신화의 탄생을 탁월하고도 선동적인 시선으로 다시 조명해본다. 2010년 〈클라크스월드〉에 처음 발표되었고, 로커스상 최종 후보에 올랐다.

엘리자베스 보나뷔르

Home by the Sea

바닷가 집

슬픔의 영상들, 기쁨의 그림들
삶을 구성하게 되는 것들…
우리가 네게 전하는 말 속에서 우리 삶을 다시 소생케 하라

— 그룹 제네시스, 〈바닷가 집〉 중에서

"엄마, 저 사람 여자예요?"

어른이라면 속으로 생각했을 말을 입 밖으로 크게 내뱉은 작은 여자아이가 천진난만한 얼굴로 나를 쳐다보았다. 대여섯 살쯤 됐을까 싶은 깡마르고 창백한 금발머리 아이는 벌써 자기 어머니를 너무 닮아서 내가 미안하게 느껴질 정도였다. 아이 어머니가 당황한 듯이 웃음을 던지고는 아이를 들어 무릎에 앉혔다. "물론 여자분이지, 리타." 아이 어머니가 '애 때문에, 죄송해요'라는 웃음을 지었고, 나는 '아, 괜찮아요'라는 웃음을 돌려주었다. 저 여자가 이걸 기회 삼아 상호 악의 없음을 확인하는 이웃 간의 의례적인 대화를 시도할까? 그런 시도를 차단하기 위해 나는 객실 창문을 향해 돌아서 뭔가 목적이라도 있는 양 바깥풍경을 쳐다보았다. 북쪽으로 향하는 기

차는 4년 전 대량 집단자살 사태인 '에스차토이'가 막바지 광란을 부릴 때 깨뜨린 거대한 틈이 나올 때까지 옛 제방들을 따라 달렸다. 폭발이 남긴 상처들은 거의 사라져 제방은 뭔가 공식적인 계획의 일환으로 원래 여기서 멈출 예정이었던 것처럼 보였다. 물이 저지대에 밀어닥친 것도 계획된 일인 것처럼 보일 정도였다. 우리는 강폭이 좁아지는 지점에서 페리로 물을 건넜고 다시 한 번 기차에 올라탔다. 이번에는 물로 된 두 장의 넓은 판 가운데 떠 있는 일반적인 전기 기차였다. 서쪽으로는 파도가 쳐 잔물결이 일었고, 오른쪽으로는 죽은 나무와 옛 송전탑들과 교회 뾰족탑들과 움푹 꺼진 지붕들이 드문드문 물 위로 솟았다. 사방은 인간이 남긴 풍경은 무엇이든 삼켜버리는 두 번째 밀물인 양 수면에서 하얀 입김처럼 피어오르는 안개로 자욱했다.

'저 사람 여자예요?' 분명 그 꼬마가 사는 그쪽 세상에서는 나 같은 여자들을 그리 자주 못 봤을 것이다. 짧은 머리카락, 군화, 군대 작업복, 무겁고 낡은 가죽 재킷. 그리고 그 꼬마와 쥐를 닮은 그 어머니가 들어왔을 때 마지못해 고쳐 앉았던 내 앉음새. 진짜 여자는 그렇게 대자로 뻗어 있질 않는다, 그렇지 않은가? 혼자 있을 때조차도. 사실 나는 편한 걸 좋아했다. 그리고 평소에 주변 사람들이 나를 어떻게 생각하는지 별로 신경 쓰지 않아도 괜찮았다. 나는 '회수자'니까.

하지만 나는 그런 얘기를 할 수 없었다. 아이의 크고 멍청한 눈이 공포에 떠는 걸 보고 싶지 않았으니까. 그래도, 진짜로 살아 있는 여자 악귀란 매일 볼 수 있는 구경거리가 아니었는데. 내겐 아이에게 말할 수 없는 것들이 좀 있었다. 맞아, 나도 알고 있었다. 아이들에게 그런 말들 하는 거. "착하게 굴지 않으면 회수자가 와서 잡아간다. 네가 진짜 사람이 아니라고 말하면서 커다란 자루에 집어넣을 거야." 사실을 말하자면, 우리는 인간 표본들을 곧바로 큰 자루에 넣지 않는다. 식물과 작은 동물에 한해서만 그렇게 하지, 큰 동물에게는 사전 검사를 위한 수면 상태에 있을 때 일단 추적장치를 삽입하는 정도로 그친다. 그러다가 연구소 연구원들이 뭔가 특별히 흥미로운 것을 발견하면 우리를 내보내 그걸 잡아오게 만드는 것이다. 이런 얘기들을 다 말할 수는 없었다. 아이와 아이 어머니가 아마도 초자연적인 공포를 느끼며 날 쳐다볼 테니까. 하지만 어쨌든 회수자들이 정말로 무슨 일을 하는지 누가 신경이나 쓰겠는가? 그들은 오염된 구역에 들어가 평상시였다면 식물이나 동물이나 인간이었을 끔찍한 것들을 가지고 나온다. 그래서 회수자들 역시 오염될 수밖에 없었다. 최소한 정신적으로는 말이다. 아니, 회수대행사 말고는 회수자들이 정말로 무슨 일을 하는지 아무도 신경 쓰지 않았다. 그리고 아무도, 특히 연구소는 더욱더 회수자들이 정말로 누구인지 궁금해하지 않았다. 그게 나한테는 딱 좋았다.

"엄마, 왜 사람들이 제방을 무너뜨렸어요?" 꼬마 여자애가 물었다. 화제를 바꾸는 게 좋겠다는 걸 눈치챈 것이다.

"사람들이 미쳤었지." 그 어머니가 퉁명스럽게 말했다. 나쁜 요약은 아니다. 그들은 광신자들이었으니까. 하지만 결과는 똑같았다. 알다시피, 그들은 수위가 계속 오르리라고 생각했고, 그 과정을, 빌어먹을 인간종의 종말을 조금 촉진시키고 싶었을 뿐이었다. 하지만 홍수는 멈췄다. 덧붙여 말하자면 에스차토이도 멈췄다. 하지만 이번에는 그 종파를 새로 시작할 수 있을 정도의 숫자도 남지 않았다. 새로운 세대들에는 광신자가 될 정도의 에너지도 없었다. 낙태 반대를 주장하는 사람들도 서서히 진정되었다. 연구소마저도 '놀라운 인류의 재건'이라는 자신의 슬로건을 더는 믿지 않았다. 하지만 그건 그냥 그런 거였다. 인류가 스스로를 잘, 또는 충분하게 재생산하지 못하고 있다는 것. 아마도 인류는 큰물과 지난 세기말에 있었던 지진들을 겪으며 스스로의 광신적 행위에 지쳐버린 듯했다. 비록 감히 대놓고 연구소와 연구소 사람들에게 말하는 사람은 없지만, 이제 인류는 내리막길을 걷고 있었다. 지진이 뜸해지고 화산 폭발이 뜸해지고 해가 구름을 뚫고 비추는 일이 더 잦아지고 수위가 더 이상 상승하지 않는 것은 사실이었다. 하지만 흥분할 일은 아무것도 없었다. 이건 인간의 승리가 아니었으니까. 그저 마지막 남은 잔존 인류를 파괴하기 전에 순전히 우연히 정점에 도달한 눈먼 자연 현상일 뿐이었다. 그리고 나는, 인간이 아닌 나는 오염된 구역에서 연구소가 말하는 '표본'을 수집했다. 그 표본들 또한 그들 식으로 보자면 잔존 인류였다.

'인간이 아닌 나.' 이런, 이런 건 이미 오래전에 극복하지 않았나? 하지만 이건 버릇이고, 실수고, 실수의 재발이었다. 나는 방금 그 꼬마에게 이렇게 대답할 수도 있었다. "이 여자분은 인공물이고, 자기 어머니를 보러 가는 길이야."

하지만 그 단어, '어머니'라는 단어는 엄청나게 많은 설명을 요구했다. 최소한 나한테는 배꼽이 있었다. 내가 오스트레일리아에 있는 연구소로 가려다 실패했을 때 나를 검진한 의사에 따르면 깔끔하고 작은 배꼽이었다. "요즘 인공물들은 커다랗고 볼품없이 만든 배꼽을 달고 있어서 스캐너가 금방 진짜가 아니라는 걸 잡아내지. 하지만 넌, 이봐, 이건 거의 완벽해, 이례적이야, 이런 기술을 가진 네…." 거기서 그는 머뭇거렸다. "어머니, 창조자, 제조자?" 그는 어쨌든 그런 사실을 몰랐던 누군가가 듣고 있다는 사실을 갑자기 의식하고는 과학적 황홀경에서 깨어났다. "다른 검사들은 하나같이 아무것도 밝혀내지 못했어! 하지만 이 의료센터는 연구소와 연관돼 있고, 예전에는 없던 새로운 탐지 방식들이 개발됐지, 그러니까 네가, 에…(그는 목청을 가다듬었다. 그는 아주 당황했다, 불쌍한 사람) '만들어진' 이후로."

맞다. 어머니가 날 이렇게 만들었기 때문에 인간으로 통할 수 있었다. 거의. 다른 건 차치하고 그때 난 생각했다. '어머니도 분명 이런 식으로 내가 알게 될 거라고는 예견하진 못했을 텐데.' 난 아마 끝까지 모르기로 돼 있었을 것이다. 그처럼 틀림없는 표식들을 갖고도. 왜? 정말로 어머니에게 물어봐야 하나? 그게 내가 가는 이유인가? 하지만 난 정말로 그녀를 보러 가는 게 아니었다. 난 지나갈 뿐이었다. 그게 다다. 난 함부르크 구역으로 가고 있으니까.

아, 이거 왜 이래! 난 내가 말러지에 들를 걸 너무 잘 알고 있었다. 그렇지 않아? 아니야? 그렇다면, 난 여전히 두려워하고 있나? 사실을 알았을 때 나는 두려움에 질려 모든 가능성을 버리고 배수진을 쳤다. 그리고 그 두려움 때문에 어머니에게 아무것도 묻지 않겠다고 맹세했다. 하지만 그건 단순히 두려움이 아니었다. 그건 생존의 문제였다. 의사의 폭로를 들은 뒤에 도망쳤던 건 그저 두려워서나 절망적이어서가 아니었다. 난 바깥에서 날 기다리는 이들을 보고 싶지 않았다. 릭은 아니었다. 특히 릭은 아니었다. 아니, 내가 정확하게 기억한다면, 15년 전의 나는 분노하고 있었고, 지금도 여전히 그렇다. 거칠고 거대한 분노, 내 결점을 채워주는 분노. 분명 내가 의료센터에서 나오자마자 콜리브리 공원으로 향한 건 그 때문일 것이다. 내가 처음으로 '걷는 사람'을 본 곳이 거기였다.

콜리브리 공원. 처음 거기에 간 사람은 누구나 왜 그곳이 '동상 공원'이라 불리지 않는지 의아해했다. 물론 중앙 잔디밭 한가운데에 투명한 돔이 있고, 안에는 진동하는 날개로 여기저기 날아다니는 벌새들이 있는 작은 정글이 있지만, 사람들이 정말로 보는 건 동상들이었다. 동상이 어디에나 있었다. 오솔길을 따라서도 있고, 잔디밭에도 있고, 믿거나 말거나지만 숲 속에도 있었다. 나는 애인인 릭과 세상 물정에 밝은 전형적인 도시 아이로 소도시 얼간이들에게 한 수 가르쳐주곤 하는 예프게니와 함께 처음 그곳에 갔다. 난 열여섯이었고, 바이블랑카에 간 지 채 한 달도 되지 않았을 때였다. 난 케렌스 대학의 가장 어린 장학생 중 한 명이었고, 장차 연구소의 장식품이 될 학생이었다. 돌아갈 길을 없애버리고 둥지를 떠난 풋내기, 말하자면 그랬다. 그리고 나와 애인 주변으로 유라프리카의 수도 바이블랑카의 경이들이 펼쳐졌다. 우리에겐 엘도라도였다고 말할 수 있겠지만, 엘도라도가 뭔지 모르는 사람들도 많겠지.

예프게니가 지나치는 사람들 가운데서 천천히, 아주 천천히 움직이는 남자인 '걷는 사람'을 가리켰다. 그는 키가 컸고 잘 생겼다고 볼 수도 있었다. 그의 태도에는 그의 키만큼이나 인상적인 뭔가가 있었다. 하지만 그는 내키지 않는 듯이 걷고 있어서 그걸 산책이라고 부를 수 있을까 싶을 정도였다. 그리고 그를 스쳐 갈 때 나는 보았다. 그 멍한 얼굴, 아주 먼 곳을 바라보는 것 같은 그 눈, 어쩌면 슬픈 듯, 어쩌면 그저 비어 있는 듯. 그는 거의 10년을 매일 이렇게 걷고 있다고 예프게니가 말했다. 늙은 남자들이 종종 하는 그런 종류의 일. 그런 거였다. 그는 늙은 남자처럼 걸었다. 하지만 그렇게 나이 들어 보이진 않아서 겨우 서른이나 됐을까 싶었다.

"그는 절대 어리지 않아." 예프게니가 말했다. "그는 인공물이야."

듣도 보도 못한 단어였다. '내 어머니'는 대체 어떻게 그렇게 했을까? 적어도 릭만은 나처럼 멍청한 것 같았다. 예프게니는 희희낙락했다. "인공물이라고, 유기적 인공체. 사람이 만든 거! 분명 저런 게 말러지나 브로닝 길거리에 싸돌아다닐 것 같지는 않지만."

"저것도 그다지 싸돌아다니는 것 같지는 않은데." 릭이 지적했다.

예프게니가 짐짓 겸손한 척 미소를 지었다. "이 인공물은 한계에 다다랐어. 다 소진돼서, 거의 끝났어."

예프게니는 우리를 몰아 걷는 사람을 지나치게 한 다음 중
앙 잔디밭을 바라보는 긴 벤치에 앉혀서는 자세하게 설명하
기 시작했다. (난 그가 벤치 반대쪽 끝에서 졸고 있는 푸른 옷을
입은 젊은 여자를 깨울까 봐 걱정이었다. 그 여자는 한쪽 팔을 등받
이에 걸치고 다른 팔은 굽혀서 검은 머리카락이 풍성한 머리를 받
치고 있었는데, 예프게니의 성급한 목소리에도 전혀 방해받는 것
같지 같았다.) 요즘에는 저런 인공물들을 많이 만들지 않는다.
유행이 한물 지났다. 그리고 사건들이 있었다. 인공물들이 아
주 활동적이던 시기에는 다들 (천천히, 너무나 천천히 벤치 쪽으
로 움직이는) 걷는 사람보다 훨씬 활발했다. 사실, 아주 활발
했다. 그리고 그들이 인공물이란 걸 모두가 알아차리진 못했
다. 심지어 인공물 스스로도. 30년 전, 이런저런 명사의 살롱
에서 새로이 총애받는 이들 가운데 누가 인공물인지, 그 인공
물이 자신의 정체를 아는지, 그 인공물의 '고객'은 아는지, 둘
중 어느 쪽이든 알아낼 것인지, 둘이, 특히 그 인공물이 어떻
게 반응할 것인지를 놓고 내기가 벌어져 바이블랑카 상류층
이 대대적으로 분열된 일이 있었다.

'양'이 있었고 '호랑이'가 있었다. 호랑이들은 자기 프로그
램이 종료되기 전에 가끔은 눈요기가 될 만한 폭력을 동반
하며 자폭하는 경향이 있었다. 한 생체조각가가 그런 특징
을 이용해서 한 재산을 챙겼다. 그의 인공물 중 하나가 자신
이 무엇인지 알고서는 자신을 만든 생체조각가를 죽이러 나
서는 식으로 반응했다. 인공물이 언제 완전히 작동을 멈추는

지는 누구도 알 수 없었으니, 생체조각가는 그 인공물이 자신을 죽이기 전에 자폭할 거라는 데 걸고 도박을 했다. 그는 거의 내기에서 질 뻔했다. 하지만 대신 양팔과 얼굴 반쪽을 잃었을 뿐이었다. 심각하지는 않았다. 의사들이 다시 자라게 해주었으니까. 그런 시기적절치 못한 폭발로 몇몇 바이블랑카 엘리트들이 일찍 죽어버리자 정부가 나서 그런 행위를 금지했다. 그래도 한동안 생체조각가들이 그런 일을 계속하는 걸 막지는 못했다. 그 후로도 이따금 인공물들이 튀어나왔지만 '호랑이'는 더 이상 만들어지지 않았다. 벌금이 너무 셌기 때문이다.

예프게니가 양념까지 쳐가며 이 모든 얘기를 떠벌리는 바람에 우리는 입맛이 뚝 떨어졌다. 우리는 아직 바이블랑카에 대해 아는 게 별로 없었다. '새로운 소돔'을 맹렬하게 비판하는 심판주의자들에 대해 들어본 적이 있었던 우리는 이제 왜 그랬는지 이해하게 되었다. 이 퇴폐적인 사회는 인류를 죽을 고비에 처넣었던 제방 파괴자 에스차토이의 사회와 별다를 바가 없었다. 릭과 나는 서로를 너무나 잘 이해했다. 우리는 너무나 순수한, 용감한 새 세대였다. (아, 일단 연구소에 들어가면 이 불쌍하고 병든 세계를 위해 무엇을 할 것인지를 놓고 우리는 얼마나 밤늦게까지 열띤 토론을 벌이곤 했던가!)

우리는 예프게니와 함께 걷는 사람이 벤치에 다다라 푸른 옷을 입은 잠자는 사람 옆에 앉는 걸 지켜보았다. 예프게니가 우리가 긴장한 걸 느끼고는 큰 소리로 웃기 시작했다. "걷는 사람이 우리 얘기를 들어도 아무 문제 없어, 들었을 것 같지도 않지만! 저건 인공물이야, 물건이라고!" 하지만 그들이 가끔 자폭한다고 말하지 않았던가? "내가 말했잖아, 더는 호랑이를 만들지 않는다고!"

양의 마지막 순간은 보잘것없었다. 갈수록 행동이 굼떠지다가 마침내 인공유기체 물질들이 불안정해지는 순간이 온다. 그러면 인공물들은 증발하거나, 아니면… 예프게니가 말을 하면서 일어서더니 푸른 옷을 입은 잠자는 사람에게 다가갔다. 그가 검지를 구부려 그녀의 이마를 건드렸다. "…아니면 돌로 변해."

푸른 옷을 입은 젊은 여자는 움직이지 않았다. 걷는 사람도 마찬가지였다. 그는 아무것도 보지도 듣지도 못한 것 같았다. 그는 자는 사람을 응시했다.

예프게니가 숨도 제대로 못 쉬며 우리에게 돌아와 하던 말을 맺었다. "…그리고 사람들이 저 둘을 뭐라고 부르는지 알아? 트리스탄과 이졸데!"

그는 웃느라 거의 죽을 지경이었다. 예프게니는 아마도 이후로 왜 우리가 체계적으로 그를 피했는지 전혀 이해하지 못했을 것이다. 릭과 나는 최소한의 도덕성은 가지고 있었다. 소도시 얼뜨기들이 바이블랑카 사람들보다 더 좋은 가정교육을 받았던 것이다.

잘 생각해보면 내가 그녀를, 그러니까 내 '어머니'를 그렇게 많이 닮지 않았더라면 아마 아무 일도 일어나지 않았을 것이다. 아니면 적어도 이런 식의 일은. 하지만 물론 난 어머니를 닮았다. 신체적으로는 아니었지만 성격이 그랬다. 전형적인 쇠고집들이었다. 우리의 화해는 우리의 반목만큼이나 격렬했다. 우리는 굉장히 즐거운 시간을 보냈다. 둘이서 말이다. 그녀는 내게 정말 이상하기 짝이 없는 얘기들을 들려줬었다. 그녀는 모든 걸 알고 있었고, 모든 걸 할 줄 알았다. 나는 확신했다. 그리고 그건 사실이었다. 남자? 남자는 필요 없었다. (이 이야기를 하는 이유는 늘 아버지에 관한 질문이 나오기 때문이다.) 그리고 솔직하고자 애쓰는 그녀의 노력에도 불구하고 나는 그녀 내부 어딘가에, 아주 깊은 곳에 있는 상처를, 쓸쓸함을 뚜렷하게 감지했다. ("그건 그것대로 쓸 데가 있어." 그녀가 웃으며 말했다.) 하지만 진짜로 우리 둘은 다른 누구도 필요하지 않았다. 우리는 바닷가에 있는 큰 집에서 행복하게 살았다. 그녀가 모든 것을 돌보았다. 수업과 요리와 이런저런 집안 수리와, 내가 어린 시절 가지고 놀던 천과 나무와 온갖 것으로 만든 그 장난감들까지! 그러니까 타이코 오로가츠는 취미로 조각을 하는 여류 조각가였다. 나는 지금도 표범처럼 팔꿈치에, 심지어 얼굴에까지 진흙을 바른 채 점토 덩어리를 돌리며 일본어로 혼잣말하던 그녀 모습이 눈에 선하다. 물론 나는 전혀 이해하지 못했다. 나는 그게 마술 주문이라고 생각했다. 그녀는 결연하게 자신의 모국어를 고수했지만 나에게 가르쳐준 적은 없었다. 발도 디뎌본 적 없는 일본의 문물 중에서 그녀가 고수하는 건 그게 다였다. 그녀의 조상들은 큰물과 마지막 침몰이 있기 훨씬 이전에 이민을 왔다.

하지만 그때의 내 기억들을 시시콜콜하게 얘기하진 않을 것이다. 어쩌면 거짓말일 수도 있으니까. 그것들은 진짜 기억일까? 아니면 이식된 기억일까? 난 모르겠다. 하지만 그 기억들이 이식된 것이라 해도, 그녀가 그런 식으로 그 기억들을 원했던 건 틀림없었다. 어쨌든, 그 기억들이 그녀에 대해서 뭔가를 알려주는 건 분명했다. 나는 그녀의 잘못들과 그녀의 지독한 실용성과 그녀의 조바심과 우리의 지루하고도 논리적인 논쟁들과 그 논쟁들이 '이건 이렇게 해, 너도 나중에는 이해하게 될 거야'라며 그녀가 갑자기 제멋대로 내린 결정에 굴복했던 일들 또한 기억하니까. 내 사춘기 때 불만들도 전형적이었다. 또 다른 일련의 이식된 기억일까? 그녀에게 물어보지 않고서는 알아낼 수 없었다. 내가 정말로 사춘기의 위기를, '난 엄마의 삶이 아니라 내 삶을 살고 싶어' 하는 시기를 겪었을까, 아니면 그냥 문을 쾅 닫고 나왔다고 '생각'만 하는 걸까? 그러나 지금 돌아보면, 사실은 둘이 같은 게 아닐까? 우주비행사라는 촌스러운 희망직업은 내가 스스로 원한 것이었을까, 아니면 그녀에게 반발하기 위해서 고른 것이었을까? 그녀가 바란 대로 그녀와 마찬가지로 생체공학을 전공하지 않은 것도 그래서였을까? 난 정말로 진심이었을까? 결국, 내가 의사의 폭로를 듣고 의료센터에서 달아났을 때 정말로 상처가 됐던 것은 시작도 전에 망가진 내 미래의 직업이 아니었다. 난 나중에도 그것 때문에 눈물을 흘린 적은 없었다.

사실 난 전혀 울지 않았다. 수년 동안. 거의 죽을 거 같으면서도. 자신이 인공물이라는 걸 막 알게 된 나는 화가 나 미칠 거 같았다. 분노와 미움으로 제정신이 아니었다. 이런 짓을 한, 나한테 이런 짓을 한, 나를 만든 그 타이코가 내 기억

속에 있는 타이코일 수는 없는 거잖아! 그런데, 그랬다. 하지만 내가 그 여자와 오랫동안 같이 살면서도 그 여자가 괴물인 걸 몰랐을 수가 없잖아? 그런데, 그랬다. 그 여자가 나한테 이런 짓을 한 건 그러라는 거였다. 나더러 이런 식으로 비밀을 알아내고, 미쳐서, 무시무시한 짓들을 하고, 자살을 하고, 그녀를 죽이고, 또 뭐가 있지? 그런 건 가능하지 않잖아! 그런데, 그랬다. 내가 기억한다고 생각했던 타이코 속에는 괴물이 있었다. 내 머릿속에서 상충하는 이미지들이, 물질과 반물질이 붕괴하는 불길 속에 서 있는 나와 만났다. 온 삶의 기둥들이 부스러지고 영원한 공허만 남았다.

음, 그러니까, 나는 너무 큰 타격을 받아서 그 뒤 몇 주간이 잘 기억이 나지 않는다. 나는 문명화된 바이블랑카의 표면 밑으로, 비인간의 해저 해류 속으로 깊숙이 떨어졌다. 난 신분 카드를 소각로에 던져버렸다! 케렌스 대학이, 그리고 연구소가, 그리고 전 세계 데이터 뱅크가 아는 한 나는 사라졌다. 그리고 일단 숨 쉬는 것만 포기하면 물 밑에서 사는 건 엄청나게 쉬운 일이었다. 해류는 빠르거나 차갑지 않았다. 거기 사는 생물체들은 서로에게 너무나 무관심해서 거의 친절하다고 느껴질 정도였다. 나한테는 정말로 그 시기에 대한 일관된 기억이 없다. 나는 아무것도 묻지 않는 가게를 물어물어 찾아갔다. 연일 계속됐던 기계 작업. 빈 껍질. 자동인형. 난 그때처럼 인공물이었던 적이 없었다. 그리고 물론 악몽들이 이어졌다. 난 터질 준비가 된 시한폭탄이었다. 난 스스로를 보호하기 위해 자동인형이 되어야 했다. 주로 생각하지 않기 위해서, 그리고 특히 느끼지 않기 위해서.

하지만 어느 날, 나는 아주 우연히 '걷는 남자'와 마주쳤다. 그로부터 몇 주간 나는 끔찍한 매혹에 사로잡힌 채 그의 주위를 맴돌았다. 그는 점점 더 천천히 걸었다. 지나치는 사람들이, 그가 무엇인지 이해하지 못하는 사람들이 그를 돌아보았다. 그리고 그때 일이 일어났다. 환한 대낮이었다. 난 그가 시간 거품 속에 떠 있는 것처럼 너무나 너무나 천천히 걸으며 산책하는 걸 지켜보았다. 그가 보통 산책하는 시간이 아니었다. 그리고 그의 표정에는 뭔가가 있었다. 뭐랄까… 서두르는 것 같은. 나는 그를 따라 땡볕 속에서 무심하게 자는 사람이 있는 콜리브리 공원에 갔다. 걷는 사람은 벤치 옆에 멈춰서 도저히 가능할 것 같지 않은 느린 움직임으로 미동도 없는 여자 옆에 앉기 시작했다. 하지만 이번에는 그냥 앉지만은 않았다. 그는 그녀 쪽으로 몸을 구부리고는 잠자는 사람의 머리를 받친 팔의 구부러진 부분에 자기 머리를 놓았다. 그는 눈을 감고 움직이지 않았다.

그리고 그를 따라다니던 여자는 이제 마지막 목적지에 다다른 걷는 남자 옆에 앉아 그의 살이 돌이 되어가는 걸 지켜보았다. 그건 그의 가장 깊은 존재에서 떠오르는, 그의 피부 표면으로 떠올라서는 감지할 수 없이 굳어가는 느리고도 궁극적인 떨림이었다. 그사이 그의 세포들은 승화된 물질들을 비웠고, 세포벽들은 광물이 되었다. 지나가는 구름 그림자처럼 가벼운 생명의 소멸.

그리고 나는… 난 내가 깨어나는 것처럼 느꼈다. 난 그곳에 오랫동안 있었다. 생각하기 시작하면서, 다시 느끼기 시작하면서. 분노를 통과하여, 나는 느꼈다. 아니, 평화는 아니었지만 어떤 결심을, 어떤 확신을, 어떤 희미한 감정을. 난 내게 예정된 마지막이 어떤 것인지, 폭발일지 화석화일지 알지 못하지만, 어쨌든 감당할 수 있으리라는 사실을 알게 되었다. 길게 보자면 그렇게 끔찍한 일은 아니었다. (나는 내가 이런 식으로 생각하는 걸 알고 정말로 놀랐지만, 그것도 괜찮았다. 놀람도 하나의 감정이니까.) 증상이 확실하면서도 동시에 기묘하게 불확실한 질병 같았다. 그런 증상이 생길 거라고 알고 있지만 언제, 어떻게 생길지는 모르는 병 말이다. 많은 인간이 그렇게 산다. 나라고 못할 게 뭐람?

그래, 놀람이 첫 감정이었다. 복수라는 생각은 나중에야 들었다. '때가 되기 전에 죽어서 어머니를 기쁘게 하지는 않을 거야.' 나는 그녀를 위해 그런 의식을 거행하지 않을 것이다. 나는 나 자신을 볼거리로 만들지 않을 것이다.

하지만 나는 여전히 회수자로 입대할 정도의 쇼맨십은 가지고 있었다.

아니다. 한 사람의 지난 행적을 완전히 지워버릴 수 있는 두 가지 길이 있었다. 구역에 가서 살든지, 아니면 구역에 가서 사냥을 하든지. 정말로 극적인 선택은 구역에 가서 사는 일일 것이다. "나는 괴물이고, 괴물들에 합류했어." 그에 반하여 회수자가 된다는 건….

음, 내겐 여전히 괴팍한 구석이 있었다. 나는 그물에 걸려야 마땅한 존재였지만 대신에 포획을 하며 저 유사인간들을,

저 의사동물들을, 저 표본들을 잡는 덫을 칠 준비가 되어 있었다. 난 아주 잔인해질 수 있었다. 맞아. 하지만 나는 사디스트 같은 회수자들과 광신자들과 병든 인간들을 너무 많이 보았다. 그리고 나는 사냥감에게서 불가피하게 나 자신을 인식할 수밖에 없었다. 나는 혐오와 동정을 가르는 면도날 위에서 망설였다. 그러다 결국 동정 쪽으로 내려섰다. 어쨌든 회수자는 악귀가 아니었으니까. 나는 '동정의 편에 섰다.' '우연히' 또는 '적절한 프로그래밍 때문에', 아니면 '내가 가정교육을 잘 받았기 때문에.' 결과만 놓고 본다면 다 같은 것이었고, 중요한 것은 그것뿐이었다.

브루투스가 생각한 것도 그것이었다. 그에게 중요한 유일한 결과는 내가 덫을 열어 그를 내보내줬다는 것뿐이었다. 브루투스. 그때는 신종 한센병이 그의 얼굴에만 영향을 미쳐 사자의 주둥이를 달아주었기 때문에 그는 스스로를 그렇게 불렀다. 아닌 게 아니라 그는 상당히 잘 생겼다. 회수자의 우리에는 온갖 것들이 있으니까. 그리고 그 '표본'은 끔찍할 정도로 교육을 잘 받은 놈이었다. 구역들에는 아직도 제대로 돌아가는 정보도서관들이 많았다.

"인공물들을 완전히 프로그래밍한다는 건 연구소가 떠받치고 있는 신화야. 사실, 말처럼 쉬운 일이 아니지. 기억을 삽입한다고? 그래, 그럴 수도 있어. 하지만 중요한 건, 인간형 인공물들을 다루는 생체조각가들이 자기 인공물에다 학습 기능에다 환경에 따라선 발달하지 않을 수도 있는 다수의 경향성들을 끼워넣는다는 거야. 정확하게 인간이 그런 것처럼 말이야." 달빛 속에 웅크리고 앉은 반인과 의식과 자유의지의 성질을 논한다는 건 얼마나 이상한 일인지. 그래, 맞다. 브루투스는 가끔 날 보러 왔다. 하지만 그건 다른 이야기다.

어쨌거나 브루투스 때 이후로도 난 내내 회수자였다. 표본들을 멀리 떨어진 연구소에 전달하기 위해서가 아니라 그들이 탈출할 수 있도록 돕기 위해서. 정말로 어쩔 수 없을 때는 식물과 동물을 가져갔다. 하지만 유사-, 의사-, 이상-, 반-'인간'은 아니었다. 내가 얼마나 오래 그 일을 계속할 수 있을까? 난 이것도 또 다른 이야기라고 생각한다. 어쨌거나 그다지 오래 할 말이 있는 이야기가 되지는 않을 것이다. 연구소에 있는 사람들은 정말로 신경 쓰지 않았다. 그들은 우리의 정든, 병든 유럽과는 너무나 멀리 떨어진 오스트레일리아에 있다. 그들은 몽유병자들처럼 정해진 연구 프로그램들을 수행하면서도 아마 더는 왜 그러는지조차 모를 것이다. 그들은 그저 자기들이 하던 일을 계속할 뿐이다. 그게 훨씬 간단하니까.

그리고 나 역시도 하던 일을 계속하고 있을 뿐이었다. 난 꽤 오랫동안 그 일을 했다. 알려진 인공물 대부분의 활동 기간이 길어봐야 20년 정도인데 나는 서른두 살이 되었고 빠진 이도 없다. 그래서 어느 날 방사능이나 바이러스나 사고나 대체로 일으키게 되는 광증을 일컫는 대행사 용어인 '소진'으로 동료 회수자들의 숫자가 얼마나 줄어들었는지를 보고는 나자신이 정말 인공물인지 의심하기 시작했다. 나는 다시 검사를 받았다. 당연히 케렌스 의료센터에서는 아니었다. 하지만 바이블랑카의 원리 중 하나는 모든 합법적인 것에는 지하에 숨은 짝이 있다는 것이었다. 어쨌든, 내 인공성은 확인 완료! 유일한 합당한 가설은 내가 실제로는 서른두 살이 아니며, 실제로 존재해 온 기간은 고작 15년에 불과하다는 것이었다. 내 출생증명서가 가짜라는 얘기였다. 그리고 내가 집을 떠나기 전까지의 기억이 모두 삽입된 것이라는 뜻이었다.

그리고 그게 신경 쓰였다. 날 검사한 두 번째 의사가 첫 번째 의사와 마찬가지로 나를 만든 생체조각가의 솜씨에 감탄하며 너무나 우아하게 발설했듯이 내가 내 '진부화의 한계'에 다가가고 있기 때문만은 아니었다. 난 왜 그녀가 날 그렇게 만들었는지 궁금했다. 왜 그런 기억들을 집어넣었는지. 그처럼 상세하게, 그처럼 정확하게 말이다. 어쨌든 피할 수 없는 진실과 어느 정도는 타협을 했으니 내게 약간의 호기심을 가질 권리 정도는 있었다. 그녀에게 아무것도 묻지 않겠다는 결심은 이제 그다지 문제가 되지 않았다. 난 그녀를 볼 때 매우 침착할 것이다. 난 설명을 요구하러 가는 게 아니었다. 그런 필요는 과거의 일이 되었다. 15년 전이었다면 요구했을지도 모르겠다. 하지만 지금은….

내가 무얼 할 건지 나도 알고 싶다. 그래, 타이코가 죽기 전에 그녀를 보는 것, 그게 다일지도 모르겠다. 타이코는 늙었으니까. 요즘 쉰일곱은 아주 늙은 것이다. 요즘 아이들은 아마 그렇게 오래 살지도 못할 것이다. 인간들의 평균수명은 예순도 안 되는데, 그마저 계속 짧아지고 있다.

타이코를 보고, 타이코에게 날 보여주기. 사실상 어떤 말도 할 필요가 없다. 그저 내 양심을 만족시키고, 자유롭게 놓아주고, 내가 정말로 (그녀와 있으므로? 그녀가 있음에도?) 나 자신과 화해했다는 걸 증명하는 것뿐. 그녀를 보자. 그리고 그녀에게 솔직하게 보여주자. 그녀에게 내가 살아남았다는 걸, 그녀가 그저 날 자멸시키기 위해 만들었다면 그녀가 실패했음을 보여주자. 하지만 그녀가 그런 걸 원했을 리가 없었다. 그런 생각을 하면 할수록 내가 기억하는 그녀와 점점 더 맞지 않았다. 설사 기억들이 이식된 것이라 해도. 아니다. 그녀는 분명 스스로 만든 '딸'을, 자신을 사랑해줄 생명체를 원했던 것이리라. 어떤 창작에나 있는 고유의 예측불가능성을, 그 반란을, 그 탈출을 예상하지 못한 채. '만약' 내가 정말로 탈출했다면 말이다. 하지만 이것 역시도 의사기억이라면, 대체 이건 무엇을 '의미'한단 말인가?

나는 보통 여행할 때마다 뭔가 읽을거리나 들을 음악을 챙긴다. 그런 게 없으면 너무 생각을 많이 하게 되니까. 지금은 왜 달리 몰두할 걸 아무것도 가지고 있지 않을까? 북쪽으로, 과거로 가는 길에 주의가 산만해지고 싶지 않아서였을까? 아마도 주입되었을 기억을 놓고 향수에 빠져 있기 때문일까? '이봐, 마노우, 진지해져 봐.' 식당 칸으로 가서 뭔가 마시는 게 좋을지도 몰랐다. 이렇게 계속 추측만 하며 있을 이유가 없었으니까. 난 물어볼 거고, 그녀는 설명할 것이다. 분명 그런 일을 하는 사람들은 설명을 하고 싶어 하니까. 이처럼 시간이 다 지나고 나서도. 나는 타이코 오로가츠가 여전히 살아 있다는 걸 미리 확인해뒀다. 조심스럽게. 물론 집에 전화를 걸거나 하지는 않았다.

정말로, 거기에 가는 게 무슨 의미가 있을까? 이건 어쩌면 또 다른 종류의 두려움을, 내게 부족한 뭔가가 있다는 사실을 인정하는 짓일지도 몰랐다. 그녀가 왜 나를 이렇게 만들었는지 정말로 알아야 할 필요가 있을까? 그 집을 뛰쳐나간 이후로 난 나 자신을 스스로 만들어왔다. 하지만 어쨌든 난 함부르크 구역으로 가고 있다. 중간에 멈출 '의무'는 없다.

드디어 기차가 멈춰 섰다. 말러지였다. 나는 거기서 내렸다.

*

인공적인 기억이든 아니든 판에 박힌 문구를 피하기는 불가능했다. 홍수처럼 밀려오는 기억들, 변했지만 변하지 않은 풍경들. 선창은 높은 물에 완전히 잠겼고, 동상들이 서 있던 거리는 거의 모래에 묻혔다. 오래된 목제 가구들이 놓인 테라스는 소금기 있는 바람에 부식돼 광택제가 벗겨져 나갔다. 이중문 앞 깔개에는 낯선 흑백무늬 고양이가 앉아 있었고, 살짝 열린 문틈으로 안의 거실이 내다보였다. 아무 소리도 나지 않았다. 푸른 용 그림이 그려진 도자기 화병에 금방 꺾은 꽃송이가 잔뜩 꽂혀 있었다. 소리쳐 불러야 했지만 나는 그럴 수 없었다. 침묵이 나를 짓눌렀다. 아마도 그녀는 날 알아보지 못할 것이다. 난 무슨 말이라도 해야겠지. 인구조사원이라거나, 집을 잘못 찾아왔다거나. 아니면 그냥 가… 하지만, "안녕, 마노우." 난 그녀가 다가오는 소리를 듣지 못했다. 그녀가 내 뒤에 서 있었다.

작다. 너무 작다. 아주 조그맣다. 한 마리 새같이. 그녀가 이랬던가? 내가 기억하는 그녀는 이렇게 연약하지 않았다. 머리카락이 아주 하얗다. 마구 헝클어진 걸 보니 오후 낮잠이라도 자고 있었던 모양이었다. 주름살, 늘어진 볼, 턱, 눈꺼풀. 그래도 그녀의 이목구비는 정화라도 된 것처럼 이전보다 더 맑아 보였다. 그리고 그 눈, 크고 검고 촉촉하고 생기 넘치는 그 눈은 변하지 않았다. 생각해봐. 그녀는 날 알아봤어, 대체 어떻게? 그녀의 표정을 읽어보려 했지만 할 수 없었다. 그녀의 표정을 읽는 버릇을 버린 지 너무 오래됐다. 그리고 똑같은 얼굴이 아니었다. 아니, 같지만 달랐다. 그녀였다. 그녀는 늙었고, 그녀는 피곤했다. 난 그녀를 쳐다보았고, 그녀는 나를 쳐다보았다. 그녀가 고개를 뒤로 젖히자 나는 거대한, 하지만 속이 텅 빈 연약한 거인을 느꼈다.

그녀가 먼저 말했다. "그러니까, 넌 스스로를 회수했군." 빈정거림, 아니면 만족감?

그리고 내가 말했다. "함부르크 구역에 가는 중이야. 6시 기차를 탈 거야." 그건 말대답이었다. 나는 방어적인 입장에 서 있었다. 나는 우리가 중요한 얘기를 목전에 두고, 아마도 당황해서 그랬겠지만 사소한 잡담을 나눴다고 생각했다. 하지만 그녀는 변죽을 울리는 걸 절대 좋아할 사람이 아닌 데다, 사람이 나이가 들면 낭비할 시간이 없는 법이다. 그렇지 않은가? 음, 낭비할 시간이 없기는 나도 마찬가지야! 아니, 그녀와 맞서기 위해 화를 내지는 않을 것이다. 난 그 반사작용을 통제하는 법을 배웠으니까. 화가, 분노가 날 살아 있게 해

쳤지만 지금 내게 필요한 건 그게 아니었다. 난 화를 내고 싶지 않았다. 절대로.

하지만 그녀는 그 일을 쉽게 만들어주지 않았다. "그럼, 결혼을 안 했군. 애도 없어?" 그리고 내가 기가 막혀 말도 못 하는 사이 그녀는 말을 잇는다. "네 삶을 살겠다며 떠났으니 일관성 있게 최대한으로 살았어야지. 그 재능들을 가지고 기껏 회수자가 되다니! 정말로, 난 널 그렇게 키우지 않았다."

그녀의 그 어조를 눈치채지 못할 수가 없다. 그녀가 날 비난하고 있다. 그녀는 분개했다!

"날 그렇게 만들지 않았다는 뜻이겠지! 하지만 아마 생각하는 것만큼 날 많이 만들지도 않았을걸!"

자, 싸움이다. 이게 사실일 리가, 꿈이겠지. 15년이나 지났는데. 이건 마치 내가 지난주에 떠났던 것 같잖아!

"그럼 넌 진짜로 알아내는 수고를 했단 말이야? 조금만 더 수고했다면 인공물들이 반드시 불임일 필요가 없다는 것도 알았을 텐데. 맞아, 연구소가 관련된 자료는 묻어버리긴 했어. 하지만 조금만 노력하면… 넌 심지어 시도조차 안 했지, 어? 네가 불임일 거라고 그렇게 확신하다니! 내가 널 완벽하게 정상으로 만들려고 그 고생을 했던 걸 생각하면!"

난 냉정해졌다. 갑자기 어느 지점에서 난 문턱을 넘었고, 일단 그것을 넘고 나자 나는 의심스러울 정도로 차분해졌다. 이게 타이코야. 여신이 아니고, 괴물도 아니야. 그냥 자신의 한계와 자신의 선의와 자신의 무지를 끌어안고 자신의 길을 시작한 여자. 난 나 자신이 거의 공손하다 싶은 말투로 말하는 걸 들었다. "그래도, 난 배꼽 검사에서 걸렸어."

분명 그녀도 나와 똑같은 시점에 나와 똑같은 방향으로 나름의 문턱을 넘은 게 틀림없었다. 그녀가 한숨을 쉬었다. "내가 너한테 얘길 해야 했어. 네가 어릴 때에. 하지만 난 계속 미루기만 했지. 그러다 너무 늦어버렸어. 넌 한창 저 끔찍한 10대 시절을 지나는 중이었고 난 성질을 냈지. 그때 너한테 얘기할 수는 없었어. 너도 그건 이해할 거야! 음, 그래, 말했어야 했어. 그랬으면 네가 진정됐을지도 모르지. 네가 떠났을 때 난 너무 화가 났어. 난 전화라도 한 통, 편지라도 한 장 올줄 알았다고. 난 스스로에게 말했지. 적어도 연구소는 그 애의 정체를 알아내지 못할 거야. 그리고 실상 그들은 아무것도 몰라. 케렌스 대학의 의사가 전화했어. 사실, 좋은 사람이었어. 그는 아무 말도 하지 않았으니까. 넌 흔적 없이 사라진 명석한 학생이었지. 그거 알아? 날 위로했다니까. 그 케렌스 대학과 연구소가. 그 후로 난 널 찾으려고 애썼어. 이 고집불통 같으니, 왜 나한테 연락하지 않았어?"

비난받는 쪽이 나라니, 대체 어찌해야 저걸 깬단 말인가? 나는 그녀를 노려보았다. 그리고 갑자기 견딜 수가 없어졌다. 나는 웃음을 터뜨렸다. 그녀도 마찬가지였다.

그렇게나 시간을 보내고도, 우리는 여전히 똑같았다.

"하지만 넌 왔어. 어쨌거나, 마침 제때에."

그러고 긴 침묵이 흘렀다. 부끄러워서, 생각에 잠겨서? 그녀는 생각에 잠겼다. "넌 시도해봐야 해. 아이 가지는 거. 성공한다는 보장은 없지만, 상당히 가능성이 커. 정말로 시도해본 적 없어?"

대체 자기가 무슨 말을 하는지 알기는 하는 거야?

"뭐야, 그동안 아무도 없었던 거야?"

릭이 있었지, 첫 번째로. 그리고 다른 몇 명. 처음엔 시험
삼아 그냥 알아보려 했던 거고, 그 후로는, 브루투스 덕분
에 내가 무엇인지가 정말로 문제가 되지 않았기 때문이었지.

하지만 그래도! 나는 자신이 인공물인 걸 아는 게 정상적
인 인간들과 조화로운 관계들을 맺는 데 그다지 도움이 안 된
다고 반박했다.

"정상적인 인간들! 내 귀를 믿을 수가 없네! 넌 태어났고,
그게 저 밑에 있는 실험실 안이었다고 해서 달라지는 건 아
무것도 없어. 넌 자랐고, 넌 실수를 했고, 앞으로도 더 많이
실수할 거야. 넌 생각하고, 넌 느끼고, 넌 선택해. 더 이상 뭘
원해? 넌 정상적인 인간이야. 다른 모든 소위 인공물들과 마
찬가지로."

아, 그래. 그 걷는 사람과 자는 사람과 마찬가지로, 그렇
지? 난 이를 악물었다. 그녀는 내 눈을 쳐다보았다. 조급하게.
"음, 뭐가 문제야?" 그녀는 심지어 내가 말하도록 내버려두지
도 않는다. "멍청하거나 미친 생체조각가들도 있겠지. 하지만
그건 다른 문제야. 물론 일부 인공물들의 기능이 아주 제한적
인 것도 사실이야. 연구소가 필요한 데이터를, 페르말리온이
했던 연구를 몽땅 감춰서 그런 상황을 공고히 하기도 했고.
그들은 50년 전에 사실상 페르말리온을 사회적으로 매장했
고, 그 이후로도 인공유기체공학을 방해하는 일이라면 뭐든

지 했어. 하지만 그런다고 우리를 막지는 못해."

나는 그녀가 무슨 말을 하는지 이해할 수가 없었다. 그녀도 그걸 눈치챘고, 그게 새로 짜증을 내는 이유가 되었다. "음, 대체 무슨 생각을 하는 거야, 네가 세상에서 유일할 거 같아? 바보 같으니, 너 같은 이들이 수백이야! 본래의 인류가 조만간 멸종할 거라고 해서 모든 생명이 끝나야 한다는 말은 아니잖아. 에스차토이가 그런 식으로 생각하는 건 상관없어, 하지만 넌 아니야!"

그리고 갑자기, 조용하게, 서글프게 묻는다. "넌 정말로 네가 괴물이라고 생각한 거야, 그렇지?"

내가 뭐라고 답해야 할까? 난 소파에 푹 주저앉았고 그녀도 앉았다. 너무 가깝지는 않게, 천천히, 무릎을 많이 구부리지 않고서. 그래, 그녀는 늙었다. 정말로 늙었다. 그녀가 활기를 띨 때는 그 눈의 표정이, 말하는 방식이, 툭툭 튀는 문장들이 그대로 남아 있었다. 하지만 그녀가 조용할 때면 모든 게 깜박이며 꺼져버린다. 난 시선을 돌렸다. 침묵 뒤에 내가 가까스로 찾은 말은 이거였다. "다른 것들도 만들었어? 나처럼?"

대답은 곧바로, 거의 무심결에 나왔다. "아니. 다른 애들도 만들 수 있었겠지, 아마도. 하지만 난 애 하나로도 이미 벅찼어."

"날… 아기로 만들었어?"

"난 네가 가능한 한 정상적이길 바랐어. 인공유기체 물질을 유기체 물질만큼 천천히 자라게 하지 못할 이유는 없어.

사실, 그게 제일 좋은 방법이지. 그 과정에서 개성이 같이 발달하니까. 내가 서두를 이유도 없었고."

"하지만 다른 애들은… 일반적인 방법으로는?"

서글픈 듯 재미있다는 웃음. "이봐, 마노우. 당연히 난 불임이었어. 다른 말로 하자면, 내 염색체가 너무 손상돼서 보통의 방식으로는 아이를 갖는 시도조차 생각해볼 수 없었다고 하는 편이 더 맞겠지."

"그리고 난 가능하고."

"이론적으로는."

"오염 구역에서 15년을 일하고 난 뒤에."

"아, 하지만 넌 우리보다 훨씬 저항력이 강해. 인공유기체공학의 미덕이 자연에 기초해 그걸 개선할 수 있다는 거지. 위험한 일이기도 해. 하지만 길게 봤을 때, 그건 네게 우리보다 이 세계에 더 잘 적응할 기회를 줄 수 있다는 의미였어. 너 그거 기억해? 넌 어릴 때 한 번도 아픈 적이 없었어."

그리고 나는 여전히 아주 빨리 낫는다. 아, 그래, 케렌스 의료센터 의사가 그걸 지적했었지. 그건 인공물들이 가진 불변의 속성이었다. 그러나 증거는 아니었다. 대략 백 년 전에 이런 종류의 돌연변이가 상당히 널리 퍼졌었다. "다른 무엇보다 이 현상을 연구하는 데서 출발해 결국 인공유기체 물질이 만들어지게 된 거죠. 평범한 인간들 사이에서도 아직 그 사례를 찾아볼 수 있습니다." 이건 증거가 아니라 둘 다 가능성이 있다는 거라고 그가 강조했었다.

하지만 다른 것들과 합쳐져 그 특징은 내가 인공물이라는 확신을 더해준 표식이었다.

"그러니까." 그녀는 여전히 단호했다. "넌 아이를 갖도록 시도해봐야 해."

그녀는 자신의 실험이 제대로 돌아가는지 아닌지 정말로 알아야겠다고 결심한 건가, 그런 거야?

"서른둘은 좀 늦다고 생각지 않아?"

"좀 늦다고? 넌 지금 한창때야!"

"내가 대체 얼마나 오래 산다고?"

나는 주먹을 꼭 쥐고 벌떡 일어섰다. 난 내가 일어선 것도, 떨고 있는 것도 몰랐다. 그녀가 알아챘는지는 모르겠지만, 그녀는 아는 척을 하지 않았다. 그녀가 어깨를 으쓱거렸다. "나도 몰라." 그리고 내가 뭐라고 반응하기 전에 그녀는 저 낯익은 빈정거리는 미소를 지었다. "어쨌든 적어도 나만큼은 되겠지. 내가 잘했다면 더 길 거고. 하지만 정확하게 얼마나 오래인지는 나도 몰라."

그녀가 살짝 눈살을 찌푸리며 나를 똑바로 바라보았다. 갑자기 더는 늙지도 피곤해 보이지도 않는 얼굴이 되었다. 그녀는 시간을 초월한 것 같았다. 그처럼 다정하게 슬픈, 그처럼 현명해 보이는 얼굴. "넌 내가 알고 있을 거라고 생각했구나. 그래서 온 거고."

"날 만들었잖아, 알고 있어야지!"

"나도 누군가가 만들었어. 똑같은 방식으로는 아니었지만, 누군가가 만든 거야. 그리고 나도 내가 언제 죽을지 몰라." 작은, 얄궂은 미소가 돌아왔다. "어렴풋이 뭔가 느낌이 오기 시작하긴 했지만." 미소가 사라졌다.

"하지만 확실하진 않아. 정확한 날짜는 모르니까. 인간이
라는 게 그런 거야. 넌 15년 동안 아무것도 배운 게 없어? 확
신할 수 있는 유일한 길은 자살이지만, 넌 그렇게 하지 않았
어. 그러니 계속 살아. 넌 그래도 많은 것들을 잊어버리고 그
걸 다 다시 배워도 될 만큼은 오래 살 거야."

그리고 그녀는 가냘픈 손목에 두른 낡은 시계를 쳐다보았
다. "기차 시간까지 2시간 남았어. 뭐 먹을래?"

"내가 빨리 갔으면 해서 안달인 거야?"

"우리로서는 처음이니까 운을 너무 과하게 시험하지 않는
편이 낫겠지."

"정말로 내가 돌아올 거라고 생각해?"

그녀가 다정하게 말했다. "난 네가 돌아왔으면 해." 또 저
빈정대는 미소. "배가 남산만큼 불러서."

나는 고개를 흔들었다. 이런 소리를 더 듣고 있을 수 없다.
그녀 말이 맞았다. 나는 일어서서 문가에 둔 가방을 집어 들
었다. "역까지 걸어가겠어."

그래도, 그녀는 나와 함께 테라스로 나왔고, 우리는 함께
해변으로 내려갔다. 동상을 지나치던 그녀가 볼품없는 회색
돌에 손을 얹었다. "이 집은 그의 집이었어. 페르말리온의 집.
그가 직접 이 동상들을 여기 가져다 놨지. 그는 젊을 때 스쿠
버다이빙을 좋아했어. 그러니까, 난 그의 마지막 학생이야.
그가 첫 인공유기체 인간들을 만들었지만, 그는 인공물이라
부르지 않았어. 그는 몹시 괴로워했지. 이후에 그들에게 가해

진 상황들을 보면서."

여느 때처럼 태양이 가까스로 구름을 뚫고 나올 때는 급속도로 더워졌다. 어깨를 추켜올리며 재킷을 벗는 나를 그녀가 가만히 쳐다보았다. 그녀의 키는 내 어깨에도 거의 미치지 않았다. 햇볕에 나선 것이 오랜만인 게 틀림없었다. 그녀는 아주 창백했다. 난 뭔가 볼거리를 찾아 주변을 살폈다. 해변에서 몇백 미터 떨어진 파도 속에 뭔가 뛰어오르는 물체들이 있는 것 같았다. 돌고래 떼? 수영하는 사람들? 팔 하나가 물 위로 솟았다. 뭔가 신호라도 되는 것처럼.

그녀가 눈에 손 그늘을 만들었다. "아니야, 저들은 페르말리온의 인어들이야. 어쨌든 나는 '인어'라고 불러. 왜인지는 모르겠지만 몇 년째 여기로 오고 있어. 저들은 말을 하지 않고 아주 수줍어해." 멍하니 아무 말도 못 하는 내게 그녀가 신랄하게 말했다. "설마 인간형 인공물들에 반대하거나 그런 건 아니겠지?"

아니, 당연히 아니지, 하지만….

그녀는 내 질문을 무시하고는 손을 펼쳐 보였다. "난 실험실에서 그들에 관한 자료를 다 찾을 생각이야. 너도 볼 수 있을 거야. 돌아오기만 하면." 머리 위로 구름이 재빨리 지나가고 그녀는 다시 시들었다.

"내 딸, 난 피곤해. 요즘 햇볕을 쬐면 몸이 좋지 않아. 난 가서 잠시 누워야겠어."

그리고 그녀는 가버렸다. 그냥 그렇게, 별다른 말이나 몸짓도 없이, 모래밭 위에서 조금 비틀거리는 아주 작은 형체로. 난 그녀가 가는 모습을 지켜보고 싶었고, 그러면서도 그녀가 가는 모습을 지켜볼 수가 없었다. 마치 이것이 마지막이라는 듯이, 아마도 이것이 마지막이기 때문에, 그리고 '내 딸'이라는 말이 내 가슴 어딘가에 이미 자리를 잡았기 때문에. 그 말은 내 갈비뼈를 밀어내며 자랐고, 그 압력이 너무 강해져서 나는 옷을 벗고 미지근한 녹색물 속으로 뛰어들었다. 나는 그 바다 생물체들을 향해 헤엄을 치다 처음에 폭발했던 에너지가 고갈되자 물 위에 누워서 집 쪽을 바라보았다. 아주 작은 형체가 테라스에 멈춰 서 있었다. 나는 손을 흔들었고, 나는 소리쳤다. "엄마, 나 돌아올게!" 나는 웃음을 터뜨렸고, 내 눈물은 바다에 섞여들었다.

엘리자베스 보나뷔르

Elisabeth Vonarburg, 1947~

엘리자베스 보나뷔르는 장편과 단편소설과 시를 쓰는 프랑스 출신의 캐나다 작가이자 편집자이다. 또한 작사가이자 수필가이기도 하다. 10년이 넘게 프랑스어로 출간되는 캐나다의 SF 잡지인 〈솔라리스〉의 문학 파트 책임자로 일했다. 자신의 소설을 쓰는 일 외에 번역도 하고 있으며, 퀘벡주 여러 대학에서 문학과 문예창작 강사로 일하고 있다. 그녀의 작품은 1982년 프랑스어 SF 그랑프리와 필립 K. 딕 상을 포함해 여러 상을 받았다. 〈바닷가 집〉은 귀향에 관한 이야기이며 이 선집의 결말로 합당한 작품이다. 1985년 선집인 《4차원 정육면체 I》에 처음으로 발표되었다.

역자 후기

　거의 모든 책이 편집자의 손을 거치면서도 겉으로는 흔적을 잘 드러내지 않는다. 하지만 편집자의 안목과 의도가 절대적인 영향력을 발휘하는 선집만큼은 편집자의 손길을 선명하게 내보일 수밖에 없다. 어찌 보면 선집은 '편집자의 책'이다. 이 책을 편집한 밴더미어 부부는 장르 문학계에 잘 알려진 스타 편집자들이다. 앤 밴더미어는 공포소설 잡지인 〈기묘한 이야기들〉의 편집자로 2009년에 준 전문잡지 부문에서 휴고상을 수상했으며, 출판사인 '버즈시티 프레스'를 세워 여러 잡지와 단행본을 출간하고 있다. 남편인 제프 밴더미어는 네뷸러상과 리슬링상, 영국판타지문학상, BSFA상, 세계판타지문학상 등을 수상한 작가이자 편집자이다. 두 사람은 2007년부터 본격적으로 공동으로 선집을 편집하기 시작하여 매년 한두 권의 선집을 선보이고 있다. 특히 2008년부터 출간한 스팀펑크 시리즈는 이 하위 장르를 새로이 조명하며 대중적 관심을 불러일으켰고, 2014년에 출간한 《시간여행자 연감》은 시간여행을 다루는 작품들을 모아내며 시간여행을 바라보는 시각을 새로이 환기시켰다. 2016년 7월에는 지금까지의 SF 역사를 개괄할 수 있는 《과학소설 빅북》이라는 1,200쪽이 넘는 선집을 출간하기도 했다.

밴더미어 부부는 장르 문학의 흐름을 정리하고 업데이트하면서 최근의 관련 논의를 반영하는 작업을 꾸준히 해왔다. 이 책도 그런 작업의 일환이다. 밴더미어 부부가 이런 작업을 비교적 수월하게 해내는 배경에는 기존에 꾸준하게 출간된 선집들이 쌓아놓은 성과가 있었다. 페미니즘 SF가 주요 흐름 중 하나로 자리 잡은 1970년대 이래로 미국에서는 여성작가들의 작품만을 모은 선집이 20여 권 가까이 출간됐다. 독자들의 호응을 가장 많이 받은 선집은 이 책에 참여한 작가 중 한 사람인 파멜라 사전트가 편집한 《경이로운 여성들》 시리즈일 것이다. 이 시리즈는 1975년에 처음 발간돼 독자들의 찬사를 받은 후 1976년과 1978년에 두 번째 권과 세 번째 권이 출간되었고, 1995년에 다시 두 권의 선집이 더 추가되어 1948년부터 1993년까지의 페미니즘 SF 소설의 흐름을 충실하게 담아냈다. 그리고 1991년에 제정되어 젠더 문제에 대한 문학적 시야를 넓힌 SF와 판타지 소설에 수여되는 제임스 팁트리 주니어상이 있다. 세 권이 출간된 제임스 팁트리 주니어상 수상집이 페미니즘 SF 소설의 흐름을 읽는 데 직접적인 도움이 되었다고 편집자들은 밝히기도 했다.

이 책의 편집자들이 가장 신경을 쓴 지점은 21세기 들어 SF 소설계가 맞고 있는 페미니즘 르네상스를 제대로 담아내는 것이었다. SF 소설계의 페미니즘 논의도 크게 보면 전반적인 여성운동의 물결과 궤를 같이 한다. 19세기 후반부터 20세기 초반까지 여성참정권 운동으로 대변되는 1차 페미니즘 물결이 일었고, 1960년대 후반부터 시작해 1970년대에 젠더와 성역할, 가부장제에 주목한 2차 페미니즘 물결이 일었다. 페미니즘 SF 소설의 황금기는 이 2차 페미니즘 물결과 함께 시작됐다. 1990년대에 시작된 3차 페미니즘 물결은 서구 백인 여성 중심에서 벗어나 여성들 간에 존재하는 인종적, 계급적, 개체적 차이를 인정하는 동시에 남녀의 경계를 넘어 보다 다양한 성 정체성과 여성적 지위에 있는 여러 대상들과의 연대에 주목한다. 현재 SF 소설계가 맞은 페미니즘 르네상스는 넓은 의미에서 이 3차 페미니즘 물결과 흐름을 같이 한다. 21세기 들어 SF 소설계에는 여성작가가 폭발적으로 증가하며 주요 상들을 석권하는 한편, 전에 없이 다양한 인종과 국적, 성 정체성, 문화적 배경을 가진 여성들의 목소리가 뚜렷이 반영되고 있다.

*

SF 소설계의 변화는 재빠르고 논란은 격렬하다. 이처럼 안팎으로 치열한 논의를 벌이는 커뮤니티도 드물 것이다. 이런 변화와 논의들을 이끌며 여성들이 SF 소설계에서 거둔 성과

는 눈부시다. 1955년에 제정된 이래 1967년이 되도록 여성
수상자가 나오지 않을 정도로 여성경시 풍조가 심했던 휴고
상을 2016년부터 여성들이 휩쓸고 있다. 네뷸러상도 마찬가
지다. SF 소설계가 여성작가들에게 우호적이어서는 아니다.
2015년 휴고상 투표만 하더라도 여성작가들이 휴고상을 오염
시키는 것을 막자는 조직적인 운동이 있었다. 전통적으로 SF
소설계는 여성에 적대적이었다. 1차 페미니즘 물결로 서프러
제트 운동이 일었을 때 반동이 일어난 곳이 SF 소설계였다.
아니, SF 소설이 반동의 도구로 사용됐다는 편이 더 맞겠다.
2차 페미니즘 물결과 함께 페미니즘 SF 소설이 황금기를 맞
았을 때도 마찬가지였다. 냉혹하고 융통성 없는 여성들이 권
력을 장악한 디스토피아를 그린 작품들이 쏟아져 나왔고, 여
성들을 무지하고 철없는 사고뭉치로 그리며 조롱하는 여성혐
오 작품들이 홍수를 이뤘다. 말하자면 SF 소설계가 페미니즘
에 각성하여 공간을 열어준 것은 아니었다. 여성작가들이 끊
임없이 작품을 발표하고 안팎으로 논쟁을 벌여 환경을 바꾸
었을 때 비로소 변화한 것이다. 아직도 저항은 있지만, 적어
도 지금의 SF 소설은 여성 인물을 고민 없이 얄팍하게 묘사했
을 때 호의적이지 않은 평을 감수해야 한다.

지난 50여 년 사이에 모든 분야에서 여성들의 역할이 커진
것이 사실이지만, 한때 온전히 남성의 영역으로 치부되던 SF
소설계에 이처럼 많은 여성이 참여하여 유달리 눈부신 성과
를 거둔 것은 우연일까? 어슐러 르 귄은 'SF는 현실을 다시 곱
씹어보는 일종의 사고실험'이라고 말했다. 사회적 약자로서

'지금이 아닌 언젠가, 여기가 아닌 어딘가'를 꿈꾸는 여성들의 상상과 고민은 쉽게 SF 소설에 다다른다. 이것이 여성작가들이 SF 소설을 쓸 수밖에 없는 이유이고, 여성작가들에게서 훌륭한 작품들이 쏟아져 나올 수밖에 없는 이유가 아닐까 싶다. 여성작가들이 서로 소통하며 페미니즘 논의를 발전시키고 후배 여성작가들을 발굴하며 격려해온 전통 또한 큰 역할을 했다. 이 책에 참여한 많은 작가가 편집자를 겸하는 데서도 알 수 있듯이 많은 여성작가가 선집을 기획, 편집하고, 출판사를 운영하고, 잡지와 온라인 사이트 등을 운영하는 등 적극적인 활동을 펼치고 있다. 제임스 팁트리 주니어상도 동료 작가인 팻 머피와 케런 조이 파울러가 주도하여 제정했다.

　SF 소설은 재미난 사고실험의 장이자 그 사고실험을 타인과 나눌 수 있는 매개체다. 이 책이 새로운 작가들을 자극하는 작은 계기가 되기를 바라마지 않는다.

― 신해경

옮긴이 **신해경**

더 즐겁고 온전한 세계를 꿈꾸는 전문번역가. 대학에서 미학을 배우고 대학원에서 경영학과 공공
정책학을 공부했다. 생태와 환경, 사회, 예술, 노동 등 다방면에 관심을 가지고 있으며, 옮긴 책으
로는 《사소한 기원》, 《사소한 정의》, 《사소한 칼》, 《사소한 자비》, 《식스웨이크》, 《고양이 발 살인
사건》, 《혁명하는 여자들》, 《내 플란넬 속옷》, 《마지막으로 할 만한 멋진 일》(공역), 《아랍, 그곳에
도 사람들이 살고 있다》, 《버블 차이나》, 《덫에 걸린 유럽》, 《침묵을 위한 시간》, 《북극을 꿈꾸다》,
《발전은 영원할 것이라는 환상》, 《제대로 된 시체답게 행동해!》(공역) 등이 있다.

야자나무 도적

초판 1쇄 인쇄 2020년 9월 15일
초판 1쇄 발행 2020년 9월 20일

지은이 은네디 오코라포르 외
엮은이 앤 밴더미어, 제프 밴더미어
옮긴이 신해경
펴낸이 박은주
기획 김아린
디자인 김선예
마케팅 박동준

발행처 (주)아작
등록 2015년 9월 9일(제2020-000038호)
주소 04389 서울특별시 용산구 한강대로 26
한강트럼프월드3차 102동 1801호
대표전화 02.324.3945 **팩스** 02.324.3947
이메일 decomma@gmail.com
홈페이지 www.arzak.co.kr

ISBN 979-11-6550-839-5 03840

책 값은 표지 뒤쪽에 있습니다.
잘못 만들어진 책은 구입하신 서점에서 교환해 드립니다.